「十四五」國家重點圖書

詞譜要籍整理與彙編（第一輯）

朱惠國◎主編　劉尊明◎副主編

詞榘

下册

〔清〕方成培◎編著　王延鵬　鮑恒◎整理

U0403922

華東師範大學出版社
·上海·

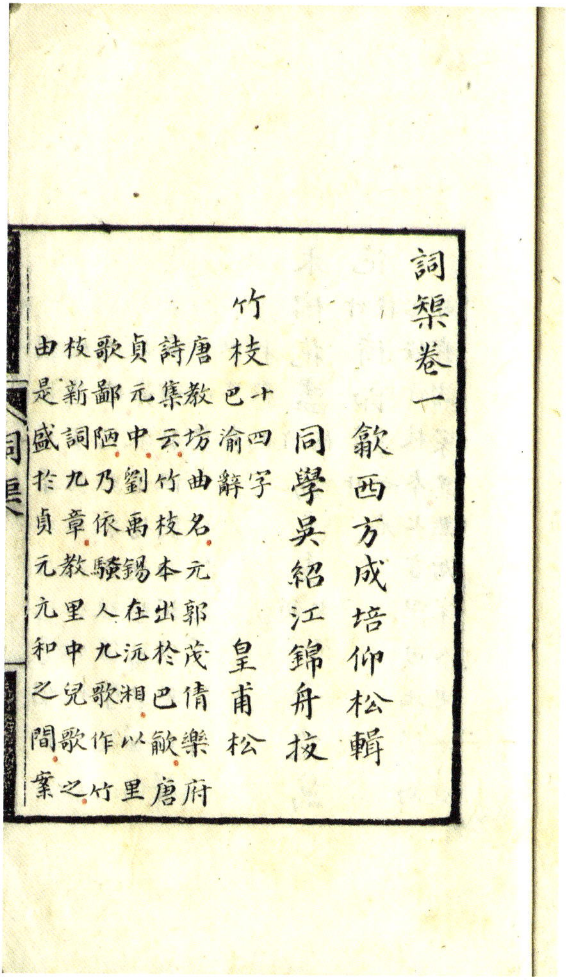

詞架卷一

歙西方成培仰松輯

同學吳紹江錦舟校

竹枝十四字巴渝辭　皇甫松

唐教坊曲名元郭茂倩樂府詩集云竹枝本出於巴歈唐貞元中劉禹錫在沅湘以里歌鄙陋乃依騷人九歌作竹枝新詞九章教里中兒歌之由是盛於貞元元和之間案

《詞架》程本書影

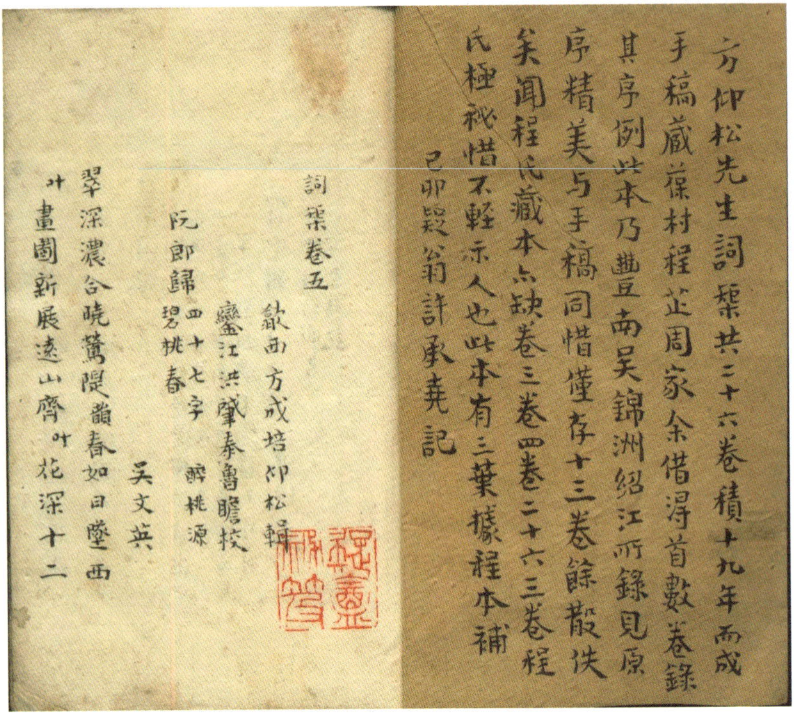
方仰松先生詞槩共二十六卷積十九年而成
手稿藏嵀村程芷周家余借得首數卷錄
其序例此本乃豐南吳錦洲紹江所錄見原
序精美与手稿同惜僅存十三卷餘散佚
矣聞程氏藏本亦缺卷三卷四卷二十六三卷程
氏極祕惜不輕示人也此本有三葉據程本補
己卯毁翁許承堯記
詞槩卷五
歙西方成培仰松輯
鑒江洪瓛肇泰魯瞻校
阮郎歸 四十七字 醉桃源 碧桃春
吳文英
翠深濃合曉鶯隄齒春如日墜西
叶畫圖新展遠山齊叶花深十二

《詞槩》吳本卷五前許承堯補記

詞榘卷十四

歙西方成培仰松輯
同學黃占泰魯峰校

早梅芳近 八十字　或無「近」字　呂渭老

畫簾深句粧閣小韻曲徑明花草叶風聲約雨句暝色啼鵶暮天杳叶染眉山對碧句匀臉霞相照叶漸更衣對客句微坐自輕笑叶　醉紅明句金葉倒叶恣看還新好叶瑩注粉淚句的皪波光射庭沼叶犀心通密語句珠唱翻新調叶佳期定約秋了叶

「霞相照」、「翻新調」以上前後同。按：後結與各家異，恐有譌落。

又一體 八十二字　周邦彥

花竹深句房櫳好韻夜闃無人到叶隔窗寒雨句向壁孤燈弄餘照叶淚多羅袖重句意密鶯聲小叶正魂驚夢怯句門外已知曉叶　去難留句話末了叶早促登長道叶風披宿霧句露

洗初陽射林表叶亂愁迷遠覽句苦語縈懷抱叶慢囬頭句更堪歸路杳叶

後結「慢回頭」下，校呂詞多兩字，作者多從此體。

又一躰　八十二字　李之儀

雪初晴句陡覺寒將變韻已報梅梢暖叶日邊霜外句迤邐枝條自柔軟叶嫩苞匀點綴句綠蕚輕裁剪叶隱深心句未許清香散叶　漸融和句開欲徧叶密處疑無間叶天然標韻句不與羣花鬬深淺叶夕陽濃似動句曲水風猶懶叶寂銷魂句弄影無人見叶

此校周詞，唯前段第二句添二字，第八句減二字，異。前後結俱作仄仄平平仄，亦與諸家不同。汲古閣刻此詞，頗有脱悞，今從《花艸粹編》訂正。

早梅芳慢　一百五字　柳永

海霞紅句山煙翠韻故都風景繁華地叶譙門畫戟句下臨萬井句金碧樓臺相倚叶芰荷浦溆句楊柳汀洲句映虹橋倒影句蘭舟飛棹句遊人聚散句一片湖光裏叶　漢元侯句自從破敵征蠻句峻陟樞庭貴叶籌帷厭久句盛年晝錦句歸來吾鄉我里叶黔齋少訟句宴館多懽句未周星豆便恐

皇家句圖任勳賢句又作登庸計叶

此見《花草粹編》選本，《樂章集》不載，無別首可校。

瑤階草　八十字　程　垓

空山子規叫句月破黃昏冷韻簾幙風輕句綠暗紅又盡叶自從別後句粉消香膩句一春成病叶那堪晝閒日永叶　恨難整叶起來無語句綠萍破處池光淨叶悶理殘粧句照花獨自憐瘦影叶睡來又怕句飲來越醒叶醒來卻悶叶看誰似我孤另叶

後段第七句，諸本作「飲來越醉」，「醉」字不叶，此從詞選善本。

鬭百花　八十一字　夏州　晁補之

《樂章集》注正宮。

臉色朝霞紅膩韻眼色秋波明媚叶雲度小釵濃鬢句雪透輕綃香臂叶不語凝情句教人喚得回頭句斜盼未知何意叶百態生珠翠叶　低問石上句鑿井何由及底叶微向耳邊句同心有緣千里叶飲散西池句涼蟾正滿紗窗句一語繫人心裏叶

柳永一首，前起不押韻。前段第三句，晁一首叶。晁又一首，後段第三句，作「簸錢時節記」，校少一字，疑誤，不必從。

有有令　八十一字　趙長卿

前山減翠韻疎竹度輕風句日移金影碎叶還又年華暮句看看是豆新春至叶那更堪豆有箇人人句似花侶玉句溫柔伶俐叶　準擬叶恩情忔戲叶拈弄上豆則人難比叶我也埋根豎柱句你也爭些兒氣叶大家一捺頭地叶美中更美叶廝守定豆共伊百歲叶

《御定譜》刻此詞，稍有數字不同。此從舊本，似得其真，然無可校。

皂羅特髻　八十一字　蘇軾

培按：陶穀《清異錄》云：「武帝宣內供奉賜坐，既退。上映琉璃燈觀書，久之歸寢殿。王才人問官家今日何以消遣，上曰：『綠羅供奉已去，皁羅供奉不來，與紫明供奉相守，熟讀《尚書・無逸篇》數遍。』」注云：「皂羅供奉，宮人特髻也。」調名取此。

采菱拾翠句算如此佳名句阿誰消得韻采菱拾翠句稱使君知客叶千金買豆采菱拾翠句更羅裙

豆滿把真珠結叶采菱拾翠句正鬠鬟初合叶　真箇采菱拾翠句但深憐輕拍叶一雙手豆采菱拾翠句繡衾下豆抱着俱香滑叶采菱拾翠句待到京尋覓叶

「稱使君」下與後「但深憐」下同。紅友曰：「疊用『采菱拾翠』字，凡七句，或此調格應如此，或是坡仙遊戲為之，未可考也。」培按：大抵是偶然疊句，非定格也，惜無別作可校。

彩鳳飛　八十一字　彩鳳舞　　陳亮

人立玉句天如水句特地如何撰韻海南沉豆燒着欲寒猶暖叶算從頭句有多少豆厚德陰功句人家上豆一一舊時香案叶　瞰經慣叶小駐吾州纔爾句依然歡殼滿叶莫也教豆公子王孫眼見叶這些兒句穎脫處豆高出書卷叶經綸自豆入手不了判斷叶

「特地」下與後「依然」下同，唯「陰功」句不叶，「書卷」句叶，異，無可校。

最高樓　八十一字　　劉克莊

周郎後句直數到清真韻君莫是前身叶八音相應諧韶樂句一聲未了落梁塵叶笑而今句輕

郢客句重巴人叶　只少箇豆綠珠橫玉笛換仄更少箇豆雪兒彈錦瑟叶仄欺賀晏句壓黃秦叶可憐樵唱并菱曲句不逢御手與龍巾叶且酣眠句篷底月句甕間春叶

此調前段起句三字，第三句五字者，以此為正體。前段第四句「音」字、第五句「聲」字，稼軒用「夢」、「化」兩字，去殸，偶悞勿從。後起，司馬昂父作「按秦箏，學弄相思調，寫幽情恨殺知音少」，平仄全反，亦勿從。「雪兒」句，元好問作「美食大官誰不羨」，校此少一字，必是脫落。故本譜刪之，不收八十字體。

又一體　八十五字　方岳

秋崖底句雲臥欲生苔韻無夢到天台叶有月鉏曉帶烏犍去句與煙簑夜釣白魚來叶問誰能句供酒料句辨詩材叶　君莫笑豆閒忙棋得勢換仄也莫嘆豆浮沉魚得計叶仄胸次老句雪崔嵬叶付老夫小小鸕鷀杓句儘諸公袞袞鳳凰臺叶且容將句多種竹句賸栽梅叶

此與劉詞仝，唯前後段第四、五句，各添一襯字，異。

又一躰　八十三字　司馬昂父

登高懶句且平地豆過重陽韻風雨又何妨叶問牛山悲淚又何苦句龍山佳會又何狂叶笑淵明句

歸去來句又何忙叶　也休說豆玉堂金馬樂換仄也休說豆竹籬茅舍惡韻花與酒句一般香叶西風莫放秋容老句時時畱待客徜徉叶便百年句混是醉句幾千場叶

此亦同劉詞，唯前段第二句、第四句，各添一襯字，異。以上三詞，俱前段起句三字，第三句五字者，特為類聚，以便勘譜。

又一體　八十二字　毛滂

微雨過句深院芰荷中韻香冉冉句繡重重叶玉人共倚闌干角句月華猶在小池東叶入人懷句吹鬢影句可憐風叶　分散去豆輕如雲如雪換仄剩下了豆許多風與月叶仄侵枕簟句冷簾櫳叶剛能小睡還驚覺句畧成輕醉早惺鬆叶仗行雲句將此恨句到眉峯叶

此調前段起句三字，第三句六字者，以此詞為正體。陳亮「春乍透」詞，換頭即用本部三殼叶，餘悉同此，又一格也。

又一躰　八十三字　程垓

舊時心事句說着兩眉羞韻長記得豆憑肩遊叶湘裙羅襪桃花岸句薄衫輕扇杏花樓叶幾番行句

幾番醉句幾番留叶　也誰料豆春風吹已斷換仄又誰料豆朝雲飛亦散叶仄天易老句恨難酬叶蜂兒不鮮知人苦句燕兒不鮮說人愁叶舊情懷句消不盡句幾時休叶

此前段起句四字，第三句六字者。

又一體　八十三字　無名氏

司春有序句排次到荼蘼韻還預報豆在庭知叶蕊珠宮裏晨粧罷句披香殿下曉班齊叶探花人句驅使問句采花期叶　元不遜豆梅苍浮月影句也知妬豆梨花帶雨枝叶偏恨柳句綠條垂叶與其向晚苞團絮句不如對酒坼芳蕤叶謝東君句收拾在句牡丹時叶

右見《全芳備祖》。此與程詞同，唯後段起句不押仄韻。第二句仍叶平韻，為異。

又一體　七十八字　醉高春　柳富

人間冣苦句冣苦是分離韻伊愛我豆我憐伊叶青草岸頭人獨立句畫船東去櫓聲遲叶楚天低句回望處句兩依依叶　後會也難期叶未知何日重歡會句心下事句亂如絲叶好天良夜還虛過句孤負我豆兩心知叶願伊家句衷腸在句一雙飛叶

調見《青瑣高議》。前段字句與程詞同，唯後段起句減去三字，叶平；第二句減去一字，不叶；第六句減去一字，作六字折腰句，為異。培按：《情史》云：「東都柳富別王幼玉作，名《醉高春》，其寔即《最高樓》也。但增減字句，自成一格。」《詞律》云：「柳富不知何時人，不敢收入譜。」蓋未見《青瑣高議》，不知其為北宋人也。以上三詞，皆前段起句四字、第三句六字者。

又一體 八十二字 無名氏

梅花好句千萬君須愛韻比杏兼桃猶百倍叶分明學得嫦娥樣句不施朱粉天然態叶蟾宮裏句銀河畔句風霜耐叶　嶺上故人千里外叶寄去一枝君要會叶表江南信相思瞮叶清香素艷應難對叶滿頭宜向樽前戴叶歲寒心句春消息句年年在叶

調見《梅苑》。此首全押仄韻者，句讀與程詞同，唯前後段第三句，各添一字，後段第一、二句，俱減一字，異。無別首宋詞可校。

倒垂柳 八十一字 楊无咎

唐教坊曲名。宋詞蓋借舊名，別翻新調。

曉來煙露重句為重陽豆增勝致韻記一年好處句無似此天氣叶東籬白衣至句南陌芳筵啓叶風流曾未遠句登臨都在眼底叶　人生如寄叶漫把茱萸看子細叶擊節聽高歌句痛飲莫辭醉叶烏帽任教句顛倒風裏墜叶黄花明日句縱好無情味叶

楊又一首，前段第一句即起韻，餘同。「記一年」句，上一下四，楊別作「而今精神爽，傾下越風措」，乃五言詩句法，不拘。前段第五句「至」字，偶合，不必叶。

柳初新　八十一字　柳永

宋周密《天基聖節樂次》：「第十三盞，觱篥起《柳初新慢》。」《樂章集》注大石調。

東郊向曉星杓亞韻報帝里豆春來也叶柳擡煙眼句花勻露臉句漸覺綠嬌紅姹叶糚點層臺芳榭叶運神功豆丹青無價叶　別有堯階試罷叶新郎君豆成行如畫叶杏園風細句桃苍浪暖句競喜羽遷鱗化叶偏九陌豆相將游冶叶驟香塵豆寶鞍驕馬叶

「柳擡」下與後「杏園」下同，只「九陌」句，校前多一字，有沈會宗「楚天來駕」詞相同，可校。《詞律》謂「粧點」上脫一字，未必然也。「粧點」句，《梅苑》無名氏詞作「天匠與、琱瓊鏤玉」，七字折腰，另為一體，可也。

新荷葉　八十二字　折新荷引　趙彥端

蔣氏《九宫谱》作正宫引子。

欲暑還涼句如春有意重歸韻春若歸來句任他鶯老花飛叶輕雷澹雨句似晚風豆欺得單衣叶簷聲驚醉句起來新綠成圍叶　回首分攜叶光風冉冉菲菲叶曾幾何時句故山疑夢還非叶鳴琹再撫句將清恨豆都入金徽叶永懷橋下句繫舡溪柳依依叶

前後同，只後起叶韻。懶窟、惜香、介庵，後起有不叶者，另格。趙忭「日晚芳塘」詞，前結云「菱歌隐隐漸遥，依约凝眸」；後結云「漁笛不道有人，獨倚危樓」，皆作六字一句、四字一句，稍異。趙長卿「冷徹蓬壺」詞，後段第三、四句云「折淂曾將蓋雨，歸思如狂」，第三句六字，第四句四字，小異，餘並同。

南州春色　八十二字　汪梅溪

清溪曲句一株梅韻無人偢倸句獨立古墻隈叶莫恨東風吹不到句着意挽春囬叶一任天寒地凍句南枝香動句花傍一陽開叶　覂待明年首夏句酸心結子句天自栽培叶金鼎調羹句仁心猶在句還種取豆無限根荄叶管取南州春色句都自此中來叶

調見《輟耕録》。按：汪梅溪名不可攷，元人也，其平仄亦無可校。

夢玉人引　八十二字　呂渭老

上危梯望句畫閣迥句繡簾垂韻曲水飄香句小園鶯喚春歸叶舞袖弓彎句正滿城豆煙艸萋迷叶結伴踏青句趂胡蜨雙飛叶　賞心歡計句從別後豆無意到西池叶自撿羅囊句要尋紅葉留詩叶嬾約無憑據句鶯花都不知叶怕人問句強開懷豆細酌酴醾叶

此調押平韻者，只此一首，無可校。前起，《詞律》注「梯」字起韻，誤。

又一體　八十四字　沈會宗

追舊遊處句思前事句儼如昔韻過盡鶯花句橫雨暴風初息叶杏子枝頭句又自然豆別是般天色叶好傍垂楊句繫畫舡橋側叶　小歡幽會句一霎時豆光景也堪惜叶對酒當歌句故人情分難覓叶山遠水長句不成空相憶叶這歸去重來句又卻是豆幾時來得叶

此調押仄韻者，始于此詞，但前段第七句，北宋詞皆八字折腰，南宋詞皆上五下四，九字折腰，其後段結句，諸家亦互有同異，其餘句讀並同，故可叅校平仄。李甲「漸東風暖」詞與此同，唯後結作四字三句，云「問伊看伊，教人到此，如何休得」，又一格也。

又一體 八十四字 朱敦儒

浪萍風梗句寄人間句倦為客韻夢裏瀛洲句姓名悮題仙籍叶歛翅歸來句愛小園豆脫籜篔簹碧叶新種幽花句戒兒孫休摘叶　放懷隨分句各逍遙豆飛鷃等鵬翼叶舍此蕭閒句問君攜杖安適叶諸彥群英句詩酒皆勍敵叶太平時句向花前句不醉如何休得叶

此與沈詞同，唯後結作三字兩句、六字一句，小異。范成大「送行人去」詞與此同，唯前段第七句添一字，作上五下四九字句法，稍異。培按：此調前段起句，例作上一下三句法，此詞獨否，填者宜勿從。

柳腰輕 八十二字 柳永

《樂章集》注中呂調。

英英妙舞腰肢軟韻章臺柳句昭陽燕叶錦衣冠蓋句綺堂筵會句是處千金爭選叶顧香砌豆絲管

初調句倚輕風豆佩環微顫叶　乍入霓裳促遍叶逞盈盈豆漸催檀板叶慢垂霞袖句急趨蓮步句進退奇容千變叶笑何止豆傾國傾城句暫囬眸豆萬人腸斷叶

「錦衣」下，前段同。「筵會」，汲古悮刻「筵宴」，《詞律》注叶，非，此從本集。

爪茉莉　八十二字　柳永

每到秋來句轉添甚況味韻金風動豆冷清清地叶殘蟬噪晚句甚聒淂豆人心欲碎叶更休道豆宋玉多悲句石人也豆須下淚叶　衾寒枕冷句夜迢迢豆更無寐叶深院靜豆月明風細叶巴巴望曉句怎生捱豆更迢遞叶料我兒豆只在枕頭根底叶等人睡豆來夢裏叶

此詞見《花草粹編》，本集不載，亦無別首可叅校。紅友云：「前結『也』字，作虛字用。」

驀山溪　八十二字　上陽春　張元幹

金詞注大石調。

一番小雨句陡覺添秋色韻桐葉下銀牀句又送個豆淒涼消息叶故鄉何處句搔首對西

風句衣線斷句帶圍寬句衰鬢添新白叶　錢塘江上句冠蓋如雲積叶騎馬傍朱門句誰肯念豆塵埃墨客叶佳人信杳句日暮碧雲深句樓獨倚句鏡頻看句此意無人識叶

前後同。此前段第二句起韻，換頭不叶，前後第七、八句俱不押韵者。「凄涼」句，放翁作「好一個無聊賴底我」，校諸家多一襯字，異。培按：「賴」字或是悞多者，不必從。

又一躰　八十二字　石孝友

鶯鶯燕燕韻搖蕩春光嬾叶時節近清明句雨初晴豆嬌雲弄暖叶醉紅濕翠句春意釀成愁句花似染叶草如剪叶已是春彊半叶　小鬟微盼叶分付多情管叶癡騃不知愁句想怕晚豆貪春未慣叶主人好事句應許玳筵開句歌眉斂叶舞腰軟叶怎向輕分散叶

此前段第一句起韻，換頭叶，前後第七、八句，皆押韻者。有前首句起韻，後起不叶者；有前首句不起韻，後起叶者，不拘。前後第七、八句，或叶或不叶，或平或仄，可隨手填之，一槩不拘。

拂霓裳　八十二字　晏殊

唐教坊曲名。《碧鷄漫志》：「《拂霓裳》，般涉調。」《宋史・樂志》：「女弟子舞隊，第五有拂霓裳隊。」

樂秋天韻晚荷花綴露珠圓叶風日好句數行新鴈貼寒煙叶銀簧調脆管句瓊柱撥清絃叶捧觥船叶一聲聲豆齊唱太平年叶　人生百歲句離別易句會逢難叶無事日句剩呼賓友啓芳筵叶星霜催綠鬢句風露損朱顏叶惜清懽叶又何妨豆沉醉玉尊前叶

「風日好」下，前後仝。此調前後段第五、六句，例作五言對句，《珠玉詞》三首皆然。

又一體　八十三字　晏殊

喜秋成韻見千門萬戶樂昇平叶金風細句玉池波浪縠文生叶宿露霑羅幕句微涼入畫屏叶張綺宴句傍薰爐蕙炷豆和新聲叶　神仙雅會句會此日句象蓬瀛叶管絃清叶旋翻紅袖學飛瓊叶光陰無暫住句懽醉有閒情叶祝辰星叶願百千萬壽豆獻瑤觥叶

次句比前詞添一襯字。「宴」字不叶，「清」字叶。又兩結句讀亦微異。

洞仙歌　八十三字　蘇軾

唐教坊曲名。此調有令有慢，令詞自八十三字至九十三字，《宋史・樂志》注林鐘商調，又歇指調，金詞注大石調；慢詞自一百十八字至一百二十六字，《樂章集》「嘉景」詞注般涉調，「乘興閒泛蘭舟」詞注仙呂調，「佳景留心慣」詞注中呂調。

冰肌玉骨句自清涼無汗韻水殿風來暗香滿叶繡簾開豆一點明月窺人句人未寢句欹枕釵橫鬢亂叶　起來攜素手句庭戶無聲句時見疎星渡河漢叶試問夜如何句夜已三更句金波淡豆玉繩低轉叶但屈指豆西風幾時來句又不道流年暗中偷換叶

令詞以此詞為正躰，填者最多。「自清涼」句，稼軒作「大半成新貴」，不用上一下四句法。「繡簾」句，有于五字讀斷者，如竹山「此時無一錢」是也；稼軒作「記平沙鷗鷺」，以「記」字領句，又異。「一點明月窺人」，山谷作「纔有幾日十分圓」，校添一字。且于「試問」句作「正注意、得人雄」，作六字折腰句，餘仝，此另格也。「欹枕」句，竹坡作「偏守定、東風一處」，七字折腰，異。周紫芝作「老去羞春欲無淚」，七字不折腰，又異。「試問」兩句，可上三下六，如劉一止「腸斷處，天涯路遠音稀」是也。「試問」三句，趙長卿作「為多情，生怕分離。教知道、準擬別來消瘦」，是七字折腰一句、九字折腰一句，另格。「試問」句，初寮作「見淡淨、晚粧殘」，六字折腰，異；晁補之作「待都將、許多明月」，七字折腰，又異。「但屈指」句，黃裳作「過幾刻良時、早已分飛」，校添一字，作九字折腰句，異。換頭，張玉田、汪元量皆押韻，然是偶合，可不必從。初寮後起作「迎人巧笑道，好個今宵」，五字一句、四字一句，本與蘇詞同，《詞律》誤讀「笑」字斷句，謂另有此骵，繆矣。培徧攷宋元此體，換頭罕用四字者。「試問」兩句，竹坡作「病來應怕，酒眼常醒」，是四字兩句，友古亦有之。培意必是脱去一字無疑，雖有此躰，填者不可從之。「試問」句，京鏜作「不羞短髮」，校少一字，亦勿從。《詞律》首列吴文英「花中慣識」詞，全與蘇同，只于後段第五句「待看黄龍」，脱去「看」字，另作一躰，繆甚。培按：此詞，今見白石全稿，可攷，非吴作也，故刪去不録。蒲江首句作即用韻起，各家無之，亦不必從。

又一體　八十四字　無名氏

梳風洗雨句蘭蕙摧殘後韻玉蕊檀芳做霜曉叶板橋平句溪岸小叶月下歸來句乘露冷句贏得清香懷抱叶　一枝春在手句細嗅重看句風味人間自然少叶擬欲問東君句妙語難尋句搜索盡豆池塘春草叶想不是豆詩人賞幽姿句縱竹外横斜句有誰知道叶

調見《梅苑》。此同蘇詞，唯前段第四句添一字，攤破作三字兩句，又多押一韻，為異。

又一躰　八十四字

辛棄疾

松關桂嶺句望青葱無路韻費盡銀鉤榜佳處叶悵空山歲晚句窈窕誰來句須着我句醉卧石樓風雨叶　仙人瓊海上句握手當年句笑許君攜半山去叶翺疊嶂句卷飛泉句洞府淒涼句又却怕豆先生多取叶怕夜半豆羅浮有時還句好長把雲煙句再三遮住叶

此校蘇詞，唯後段第四句添一字，攤破作三字兩句，異。小山、東堂皆有之。「疊嶂」兩句，李元膺作「記當年，得意處」，平仄異，不拘。「悵空山」句，毛滂作「相看露涼時」，平仄獨異，不必從之。

又一躰　八十四字

晁補之

群芳老盡句海棠花時候韻雨過寒輕好清晝叶最妖嬈一段句全是初開句曉牕外句塗粉施朱未就叶　全開還自好句駘蕩春餘句百樣宮羅鬭繁繡叶縱無語也豆心應恨我來遲句恰柳絮豆將春歸後叶醉猶倚柔柯豆怯黄昏句這一點愁豆須共花同瘦叶

培按：此詞，後段攤破句法，與諸家逈異，姑載于此，不足法也。

又一躰　八十五字　李元膺

雪雲散盡句放曉晴庭院韻楊柳於人便青眼叶更風流多致句一點梅心句相映遠句約畧嚬輕笑淺叶　一年春好處句不在穠芳句小艷疎香最嬌軟叶到清明時候句百紫千紅句花正亂句已失春風一半叶早占取豆韶光共追游句但莫管春寒句醉紅自暖叶

此校蘇詞，唯後段第七句，多「已失」二字，此躰填者亦多。「遠」、字「亂」字偶合，不必叶。《梅苑》無名氏「蓬萊宮殿」詞同此，唯首句即起韻，異。晁補之一首，前後起皆叶，又異。「更風流」句，蔡伸作「但人心、堅固後」，多一字折腰，異。「一點梅心」句，山谷作「九日十分圓」，添一字，異。「約畧」句，阮閎「趙家姊妹」詞作「也何曾慣見」，獨減一字，餘同，又一格也，然他家無之。「到清明」句，趙長卿作「歎浮花徒解詫」，多一字折腰，異。「早占取」句，京鏜作「算魏紫姚黃，號花王」，是上五下三句法，微異。「但莫管」兩句，盧祖臯作「更奈向，月明露濃時候」，是上三下六句法，微異，皆不拘。

又一躰　八十五字　李邴

一團嬌軟句是將春揉做韻撩亂隨風到何處叶自長亭豆人去後句煙草萋迷句歸來了句粧點離

愁無數叶　飄蕩無箇事句剛被縈牽句長是黃昏怕微雨叶記那回豆深院靜句簾幙低垂句花陰下豆霎時留住叶又只恐豆伊家太輕狂句驀地便和春句帶將歸去叶

此即蘇詞躰，唯前後第四句，攤破作六字折腰句，為異。

又一體　八十五字　無名氏

摧殘萬物句不忍臨軒檻韻待得春來是早晚叶向紛紛豆雪裏開句一枝見句清香滿叶泄漏東君先綻叶　暗香浮動句踈影橫斜句只這些兒意不淺叶怎禁他豆淡淡地句勻粉彈紅句爭些兒豆羞殺桃腮杏臉叶為傳語豆東風共垂楊句奈辛苦豆千絲萬絲撩亂叶

調見《梅苑》。此即李邴詞體，唯前段第五句減一字，第六句叶；後段起句減一字，第六句增兩字，異。「見」字偶合，不必叶。培按：此調換頭作四字句，只《梅苑》此詞，暨「廣寒曉駕」詞、林外「飛梁壓水」詞、趙長卿「廣寒宮殿」詞，四首為然，要非正格也。後之倚殸者，填此數躰則可，若施之蘇詞八十三字者，則不可。

又一體　八十六字　吳文英

芳辰良宴句人日春朝竝韻細縷青絲裹銀餅叶更玉犀金綵句沾座分簪句歌闌暖句梅靨桃唇鬪

勝叶　露房花曲折句鶯入新年句添個宜男小山枕叶待枝上豆飽東風句結子成陰句藍橋去豆還覓瓊漿一飲叶料別館豆西湖最情濃句爛畫舫月明句醉袍宮錦叶

此校蘇詞，唯後段第四句添一字，作六字折腰句，第六句添兩字，與李元膺詞同。

又一體　八十六字　林外

飛梁壓水句虹影清光曉韻橘里漁邨半煙草叶歎今來古往句物換人非句天地裡句惟有江山不老叶　雨巾風帽叶四海誰知我叶一劍橫空幾番過叶按玉龍豆嘶未斷句月冷波寒句歸去也豆林屋洞門無鎖叶認雲屏煙嶂豆是吾廬句任滿地蒼苔句年年不掃叶

此與吳「芳辰良宴」詞仝，唯後段起句四字，第二句五字，俱押韻，異。按：古以魚、虞、蕭、肴、豪、歌、尤、麻八韻為角聲，皆可通轉，故淮南《招隱》以「虎豹嘷」叶上「石嵯峨」，則此詞雖用方言，寔古韻也。

又一體　八十七字　羽仙歌　康與之

若耶溪路韻別岸花無數叶欲斂嬌紅向人語叶與綠荷豆相倚恨句囬首西風句波渺渺句三十六

陂煙雨叶　新粧明照水句汀渚生香句不嫁東風被誰誤叶遣踟躕豆騷客意句千里緜綿句仙浪遠豆何處淩波微步叶想南浦豆潮生畫橈歸句正月曉風清句斷腸凝竚叶

此與李邴「一團嬌軟」詞同，唯後段第六句添兩字，異。潘牥「雕簷綺户」詞，題曰《羽仙歌》，寔與康此詞仝，只「騷客」句作「莫閑愁金杯瀲灧」，校添一字，為異。《詞律》云與趙長卿「廣寒宫殿」詞同，大誤。

又一體　八十八字

趙長卿

廣寒宫殿句不在人間世韻分付天香與巖桂叶向西風豆搖曳處句數十里始聞句金翠裏句別有出羣標致叶　東園盛事句五畝濃陰芘叶必以詩書取榮貴叶況一門豆三秀才句未足欽崇句那更是豆異姓同居兄弟叶更細把豆繁英祝姮娥句看禹浪飛騰句定應來歲叶

此亦康詞躰，唯前段第五句添一字作五字句，後段起句四字、第二句五字，異。趙別首後結作「要趁他，橘綠橙黄時候」，乃是上三下六句法，小異，不拘。

又一體　九十三字

無名氏

廣寒曉駕句姑射尋仙侣韻偷被霜華送將去叶過越嶺豆棲息南枝句勻粧面豆凝酥輕聚叶愛横

管豆孤吹隴頭聲句盡拚得幽香句為君分付叶　水亭山驛句衰草斜陽句無限行人斷腸處叶盡為我豆留得多情句何須待豆春風相顧叶任倒斷豆深思向梨花句也無奈豆寒食幾番風雨叶

右見《梅苑》。此詞添字甚多，句讀最為整齊，北宋人作也，雖無別首可校，填者取各家令詞參之，亦可得其平仄。培按：《洞仙歌令》，曾見舊譜銖分縷析，列為三十五體，使人一目了然，可謂盡善。本譜欲其簡而備，凡微有異同者，皆類附于後，雖所收只十二闋，而此調之正變，盡於是矣。

又一體　一百十八字　柳永

嘉景句況少年彼此句爭不雨霑雲惹韻奈傳粉英俊句夢蘭品雅叶金絲帳暖銀屏亞叶並粲枕輕倚句綠嬌紅姹叶算一笑句百琲明珠非價叶　閒暇叶每只向豆洞房深處句痛憐極寵句似覺些子輕孤句早恁背人沾灑叶從來嬌縱多猜訝叶更對剪香雲句要深心同寫叶愛印了雙眉句索人重畫叶忍負艷冶叶斷不等閑輕捨叶鴛衾下叶願常恁豆好天良夜叶

按：柳永詞三首，亦名《洞仙歌》，寔慢詞也。《樂章集》各注宮調，雖字句參差，而音節彷佛。蓋般涉調為黃鐘之羽聲，仙呂調為夷則之羽殺，中呂調為夾鐘之羽聲，同為羽殽，故殽亦不甚相遠，但所注宮調既不同，字句平仄自不容相混，填此調者審之。

又一體　一百二十三字　　柳　永

乘興句閒泛蘭舟句渺渺煙波東去韻淑氣散幽香句滿蕙蘭江渚叶綠蕪平畹句和風輕暝句曲岸垂楊句隱隱隔豆桃花隖叶芳樹外句閃閃酒旗遙舉叶　羈旅叶漸入三吳風景句水村漁浦叶閒思叜遠神京句拋擲幽會句小歡何處叶不堪獨倚危樓句凝情西望日邊句繁華地豆歸程阻叶空自歎當時句言約無據叶傷心最苦叶竚立對豆碧雲將暮叶關河遠句怎奈向豆此時情緒叶

此校「嘉景」詞，唯前段第二句減一字，第五句添一字，第六、七、八句添兩字，攤破作四字三句、六字一句，少押一韻；後段第二句減一字，第五句添二字，第六、七、八句添一字，攤破作六字三句，少押一韻，第十二句添一字，餘並同。

又一躰　一百二十六字　　柳　永

佳景留心慣韻況年少彼此句風情非淺叶有笙歌巷陌句綺羅庭院叶傾城巧笑如花面叶恣雅態豆明眸回美盼叶同心綰叶算國豔仙材句翻恨相逢晚叶　繾綣叶洞房悄悄句繡被重重句夜

永歡餘句共有海約山盟句記得翠雲偷剪叶和鳴彩鳳于飛燕叶向柳徑豆花陰攜手遍叶情眷戀叶向其間豆密約輕憐事何限叶忍聚散叶況已結豆深深願叶願人間天上句暮雲朝雨長相見叶

此與「嘉景」詞校，唯前段起句添三字，第三句減兩字，第七、八句添兩字，攤破作八字一句、三字一句，多押一韻，第九、十句添一字，作五字兩句；後段第二句添一字，作四字兩句，第七、八句添一字，攤破作八字一句、三字一句，多押一韻，第九、十句添一字，作三字一句、七字一句，第十一句減一字，第十三句添兩字，餘並同。

又一體　一百二十三字　晁補之

當時我醉句美人顏色句如花堪悅韻今日美人去句恨天涯離別叶青樓珠箔句嬋娟蟾桂句三五初圓句傷二八豆還又缺叶空佇立句一望不見心絕叶　心絕叶頓成淒涼句千里音塵句一夢懽娛句推枕驚豆巫山遠句纚淚對豆湘江濶叶美人不見句愁人看花句心亂含愁句奏綠綺豆絃清切叶何處有知音句此恨難說叶怨歌未闋叶恐暮雨收豆行雲歇叶窓梅發叶乍似覩豆芳容冰潔叶

此與柳永「乘興」詞，大同小異，句讀校為整齊，可以為法。

又一體　一百二十四字　晁補之

花恨月惱韻更夏牖涼風句冬軒雪皎叶閒事不關心句算四時皆好叶從來又說句春臺登覽句人意多同句常是惜豆春過了叶須痛飲句莫放懽情草草叶　年少叶尚憶瑤階句得後尋芳句驂驔東坡句適見垂鞭句酕醄南陌句又逢低帽叶鶯花蕩眼句功名滿意句無限嬉游句榮華事豆如夢杳叶傷富貴浮雲句曾縈懷抱叶為春醉倒叶願花更好豆春休老叶開口笑叶占醉鄉豆莫教人到叶

此與「當時我醉詞」同，唯前段第二句多一字，後段第三句以下作四字四句，異，餘悉同。「更好」，「好」字偶合，非叶，前段第五句已押「好」字韻，不應重押也。培按：以上五詞俱《洞仙歌》慢詞，與令詞截然不同，本應另列，但柳、晁俱題曰《洞仙歌》，無「慢」字，故仍類列於此。亦如《安公子》，有近、有慢，宋人統名之曰《安公子》，則亦不復分也。此在譜中為變例，偶誌於此。

長壽樂　八十三字　柳永

《宋史·樂志》：「仙呂調。」《樂章集》注平調。

尤紅殢翠韻近日來豆陡把狂心牽繫叶羅綺叢中句笙歌筵上句有個人人可意叶解嚴粧豆巧笑

姿姿句別成嬌媚叶知幾度豆密約秦樓盡醉叶　仍攜手句眷戀香衾繡被叶情漸美叶算好把豆夕雨朝雲相繼叶便是仙禁春深句御爐香裊句臨軒親試對叶

培按：此詞語氣未完，以後詞核之，必是不全，姑録以備考。

又一體　一百十三字　柳永

繁紅嫩翠韻艷陽景豆糚點神州明媚叶是處樓臺句朱門院落句絃管新聲騰沸叶恣遊人豆無限馳驟句驕馬如流水叶竟尋芳選勝句歸來向晚句起通衢近遠句香塵細細叶　太平世叶少年時豆忍把韶光輕棄叶況有紅粧句吳娃楚艷句一笑千金何啻叶向樽前豆舞袖飄雪句歌響行雲止叶願長繩且把句飛鳥繫住句好從容痛飲句誰能惜醉叶

調見《花艸粹編》，本集不載，然確是屯田所作。培按：此詞前後相對，只換頭減一字，整齊可法。舊譜於「長繩」句作上三下六，誤。

迷仙引　八十三字　柳永

《樂章集》注雙調。

才過笄年句初綰雲鬟句便學歌舞韻席上尊前句王孫隨分相許叶算等閒豆酬一笑句但千金慵

覷叶常只恐蕣華句容易偷換句光陰虛度叶　已受君恩顧叶好與花為主叶萬里丹霄句何妨攜手同歸去叶永棄卻豆煙花伴侶叶免教人見妾句朝雲暮雨叶

汲古本頗有悮處，今從本集校正。

又一體　百二十二字　無名氏

春陰霽韻岸柳參差句裊金絲細叶畫閣晝眠鶯喚起叶煙光媚叶燕燕雙高句引愁人如醉叶慵緩步句眉斂金鋪倚叶佳景易失句懊惱韶光改句花空委叶忍厭厭地叶施朱粉句臨鸞鏡句膩香銷減摧桃李叶　獨自箇凝睇叶暮雲暗句遙山翠叶天色無情句四遠低垂淡如水叶離恨託豆征鴈寄叶旋嬌波豆暗落相思淚叶糚如洗叶向高樓豆日日春風裏叶悔憑欄豆芳草人千里叶

見宋楊湜《古今詞話》，與柳詞迥異，亦無別首可校。

黃鶴引　八十三字　方資(一)

宋方勻《泊宅編》云：「先子晚官鄧州，于紹聖改元，致政歸隱，遂為此詞。序曰：曰閱

(一) 按，底本缺失「資」字，今據方勺《泊宅編》補。

阮田曹所製《黄鶴引》，詞調清高，寄為一闋，命稚子歌焉。」

生逢垂拱韻不識干戈免田隴叶士林書圃終年句庸非天寵叶纔麤闒茸叶老去支離何用叶浩然歸句算是豆黄鶴秋風相送叶　塵事塞翁心句浮世莊生夢叶漾舟遥指煙波句羣山森動叶神閒意聳叶回首利轑名鞚叶此情誰共叶問幾許豆淋浪春甕叶

此詞無可叅校。方匀父，阮田曹，其名字無可攷矣。

汎蘭舟　八十三字　無名氏

霜月亭亭時節句野溪開冰汋韻故人信付江南句歸也仗誰託叶寒影低横句輕香暗度句踈籬幽院句何在秦樓朱閣叶　稱簾幙叶攜酒共看句新詩乘醉更堪作叶雅淡一種天然句如雪綴煙薄叶腸斷相逢句手撚數枝句追思渾似句那人淺粧梳掠叶

調見《梅苑》，無可校。按：《新荷葉》亦名《汎蘭舟》，與此不同。

詞架卷十四終

詞綮卷十五

歙西方成培仰松輯
同里吳　寧薗穞較

滿路花　八十三字　滿園花　一枝花　歸去難　促拍滿路花　喝馬一枝花　　柳永

此調有平韻、仄韻二體，平韻者始于柳永，《樂章集》注仙呂調；仄韻者始自秦觀，《太平樂府》注南呂調。

香⃝靨⃝融春⃝雪句翠⃝鬟嚲秋煙韻楚⃝腰纖細正笄年叶鳳⃝幃夜⃝短句偏⃝愛日高眠叶起⃝來⃝貪顛耍句只⃝恁殘卻⃝黛眉⃝句不⃝整花鈿叶　有時攜手閒坐句偎⃝倚綠窗前叶溫⃝柔情態盡人憐叶畫⃝堂春⃝過句悄⃝悄落花天叶長⃝是嬌癡處句尤⃝殢⃝檀郎句未教折⃝了鞦韆叶

「翠鬟」下與後「偎倚」下同，只兩結句讀稍異。　廖行之「雨霽煙波闊」詞同此，只換頭云「明眸皓齒」，校此減兩字，另格。　坊本脫「笄年」兩字，「顛耍」訛刻「顛俊」，今從本集增正。

又一體 八十三字 呂渭老

西風秋日短句小雨菊花寒韻斷雲低古木豆暗江天叶星娥尺五句佳約誤當年叶小語憑肩處句猶記西園叶畫橋斜月闌干叶 鳥啼花落句春信遣誰傳叶尚容清夜夢豆小留連叶青樓何處句寶鏡注嬋娟叶應念紅箋事句微暈春山叶背牕愁枕孤眠叶

此亦柳詞躰，唯前後段第三句各添一字，作折腰句法，前後段第七句皆押韻，换頭减二字，與柳詞異。

又一體 八十六字 趙師俠

連枝蟠古木句瑞蔭映晴空韻桃江江上景豆古今同叶忙中取靜句心地儘從容叶掃盡荆榛蔽句結屋誅茆句道人一段家風叶 任烏飛豆兎走匆匆叶世事亦何窮叶官閑民不擾豆更年豐叶簞瓢雲水句時與話西東叶真樂誰能識句兀坐忘言句浩然天地之中叶

此校柳詞，唯前後段第三句各添一字，又换頭句添一字，折腰，多押一韻，異。趙又一首，悉同此詞，只「兀坐」句叶，小異。

又一躰　八十七字　　曹勛

清都山水客句何事入臨安韻珍祠天賜與豆半生閒叶曲池人靜句水擊赤烏蟠叶飛上煙嵐頂句三縷明霞照晚句時對胎僊叶　圃中有個小庭軒叶纔到便翛然叶坐來閒看了豆篆香殘叶道人活計句休道出山難叶歸去後豆安排着句一兩麻鞵句乏期踏徧名山叶

此與趙詞仝，唯前起兩句不對，換頭句不折腰，第六句添一字，作六字折腰句，又前結句豆叅差為異。

又一體　八十三字　　秦觀

㊀露顆添花色韻月彩投窓隙叶春㊀思如㊀中酒豆㊀恨無力叶洞㊀房㊀咫㊀尺句㊀曾寄青鸞翼叶㊀雲散無蹤跡叶㊀羅帳春殘句夢㊀回無㊀處尋覔叶　輕紅膩白叶步步薰蘭澤叶㊀約㊀腕㊀金㊀環重豆㊀宜裝飾叶未㊀知安㊀否句一向無消息叶不似尋常憶叶憶後教人句片時存濟㊀不得叶

此用仄韻，其句讀則與呂渭老平韻詞同。

又一體　八十三字　方千里

鶯飛翠柳搖句魚躍浮萍破韻斑斑紅杏子豆交榴火叶池臺晝永句繚繞花陰裏叶山色遙供座叶枕簟清涼句北窗時喚高臥叶　翻思年少句走馬銅駝左叶歸來敲鐙月豆留闕鎖叶年華老矣句事逐浮雲過叶令吾非故我叶那日樽前句秪今問有誰呵叶

此校秦詞，唯前起及換頭句不押韻，為異。

又一體　八十六字　袁去華

江上西風晚韻野水兼天遠叶雲衣拖翠縷豆易零亂叶見柳葉滿梢句秀色驚秋變叶百歲今強半叶兩鬢青青句盡着吳霜偷換叶　向老來豆功名心事懶叶客裏愁難遣叶乍飄泊豆有誰管叶對照壁孤燈句相與秋蟲歎叶人間事豆經了萬千句者寂寞豆幾時曾見叶

此即秦詞躰，唯前後段第四句，各添一字；後段起句添四字；第三句減二字；第六、七句減二字，作七字一句，少押一韻；結句添一字，異。按：秦觀「一向沉吟久」詞正與此同，只「兩鬢」句作「甚捻着脉子」，校添一襯字，異。「脉子」二字俱仄，亦異，然此二字可代平。又后段第六句云「從今後休道共我」，「後」字偶合，《詞律》注叶韻，非是。

餘悉同，注明不録。

又一體　九十字　辛棄疾

千丈擎天手韻萬卷懸河口叶黄金腰下印豆大如斗叶任千騎弓刀句揮霍遮前後叶百計千方久叶似鬭草兒童句贏箇他家偏有叶　筭枉了豆雙眉長皺叶白髮空回首叶那時閒豆說向山中友叶看坵隴牛羊句更辨賢愚否叶且自栽花柳叶怕有人來句但只道豆今朝中酒叶

此亦秦詞躰，唯前後段第四句、前段第七句、後段第八句各添一字，换頭添三字，後段第三句，作上三下五句法，異。按：元人南吕調《一校花》詞，皆宗此體。

又一躰　八十八字　牛真人

雨過山花綻韻霧斂雲收天漢叶清閒幽雅處豆耽游翫叶古洞巖前句時把金丹鍊叶不愛乘肥馬句富貴榮華句是非多不須管叶　獨坐茅齋看叶閒把道經時展叶横琹膝上撫豆鶴來見叶紫綬金章句是則是豆官高顯叶五更忙上馬句爭似我山家句日午紫門猶掩叶

此亦秦詞體，唯前段第二句各添一字；後段第一、二句，各添一字，第五句添一字，第七句添一字，為異。此詞見《鳴鶴餘音》，曰前後段第六句各有「馬」字，故名《喝馬一枝花》，亦惜用蜀道喝馬嶺意以警世。蓋就秦詞添數襯字，自成一體也。

祭天神　八十四字　柳永

《樂章集》注中呂調。

歡笑筵謌席輕拋軃韻背孤城豆幾舍煙村停畫舸叶更深釣叟歸來句數點殘燈火叶被連緜豆宿酒醺醺句愁無那叶　寂寞擁豆重衾臥叶又聞得豆行客扁舟過叶篷牕近句蘭棹急句好夢還驚破叶念生平豆單棲蹤跡句多感情懷句到此厭厭句向曉披衣坐叶

《詞律》後結落「向曉」二字，今從本集校正。

又一躰　八十五字　柳永

《樂章集》注歇指調。

憶繡衾相向輕輕語韻屏山掩豆紅蠟長明句金獸盛薰蘭炷叶何期到此句酒態花情頓孤負叶愁腸斷豆還是黃昏句那更滿庭風雨叶　聽空階和漏句碎聲鬬滴愁眉聚叶算伊還共誰人句爭

知此冤苦叶念千里煙波句迢迢前約句舊歡省豆一向無心緒叶

培按：前詞屬中呂調，為夾鐘之羽聲，此詞屬歇拍調，為林鐘之商殸，宮調不同，故句讀亦異。且無他作可校，故不叅注平仄。

秋夜月 八十四字　　尹鶚

三穐佳節韻罥晴空句凝碎露句茱萸千結叶菊蘂和煙輕撚句酒浮金屑叶徵雲雨句調絲竹句此時難輟叶懽極豆一片艷歌聲揭叶　黄昏慵別叶炷沉煙句薰繡被句翠帷同歇叶醉並鴛鴦雙枕句暖偎春雪叶語丁寧句情委曲句論心正切叶夜深豆窓透數條斜月叶

調見《尊前集》，前後同。調始於此詞，故首列之。

又一體 八十三字　　柳永

《樂章集》注夾鐘商。

當初聚散韻便喚作豆無由再逢伊面叶近日來句不期而會重懽宴叶向樽前句閒暇裏句斂着眉兒長歎叶惹起舊愁無限叶　盈盈淚眼叶慢向我耳邊句作萬般幽怨叶奈你自家心下句有事

難見叶待音信句真個恁句別無縈絆叶不免收心句共伊長遠叶

句讀與尹詞迥異，無他作可校。後段第五句，諸本脫「有」字，今本據本集增入。

鶴沖天　八十四字　柳永

《樂章集》注大石調。

閒牕漏永句月⃝冷霜華墮韻悄⃝悄下簾幙⃝豆殘燈火叶再三⃝思往⃝事句離魂⃝亂豆愁腸鏁叶無⃝語沉吟坐叶好天好⃝景句未⃝省展眉則⃝箇叶　從前早是多成破叶何⃝況⃝經歲月豆相拋嚲叶假使重相見句還得似豆當初麼叶悔恨無計⃝那叶迢迢良夜句自家⃝只恁摧挫叶

此詞有賀鑄「鼕鼕鼓動」詞相同，可校。此詞屬大石調，為黃鐘之商殸，與「黃金榜上」詞正宮為黃鐘之宮聲者不同，宮調既別，其平仄亦不可強同。故此詞可平可仄，但與賀詞參校，不及其他。

又一體　八十六字　杜安世

清明天氣韻永日愁如醉叶臺榭綠陰濃豆薰風細叶燕子巢方就句盆池小豆新荷蔽叶恰是逍遙

際叶單夾衣裳句半攏鞕玉肌體叶　石榴美艷句一撮紅綃比叶窓外數修篁豆寒相倚叶有個闕心處句難相見豆空凝睇叶行坐深閨裏叶懶更梳粧句自知新來憔悴叶

此詞前起即用韻，過變添兩字，作四字一句、五字一句，校柳異。

又一體　八十八字　柳永

《樂章集》注正宮。

黃金榜上韻偶失龍頭望叶明代暫遺賢豆如何向叶未遂風雲便句爭不恣豆狂游蕩叶何須論得喪叶才子詞人句自是白衣卿相叶　煙花巷陌句依約丹青屏障叶幸有意中人豆堪尋訪叶且恁偎紅倚翠句風流事豆平生暢叶青春都一餉叶忍把浮名句換了淺斟低唱叶

此與「閑窓漏永」詞校，唯前起用韻，換頭添三字，作四字一句、六字一句，第五句添一字，作六字句，為異。

踏青游　八十四字　蘇軾

改火初晴句綠徧禁池芳草韻鬬錦繡豆大城馳道叶踏青游句拾翠惜句韈羅弓小叶蓮步

裊叶腰肢佩蘭輕妙叶行過上林春好叶　今困天涯句何限舊情相惱叶念搖落豆玉京寒早叶任闊心句空目斷句蓬山難到叶仙夢杳叶良宵又還過了叶樓臺萬象清曉叶

此調昉自坡公，以此詞為定格。王詞少押四韻，陳詞少押兩韻，猶為正體，若無名氏之句讀參差，字亦脫誤，采入以備參攷，未足為法也。

又一躰　八十四字　王詵

金勒狨鞍句西城嫩寒春曉韻路漸入豆垂楊芳草叶過平隄句穿綠徑句幾聲啼鳥叶是處裏句誰家杏花臨水句依約靚糚斜照叶　極目高原句東風露桃煙島叶望十里豆紅圍翠繞叶更相將句乘酒興句幽情多少叶待向晚句從頭記將歸去句說與鳳樓人道叶

此和蘇詞也，句讀悉同，唯前後段第七八句，俱不押韻，異。陳濟翁「濯錦江頭」詞，亦與蘇同，只前後段第八句，俱不押韻，小異。

又一體　八十三字　無名氏

識個人人句恰止二年歡會韻似賭賽豆六隻渾四叶向巫山句重重去句如魚水叶兩情美叶同倚

畫欄十二叶倚了又還重倚叶　兩日不來句時時在人心裏叶擬問卜豆常占歸計叶拚三八清齋句望永同鴛被叶到夢裏叶驀然被人驚覺句夢也有頭無尾叶

按：吴曾《能改齋漫録》云：「政和間，一貴人未達時，嘗游妓崔廿四之館。因其行第，作《踏青詞》，都下盛傳。」即此詞也，亦與蘇詞同，唯後段第四、五、六句，作五字兩句，異。其前段第六句，當是「如魚得水」傳寫之訛，脱去一字耳。培按：後段第四、五、六句，仍照蘇詞作三字兩句、四字一句，於義亦通。後段第七句，「裏」字重押，亦屬小疵，此句雖可不叶，然「兩情美」句已叶，則此處是重押矣。

蕙蘭芳引　八十四字　或無「引」字　周邦彦

寒瑩晚空句點青鏡豆斷霞孤鶩韻對客館深扃句霜草未衰更綠叶倦遊厭旅句但夢繞豆阿嬌金屋叶想故人別後句盡日空疑風竹叶　塞北氍毹句江南圖障句是處溫燠叶更花管雲箋句猶寫寄情舊曲叶音塵迢遞句但勞遠目叶今夜長句爭奈枕單人獨叶

此詞有吴文英、方千里、楊澤民三作可校。

清波引　八十四字　姜夔

冷雲迷浦韻倩誰喚豆玉妃起舞叶歲華如許叶野梅弄眉嫵叶屐齒印蒼蘚句漸為尋花來去叶自隨秋鴈南來句望江國豆渺何處叶　新詩漫與叶好風景豆長是暗度叶故人知否叶抱幽恨難語叶何時共漁艇句莫負滄浪煙雨叶況有清夜啼猿句怨人良苦叶

此調只有張炎「江濤如許」詞可校，其平仄即叅後張詞。

又一體　八十三字　張炎

江濤如許韻更一夜豆聽風聽雨叶短篷容與叶盤礴那堪數叶弭節澄江樹叶不為蓴鱸歸去叶怕教冷落蘆花句誰招得豆舊鷗鷺叶　寒汀古溆叶盡日無人喚渡叶此中清楚叶寄情在譚麈叶難覓眞閒處叶肯被水雲留住叶泠然棹入川流句去天尺五叶

此即姜詞躰，唯前後第五句皆叶，後段第二句減一字，第四句不作上一下四句法，餘悉同。此屬變格，故次於姜後。

兀令　八十四字　賀鑄

盤馬樓前風日好韻雪消塵掃叶樓上宮粧早叶認簾箔微開句一面嫣然笑叶攜手別院重廊句窈

窕花房小叶任碧羅窗曉叶　間濶時多書問少叶鏡鸞空老叶身寄吳雲杳叶想轣轆車音句幾度青門道叶占得春色年年句隨處隨人到叶恨不如芳草叶

調見《東山集》，前後同，無他作可校。

簇水　八十五字　趙長卿

長憶當初句是他見我心先有韻一鉤纔下句便引得豆魚兒開口叶好是重門深院句寂寞黃昏後叶厮覰着豆一面兒酒叶　試撋就叶便把我豆得人意處句閔子裏豆施纖手叶雲情雨意句似十二豆巫山舊叶更向枕前言約句許我長相守叶歡人也句猶自眉頭皺叶

孤調無可校。培按：《詞律》謂「『舊』字上落『依』字」，非是。「歡人也」，句法自佳，謂恐是「勸人」，更非。

華胥引　八十六字　方千里

長亭無數句羈客將歸句故園換葉韻乳鴨隨波句輕蘋滿渚時共唼叶接眼春色何窮句更櫓聲伊軋叶思憶前懽句未言心已愁怯叶　欺鬢吳霜句恨星星豆又還盈鑷叶錦紋魚素句

那堪重翻再閲叶粉指香痕依舊句在繡裳鴛篋叶多少相思句皺成眉上千疊叶

此詞有周邦彥、張炎、陳允平三作可校。「繡裳」句，周作「但鳳箋盈篋」，諸本落「但」字，非有八十五字躰也。

受恩深　八十六字　愛恩深　柳永

《樂章集》注大石調。

雅致裝庭宇韻黃花開淡濘叶細香明豔盡天與叶助秀色堪餐句向曉自有真珠露叶剗被金錢妬叶擬買斷秋天句容易獨步叶　粉蝶無情蜂已去叶要上金樽句唯有詩人曾許叶待宴賞重陽句恁時盡把芳心吐叶陶令輕回顧叶免憔悴東籬句冷煙寒雨叶

孤調無可条校。「秀色」下與後段「宴賞」下同。

五福降中天　八十六字　江致知

喜元宵三五句縱馬御柳溝東韻斜日映珠簾句瞥見芳容叶秋水嬌横俊眼句膩雪輕鋪素胸叶愛把菱花句笑勻粉面露春葱叶　徘徊步懶句奈一點豆靈犀未通叶悵望七香車去句慢展春風叶雲情雨態句願暫入豆陽臺夢中叶路隔煙霞句甚時還許到蓬宮叶

調見《花草粹編》，無可校。此與《齊天樂》別名《五福降中天》不同。

離別難　八十七字

薛昭蘊

唐教坊曲名。按：段安節《樂府雜録》云：「天后朝，有士人妻配入掖庭，善吹觱篥，乃撰此曲。一名《大郎神》，一名《悲切子》。」蓋五言八句詩也，白居易亦有七言絕句詩。薛詞見《花間集》，乃借舊曲名，另倚新殸者，囙詞有「羅幃乍別情難」句，取以為名。若宋柳永詞，則又與薛詞不同。《樂章集》注中呂調。

寶馬曉鞴雕鞍韻羅幃乍別情難叶那堪春景媚換仄送君千萬里叶半粧珠翠落豆露華寒叶平紅蠟燭三換仄青絲曲叶三仄偏能勾引淚闌干叶平　良夜促叶三仄香塵綠叶三仄魂欲迷四換平檀眉半斂愁低叶四平未別心先咽五換仄欲語情難說叶五仄出芳草句路東西叶四平搖袖立六換仄春風急叶六仄櫻花楊栁雨淒淒叶四平

此詞以兩平韻為主，前段間押兩仄韻，後段間押三仄韻。培按：《圖譜》〔一〕以「促」、

〔一〕此處原稿作「譜圖」，應為「圖譜」之誤，指《詩餘圖譜》。

「綠」為更韻，於理亦通，惜無別首可證爾。

又一體　一百十二字　柳永

花謝水流倏忽句嗟年少光陰韻有天然豆蕙質蘭心叶美韶容豆何啻值千金叶便因甚豆翠弱紅衰句纏綿香體句都不勝任叶算神僊句五色靈丹無驗句中路委瓶簪叶　人悄悄句夜沉沉句閉香閨豆永棄鴛衾叶想嬌魂豆媚魄非遠句縱洪都豆方士也難尋叶最好是豆好景良天句尊前歌笑句空想遺音叶望斷處句杳杳巫峯十二句千古暮雲深叶

此與前調迥別，「美韶容」下與後「揔洪都」下同，無可校。

寰海清　八十七字　王庭珪

《宋史・樂志》：「琵琶曲名，屬大石調。」

畫鼓轟天韻暗塵隨馬句人似神仙叶天怎不教畫短句明月長圓叶天應未知道句天知道句應肯放豆三夜如年叶　流蘇擁上香麼叶燭花消焰句但替人豆垂淚滿銅荷叶賦罷西城殘夢句猶問夜如何叶星耿斜河叶侯虫殼更多叶

見《陽春白雪》，無他作可校。

鳴梭 八十八字 譚明之

譚注自度腔。

織綃機上度鳴梭韻年光容易過叶縈縈情緒似水句烟山霧雨相和叶謾道當時何事句流盼動層波叶巫影嵯峨叶翠屏牽薜蘿叶　不須微醉自顏酡叶如今難恁軿叶為個甚豆晚粧特地鮮妍叶花下清陰句怎合曲水橋邊叶高人到此也乘興句任横街豆一一須穿叶莫言無國艷句有朱門豆鎮嬋娟叶

僅見此詞，無可叅拔。

醉思仙 八十八字 呂渭老

斷人腸韻正西樓獨上句愁倚斜陽叶稱鴛鴦鸂鶒句兩兩池塘叶春又老句人何處句怎慣不思量叶到如今句瘦損我句又還無計禁當叶　小院呼盧夜句當時醉倒殘缸叶被天風吹散句鳳翼難雙叶南牕雨句西樓月句尚未散豆拂天香叶聽鸎聲句悄記得句那時舞板歌梁叶

孫道絢「霽霞紅」詞與此同，唯「怎慣」句作「弄清影、月明中」，六字折腰，小異，然校整齊。「尚未」句，紅友云「當羨一字」，非是，孫詞可校。

又一體　九十一字　朱敦儒

倚晴空韻正三洲下葉句七澤收虹叶歎年光催老句身世飄蓬叶南冠客句新豐酒句但萬里豆雲水俱重叶謝故人句鮮繫船訪我句脫帽相從叶　人老懽易失句尊前且更從容叶任酒傾波碧句燭剪花紅叶君向楚句我歸秦句便分路豆青竹丹楓叶恁時節句漫夢憑夜蝶句書倩秋鴻叶

此亦呂詞體，唯前段第八句添兩字，後段第七句添一字，又兩結作五字一句、四字一句，異。又按：曹勛「記華堂」詞，與朱此詞同，後結獨照呂詞作三字一句、六字一句，異，注明不録。

惜紅衣　八十八字　姜夔

白石自度曲，取詞中「紅衣半狼藉」句為名，屬無射宮。

枕簟邀涼句琴書換日韻睡餘無力叶細濃冰泉句并刀破甘碧叶牆頭喚酒句誰問訊豆城南詩

客叶岑寂叶高樹晚蟬句說西風消息叶　虹梁水陌叶魚浪吹香句紅衣半狼藉叶維舟試望句故國渺天北叶可惜柳邊沙外句不共美人游歷叶問甚時同賦句三十六陂秋色叶

前段第二句、換頭句，玉田皆不叶，夢窗則後叶前不叶。

又一體　八十八字　　吳文英

鷺老秋絲句蘋愁暮雪句鬢那不白韻倒柳移栽句如今暗溪碧叶烏衣細語傷伴句惹茸紅豆曾約南陌叶前度劉郎句尋流花蹤跡叶　朱樓水側叶雪面波光句汀蓮沁顏色叶當時醉近繡箔句夜吟寂叶三十六磯重到句清夢冷雲南北叶買釣舟溪上句應有煙簑相識叶

此校姜詞，唯前段第二句不押韻，第六句六字，又減去短韻，作七字折腰一句；後段第四句六字，第五句三字，異。培按：「約」字當是借叶，則句法與姜同矣。然「烏衣」數語，終晦澁難解，必有差譌，今姑録于此以備叅攷，亦闕疑之意也。

又一體　八十九字　　李萊老

笛送西泠句帆過杜曲韻晝陰芳綠叶門巷清風句還尋故人書屋叶蒼華髮冷句笑瘦影豆相看如

竹叶幽谷叶煙樹曉鶯句訴經年愁獨叶　殘陽古木叶書畫歸舩句匆匆又南北叶蘋洲鷗鷺句素熟舊盟續叶甚日浩譚招隱句聽雨弁陽同宿叶料重來時候句香蕩幾灣紅玉叶

此與姜詞仝，唯前第五句添一字，異。培按：姜詞後段第五句「國」字偶合，可不叶，有玉田「兩剪秋痕詞」可證。今此詞押入「熟」字，此《樂府指迷》所謂句中短韻不可押者也，亦如《點絳唇》，有前段第二句第四字押入短韻者，然仍作七字一句讀也。或將「素熟」連上句讀，作六字一句，叶韻，殆非是。

勸金船　八十八字　蘇　軾

東坡自序：「和元素韻，自撰腔命名。」張先詞序：「流杯堂唱和，翰林主人元素自撰腔。」按：元素，楊繪元素也。囙張先詞有「何人窨得金船酒」之句，名《勸金舩》。

無情流水多情客韻勸我如曾識叶杯行到手休辭卻叶這公道難得叶曲水池邊句小字更書年月叶如對茂林脩竹句似永和節叶　纖纖素手如霜雪叶笑把秋花插叶尊前莫怪歌聲咽叶又還是輕別叶此去翱翔句遍賞玉堂金闕叶欲問再來何歲句應有華髮叶

前後段仝，「卻」字借叶。

又一體 九十二字 張先

流泉宛轉開竇韻帶染輕紗皺叶何人奮得金船酒叶擁羅綺前後叶綠定見花影句並照與豆艷糚争秀叶行盡曲名句休更再歌楊栁叶　光生飛動搖瓊甃叶隔障笙簫奏叶須如短景懽無足句又還過清晝叶翰閣遲歸來句傳騎恨豆留連難久叶異日鳳凰池上句為誰思舊叶

此與蘇詞同，唯前後段第五、六句各添兩字，又兩結句讀參差，後段第三句不押韻，為異。

石湖仙 八十九字 姜夔

石帚自度腔，壽范成大作也。范號石湖，故名，自注越調。

松江烟浦韻是千古三高句游衍佳處叶須信石湖僊句似鴟夷豆翩然引去叶浮雲安在句我自愛豆綠香紅舞叶容與叶看世間豆幾度今古叶　盧溝舊曾駐馬句為黃花豆閒吟秀句叶見說胡兒句也學綸中敧雨叶玉友金蕉句玉人金縷叶緩移箏柱叶聞好語叶明年定在槐府叶

平仄無他詞可校，填者宜遵之。

魚游春水　八十九字　無名氏

按：《復齋漫録》云：「政和中，一中貴使越州回，得詞于古碑，無名無譜，録以進御，命大晟府填腔，因詞中語，賜名《魚游春水》。」又《古今詞話》云：「是東都防河卒，於汴河掘地，得石刻此詞，唐人語也。」未知孰是。

秦樓東風裏韻燕子還來尋舊壘叶餘寒猶峭句紅日薄侵羅綺叶嫩草方抽碧玉茵句媚柳輕窣黃金蕊叶鶯囀上林句魚游春水叶　幾曲闌干偏倚叶又是一番新桃李叶佳人應怪歸遲句梅粧淚洗叶鳳簫聲絕沉孤雁句望斷清波無雙鯉叶雲山萬重句寸心千里叶

此詞有張元幹、盧祖皋、趙聞禮、梁寅諸作可校。「鳳簫」句，張作「夢想濃粧碧雲邊」，平仄異。趙作前後第五句皆押韻，另格。「上」字、「萬」字忌平，去聲更妙，蘆川、蒲江皆然。

雪獅兒　八十九字　程垓

斷云低晚句輕煙帶暝句風驚羅幙韻數點梅花句香倚雪窗搖落叶紅爐對謔叶正酒面豆瓊

酥初削叶雲屏暖句不知門外句月寒風惡叶　迤邐慵雲半掠叶笑盈盈豆閒弄寶箏絃索叶
暎極生春句已向橫波先覺叶花嬌柳弱叶漸倚醉豆要人摟着叶低告托叶早把被香薰却叶

「數點」至「初削」與後「暎極」至「摟着」同。「要」字平殸。

又一體　九十二字　張雨

含香弄粉句便勾引豆游騎尋芳句城南城北韻別有西村句斷港氷澌微綠叶孤山路熟叶伴老鶴豆晚先尋宿叶怕凍損豆三花兩蘂句寒泉幽谷叶　幾番花影濯足叶記歸來豆醉臥雪深平屋叶春夢無憑句髩底鬧蛾爭撲叶不如圖幅叶相對展豆官奴風竹叶燒黃獨叶自聽缾笙調曲叶

此與程詞同，唯前段第二句添三字，為異。「花影」一作「花陰」。培按：此賦梅詞也，作「花影」為勝，不得以程用「慵雲」二字而疑之。「圖幅」各譜訛刻同「圖畫」，繆，今據本集校正。「黃獨」一刻：「黃燭」，亦非。

探芳信　八十九字　玉人歌　張炎

坐清晝韻正治思縈花句餘醒倦酒叶甚探芳人老句芳心尚如舊叶消魂忍說銅駝事句不

是曰春瘦叶向西園句竹掃頽垣句蔓羅荒甃叶　風雨夜來驟叶歎歌冷鶯簾句恨凝蛾岫叶愁到今年句多似去秊否叶舊情懶聽山陽笛句目極空搔首叶我何堪句老卻江潭漢栁叶

「正治思」至「西園」與後「歎歌冷」至「何堪」同，只「探芳」句多一「甚」字耳。培按：楊炎有《玉人歌》一調，全與此同，只前段第四句云「漫題紅葉」，校「探芳」句少一「甚」字耳。又首句作「風西起」，「風」字平，少異，其餘無不合者，曾見他譜另列之，然確是一調，故注明於此，不録。

又一體　九十字　吳文英

探春到韻見綵花釵頭句玉燕來早叶正紫龍眠重句明月弄清曉叶夜塵不沁銀河水句金盎供新藻叶鎮帷犀句護緊東風句秀藏芝草叶　星斗粲懷抱叶問日暖藍田句玉長多少叶禁苑傳香句栁邊語句聽鶯報叶片雲飛趁春潮去句紅軟長安道叶試回頭句一點蓬萊翠小叶

此與張詞同，唯後段第五句添一字，破作三字兩句，異。吳又有「轉芳徑」詞，前結云「試把龍唇供來時，舊寒纔定」，校「鎮帷犀」三句小異，餘同，然培頗疑其譌悮，蓋將「供來時」倒轉，即與諸家合矣。雖録於此，不必從之。吳又有「夜寒重」詞，全與此同，只換頭云「應過青溪否」，「否」字不叶，又一格也，然此句諸家皆叶韻。

八六子　九十字　杜牧之

洞房深韻畫屏燈照句山色凝翠沉沉叶聽夜雨冷滴芭蕉句驚斷紅窓好夢句龍煙細飄繡衾叶辭恩久歸長信句鳳帳蕭踈句椒殿閒扃叶　輦路苔侵叶繡簾垂豆遲遲漏傳丹禁句蕣華偷悴句翠鬟羞整句愁坐豆望處金輿漸遠句何時綵仗重臨叶正消魂句梧桐又移翠陰叶

此調始于此詞，故列於首，不欲以宋詞先唐詞也。若依宋人詞體，則當于「繡衾」句分，但不便據宋詞以分唐詞，且前後長短太不均，在宋詞分段，觕例亦未盡善，欲照「苔侵」句分段以分宋詞，則晁于「多情」字分，楊于「臨風」字分，秦于「柔情」字分，庶觕例畫一，曰前無所據，姑彼此各仍其舊。

又一體　九十一字　晁補之

喜秋晴韻淡雲縈縷句天高羣雁南征叶正露冷初減蘭紅句風緊潛彫柳翠句愁人夢長漏驚叶　重陽景物淒清叶漸老何時無事句當歌好在多情叶暗自想朱顏句並游同醉句

宦名韁鎖句世路蓬萍叶難相見句賴有黃花滿把句從教綠酒深傾叶醉休醒叶醒來舊愁旋生叶

此同杜詞體，唯換頭下句讀叅差小異，作者多從此格。兩結「漏」字、「旋」字，去聲，妙。「漏」字間有用平者，不如去聲發調也。

又一體 八十九字 楊纘

怨殘紅韻夜來無賴句雨催春去匆匆叶但暗水新流芳恨句蜨悽蜂慘句千林嫩綠迷空叶 那知國色還逢叶柔弱華清扶倦句輕盈洛浦臨風叶細認得凝妝句點脂勻粉句露蟬聳翠句蕊金團玉成叢叶幾許愁隨笑解句一聲歌轉春融叶眼朦朧叶憑闌干豆半醒醉中叶

此與晁詞仝，唯前段第五句減去二字，後段第七句添二字，第八句減去三字，結句添一字，為異。

又一躰 八十八字 感黃鸝 秦觀

倚危亭韻恨如芳草句萋萋剗盡還生叶念柳外青驄別後句水邊紅袂分時句愴然暗驚叶 無端天與娉婷叶夜月一簾幽夢句春風十里柔情叶奈回首歡娛句漸隨流水句素絃聲斷句翠消香

減句那堪豆片片飛花弄晚句濛濛殘雨籠晴叶正銷凝叶黃鸝又㖿數聲叶

此詞前結減去兩字，後段第七句不押韻，第八句減一字，與晁詞異。

又一躰 八十八字 李演

乍鷗邊句一番腴綠句流紅又怨蘋花韻看曉吹約晴歸路句夕陽分落漁家叶輕寒半遮叶情芳草無涯叶還報舞香一曲句玉瓢幾許春華叶正細栁青煙句舊時芳陌句小桃朱戶句去年人面句誰知豆此日重來繫馬句東風淡墨欹鴉叶點窓紗叶人歸綠陰自斜叶

此與秦詞同，唯前段起句不押韻，第五句叶，小異。培按：王沂孫「掃芳林」詞，全與秦詞仝，唯後起云：「沉沈。芳徑幽尋。」「沉沉」二字，押入短韻為異。其前段第五句云「嫩涼隨扇初生」，「生」字非閉口韻，不必叶也，亦有抄譜另列為一躰，注云前段第五句叶，非是。此詞諸本皆脫「舊時芳陌」四字，大繆，此從《絕妙好詞選》增入。《詞律》謂秦詞必有脫悞，今以李、王二首觀之，而知其說非也。

遙天奉翠華引 九十字 侯寘

雪消樓外山韻正秦淮豆翠溢囬瀾叶香梢豆蔻句紅輕猶怕春寒叶曉光浮畫戟句捲繡簾豆風暖

玉鉤闌叶紫府仙人句花圍羽帔星冠叶　蓬萊閬苑句意倦游豆常戲世間叶佩麟舊都句江左襦袴歌懽叶只恐催歸覲句宴清都豆休訴酒杯寬叶明歲應看叶盛鈞容豆舞袖歌鬟叶

「正秦淮」至「玉鉤闌」與後「意倦游」至「酒杯寬」同。汲古刻此詞，頗有訛落，今據御定本校正。《詞律》謂後結當是六字，非是。

采蓮令　九十一字　柳永

按：《宋史・樂志》：「曲宴游幸，教坊所奏十八調曲，九曰雙調《采蓮》。」今柳永《樂章集》有之，亦注雙調。《碧鷄漫志》云：「夾鐘商，俗呼雙調。」

月華收豆雲澹霜天曙韻西征客豆此時情苦叶翠蛾執手送臨岐句軋軋開朱戶叶千嬌面豆盈盈竚立句無言有淚句斷腸爭忍回顧叶　一葉蘭舟句便恁急槳凌波去叶貪行色豆豈知離緒叶萬般方寸句但飲恨豆脈脈同誰語叶更回首豆重城不見句寒江天外句隱隱兩行煙樹叶

平仄無別首可校。

夏雲峰　九十一字　柳永

《樂章集》注歇指調。

宴堂深韻軒楹雨句輕壓暑氣沉沉叶花洞彩舟泛斝句坐遶清潯叶楚臺風快句湘簟冷豆永日披襟叶坐久覺豆疎絃脆管句時換新音叶　越娥蕙態蘭心叶逞妖艷句泥歡邀寵難禁叶筵上笑歌間發句寫履交侵叶醉鄉深處句須盡興豆滿酌高唫叶向此免豆名韁利鎖句虚費光陰叶

前後仝，只換頭多三字。《梅苑》無名氏「瓊結苞」詞與此同，唯前起不押韻，後段第二句五字，第三四句四字，第五句六字，與後曹勛詞同，餘與柳詞無異，故不具録。

又一體　九十一字　曹勛

紹洪基句撫萬寓句中興寶運符千韻樞電瑞繞句景命燕及雲天叶挺生真主句平四海豆復禹山川叶班列立豆瞻雲就日句職貢衣冠叶　歡均鼇禁鴛鸞叶望花城粉黛句金獸祥煙叶笙簫緩奏句化國日永留連叶寶觴親勸句須縱飲豆詞舞韶妍叶都是祝豆南山聖壽句億萬斯年叶

此校柳詞，唯前起不押韻，前後第四句俱四字，第五句俱六字，後段第二句五字，第三句四字，為異。

又一體　九十一字　張元幹

湧冰輪句飛沆瀣句霄漢萬里雲開韻南極瑞占象緯句壽應三臺叶錦腸珠唾句鐘間氣豆卓犖天

才叶正暑豆有祥光照社句玉燕投懷叶　新堂深處捧杯叶乍香泛水芝句空翠風迴叶涼送艷歌緩舞句醉墮瑤釵叶長生難老句都道是豆柏葉仙階叶笑傲豆且山中宰相句平地蓬萊叶

此與柳詞仝，唯前起不押韻，前後段第八、九句，俱兩字一讀，下作五字一句、四字一句，為異。

又一躰　九十一字　趙長卿

露華清韻天氣爽句新秋已覺涼生叶朱戶小牕句坐來低按秦箏叶幾多妖豔句都揔是豆白雪餘殸叶那更似豆肌膚韻勝句體段輕盈叶　照人雙眼偏明叶況周郎句自來多病多情叶把酒為伊句再三着意須聽叶消魂無語句一任側耳與心傾叶是我不卿卿句更有誰可卿卿叶

此詞前起押韻，及前後段第二、三句，與柳詞仝。其前後段第四、五句，又與曹詞同。若後段第七句不折腰，第八句五字，第九句六字，則又與諸家異矣。采以備躰，未足為法也。

詞槩卷十五終

詞槩卷十六

歙西方成培仰松輯
同里吳　寧蘭穉校

醉翁操　九十一字　　蘇　軾

東坡自序云：「瑯玡幽谷，山川奇麗，泉鳴空澗，若中音會，醉翁喜之，把酒臨聽，徹忻然忘歸。既去十餘年，好奇之士沈遵，聞之往游，以琴寫其聲，曰《醉翁操》，然有殸無詞，好事者倚其聲製曲，粗合拍度。而琹聲為詞所繩約，非天成也。後三十年，翁既捐館舍，遵亦歿，有廬山玉澗道人崔閒，妙于琴，恨此曲之無詞，乃譜其聲而請東坡居士補之云。」培按：琴譜屬正宮。

琅然韻清圓叶誰彈叶響空山叶無言叶惟翁醉(中)知其天叶月(明)風露娟娟叶(人)未眠叶(荷)蕢過山前叶曰(有)心(也)哉此賢叶，泛聲同此　醉翁嘯詠句聲和流泉叶醉翁去後句(空)有朝吟夜怨叶(山)有時而童巔叶水有時而回川叶(思)翁無歲年叶翁今為飛僊叶(此)意在人間叶試聽(徽)外三

兩絃叶

此本琴曲，故蘇詞不載，自稼軒編入詞中，後遂沿為詞調，在宋人中，亦秖有辛詞一首可校。此詞以元、寒、刪、先四韻同用，辛詞以東、冬、江三韻同用，猶遵古韻，填者審之。培按：向來傳刻皆作「和其天」，余家藏坡公手書石刻，乃是「知」字，故改正之。「娟」，《詞律》謂當作「涓」，亦非。又按：宋王闢之《澠水燕談録》載此詞，前段第七、八句，作「一天雨露，明月娟娟」，亦誤。

紅芍藥　九十一字　王觀

蔣氏《九宮譜目》入南呂調。

人生百歲句七十稀少韻更除十年孩童小叶又十年昏老叶都來五十載句一半被豆睡魔分了叶那二十豆五載之中句寧無些個煩惱叶　子細思量句好追歡及早叶遇酒逢花須笑傲叶任玉山傾倒叶對酒且沉醉句人生似豆露垂芳草叶幸新來豆有酒如澠句要結千秋歌笑叶

前後仝，只後段第二句，校前多一字，第一句、第三句，平仄校前異，無他作可較。

還朝歸　九十二字　趙耆孫

金谷先春句見乍開江梅句晶明玉膩韻珠簾院落句人靜雨踈煙細叶橫斜帶月句又別是豆一般風味叶金樽裏叶任遺英亂點句殘粉低墜叶　惆悵秦隴當年句念水遠天長句故人難寄叶山城倦眼句無緒更看桃李叶當時醉魄句算依舊豆徘徊花底叶斜陽外叶漫回首豆畫樓十二叶

此詞有《梅苑》無名氏「新律纔交」一首可校。諸本前段第三句脫「晶明」二字，第七句脫「又」字，今據《梅苑》增入。

薄媚摘徧　九十二字　趙以夫

沈括《夢溪筆談》：「所謂大徧者，凡數十解，每解有數疊，裁截用之，則謂之摘徧。」培按：《薄媚》大曲九十徧，此蓋摘其入破之一徧也。

桂香消句梧影瘦句黃菊迷深院韻倚西風句看落日句長江東去如練叶先生底事句有賦飄然句剛道為田園換平叶獨醒何為句持杯自勸未能免叶仄　休把茱萸吟翫叶仄但管年年健叶仄千古事句幾凭欄句吾生九十強半仄叶歡娛終日句富貴何時句一笑醉鄉寬叶平倒載歸來句迴廊月又滿叶仄

「黄菊」至「何為」與後「但管」至「歸來」同。培按：此詞用本部三煞叶，與大曲《薄媚》入破第一詞，大同小異，唯《虛齋樂府》有之，其平仄無別首宋詞可參校。

戀香衾　九十二字　呂渭老

金詞注仙呂調。

記得花陰同攜手句指定日豆許我同懽韻喚做真成句耳熱心安叶打疊從來不成器句待做箇豆平地神僊叶又卻不成些事句驀地心殘叶　據我如今沒投奔叶見着你豆淚早偷彈叶對月臨風句一味埋冤叶笑則人前不妨噗句行笑裏豆斗覺心煩叶怎生分得煩惱句兩處勻攤叶

此亦謔詞，調僻無可參校。按：金元曲子仙呂調者，前後第二句皆六字，稍異，在宋詞中更無填此者。「奔」字，《詞律》云「去聲」。培按：此句是叶，觀其以「冤」、「煩」通押可知也，且「沒」字已用入煞，此字必是平聲，不必作逋悶反。

法曲獻仙音　九十二字　吳文英

陳暘《樂書》云：「法曲興於唐，其煞始出清商部，比正律差四律，有鐃鈸鐘磬之音，《獻仙音》其一也。」又云：「聖朝法曲，樂器有琵琶、五絃箏、箜篌、笙笛、觱篥、方響、拍板。其曲所存，不過道調《望瀛》，小石《獻仙音》而已，其餘皆不復見矣。」按：《樂章集》注小石調，白石詞注大石調。

落葉霞翻句敗牕風咽句草色悽涼深院韻瘦不關秋句淚緣生別句情銷鬢霜千點叶恨翠冷豆釵頭燕叶那能語恩怨叶　紫簫遠叶記桃枝豆向隨春渡句愁未洗豆鉛水又將恨染叶粉縞澀離箱句忍重拈豆燈夜裁剪叶望極藍橋句綵雲飛豆羅扇歌斷叶料鸚籠玉鎖句夢裏隔花時見叶

大石調《獻僊音》詞，以此詞及白石兩首為正體。若李詞之句讀小異，乃變格也。白石「虛閣籠寒」詞，前段第七句不押韻，餘同。又「風竹吹香」詞，同此，唯後段第二句押韻，異，玉田亦有之。李彭老「雲木槎枒」詞，後段第三句，作「曾錦纜移舟，寶箏隨輦」，攤破作五字一句、四字一句，小異，餘悉同。

又一躰　九十一字　柳永

追想秦樓心事句當年便約句于飛比翼韻悔恨臨岐處句正攜手豆翻成雲雨離析叶念倚玉偎香

句前事慣輕擲叶慣憐惜叶　饒心性句正厭厭多病句柳腰花態嬌無力叶早是乍清減句別後忍教愁寂叶記取盟言句少孜煎豆剩好將息叶遇佳景豆臨風對月句事須時恁相憶叶

小石調《獻仙音》詞，以此詞為正體，句讀與諸家迥別。若「青翼傳情」詞之減字，或名《法曲第二》，想亦小石調之變躰也。培按：此詞宮調各異，故句讀不同。紅友疑其有錯悞，非是，但其平仄無可參校，故雖字少而次于後，以吳詞為譜。

又一體　八十七字　柳　永

青翼傳情句香徑偷期句自覺當年草草韻未省同衾枕句便輕許相將句平生懽笑叶怎生向豆人間好事到頭少叶漫悔懊叶　細追思句恨從前容易句致得恩愛成煩惱叶心下事豆千種盡憑音耗叶以此縈牽句等伊來豆自家向道叶洎相見豆喜歡存問句又還忘了叶

此見《花草粹編》，本集不載。此詞前起三句，與吳詞同，第四句以下，則與「追想秦樓」詞同，唯後段第五句減二字，結句減二字。

梅花曲　九十二字　劉　几

漢宮中侍女句嬌額半塗黃韻盈盈粉色淩時句寒玉體豆先透薄粧叶好借月魂來句娉婷畫燭旁

叶惟恐隨豆陽臺好夢去句所思飛揚叶　宜向風亭把盞句酬孤艷豆醉永夕何妨叶雪逕蕊豆真凝密句降回輿豆認暗香叶不為藉我作和羹句肯放結子花狂叶向上林句留此占年芳叶

此伯壽隱括王介甫《詠梅》三律為此曲，自度腔，無可叅校。

又一體　一百字　劉几

結子非貪句有香不俗句宜当鼎鼐嘗韻偶先紅紫句度韶華豆玉笛占年芳叶眾花雜色滿上林句未能教豆臘雪埋藏叶卻怕春風漏洩句一一盡天香叶　不須更御鉛黃叶知國色禀自句天真殊常叶秖裁雲縷句奈芳滑豆玉體想仙糚叶少陵爲爾東閣句美艷激詩腸叶當已陰豆未雨春光叶無心賦海棠叶

句讀校前詞異。

又一躰　九十六字　劉几

淺淺池塘句深深庭院句復出短短垣墻韻年年為爾句若九真巡會句寶惜流芳叶向人自有句縹緲無言句深意深藏叶傾國傾城句天教與豆抵死芳香叶　裊鬢金色句輕危欲壓句綽約冠中央叶

蒂團紅蠟句蘭肌粉豔巧能粧叶嬋娟一種風流句如雪如冰衣霓裳叶永日依倚句春風笑野棠叶

句讀與前詞又異。培按：此本套數大曲，然三闋各自為起訖，似可照摘徧之例散填，故列之於此。

塞翁吟　九十二字　吳文英

（有）約西湖去句（移）棹（曉）折芙蓉韻（算）（終）是句稱心紅叶染不盡薰風叶千桃過眼春如夢句（還）認錦疊雲重叶（弄）晚色句舊香中叶旋（撐）入深叢叶　從容叶（情）（猶）賦句（冰）車（健）筆句人（未）老豆南屏翠峯叶轉（河）影豆浮查（信）早句素妃叫豆海目歸來句（太）液池東叶（紅）衣卸了句結子成蓮句（天）勁秋濃叶

此詞前段第五句、第十句，例作上一下四句法，唯陳允平詞作「鏡裏對芙蓉」、「一葉漫題紅」，小異。玉田獨於前結作「翠影濕行衣」，第五句仍用上一下四句法，又異。《詞律》云：「『卸了』去上，妙，各詞皆然。」培按：玉田用「五朵」是上上，不必太拘。

四犯剪梅花　九十二字　轆轤金井　月城春　錦園春　三犯錦園春　盧祖臯

五雲騰曉韻望凝香畫戟句恍然蓬島叶（玉）露冰壺句照神仙風表叶詩書坐嘯叶喚淮楚豆滿城春

好叶雨谷催耕句風簾戲鼓句家家歡笑叶　南湖細吟未了叶看金蓮夜直句丹鳳飛詔叶髩影青青句辦功名多少叶持杯滿釂句聽千里豆咸歌難老叶試問尊前句蟠桃次第句紅芳猶小叶

此調以此詞為正體。此詞前段起叶韻，第二句五字，第三句四字，後段起句六字叶，方與《解連環》句法合，盧詞三首皆然。按：此調前段第一、二句，即《解連環》之第一、二句；第三、四句，即《醉蓬萊》之第四、五句；第五、六句，即《雪獅兒》之第六、七句；第七、八、九句，即《醉蓬萊》之第九、第十、第十一句；後段第一、二、三句，即《解連環》之第一、二、三句；第四、五句，即《醉蓬萊》之第五、六句；第六、七句，即《雪獅兒》之第六、七句；第八、九、十句，即《醉蓬萊》之第十、第十一、第十二句。凡集四調，故曰四犯。本屬三調，故又曰三犯。

又一體　九十三字　劉過

水殿風涼句賜環歸豆正是夢熊華旦韻疊雪羅輕句稱雲章題扇叶西清侍宴叶望黃傘豆日華籠輦叶金券三王句玉堂四世句帝恩偏眷叶　臨安記豆龍飛鳳舞句信神明有後句竹梧陰滿叶笑折

花看句裊荷香紅淺叶功名歲晚叶帶河與豆礪山長遠叶麟脯杯行句狨韉坐稳句内家宣勸叶

此與盧詞同，唯前段第二句，作上三下六一句；又換頭添一字，作七字折腰句，異。劉又有「翠眉重掃」詞，悉與此同，但兩起押韻，異，另格。《詞律》于換頭落去一「玉」字，又訛「掃」為「拂」，遂別出《轆轤金井》一調，悮矣。宋人或以前後起句押韻者為《轆轤金井》，不押韻者為《四犯剪梅花》，然揔是一調，不必區別。

東風齊着力　九十二字　胡浩然

殘臘收寒句三陽初轉句已換年華韻東君律管句迤邐到山家叶處處笙簧鼎沸句排佳宴豆坐列仙娃叶花叢裏句金爐滿爇句龍麝煙斜叶　此景轉堪誇叶深意祝豆壽山福海增加叶玉觥滿泛句且莫羨流霞叶幸有迎春綠醑句銀瓶浸豆幾朵梅花叶休辭醉句園林秀色句百草萌芽叶

無別詞可校。

金盞倒垂蓮　九十二字　晁補之

諸阮英游句盡千鐘飲量句百丈詞源韻對舞春風句螺髻小雙蓮叶念兩處豆登高臨遠句又傷

芳物新年叶此景不待豆桓伊危柱哀絃叶　身閒未應無事句趁栽梅逕裏句揷柳池邊叶野鶴飄飖句幽興在青田叶也莫話豆書生豪氣句更銘功業燕然叶畢竟得意豆何如月下花前叶

只換頭多兩字，餘同。此詞有晁別作，洎《梅苑》無名氏詞可校。紅友謂：「『此景』、『畢竟』兩句，皆仄仄入去，乏格，晁別作亦然。」培按：以無名氏詞推之，似不必太拘。

又一體　九十二字　無名氏

依約踈林句見盈盈春意句幾點霜蕤韻應是東君句試手作芳菲叶粉面倚風微笑句是日暖豆雪已晴时叶人静么鳳翩翩句踏碎殘枝叶　幽香渾無着處句甚一般雨露句獨占清奇叶淡月踈雲句何處不相宜叶陌上報春來也句但綠暗豆青子離離叶桃杏應仗先容句次第追隨叶

調見《梅苑》。此詞前後段第六句皆六字，第七句皆七字，兩結皆六字一句、四字一句，校晁詞異。

又一躰　九十二字　曹勛

縠雨初晴句對鏡霞乍斂句暖風凝露韻翠雲低映句捧花王留住叶滿欄嫩紅貴紫句道盡得豆韶

光分付叶禁籞浩蕩句天香巧隨天步叶　群仙倚春似語叶遮麗日豆更着輕羅深護叶半開微吐叶隱非煙非霧叶正宜夜闌秉燭句況更有豆姚黃嬌妬叶褭佪縱賞句任放濛濛柳絮叶

押仄韻者，只此一首，無可參校。

意難忘　九十二字　周邦彥

高拭詞注南呂調。

衣⃝染鶯黃韻愛停⃝歌駐⃝拍句勸⃝酒持觴叶低鬟蟬影動句私⃝語口脂香叶蓮露滴句竹風涼叶拚⃝劇⃝飲淋浪叶夜漸⃝深⃝句籠燈就⃝月句子⃝細端相叶　知⃝音見⃝說無雙叶鮮移⃝宮換⃝羽句未⃝怕周郎叶長⃝顰知有恨句貪⃝耍不成妝叶些個事句惱人腸叶待⃝說⃝與何妨叶又恐⃝伊⃝句尋⃝消問息句瘦⃝減容光叶

「愛停歌」下與後「鮮移宮」下同。此詞有張玉田「風月吳娃」一首可參校。

露華　九十二字　王沂孫

紺⃝葩乍坼韻笑爛漫嬌紅句不是春色叶換了素⃝妝句重⃝把青⃝螺輕拂叶舊歌⃝共⃝渡煙江句卻占

玉奴標格叶風㊉霜峭句瑤臺種㊉時句付㊉與仙骨叶　㊉閒門晝掩淒惻叶似淡月梨花句重化清魄叶尚帶唾痕香凝句㊉怎忍攀摘叶㊉嫩綠漸暖溪陰句㊉蔌蔌粉雲飛出叶芳艷冷句劉郎未應認得叶

此詞仄韻者，有張翥、陶宗儀詞，句讀悉同，可參校。培按：此調自「笑爛漫」至「風露峭」與後「似淡月」至「芳艷冷」同，只「换了」下十字，上四下六，「常帶」下十字，上六下四，稍參差不同。張、陶二作皆如此，應是定格。《詞律》謂「此四句皆是一氣貫下，分句可以不拘」，非是。「凝」字去聲。

又一體　九十四字

張炎

亂紅自雨句正㊉翠蹊誤曉句㊉玉洞明春韻㊉蛾眉淡掃句㊉背風㊉不語盈盈叶莫恨小溪流水句引㊉劉郎豆㊉不是飛瓊叶羅扇底句從教淨洽句遠障歌塵叶　㊉一㊉掬瑩然生意句伴壓架荼蘼句相惱芳吟叶㊉玄都觀裏句㊉幾回錯認梨雲叶㊉花下可憐仙子句醉㊉東風豆猶自吹笙叶殘照晚句漁翁正㊉迷武陵叶

此詞用平韻，有周密、王沂孫詞可校。兩起不押韻，「劉郎」句、「東風」句，俱七字折腰，與仄韻詞異。

滿江紅　九十三字　上江虹

程垓

《樂章集》注仙呂調。高拭詞注南呂調。

門掩垂楊句寶香度豆翠簾重疊韻春寒在豆羅衣初試句素肌猶怯叶薄霧籠花天欲暮句小風送角聲初咽叶但獨褰豆幽幌悄無言句傷離別叶　衣上雨句眉間月叶滴不盡句顰空切叶羨棲梁歸燕句入簾雙蜨叶愁緒多於花絮亂句柔腸過似丁香結叶問甚時豆重理錦囊書句從頭說叶

此調以此詞為正格，填者最多。張元幹「春水迷天」詞同此，唯「欲暮」、「絮亂」兩句皆押韻，異。《花艸粹編》載杜衍詞，前起兩句作「無名無利，無榮無辱，無煩無惱」，餘同，又一躰也。「春寒」句，稼軒作「春正好，見龍孫穿破」，添一「見」字，亦襯字法也。換頭句可叶，晁補之、段克已、戴復古皆有之。後段第五、六兩句，柳永作「儘思量，休又怎生休得」，用上三下六句法，宋人最多此格。「愁緒」句，東坡作「君不見，蘭亭脩稧事」，添一字折腰，另格。坡公兩首、李嬰一首，皆如此。「柔腸」句，趙鼎作「奈酒行欲盡愁無極」，多一字折腰，李昂英亦有之。「薄霧」句，張于湖作「巴滇綠駿追風遠」，平仄與各家反，不可從。換頭兩句，葉夢得作「囬首去年時節」，六字一句，與諸家逈異，亦不可從。

又一躰　九十一字　呂渭老

燕拂危檣句斜日外豆數峯凝碧韻正暗潮生渚句暮風飄席叶初過南村沽酒市句連空十頃菱花白叶想故人豆輕篷障游絲句聞遙笛叶　魚與雁句通消息叶心與夢句空牽役叶到如今相見句怎生休得叶斜抱琵琶傳密意句一襟新月橫空碧叶問甚時豆同作醉中仙句煙霞客叶

此校程詞，唯前段第三句減兩字，異。呂本中、康與之皆有此躰。葉夢得「雪後郊原」詞，前段第三、四句云「春欲半，猶自探春消息」，作上三下六，九字一句，異，餘悉同。呂又有「晚浴新涼」詞，前段第三、四句，又減兩字，云「庭陰靜、暮蟬啼歇」，作七字折腰一句，又異。按：呂別作第三句云「鮮明是，晚來粧飾」，正與此合，餘同。

又一躰　九十七字　柳永

萬恨千愁句將年少豆衷腸牽繫韻殘夢斷豆酒醒孤館句夜長滋味叶可惜許豆枕前多少意叶到如今豆兩總無終始叶獨自箇豆贏得不成眠句成憔悴叶　添傷感句消何計叶空只恁句厭厭

地叶無人處思量句幾度垂淚叶不會得豆都來些子事叶甚恁底豆抵死難拚棄叶待到頭豆終久問伊着句如何是叶

前後七字句，各添一字，俱作八字折腰句，異。培按：「着」字，必是「看」字之訛，惜無他本可攷，仍之。

又一體 九十二字 王之道

竹馬來迎句留不住豆寸心如結韻歷湖濵豆濡須相望句近同吳越叶闕里風流今未滅叶此行報政看期月叶已驗康沂富國句千古曾無別叶 多謝潤沾枯轍叶令我神思清發叶新命懽浹叶兩邦情慽叶明日西風帆卷席叶高檣到處旌麾列叶忽相思句吾當徃句誰謂三河隔叶

此詞前後兩結及换頭句，與諸家絕異，采以備體，殊無足法。

又一體 九十三字 姜夔

堯章自序云：「《滿江紅》舊調用仄韻，多不協律，如末句云『無心撲』三字，歌者將『心』字融入去聲，方諧音律。余欲以平韻為之，久不能成。曰泛巢湖，聞遠岸蕭鼓殷，問之，舟師云：『居人為此湖神姥壽也。』余因祝曰：『得一席風徑至居巢，當以平韻《滿江紅》為迎送神曲。』言訖，風與筆俱駛，頃刻而成。末句云『聞佩環』，則協律矣。書以綠箋，沉於白浪，辛亥正月晦也。是歲六月，復過祠下，因刻之柱間。有客來自居巢，云：『土人祠姥，輒能歌此詞。』」

仙姥來時句正一望豆千頃翠瀾韻旌旗共豆亂雲俱下句依約前山叶命駕羣龍金作軛句相從諸娣玉為冠叶向夜深豆風定悄無人句聞佩環叶 神奇處句君試看叶奠淮右句阻江南叶遣六丁雷電句別守東關叶却笑英雄無好手句一篙春水走曹瞞叶又怎知豆人在小紅樓句簾影間叶

此詞用平韻，有吳文英、彭芳遠諸作可校。培按：「翠瀾」、「佩環」俱用去平，吳、彭皆然。前結吳一首用「猿鶴驚」，「鶴」字入聲，似又不拘，然玩姜自序，足證以去聲為妙矣。

淒涼犯 九十三字 瑞鶴仙影 姜 夔

堯章自序云：「合肥巷陌皆種柳，秋風夕起，騷騷然。予客居闔戶，時聞馬嘶，出城四顧，則荒煙野草，不勝淒黯，乃著此解。琹有淒涼調，假以為名。凡曲言犯者，謂以宮犯商、商犯宮之類，如道調宮上字住，雙調亦上字住，所住字同，故道調曲中犯雙調，或于雙調曲中犯道調，其他準此。唐人《樂書》云：『犯有正、旁、偏、側。宮犯宮為正宮，犯商為旁宮，犯角為偏宮，犯羽為側宮。』此說非也，十二宮所住字各不同，不容相犯，十二宮特可犯商、角、羽耳。予歸行都，以此曲示國工田正德，使以啞觱篥吹之，其韻極美，亦曰《瑞鶴仙影》。」培按：本集自注仙呂調犯商調。

綠楊巷陌西風起句邊城一片離索韻馬嘶漸遠句人歸甚處句戍樓吹角叶情懷正惡叶更衰草豆寒煙淡薄叶似當時豆將軍部曲句迤邐度沙漠叶　追念西湖上句小舫攜歌句晚花行樂叶舊游在否句想如今豆翠凋紅落叶漫寫羊裙句等新鴈豆來時繫着叶怕匆匆豆不肯寄與句悮後約叶

培按：此調有玉田「西風暗剪荷衣碎」詞全同，可校。《詞律》拘于吴詞，謂『陌』、『曲』二字是叶韻」，繆甚。玉田又有「蕭疎野柳嘶寒馬」詞，亦與此同，唯「邊城」句作「蘆花深，還見遊獵」，校添一字，作七字折腰句，微異，又一體也。坊本無「還」字，然陶南村手書本子有之，可據。又按：詞中如「正惡」、「淡薄」、「繫着」、「後約」，皆用去入，前結

「度」字，亦用去聲，張、吴三首並同，此必音律所關，填者審諸。

又一體　九十一字　　吴文英

空江浪闊韻清塵凝豆層層碎刻冰葉叶水邊照影句華裾曳翠句露搔淚濕叶湘煙暮合叶塵襪凌波半涉叶怕臨風豆欺瘦骨叶護冷素衣疊叶　樊姊玉奴恨句小鈿疎唇句洗粧輕怯叶氾人最苦句粉痕深豆幾重愁靨叶花溢香濃句猛薰透豆霜綃細摺叶倚瑶臺豆十二金錢句暈半缺叶

此校姜詞，唯前起四字押韻，第二句作上三下六，九字句法，又第七、第八句，各減一字，餘悉同。後結闕「缺」字，培以意補之。

探芳新　九十三字　高平探芳新　　吴文英

夢窗自度高平調，故一名《高平探芳新》。

九街頭韻正軟塵酥潤句雪消殘溜換仄叶賞柢園句花艷雲陰籠晝叶仄層梯峭句空麝散句擁凌波句縈翠袖叶仄嘆年端句連環轉句爛漫遊人如繡叶仄　腸斷迴廊佇久叶仄便寫意濺波句傳愁蹙岫叶仄漸沒飄紅句空惹閑情春瘦叶仄椒杯香句乾醉醒句怕西窓句人散後叶仄暮寒深句遲徊

處句自攀庭柳叶仄

此調淵源似出於《探芳信》，但攤破句法，移換宮調，自成新聲，即與《探芳信》不同，故另編一躰，亦無別作可校。

惜秋華　九十三字　吳文英

路還仙城句自玉郎去卻句芳卿顦顇韻錦段鏡空句重鋪步幛新綺叶凡花瘦不禁秋句幻賦玉豆腴紅鮮麗叶相攜換平叶試新妝乍畢句交扶輕醉叶仄　長記斷橋外叶仄驟玉驄過處句千嬌凝睇叶仄昨夢頓醒句依約舊時眉翠叶仄愁邊暮合碧雲句倩唱入豆六么聲裏叶仄風起叶仄舞斜陽豆闌干十二叶仄

自「玉郎」下至「鮮麗」與後「驟玉驄」至「聲裏」相同。吳又有「細響殘蛩」詞，是抱照韻，同此，而于「相攜」句作「新鴻喚凄涼」，不押短韻，異。「依約」句，作「晚夢趁，鄰杵斷」，折腰，亦異。詞中「步」、「瘦」、「舊」、「暮」、「鏡」、「頓」六字，皆去聲，夢窗五首皆仝，填者宜遵之。

又一體　九十四字　吳文英

思渺西風句悵行踪浪逐句南飛高鴈韻㤼上翠微句危樓更堪憑晚叶蓬萊對起幽雲句澹野色豆山容愁卷叶清淺叶瞰蒼波豆靜銜秋痕一綫叶　十載寄吳苑叶慣東籬深處句把露黃偷剪叶移暮景句照越鏡句意消香斷叶秋蛾賦得閒情句倚翠尊豆小眉初展叶深勸叶待明朝豆醉巾重岍叶

此校前調，唯「清淺」句押仄韻，前結作上三下六，九字一句，後段第三句，添一襯字，異，餘同。吳又有「露罥珠絲」詞，亦與此同，唯「清淺」句作「相逢」，「逢」字平，不叶。後段第三句云「楚騷成韻」，仍減去一襯字，異，餘悉同。

滿庭芳　九十三字　鎖陽臺　滿庭霜　瀟湘夜雨　話桐鄉　江南好　滿庭花　黃公度

《太平樂府》注中呂宮。高拭詞注中呂調。

一逕叉分句三亭鼎峙句小園別是清幽韻曲欄低檻句春色四時留叶怪石参差臥乕句長松偃蹇翠虬叶攜筇晚句風來萬里句冷撼一天秋叶　優游叶消永晝句琴尊左右句寘主風流叶且偷閑豆不妨身在南州叶故國歸帆隱隱句西崑往事悠悠叶都休問句金

釵十二句滿酌聽輕謳叶

「怪石」、「故國」兩聯，皆用對偶，與諸家異。「且偷閑」句，亦異。

又一體　九十五字　秦　觀

晚色雲開句春隨人意句驟雨方過還晴韻高臺芳榭句飛燕蹴紅英叶舞困榆錢自落句秋千外豆綠水橋平叶東風裏句朱門映柳句低按小秦箏叶　多情叶行樂處句珠鈿翠蓋句玉轡紅纓叶漸酒空金榼句花困蓬瀛叶豆蔻梢頭舊恨句十年夢豆屈指堪驚叶憑闌久句踈煙淡日句寂寞下蕪城叶

此躰作者如林，與前詞異。換頭可不押短韻，如程垓詞「憑高增帳望」，「高」字不叶，是也。「金榼」句，可用仄平仄平平，如涪翁詞「便移轉吳床」，是也，宋人皆不拘。

又一躰　九十六字　元好問

天上殷韓句解韝官府句爛游舞榭謌樓韻探花釀酒句來看帝王州叶常見牡丹開後句獨占斷豆穀雨風流叶仙家好句霜天槁葉句濃艷破春柔叶　狂僧誰借手句一盃喚起句綠怨紅愁叶天

香國豔句梅菊背人羞叶盡揭紗籠護日句容光動豆玉斝瓊舟叶都人士女句年年十月句常記遇僊樓叶

此詞後段第四、五句，皆四字一句、五字一句，第八句四字，為異。

又一體　九十六字　趙長卿

斜點銀釭句高擎蓮炬句夜深不耐微風韻重重簾幙句掩映畫堂中叶香漸遠豆長煙裊穟句光不定豆寒影搖紅叶偏奇處句當庭月暗句吐焰豆如虹叶　紅裳呈豔麗句翠娥一見句無奈狂蹤叶試煩他纖手句捲上紗籠叶開正好豆銀花照夜句堆不盡豆金粟凝空叶丁寧語句頻將喜事句來報主人公叶

《惜香樂府》此詞題曰《瀟湘夜雨》，其寔即《滿庭芳》也，但前後第六句，各添一字，與下作駢語，為小異耳。汲古刻頗有脫悮，此從《詞緯》校定。後段第四句，曾見一本無「他」字，然有之為是。

轉調滿庭芳　九十六字　無名氏

風急霜濃句天低雲淡句過來孤鴈聲切韻雁兒且住句畧聽自家說叶你為離羣到此句我共個豆人

人纔別叶松江岸句黃蘆叢裏句天更待飛雪叶　聲殸腸欲斷句和我也豆點點淚珠成血叶這一江流水句流也嗚咽叶告你高飛遠舉句前程事豆永無磨折叶休煩惱句飄零聚散句終有見時節叶

調見《樂府雅詞》，又見《古今詞話》，押仄韻，後段第二、三句添一字，作九字折腰句，異。按：《樂府雅詞》抄本與此小異，今從《花艸粹編》所采《古今詞話》原本。

駐馬聽　九十四字　柳永

《樂章集》注林鐘商。

鳳枕鸞幃韻二三載豆如魚似水相知叶良天好景句深憐多愛句無非盡意依隨叶奈何伊叶恣性靈豆忒殺些兒叶無事孜煎句萬囬千度句怎免分離叶　而今漸行漸還句漸覺雖悔難追叶漫恁寄消傳息句終久奚為叶也擬重論繾綣句爭奈翻復思惟叶縱再會句秪恐恩情句難似當時叶

孤調無可參校。《詞律》共脫四字，此從本集校正。

賞松菊　九十四字　曹勛

涼飈應律驚潮韻句曉對彩蟾如水韻慶占夢月句已祥開天地叶聖主中興大業句二南化豆恭勤

輔翊叶撫宮闈句看儀型海宇句盡成和氣叶　禁掖西瑤宴席句泛天風豆響鈞韶空外叶貴是至尊母句極人間崇貴叶緩引長生麗曲句翠林正豆香傳瑞桂叶向靈華句奉光堯句同萬萬歲叶

此調無他作可校。换頭「席」字或云是押中原韻，未確。

如魚水　九十四字　柳　永

《樂章集》注仙呂調。

輕靄浮空句亂峯倒影句瀲灩十里銀塘韻繞岸垂楊叶紅樓朱閣相望叶芰荷香叶準雙戲豆鸂鶒鴛鴦叶乍雨過豆蘭芷汀洲句望中依約似瀟湘叶　風淡淡句水茫茫叶搖動一片晴光叶畫舫相將叶盈盈紅粉清商叶紫薇郎叶脩禊飲豆且樂僊鄉叶便歸去豆遍歷鑾坡鳳沼句此景也難忘叶

孤調無可校。汲古刻脱「搖」字，此據本集增入。

梅子黄時雨　九十四字　張　炎

流水孤邨句愛塵事頓消句來訪深隱韻向醉裏誰扶句滿身花影叶鷗鷺相看驚相比句近來不是

傷春病叶嗟流景叶竹外野橋句猶繫煙艇叶　誰引叶斜川歸興叶便唬鵑縱少句無奈時聽叶待棹擊空明句魚波千頃叶彈到琵琶留不住句最愁人是黃昏近叶江風緊叶一行柳陰吹暝叶

培按：前段第六句，陶南村本作「鷗鷺相看如瘦」，語甚晦，別本作「鷺相比」，近是，紅友改「鷗鷺鷺看相比瘦」，于理雖通，而終嫌臆斷。愚謂必是「如我瘦」之訛，南村本偶落一字耳，今從別本，蓋不欲輕改古書也。在宋人中只此一詞，無可条校。

尾犯　九十四字　碧芙蓉　柳永

《樂章集》注正宮。

夜雨滴空階句孤館夢回句情緒蕭索韻一片閒愁句想丹青難貌叶秋漸老豆蛩聲正苦句夜將闌豆燈花漸落叶最無端處句忍把良宵句只恁孤眠卻叶　佳人應怪我句別後寡信輕諾叶記得當時句剪香雲為約叶甚時向豆幽閨深處句按新詞豆流霞共酌叶再同歡笑句肯把金玉珍珠博叶

吳文英「翠被落紅妝」詞，與此同，可校。後段第二句，坊本作「自別後」，多一「自」字，繆。按：《樂府指迷》論此詞結句「金」字應用去聲，夢窗作「滿地桂陰無人惜」，最合調。趙以夫詞「殷勤更把茱萸囑」，「殷勤」二字平殸。夢窓別首「遠夢別來溪上月」，「上」字仄聲，則又與此不同，填者宜以「桂陰」句為法。培按：詞中如「夢回」用去平，「情緒」用平去，俱妙，至于「正苦」、「漸落」、「共酌」，上一字必要去殸，各家皆同。

又一體　九十五字　蔣　捷

夜倚讀書牀句敲碎唾壺句燈暈明滅韻多事西風句把齋鈴頻掣叶人共語豆溫溫芋火句雁孤飛豆蕭蕭稷雪叶偏闌干外句萬頃魚天句未了予愁絕叶　鷄邊長劍舞句念不到豆此樣豪傑叶瘦骨稜稜句但凄其衾鐵叶是非夢豆無痕堪記句似雙瞳豆繽紛翠纈叶浩然心在句我逢着豆梅花便說叶

後段第二句，添一字折腰，後結亦折腰，與前詞異。培按：此詞與前作前段第八句並用上一下三句法，而夢窓詞作「醉雲吹散」，「醉雲」兩字相連，不同，不必拘。

又一體　九十八字　柳　永

《樂章集》注林鐘商。

晴煙冪冪韻漸東郊芳草句染成輕碧叶野塘風暖句游魚動觸句冰澌微坼叶幾行斷鴈句旋

次第豆歸霜磧叶詠新詩豆手撚江梅句故人增我春色叶　似此光陰催逼叶念浮生句不滿百叶雖照人軒冕句潤屋金珠句於身何益叶一種勞心力叶圖利祿豆殆非長策叶除是恁豆點檢笙歌句訪尋羅綺消息叶

前結「增」字，應是「贈」字之譌，但向來傳刻作「增」，姑從舊。

又一體　九十九字　晁補之

盧山小隱韻漸年來躁懶句浸濃歸興叶綵橋飛過深溪句池底奔雷餘韻叶香爐照日句望處與豆青霄近叶想羣仙豆呼我應還句怪曉來豆鬢絲垂鏡叶　海上雲車囬軔叶少姑傳句金母信叶森翠裾瓊佩句落日初霞句紛紜相映叶誰見湖中景叶花洞裏豆杳然漁艇叶別是個豆瀟洒乾坤句世情塵土休問叶

此校柳詞，唯前段第四、五、六句作六字兩句，結句添一字，作七字折腰句，異。

又一體　一百字　無名氏

輕風淅淅韻正園林消索句未囬暖律叶嶺頭昨夜句寒梅初發句一枝消息叶香苞漸坼叶天不許

豆雪霜欺得叶望東吳豆驛使西來句為誰折贈春色叶　玉瑩冰清容質叶迥不同豆羣花品格叶如曉妝勻罷句壽陽香臉句徐妃粉額叶好把瓊英摘叶頻醉賞豆舞筵歌席叶休待聽豆嗚咽臨風句數聲月下羌笛叶

右見《梅苑》。此校柳詞，唯前段第七句多押一韻，第八句與後段第二句，各添一字，異，餘同。

雪梅香　九十四字　柳永

《樂章集》注正宮。

景消索句危樓(獨)立面晴空韻動悲秋情緒句當時宋玉應同叶(漁)市(孤)煙裊寒碧句水村殘葉舞愁紅叶(楚)天闊句浪浸斜陽句(千)里溶溶叶　臨風叶想佳麗句別後愁顏句鎮斂眉峯叶(可)惜當年句頓乖雨跡雲蹤叶(雅)態妍姿正懽洽句落花流水忽西東叶無憀意句盡把相思句分付征鴻叶

《梅苑》無名氏「歲將暮」詞與此一字不異，唯「臨風」兩字不叶，可校。

金浮圖　九十四字　尹鶚

繁華地韻王孫富貴叶玳瑁筵開句下朝無事叶壓紅茵豆鳳舞黃金翅叶玉立纖腰句一片揭天歌吹叶滿目綺羅珠翠叶和風淡蕩句偷送沉檀氣叶　堪判醉叶韶光正媚叶折盡牡丹句艷迷人意叶金張許史應難比叶貪戀歡娛句不覺金烏墜叶還惜會難別易叶金船更勸句勒住花驄轡叶

培按：此詞無可參校，然味其音節，必無脫悞。《詞緯》於「金張」上增一「縱」字，「金烏」下添一「西」字，繆甚。夫詞之參差整齊，曰其聲調，各有定例，自然而然，非可強為畫一也。愚於《詞緯》之所增改，往往勿取，蓋嫌其少所攷據，而師心自用爾。

一枝春　九十四字　周密

淡碧春姿句栁眠醒豆似怯朝來踈雨韻芳塵乍斂句喚起探花情緒叶東風尚淺句甚先有豆翠嬌紅嫵叶應自把豆羅綺圍春句占得畫屏春聚叶　畱連繡叢深處叶愛歌雲裊裊句低隨香縷叶瓊牕夜暖句試與細評新譜叶糚眉媚粉句料無奈豆弄顰佯妒叶還只怕豆簾外籠鸚句笑人醉語叶

張炎「竹外橫枝」詞與此同，唯「應自把」，「把」字押韻，微異。後結去平去上，草窗二首、玉田一首，皆同，宜遵之。

玉漏遲　九十四字　元好問

蔣氏《九宮譜》屬黄鐘宮。

浙江歸路杳韻西南卻羨句投林高鳥叶升斗微官句世累苦相縈繞叶不似麒麟殿裏句又不與豆巢由同調叶時自笑叶虛名負我句半生吟嘯叶　擾擾叶馬足車塵句被歲月無情句暗消年少叶鍾鼎山林句一事幾時曾了叶四壁秋蟲夜雨句更一點豆殘燈斜照叶清鏡曉叶白髮又添多少叶

「投林」至「自笑」與後「暗消」至「鏡曉」同。按：此調前段起句，北宋人多不押韻，南宋人多押韻，元人多于換頭第二字，藏一短韻，宋人不押短韻。「升斗」兩句，書舟作「忍對危闌數曲，暮雲千疊」，六字一句、四字一句，不拘。換頭句，吳文英作「每圓處，即良宵」，句法折腰，小異。滕賓「問誰爭乞巧」詞，于前段第二、三句，減去一字，作七字一句，云「誰知巧處成煩惱」；于後段第二、三句減去三字，作六字一句，云「似瓜果、絲縈繞」，折腰，共計減去四字，諸家無之，另是一格，或有訛脱。「更一點」句，蔣捷作「一點溫柔情性」，只六字，疑是脱落，勿從。書舟詞于「白髮」句，作「如今不耐，飛來胡蜨」，多「如今」兩字，此坊刻之悮，勿從。「白髮」二字，《詞律》云作平，非是，觀玉田用「那更」字可知矣。

詞槩卷十六終

詞榘卷十七

歙西方成培仰松輯
同邑吳　珏竝山校

招隱操　八十八字

朱　子

晦翁自序云：「淮南小山作《招隱》，極道山中窮苦之狀，以風切遁世之士，使無遐心，其旨深矣。其後左太沖、陸士衡相繼有作，雖極清麗，顧乃自為隱遁之辭，故王康琚作詩以反之。雖正左、陸之誤，而所述乃老氏之言，又非小山本意也。十月十六夜，許進之挾琴過余書堂，夜久月明，風露淒冷，揮絃度曲，聲甚悲壯，既乃更為《招隱》之操，而曰：『穀城老人嘗欲為予依永作詞，而未就也。』余感其意，因為推本小山遺意，戲作一闋，又為一闋以反之，口授進之，以偹山中異時故事云。」

南山之幽韻桂樹之稠叶枝相樛叶高拂千崖素秋叶下臨深谷之寒流叶王孫何處句攀援久淹留叶　聞說山中句虎豹晝嗥叶聞說山中句熊羆夜咆叶叢薄深林鹿呦呦叶獮猴與君

居句山鬼伴君遊叶(君)獨胡為自聊叶歲(雲)(暮)矣將焉求叶思君(不)見句我心徒離憂叶

此本琴曲，培愛其詞古澹，音節高妙，照東坡《瑤池燕》、《醉翁操》之例收之。篇中簫、尤並叶，是用古韻，有《南山之中》一首，同此，可校。

雪明鳷鵲夜　九十四字　宋徽宗

望五雲多處句探春開閬苑句別就瑤島韻正梅雪韻清句桂月光皎叶鳳帳龍簾縈嫩風句御座深豆翠金間繞叶半天中句香泛千花句燈挂百寶叶　聖時觀風重臘句有簫鼓沸空句錦繡匝道叶競呼盧豆氣貫調懽笑叶袖裏金錢擲下句來侍宴豆歌太平睿藻叶願年年此際句迎春不老叶

見《花草粹編》，無別作可校。

保壽樂　九十四字　曹勛

按：周密《天基聖節樂次》：「再坐第六盞，觱篥獨吹，商角調，筵前《保壽樂》。」

和氣暖囬元日句四海充庭琛貢至韻仗衛儼東朝句鬱鬱葱葱句響傳環佩叶鳳曆無窮句慶慈闈上壽句皇情與天俱喜叶念永錫難老句在昔難比叶　六宮嬪嬙羅綺叶奉聖德豆坤寧俱至叶

簫韶動鈞奏句花似錦句廣筵啓叶同祝宴賞處句莅教月明風細叶億載享溫清句長生久視叶

此調僅見《松隱集》，無他作可校。

留客住　九十四字　周邦彦

唐教坊曲名。《樂章集》注林鐘商。

嗟烏兔韻正茫茫豆相催無定句只恁東生西沒句半均寒暑叶昨見花紅柳綠句處處林茂句又睹霜前籬畔句菊散餘香句看看又還秋暮叶　忍思慮叶念古往賢愚句終歸何處叶爭似高堂句日夜笙歌齊舉叶選甚連宵徹晝句再三留住叶待擬沉醉扶上馬句怎生向豆主人未肯交去叶

按：宋人長調，以韻多者為急曲子，韻少者為慢詞。紅友疑此詞前段用韻太稀，謂「『沒』、『綠』皆以北音為叶」，所謂強作解事也。

又一體　九十八字　柳永

偶登眺韻恁小樓豆豔陽時節句乍晴天氣句是處閒花野草叶遙山萬疊雲散句漲海千里句

潮平波浩渺叶煙村院落句是誰家句綠樹數聲啼鳥叶　旅情悄叶念遠信沉沉句離魂杳叶對景傷懷句度日無言誰表叶惆悵舊懽何處句後約難憑句看看春又老叶盈盈淚眼句望仙鄉句隱隱斷霞殘照叶

此校周詞，攤破句法，前段又多押一韻，為異。

塞孤　九十五字　柳永

本集注般涉調。

一聲雞句又報殘更歇韻秣馬巾車催發叶草草主人燈下別叶山路險句新霜滑叶瑤珂響豆起棲烏句金鐙冷豆敲殘月叶漸西風緊句襟袖淒裂叶　遥指白玉京句望斷黃金闕叶遠道何時行徹叶算得佳人凝恨切叶應念念句歸時節叶想見了豆執柔荑句幽會處豆偎香雪叶免鴛衾豆兩恁虛設叶

此調有朱雍詞可校。紅友云：「『漸西風』句，『緊』字當羡。」培按：朱前結云「向亭皋，一任風冽」，校此恰少一字，則「緊」字羡無疑也。「應念念」兩句，朱作「淡竚迎佳節」，只有五字，疑是缺落，填者宜從柳詞。「袖」、「恁」二字，去聲，朱詞亦同，宜遵之。

小聖樂　九十五字　驟雨打新荷　元好問

《太平樂府》、《太和正音譜》俱注雙調。蔣氏《九宮譜》入小石調。

綠葉陰濃句遍池亭水閣句偏趁涼多韻海榴初綻句朶朶蹙紅羅叶乳燕雛鶯弄語句對高柳豆鳴蟬相和換仄叶驟雨過句似瓊珠亂撒句打偏新荷叶平　人生百年有幾句念良辰美景句休放虛過叶平富貴前定句何用苦奔波叶平命友邀賓宴賞句飲芳醑豆淺斟低歌叶平且酩酊句從教二輪來往如梭叶平

「遍池亭」下與後「念良辰」下同，唯前段第七句用仄叶，後段第九句校前減一字耳，此遺山自度腔，無可校。

玉京秋　九十五字　周密

煙水濶韻高林弄殘照句晚蜩淒切叶畫角吹寒句碧砧度韻句銀牀飄葉叶衣濕桐陰露冷句採涼花豆時賦秋雪叶難輕別叶一襟幽事句砌蛩能說叶　客思吟商還怯叶怨歌長豆瓊壺暗缺叶翠扇陰疎句紅衣香褪句翻成消歇叶玉骨西風句恨最恨豆閒却新涼時節叶楚簫咽叶誰倚西樓淡月叶

培按：此詞，向來諸刻無「畫角吹寒」句，「翠扇」下亦無「陰」字，此從《潛采堂譜》所采《詞緯》改本，然《詞緯》不注明據何本改定，亦屬可疑，恨無别作可校。

玉梅香慢　九十五字　無名氏

寒色猶高句春力尚怯韻微律先催梅坼叶曉日輕烘句清風頻觸句疑散踈林殘雪叶嫩英妒粉句嗟素艷豆有蜂蜨叶全似人人句向我依然句頓成離缺叶　徘徊寸腸萬結叶又旦花豆暗成凝咽叶撚蕋憐香句不禁恨深難絕叶若是芳心解語句應共把豆此情細細說叶淚滿闌干句無言強折叶

調見《梅苑》。與《梅香慢》、《早梅香》、《雪梅香》不同。亦無别作可校。

二色蓮　九十五字　曹勛

鳳沼湛碧句蓮影明潔句清泛波面韻素肌鑑玉句煙臉潤紅深淺叶占得薰風弄色句照醉眼豆梅糚相間叶堤上柳垂青帳句飛塵儘教遮斷叶　重重翠荷淨句列向橫塘暖叶爭映芳草岸叶畫舩末槳句清曉最宜遙看叶似約鴛鴦並侶句又更與豆春鋤為伴叶頻宴賞句香成陣句瑤池任晚叶

調見《松隱集》，即賦二色蓮也，係自度腔，無他詞可校。

白雪　九十五字

楊无咎

蟾收雨脚句雲乍斂豆依舊又滿長空韻紋蠟焰低句薰爐燼冷句寒衾擁盡重重叶隔簾櫳叶聽撩亂豆撲漉春蟲叶曉來見豆玉樓朱殿句恍若在蟾宫叶　長愛越水泛舟句藍関立馬句畫圖中叶悵望幾多詩思句無句可形容叶誰與問豆已經三白句或是報年豐叶未應真個句情多老卻天公叶

培按：汲古本只落一「思」字，有《花草粹編》可證，為增入。《詞律》所移補，穿鑿太甚矣。

玉女迎春慢　九十五字

彭元遜

纔入新年句逢人日豆拂拂淡煙無雨韻葉底妖禽自語叶小啄幽香還吐叶東風辛苦叶便怕有豆踏青人誤叶清明寒食句消得渡江句黄翠千縷叶　看臨小帖宜春句填輕暈濕句碧花生霧叶為說釵頭裊裊句繫着輕盈不住叶問郎留否叶似昨夜豆教成鸚鵡叶走馬章臺句憶得畫眉歸去叶

調見鳳林書院元詞，無可叅校。

掃花遊　九十五字　掃地遊　埽地花　方千里

野亭話別句恨露草芊緜句曉風酸楚韻怨絲恨縷叶正楊花碎玉句滿城雪舞叶耿耿無言句暗灑闌干淚雨叶片帆去叶縱百種避愁句愁早知處叶　離思都幾許叶但漸慣征塵句陡迷歸路叶亂山似俎叶更重江浪淼句易沉書素叶瞪目銷魂句自覺孤吟調苦叶小留竚叶隔前村豆數聲簫鼓叶

首句楊无咎押韻，另格。前後段第五、六句，王沂孫作「但匆匆，暗裡換將花去」、「想參差，漸滿野塘山路」，是上三下六句法，小異。夢窗、玉田皆有之。「縱百種避愁」句，王沂孫作「一別漢南」，校諸家少一字，疑是脫落，不必從。「恨縷」、「淚雨」、「似俎」、「浪淼」、「調苦」，諸家皆用去上，雖間有出入，以去上為盡善也。

水調歌頭　九十五字　江南好　花犯念奴　凱歌　元會曲　蘇軾

《碧鷄漫志》：「屬中呂調。」按：《水調》乃唐人大曲，凡大曲有歌頭，此必裁截其謌頭，而另倚新殼也。

明月幾時有句把酒問青天韻不知天上宮闕句今夕是何年叶我欲乘風歸去句又恐瓊樓玉宇句高處不勝寒叶起舞弄清影句何似在人間叶　轉朱閣句低綺戶句照無眠叶不應有恨句何事偏向別時圓叶人有悲歡離合句月有陰晴圓缺句此事古難全叶但願人長久句千里共嬋娟叶

前起有作偶語如五律者，不拘。「不知」兩句，間有作四字一句、七字一句者。「不應」兩句，間有作六字一句、五字一句者。劉曰于「偏向別時圓」五字，作「扶我者、有門生」，添一字折腰，微異。培按：此詞中如「歸去」、「玉宇」、「離合」、「圓缺」四句，間入仄韻，似屬偶然，不必另列為一體。又按：賀鑄一首，六麻韻，于仄住句，通以馬、禡韻叶之，此則方回之創格也。傅公謀于換頭兩句，減去一字，作五字一句，云「家童開門看」，此必有訛落，不可從。

又一體　九十七字　王之道

斜陽明薄暮句暗雨霽涼秋韻弱雲狼藉句晚來風起句席捲更無留叶天外老蟾高挂句皎皎寒光

照水句金碧共沉浮叶賔主一時興句傾動庾公樓叶　渡銀漢句團玉露句勢如流叶不妨吟賞句坐擁紅袖舞還謳叶暗祝今宵素魄句助我清才逸氣句穩步上瀛洲叶欲識瀛洲路句雄據六鼇頭叶

此校蘇詞，唯前段第四句添兩字，作四字二句、五字一句，異。

又一體　九十七字　張孝祥

雪洗虜塵淨句風約楚雲留韻何人為寫悲壯句吹笛古城樓叶湖海平生豪氣句關塞如今風景句剪燭看吳鉤叶賸喜燃犀處句駭浪與天浮叶　憶當季句周與謝句富春秋叶小喬初嫁句香囊猶在句功業故優遊叶赤壁磯頭落照句淝水橋邊衰草句渺渺喚人愁叶我欲乘風去句擊楫誓中流叶

此則後段第四、五句添兩字，作四字二句、五字一句者。

雙瑞蓮　九十五字　趙以夫

千機雲錦裏韻看竝蒂新房句駢頭芳蕋叶清標艷態句兩兩翠裳霞袂叶似是商量心事叶倚綠蓋豆無言相對叶天蘸水叶彩舟過處句鴛鴦驚起叶　縹緲漾影摇香句想劉阮風流句雙仙姝麗叶

閒情未斷句猶戀人間懽會叶莫待西風吹老句薦玉醴豆碧筩拚醉叶清露底叶月照一襟涼思叶

「看並蒂」至「蘸水」與後「想劉阮」至「露底」同，只第六句，前叶，後不叶，微異。此調近《玉漏遲》，只第二句多一「看」字，「商量」句多押一韻，「清標」、「閒情」兩句，平仄校異，餘悉仝，或本是一調也。「事」字或云是偶合，照後不必押韻，此說近是，然揔無可校。

早梅香　九十六字　無名氏

北帝收威句又探得早梅句漏春消息韻粉蘂瓊苞句擬將胭脂句輕染顏色叶素質盈盈句終不許豆雪霜欺得叶奈化工豆偏宜賦與句壽陽妝飾叶　獨自逞冰姿句比夭桃豆繁杏殊別叶為報山翁句逢此有花句尊前且須攀折叶醉賞吟戀句莫孤負豆好天風月叶恐笛聲悲句紛紛便似句亂飄香雪叶

調見《梅苑》，無可㕘校。

熙州慢　九十六字　張先

《唐書・禮樂志》：「天寶樂曲，皆以邊地名，若《伊州》、《涼州》、《甘州》之類。」按：宋改鎮洮軍為熙州，本秦漢時隴西郡，亦邊地也。調名《熙州》，義取諸此。

武林鄉豆占第一湖山句詠晝爭巧韻鷲石飛來句倚翠樓煙靄句清猿啼曉叶況值禁垣師帥句惠政流入謳謠換平叶朝暮萬景句寒潮弄月句亂峯迴照叶仄　天使尋春不早叶仄併行樂豆免有花愁花笑叶仄持酒更聽句紅兒肉聲長調叶仄瀟湘故人未歸句但目送豆遊雲孤鳥叶仄際天杪叶仄離情盡寄芳草叶仄

此亦平仄互叶躰，無別作可校。

天香　九十六字　唐藝孫

《法苑珠林》「天童子天香甚香」，宋之問詩「天香雲外飄」，調名取此。

螺甲磨星句犀株搗月句蕤英嫩壓拖水韻海蜃樓高句仙娥鈿小句縹緲結成心字叶麝煤候暖句載一朵豆輕雲未起叶銀葉初生薄暈句金猊旋翻纖指叶　芳杯惱人漸醉叶碾微馨豆鳳團閒試叶滿架舞紅都換句懶收珠佩叶幾片菱花鏡裏叶更摘索豆淒鬢伴秋睡叶早是新涼句重薰翠被叶

「縹緲」句，夢窗作：「北枝瘦，南枝小」，攤破作三字兩句，與各家異，餘同。「麝煤」句，賀方回叶。前結兩句，景覃詞云「宿雨新晴，隴頭閒看，露桑風麥」，擗破作四字三句，景兩首皆如是，又一體也。「滿架」兩句，可用上四下六，周密、毛滂皆有此格。

又一躰　九十六字　王　觀

霜瓦鴛鴦句風簾翡翠句今年較是寒早韻矮釘明窗句側開朱戶句斷莫亂教人到叶重陰未鮮句雲共雪豆商量未了叶青帳垂氈要密句紅爐圍炭宜小叶　呵梅弄妝試巧叶繡羅衣豆瑞雲芝草叶伴我語時同語句笑時同咲叶已被金尊勸酒句又唱箇豆新詞故相惱叶盡道窮冬句元來恁好叶

此與唐詞同，唯後段第五句不叶，微異。劉鎮（一）「漠漠江皋」詞與此同，唯換頭句不押韻。又「繡羅衣」句只有六字，云「不許蝶親蜂近」，此則「不許」上疑脱一字也，不必從之。培按：此詞舊刻訛脱，《詞律》強為論定，愈滋紕繆，此據《樂府雅詞》校正，為欲政向刻之誤，故特全錄之。

（一）按，「劉鎮」，原作「劉儗」，誤。

夢揚州　九十六字　秦觀

晚雲收韻正柳塘豆煙雨初休叶燕子未歸句惻惻輕寒如秋叶小欄杆外東風軟句透繡幃豆花密香稠叶江南遠句人何處句鷓鴣啼破春愁叶　長記曾陪燕遊叶酬妙舞清歌句麗錦纏頭叶殢酒困花句十載囙誰淹留叶醉鞭拂面歸來晚句望翠樓豆簾捲金鈎叶佳會阻句離情正亂句頻夢揚州叶

此少游自製曲，無別首可校。「燕子」、「殢酒」兩句，皆用去上、去平，似是定格，填者宜遵之。培按：此詞向來各刻皆如此，獨《詞緯》作「柳塘花隝，人今何處」，校諸本多「花隝」、「今」三字。或謂培當從之，愚意「煙雨初休」正承上「柳塘」不必添「花隝」二字，且犯下「花密」、「香稠」。「人何處」語氣渾成，增入「今」字，亦有痕跡，味其音響，必無脫誤。竊謂宜從舊本，《詞緯》欲使前後整齊，似乎杜撰臆斷，殆不免續鳧截鶴之誚。

塞垣春　九十六字　周邦彥

暮色分平野韻傍葦岸豆征帆卸叶煙深極浦句樹藏孤館句秋景如畫叶漸別離豆氣味難禁也叶更物象豆供瀟洒叶念多才豆渾衰減句一懷幽恨難寫叶　追念綺窓人句天然自豆風韻閒雅

叶竟夕起相思句漫嗟怨遥夜叶又還將豆兩袖珠淚句沉吟向豆寂寥寒燈下叶玉骨為多感句瘦來無一把叶

前結方千里作「短長音如寫」，校此少一字，疑悮，然楊澤民亦作「把心事都寫」，或另有此格也。「漫嗟」句，陳允平作「啼螿歎良夜」，楊澤民作「絳帷度秋夜」，皆不用上一下四句法，異。「啼」字平，亦異。

又一躰 九十五字 楊澤民

繡閣臨芳野韻向晚把豆花枝卸叶奇容艷質句世間尋覓句除是圖畫叶這歡娛豆已繫人心也叶更翰墨豆親揮灑叶展蠻牋豆明窗底句把心事都寫叶 謝女與檀郎句清才對豆真態俱雅叶鳳枕欒清宵句絳帷度秋夜叶便同雲黯淡句冰霰縱橫句也共眠豆鴛衾下叶假使過炎暑句共將羅帕把叶

此與周詞仝，唯前结減一字，後段第五、六句，作五字、四字、六字三句，為異。

又一體 九十八字 吳文英

漏瑟侵瓊筦韻潤鼓借豆烘爐暖叶藏鈎怯冷句畫難臨曉句隣語鶯囀叶殢綠窗豆細咒浮梅醆叶

換窖炬豆花心短叶夢驚囬豆林鴉起句曲屏春事天遠叶　迎路柳絲裙句看爭拜東風句盈灞橋岍叶鬢落寶釵寒句恨花勝遲燕叶漸街簾影轉句還似新年句過郵亭豆一相見叶南陌又燈火句繡囊塵香淺叶

此亦與周詞同，唯後段第二句添二字，作五字一句、四字一句。其第五、六句，亦作五字、四字、六字三句，異。後结「香」字平殺，與各家異。宋人此字多用仄殺，故周詞不注可平。

倦尋芳　九十六字　王雱

自注中呂宫。

露晞向曉句簾幙風輕句小院閒晝韻翠徑鶯來句驚下亂紅鋪繡叶倚危闌句登高榭句海棠着雨胭脂透叶算韶華句又㠯循過了句清明時候叶　倦遊燕豆風光滿目句好景良辰句誰共攜手叶恨被榆錢句買斷兩眉長鬭叶憶得高陽人散後叶落花流水仍依舊叶這情懷句對東風句盡成消瘦叶

此詞前段第六句，作三字兩句，後段第六句叶，校諸家獨異。

又一體　九十七字　潘元質

獸鐶半掩句鴛甃無塵句庭院瀟灑韻樹色沉沈句春盡燕嬌鶯姹叶夢草池滿青漸滿句海棠軒檻紅相亞叶聽簫聲句記秦樓夜約句彩鸞齊跨叶　漸迤邐豆更催銀箭句何處貪歡句猶繫驕馬叶旋剪燈花句兩點翠眉誰畫叶香滅羞囬空帳裏句月高猶在重簾下叶恨疎狂句待歸來句碎揉花打叶

此詞前段第五句七字，後段第五句不叶，宋人多照此填。前段第三句，梦窗作「空閑孤燕」，《詞律》云「當是『空閑』之訛」。按：此字宋人多有用平者，然不若用仄之善。

劍器近　九十六字　袁去華

《宋史·樂志》：教坊奏《劍器》曲，其一屬中呂宮，其二屬黃鐘宮，又有《劍器》舞隊。此云「近」者，其音調相近也。培按：《劒器》本唐教坊曲名，陳暘《樂書》言：「天后末年，《劍器》入渾脫，始為犯聲。少陵觀公孫大娘舞《劍器》渾脫，蓋犯聲也。」以培攷之，今之《蘇幕遮》乃渾脫之遺聲，則袁此詞，亦唐之遺聲也。

夜來雨韻賴倩得豆東風吹住叶海棠正妖嬈處叶且留取叶悄庭戶叶試細聽豆鶯啼燕語叶分明

共人愁緒叶怕春去叶　佳樹叶翠陰初轉午叶重簾未捲句乍睡起句寂寞看風絮叶偷彈清淚寄煙波句見江頭故人句為言憔悴如許叶彩牋無數叶去卻寒暄句到了渾無定據叶斷腸落日千山暮叶

此調僅見此詞，無可參校。

秋蘭香　九十六字　陳　亮

未老金莖句些子正氣句東籬淡佇齊芳韻分頭添樣白句同局幾般黃叶向閒處豆須一一排行叶淺深饒間新妝叶那陶令豆漉他誰酒句趁醉消詳叶　況是此花開後句便蜨亂無萫句管甚蜂忙叶你從今豆采却蜜成房叶秋英試商量叶多少為誰句甜得清涼叶待說破豆長生真訣句要飽風霜叶

右見《全芳備祖》，《龍川集》不載，亦無他作可校。

鳳鸞雙舞　九十六字　汪元量

慈元殿句薰風寶鼎句噴香雲飄墜韻環立翠羽句雙歌麗調句舞腰新束句舞纓新綴叶金蓮步豆輕搖鳳兒句翩翩作勢叶便似叶月裏姮娥謫來句人間天上句一番遊戲叶　聖人樂意叶任樂

部豆簫韶聲沸叶衆妃歡也句漸調笑微醉叶競捧瑶觴句深深願豆聖母壽如松桂叶迢遞叶賞更萬年千歲叶

調見《水雲詞》，無可校。培按：「立」字應是作平，玩下三句可見。「兒」字或云是換平叶，似可不必。

甘露滴喬松　九十六字　無名氏

沙隄路近句喜五年相遇句朱顏依舊韻盡道名世半千句公望三九叶是今日豆富民矦換平叶早生聚豆考堂户口叶仄誰與兼致句文章燕許句歌詞韓柳叶仄　更饒萬卷圖書句把藤笈芸編句偏題青鏤叶仄一經傳得句舊事韋平先後叶仄試衮衮豆數英遊叶平問好事豆如今能否叶仄麯車正滿句自酌太和春酒叶仄

調見《翰墨全書》。此詞前後段第六句換平叶，用本部三聲韻，有《鳴鶴餘音》詞同此，可校。

慶千秋　九十六字　無名氏

點檢蓂莢句自元宵過了句兩莢初飛韻葱葱鬱鬱句佳氣喜溢庭闈叶誰知降豆月裡姮娥句欣對

良時叶但見婺星騰瑞彩句年年輝映南箕叶　好是庭階蘭玉句伴一枝丹桂句戲舞萊衣叶椒觴迭將捧獻句歌曲吟詩叶如王母豆欵對羣仙句同宴瑤池叶萱艸茂句長春不老句百千祝壽無期叶

亦見《翰墨全書》，無別作可參校。

望雲間　九十六字　趙可

雲朔南陲句全趙寶符句河山襟帶名藩韻有朱樓縹緲句千雉迴旋叶雲度飛狐絕險句天圍紫塞高寒叶弔興亡遺跡句咫尺西陵句烟樹蒼然叶　時移事改句極目驚心句不堪獨倚危欄叶惟是年年飛雁句霜雪知還叶樓上四時長好句人生一世誰閒叶故人有酒句一尊高興句不減東山叶

亦見《翰墨全書》，趙可登代州南樓自度此曲，無別首可校，其平仄宜遵之。前後同，只「朱樓」句，校後「惟是」句少一字，「興亡」句校後「故人」句多一字耳。

黃鶯兒　九十六字　柳永

《樂章集》注正宮。

園林晝靜誰為主韻暖律潛催句幽谷暄和句黃鸝翩翩句乍遷芳樹叶觀露濕縷金衣句葉映如簧語叶曉來枝上緜蠻句似把芳心句深意低訴叶　無據叶乍出暵煙來句又趁遊蜂去叶恣狂蹤跡句兩兩相呼句終朝霧吟風舞叶當上苑柳濃時句別館花深處叶此際海燕偏饒句都把韶光與叶

此詞有王詵、陳允平詞可校，《詞律》讀「谷」字為句，大繆。《梅苑》無名氏詞亦同，只後段第七句，校此減去「當」字，獨作五字兩句，小異，不必從。「恣狂蹤跡」句，《梅苑》作「就中妖嬈」，故知「跡」字可平。

又一骵　九十七字　晁補之

南園佳致偏宜暑韻兩兩三三句脩篁新筍出初齊句猗猗過墻侵戶叶聽亂點芰荷風句細洒梧桐雨叶午餘簾影叅差句遠樹蟬殼句幽夢殘處叶　凝佇叶既往盡成空句蹔過何曾住叶算人間事句豈足追思句依依夢中情緒叶觀數點茗浮花句一縷香縈炷叶怪來人道陶潛句做得羲皇侶叶

此同柳詞，唯前段第三、四、五句添一字，作七字一句、六字一句，為異。此遵《琴趣》原本，一字不改，紅友論「谷」叶「主」，「竹」叶「暑」之說，過于鑿空，今不取。

步月　九十六字　史達祖

剪柳章臺句問梅東閣句醉中攜手初歸韻逗香簾下句璀璨縷金衣叶正依約豆冰絲射眼句更荏苒豆蟾玉西飛叶輕塵外句雙鴛細蹙句誰賦洛濵妃叶　霏霏叶紅霧繞句步摇共髩影句吹入花圍叶管絃將散句人靜燭龍稀叶泥私語豆香櫻乍破句怕夜寒豆羅襪先知叶歸來也句相偎未肯入重幃叶

此調與趙長卿「斜點銀釭」《滿庭芳》詞相，近只換頭押入短韻。又「管絃」句四字，「人靜」句五字，後結校少兩字為不同，在宋人中秖有施岳仄韻詞一首可校。

又一體　九十四字　施岳

玉宇薰風句寶階明月韻翠叢萬點晴雪叶鍊霜不就句散廣寒霏屑叶採珠蓓豆緑萼露滋句嗔銀艷豆小蓮冰潔叶花蒐在句纖指嫩痕句素英重結叶　枝頭香未絕叶還是過中秋句丹桂時節叶醉鄉冷境句怕翻成消歇叶玩芳味豆春焙旋薰句貯穠韻豆水沉頻爇叶堪憐處句輸與夜凉睡蝶

押入聲韻，與前詞異。前後第五句，皆用上一下四句法，換頭減去短韻，「還是」句平仄相反，兩結各減一字，亦異。此屬變格，故次史詞之後。前段第二句，按史詞可不起韻。

漢宮春　九十六字　吳文英

花姹來時句帶天香國艷句羞掩名姝韻日長半嬌半困句宿酒微蘇叶沉香檻北句比人間豆風異煙殊叶春恨重句盤雲墜髻句碧花翻吐瓊盂叶　洛苑舊移仙譜句向吳娃深館句曾奉君娛叶猩唇露紅未洗句客鬢霜鋪叶蘭詞沁壁句過西園豆重載雙壺叶休漫道句花扶人醉句醉花却要人扶叶

換頭下，前後同。按：此調有前後起皆叶者，有前起叶而後起不叶者，填者可隨意不拘。「日長」兩句，稼軒作「無端風雨，未肯收盡餘寒」，四字一句、六字一句，小異，餘同。「盤雲」句，《花草粹編》無名氏「玉減香消」詞作「承恩不在貌」，多一字，此曰用成語而然，不足為法。換頭句，《梅苑》無名氏詞作「立馬竚、凝情久」，六字折腰，小異。《老學叢談》載無名氏詞，此句作「情知道、山中好」，正與此同。沈會宗詞，後结云「年年斷除不得，是這些情」，六字一句、四字一句，與各家異，未足為法。

又一躰　九十六字　張先

紅粉苔墻韻透新春消息句梅粉先芳叶奇葩異卉句漢家宮額塗黃叶何人鬥巧句運紫檀豆剪出

蜂房叶應為是豆中央正色句東君別與清香叶　仙姿自稱霓裳叶更孤標峻格句霏雪凌霜叶黄昏院落句為誰密鮮羅囊叶銀瓶貯水句浸數枝豆小閣幽牕叶春睡起豆纖條在手句厭厭宿酒殘粧叶

此前後起俱叶，而第四、五句皆作上四下六者。按：《高麗史·樂志》，《漢宮春慢》詞正與此同，唯換頭三句云「光陰迅速如飛，邀酒朋共歡，且恁開眉」，「邀」、「歡」平聲，「酒」、「且」仄殸，微異。

又一體　九十四字

彭元遜

十日春風句又一番調弄句怕暖愁陰韻夜來風雨句摇得楊柳黄深叶薰篝未斷句夢舊寒豆淺醉同衾叶便是鬪燈見月句看花對酒驚心叶　携手滿身花影句香霏冉冉句露濕羅襟叶笙歌嬋人歸去句囬首沉沉叶人間此夜句悮春光豆一刻千金叶明日問句紅巾青鳥句蒼苔自拾遺簪叶

此見鳳林書院詞，前段第八句減一字，後段第二句減一字，異，然恐是訛脫，不必從之。

又一體　九十六字　康與之

雲海沉沉句峭寒收建章句雪殘鳷鵲韻華燈照夜句萬井禁城行樂叶春隨鬢影句映參差豆柳絲梅萼叶丹禁杳句鼇峰對聳句三山上通寥廓叶　春衫繡羅香薄叶步金蓮影下句三千綽約叶冰輪桂滿句皓色冷侵樓閣叶霓裳帝樂句奏昇平豆天風吹落叶留鳳輦句通宵宴賞句莫放漏聲閒却叶

此詞押仄韻，其句讀與張先平韻詞同。「帝」、「樂」二字偶合，非叶。

又一躰　九十四字　無名氏

江月初圓句正新春夜永句燈市行樂韻芙蕖萬朶句向晚為誰開卻叶層樓畫閣叶盡捲上豆東風簾幙叶羅綺擁豆歡聲和氣句驚破柳梢梅萼叶　綽約叶暗塵浮動句正魚龍曼衍句戲車交作叶高牙影裏句緩控玉羈金絡叶鉛華間錯叶更一部豆笙歌圍却叶香散處句厭厭醉聽句南樓畫角叶

此即康詞體，唯前後第六句多押兩韻，換頭又藏一短韻，後結減去二字，為異。

陽臺路　九十六字　柳　永

《樂章集》注林鐘商。

楚天晚韻墜冷風敗葉句疎紅零亂叶冒征塵豆匹馬驅驅句愁見水遙山遠叶追念年時句正恁鳳幃句倚香偎暖叶嬉遊慣叶又豈知豆前歡雲雨分散叶　此際空勞回首句望帝里豆難收淚眼叶暮煙衰艸句筭暗鎖豆路岐無限叶今宵又豆依前寄宿句甚處葦村山館叶寒燈半夜厭厭句憑何消遣叶

此詞只此一首，無可叅校，填者宜守其平仄。

清夜游　九十六字　周彦良

自注越調。

西園昨夜句又一番豆闌風伏雨韻清晨按行處叶有新綠照人句亂紅迷路叶歸吟窗底句但瓶几豆留連春住叶窺晴小蜨翾句等閒飛來似相妬叶　遲暮叶家山信杳句奈錦字難憑句清夢無據叶春盡江頭句啼鵑最悽苦叶薔薇幾度花開句誤風前豆翠樽誰舉叶也應念豆留滯周南句思歸未賦叶

見《陽春白雪》，無他作可校。

迷神引　九十七字　晁補之

《樂章集》注中呂調。

黯黯青山紅日暮韻浩浩大江東注叶餘霞散綺句向煙波路叶使人愁句長安遠句在何處叶幾點漁燈小句迷近塢叶一片客帆低句傍前浦叶　暗想平生句自悔儒冠誤叶覺阮途窮句歸心阻叶斷魂縈目句一千里句傷平楚叶怪竹枝句歌聲怨句為誰苦叶猿鳥一時啼句驚島嶼叶燭暗不成眠句聽津鼓叶

「日」字諸家例用平殼，此以入代平。「長安」句、「漁燈」句，朱雍皆叶。汲古本悮多「回」字、「聲」字，遂使此調絫差，今據本集刪正之。

鳳凰臺上憶吹簫　九十七字　憶吹簫　侯寘

浴雪精神句倚風情態句百端邀勒春還韻記舊隱豆溪橋日暮句驛路泥乾叶曾伴先生蕙帳句香細細豆粉瘦瓊閒叶傷牢落句一夜夢回句腸斷家山叶　空教映溪帶月句

供遊客豆無情折滿雕鞍叶便忘了豆明窗淨几句筆研同歡叶莫向高樓噴笛句花似我豆
蓬鬢霜斑叶都休說句今夜倍覺清寒叶

此調以此詞為正格，李、張詞從此增減。換頭「空教」二字可叶。吳元可「更不成愁」詞全與此同，只「舊隱」句作「似此心情自可」，校減一字；「供遊客」下九字，作「記雁啼秋水，下指成陰」，五字一句、四字一句，微異。然侯詞此處亦可作上五下四讀，只「水」字仄殸為異耳，想可不拘也。

又一躰　九十五字　李清照

香冷金猊句被翻紅浪句起來慵自梳頭韻任寶奩塵滿句日上簾鉤叶生怕離懷別苦句多
少事豆欲說還休叶新來瘦句非關病酒句不是悲秋叶　休休叶這囬去也句千萬徧陽關句
也則難留叶念武陵人遠句煙鎖秦樓叶惟有樓前流水句應念我豆終日凝眸叶凝眸處句從
今又添句一段新愁叶

此同侯詞，唯前後段第四句各減二字，換頭藏短韻，後結添二字，作四字兩句，異。張翥「琪樹鏘鳴」詞正與此同，只換頭減去短韻，為異。

又一體　九十七字　張臺卿

長天霞散句遠浦潮平句危欄注目江皋韻長記季季榮遇句同是今朝叶金鑾兩回命相句對清光豆頻許揮毫叶雍容久句正茶盃初賜句香袖時飄叶　歸去玉坣深夜句泥封罷豆金蓮一寸纔燒叶帝語丁寧曾被句華衮親褒叶如今漫勞夢想句歎塵跡豆杳隔仙鼇叶無聊意句強當歌對酒怎消叶

此亦與侯詞仝，唯前後段第四句各減一字，第九句各增一字，異。首起兩句，平仄與諸家相反，疑傳寫之訛。「褒」字借叶。

採明珠　九十七字　杜安世

《宋史·樂志》：「曲破中呂調，《採明珠》。」

雨乍收豆小院塵消句雲淡天高露冷韻坐看月華生句射玉樓清瑩叶蟋蟀鳴金井叶下簾幃豆悄悄空階句敗葉墜風句惹動閒愁句千端萬緒難整叶　秋夜永叶涼天迥叶可不念光景叶嗟薄命叶倏忽少年句忍教孤另叶燈閃紅窗影叶步迴廊豆懶入香閨句暗落淚珠滿面句誰人知我句為伊成病叶

汲古本脫「淚」字，「孤另」悞作「孤冷」，此據本集增定，但無可校。

慶清朝　九十七字　史達祖

墜絮孳萍句狂鞭孕竹句偷移紅紫池亭韻餘花未落句似供殘蜨經營叶賦得送春詩了句夏帷擶斷綠陰成叶桒麻外句乳鴉稺燕句別樣芳情叶　荀令舊香易冷句嘆俊遊踈懶句枉是銷凝叶塵侵謝屐句幽逕班駁苔生叶便覺寸心尚老句故人前度漫丁寧叶空相誤句袚蘭曲水句挑菜東城叶

「餘花」下與後「塵侵」下同。此詞前後段第四、五句，俱上四下六，換頭句六字，不折腰，玉田、碧山、李居厚三詞皆同。

又一體　九十七字　王觀

調雨為酥句催冰做水句東君分付春還韻何人便將輕暖句點破殘寒叶結伴踏青去好句平頭鞵子小雙鸞叶煙郊外句望中秀色句如有無間叶　晴則箇句陰則箇句餖飣得天氣句有許多般叶須教撩花撥柳句爭要先看叶不道吳綾繡韈句香泥斜沁幾行斑叶東風巧句盡收翠綠句吹上眉山叶

此詞前後段第四、五句，作上六下四，宋人如此填者甚少。李清照一首同此，唯換頭兩句，作「東城邊，南陌上」，平仄畧拗，為小異。培按：《慶清朝》史、王二體外，有曹勛「絳羅縈色」一首，前半用王詞躰，後段用史詞體，而其後段第二句三字，第三句六字，則又與史、王小異，此又一格，注明不錄。

又一躰　九十七字　　李宏謨

碧玉雲深句彤綃霧薄句芳叢亂迷秋渚韻重城傍水句中有吹簫儔侶叶應是瓊樓夜冷句月明誰伴乘鸞女叶仙遊處叶翠奩障塵句紅綺隨步叶　別岸玉蓉竚倚句愛淺抹蜂黃句淡籠紈素叶嬌羞未語叶脉脉悲烟泣露叶綵扇何人妙筆句丹青招得花魂住叶歌聲暮叶夢入錦江句香裡歸路叶

字句同前，唯叶仄韻，異。此調諸譜未收，培自《陽春白雪》採入。李字希膺，號敏軒，南宋人。「嬌羞」句可不叶。

詞槩卷十七終

詞榘卷十八

歙西方成培仰松輯
同邑吳　珏並山校

綠蓋舞風輕　九十七字　周密

玉立照新妝句翠蓋亭亭句凌波步秋綺韻真色生香句明璫搖淡月句舞袖斜倚叶耿耿芳心句奈千縷豆晴絲縈繫叶恨開遲句不嫁東風句顰怨嬌蘂叶　花底叶漫卜幽期句素手采珠房句粉艷初洗叶雨濕鉛腮句碧雲深豆暗聚輭綃清淚叶訪藕尋蓮句楚江遠豆相思誰寄叶棹歌囬句衣露滿身花氣叶

此草窗自度曲，無別首可校。「秋綺」，坊本作「秋渏」，大悞。

玉京謠　九十七字　吳文英

《隨隱漫錄》云：「先君號藏一，夢牕吳先生為度夷則商犯無射宮，製《玉京謠》一篇相贈。」按：《枕中書》「玉京在大羅天之上」，太白詩有「手把芙蓉朝玉京」之句，此詞蓋賦京華羈旅之況，故借「玉京」為調名。

蝶夢迷清曉句萬里無家句歲晚貂裘敝韻載取琹書句長安閒看桃李叶爛繡錦豆人海花塲句任客燕豆飄零誰計叶春風裏叶香泥九陌句文梁孤壘叶　　微吟怕有詩聲句翳鏡慵看句但小樓獨倚叶金屋千嬌句從他鴛暖秋被叶蕙帳移豆煙雨孤山句待對影豆落梅清泚叶終不似叶江上翠微流水叶

「萬里」至「風裏」與後「翳鏡」至「不似」同，但「小樓」句上一下四，與「貂裘」句上二下三，句法微異。換頭句六字，《詞律》連下「翳」字讀，叶韻作七字一句，大繆。

夢芙蓉　九十七字　　吳文英

培按：此夢牕自度曲，題趙昌所画芙蓉而作，囙詞中有「夢斷瓊仙」之句，取以為名。

西風搖步綺韻記長堤驟過句紫騮十里叶斷橋南岍句人在晚霞外叶錦溫花共醉叶當時曾共秋被叶自別霓裳句想紅消翠冷句霜枕正慵起叶　　慘淡西湖柳底叶搖蕩秋魂句夜月歸環佩叶畫圖重展句驚認舊梳洗叶去來雙翡翠叶難得眼恨眉意叶夢斷瓊仙句悵雲深路杳句城

影照流水叶

「斷橋」下與後「畫圖」下同，無別作可叅校。

西子粧　九十七字　吳文英

流水麴塵句艷陽酷酒句畫舸遊情如霧韻笑拈芳草不知名句乍凌波豆斷橋西堍叶垂楊慢舞叶揔不鮮豆將春繫住叶燕歸來句問綵繩纖手句如今何許叶　歡盟誤叶一箭流光句又趁寒食去叶不堪衰鬢着飛花句傍綠陰豆冷煙深樹叶玄都秀句叶記前度豆劉郎曾賦叶最傷心句一片孤山細雨叶

此夢窗自度曲，有玉田「白浪搖天」詞可校。「慢」字、「秀」字俱去聲，張同。紅友云：「張于『慢舞』用『寸碧』二字，乃以入聲為叶者，故知入不但可作平，兼可作上聲叶韻矣。『細雨』，去上煞，妙甚，張亦用『萬里』，否則落調。凡詞結尾，皆不宜草艸亂填。」

培按：十二宮所住，字各不同。而某宮犯某宮，其故皆由於過變，故凡填詞，於兩结暨換頭，皆不容草率，蓋觀於石帚自製曲之旁譜而知之。

被花惱　九十七字　楊纘

踈踈宿雨釀輕寒句簾幙靜垂清曉韻寶鴨微溫瑞煙少叶簷聲不動句春禽對語句夢怯頻驚覺叶欹珀枕句倚繩牀句半牕花影明東照叶　怊惆悵夜來風句生怕嬌香混瑤草叶披衣便起句小徑迴廊句處處都行到叶正千紅豆萬紫競芳妍句又還似豆年時被花惱叶驀忽地句省得而今雙鬢老叶

此楊守齋自度腔，無可校。

玉簟涼　九十七字　史達祖

秋是愁鄉韻自錦瑟斷絃句有淚如江叶平生花裏活句奈舊夢難忘叶藍橋雲樹正綠句料抱月豆幾夜眠香叶河漢阻句但鳳音傳恨句欄影敲涼叶　新妝叶蓮嬌試曉句梅瘦破春句因甚却扇臨窗叶紅巾銜翠翼句早弱水茫茫叶柔情各自未剪句問此去豆莫負王昌叶芳信準句更敢尋豆紅杏西廂叶

「平生」至「漢阻」與後「紅巾」至「信準」仝。「柔情」，《詞律》作「柔指」，誤。

月邊嬌　九十七字　周密

酥雨烘晴句早柳盼嬌嚬句蘭芽愁醒韻九街月淡句千山夜暖句十里寶光花影叶步襪塵凝叶送艷笑豆爭誇清俊叶笙簫迎曉句翠幙捲豆天香宮粉叶　少年韋曲疎狂句絮花踪跡句夜蛾心性叶戲叢圍錦句燈簾轉玉句拚卻舞勾歌引叶前歡漫省叶又輦路豆東風吹鬢叶醺醺倚醉句任夜深春冷叶

「九街」至「迎曉」與後「戲叢」至「倚醉」同。培按：《詞律》作「塵凝步襪」，此遵宋刻善本改正。「凝」字去殸叶，然揔無他作可校。

松梢月　九十七字　曹勛

院靜無聲韻天邊正皓月句初上重城叶群木搖落句松路逕暖風輕叶喜挹蟾華當松頂句照謝閣豆細影縱橫叶仗策徐步句空明裹句但襟袖皆清叶　恍如臨異境句漾鳳沼岍潤句波净魚驚叶氣入層漢句疑有素鶴飛鳴叶夜色徘徊遲宮漏句漸坐久豆露濕金莖叶未忍歸去句聞何處豆更吹笙叶

此曹勛自度腔，無可校。前後段第六句，俱仄仄平平平平仄，例作拗體，填者辨之。

四檻花　九十七字　　曹勛

鴛瓦霜凝韻獸爐煙冷句瑣牕漸明叶芙蓉紅暈減句踈篁曉風清叶睡覺猶眠句怯新寒句仍宿酒句尚有餘酲叶擁閑衾叶先記早梅糝糝句流水泠泠叶　須知歲月堪驚叶最難管豆霜華滿鏡生叶心地還自樂句誰能問枯榮叶一味情塵句指麾盡句人間世句更沒虧成叶惟蕭散句眠食外句且樂昇平叶

「芙蓉」至「餘酲」與後「誰能」至「更沒」同。亦勛自度曲，無可校。

暗香　九十七字　玉田名「紅情」　姜夔

堯章自度仙呂宮，與《踈影》皆為石湖詠梅而作，故名。

舊時月色韻算幾番照我句梅邊吹笛叶喚起玉人句不管清寒與攀摘叶何遜而今漸老句都忘却豆春風詞筆叶但怪得豆竹外踈花句香冷入瑤席叶　江國叶正寂寂叶歎寄與路遙句夜雪初積叶翠樽易泣叶紅萼無言耿相憶叶長記曾攜手處句千樹壓豆西湖寒碧叶又片片豆吹盡也句幾時見得叶

此調有夢牕一首、玉田三首可校。「長記」句，玉田一首作「清興後、風更爽」，句法折腰，小異，然培意恐是「淩風」之譌。

夜合花　九十七字　晁補之

百紫千紅句占春多少句共推絕世花王韻西都萬戶句擅名不為姚黃叶漫腸斷巫陽叶對沉香豆亭北新粧叶記清平調句詞成進了句一夢仙鄉叶　天葩秀出無雙叶倚朝暉句半如酣酒成狂叶無言自省句檀心一點偷芳叶念往事情傷叶又新艷豆曾說滁陽叶縱歸來晚句君王殿後句別是風光叶

「西都」下與後「無言」下同。此詞前後段第八句，俱作上一下三句法，最合格，宜遵之。《詞律》作「西都萬家俱好」，訛甚，此從《琹趣外編》元本校正。

又一體　一百字　周密

月地無塵句珠宮不夜句翠籠誰煉鉛霜韻南州路杳句仙子誤入唐昌叶零露滴句濕微粧叶逗清芬豆蜨夢空忙叶梨花雲暖句梅花雪冷句應妒秋芳叶　虛庭夜氣方涼叶曾記幽叢採玉句素手相將叶青蕤嫩萼句指痕猶映瑤房叶風透幙句月侵牀叶記夢回豆粉艷爭

香叶枕屏金絡句釵梁絳縷句都是思量叶

前後第六、七句，作三字兩句，與晁詞異，作者多從此體。「梨花」句、「枕屏」句，諸家多用上一下三句法，此獨不然，想不拘，倚聲家宜從其多者。「虛庭」兩字，高觀國叶韻，另格。「曾記」句，夢窗作「似西湖燕去」，孫季蕃亦作「望仙城路杳」，校減去一字，又一躰也。培按：曹勛「星拱堯眉」詞全與此同，唯「零露滴」、「風透幙」兩聯，俱合作六字句，前云「綵山高與天齊」，「齊」字平叶，後云「座中莫惜沉醉」，「醉」字换仄叶，此又一平仄互叶體也。

醉蓬萊　九十七字　雪月交光　冰玉風月　呂渭老

《樂章集》注林鐘商。

任落梅鋪綴句鴈齒斜橋句裙腰芳草韻閒伴遊絲句過曉園庭沼叶斷近清明句雨晴風軟句稱少年尋討叶碧縷牆頭句紅雲水面句柳隄花島叶　誰信而今句怕愁憎酒句對着花枝句自踈歌笑叶鶯語丁寧句問甚時重到叶夢筆題詩句帕綾封淚句向鳳簫人道叶處處傷懷句年年念遠句惜春人老叶

「鴈齒」下與後「對着」下同。此調前段第一句、第八句，後段第六句、第九句，例作上一下四句法，唯吳文英前起作「碧天書信斷」，此第一句，或可不拘。若劉圻父于前段第五句、第八句，後段第九句，王沂孫于前段第八句，後段第六句，俱作五言詩句法，不用一字領起，此是二人疵處，不必學。後起坡公作「此會應須爛醉，仍把紫菊茱萸，細看重嗅」，六字兩句、四字一句，「醉」字又用去聲，與諸家異，亦不必從。

瑤臺第一層　九十七字　張元幹

宋陳師道《後山詩話》云：「武才人出慶壽宮，裕陵得之。會教坊獻新聲，為作詞，號《瑤臺第一層》。」

寶曆祥開句飛練上豆青冥萬里光韻石城形勝句秦淮風景句威鳳來翔叶臘餘春色早句兆鈞璜豆賢佐興王叶對熙旦句正格天同德句全魏分疆叶

熒煌叶五雲深處句化鈞獨運斗魁旁叶繡裳龍尾句千官師表句萬事平章叶景鐘文瑞世句醉尚方豆難老天漿叶慶垂裳叶看雲屏間坐句象笏堆牀叶

「石城」至「興王」與後「繡裳」至「天漿」同。趙仲禦(一)「嶰管殷催」詞與此仝，唯前起四字即起韻，為異。又第六句云：「萬年正春未了」，校「臘餘」句多一字，然「正」字甚贅，恐是悮增者，填者宜從張詞。「化鈞」句，張別作云「看乘雲跨鶴下鵷行」，增一襯字，校此小異，另格。

長亭怨　九十七字　或有「慢」字　姜夔

堯章自序云：「予頗喜自製曲，初率意為長短句，然後協以律，故前後闋多不同。桓大司馬云：『昔年種柳，依依漢南。今看搖落，悽愴江潭。樹猶如此，人何以堪。』此語予深愛之。」自注中呂宮。

漸【吹】盡豆【枝】頭【香】絮韻【是】處人【家】句綠【深】門戶叶遠浦縈囬句【暮】帆零亂向何許叶閱人多矣句誰【得】似豆長亭樹叶【樹】若有情時句【不】【會】得豆【青】青如此叶

【日】暮叶望高城【不】見句【只】見【亂】山無數叶【韋】郎去也句怎【忘】得豆【玉】環分付叶【第】【一】【是】豆【早】早歸來句怕【紅】萼豆【無】人為主

(一)「趙仲禦」原作「趙與禦」，誤。

叶
算只有并刀句難剪離愁千縷叶

「向」字仄聲，各家皆同。此字是借叶。「閲人」句，周密叶韻。「第一是」句，周作「燕樓鶴表半飄零」，不折腰，異，諸家無之，不必學。

又一體　九十七字　張　炎

記横笛豆玉關高處韻萬里沙寒句雪深無路叶破卻貂裘句遠遊歸後與誰語叶故人何許叶渾忘了豆江南舊雨叶不擬重逢句應笑我豆飄零如羽叶　同去叶釣珊瑚海樹叶底事又成行旅叶煙篷斷浦叶更幾點豆戀人飛絮叶如今又豆京洛尋春句定應被豆薇花留住叶且莫把孤愁句說與當時歌舞叶

此校姜詞，前段第七句添一字，第八句減一字，前段第六句、後段第二句、第四句多押三韻，為異。張又有「跨匹馬東瀛煙樹」詞，全與此同，可校。張又有「望花外小橋流水」詞，亦與此同，唯首句不起韻，後段第二句「曉窗分袂處」，不作上一下四句法，前段第六句、後段第二句、第四句，皆不叶，為異，周草牕亦有此體。

黄鸝遶碧樹　九十七字　周邦彦

雙闕籠佳氣句寒威日晚句歲華將暮韻小院閒庭句對寒梅照雪句淡煙凝素叶忍當迅景句動無限豆傷春情緒叶猶賴是句上苑風光漸好句芳容將煦叶　艸莢蘭芽漸吐叶且尋芳豆更休思慮叶這浮世句甚驅馳利祿句奔競塵土叶縱有魏珠照乘句未買得豆流年住叶爭如剩引榴花句醉偎瓊樹叶

按：此調創自清真，方、楊、陳俱無和詞，宋元人亦無塡者，無可校。

帝臺春　九十七字　李甲

芳草碧色韻萋萋遍南陌叶飛絮亂紅句也似知人句春愁無力叶憶得盈盈拾翠侶句共攜賞豆鳳城寒食叶到今來句海角逢春句天涯行客叶　愁旋釋叶還似織叶淚暗拭叶又偷滴叶漫倚偏危欄句儘黄昏句也只是豆暮雲凝碧叶拚則而今已拚了句忘則怎生便忘得叶又還問鱗鴻句試重尋消息叶

孤調無可校。「飛」字，《詞綜》作「暖」，「也似知人」，無「似」字，悮，此從舊本。培按：甲字景元，華亭人，善畫翎毛，米元章亟稱之，見采真子《畫鑒》。《詞綜》亦未詳甲何處人，故附識于此。

珍珠簾 九十八字 真珠簾 吳文英

蜜沉爐暖餘煙裊韻竚立行人官道叶麟帶壓愁香句聽舞簫雲渺叶恨縷情絲春絮遠句悵夢隔豆銀屏難倒叶寒峭叶有東風垂柳句學得腰小叶 還近綠水清明句歎孤身如燕句將花頻繞叶細雨濕黃昏句半醉歸懷抱叶蠹損歌紈人去久句漫淚沾豆香蘭如笑叶書香叶念客枕幽單句看春漸老叶

「麟帶」下與後「細雨」下同。培按：此調前段第二句，諸家皆九字折腰，此獨減去三字，疑有脫誤。

又一躰 一百一字 張炎

雲深別有深庭宇韻小簾櫳豆占取芳菲多處叶花暗曲房春句潤幾番酥雨叶見說蘇隄晴未穩句便好趁豆踏青人去叶休去叶且料理琴書句夷猶今古叶 誰見靜裏閒心句縱荷衣未葺句雪巢堪賦叶醒醉一乾坤句任此情何許叶茂樹石床同坐久句却又被豆清風留

住叶欲住叶奈簾影妝樓句剪燈人語叶

校前調多「小簾櫳」三字，填者多宗此體。「去」、「住」兩字不必疊韻，此玉田偶然弄巧，非是定格。張又一首，前起句不用韻。

又一體　一百一字　陸游

燈前月下嬉遊處韻向笙歌豆錦繡叢中相遇叶彼此知名句纔見便論心素叶淺黛嬌蟬風調別句最動人豆時時偷顧叶歸去叶想閑窗深院句調絃促柱叶　樂府叶初翻新譜叶漫裁紅點翠句閒題金縷叶燕子入簾時句又一番春暮叶側帽燕脂坡下過句料也計豆前年崔護叶休訴叶待從今須與句好花為主叶

此詞前段第三句四字，第四句六字，換頭添入短韻，與張詞異，有陸別首可校。「裁紅」兩句，陸別首作「悔當年，早不扁舟歸去」，合作上三下六一句，又小異，另格，不拘。

孟家蟬　九十七字　潘元質

向賣花檐上句落絮橋邊句春思難禁韻正暖日豆溫風裏鬪句採偏香心叶夜夜穩棲芳草句還處

處豆先皭春禽叶滿園林叶夢覺南華句直到如今叶 情深叶記那人小扇句撲得歸來句綉在羅襟叶芳意贈誰句應費萬線千針叶謾道滕王畫得句枉謝客豆多少清吟叶影沉沉叶舞入梨花句何處相尋叶

見趙聞禮《陽春白雪》，無可參校。

春草碧 九十八字 万俟詠

《大聲集》自注「中管高宮」。按：《唐書·禮樂志》：「有中管之名，而不詳其義。」至宋仁宗《樂髓新經》始云：「大呂宮為高宮，太簇宮為中管高宮。」蓋以太簇宮與大呂宮同字譜，故謂之中管也，俗譜以中管高為調名者，誤。培按：白石全集有太簇宮《喜遷鶯》詞，自注云「俗呼中管高宮」。

又隨芳渚生句看翠連霽空句愁偏征路韻東風裏豆誰望斷西塞句恨迷南浦叶天涯地角句意不盡豆消沉萬古叶曾是送別句長亭下豆細綠暗煙雨叶 何處叶亂紅鋪繡茵句有醉眠蕩子句拾翠遊女叶王孫遠豆柳外共殘照句斷雲無語叶池塘夢生句謝公後豆還能繼否叶獨上畫樓句春山暝豆鴈飛去叶

「看翠連」至「送別」與後「有醉眠」至「畫樓」同。首句「生」字，一作「坐」，非是，此從《大聲集》校正，但無別首可校。

燕春臺　九十八字　夏初臨

張先

麗日千門句紫煙雙闕句瓊林又報春回韻殿角風微句當時去燕還來叶五侯池館屏開叶探芳菲豆走馬天街叶重簾人語句轔轔車幰句遠近輕雷叶　雕觴霞灩句翠幙雲飛句楚腰舞柳句宮面糯梅叶金猊夜暖句羅衣暗裛香煤叶洞府人歸句擁笙歌豆燈火樓臺叶下蓬萊叶猶有花上月句清影徘徊叶

按：此調創自子野，蓋春宴詞也，曰黃裳有夏宴詞，劉涇改名《夏初臨》。坊本刻張詞，又有訛落，遂與《夏初臨》列為兩調，悮矣。培按：王之道和此詞，後結云「歸與無寐，想餘韻徘徊」，小異，此必「想歸與無寐之訛」，填者不必從之。

又一躰　九十七字

黃裳

夏景舒長句麥天清潤句高低萬木成陰韻曉意寒輕句一聲未放蟬吟叶但聞鶯友同音叶

讌華堂豆綠水中心叶芙蓉都沒句紅粧信息句終待重尋叶　清泠相照句邂逅俱歡句翠蛾簇擁句芳醞頻斟叶笙謌引步句登臨更向遙岑叶臥影沉沉叶好風來豆與客披襟叶縱更深叶洞府遲歸句紅燭如林叶

此詞后段第七句叶韻，第十句減去一字，小異。凡調名《夏初臨》者，俱照此填。按：劉涇、洪咨夔、曹冠詞與此句讀如一。「縱更深」句，曹冠不叶。培按：劉涇「泛水新荷」詞，悉與此同，第六句「小橋飛入橫塘」，沈天羽增一「蓋」字，不獨失調，並文理亦不通矣。

舞楊花　九十八字　康與之

培按：宋張端義《貴耳集》云：「慈寧殿賞牡丹，時椒房受册，三殿極歡。上洞達音律，自製曲賜名《舞楊花》，停觴命小臣賦詞，俾貴人歌以侑玉卮為壽，左右皆呼萬歲。」

牡丹半坼初經雨句雕檻翠幙朝陽韻困倚東風句羞謝了羣芳叶洗煙凝露向清曉句步瑤臺豆月底霓裳叶輕笑淡拂宮黃叶淺擬飛燕新妝叶　楊柳啼鴉晝永句正秋千庭館句風絮池塘叶三十六宮句簪艷粉濃香叶慈寧玉殿慶清賞句占東君豆誰比君王叶良夜萬燭熒煌叶影裏留住年光叶

「困倚」下與後「三十」下同。此調僅見此詞，無別首可參校。

玲瓏玉　九十八字　姚雲文

開歲春遲句早贏得豆一白瀟瀟韻風颸淅簌句夢驚錦帳春嬌叶是處貂裘透暖句任尊前回舞句紅倦柔腰叶今朝叶虧陶家豆茶鼎寂寥叶　料得東皇戲劇句怕蛾兒街柳句先鬧元宵叶宇宙低迷句倩誰分豆淺凸深凹叶休嗟空花無據句便真個豆瓊雕玉琢句揔是虛飄叶且沉醉句趁樓頭豆零片未消叶

自度腔，無他作可校。一本於「且沉醉」上多疊「虛飄」二字，非是，今從鳳林書院元詞校正。

揚州慢　九十八字　姜夔

自注中呂宮。

淮⃝左名都句竹⃝西佳⃝處句鮮⃝鞍少⃝駐初程韻過春風十⃝里句盡⃝薺⃝麥青青叶自胡⃝馬豆窺江去⃝後句廢⃝池喬⃝木句猶⃝厭言兵叶漸黃昏清⃝角句吹⃝寒⃝都在空城叶　杜⃝郎俊⃝賞句算如今豆

重到須驚叶縱豆蔻詞工句青樓夢好句難賦深情叶二十四橋仍在句波心蕩豆冷月無聲叶念橋邊紅藥句年年知為誰生叶

「過春風」兩句，吳行可作「似梅風、帶溽暑，吹度長林」，六字折腰一句、四字一句，小異，餘同。培按：李彭老于「漸黃昏」兩句作「嘆而今、杜郎還見，應付悲春」，七字折腰一句、四字一句，畧異。然鄭覺齋、詹天遊皆于「角」字絶句，且細按其旁譜，亦以五字一句、六字一句為是。

雙雙燕　九十八字　史達祖

過春社了句度簾幙中間句去年塵冷韻差池欲住句試入舊巢相竝叶還相雕梁藻井叶又軟語豆商量不定叶翩然快拂花梢句翠尾分開紅影叶　芳徑叶芹泥雨潤叶愛貼地爭飛句競誇輕俊叶紅樓歸晚句看足柳昏花暝叶應是棲香正穩叶便忘了豆天涯芳信叶愁損翠黛雙娥句日日畫欄獨憑叶

「度簾幙」下與後「愛貼地」下同。此詞只有吳文英一首可校。

又一體　九十八字

吴文英

小桃謝後句雙雙燕句飛來幾家庭戶韻輕煙曉暝句湘水暮雲遥度叶簾外餘香未捲句共斜入豆紅樓深處叶相將占得雕梁句似約韶光留住叶　堪舉叶翩翩翠羽叶楊柳岸句泥香半和梅雨叶落花風軟句戲逐亂紅飛舞叶多少呢喃意緒叶盡日向豆流鶯分訴叶還憐又過短墻句誰會萬千言語叶

此校史詞，唯前段第二句三字，第三句六字，後段第三句三字，第四句六字，又前段第六句不叶，異。培按：此詞前段第二、第三句，後段第三、第四句，照史詞讀亦通，只少押一韻為異。「短牆」句，諸本脱「憐又」二字，悮甚，此據本集增入。

陌上花　九十八字

張翥

《東坡詩話》：「錢唐人好唱『陌上花，緩緩歸』曲，蓋吴越王遺事也。」培按：吴越王錢鏐，遺其妃書曰：「陌上花開，可緩緩歸矣。」杭人至今歌之，調名取此。

關山夢裏歸來句還又歲華催晚韻馬影鷄聲句諳盡倦遊荒館叶綠箋密記多情事句一看一回腸斷叶待殷勤豆寄與舊遊鶯燕句水流雲散叶　滿羅衫豆是酒痕凝處句唾碧啼紅相半叶只恐

梅花句瘦倚夜寒誰暖叶不成便沒相逢日句重整釵鸞箏鴈叶但何郎豆縱有春風詞筆句高懷渾懶叶

「還又」下與後「唾碧」下同。培按：《詞綜》載此詞，「是酒」下有「香」字，此從《詞暎》定本，然有「香」字亦通，恨無別首可叅校。

雲仙引　九十八字　馮偉壽

自注夾鐘商。

紫鳳臺旁句紅鸞鏡裏句緋緋幾度秋馨韻黃金重句綠雲輕叶丹砂鬢邊滴粟句翠葉玲瓏煙剪成叶含笑出簾句月香滿袖句天霧縈身叶　年時花下逢迎叶有游女豆翩翩如五雲叶亂擲芳英句為簪斜朶句事事關心叶長向金風句一枝在手句嗅蘂悲歌雙黛顰叶遠臨溪樹句對初弦月句露下更深叶

此雲月自度腔，無他詞可校，填者宜遵其平仄。

芰荷香　九十八字　万俟詠

金詞注雙調。

小瀟湘韻正天影倒碧句波面容光叶水僊朝罷句間列綠蓋紅幢叶風吹細雨句蕩十頃豆浥浥清香叶人在水精中央叶霜綃霧縠句襟袂收涼叶

款放輕舟鬧紅裏句有蜻蜓點水句交頸鴛鴦叶翠陰密處句曾覓相並青房叶晚霞散綺句泛遠淨豆一葉鳴榔叶擬去儘促離觴叶歌雲未斷句月上飛梁叶

「天影」下與後「蜻蜓」下同。宋人填此詞，句讀悉同，唯換頭句，或七字，或六字耳。此詞換頭七字，朱敦儒、趙以夫、曹勛詞皆如此。

又一躰　九十八字

趙彥端

燕初歸韻正春陰黯淡句客意淒迷叶玉觴無味句晚花雨褪凝脂叶多情細柳句對沈腰豆渾不勝衣叶垂別袖豆忍見離披叶江南陌上句彊半紅飛叶

樂事從今一夢句縱錦囊空在句金盌誰揮叶舞裠歌扇句故應閒鑠幽閨叶練江詩就句算艤舟豆寧不相思叶腸斷莫訴離杯叶青雲路穩句白首心期叶

此校万俟詞，唯「別袖」句添一襯字，折腰，換頭句減一字，餘同。《詞律》謂「『腸斷』下必落一字」，其說非是。

孤鸞　九十八字　馬莊父

沙隄香軟韻正宿雨初收句落梅飄滿叶可奈東風句暗逐馬蹄輕捲叶湖波又還漲綠句粉墻陰豆日融煙暖叶蓦地刺桐枝上句有一聲春喚叶　任酒帘豆飛動畫樓晚叶便指數燒燈句時節非遠叶陌上叫聲句好是賣花行院叶玉梅對粧雪柳句鬧娥兒豆象生嬌顫叶歸去爭先戴取句倚寶釵雙燕叶

两起下，前後同。「陌上」兩句，朱敦儒作「試問丹青手，是怎生描得」，小異，餘悉同，不錄。

又一體　九十八字　趙以夫

江頭春早韻問江上寒梅句占春多少叶自照踈星冷句秖許春風到叶幽香不知甚處句但迢迢豆滿河煙草叶回首誰家竹外句有一枝斜好叶　記當年豆曾共花前笑叶念玉雪襟期句有誰知道叶喚起羅浮夢句正參橫月小叶淒涼更吹塞管句漫相思豆鬢華驚老叶待覓西湖半曲句對霜天清曉叶

此詞前後第四、五句，俱作五字，小異。「秖許」句，應照後段作上一下四句法纔是。

又一躰　九十八字　张　榘

荊溪清曉韻問昨夜南枝句幾分春到叶一點幽芳句不待隴頭音耗叶亭亭水邊月下句勝人間豆等閒花草叶此際風流誰似句有孄窩詩老叶　且向虛簷句淡然索笑叶任雪壓霜欺句精神越好叶最喜庭除下句映紫蘭嬌小叶孤山好喜舊約句況和羹豆用功宜早叶移傍玉階深處句趁天香繚繞叶

此與朱詞同，唯換頭作四字兩句，異。

晝夜樂　九十八字　柳　永

《樂章集》注中呂調。

洞房記得初相遇韻便只合豆長相聚叶何期小會幽懽句變作別離情緒叶況值闌珊春色暮叶對滿目豆亂花狂絮叶直恐好風光句盡隨伊歸去叶　一場寂寞憑誰訴叶算前言豆揔輕負叶早知恁地難拚句悔不當初留住叶其奈風流端正外句更別有豆繫人心處叶一日不思量句也攢眉千度叶

前後同，只「暮」字叶，「外」字不叶，異。山谷一首亦然，而柳別作則前後皆叶，填者可不拘。

八節長歡　九十八字　毛滂

名滿人間韻記黃金殿句舊賜清閒叶才高鸚鵡賦句風凜惠文冠叶波濤何處試蛟鰐句到白頭豆猶守溪山叶且做龔黃樣度句留與人看叶　桃谿柳曲陰圓叶離唱斷豆旌旗却捲春還叶襦袴寄餘溫句雙石畔句唯聞吏膽長寒叶詩翁去句誰細遶豆屈曲欄杆叶從今後豆南來幽夢句應隨月渡雲湍叶

調見《東堂詞》。紅友云「『溫』字借叶」，非是，有毛別首可校。「且做」句，毛一首作「杜陵老，兩峯秀處」，校此添一字，微異，餘悉同。

逍遙樂　九十八字　黃庭堅

春意漸歸芳草韻故國佳人句千里信沉音杳叶雨潤煙光句晚景澄明句極目危欄斜照叶夢當年少叶對尊前豆上客鄒枚句小鬟燕趙叶共舞雪歌塵句醉裏談笑叶　花色枝枝爭好叶鬢絲秊年漸老叶如今遇風景句空瘦損豆向誰道叶東君幸賜與句天幕翠遮紅繞叶休休醉鄉岐路句華胥蓬島叶

調見《琴趣外編》，無別作可校。

竝蒂芙蓉　九十八字　晁端禮

《能改齋漫錄》：「政和癸己，大晟樂成，蔡京以晁端禮薦，詔乘驛赴闕。端禮至都，會禁中嘉蓮生，遂屬詞以進，名《並蒂芙蓉》，上覽之稱善。」

太液波澄句向檻中照影句芙蓉同蒂韻千柄綠荷深句並丹臉爭媚叶天心眷臨聖日句殿宇分明獻嘉瑞叶弄香嗅蘂叶願君王壽與句南山齊比叶　池邊屢回翠輦句擁羣僊賞醉句憑欄凝思叶萼綠攬飛瓊句共波上遊戲叶西風又看露下句更結雙雙新蓮子叶鬬妝競美叶問鴛鴦豆向誰留意叶

「向檻中」至「嗅蕋」與後「擁羣仙」至「竟美」同，無可校。

黄河清慢　九十八字　或無「慢」字　晁端禮

《鐵圍山叢談》：「宣和初，燕樂初成，八音告備，有曲名《黄河清》，音調極韶美，天下無問遐迩大小，皆爭唱之。」

晴景初升風細細韻雲收天淡如洗叶望外鳳凰城闕句蔥蔥佳氣叶朝罷香煙滿袖句侍臣報豆天顏有喜叶夜來連得封章句奏大河豆徹底清泚叶　君王壽與天齊句馨香動豆上穹頻降祥瑞

叶大晟奏功句六樂初調角徵叶合殿薰風乍轉句萬花覆豆千官盡醉叶内家傳詔句重開宴豆未央宫裏叶

此調僅見此詞，無可參校。

憶東坡　九十八字　王之道

雪霽柳舒容句日薄梅搖影韻新歲換符來天上句初見頒桃梗叶試問我酬君唱句何如博塞歡娱句百萬呼盧勝叶投珠報玉句須放騷人遺春興叶　詩成談笑句寫出無窮景叶不妨時作顛草句馳騁張芝聖叶誰念杜陵野老句心同流水西東句與物初無競叶公侯應有種哉句傾否由天命叶

調見《相山居士詞》，自度腔，無可參校。

停繡針　九十八字　繡停針　陸游

歎半紀句跨萬里秦吴句頓覺衰謝韻回首鵷行句英俊並遊句咫尺玉堂金馬叶氣凌嵩華叶負壯略豆縱横王霸叶夢經洛浦梁園句覺來淚流如瀉叶　山林定去也叶却自恐説着句少年時話

叶靜院焚香句閒倚素屏句今古揔成虛假叶趁時婚嫁叶幸自有豆湖邊茅舍叶燕歸應笑句客中又還過社叶

調見《放翁詞》。宋人無填此者，秪元《鳴鶴餘音》有于真人詞一首，與此同。曰其詞甚鄙俚，故不取參校平仄。

福壽千春　九十八字　　盧摯

柳暗三眠句蓂翻七莢韻稟昂蕭生時叶信道鳳毛池上種句却勝河東鸑鷟叶篤志典墳經旨句素得歐陽學叶妙文章句趁飛黃句姓名即登鴈塔叶　要成發軔勳業叶便先教濟川句整頓舟楫叶兆朕于今句須從此超遷句榮膺異渥叶他日趣裝事句待還鄉懽洽叶頌椒觴句祝遐算句壽同龜鶴叶

調見《花艸粹編》，無可參校。「稟昂蕭生」，蓋用蕭何稟昂星之精事，坊本以「蕭」字為「肅」者，悮。

夏日讌黌堂　九十八字　　無名氏

日初長韻正園林換葉句瓜李飄香叶簾外雨過句送一霎微涼叶萍蕪逕曲凝珠顆句襯沙汀豆

細簇蜂房叶被晚風輕颭句圓荷翻水句潑覺鴛鴦叶　此景最難忘叶稱芳尊泛蟻句筠簟鋪湘叶蘭舟棹穩句倚何處垂楊叶豈能文字成狂飲句更紅裙豆間也何妨叶任醉歸明月句蝦鬚簾捲句幾線餘霜叶

調見《樂府雅詞》。「正園」林下與後「稱芳尊」下同。「簾外」句，趙必瑑作「蒲節後七日」，校此多一字，餘悉同，可校。

水精簾　九十八字　水晶簾　無名氏

誰道秋期遠韻計句浹豆雙星相見叶雨足西簾句正玉井蓮開句几筵初展叶麈尾呼風袢暑淨句那更着豆綸巾羽扇叶殢清歌句不計杯行句任深任淺叶　湖邊小池苑叶漸苔痕草色句青青如染叶辦橘中荷屋句晚方自占叶蝸角虛名身外事句付投子豆紛紛戲選叶喜時平句公道開明句話頭正轉叶

見《翰墨全書》。「正玉井」下與後「辦橘中」下同，無可校。

聒龍謠　九十九字　朱敦儒

曰詞中有「聒龍嘯」句，取以為名。

憑月攜簫句遡空乘羽韻夢踏絳綃仙去叶花冷街榆句悄中天風露叶並真官豆蘂佩芬芳句望帝所豆紫雲容與叶享鈞天豆九奏傳觴句聒龍嘯句看鸞舞叶　驚塵世句悔平生句歎萬感千恨句誰憐深素叶羣仙念我句好人間難住叶勸阿母豆偏與金桃句教酒星豆賸斟瓊醑叶醉歸時豆手授丹經句指長生路叶

前段第二句「羽」字可不叶，朱別首及宋徽宗、汪莘詞皆有之。此詞内「悄」、「歎」、「好」、「指」四字皆讀斷，領起下句，勿悮。

飛龍宴　九十八字

蘇　氏

炎炎暑氣時句流光閃爍句閒扃深院韻水閣涼亭句半開簾幙遙看叶灼灼榴花吐艷叶細雨洒豆小荷香淺叶樹陰竹裏句清涼瀟灑句枕簟搖紈扇叶　堪歎叶浮世忙如箭叶對良辰歡樂句莫辭頻勸叶遇酒逢歌句恣情遂意迷戀叶須信人生聚散句奈區區豆利牽名絆叶少年未倦叶涼天皓月金尊滿叶

調見《花草粹編》，注云「宋吳七郡王姬蘇小娘製」。無可叅校。

蜀溪春　九十九字　曹勛

蜀景風遲句浣花溪邊句誰種芬芳韻天與薔薇句露華勻臉句繁蘂竟拂嬌黃叶枝上標韻別句渾不染豆鉛粉紅妝叶念杜陵句曾見時句也為賦篇章叶　于今盛開禁掖句千萬朵鶯羽句先借朝陽叶待溽君王叶看花明艷句都道赭袍同光叶須趁為幙席句偏宜帶豆踈雨籠香叶占上苑句留住春句奉玉觴叶

自度腔，無可校。

燕山亭　九十九字　宴山亭　曾覿

玉立明光句才業冠倫句漢曆方承休運韻江左奏功句塞壘宣威句紫綬幾垂金印叶歲晚歸來句望丹極豆新清氛祲叶忠憤叶看撓節朋儔句便成嘉遯叶　千載雲海茫茫句記舉目新亭句壯懷難盡叶胡蝶夢驚句化鶴飛還句榮華等閒一瞬叶七十樽前句算疇昔豆都無可恨叶休問叶長占取豆朱顏綠鬢叶

「江左」至「忠憤」與後「胡蝶」至「休問」同。「才業」句，張雨作「蝟肌粟聚」，平仄異。「胡蝶」句，宋徽宗作「天遙地遠」，《詞律》謂「『天遠地遙』之訛」，雖未必，然依曾詞為勝。「一」字、「可」字，《詞律》云「作平」，不必。

降僊臺　九十八字　　無名氏

《宋史·樂志》：「正宮。」

升煙既罷句良夜未曉句天步下神坵韻鏘鏘鳴玉珮句煒緯照金蓮句杳靄雲裘叶綵仗初轉句回龍馭豆旌旆悠悠叶星影踈動與天流叶漏盡五更籌叶　大明升句東海頭叶杲杲靈曜句倒影射旗旒叶輦路具修叶鬱葱瑞光浮叶歸來雙闕看御樓叶有仙鶴豆啣書赦囚叶萬方喜氣句均福祉豆播歌謳叶

見《宋史·樂志》，有三首相同，可校。「倒影」句，一首云「芬茀夾道歡迎」，添一字，餘悉同。又有「清都未曉」一首，句法叅差，疑有訛誤，不錄。

詞繫卷十八終

詞槩卷十九

歙西方成培仰松輯
同里鄭宏綱紀原校

大有　九十九字　周邦彥

仙骨清羸句沈腰顦顇句見旁人豆驚怪消瘦韻柳無言豆雙眉盡日齊鬬叶都緣薄倖賦情淺句許多時豆不成驩偶叶幸自也總由他句何須負這心口叶　令人恨句行坐兒叶斷了更相量句沒心永守叶前日相逢句又早見伊仍舊叶卻更被豆溫存後叶都忘了豆當時僝僽叶便搊撮豆九百身心句依前待有叶

「卻更」句，潘希白作「強整帽檐欹側」，不折腰，微異，想不拘。紅友云：「『九百』，風魔也，金元曲多用之。」培按：宋人諺語謂「清狂不慧為九百」，以九百數處不足故也。

鳳池吟　九十九字　吳文英

萬丈巍臺句碧罘罳外句袞袞野馬游塵韻舊文書几閣句昏朝醉暮句覆雨翻雲叶忽變清明句紫垣敕使下星辰叶經年事靜句公門如水句帝甸陽春叶　長年父老相語句幾百年見此句獨駕冰輪叶又鳳鳴黃幕句玉霄平遡句鵲錦輕恩叶事省中書句半紅梅子薦鹽新叶歸來晚句待賡吟豆殿閣南薰叶

「舊文書」至「星辰」與後「又鳳鳴」至「鹽新」同，無可校。

紫玉簫　九十九字　晁補之

《宋史・樂志》：「歇指調。」

羅綺叢中句笙歌藂裏句眼狂初認輕盈韻無花解比句似一鈎新月句雲際初生叶算不虛得句郎占與豆第一佳名叶卿歸去句那知有人句別後牽情叶　襄王自是春夢句休漫說東牆句事更難憑叶誰教慕宋句要題詩曾倚句寶柱低聲叶侶瑤臺曉句空暗想豆衆裏飛瓊叶餘香冷句猶在小窗句一到魂驚叶

「無花」下與後「誰教」下同。後段第五、六句，或謂理當於「詩」字讀斷，作上三下六一句，然無可糸校。

國香 九十九字 或有「慢」字 張炎

《草窗詞》自注夷則商。

鶯柳煙隄韻記未吟青子句曾比紅兒叶嫺嬌弄春微透句鬟翠雙垂叶不道留僊不住句便無夢豆吹到南枝叶相看兩流落句掩面凝羞句怕說當時叶 淒涼歌楚調句嫋餘音不放句一朵雲飛叶丁香枝上句幾度款語深期叶拜了花梢淡月句冣難忘豆弄影牽衣叶無端動人處句過了黃昏句猶道休歸叶

「嫺嬌」兩句，秪曹勛作「寶曆開圖，文母協應時康」，四字一句、六字一句，少異，餘人皆從張體。

月下笛 九十九字 周邦彥

此調始自清真，㠯詞有「涼蟾瑩澈」及「靜倚官橋吹笛」之句，取以名詞。

小雨收塵句涼蟾瑩澈句水光浮碧韻誰知怨抑叶靜倚官橋吹笛叶映宮牆豆風葉亂飛句品高調

側人未識叶想開元舊譜句柯亭遺韻句盡傳胸臆叶　闌干空四遶句聽折柳徘徊句數聲終拍叶寒燈陋館句最感平陽孤客叶夜沉沉豆鴈啼正哀句片雲盡卷清漏滴叶黯凝竚句但覺龍吟句萬壑天籟息叶

「水光」至「未識」與後「數殿」至「漏滴」同。按：此詞前段第四句叶，後段第四句不叶，前後第六句七字折腰，第七句七字不折腰。後結三字一句、四字一句、五字一句，宋人中無照此填者，故以陶宗儀詞作譜。

又一躰　九十九字　陶宗儀

東閣詩慳句西湖夢淺句好音難托韻香消玉削叶早孤標豆頓非昨叶阿誰底事頻橫笛句不道是豆江南搖落叶向空階閒砌句天寒日暮句病鶴輕啄叶　情薄叶東風惡叶試快覓飛瓊句共翔寥廓叶冰魂漠漠叶誰憐金谷難索叶有時巧綴雙蛾綠句天做就豆宮妝綽約叶待一點句脆圓成句須信和羹問卻叶

此詞換頭藏短韻，前後段第四句皆叶，第七句俱七字不折腰，第八句俱七字折腰，後結三字兩句、六字一句，宋元人多照此填。前段第五句，玉田一首作「愛吟猶自詩瘦」，不用折腰句法，小異，餘悉同。　玉田「萬里孤雲」詞亦同，唯前段第五句添一字，作「曾記經行舊時路」，七字不折腰，另一格也。　其第四句云「寒窓夢裡」，汲古本脱「夢」字，非。

又一體　九十九字　曾允元

吹老楊花句浮萍點點句一溪春色韻閒尋舊跡叶認溪頭豆浣紗磧叶柔條折盡成輕別句向空外豆瑤簪一擲叶算無情更苦句鶯巢暗葉句嚦破幽寂叶　凝立叶闌干側叶記露飲東園句聯鑣西陌叶容消鬢減句相逢應是難識叶東風吹得愁如海句漫點染豆空堦自碧叶獨歸晚句解說心中事句月下短笛叶

此校陶詞，唯後段第五句不叶，結處三字一句、五字一句、四字一句，異。　培按：此詞前段第二句，《詞律》作「浮萍點」，只有三字，此從《詞緯》各譜添入，然作「浮萍點」亦通，未知孰是。

又一體　九十七字　彭元遜

江上行人句竹間茅屋句下臨深窈韻春風嫋嫋叶翠鬟窺樹猶小叶遙吟近倚歸還顧句分付橫枝

未了叶扁舟卻去句中流回首句驚散鳥叶　重蹋新亭屐齒句耿山抱孤城句月來華表叶鷄聲人語句隔江相伴歌笑叶壯游歷歷同高李句未擬詩成草草叶長橋外句有醒人吹笛句併在霜曉叶

此同曾詞，唯前段第五句不折腰，第八句、第十句各減一字，换頭添一字，前後段第七句，各減一字，為異。培按：前結「驚散鳥」殊不成句，疑「鳥」字上必落一字，錄以備躰，不必從之。

三部樂　九十九字　蘇　軾

按：《唐書·禮樂志》：「明皇分樂為二部，堂下立奏，謂之立部伎；堂上坐奏，謂之坐部伎。又酷愛法曲，選坐部伎子弟三百，教于梨園，為法曲部。」三部之名，疑出於此。

美人如月韻乍見掩暮雲句更增妍絕叶算應無恨句安用陰晴圓缺叶嬌羞甚豆空只成愁句待下床又懶句未語先咽叶數日不來句落盡一庭紅葉叶　今朝置酒彊起句問為誰減動句一分香雪叶何事散花卻病句維摩無疾叶卻低眉豆慘然不答叶唱金縷豆一聲怨切叶堪折便折叶且惜取豆少年花發叶

此詞前起及後段第八句，俱叶韻，宋元人罕有照此填者，故以周詞作譜，以有方、楊和詞可校故。前段第六句，汲古本脫「羞」字，悮，今據本集增定。

又一體　九十九字　周邦彥

浮玉飛瓊句向邃館靜軒句倍增清絕韻夜窓垂練句何用交光明月叶近聞道豆官閣多梅句趁暗香未遠句凍蘂初發叶倩誰折取句寄贈情人桃葉叶　迴文近傳錦字句道為君瘦損句是人都說叶秖如染紅着手句膠梳黏髮叶轉思量豆鎮長墮睫叶都只為豆情深意切叶欲報信息句無一句豆堪喻愁結叶

此詞前起及後段第八句俱不叶，宋元人多從此體。「何用」句，方千里和詞作「天際畱殘月」，後段「是人」句作「到見時難說」，前減一字，後添一字，餘同。楊澤民和詞亦然。吴文英「江鷗初飛」詞，悉與周同，唯後段第二、第三句云「半竿渭水，伴鷺汀幽宿」，四字一句、五字一句，小異。此詞前段第六句，汲古本脫「近」字，此據本集增入。

玲瓏四犯　九十九字

周邦彥

此美成自度腔，據白石云屬大石調。

穠李夭桃句是舊日潘郎句親試春艷韻自別河陽句長負露房煙臉叶顦顇鬢點吳霜句細念想豆夢魂飛亂叶嘆畫闌豆玉砌都換叶纔始有緣重見叶　夜深偷展香羅薦叶暗窗前豆醉眠葱蒨叶浮花浪蘂都相識句誰更曾擡眼叶休問舊色舊香句但認取豆芳心一點叶又片時一陣句風雨惡句吹分散叶

「誰更」句，玉田作「方信別淚如雨」，多一字，小異，諸家皆從周體。

又一體　一百一字

曹邍

一架幽芳句自過了梅花句猶占清絕韻露葉檀心句香滿萬條晴雪叶肌素淨洗鉛華句似弄玉豆乍難瑤闋叶看翠虬豆白鳳飛舞句不管暮煙啼鴂叶　酒中風格天然別叶記唐宮豆賜樽芳洌叶玉蕤喚得餘春住句猶醉迷飛蝶叶天氣乍雨乍晴句長是伴豆牡丹時節叶夜散瓊樓宴句金鋪深掩句一庭春月叶

此與周詞仝，唯前段第八句不叶，後結添兩字，作五字一句、四字兩句，為異。

又一體 一百一字 史達祖

雨入愁邊句翠樹晚無人句風葉如剪韻竹尾通涼句卻怕小簾低捲叶孤坐便怯詩慳句念後賞豆舊曾題徧叶更暗塵豆偷鎖鸞影句心事屢羞團扇叶 賣花門館生秋草句悵弓彎豆幾時重見叶前懽盡屬風流夢句天共朱樓遠叶聞道秀骨病多句難自任豆從來恩怨叶料也和豆前度金籠鸚鵡句說人情淺叶

此亦與周詞同，唯前段第八句、換頭句皆不叶，後結添兩字，作九字折腰一句、四字一句，異。按：史別首後結：「待雁來，先寄新詞歸去，且教知道。」正與此同。或點五字一句、四字兩句者，誤。培按：此詞，後結照曹詞讀亦通，只少押兩韻為異。

又一體 一百字 高觀國

水外輕陰句做弄得飛雲句吹斷晴絮韻駐馬橋西句還繫舊時芳樹叶不見翠陌尋春句問着小桃無語叶恨鶯燕豆不識閒情句卻隔亂紅飛去叶 少年曾失春風意句到于今豆怨恨難訴叶魂驚冉冉江南遠句煙艸愁如許叶此意待寫翠箋句奈斷腸豆都無新句叶問甚時豆舞鳳歌鸞句花裏再看儷侶叶

此即史詞體，唯前段第七句減一字，後結作七字一句、六字一句，異。

又一體　九十九字　周密

波煖塵香句正嫩日輕陰句搖蕩清晝韻幾日新晴句初展綺窗紋繡叶年少忍負才華句儘占斷豆豔歌芳酒叶奈翠簾豆蝭舞蜂喧句催趂禁煙時候叶　杏腮紅透梅鈿皺叶燕歸時豆海棠厮勾叶尋芳較晚東風約句還約劉郎歸後叶憑問柳陌情人句比似垂楊誰瘦叶倚畫欄無語句春恨遠句頻回首叶

右與周詞同，唯前段第八句不叶，後段第四句添一字，第六句減一字，爲異。

又一體　九十九字　姜夔

堯章自注：「此曲雙調，世別有大石調一曲。」

疊鼓夜寒句垂燈春淺句匆匆時事如許韻倦游懽意少句俛仰悲今古叶江淹又吟恨賦叶記當時豆送君南浦叶萬里乾坤句百年身世句惟有此情苦叶　揚州柳垂官路叶有輕盈換馬句端正窺戶叶酒醒明月下句夢逐潮聲去叶文章信美知何用句謾贏得豆天涯羈旅叶教說與叶春來

要豆尋花伴侶叶

換頭句或於「栁」字稍讀，作折腰句法，培意不必。此白石自度黄鐘商曲，與周詞迥異，曰調名同，故類列于此，但無他作可校。

秋宵吟　九十九字　姜夔

自注越調。

古簾空句墜月皎韻坐久西窗人悄叶蛩吟苦句漸漏水丁丁句箭壺催曉叶引涼颸句動翠葆叶露脚斜飛雲表叶曰嗟念句似去國情懷句暮帆煙草叶　帶眼消磨句為近日豆愁多頓老叶衛娘何在句宋玉歸來句兩地暗縈繞叶搖落江楓早叶嫩約無憑句幽夢又杳叶但盈盈豆淚灑單衣句今夕何夕恨未了叶

此堯章自度腔，無别首可校。「漏水」，諸本皆刻「漏永」，誤，培按全集改正。

無悶　九十九字　催雪　王沂孫

陰積龍荒句寒渡雁門句㊉西北高樓獨倚韻悵短景無多句亂山如此叶㊉欲喚㊉飛瓊起舞句怕攪碎

豆紛紛銀河水叶凍雲㊀片句藏花護玉句未教輕墜叶　清致叶悄無似叶有照水㊁枝句已攙春意叶誤幾度憑欄句莫愁凝睇叶㊂是梨花夢好句未㊃放豆東風來人世叶㊄翠管豆㊅破蒼茫句看取玉壺天地叶

培按：夢窗「霓節飛瓊」詞，題曰《催雪》，句讀全與王此詞同，《詞律》合為一調。《蕉雪堂譜》云：「《催雪》始自白石，本曰催雪而作，即以為名，與《無悶》不同。」培攷白石全集，不載此調，則諸本所傳「風急還收，凍雲未解」一首，殆非堯章作也，故從《詞律》之例，而詳其說于此。

又一體　九十九字

程　垓

天與多才句不合更與句殢柳憐花情分韻甚捴為才情句惱人方寸叶早是春殘花褪叶也不料豆一春都成病叶自失笑句因甚腰圍半減句淚珠頻搵叶　難省叶也怨天句也自恨叶怎免千般思忖叶倩人說與句又卻不忍叶拚了一生愁悶叶又只恐豆愁多無人問叶到這裏豆天也憐人句看他穩也不穩叶

此校王詞，唯前段第六句叶，第八句三字，第九句六字，後段第二句不叶，第三句三字，叶，第四句六字，第五句四字，第七句叶，為異。宋人無照此填者，莫可叅校。汲古本作《閨怨無悶》，誤。

十月桃　九十九字　十月梅　張元幹

年華催晚句聽尊前偏唱句衝暖欺寒韻樂府誰知句分付點化金丹叶中原舊游何在句頻入夢豆老眼空潸叶撩人冷蕋句渾似當時句無語低鬟叶有多情豆多病文園叶向雪後尋春句醉裏憑欄叶獨步群芳句此花風度天然叶羅浮淡妝素質句呼翠鳳豆飛舞斕斑叶參橫月落句留恨醒來句滿地香殘叶

「衝暖」下與後「醉裡」下同。前段第二句，《梅苑》無名氏詞作「一陽未報」，減一字，稍異，餘同。「獨步」兩句，《樂府雅詞》無名氏詞作「恰似凝酥襯玉，點綴裝裁」，六字一句、四字一句，另格。其「向雪後」兩句作「分付與南園，舞榭歌臺」，句法相仝，或點作上三下六，不必。

新鴈過妝樓　九十九字　吳文英

玉田名《瑤臺聚八仙》、《八寶妝》。《高麗史・樂志》名《百寶糚》。或作《雁過粧樓》。

閬苑高寒韻金樞動豆冰宮桂樹年年叶剪秋一半句難破萬戶連環叶織錦相思樓影下句鈿釵暗約小簾間叶共無眠叶素娥慣得句西墜闌干叶　誰知壺中自樂句正醉圍夜玉句淺鬭嬋娟叶雁風自勁句雲氣不上涼天叶紅牙潤沾素手句聽一曲豆清歌雙霧鬟叶徐郎老句恨斷腸殺在句離鏡孤鸞叶

前起，玉田一首不叶韻，「共無眠」句，夢窗一首不叶韻。

又一體　一百六字　無名氏

一抹絃器句初宴畫堂句琵琶人把當頭韻鬢雲腰素句仍占絕風流叶輕攏慢撚生情態句翠眉顰豆無愁漫似愁叶變新聲豆自成獲索句還共聽豆一奏涼州叶　彈到徧急敲頻句分明似語句爭知指面纖柔叶坐中無語句惟斷續金虬叶曲終暗會王孫意句轉步蓮豆徐徐卸鳳鈎叶捧瑤觴豆為喜知音句勸佳人豆沉醉遲留叶

調見《高麗史·樂志》。「琵琶」下與後「爭知」下同。培按：此詞據《詞映》諸譜云，即《新雁過妝樓》，然句讀增減，頗極參差，當仍其《百寶粧》之名，分列為一調，方妥。今姑從舊例合之，附愚說以俟識者。

鎖窗寒　九十九字　鎖寒牕　　周邦彥

暗柳啼鴉句單衣竚立句小簾朱户韻桐花半畝句靜鎖一庭愁雨叶灑空階豆更闌未休句故人剪燭西牕語叶似楚江暝宿句風燈零亂句少年羈旅叶　遲暮叶嬉游處叶正店舍無煙句禁城百五叶旗亭喚酒句付與高陽儔侶叶想東園豆桃李自春句小脣秀靨今在否叶到歸时豆定有殘英句待客携尊俎叶

「桐花」句、「旗亭」句，方千里叶，應是偶合。「更闌未休」，平平去平，妙。玉田亦作「醉魂未醒」，名詞多如此。宋人亦有用仄仄平仄者，未足為法也。「桃李自春」，「自」字亦有用平者，然以去殸為善。前結「似楚江」三句，蕭竹屋作「悵佳人有約難來，綠徧滿庭芳草」，七字折腰一句、六字一句，此另一格也，楊无咎亦有之。「旗亭」兩句，玉田作「形容憔悴，料應也孤吟山鬼」，「悴」字叶；「料應」句多一字，折腰，又一躰也。汲古刻楊无咎「柳暗藏鴉」詞，換頭云「忽雙眉暗鬪」，「付與」句作「直得拖逗」，必有訛脫，而《詞緯》云「本是搔首，雙眉暗閑」，汲古悞落「搔首」二字，多一「忽」字，「直得」下，又脫「恁時」二字耳。其說無所攷據，亦不足憑，故刪之，不收一百字體。蕭竹屋後段第二句不叶，不必從。程先後起云「空被多情苦，慶會難逢」，「被」字不叶，「慶會」句又少一字，益不足法矣。

金菊對芙蓉　九十九字　康與之

蔣氏《九宮譜》入中呂引子。

梧葉飄黃句萬山空翠句斷霞流水爭輝韻正金風西起句海燕東歸叶憑欄不見南來雁句望故人豆消息遲遲叶木樨開後句不應悞我句好景良時叶　只念獨守孤幃叶把枕前囑付句一旦分飛叶上秦樓游賞句酒殢花迷叶誰知別後相思苦句悄為伊豆瘦損香肌叶花前月下句黃昏院落句珠淚偷垂叶

「正金風」下與後「上秦樓」下同。「枕前」句，稼軒作「嘆年少胸襟」，平仄全異，不拘。

月華清　九十九字　洪瑹

花影搖春句蟲聲吟暮句九霄雲幕初捲韻誰駕冰蟾句擁出桂輪天半叶素魄映豆青瑣窗前句皓彩散豆畫闌干畔叶凝眄叶見金波滉瀁句分輝鵲殿叶　況是風柔夜暖叶正燕子新來句海棠微綻叶不似秋光句只照離人腸斷叶恨無奈豆利鎖名韁句誰為喚豆舞裙

歌扇叶吟玩叶怕銅壺催曉句玉繩低轉叶

「誰駕」下與後「不似」下同。此詞有馬莊父、朱淑真、《高麗史・樂志》詞可校。「誰駕」句，蔡松年作「常記得別時」，校此多一「常」字，亦襯字類也，餘悉同。《詞律》連下「月冷」二字，作七字折腰句，非。

三姝媚 九十九字 王沂孫

紅纓懸翠葆韻漸金鈴枝深句瑤階花少叶萬顆燕支句贈舊情爭奈句弄珠人老叶扇底清歌句還記得豆樊姬嬌小叶幾度相思句紅豆都銷句碧絲空裊叶芳意荼蘼開早叶正夜色瑛盤句素蟾低照叶薦筍同時句歎故園春事句已無多了叶貯滿筠籠句偏暗觸豆天涯懷抱叶漫想青衣初見句花陰夢好叶

「瑤階」至「嬌小」與後「素蟾」至「懷抱」同。「金鈴」二字可仄，玉田一用「卸卻」，是去入；一用「雪竇」，是入去，可證。紅友云「必要平殸」，非。前後段第五、六句，可作三字一句、六字一句。後結，玉田作「待得重逢卻說，巴山夜雨」，或點四字一句、六字一句，亦可。紅友云：「『夢好』二字去上聲，勿悮。碧山、夢窓、梅溪、玉田諸作皆然。天游作『煙雨』，則調不振矣。」

又一體 九十九字 薛夢桂

薔薇花謝去韻更無情句連夜送春風雨叶燕子呢喃句似念人憔悴句往來朱户叶漲綠煙深句早零落豆點池萍絮叶暗憶年華句羅帳分釵句又驚春暮叶　芳草凄迷征路叶待去也句還將畫輪留住叶縱使重來句怕粉容消膩句卻羞郎覷叶細數盟言猶在句悵青樓何處叶綰盡垂楊句爭似相思寸縷叶

此與王詞仝，唯後段第七句六字，第八句五字，異。前後段第二句三字，第三句六字讀，亦可。按：詹正詞：「是誰家，花天月地兒女，又怎知道，人間匆匆今古。」正與此同。

又一體 一百一字 吳文英

酣春清鏡裏韻照清波明眸句暮雲愁思叶半綠垂絲句正楚腰纖瘦句舞衣初試叶燕客漂零句煙樹冷豆青驄曾繫叶畫館朱橋句還把清尊句慰春憔悴叶　離苑幽芳深閉叶恨淺薄東風句褪香銷膩叶綵箑翻歌句最賦情偏在句笑紅顰翠叶暗拍闌干句看散盡豆斜陽舡市叶付與嬌鶯句

金衣清曉句花深未起叶

此校王詞，只後結多兩字，餘同。培按：「金衣」二字，恐是衍文。

又一體　杜子卿

花浮深岸樹句迎新曦窓影句細觸遊塵韻映葉青梅句記共折南枝句又及嘗新叶駐屐危亭句煙墅杳豆風物撩人叶虹外斜陽留晚句鶯邊緑樹催春叶　心事應辜桃葉句但自把新詩句偏寫脩筠叶恨滿芳洲句倩晚風吹夢句暗逐江雲叶漫撚輕攏句幽思切豆清音誰聞叶謾有鴛鴦結帶句雙垂繡巾叶

右見《陽春白雪》，用平韻，與仄韻詞同，惟前結小異，無他作可校，情辭節族殊妙。

丁香結　九十九字　吳文英

香嫋紅霏句影高銀燭句曾縱夜游濃醉韻正錦温瓊膩叶被燕踏豆暖雪驚翻庭砌叶馬嘶人散後句秋風換豆故園夢裏叶吳霜融曉句陡覺晴動句偷春花意叶　還似叶海霧似仙山句喚覺環兒半睡叶淺薄朱唇句嬌羞艷色句自傷時背叶簾外寒挂淡月句向日秋千地叶懷春情不斷

句猶帶相思舊字叶

「晴」字宜仄，必是「暗」字之譌，美成、千里皆用仄殼。後段第二句，必要上一下四句法，周作「記醉酒歸來時」，可證，此必「似海霧仙山」之訛耳。「懷春情」句，「懷」字讀，勿作五言詩句法。前結十二字，方千里詞云「青青榆莢滿地，縱買閑愁難盡」，作六字兩句，陳允平亦有之，又一格也。

念奴嬌

一百字

百字令　百字謠　太平歡　壽南枝　酹江月　大江東去　赤壁詞
酹月　大江西上曲　壺中天　無俗念　淮甸春　古梅曲　白雪詞
千秋歲　慶長春　杏花天

辛棄疾

《碧鷄漫志》云：「大石調，又轉入道調宮，又轉入高宮大石調。」高拭詞注大石調，又大呂調。

野棠花落句又匆匆過了句清明時節韻剗地東風欺客夢句一枕銀屏寒怯叶曲岸持觴句垂楊繫馬句此地曾經別叶樓空人去句舊游飛燕能說叶　聞道綺陌東頭句行人長見句簾底纖纖月叶舊恨春江流不盡句新恨雲山千疊叶料得明朝句尊前重見句鏡裏花難

折叶也應驚問句近來多少華髮叶

此為《念奴嬌》正格。前起可叶，如玉田「行行且止」詞是也。前後起皆叶者，如玉田「長流萬里」詞，後云「遙睇」，添入短韻是也。「聞道」二字可叶，白石「鬧紅一舸」詞是也。「簾低」句，易安作「玉闌干慵倚」，上一下四，不拘。前段第二、三句，張輯作「怪得今朝，湖上秋風無跡」，多一字，異，然「得」字必是羨文。趙長卿前結云「天然造化，別是一般，清瘦蹤跡」，校又多兩字，益不足為法。

又一躰　一百字　　蘇軾

大江東去句浪淘盡豆千古風流人物韻故壘西邊人道是句三國周郎赤壁叶亂石穿空句驚濤拍岸句捲起千堆雪叶江山如畫句一時多少豪傑叶　遙想公瑾當年句小喬初嫁了句雄姿英發叶羽扇綸巾談笑間句檣艫灰飛煙滅叶故國神遊句多情應笑句我早生華髮叶人生如夢句一尊還酹江月叶

此為《念奴嬌》別格。「小喬」九字，上五下四，小異。「多情」兩句，竹坡作「白頭應記得，尊前傾蓋」，五字一句、四字一句，小異。培按：《詞綜》據《容齋隨筆》斥此詞不合調，多所改攛，然培見坡公手書石刻，與舊本所傳無異。容齋之言，未足信也。況「亂石」兩句，本諸葛公書中成語，正見坡仙運用之妙，校「崩雲掠岸」寔勝，何以竹垞、青士皆惑于容齋之說耶。「談笑間」，舊本皆作「處」，此亦從坡公手書改定。

又一躰　一百字　陳允平

凝雲沍曉句正蘆花纔積句荻絮初殘韻華表翩躚何處鶴句愛吟人正孤山叶涷鮮苔鋪句水融莎甃句誰憑玉勾闌叶茸衫氈帽句冷香吹上吟鞭叶　將次柳際瓊消句梅邊粉瘦句添做十分寒叶閒踏輕澌來薦菊句半潭新漲微瀾叶水北峯巒句城陰樓觀句留向月中看叶巘雲深處句好風飛下晴湍叶

此用平韻，異。「梅邊」兩句，張元幹作「淮山風露底，曾賦幽尋」，上五下四，不拘。「華表」句、「閑踏」句俱可作四字絕句。「何處鶴」、「來薦菊」卻畧讀，連下句作九字句，亦可，葉夢得、曹勛皆有此體，即仄韻躰亦可如此。

湘月　一百字　姜夔

自注云：「即《念奴嬌》鬲指聲也，於雙調中吹之。鬲指亦謂之過腔，見晁无咎集。凡能吹竹者，便能過腔也。」

五湖舊約句問經年底事句長負清景韻暝入西山句漸喚我豆一葉夷猶乘興叶倦網都收句歸禽時度句月上汀洲冷叶中流容與句畫橈不點清鏡叶　誰解喚起湘靈句煙鬟霧鬢句理哀絃鴻陣叶玉麈談玄句歎坐客豆多少風流名勝叶暗柳蕭蕭句飛星冉冉句夜久知秋信叶鱸魚應好句舊家樂事誰省叶

培按：此堯章自製曲，有玉田兩首可校。向來各譜，皆與《念奴嬌》合為一調，謂塡《湘月》，仍是塡《念奴嬌》，無須另收。其言其似是而實非，葢《念奴嬌》屬大石調，此屬雙調，宮調旣已不同，又有玉田兩首可證，後人雖不詳鬲指之義之所以然，然不可不列原作為餼羊，以俟後之識者。玉田兩首前起皆叶，「暝入」句、「玉麈」句，仍作七字，稍異。

高陽臺　一百字　劉鎮名「慶春澤慢」　王沂孫名「慶春宮」　劉鎮

高拭詞注商調。

燈火烘春句樓臺浸月句良宵一刻千金韻錦步成蓮句彩雲簇仗難尋叶蓬壺影動星毬轉句映兩行豆寶珥瑤簪叶恣嬉游句玉漏聲催句未歇芳心叶　笙歌十里誇張地句記年

時行樂句憔悴而今叶客裏情懷句伴人間笑閒吟叶小桃未盡劉郎老句把相思豆細寫瑶琴叶怕歸來句紅紫欺風句三逕成陰叶

玉田「接葉巢鶯」詞，前後第八句皆叶，又一格也。此詞紅友編入《慶春澤》，誤。《慶春澤》自有九十八字仄韻一躰，不得因劉之別名而合之，大抵別名多有誤刻者。

又一躰　九十九字　僧皎如

紅入桃腮句青囬柳眼句韶華已破三分韻人不歸來句空教草怨王孫叶平明幾點催花雨句夢半闌豆敧枕初聞叶問東君句囙甚將春句老卻閒人叶　東郊十里香塵叶旋安排玉勒句整頓雕輪叶趂取芳時句去尋島上紅雲叶朱衣引馬黃金帶句算到頭豆捴是虛名叶莫閑愁句一半悲秋句一半傷春叶

此同劉詞，唯換頭減一字，叶韻，為異，有蔣捷詞可校。

垂楊　一百字　陳允平

銀屏夢覺韻漸淡黃嫩綠句一聲鶯小叶細雨輕塵句建章初閉東風悄叶依然千樹長安道叶翠

雲鎖豆玉牕深窈叶斷橋人豆空倚斜陽句帶舊愁多少叶　還是清明過了叶任煙縷露條句碧纖青嫋叶恨隔天涯句幾回惆悵蘇堤曉叶飛花滿地誰為掃叶甚薄倖豆隨波縹緲叶縱啼鵑豆不喚春歸句人自老叶

「一聲」至「斜陽」與後「碧纖」至「春歸」同。此詞有白仁甫一首可校。諸本脫「縱」字，此據《絕妙好詞》增入。

又一體　九十八字　　白樸

闕山杜宇韻甚年年喚得句韶光歸去叶怕上高城望遠句煙水迷南浦叶賣花聲動天街曉句揔吹入豆東風庭户叶正紗窗豆濃睡覺來句驚翠蛾愁聚叶　一夜狂風橫雨叶恨西園媚景句匆匆難駐叶試把芳菲點檢句鶯燕渾無語叶玉纖空折梨花撚句對寒食豆厭厭心緒叶問東君豆落花誰為主叶

此與陳詞仝，唯前後段第四句俱六字，第五句俱五字，第六句俱不叶韻，後結減二字，為異。培按：後結，一本作「誰是主」，似勝。

鳳簫吟　一百字　又名「芳草」鳳樓吟　韓縝

鎖離愁豆連綿無際句來時陌上初薰韻繡幃人念遠句暗垂珠露句泣送征輪叶長行長在眼句更重重豆遠水孤村叶但望極樓高句盡日目斷王孫叶　消魂叶池塘從別後句曾行處句綠妒輕裙叶恁時攜素手句亂花飛絮裏句緩步香茵叶朱顏空自改句向年季豆芳意長新叶遍綠野豆嬉游醉眼句莫負青春叶

「暗垂」句，曾見一譜于「泣」字點斷，作五字一句；前結十一字，作七字一句、四字一句，讀稍異。奚㵕「笑湖山」一首，悉與此同，唯後段第二句、第三句云「油車歸後，一眉新月」，作四字兩句，微異。

又一體　一百一字　晁補之

曉曈曨韻風和雨細句南園次第春融叶嶺梅猶妒雪句露桃雲杏句已綻碧呈紅叶一年春正好句助人狂豆飛燕遊蜂叶更吉夢良辰句對花忍負金鐘叶　香濃叶博山沉水句小樓清旦句佳氣葱蔥叶舊遊應未改句武陵花似錦句笑語相逢叶蘂宮傳妙訣句小金丹豆同換冰容叶況共有豆芝田舊約句歸去雙峰叶

此與韓詞仝，唯前起多押一韻，第六句添一字，後段第二、三句，作四字兩句，異。「露桃」兩句，曹勛詞云「聖天子為民，致福穰穰」，五字一句、四字一句，小異。紅友謂「九字一氣，『已』字可畧帶上讀者」，此躰是也。

又一體 一百一字 王之道

雨溟濛韻季季今日句農夫共卜新豐叶登高隨處好句銀瓶突兀句南峙對三公叶真珠溥露菊句更芙蓉豆照水匀紅叶但華髮衰顏句不堪頻鑑青銅叶　相逢叶頻借问句且徘徊豆目送飛鴻叶十年湖海句千里雲山句幾番殘照西風叶蟹螯粗似臂句金英碎豆琥珀香濃叶請細讀離騷句為君一飲千鐘叶

此詞後段第二句五字，第三、四句作七字一句、四字兩句，第七句作六字一句，結作五字一句、六字一句，餘與晁同。

蠟梅香 一百字 吳師益

錦里陽和句看萬木凋時句早梅獨秀韻㳌館瓊樓畔句正絳樹初吐句穠華將茂叶國艷天葩句真

淡儜豆雪肌清瘦叶似廣寒宮句鉛華未御句自然糚就叶　凝睇倚朱欄句噴清香暗度句易襲襟袖叶好與花為主句宜秉燭豆頻觀泛湘酎叶莫待南枝句隨樂府豆新聲吹後叶對賞心人句良辰好景句須信難偶叶

此調平仄，有喻仲明詞可校。

又一體　一百一字　無名氏

愛日初長韻正園林纔見句萬木凋黃叶欖外朝來句已見數枝句復欲掩映迴廊叶賜與東皇叶付芳信豆妝點江鄉叶想玉樓中句誰家艷質句試學新粧叶　桃杏苦尋芳叶縱成蹊豈能句似恁清香叶素豔妖嬈句應是盡夜句曾與明月風光叶瑞雪濃霜叶渾疑是豆粉蝶輕狂叶待拚吟賞句休聽畫閣句橫笛悲傷叶

調見《梅苑》。此與仄韻詞仝，唯前後段第四、五、六句，作四字兩句、六字一句，第七句俱叶韻，為異。培按：前後第九句，俱用上一下三句法，吳詞亦然，應是定格，填者宜守之。

大椿　一百字　曹勛

梅擁繁枝句香飄翠簾句鈞奏嚴陳華宴韻誠孝感南極句正老人星現叶垂眷東朝功慶遠句享五福豆長樂金殿叶茲時壽協七旬豆(一)慶古今來稀見叶　慈顏緑髮看更新句玉色粹溫句躲力加健叶導引沖和氣句覺春生酒面叶龍章親獻龜臺祝句與中宮豆仝誠懽忭叶億萬斯年句當蓬萊豆海波清淺叶

調見《松隱集》，無他首可校。

八音諧　一百字　曹勛

自注：「以八音曲殺合成，故名。」

芳景至橫塘句官柳陰低覆句新過疎雨韻望處藕花密句映煙汀沙渚叶波靜翠展琉璃句似佇立豆飄飄川上女叶弄曉色句正鮮妝照影句幽香潛度叶　水閣薰風對萬姝句共泛泛紅緑句鬧花深處叶移棹采初開句嗅金纓留取叶趁時吟賞池邊句預後約豆淡雲低護叶未飲且憑闌句更

(一) 此處《詞槩》原稿未有句讀，然據曹勛原詞，此處應斷句，故依例增之。

待漏豆荷珠露叶

「新過」至「佇立」與後「鬧花」至「後約」同，亦無可叅校。

換巢鸞鳳　一百字　史達祖

此梅溪自度腔，取詞中「換巢鸞鳳教偕老」之句為名。或曰：「前段用平韻，後段換仄韻，換巢之義，疑出于此。」

人若梅嬌韻正愁横斷塢句夢遶溪橋叶倚風融漢粉句坐月怨秦簫叶相思因甚到纖腰叶定知我豆今無魂可銷叶佳期晚句漫幾度豆淚痕相照換仄叶　人悄仄叶天渺渺仄叶花外语香句時透郎懷抱叶暗握荑苗句乍嘗櫻顆句猶恨侵階芳草叶天念王昌忒多情句換巢鸞鳳教偕老叶溫柔鄉醉句芙蓉一帳春曉叶

培按：後結，《詞律》點三字一句、七字一句，亦通，但無別首可校。

渡江雲　一百字　三犯渡江雲　張炎

山空天入海句倚樓望極句風急暮潮初韻一簾鳩外雨句幾度閒田句隔水動春鋤叶新煙

禁柳句想如今豆綠到西湖叶猶記得豆當年深隱句门掩兩三株叶　愁余叶荒洲古溆句斷梗疎萍句更漂流何處換仄叶空自覺豆圍羞帶減句影怯燈孤叶平長疑即見桃花面句甚近來豆翻致無書叶平書縱遠句如何夢也都無叶平

陳允平「桐花寒食」詞，于「更漂流」句，仍用平叶，云「滿地欲流錢」，且是五言詩句法，此另一格，諸家所無。

又一體　一百字　陳允平

風流三逕遠句此君淡泊句誰與伴清足韻歲寒人自得句傍石鋤雲句閒裏種蒼玉叶琅玕翠立句愛細雨豆疎煙初沐叶春晝長豆秋風不斷句洗紅塵凡俗叶　高獨叶虛心共許句淡節相期句幾人閒棋局叶堪愛處豆月明琹院句雪晴書屋叶心盟更許青松結句笑四時豆梅礬蘭菊叶庭砌繞句東風漸添新綠叶

此詞全押仄韻，所謂入可代平也，若上去，恐未必合調。　培按：前結，用上一下四句法；「幾人」句，用上二下三句法，小異，想不拘。

琵琶仙　一百字

姜　夔

石帚自注黃鐘商。

雙槳來時句有人似豆舊曲桃根桃葉韻歌扇輕約飛花句蛾眉正奇絕叶春漸遠豆汀洲自綠句更添了豆幾聲啼鴂叶十里揚州句三生杜牧句前事休說叶　又還是豆官燭分煙句奈愁裏豆匆匆換時節叶都把一襟芳思句與空階榆莢叶千萬縷豆藏鴉細柳句為玉尊豆起舞迴雪叶想見西出陽關句故人初別叶

只此一首，無可絫校。「官燭」，向來俱刻「宮燭」，此照全集改正。培按：白石時客吳興，必與吳興守有舊，故云「官燭」也。

御帶花　一百字

歐陽修

青春何處風光好句帝里偏愛元夕韻萬重繒綵句構一屏峰嶺句半空金碧叶寶檠銀釭句耀絳幕豆龍騰虎擲叶沙隄遠豆雕輪繡轂句爭走五侯宅叶　雍雍熙熙作晝句會樂府神姬句海洞僊客叶曳香搖翠句稱執手行歌句錦街天陌叶月淡寒輕句漸向曉豆漏聲寂寂叶當年少豆狂心未已句不醉怎歸得叶

「萬里」下與後「曳香」下同，無可參校。「雍雍」去聲。

解語花　一百字　吳文英

王行詞注林鐘羽。

門横皺碧句路入蒼煙句春近江南屽韻暮寒如剪叶臨溪影豆一一半斜清淺叶飛霙弄晚叶蕩千里豆暗香平遠叶端正看豆瓊樹三枝句總似蘭昌見叶　酥瑩雲容夜暖叶伴蘭翘清瘦句簫鳳柔婉叶冷雲荒翠句幽棲久豆無語暗申春怨叶東風半面叶料準擬豆何郎詞卷叶歡未闌豆煙雨青黃句宜晝陰庭館叶

「暮寒」下與後「冷雲」下同。「冷雲」句，美成、千里諸家皆叶，吳別首亦叶。前結五字，上二下三，後結五字，上一下四，須辨。

又一體　一百一字　周密

晴絲罥蝶句暖蜜酣蜂句重簾捲春寂寂韻雨萼煙梢句壓闌干豆花雨染衣紅濕叶金鞍悞約叶空極目豆天涯草色叶閬苑玉簫人去後句惟有鶯知得叶　餘寒猶掩翠户句梁燕乍歸句芳信未

端的叶淺薄東風句莫回循豆輕把杏鈿狼藉叶塵侵錦瑟叶殘日紅窓春夢窄叶睡起折枝無意緒句斜倚秋千立叶

此校前詞，唯前後第三句，各添一字；前段第四句，後段起句、第四句，俱不叶；又前段第八句，後段第七、八句，俱不折腰；後結不作上一下四句法，為異。「約」字借叶，夢窓「惜紅衣」亦以「約」叶「白」。

詞榘卷十九終

詞榘卷二十

歙西方成培仰松輯
同里鄭宏綱紀原校

東風第一枝　一百字　史達祖

蔣氏《九宮譜》注大石調。

草脚愁蘇句花心夢醒句鞭香拂散牛土韻舊歌空憶珠簾句彩筆倦題繡户叶黏雞貼燕句想立斷豆東風來處叶暗惹起豆一掬相思句亂若翠盤紅縷叶　今夜覓豆夢池秀句叶明日動豆探花芳緒叶寄聲沽酒人家句預約俊游伴侣叶憐他梅柳句怎忍俊豆天街踈雨叶待過了豆一月燈期句日日醉扶歸去叶

吴文英「傾國傾城」一首，于前段第二句、第六句，後段第五句，俱叶韻，異。《梅苑》「臈雪初凝」詞，于换頭句云「嗟爛漫怨蝭未知」，「知」字平，不叶，更異。　培按：「夜覓過了」四字，宋人多有用平者，不若仄起調。

又一體　一百字

無名氏

溪側風回句前村霧散句寒梅一枝初綻韻雪艷凝酥句冰肌瑩玉句嫩條細軟叶歌臺舞榭句似萬斛豆珠璣飄散叶異衆芳豆獨占東風句第一點裝瓊苑叶　青萼點豆絳唇疎影句瀟灑噴豆紫檀龍麝句也知青女嬌羞句壽陽嬾匀粉面叶江梅臘盡句武陵人豆應知春晚叶最苦是豆皎月臨風句畫樓一聲羌管叶

右見《梅苑》，與史詞同，唯前段第四、五句，作四字三句；後段第一、二句，俱不叶韻，異。培按：前段四字三句，尚屬可從；後段第一、二句不叶，則不足法矣。姑載之于此，以俻叅攷。

春夏兩相期　一百字

蔣　捷

聽深深豆謝家庭館韻東風對語雙燕叶似説朝來句天上婺星光現叶金裁花誥紫泥香句繡裏藤輿紅茵輭叶散蠟宮輝句行鱗厨品句至今人羨叶　西湖萬柳如綫叶料月仙當此句小停飈輦叶付與長年句教見海心波淺叶縈雲玉佩五侯門句洗雲華洞三春苑叶慢拍調鶯句急鼓催鸞句翠陰生院叶

「似說」下與後「付與」下同。培按：「洗雲」句疑有訛字，惜無可校，填者宜照前「繡裏」句平仄。

萬年歡　一百字　無名氏

唐教坊曲名。《宋史・樂志》：「中呂宮。」《元史・樂志》：「舞隊曲。」培按：趙孟頫平仄互叶體，亦自注中呂宮。

天氣嚴凝句乍寒梅數枝句嶺上開坼韻傳粉凝脂句疑是素娥妝拭叶先報陽和信息叶更雪月豆交光一色叶因追念豆往日懽游句共君携手同摘叶　別來又經歲隔叶奈高樓夢斷句無計尋覓叶冷艷寒容句啼雨恨煙愁溼叶似向人前淚滴叶怎不使豆伊家思憶叶還只恐豆寂寞空枝句又隨昨夜羌笛叶

仄韻以此詞為正體。「乍寒梅」九字，亦可於「梅」字讀斷，作上三下六一句。前後第六句，宋人多不叶韻。程大昌換頭云「田頭處，無限思」，三字兩句，異。其前後第六句不叶，程三首皆如此。「怎不使」句，程一首云「每演九後，重從一始」，添一襯字，作四字兩句，前後第六句叶。「冷艷」兩句，晁補之云「此事談何容易，驥才方騁」，上六下四，小異，換頭亦不叶韻。培按：李劉「一點箕星」詞，悉與此同，向來俱刻作《滿朝歡》，悞之甚矣，今細校正，刪去之。

又一體　九十八字　王安禮

雅出羣芳韻占春前信息句臘後風光叶野岸郵亭句繁似萬點輕霜叶清淺溪流倒影句更黯淡豆月色籠香叶渾疑是豆姑射冰姿句壽陽粉面初妝叶多情對景易感句況淮天庾嶺句迢遞相望叶愁聽龍吟凄絕句畫角悲涼叶念昔曰誰醉賞句向此際豆空惱迴腸叶終須待豆結寔恁时句佳味堪嘗叶

平韻者以此詞為正體。

又一體　一百字　無名氏

禁籞初晴韻見萬年枝上句巧囀鶯聲叶藻殿連雲句萍曦高照簷楹叶好是簾開麗景句裊金爐豆香煗煙輕叶傳呼道豆天蹕來臨句兩行拱照簪纓叶　看看筵敞三清叶洞寶玉杯中句滿酌犀觥叶爛漫芳葩句斜簪快慶春情叶更有簫韶九奏句簇魚龍豆百戲俱呈叶吾皇願豆永保洪圖句

四方長樂昇平叶

調見《高麗史・樂志》。此同王詞，唯換頭叶，第四、五句作四字一句、六字一句，結句添兩字，異。

又一躰　一百一字　趙師俠

電繞神樞句虹流華渚句誕彌良用佳辰韻萬寓謳歌歸舞句寶歷增新叶四七年間盛事句皇威暢豆邊鄙無塵叶仁恩被豆華夏咸安句太平極治歡聲叶　重華道隆德茂句亘古今希有句揖遜重聞叶聖子三宫懽聚句两世慈親叶幸際千秋聖旦句霑鎬宴豆普率惟均叶封人祝豆億萬斯年句壽皇尊竝高眞叶

此亦同王詞，唯前起不叶，第二句四字，第三句六字，後段第四句六字，第五句四字，異。

又一體　一百二字　賀鑄

淑質柔情句靚妝艷美句未容桃李爭妍韻紅粉墻東句曾記窺宋三年叶不問雲朝雨暮句向西樓

豆南館留連叶何嘗信豆美景良辰句賞心樂事難全叶　青門鮮袂句畫橋回首句初沉漢佩句永斷湘絃叶漫寫濃愁幽恨句封寄魚牋叶擬話當時舊好句問同誰豆與醉尊前叶除非是豆明月清風句向人今夜依然叶

此與趙詞同，唯前段第四、五句，仍照王體；又換頭添一字，作四字四句，異。

又一體　一百字　趙孟頫

天上春來韻正陽和布澤句斗柄初回叶一朵祥雲捧日句萬象生輝叶帝德光昭四表句玉帛盡豆梯航來會換仄叶彤庭敞豆花覆千官句紫霄鵷鷺徘徊叶平　仁風偏滿九垓叶平望霓旌緩引句寶扇齊開叶平喜動龍顏句和氣藹然交泰叶仄九奏簫韶舜樂句獸尊舉豆麒麟香藹叶仄從今數豆億萬斯年句聖主福如天大叶

此詞以灰、賄、隊、佳、蟹、泰三聲叶韻，句讀與《高麗·樂志》詞同。子昂又有「閶闔初開」詞，全與此同，唯後段第三句用仄叶，第五句、結句用平叶，與此微異。

絳都春　一百字　吳文英

蔣氏《九宮譜》注黃鐘宮。

情黏舞綫韻悵駐馬灞橋句天寒人遠叶旋翦露痕句移得春嬌栽瓊苑叶流鶯長語煙中怨叶恨三月豆飛花零亂叶艷陽歸後句紅藏翠掩句小坊幽院叶　誰見叶新腔按徹句背燈暗豆共倚寶屏蔥蒨叶繡被夢輕句金屋裝深沉香換叶梅花重洗春風面叶正溪上豆參橫月轉叶泣禽飛上金沙句瑞香霧暖叶

「旋剪」至「零亂」與後「繡被」至「月轉」同。換頭句，趙彥端詞云「此是君家舊物，看九萬清風，為君掀舉」，校此減去短韻。第二句作五字、四字兩句，異。「背燈」句，丁僊現詞作「慶三殿共賞，群仙同到」，五字一句、四字一句，不拘。《梅苑》無名氏「東君運巧」詞，換頭句云「莫厭金尊頻倒」，于「見」字不叶，而于「徹」字叶，又另格也。前起及換頭短韻，劉鎮一首皆不叶。其後結云「恁時懽笑休把，萬金換了」，或于「笑」字點斷，作四字一句、六字一句，多押一韻，另為一躰。培意元于「休把」斷句，「笑」字不過偶合耳，故不另收此體。此調前後第五句，例作拗躰，吴詞皆然，若各家則未免有出入矣。譜内校對諸詞，不得不詳注可平可仄。填者能悉如吴詞，格律更謂謹嚴也。後結「霧暖」，去上妙。宋人間有出入，不足為法。

又一體　九十八字　張　榘

平山老柳韻寄多少勝遊句春愁詩瘦叶萬疊翠屏句一抹江煙渾如舊叶晴空欄檻今何有叶寂寞文章身後叶換田奇事句青油上客句放懷尊酒叶　知否叶全淮萬里句羽書靜豆草綠長亭津堠叶小隊出郊句花底賡酬閒时候叶和薰籌幙垂春晝叶坐看蓉池波皺叶主賔同會風流句盛名可久叶

此與吳詞仝，唯前後段第七句，各減一字，異。毛滂「餘寒尚峭」詞，正與此同，唯「羽書」句云「種彫菰向熟，碧桃猶小」，稍異，不拘。

又一體　九十八字　京　鏜

昇平似舊韻正錦里元夕句輕寒時候叶十里輪蹄句萬户簾帷香風透叶火城燈市爭輝照叶誰撒滿空星斗叶玉簫敼裏句金蓮影下句月明如晝叶　知否叶良辰美景句豐歲樂國句從來稀有叶坐上兩賢句白玉為山聯翩秀叶笙歌一片圍紅袖叶切莫遣豆銅壺催漏叶杯行且與邦人句共開嘆口叶

此亦與吳詞同，唯前段第七句減一字，後段第三句減一字，作四字兩句，異。

又一體　九十八字　陳允平

秋千倦倚句正海棠半拆句不耐春寒韻殢雨弄晴句飛梭庭院繡簾閒叶梅妝欲試芳情懶換仄叶翠顰愁入眉彎叶平霧蟬香冷句霞綃淚搵句恨襲湘蘭叶平　悄悄池臺步晚句任紅曛杏靨句碧沁苔痕叶平燕子未來句東風無語又黃昏叶平琴心不度春雲遠叶仄斷腸難託啼鵑叶平夜深猶倚句垂楊二十四欄叶平

此詞用平仄互叶，只此一闋，無可參校。換頭「晚」字，《詞律》云「不必叶」。培按：以《梅苑》「東君運巧」一首推之，此句作換仄叶，亦可。

采綠吟　一百字　周密

采綠鴛鴦浦句放畫舸豆水北雲西韻槐薰入扇句柳陰浮槳句花露侵詩叶點塵飛不到句冰壺裏豆紺霞淺壓玻璃叶想明璫句凌波遠句依依心事誰寄換仄叶　移棹艤空明句蘋風度豆瓊絲霜管清脆叶仄咫尺挹幽香句悵隔岍紅衣叶平對滄洲豆心與鷗閒句吟情渺豆蓬萊共分題叶平停杯久句涼月漸生句煙含翠微叶平

此草牕自度曲，前結後起兩仄韻，用古韻本部三聲叶，無可校。

長壽仙　一百字

趙孟頫

瑞日當天韻對絳闕蓬萊句非霧非煙叶翠光飛禁苑换仄叶正淑景芳妍叶平綵仗和風細轉叶仄御香飄滿黄金殿叶仄萬國會朝句喜千官拜舞句億兆同歡叶平　福祉如山如川叶平應玉渚流虹句璇樞飛電叶仄八音奏舜韶句度玉燭調元叶平歲歲龍輿鳳輦叶仄九重春醉蟠桃宴叶仄天下太平句祝吾皇豆壽與天地齊年叶平

調見《松雪集》。此平仄互叶，元詞也，然遵古韻本部三聲叶，與元曲《中原音韻》不同。「翠光」句，照後「八音」句，可不叶，然無可校。

雪夜漁舟　一百字

虚靖真人

晚風歇韻漫自棹孤舟句順流觀雪叶山聳瑶岑句林森玉樹句高下盡無分别叶襟懷澄澈叶更没個豆故人堪説叶恍然塵世句如居天上句水精宫闕叶　萬塵聲影絕叶瑩虚空無外句水天相接叶一葉身輕句三花聚頂句永夜不愁寒洌叶漫憐薄劣叶但只觧豆附炎趨热叶停橈失笑句知心都付句野梅江月叶

調見《虚靖真人詞》，無可叅校。「孤舟」下與後「虚空」下同。

惜寒梅　一百字　無名氏

看盡千花句喜寒梅豆卻與雪期霜約韻雅態香肌句迥有天然淡泊叶五侯園囿恣游樂叶恁欄處豆重開綉幙叶秦娥妝罷句自遠相徔句艷過京洛叶　天涯再見素萼叶似凝愁向人句玉容寂寞叶江上飄零句怎把芳心付託叶那堪風雨夜來惡叶便減動豆一分瘦削叶直須沉醉句尤香殢雪句莫待吹落叶

調見《復雅歌詞》，無別首可校。「雅態」下與後「江上」下同。

惜花春起早慢　一百字　無名氏

向春來句覩園林豆繡出滿檻鮮萼韻流鶯海棠枝上弄舌句紫燕飛繞池閣叶三眠細栁句垂萬條豆羅帶柔弱叶為思量豆昨夜去看花句猶自斑剝叶　須拚盡日尊前句當媚景良辰句且恁懽謔叶更闌夜深秉燭句對花酌豆莫孤輕諾叶鄰鷄唱曉句驚覺來豆連忙梳掠叶向西園句惜羣葩句恐怕狂風吹落叶

調見《高麗史・樂志》，即賦題本意，無別首可校。

遶佛閣　一百字　周邦彥

暗塵四斂韻樓觀迥出句高映孤館叶清漏將短叶厭聞夜久豆籤聲動書幔叶桂花又滿叶閒步露草句偏愛幽遠叶花氣清婉叶望中迤邐豆城陰度河岸叶　倦客最消索句醉倚斜陽穿柳綫叶還似汴隄豆虹梁橫水面叶看綠颺春燈句舟下如箭叶此行重見叶歎故友難逢句羈思空亂叶兩眉愁豆向誰舒展叶

此調有吳文英兩首、陳允平一首可校。培按：此詞多用拗句，蓋其體然也，平仄四殸，數詞俱大略相同，唯陳作換頭云「料想鳳樓人」，「人」字平，微異。「厭聞」、「望中」、「還似」三句，皆以九字蟬聯一氣為妙。

霓裳中序第一　一百一字　姜夔

白石自序云：「丙午歲留長沙，登祝融，囙得其祠神之曲，曰：『黃帝鹽』、『蘇合香』。』又於樂工故書中，得商調《霓裳曲》十八闋，皆虛譜無辭。按，沈氏《樂律》：『《霓裳》道調，此乃商調。』樂天詩云『散序六闋』，此特兩闋，未知孰是。然音節閑雅，不類今曲。予不暇盡作，作《中序》一闋傳于世。予方羈游，感此古音，不自知其辭之怨抑也。」唐白居易《霓裳羽衣舞歌》云：「散序六奏未動衣，陽臺宿雲慵不飛。中序擘騞初入拍，秋竹吹裂春冰拆。」自注云：「散序六偏，無拍，故不舞。中序始有拍，亦名拍序。」宋沈括《筆談》云：「《霓裳曲》凡十二疊，前六疊無拍，至第七疊，方謂之疊徧，自此始有拍而舞。」按：此知《霓裳曲》十二疊，至第七疊中序始舞，故以第七疊為中序第一，蓋舞曲之第一徧也。培按：《唐書・王維傳》：「客有以奏樂圖示維者，無題識。維曰：『此《霓裳》第三疊冣初拍也』。客未然，引工按曲，乃信。」此言誤也，三疊無拍。又按：《樂苑》云：「《婆羅門》，商調曲。開元中，西涼節度楊敬述進。」《理道要訣》云：「天寶十三載，改《婆羅門》為《霓裳羽衣》，屬黃鐘商。」此說與白石所云商調合，沈氏云道調，非矣，則二曲本屬一調，宋人之《婆羅門引》，亦《霓裳曲》之道聲也。

亭皐正望極韻亂落江蓮歸未得叶多病卻無氣力叶況紈扇漸疎句羅衣初索叶流光過隙叶歎杏梁豆雙燕如客叶人何在句一簾淡月句仿佛照顏色叶　幽寂叶亂蛩吟壁叶動庾信豆清愁似織叶沉思年少浪跡叶笛裏關山句柳下坊陌叶墜紅無信息叶漫暗水豆涓涓溜碧叶飄零久句而今何意句醉卧酒壚側叶

培按：尹煥「青顰粲素靨」一首，正與此同。《詞律》謂「其前段第四句五字，後段第五句四字，參差不齊，必無此理」，繆矣，夫詞豈可以排律之法拘之哉。周密「湘屏展翠疊」詞，亦與此同，唯後段第五句，作「悵洛浦分綃」，校添一襯字，微異。姜個翁「園林罷組織」詞，前段第四句減一字，第七句「煞憔悴牆根堪惜」，第八句「可念我」，及詹正「一規古蟾魄」詞，平仄與各家不同，不足為法，槩不校注。

又一體　一百三字　羅志仁

來鴻又去燕韻看罷江潮收畫扇叶慢湖曲豆雕闌倦倚句正舡過西陵句快篙如箭叶凌波不見叶但陌花豆遺曲淒怨叶孤山路豆晚蒲病柳句淡綠鎖深院叶　離恨叶五雲宮殿叶記舊日豆曾游翠輦叶青紅如寫便面叶悵下鵠池荒句放鶴人遠叶粉墻隨岸轉叶漏壁瓦豆殘陽一線叶蓬萊夢豆人間那信句坐看海濤淺叶

此即姜詞體，唯前段第三句添一字，不叶；後段第五句添一字，異。培按：「倦倚」恐是「倚倦」之訛。「恨」字借叶，《詞律》云「失叶」，非是。

馬家春慢　一百一字　賀鑄

珠箔風輕句繡簾浪捲句乍入人間蓬島韻鬬玉闌干句漸庭館豆簾櫳春曉叶天許奇葩貴品句異

繁杏豆夭桃輕巧叶命化工豆傾國風流句與一枝纖妙叶　尊前五陵年少叶縱丹青異格句難倣顔貌叶惹露凝煙句困紅嬌額句微顰低笑叶須信穠香易歇句更莫惜豆醉攀吟遶叶待舞蜨遊蜂句細把芳心都告叶

調見《東山樂府》，無可校。

梅香慢　一百一字　賀鑄

高閣寒輕句映萬朶芳梅句亂堆香雪韻未待江南信句冠百花先占句一陽佳節叶剪綵凝酥句無處學豆天然奇絕叶便壽陽妝句工夫費盡句艷姿終別叶　風裏弄輕盈句掩珠英明瑩句麝蠟飄烈叶莫放芳菲歇叶剩永宵歡賞句酒酣吟折叶倒玉何妨句且聽取豆樽前新闋叶怕笛殸長句行雲散盡句漫悲風月叶

「萬朶」下與後「珠英」下同，只第四句後叶前不叶，異。培按：此詞校《蠟梅香》，唯後段第四句押韻，第五句多兩字，第六句少一字，為異，聲響皆同，應本是一調。

六花飛　一百一字　曹勛

寅杓乍正句瑞雲開曉句罩紫霄宮殿韻聖孝虔恭句率宸庭冠劍叶上徽稱豆天明地察句奉玉簡

豆璇曜金輝非常典叶仰吾君豆親被袞龍句當檻俛旒冕叶　中興聖天子句舜心溫清句示未嘗閑燕叶禮無前比句出淵衷深念叶賛木父豆金母至樂句萬億載句日月榮光俱懽忭叶喜春風羅綺句管絃開壽宴叶

調見《松隱集》，無可校。「瑞雲」至「璇曜」與後「舜心」至「日月」同。

清風滿桂樓　一百一字

曹勛

涼飇霽雨句萬葉吟秋句團團翠深紅聚韻芳桂月中來句應是染豆仙禽頂砂匀注叶晴光助絳色句更都潤豆丹霄風露叶連朝看句枝間粟粟句巧裁霞縷叶　煙姿照璚宇叶上苑移時句根連海山佳處叶回看碧山邊句薇露過豆殘黃韻低塵污叶詩人漫自許叶道曾向豆蟾宮折取叶斜枝戴句惟稱瑶池伴侶叶

調亦見《松隱集》，無可校。「萬葉」至「連朝」與後「上苑」至「斜枝」同，唯第六句，後叶前不叶，異。

映山紅慢　一百一字

元載

縠雨風前句占淑景豆名花獨秀韻露國色仙姿句品流第一句春工成就叶羅幃護日金泥皺叶映

霞腮動檀痕溜叶長記得天上句瑤池閬苑曾有叶　千匝繞豆紅玉欄杆句愁只恐豆朝雲難久叶須款折豆繡囊剩戴句細把蜂鬚頻嗅叶佳人再拜擡嬌面句斂紅巾捧金杯酒叶獻千千壽叶願長恁豆天香滿袖叶

調見元載詞，詠牡丹作也，無他首可校。

玉珥墜金環　一百一字　元遺山名「秋色橫空」　白樸

搖落秋冬韻愛南枝迴絕句暖氣潛通叶含章睡起宮糚褪句新妝淡淡丰容叶冰蕤瘦句蠟蒂融叶便自有豆倏然林下風叶肯羨蜂喧蝶鬧句艷紫妖紅叶　何處對花興濃叶向藏春池館句透月簾櫳叶一枝鄭重天涯信句腸斷驛使相逢叶関山路句幾萬重叶記昨夜豆筠筒和淚封叶料馬首幽香句先到夢中叶

調見《天籟集》，仁甫又有「兒女情多」一首同此，可校。「南林」至「林下」與後「藏春」至「和淚」同。　培按：《詞綜》載趙雍《燭影搖紅》一首，誤刻《玉珥墜金環》，致令後人認此為《燭影搖紅》別名，豈不大錯。《潛采堂譜》始載白此詞，名《秋色橫空》，云：「見《天籟集》，只有一首，無可叅校。」後培得楊希洛秀才所藏《天籟》全集抄本，其中載有兩首，自注云：「本名《玉珥墜金環》，《秋色横空》蓋前人詞首句，遺山用以為名。」始知本是宋調，而宋人、遺山之作，皆不傳矣，可惜也。

舜韶新　一百一字　郭子正

宋王應麟《玉海》云：「政和中，曹棐製徵調《舜韶新》。」

香滿西風句催歲晚東籬句黃花爭吐韻嫩英細蕊句金艷繁妝點句高秋偏富叶寒地花媒少句算自結豆多情煙雨叶每年年妝面句謝他拒霜相顧叶　寶馬王孫句休笑孤芳句陶令曰誰句便思歸去叶負春何事句此恨唯才子句登高能賦叶千古風流在句占定泛豆重陽芳醑叶堪吟看醉賞句何須杏園深處叶

「嫩英」下、「負春」下，前後同，無別作可校。

彩雲歸　一百一字　柳　永

《宋史·樂志》：「仙呂調。」《樂章集》注中呂調。

蘅皋向晚艤輕航韻卸雲帆豆水驛魚鄉叶當暮天豆霽色如晴晝句江練淨豆皎月飛光叶那堪聽

豆遠村羌管句引離人斷腸叶此際恨句浪萍風梗句度歲茫茫叶　堪傷叶朝懽暮散句被多情豆賦與淒涼叶別來寂苦句襟袖依約句尚有餘香叶算得伊豆鴛衾鳳枕句夜永爭不思量叶牽情處句唯有臨岐句一句難忘叶

只此一首，無可叅校。汲古本脫「恨」字，今從《花草粹編》增入。

桂枝香　一百一字　疎簾淡月

王安石

登臨送目韻正故國晚秋句天氣初肅叶千里澄江似練句翠峯如簇叶征帆去棹殘陽裏句背西風豆酒旗斜矗叶綵舟雲淡句星河鷺起句畫圖難足叶　念自昔豆豪華競逐叶歎門外樓頭句悲恨相續叶千古憑高對此句慢嗟榮辱叶六朝舊事隨流水句但寒煙豆衰草凝綠叶至今商女句時時猶唱句後庭遺曲叶

「故國」兩句，玉田作「向桂邊，偶然一見秋色」，是上三下六，九字一句，不拘。張輯「梧桐雨細」詞，於「千里」兩句、「千古」兩句皆作上四下六，「征帆」句、「六朝」句皆叶，又一體也。周密「巖飛逗綠」詞，換頭云「別有雕闌翠屋」，校少一字，疑悮，不必從。「時時猶唱」句，李彭老作「浮沉醉鄉」，平仄與諸家異，亦不可從。

又一體　一百一字　黄裳

揷雲翠壁韻爲送目句入遥空句見山色叶金鼎丹成去也句晉朝高客叶百花巖下遺孫在句賦何人豆離塵風骨叶翠微緣近句希夷志遠句洞天蹤跡叶　近卻有豆爲龍信息叶怪潭上靈光句雷電相擊叶尤好風波乍霽句鷺汀斜日叶倚欄白盡行人髪句但沉沉豆群岫凝碧叶利名休事龍頭句飛舠送君南北叶

此詞前段第二、三句，作三字三句；後結三句，作六字兩句，異。

滿朝歡　一百一字　柳永

《樂章集》注大石調。

花隔銅壺句露晞金掌句都門十二清曉韻帝里風光爛漫句偏愛春杪叶煙輕晝永句引鶯囀上林句魚游靈沼叶巷陌乍晴句香塵染惹句垂楊芳草叶　回念秦樓彩鳳句楚館朝雲句往昔曾迷歌笑叶别來歲久句偶憶歡盟重到叶人面桃花句未知何處句但掩朱門悄悄叶盡日竚立無言句贏得凄涼懷抱叶

孤調無可參校。

翦牡丹　一百一字　張先

培按：《宋史・樂志》：「女弟子舞隊，第四曰佳人翦牡丹隊，則此詞蓋舞曲也。」

野綠連空句天青垂水句素色溶漾都淨韻柔柳搖搖句墜輕絮無影叶汀洲日落人歸句脩巾薄袂句擷香拾翠相競叶如鮮凌波句泊渚煙春暝叶　綵縚朱索新整叶宿繡屏豆畫船風定叶金鳳響雙槽句彈出今古幽思誰省叶玉盤大小亂珠迸叶酒上粧面句花艷媚相竝叶重聽盡豆漢妃一曲句江空月靜叶

培按：此詞，諸譜皆於「重聽」注叶韻，愚意當于「盡」字讀斷，作七字一句，「聽」字決非叶，惜無他作可攷。

又一躰　九十八字　李致遠

破鏡重圓句分釵合鈿句重尋繡户珠箔韻說與從前句不是我情薄叶都緣利役名牽句飄蓬無定句翻成輕諾叶別後情懷句有萬千牢落叶　經時冣苦分攜句都為伊豆甘心寂寞叶縱滿眼豆閒花媚柳句終是强歡不樂叶待憑鱗羽句說與相思句水遠天長又難託叶而今幸已再逢句把輕離斷却叶

此詞見《花草粹編》，誤刻《碧牡丹》，細為校對，後段第二句已上，俱與張先詞同，的系《剪牡丹》別體，因改正，類列于此。

玉燭新　一百一字　史達祖

《爾雅》云：「四時和，謂之玉燭。」詞名取此，始於《清真樂府》。

疎雲縈碧岫韻帶晚日摇光句半江寒皺叶越溪近遠句空頻向豆過鴈風邊囬首叶酸心一縷句念水北豆尋芳歸後叶輕醉醒豆隄月籠紗句鞍鬆寶輪飛驟叶　秦樓屢約芳春句記扇背題詩句帕羅沾酒叶瘦愁易就叶曰驚斷豆夢裏桃源難又叶臨風訴舊叶想日暮豆梅花孤瘦叶還靜倚豆修竹相思句盈盈翠袖叶

「帶晚」至「籠紗」與後「記扇」至「相思」同，但「遠」、「縷」二字不叶，與後段微異。吳文英于「縷」字叶，楊无咎於「遠」、「縷」二字皆叶，不拘。

月當廳　一百一字　史達祖

白璧舊帶秦城夢句因誰拜下句楊柳樓心韻正是夜分句魚鑰不動香深叶時有露螢自照句占風

裳豆可喜影紩金叶坐來久句都將涼意句盡付沉吟叶　殘雲事緒無人拾句恨匆匆豆藥娥歸去難尋叶綴取霧窗句曾唱幾拍清音叶猶有老來印愁處句冷光應念雪翻簪叶空獨對句西風緊弄句一井桐陰叶

孤調無他詞可校。《詞律》所載三説，過於穿鑿，今不敢從。

翠樓吟　一百一字　姜夔

白石自注雙調。

月冷龍沙句塵清虎落句今年漢酺初賜韻新翻胡部曲句聽氈幕豆元戎歌吹叶層樓高峙叶看檻曲縈紅句簷牙飛翠叶人姝麗叶粉香吹下句夜寒風細叶　此地叶宜有詞僊句擁素雲黄鶴句與君遊戲叶玉梯凝望久句歎芳草豆萋萋千里叶天涯情味叶仗酒祓清愁句花消英氣叶西山外叶晚來還捲句一簾秋霽叶

「新翻」下與後「玉梯」下同。白石自度曲，平仄宜遵。

鳳歸雲　一百一字　柳永

唐教坊曲名。《樂章集》，平韻一百一字者注仙呂調，仄韻一百十八字者注林鐘商。

向深秋豆雨餘爽氣肅西郊韻陌上夜闌句襟袖起涼颸叶天末殘星句流電未滅句閃閃隔林梢叶又是曉雞聲斷句陽烏光動句漸分山路迢迢叶　驅驅行役句苒苒光陰句蠅頭利祿句蝸角功名句畢竟成何事句漫相高叶抛擲雲泉句狎翫塵土句壯節等閒銷叶幸有五湖煙浪句一船風月句會須歸老漁樵叶

「天末」下與後「抛擲」下同。趙以夫「正愁予」詞同此，可校，唯「陌上」句押韻，小異。「電」、「翫」二字去聲，宜效之。

又一躰　一百十八字　　柳　永

戀帝里豆金谷園林句平康巷陌句觸處繁華句連日疎狂句未嘗輕負句寸心雙眼韻況佳人盡句天外行雲句堂上飛燕叶向玳筵豆一一皆妙選叶長是囙酒沉迷句被花縈絆叶　更可惜豆淑景亭臺句暑天枕簟句霜月夜明句雪霰朝飛句一歲風光句儘堪隨分句俊游清宴叶算浮生事句瞬息光陰句錙銖名宦叶正歡笑豆試恁暫分散叶即是恨雨愁雲句地遙天遠叶

此詞用仄韻，無可叅校。「簟」字閉口韻，非叶。「明」字照《花艸粹編》增入。

曲江秋　一百一字　楊无咎

《韓玉詞》注正宮。

香銷燼歇韻喚沉水重燃句薰爐猶热叶銀漢墜懷句氷輪轉影句冷光侵毛髪叶隨分且宴設叶小槽酒句真珠滑叶漸覺夜闌句烏紗露濡句畫簾風揭叶　清絕叶輕紈弄月叶緩歌處豆眉山怨疊叶持杯須我醉句香紅映臉句雙腕凝霜雪叶飲散晚歸來句花梢指點流螢滅叶睡未穩豆東窗漸明句遠树又聞鶗鴂叶

此調楊有三首，可校。後結「睡未穩」兩句，其一云「竚望久、空嘆無才可賦，厭聽鶗鴂」，是上三下六一句、四字一句，小異。又一首云「正攜手無端，驚囬檻外，數殸鶗鴂」，五字一句、四字兩句，此則與後韓詞合，想不拘，巳餘同，注明不錄。

又一體　一百三字　韓玉

明軒快目韻正雨過湘溪句秋來澤國叶波面鑑開句山光澱拂句竹殸摇寒玉叶鷗鷺戲晚浴叶芰荷動句香紅蔌叶千古興亡意句凄涼颺舟句望迷南北叶　仿佛叶煙籠霧簇叶認何處豆當年繡轂叶沉香花萼事句蕭然傷感句宮殿三十六叶忍聽向晚菱歌句依稀猶似新翻曲叶試與問如

今句新蒲細柳句為誰搖綠叶

此與楊詞仝，唯前段第十句添一字，後段第七句添一句，後處句讀亦異。「晚浴」，諸本刻「晚日」，誤，此遵御定本改正，「蕭然」句，脫「感」字，亦為增入。「國」字、「佛」字借叶，或云「『佛』字非叶」。培按：此句不叶亦可，宋人元有增減短韻之例。

壽樓春 一百一字 史達祖

裁春衫尋芳韻記金刀素手句同在晴牕叶幾度因風殘絮句照花斜陽叶誰念我句今無裳叶自少年豆消磨疎狂叶但聽雨挑燈句攲床病酒句多夢睡時粧叶　飛花去句良宵長叶有絲闌舊曲句金譜新腔叶㝡恨湘雲人散句楚蘭魂傷叶身是客句愁為鄉叶算玉簫豆猶逢韋郎叶近寒食人家句相思未忘蘋藻香叶

此梅溪自度腔，無他作可校。培按：此調每叶韻處，皆用平平煞，僅後結「藻」字上聲耳，是其音調如此，填者宜遵之。

喜朝天 一百一字 張先

按：唐教坊有《朝天曲》，《宋史·樂志》有越調《朝天樂》曲，子野之詞，疑出于此。

曉雲開韻睨仙館凌虛句步入蓬萊叶玉宇瓊甃句對青林近句歸鳥徘徊叶風月從今清暑句帶江山豆野色助詩才叶簫鼓宴豆璇題寶字句浮動持杯叶　天多送目無際句識渡舟帆小句時見潮田叶故國千里句共十萬室句日日春臺叶睢社朝京未遠句正和羹豆民口渴鹽梅叶佳景在豆吳儂還望句分閫重來叶

子野送蔡襄還朝，自製此腔，應以此為正躰，可平可仄，只晁詞可校。「仙館」下與後「渡舟」下同。前後第二句，俱上一下四，第五句，俱上一下三，須辨。

又一體　一百三字　晁補之

衆芳殘韻海棠正輕盈句綠鬟朱顏叶碎錦繁繡句更柔柯映碧句纖搦勻殷叶誰與將紅間白句采薰籠豆仙衣覆斑斕叶如有意豆濃妝淡抹句斜倚闌干叶　妖嬈向晚春後句慣困欹晴景句愁怕朝寒叶縱有狂雨句便離披瘦損句不奈幽閒叶素李來禽總俗句漫遮映豆終羞格疎頑叶誰來顧豆斜風教舞句月下庭間叶

此與張詞同，唯前後第五句，各添一字，異。培按：「海棠」句，上二下三，句法與張小異，填者宜從張。

憶舊遊　一百二字　或有「慢」字　張炎

記開簾送酒句隔水懸燈句欵語梅邊韻未了清游興句又飄然獨去句何處山川叶淡風暗收榆莢句吹下沈郎錢叶歎客裏光陰句消磨艷冶句都在尊前叶　留連叶滯人處句是鑑曲窺鶯句蘭沼圍泉叶醉拂珊瑚樹句寫百年幽恨句分付吟箋叶故舊幾回飛夢句江雨夜涼船叶縱忘却歸期句千山未必無杜鵑叶

「欵語」至「光陰」與後「蘭沼」至「歸期」同。前起三句，夢牕云「送人猶未苦，苦送春隨人去天涯」，首句上二下三，下八字蟬聯一氣，此是巧筆，他家無之，不必學。「留連」句不叶韻。「醉拂」句，劉應幾作「奈菰蒲舊地」，上一下四，微異，方千里亦有之。培按：「故舊」，「舊」字，《詞律》謂恐是「人」、「園」、「山」、「鄉」等字之譌，繆甚。

又一體　一百三字　張炎

記瓊筵卜夜句錦檻移春句同惱鶯嬌韻暗水流花徑句正無風院落句銀燭遲銷叶鬧枝淺壓髻髻句香臉泛紅潮叶甚如此游情句還將樂事句輕趁冰消叶　飄零又成夢句但長歌裊裊句柳色迢迢叶一葉江心冷句望美人不見句隔浦難招叶認得舊時鷗鷺句重過月明橋叶遡萬里天風句

清聲慢憶句何處鸞簫叶

此詞換頭減去短韻，後結添一字，作四字兩句，異。培按：周密「記移燈翦雨」詞，後結云「空江冷月，魂斷隨潮」，正與此同。坊本將張詞刪去「鸞」字，謬矣。又按：周「記花陰剪燭」詞，亦與此仝，唯換頭仍押短韻，前結添一字，云「別鳳引離鸞」，稍異，然「引」字培意恐是衍文，不必從。

又一躰　一百三字　劉將孫

正落花時節句憔悴東風句綠满愁痕韻悄客夢豆驚呼伴侶句斷鴻有約句回泊歸雲叶江空共道惆悵句夜雨隔篷聞叶儘世外縱横句人間恩怨句細酌重論叶　嘆他鄉異縣句渺舊雨新知句歷落情真叶匆匆那忍別句料當君思我句我亦思君叶人生自非麋鹿句無計久同羣叶此去重銷魂叶黃昏細雨深閉門叶

此校張詞，唯前段第四句添兩字，第五句減一字，後段第九句，多押一韻，為異。

花犯　一百二字　繡鸞鳳花犯　王沂孫

古嬋娟句蒼鬟素靨句盈盈瞰流水韻斷魂十里叶歎紺縷飄零句難繫離思叶故山歲晚誰堪

寄叶琅玕聊自倚叶漫記我豆綠蓑衝雪句孤舟寒浪裏叶　三花两蕋破蒙茸句依依似有恨句明珠輕委叶雲臥穩句藍衣正豆護春憔悴叶羅浮夢豆半蟾挂曉句么鳳冷豆山中人乍起叶又喚取豆玉奴歸去句餘香空翠被叶

換頭「蕊」字，美成、千里皆用「花」字，此字以平為勝。兩結平去上，妙，各家皆同。「故山」句，夢窗「剪横枝」詞，此句不叶。後段第二句三字，第三句六字，異。譚宣子「故山」句不叶，後段第二、三句，仍照王詞填。草窗「楚江湄」詞，與吴「翦横枝」詞同，只後段第五句：「誰賞國香風味」，校「藍衣」句減一字，異。「半蟾」句，夢牕一首叶。「十里」，「十」字作平。

詞榘卷二十終

詞槩卷二十一

歙西方成培仰松輯
門人汪懷畧圯公校

水龍吟 一百二字 豐年瑞 陸游

姜堯章詞注無射宮，俗名越調。

摩訶池上追遊路句紅綠參差春晚韻韶光妍媚句海棠如醉句桃花欲暖叶挑菜初閒句禁煙將近句一城絲管叶看金鞍爭道句香車飛蓋句爭先占豆新亭館叶　惆悵年華暗換叶黯消魂豆雨收雲散叶鏡奩分月句釵梁折鳳句秦箏斜鴈叶身在天涯句亂山孤壘句危樓飛觀叶歎春來只有句楊花和恨句向東風滿叶

前起可叶韻。換頭句，可不叶韻。「紅綠」句，楊无咎作「誰喚作、真西子」，折腰，異。李之儀一首，前起三句云「晚風輕拂，游雲盡卷，霽色寒相射」，四字兩句、五字一句，異，餘與陸同。按：曹勛五首、《梅苑》一首皆如此，另一格也。「金鞍」句，東坡作「望極平田」，

「田」字平。白石後結云「甚謝郎、也恨飄零，解道月明千里」，七字折腰一句、六字一句，異，然亦可照陸詞讀。「爭先占」句，趙長卿作「撥新聲」，「殼」字平，各家無之，不足法。培按：此詞後結，「向」字微讀，作上一下三句法，雖不必盡然，而名家多如此。

又一體　一百二字　晁端禮

夜來深雪前村路句應是早梅先綻韻故人贈我句江頭春信句南枝向暖叶踈影橫斜句暗香浮動句月明清淺叶向庭邊驛畔句行人立馬句頻囬首豆空腸斷叶　別有玉溪仙館叶壽陽人豆初勻粧面叶天教占了句百花頭上句和羹未晚叶最是關情處句高樓上豆一聲羌管叶仗誰人向道句爭如留取句倚朱欄看叶

此與陸詞同，惟後段第六、七、八句，攤破作五字一句、七字一句，異。按：周紫芝「小桃零落」詞同此，可校。

又一躰　一百六字　添字水龍吟　秦觀

亂花叢裏曾攜手句窮豔景豆迷歡賞韻到如今誰把句雕鞍鎖定句阻游人來往叶好夢隨春遠句

從前事豆不堪思想叶念香閨正杳句佳懽未偶句難留戀豆空惆悵叶　永夜嬋娟未滿句歎玉樓豆幾時重上叶那堪萬里句却尋歸路句指陽關孤唱叶苦恨東流水句桃源路豆欲回雙槳叶仗何人細與句丁寧問呵句我于今怎向叶

此添字躰也，若刪去添字，「桃源」句增一字，便與諸家無異，今采之以備一體。

又一體　一百二字　龍唫曲　小樓連苑　莊椿歲　海天闊處　鼓笛慢　辛棄疾

楚天千里清秋句水隨天去秋無際韻遥岑遠目句獻愁供恨句玉簪螺髻叶落日樓頭句斷鴻聲裏句江南游子叶把吴鉤看了句欄杆拍徧句無人會豆登臨意叶　休說鱸魚堪膾叶儘西風豆季鷹歸未叶求田問舍句怕應羞見句劉郎才氣叶可惜流年句憂愁風雨句樹猶如此叶倩何人喚取句紅巾翠袖句搵英雄淚叶

前段第二句，章楶作「正隄上、柳花飄墜」，句法折腰，小異。換頭句可不叶。程垓「夜來風雨」詞，于「可惜」三句作「不怕逢花瘦，只愁怕老來風味」，五字一句、七字一句，餘同，夢窗「望中璇海」詞亦然。夢牕「夜分溪館」詞亦與程同，唯後結云「想驕驄又踏西湖，二十四番花信」，七字一句、六字一句，又異。稼軒于「遥岑」三句作「未論一顧傾城，再顧又傾人國」，六字兩句，餘同。曹組則於「求田」三句作「東風既與花王，芍藥須為近侍」，六字兩句，餘同。「搵英雄淚」句，葛立方作「遮日向西秦路」，張孝祥作「空凝佇、煙霄裏」，校各家添兩字折腰，又一體也。「獻愁」句，章楶作「點畫青林」，平仄獨異，勿從。培按：此調前結，「登臨意」，「登」字宜用仄，去聲更妙。其說見於白无咎《天籟集》「綵雲簫史臺空」詞自序，云：「么前三字用仄者，見田不伐《洋嘔集》。《水龍吟》二首皆如此，曲妙于音。蓋可以無疑，或用平字，恐不堪協。」今《天籟集》中《水龍唫》十一闋，八首此字皆用仄聲，各譜皆未詳此義，後之倚聲者，不可不知。

又一體 一百二字

吳文英

望春樓外滄波句舊年照眼青銅鏡韻鍊成寶月句飛來天上句銀河流影叶紺玉鉤簾處句橫群塵豆天香分鼎叶記殷雲殿鎖句裁花剪露句曲江畔豆春風勁叶　槐省叶紅塵晝靜叶午朝回豆吟生晚興叶春霖秀筆句鶯邊清晝句金猊旋整叶閬苑芝僊貌句生綃對豆綠窗深景叶弄瓊英數點句宮梅信早句占年光永叶

此亦辛詞體，唯前後段第六、七、八句，俱攤破四字三句，作五字一句、七字一句。又換頭藏一短韻，為異。趙長卿「先來天與」詞與此同，唯于「春霖」三句，攤作六字兩句，及換頭不藏短韻，又異。

又一躰 一百二字 張炎

幾番問竹平安句鴈書不盡相思字韻籬根半樹句村深孤艇句闌干屢倚叶遠草兼雲句凍河膠雪句此時行李叶望去程無數句并周匝首句還又渡豆桑乾水叶 笑我曾游萬里叶甚匆匆豆便成歸計叶江空歲晚句棲遲猶在句吳頭楚尾叶踈栁經寒句斷槎浮月句依然憔悴叶待相逢豆說與相思句想亦在豆相思裏叶

此亦辛詞體，唯後結作七字一句、六字一句，俱折腰，為異。培按：《詞綜》載趙汝鈉、李居仁詞正與此同。竹垞疑其訛誤，紅友譏為悮讀坡詞，皆非也。張又一首云「那知又五柳門荒，曾聽得啼鵑了」，可證。

又一躰 一百六字 張雨

古來宰相神仙句有誰得似東泉老韻今朝佳宴句楊枝鮮舞句花枝鮮笑叶鐘鼎山林句同時行輩

句故人應少叶問功成身退句何須更學句鴟夷子豆煙波渺叶　我自深衣獨樂句儘從渠豆黄塵烏帽叶後來官職清高句一品還他三少叶不須十載光陰句渭水相逢句又入飛熊夢了叶到恁時豆拂袖逍遥句勝戲十洲三島叶

此校辛詞，唯後起不叶，第三、四、五句破作六字兩句，第六、第八句各添二字，結作七字一句、六字一句，為異。

又一體　一百一字

趙長卿

淡煙輕霧濛濛句望中乍歇凝晴晝韻纔驚一霎催花句還又隨風過了叶清帶梨梢句暈含桃臉句添春多少叶向海棠點點句香紅染徧句分明是豆胭脂透叶　無奈芳心滴碎句阻游人豆踏青攜手叶簷頭線斷句空中絲亂句纔晴却又叶簾幕閑垂處句輕風送豆一番寒峭叶正留君不住句瀟瀟更下黄昏後叶

此校辛詞，唯前段第三、四、五句，破作六字兩句；後段第六、七、八句，破作五字一句、七字一句；後結兩句，減去一字，作七字一句，異。趙又一首，前起七字一句、六字折腰一句，微異，餘悉同。

又一躰　一百二字　水龍吟令　無名氏

培按：此見《高麗史・樂志》，乃《抛毬樂》舞隊曲也，亦名《水龍吟令》，然寔慢詞，以為令者疑誤。

洞天景色常春句嫩紅淺白開輕蕚韻瓊筵鎮起句金爐煙重句香凝錦幄叶窈窕神仙句妙呈歌舞句攀花相約叶彩雲月轉句朱絲網除句任笑語豆抛毬樂叶　繡袂風翻鳳舉句轉星眸豆柳腰柔弱叶頭籌得勝句權聲近地句花光容約叶滿座佳賓句喜聽仙樂句交傳觥爵叶龍吟欲罷句彩雲搖曳句相将去豆歸寥廓叶

此校辛詞，唯前後第九句各減一字，後結添二字，異。

又一體　一百二字　水龍吟慢　無名氏

培按：此見《高麗史・樂志》，名《水龍吟慢》，亦《抛毬樂》舞隊曲也。

玉皇金闕長春句民仰高天欣戴韻年年一度定佳期句風情多感慨叶綺羅競交會叶爭折花枝兩相對叶舞袖翩翩歌殸妙句掩粉面豆斜窺翠黛叶　錦額門開句綵架毬兒句當先誘豆神仙隊叶融香拂袖舞霓裳句動鏗鏘環佩叶寶座巍巍五雲密句歡呼爭拜退叶管絃衆作欲歸去句願吾

皇豆萬年恩愛叶

此詞句讀與諸家迥異，采以備躰，無可叅校。

山亭宴　一百二字　張先

宴堂永晝喧簫鼓韻倚青空豆畫欄紅柱叶玉瑩紫薇人句藹和氣豆春融日煦叶故宮池館舊樓臺句約風月豆今宵何處叶湖水動鮮衣句競拾翠豆湖邊路叶　落花蕩漾怨空樹叶曉山靜豆數殸杜宇叶天意送芳菲句正黯淡豆疎煙短雨叶新歡寧似舊歡長句此會散豆幾時還聚叶試為挹飛雲句問觧寄豆相思否叶

前後同。此子野有美堂贈彦猷主人作，寔自度腔，宜遵其平仄。後結，《詞律》落「寄」字，今遵子野原集添入。

望春回　一百二字　李甲

霽霞散曉句射水村漸明句漁火方滅韻灘露夜潮痕句注凍瀨淒咽叶征鴻來時應有信句見踈柳豆更憶伊同折叶異鄉憔悴句那堪又值句歲窮時節叶　春風暗回暖律句算坼偏江梅句消盡

嵩雪叶惟有這愁腸句恁依舊千結叶私言竊語曾誓約句便眠思豆夢想無休歇叶這些離恨句除非對着句說似明月叶

換頭下，前後同。調見《樂府雅詞》，無別作可校。換頭「律」字，或注叶韻，非是。

瑞鶴仙　一百二字　一捻紅　周邦彥

高拭詞注正宮。

悄郊原帶郭韻行路永豆客去車塵漠漠叶斜陽映山落叶斂餘紅豆猶戀孤城欄角叶凌波步弱叶過短亭豆何用素約叶有流鶯勸我句重解雕鞍句緩引春酌叶不記歸時早暮句上馬誰扶句醒眠朱閣叶驚飈動幙叶扶殘醉句遶紅藥叶歎西園豆已是花深無地句東風何事又惡叶任流光過却叶猶喜洞天自樂叶

此調始自北宋，應以周詞為正躰，但南宋人填此調者，悉同史詞，今錄周、史二詞為首，凡與二詞大同小異者，各以類列。換頭第二字可叶，曾覿「陡寒生翠幙」詞，後起云「依約。銀河迢遞」，「約」叶「幙」是也，方千里亦有之。楊无咎「聽梅花再弄」詞，換頭間入短韻，「驚飈」句作「歸來夜中」，「中」字平，不叶。「流光」句作「但逢花對酒」,「酒」字亦不叶,餘同。趙文「綠楊深似雨」詞悉與周同,唯前起作上二下三句法,于「扶殘醉」兩句減去二字,作四字一句,云「淒涼誰訴」,異。前段第二句,宋人間有不叶者,不必從。紅友云:「此調『步』、『動』、『又』、『洞』等字,必要仄聲,且以去為妙,而尾句之仄平去上,或仄平去入,尤為吃緊。」培按:此說誠然,唯「又」字,宋人間有用平者。此詞可平可仄,悉參曾、楊、毛、趙四詞及周詞別首之句法相同者。

又一體　一百二字

毛　幵

柳風清晝溽韻山櫻晚豆一樹高紅爭熟叶輕紗睡初足叶悄無人欹枕句虛簷鳴玉叶南園秉燭叶歎流光豆容易過目叶送春歸去句有無數弄禽句滿徑新竹叶　閒記追歡尋勝句杏棟西廂句粉墻南曲叶別長會促叶成何計句奈幽獨叶縱湘絃難寄句韓香終在句屏山蜨夢斷續叶對沿階豆細草萋萋句為誰自綠叶

此校周詞,前段第八句四字,第九句五字,後段第七句五字,八句四字,結句七字一句,四字一句,異。

又一躰　一百三字　周邦彥

暖煙籠細柳句弄萬縷千絲句年年春色韻清風蕩無際句濃于酒豆偏醉情人調客叶闌干倚處句度花香豆微散酒力叶對重門半掩句黃昏淡月句院宇幽寂叶　愁極叶因思前事句洞房佳宴句正值寒食叶尋芳徧賞句金谷里句銅駝陌叶到而今豆魚雁沉沉無信息叶天涯常是淚滴叶早歸來豆雲館深處句那人正憶叶

此與「悄郊原帶郭」詞校，前段第二句五字，第三句四字；又前段第一、第四、第七句，後段第五句，俱不叶，第八句添一字，叶，為異。

又一體　一百二字　史達祖

杏煙嬌濕鬢韻過杜若汀洲句楚衣香潤叶回頭翠樓近叶指鴛鴦沙上句暗藏春恨叶歸鞭隱隱叶便不念豆芳痕未穩叶自簫聲豆吹落雲東句再數故園花信叶　誰問叶聽歌牕罅句倚月勾欄句舊家輕俊叶芳心一寸叶相思後句總灰盡叶奈春風多事句吹花搖柳句也把幽情喚醒叶對南溪豆桃萼翻紅句又成瘦損叶

此詞前段第二句五字，第三句四字，前結七字一句、六字一句，換頭多押一短韻，與周詞異，南宋人多從此體。前段第二、三句，陸子逸作「睡覺來，冠兒還是不整」，上三下六，不拘。「相思後」兩句，劉一止作「人生易別難聚」，紫姑神作「引動狂蜂浪蝶」，皆作六字一句，另格。張樞於「相思後」兩句作「西湖上多少歌吹」，添一襯字，微異。洪瑹前起兩句云「聽梅花吹動，夜涼何其」，「梅花」句上一下四，「夜涼」句減一字，異，然恐是訛落，不必從。「指鴛鴦沙上」，稼軒作「侶三峽波濤」，「濤」字平，亦勿從，其他刻本訛落尚多有之，已經《詞律》駁正者，茲不復及。

又一體　一百二字　趙長卿

敗荷擎沼面句漸葉舞林梢句光陰何速韻碧天淨如水句金風透簾幙句露清蟬伏叶追思往事句念當年豆悲傷宋玉叶漸危樓向晚句兔消處句倚遍闌干曲叶　凝目叶一霎微雨句塞鴻聲斷句酒病相續叶無情賞處句金井梧句東籬菊叶漸蘭橈歸去句銀蟾滿夜句水村煙渡怎宿叶負伊家豆萬千愁恨句甚時是足叶

此校史詞，唯前結五字一句、三字一句、五字一句；前段第一、第四、第七句，後段第五句，俱不叶；又前段第五句，不作上一下四句法，異。

又一躰 一百字 白樸

夕陽王謝宅韻對草樹荒寒句亭臺欹側叶烏衣舊時客叶渺雙飛萬里句水雲寬窄叶東風羽翅句也迷當時巷陌叶向尋常豆百姓人家句孤負幾回春色叶　悽惻叶人空不見句畫棟棲香句繡簾窺額叶雲兆霧隔叶錦書至句付誰拆叶劉即只見句金陵興廢句賺得行人鬢白叶又争如豆復到元都句兎葵燕麥叶

此亦與史詞同，唯前後段第七句不叶，第八句各減一字，異。

又一體 九十字 張肎

自注黄鐘商。

盈盈羅襪韻移芳步凌波句緩踏明月叶清漪照影句玉容凝素句鬟横金鳳句裊拖翠纈叶渺渺澄江半涉叶晚風生句寒料峭句消瘦想愁怯叶　我僭為兄句山礬為弟句也同奇絕叶餘芬剩馥句尚薰透豆霞綃重疊叶春心未展句閒情在豆兩鬢眉葉叶便蜂黄褪了句丰韻媚粉頰叶

此見元張肎《夢庵詞集》，係自度腔，句讀與諸家迥别。曰調名同，類列于此，無他作可校。

曲遊春　一百二字　周密

禁苑東風外句颺暖絲情絮句春思如織韻燕約鶯期句惱芳情偏在句翠深紅隙叶漠漠香塵隔叶沸十里豆亂絲叢笛叶看畫船豆盡入西泠句閒卻半湖春色叶　柳陌叶新煙凝碧叶映簾底宮眉句隄上游勒叶輕暝籠煙句怕梨雲夢冷句杏香愁冪叶歌管酬寒食叶奈蝶怨豆良宵岑寂叶正恁醉月搖花句怎生去得叶

「春思」至「叢笛」與後「隄上」至「岑寂」同。「看畫船」句，趙文作「起來踏碎松陰」，校少一字，疑是脫落。「柳陌」二字，趙亦不叶。「醉月」句，施岳作「任滿身露濕東風」，校多一襯字，異，餘同。

倒犯　一百二字　吉了犯　方千里

晝日豆任梧桐自飛句翠階慵掃韻閒雲散縞叶秋容瑩豆暮天清窈叶斜陽到地句樓閣參差簾櫳悄叶嫩袖舞涼颸句拂拂生林表叶蕩塵襟句寫名醥叶　攜手故園句勝事尋蹤句松篁幽逕窵叶曲沼瞰靜綠句蔭簷影句龜魚小叶信倦跡豆歸來好叶倩丁寧豆長安游子道叶道髩髮雲侵句莫待菱花照叶醉鄉深處老叶

陳允平和清真此詞，前起云「百尺鳳皇樓，碧天暮雲如掃」，第一句五字，第二句六字，異，餘悉同，不錄。楊澤民詞「畫舫並仙舟，遠窺眉黛新掃」，正與陳同。

鬭百草　一百二字　晁補之

培按：《隋書》：「煬帝大製艷篇，詞極淫綺，令樂正白明達造新聲，剏《鬥百艸》、《十二時》等曲，皆掩抑摧藏，哀音斷絕。帝悅之無已，謂幸臣曰：『多彈曲者，如人多讀書。讀書多，則能撰書。彈曲多，即能造曲。』」宋人蓋取舊腔，重翻新調也。

別日常多句會時常寡天難曉韻正喜花開句又愁花謝句春也似人易老叶慘無言豆念舊日朱顏句清歡莫笑叶便冉冉如雲句霏霏似雨句去無音耗叶　追想墻頭梅下句門裏桃邊句名利為伊都忘了叶血寫香箋句淚對羅帕句記三日豆離腸恨攪叶如今事句十二樓空憑誰到叶此情悄叶擬囲船豆武陵路杳叶

晁別作「往事臨邛」詞，同此，可校，唯前段第七句少押一韻，換頭句多押一韻，為異，不另列。

瑤花　一百二字　或有「慢」字　周密

朱鈿寶玦韻天上飛瓊句比人間春別叶江南江北句曾未見豆慢擬梨雲梅雪叶淮山春晚句問誰識豆芳心高潔叶消幾番豆花落花開句老了玉關豪傑叶　金壺剪送瓊枝句看一騎紅塵句香度瑤闕叶韶華正好句應自喜豆初識長安蜂蝶叶杜郎老矣句想舊事豆花須能說叶記少年豆一夢揚州句二十四橋明月叶

「江南」下與後「韶華」下同。張雨前起作兩對語，不押韻，微異。「曾未見」句，夢窗云「應笑着，空鎖淩煙高閣」，正與周仝，汲古本譌「着」為「春」，大繆。

齊天樂　一百二字　臺城路　五福降中天　如此江山　王沂孫

周密《天基節樂次》：「樂奏夾鐘宮，第一盞，觱篥起《聖壽齊天樂慢》。」白石詞注黃鐘宮曲，俗名正宮也。

一襟餘恨宮魂斷句年年翠陰庭樹韻乍咽涼柯句還移暗葉句重把離愁深訴叶西窗過雨叶怪瑤佩流空句玉箏調柱叶鏡暗粧殘句為誰嬌鬢尚如許叶　銅僊鉛淚似洗句歎移盤去遠句難貯零露叶病翼驚秋句枯形閲世句消得斜陽幾度叶餘音更苦叶甚獨抱清

商句頓成淒楚叶漫想薰風句柳絲千萬縷叶

「乍咽」至「粧殘」與後「病翼」至「薰風」同。此調前後兩起句，有前叶後不叶，後叶前不叶，有前後俱叶者，皆不拘。「難貯」、「零露」，方千里作「關山又隔無限」，多二字，異，或是羨文。後結張輯作「更蒼煙白鷺」，上一下四，「白」字入聲，皆與諸家異，勿從。「過雨」、「更苦」、「萬縷」，皆去上殸，妙。「過」、「更」、「貯」三字，宋人間有用平者，不若用仄之善。方千里詞，前段第七句「黯西風吹老」，「風」字平，「老」字仄。文天祥詞，第八句「菊坡沁曉」，「沁」字仄。姚雲文詞，後段第二句「問舊日平原」，「舊日」字仄，「平原」字平。史達祖詞，第三句「容易墮去」，「墮」字仄。劉圻父詞，第九句「擎天作柱」，「擎」字平，「作」字仄。趙必瑑詞結句「月在葡萄架」，「在」字仄，「萄」字平。趙文詞「金貂蟬翼小」，「金」字平。細校宋詞，諸家平仄，無如此者，故譜內不取校注平仄。

又一體　一百三字　陸游

角殘鐘晚闗山路句行人乍依孤店韻塞月征塵句鞭絲帽影句常把流年虛占叶藏鴉栁暗叶嘆輕

負鶯花句漫勞書劍叶事往情闌句悄然頻動壯遊念叶　孤懷誰與強遣叶市壚沽酒句酒薄怎當愁釅叶倚瑟妍詞句調鉛妙筆句那寫柔情芳艷叶征途自厭叶況煙斂蕪痕句雨稀萍點叶最是眠時句枕寒門半掩叶

此校王詞，唯後段第二句四字，第三句六字，異。呂渭老「紅香飄沒」詞，換頭云「重來劉郎老，對故園桃紅春晚，盡成惆悵」，五字一句、七字折腰一句、四字一句，又異。吳文英「芙蓉心上」詞，換頭云「當時湖上載酒，翠雲開處，共雪面波鏡」，六字一句、四字一句、五字一句，又異。劉圻父亦有之，皆陸詞類也，注明不錄。

慶春宮　一百二字　慶宮春　陳允平

斜日明霞句殘虹分雨句軟風淺掠蘋波韻殼冷瑤笙句情踈寶扇句酒醒無奈秋何叶彩雲輕散句漫敲缺豆銅壺浩歌叶眉痕留怨句依約遙峰句學斂雙蛾叶　銀牀露洗涼柯叶屏掩香消句忍掃裀羅叶楚驛梅邊句吳江楓畔句庾郎從此愁多叶草蛩喧砌句料催織豆迴文鳳梭叶相思遼遠句簾捲翠樓句月冷星河叶

「殼冷」下與後「楚驛」下同。「銅壺浩歌」、「迴文鳳梭」，用平平去平，定格。此與《高陽臺》別名《慶宮春》者不同。

又一躰　一百二字　王沂孫

明玉擎金句纖羅飄帶句為君起舞廻雪韻柔影參差句幽香零亂句翠闌腰瘦一捻叶歲華相誤句記前度豆江皋怨別叶哀絃重訴句都是淒涼句未須彈徹叶　國香到此誰憐句煙冷沙昏句頓成愁絕叶花惱難禁句酒銷欲盡句門外冰澌初結叶試招仙魄句怕今夜豆瑤簪凍折叶攜盤獨出句空想咸陽句故宮落葉叶

此用入聲韻，「柔影」下同前。「怨」、「凍」二字，亦有用平者，不若去聲起調。「花惱」句，劉灝作「平生高興」，「興」字獨仄，不必從。

湘春夜月　一百二字　黃孝邁

近清明句翠禽枝上消魂韻可惜一片清歌句都付與黃昏叶欲共柳花低訴句怕柳花輕薄句不解傷春叶念楚鄉旅宿句柔情別緒句誰與溫存叶　空尊夜泣句青山不語句殘月當門叶翠玉樓前句惟是有豆一波湘水句搖蕩湘雲叶天長夢短句問甚時豆重見桃根叶這次第豆算人間沒箇句

并刀剪斷句心上愁痕叶

此雪舟自度腔，無他作可校。

石州慢　一百二字　石州引　柳色黄　　賀鑄

《宋史·樂志》：「越調。」

薄雨催寒句斜照弄晴句春意空濶韻長亭柳色纔黄句遠客一枝先折叶煙横水際句映帶幾點歸鴉句東風消盡龍沙雪叶還記出門時句恰而今時節叶　將發叶畫樓芳酒句紅淚清歌句頓成輕別叶已是經年句杳杳音塵都絶叶欲知方寸句共有幾許清愁句芭蕉不展丁香結叶枉望斷天涯句兩厭厭風月叶

「煙横」下與後「欲知」下同。「長亭」兩句，玉田云「誰家籬落，閑花似語，弄妝羞怯」，作四字三句。張元幹、謝勉仲皆有之。「畫樓」三句，蔡松年云「曉來一枕餘香，酒病賴花醫卻」，破作六字兩句，張埜亦有此體。又白樸詞「療飢賴有楚萍，暖老尚須燕玉」作一對聯，文法又微異。「已是」兩句，張元幹作「孤負枕前雲雨，尊前花月」，上六下四，不拘。張雨一首，前起云「落日空城禾黍，夜深砧杵纔歇」，作六字兩句，異，餘同，然各家無之，恐未可從。「弄」字、「意」字，必以去殼為妙，名手皆同，只蘆川用「驚天」二字，不足法也。此結各五字二句，上句是上二下三，下句是上一下四，勿悞。此篇「望斷」句，當作上二下三句法，今乃上一下四，不必效之。

又一體 一百二字 王之道

天迥樓高句日長院靜句琹聲幽咽韻呢呢恩情句叨叨言語句似傷離別叶子期何處句柢今漫訝句高山流水句又逐新殼徹叶仿佛江州句夜聽琵琶淒切叶 休說叶春寒料峭句夜來花柳句弄風搖雪叶大錯因誰句箄不啻豆六州鐵叶波下雙魚句雲中乘鴈句嗣音無計句空歎初謀拙叶但願相逢句同心再綰重結叶

此詞句讀與諸家迥異，采以備躰，不取条校。

畫錦堂 一百二字 蔣捷

染柳煙銷句敲菰雨斷句歷歷猶寄斜陽韻掩冉玉妃芳袂句擁出靈塲叶倩他鴛鴦來寄語句駐君舴艋亦何妨叶漁榔靜句獨奏櫂歌句邀妃試酌清觴叶 湖上換仄叶雲漸暝句秋浩

蕩句鮮風支盡蟬糧叶平贈我非環非佩句萬斛生香叶平半蝸茆屋歸吹影句數螺苔石壓波光叶平鴛鴦笑句何似且留雙檝句翠隱紅藏叶平

「歷歷」至「榔静」與後「鮮風」至「鴦笑」同。換頭「湖上」句，夢牕用平叶，另格。宋自遜換頭云「誰知心事遠，但感慨登臨，白羽頻揮」，句法又小異，餘同。「蕩」字是偶合，諸家皆不叶。

又一躰　一百二字

孫惟信

薄袖禁寒句輕妝媚晚句落梅庭院春妍韻映戶盈盈句回倩笑豆整花鈿叶柳裁雲減腰支小句鳳盤鴉聳髻鬟偏叶東風裏句香步翠搖句藍橋那日囙緣叶　嬋娟叶流慧盼句渾當了句匆匆密愛深憐叶夢過闌干句猶認冷月秋千叶杏梢空鬭相思眼句燕翎難繫斷腸箋叶銀屏下句爭信有人句真個病也天天叶

此校蔣詞，唯前段第四、五句，後段第五、六句，俱作四字一句、六字一句，第十句四字，結句六字，換頭短韻仍用平叶，為異。　培按：前段第五句照諸家不必折腰，填者詳之。

又一躰　一百二字　陳允平

上苑寒收句西塍雨散句東風是處花柳韻步錦籠沙句依舊五陵臺沼叶繡簾珠箔金翠裊句瑣窗雕檻青紅鬥叶頻回首叶茶竈酒壚句前度幾番携手叶　知否叶人漸老句嗟眼為花狂句肩為詩瘦叶喚醉鄉心句無奈數殻啼鳥叶秉燭清遊嫌夜短句采香新意輸年少叶歸來好叶且趁故園池閣句綠陰芳草叶

此押仄韻，句讀與蔣詞大同小異，無別首宋詞可校。培按：此詞「柳」、「沼」雜押，不足法。「人漸老」，舊注叶，然準之平韻詞，不必押韻。

氏州第一　一百二字　熙州摘徧　周邦彥

波落寒汀句村(渡)向晚句遥看數點帆小韻(亂)葉翻鴉句驚風(破)鴈句天角孤雲(縹)緲叶官柳蕭疎句甚尚挂豆微微殘照叶(景)物闗情句(川)途(換)目句頓來催老叶　漸解(狂)朋歡意少叶(奈)猶被(思)牽情繞叶座上琴心句機中錦字句覺最縈懷抱叶也知人豆(懸)望久句薔薇謝豆歸來一笑叶欲夢高唐句未成眠豆霜空已曉叶

此調昉于此詞，方千里、趙文、邵亨貞詞俱照此填，可校。培按：陳允平「閑倚江樓」詞本和周韻，唯於「官柳」兩句云「潮帶離愁，去冉冉夕陽空照」，《詩餘圖譜》點五字一句、六字一句。又「懸望」句叶，列為又一躰。培意「去」字可連下讀，「懸望」句偶合，則與周詞無異矣，故注明，不收此體。

花發狀元紅慢　一百二字　劉几

宋葉夢得《避暑錄話》：「劉几在神宗時，與范蜀公重定大樂，洛陽花品曰狀元紅，為一時之冠。樂工花日新，能為新聲，汴妓郜懿以色著，秘監致仕劉伯壽精殷律。熙寧中，几携花日新，就郜懿家賞花歡咏，乃撰此曲，填詞以贈之。」

三春向暮句萬卉成陰句有嘉艷方坼韻嬌姿嫩質叶冠群品句共賞傾城傾國叶上苑晴晝暄句千素萬紅尤奇特叶綺筵開句會咏歌才子句壓倒元白叶　別有芳幽苞小句步障華絲句綺軒油壁叶與紫鴛鴦句素蛺蝶叶自清旦豆往往連夕叶巧鶯喧翠管句嬌燕語豆雕梁留客叶武陵人句念夢役意濃句堪遺情溺叶

此調無他作可校，其平仄宜遵之。

戀芳春慢　一百二字　万俟詠

崇寧中，咏充大晟府製撰，依月用律製詞，多應制之作。此詞自注：「寒食前進，故以《戀芳春》為名。」

蜂蘂分香句燕泥破潤句蹔寒天氣清新韻帝里繁華句昨夜細雨初勻叶萬品花藏四苑句望一帶豆柳接重津叶寒食近豆蹴鞠秋千句又是無限遊人叶　紅妝趁戲句綺羅夾道句青帘賣酒句臺榭侵雲叶處處笙歌句不負治世良辰叶共見西城路好句翠華定豆將出嚴宸叶誰知道豆仁主祈祥句為民非事行春叶

「帝里」下與後「處處」下同。只此一首，無可參校。

南浦　一百二字　魯逸仲

按：唐《教坊記》有《南浦子》曲，此蓋借舊名，另倚新殸也。

風悲畫角句聽單于豆三弄落譙門韻投宿駸駸征騎句飛雪滿孤村叶酒市漸闌燈火句正敲窓豆亂葉舞紛紛叶送數殸驚鴈句乍離煙水句嘹唳寒雲叶　好在半籠淡月句到于今豆無處不消魂叶故國梅花歸夢句愁損綠羅裙叶為問暗香閒艷句也相思豆萬點付啼痕叶算翠屏應是句兩

眉餘恨倚黃昏叶

此調押平韻者，只此一首，無可參校。

又一躰 一百五字 程垓

金鴨懶薰香句向晚來豆春酲一枕無緒韻濃綠漲瑤窗句東風外豆吹盡亂紅飛絮叶無言佇立句斷腸惟有流鶯語叶碧雲欲暮叶空悩悵韶華句一時虛度叶　追思舊日心情句記題葉西樓句吹花南浦叶老去覺懽踈句傷春恨豆都付斷雲殘雨叶黃昏院落句問誰猶在憑闌處叶可堪杜宇叶空只觧聲殷句催他春去叶

梅溪「玉樹曉飛香」詞，正與此同，唯前後段第七句俱不叶，小異。

又一體 一百五字 周邦彥

淺帶一帆風句向晚來豆扁舟穩下南浦韻迢遞阻瀟湘句衡皐迴豆斜檥蕙蘭汀渚叶危檣影裏句斷雲黯黯遙天暮叶菡萏裊風斜句偷送清香句時時微度叶　吾家舊有簪纓句甚頓作豆天涯經歲羈旅叶羌管怎知情句煙波上豆黃昏萬斛愁緒叶無言對月句皓彩千里人何處叶恨身無鳳翼句只待而今句飛將歸去叶

此與程詞同，唯前後段第八句俱作五字，不叶，第九句作四字，後段第二、三句作九字一句，異。

又一體　一百五字　張炎

波暖綠粼粼句燕飛來豆好是蘇隄纔曉韻魚沒浪痕圓句流紅去豆翻笑東風難掃叶荒橋斷浦句柳陰撐出扁舟小叶回首池塘青欲遍句絕似夢中芳草叶　和雲流出空山句甚年年豆淨洗花香不了叶新綠乍生時句孤村路豆猶憶那回曾到叶餘情渺渺叶茂林觴詠于今悄叶前度劉郎歸去後句溪上碧桃多少叶

此校程詞，唯前後段第八、九、十句，攤破作七字一句、六字一句，異。張翥、陶宗儀俱照此填，此體作者最多，故以此詞作譜。　王沂孫兩結句云「弄波素襪至甚處，空把落紅流盡」、「只愁雙燕銜春去，拂破藍光千頃」，又一首「再來漲綠迷舊處，添卻殘紅幾片」、「采香幽徑鴛鴦睡，誰道湔裙人遠」，平仄與諸家不合，唯陶九成從之，今不条校入譜。

宴清都　一百二字　四代好　盧祖皐

春訊飛瓊管韻風日薄豆度墻啼鳥聲亂叶江城次第句笙歌翠合句綺羅香暖叶溶溶澗綠

冰泮叶醉夢裏豆年華暗換叶料黛眉豆重鎖隋堤句芳心還動梁苑叶　新來雁澗雲音句鸞分鑑影句無計重見叶啼春細雨句籠愁淡月句恁時庭院叶離腸未語先斷叶算猶有豆憑高望眼叶更那堪豆芳草連天句飛梅弄晚叶

「江城」至「隋隄」與後「啼春」至「連天」同。「泮」、「斷」二字，清真不叶，兼可用平殸，亦有前平後仄者。換頭「新來」二字，可叶。吳文英一首，換頭云「吳王故苑，別來良朋雅集，空嘆蓬轉」，第一句四字叶，第二句六字異，餘同。陳允平一首，前起云「聽徹南樓鼓，玉壺冰漏遙度」，餘與周同，但前段苐二句減去三字，必是脫悞，不必從。袁去華一首，亦與周同，唯前段第二、三句俱作四字，云「房櫳頓覺，秋意如許」，校各家少一字，亦不必從。後結「弄晚」，去上殸，妙，名家皆同。《詞律》云：「按：此調何籀于前結云：『那更天遠，山遠水遠人遠。』書舟效之，云：『那更春好，花好酒好人好。』曰名之曰《四代好》。但『遠』字、『好』字上殸，可以代平，不礙音律，若填入去殸字，則為大謬。」培按：曹勛效何籀躰，用四「處」字，正是去殸。曹知音律，多自度腔，則去亦可用，但取法乎上，紅友之論，自確不可易爾。

又一體　一百二字　曹勛

野水澄空句遠山隨眼句筍輿乘興盧阜韻天池最極句雲溪冣隱句翠迷歸路叶三峽兩龍翔翥叶盡半月豆猶貪杖履叶間引杯豆相賞好處叶奇處險處清處叶　凝佇叶道友重陪句西山勝跡句玉隆風御叶滕閣下臨句晴峯萬里句水雲千古叶飛觴且同豪舉叶喜醉客豆龍吟曲度叶待記成佳話句歸時從頭細數叶

此效何籀躰，但前段第一、二句作四字兩句；後段第十、第十一句作五字一句、六字一句，異。培按：何詞雖疊用「遠」字，而其句讀與周、盧不異，故不另列，而錄曹詞為譜，以備一格。

西平樂　一百二字　柳永

此調有平仄兩躰，仄韻者始自柳永，《樂章集》注小石調，平韻者始自周邦彥。一名《西平樂慢》。

盡日憑高寓目句脉脉春情緒韻嘉景清明漸近句時節輕寒乍暖句天氣纔晴又雨叶煙花澹蕩句裝點平蕪遠樹叶黯凝竚叶　臺榭好句鶯燕語叶正是和風麗日句幾許繁紅嫩綠句雅

稱嬉遊去叶奈阻隔豆尋芳伴侶叶秦樓鳳吹句楚臺雲約句空悵望句在何處叶寂寞韶光暗度叶可堪向晚句邨落聲聲杜宇叶

此調有朱雍和韻及晁補之詞可校。朱詞悉與此同，唯「時節」句、「臺榭」句，皆叶，小異，要是偶合。晁詞與栁仝，唯後段第四句叶，第五句「准擬金尊時舉」，校添一字，異。晁詞前段第五句用「卜」字，係借叶。按：《中原音韻》讀「卜」如「補」，非失韻也。培按：《詞律》據晁詞謂「『柳嬉遊』句缺一字」，觀朱和柳韻，此句云「好趁飛瓊去」，亦只五字，則紅友謂缺落者非矣。

又一體 一百三十七字 周邦彥

穉綠蘇晴句故溪歇雨句川迴未覺春賒韻駝褐侵寒句正憐初日句輕陰抵死須遮叶歎事逐孤鴻盡去句身與塘蒲共晚句爭知向此征途句區區佇立塵沙叶追念朱顏翠髮句曾到處豆故地使人嗟叶

道連三楚句天低四野句喬木依前句臨路欹斜叶重慕想豆東陵晦跡句彭澤歸來句左右琴書自樂句松菊相依句何況風流鬢未華叶多謝故人句親馳鄭驛句時倒融尊句勸此淹留句共過芳時句翻令倦客思家叶

此調有方千里和韻及夢窗作可校，但方、吴于前段第九句，皆只四字，方云「流年迅景，霜風敗葦驚沙」，吴云「當時燕子，無言對立斜暉」，校周詞少兩字，未知孰是，或另一格也。

又一躰　一百三十六字　　陳允平

泛梗漂萍句入山登陸句迢遞霧迴煙睬韻漠漠蒹葭句依依楊柳句天涯捴是愁遮叶歎寂寞塵埃滿眼句夢逐孤雲縹緲句春潮帶雨句鷗迎遠溆句雁別平沙叶寒食梨花素約句腸斷處豆對景暗傷嗟叶　晚鐘煙寺句晨雞月店句征褐蕭踈句破帽欹斜叶幾度微吟馬上句長嘯舟中句慣踏新豐巷陌句舊酒猶香句憔悴東風自歲華叶重憶少年句櫻桃漸熟句松粉初黄句短楫歡呼句日日江南句煙村八九人家叶

此亦和周韻者，唯前段第九、第十句，破六字兩句，作四字三句；後段第五句減一字，異。培按：觀此詞「春潮」三句，知周詞此句非誤多兩字也。

詞榘卷二十一終

詞榘卷二十二

歙西方成培仰松輯
門人汪懷略圮公校

龍山會　一百三字　趙以夫

《虛齋樂府》自注商調。

九日無風雨韻一笑憑高句浩氣橫秋宇叶羣峯青可數叶寒城小豆一水縈回如縷叶西北最闊情句漫遙指豆東徐南楚叶黯銷魂豆斜陽冉冉句鴈聲悲苦叶　今朝寒菊依然句重上南樓句草草成歡聚叶詩朋休浪賦叶舊題處豆俛仰已隨塵土叶莫放酒行踈句清漏短豆涼蟾當午叶也全勝豆白衣未至句獨醒凝竚叶

換頭下，前後同。夢窓「石徑幽雲鎛」詞與此仝，可校，只前後第四句俱不叶，微異。

按：汲古刻夢窓此調，訛脫極多，僅存百字，然原稿實與趙詞同也。

竹馬兒　一百三字　竹馬子　葉夢得

與君記豆平山堂前細柳句幾回同挽韻又征帆夜落句危檻依舊句遙臨雲巘叶自笑來往匆匆句朱顏漸改句故人俱遠叶橫笛想遺聲句但寒松千丈句傾崖蒼蘚叶　世事終何已句田陰縱在句歲陰仍晚叶嵇康老來尤懶叶秖要蓴羹菰飯叶卻欲便買茆廬句短篷輕檝句尊酒猶能辦叶君能過我句水雲聊為伴叶

《樂章集》注仙呂調。

此調只有柳永一首可校。柳前起云「登孤壘荒涼，危亭曠望」，五字一句、四字一句；前結九字云「指神京，非霧非煙深處」，是上三下六一句，稍異，餘悉同。

湘江靜　一百三字　瀟湘靜　史達祖

春草堆青雲浸浦韻記匆匆豆倦篙曾駐叶漁榔四起句沙鷗未落句怕愁沾詩句叶碧袖一聲歌句石城怨豆西風隨去叶滄波蕩晚句菰浦弄秋句還重到豆斷魂處叶　酒易醒句思正苦叶想空山豆桂香懸樹叶三年夢冷句孤吟意短句屢煙津鐘鼓叶屐齒厭登臨句移橙後豆幾番涼雨叶潘郎漸老句風流頓減句閑居未賦叶

「匆匆」至「蕩晚」與後「空山」至「漸老」同。此詞只有《雅詞拾遺》無名氏「晝簾微卷香風逗」一首同此，可校，唯換頭云「曰念流年迅景」，作六字一句，又不叶，小異，餘並同。「醒」、「思」二字並平殸。

春雲怨 一百三字 馮偉壽

雲月自注黄鐘商。

春風惡劣韻把數枝香錦句和鶯吹折叶雨重柳腰嬌困句燕子欲扶扶不得叶軟日烘煙句乾風收霧句芍藥荼蘼弄顏色叶簾幙輕陰句圖書清潤句日永篆香絕叶　盈盈笑靨宫黄額叶試紅鸞小扇句丁香雙結叶團鳳眉心倩郎貼叶教洗金罍句共看西堂句醉花新月叶曲水成空句麗人何處句往事暮雲萬葉叶

自度腔，無別作可校。

還京樂 一百三字 周邦彦

唐教坊曲名。《唐書》：「明皇自潞州還京師，製《還京樂》曲。」調名本此。

禁煙近句觸處豆浮香秀色相料理韻正泥花時候句奈何客裏句光陰虛費叶望箭波無際叶迎風漾日黃雲委叶任去遠句中有萬點句相思清淚叶　到長淮底叶過當時樓下句殷勤為說句春來羈旅況味叶堪嗟誤約乖期句向天涯豆自看桃李叶想于今豆應恨墨盈牋句愁妝照水叶怎得青鸞翼句飛歸教見憔悴叶

此調始自此詞，以此為正躰，若方、張荨詞，皆變格也。　此詞句法多一氣貫下，蟬聯不斷，陳、楊、方和詞皆然，此正音律所寓，填者宜遵。

又一躰　一百三字　陳允平

綵鸞去句適怨清和豆錦瑟誰共理韻奈春光漸老句萬金難買句榆錢空費叶岍艸煙無際叶落花滿地芳塵委叶翠袖裏句紅粉濺濺句東風吹淚叶　任鴛帷底叶寶香寒句金獸慵薰繡被叶依依別離意味叶瓊釵暗劃心期句倩唬鵑豆為催行李叶黯消魂豆但夢繞巫山句情牽渭水叶待得歸來後句燈前深訴顦顇叶

此詞後段第二句三字，第三四句皆六字，又多押一韻，與周異。

又一體　一百三字　方千里

歲華慣句每到豆和風麗日歡再理韻為妙歌新調句粲然一曲句千金輕費叶記夜闌沉醉叶更衣換酒珠璣委叶悵畫燭搖影句易積銀盤紅淚叶　向笙詷底叶問何人豆能道平生句聚合懽娛句離別興味叶誰憐露浥煙籠句盡栽培豆艷桃穠李叶慢縈牽豆空坐隔千山句情遙萬水叶縱有丹青筆句應難摹畫憔悴叶

此詞前结五字一句、六字一句；後段第二句七字，第三、四句皆四字，與周詞異。

又一體　一百三字　楊澤民

春光至韻欲訪豆清歌妙舞重為理叶念燕輕鶯怯媚容句百斛明珠須費叶算枕前盟誓叶深誠密約堪憑委叶意正美叶娇眼又灑句梨花春淚叶　記羅帷底叶向鴛鴦豆燈畔相偎句共把前回句詞語咏味叶無端浪迹萍蓬句奈區區豆又催行李叶忍重看豆小岸柳梳風句江梅鑑水叶待學鶼鶼翼句從他利名榮悴叶

此詞前起及第七句叶，第三句七字，第四句六字；後段第二句七字，第三、四句皆四字，異。培按：「至」、「美」二字係偶合，不必叶。又按：夢牕「宴蘭溆」詞，校周詞唯前段第六句不叶，後段第三句六字、第四句四字，異，餘並同。且其詞本是梗敬韻，而前起用「響」字叶，第五句用「咽」字叶，必有訛悞，故注明不錄。

又一躰　一百二字　張炎

醉吟處韻多是琴尊豆竟日松下語叶有筆牀茶竈句瘦筇相引句逢花須住叶正翠陰迷路叶年光荏苒成孤旅叶待趁燕檣句休忘了豆元都前度叶　漸煙波遠句怕五湖淒冷句佳人袖薄句脩竹依依日暮叶知他甚處重逢句便匆匆豆背潮歸去叶莫因循豆誤了幽期句應辜舊雨叶佇立山風晚句月明搖碎江樹叶

此與周詞仝，唯前段第九句四字，結句七字；後段第七句減一字，換頭句不叶，異。培按：「囙循」下，《潛采堂譜》有「卻」字，似美文，此據陶南邨本刪去者。

雨霖鈴　一百三字　柳永

《明皇雜錄》：「帝幸蜀，初入斜谷，霖雨弥日，棧道中聞鈴聲，采其殸為《雨霖鈴》曲。」宋詞蓋其遺殸也。《樂章集》注屬雙調。

寒蟬淒切韻對長亭晚句驟雨初歇叶都門帳飲無緒句方留戀處句蘭舟催發叶執手相看淚眼句竟無語凝咽叶念去去豆千里煙波句暮靄沉沉楚天闊叶　多情自古傷離別叶更那堪豆冷落清秋節叶今宵酒醒何處句楊柳岸豆曉風殘月叶此去經年句應是良辰句好景虛設叶便縱有豆千種風情句更與何人說叶

此詞有王安石「孜孜矻矻」一首，全與柳同，可校。王庭珪「瓊樓玉宇」詞，亦與柳同，唯「長亭」兩句云「滿人寰、似海邊洲渚」，作八字折腰一句，微異。

又一體　一百三字　黃裳

天南遊客韻甚而今豆卻送君南國叶西風萬里無限句吟蟬暗續句離情如織叶秣馬脂車句去即去豆多少人惜叶望百里豆煙慘雲山句送兩城愁作行色叶　飛帆過豆浙西封域叶到秋深豆且艤荷花澤叶就船買得鱸鱖句新穀破豆雪堆香粒叶此興誰同句須記東秦句有客相憶叶願聽了豆一闋歌聲句醉倒拚今日叶

此與柳詞校，唯前段第二句八字，第六句四字，第七、第八句、換頭句，皆作七字折腰句法，異。前結七字，或讀作折腰句，不必。

又一躰　一百一字　杜龍沙

牕影瓏璁句畫樓平曉句翳柳啼鵶韻門巷漸有新煙句東風定豆人掃桐花叶峭寒斗減句看旅雁豆爭起蒹葭叶遡斷雲豆多少悲鳴句數行又下遠汀沙叶　應是故園桃李謝換仄叶送清江豆一曲欄杆下仄叶染翰為賦春羈句嗟雙鬢豆寒舍成華叶平綉鞭綺陌句強攜酒豆來覓吳娃叶平聽扇底豆淒惋新殼句醉裏翻念家叶平

押平韻，與諸家異。培採自《陽春白雪》，調甚諧美。

眉嫵　一百三字　百宜嬌　王沂孫

漸新痕懸栁句澹彩穿花句依約破初暝韻便有團圓意句深深拜句相逢誰在香逕叶畫眉未穩叶料素娥豆猶帶離恨叶冣堪愛句一曲銀鈎小句寶簾挂秋冷叶　千古盈虧休問叶歎漫磨(玉)斧句難補金鏡叶(太)液池猶在句淒涼處句何人重賦清景叶故山夜永叶試待他豆窺戶端正叶看雲外山河句還老盡豆桂花影叶

「便有」至「離恨」與後「太液」至「端正」同。白石前結云「愛良夜微暖」，是上一下四句法，又換頭云「無限，風流踈散」，「限」字叶，小異。張翥「愛」、「古」、「在」三字皆叶，餘並同。「畫眉未穩」、「故山夜永」用去平去上，妙甚，姜、張二作亦然。培按：後結，各刻作「還老桂花舊影」，繆甚，依本集改正。

情久長　一百三字　情長久

呂渭老

瑣牕夜永句無憀盡作傷心句韻甚近日豆帶腰移眼句梨臉沾雨叶春心償未足句怎忍聽豆啼血催歸杜宇叶暮帆挂豆沉沉暝色句滾滾長江句流不盡豆來無據叶(一)　點檢風光句歲月今如許叶趁此際豆浦花汀草句一棹東去叶雲窗霧閣句洞天曉豆同作煙霞伴侶叶算誰見豆梅簾醉夢句柳陌晴遊句應未許豆春知處叶

「近日」下與後「此際」下同，只「雲窓」句校前「春心」句少一字，微異。此調只有呂集二首，字句悉同，故可平可仄，悉条之「氷梁跨水」詞。「雲窗」句四字，兩首皆同。《詞律》添作五字，此續鳧之見也。培按：「一棹東去」，呂別首作「清吟無味」，故「棹」字注可平，然「吟」字原有平上去三聲，則仍以用仄為善。

(一) 此處，《詞榘》原稿未註韻叶，為校點者所增。

安平樂慢　一百三字　万俟詠

瑞日初遲句緒風乍暖句千花百艸爭香韻瑤池路穩句閬苑春深句雲樹水殿相望叶柳曲沙平句看塵隨青蓋句絮惹紅妝叶賣酒綠陰旁叶無人不醉春光叶　有十里笙歌句萬家羅綺句身世疑在仙鄉叶行樂知無禁句五侯半隱少年場叶舞妙謌妍句空妬得豆鶯嬌燕忙叶念芳菲豆都來幾日句不堪風雨踈狂叶

此詞有曹勛二首可校。曹勛「聖德如堯」詞，前結云「漸嵩呼、均慶彤闈」，校添一字；後段第五句云「與坤儀、同奉瑤卮」，作折腰句法，異，餘悉同。

望南雲慢　一百三字　沈公述

木葉輕飛句乍雨歇亭皋句簾捲秋光韻闌偎砌角句綻拒霜幾處句深淺紅芳叶應恨開時晚句伴翠菊豆風前竝香叶曉來清露句嫩面低凝句似帶啼粧叶　堪傷叶記得佳人句當時怨別句盈腮粉淚行行叶而今寂苦句奈千里身心句兩處淒涼叶感物成消黯句念舊歡豆空勞寸腸叶月斜殘漏句夢斷孤幃句一枕思量叶

「闌偎」下與後「而今」下同。調見《樂府雅詞》，無別作可參校。

昇平樂　一百三字　吳　奕

《宋史·樂志》：「教坊都知李德昇作《萬歲昇平樂》曲。」周密《天基节樂次樂》：「奏夾鐘宮，第三盞，笙起《昇平樂慢》。」

水閣層臺句竹亭深院句依稀萬木籠陰韻飛暑無涯句行雲有勢句晚來細雨回晴叶庭槐轉影句近紗厨豆兩兩蟬鳴叶幽夢斷句枕金猊旋熱句蘭炷微熏叶　堪命俊才儔侶句對華筵坐列句朱履紅裙叶檀板輕敲句金尊滿泛句從教畏日西沉叶金絲玉管句間歌喉豆時奏清音叶唐虞世句儘陶陶沉醉句且樂昇平叶

「飛暑」下與後「檀板」下同。只此一首，無可參校。

二郎神　一百四字　柳　永

唐教坊曲名。《樂章集》注商調。徐伸名《轉調二郎神》。吳文英名《十二郎》。

炎光謝韻過暮雨豆芳塵輕灑叶乍露冷豆風清庭戶爽句天如水豆玉鈎遙挂叶應是星娥嗟久阻句敘舊約豆飆輪欲駕叶極目處豆微雲暗度句耿耿銀河高瀉叶　閒雅叶須知此景句古今無價叶運巧思豆穿針樓上女句擡粉面豆雲鬟相亞叶鈿合金釵私語處句算誰

在豆迴廊影下叶願天(上)人(間)句占得歡娛句年年今夜叶

王十朋「深深院」詞與此同，唯前段第三句、第五句，後段第四句、第六句，俱叶韻。又後段第八、九、十句，攤破作七字一句、六字一句，云「都只為天生觗態，難把詩工裁剪」，異，餘同。張安國「坐中客」詞，悉與柳仝，唯後段第六句添一襯字，云「乞巧處，家家追樂事」，微異。按：此調有兩體，三字起者名《二郎神》，四字起者名《轉調二郎神》，句法亦不相仝，《詞律》以轉調為本調，悮矣。今各以類列，庶不蒙混。

又一體　一百五字　又名「轉調二郎神」　十二郎　湯　恢

瑣牕睡起句(閒)竚立豆(海)棠花影韻記翠櫳銀塘句(紅)牙(金)縷句(杯)泛梨花凍冷叶(燕)子銜來相思字句道玉瘦豆(不)禁春病叶(應)蜨粉(半)銷句(鴉)雲斜墜句暗塵侵鏡叶　還省叶(香)痕(碧)唾句(春)衫(都)凝叶悄(一)似荼蘼句(玉)肌(翠)被句(消)得東風喚醒叶青杏(單)衣句(楊)花(小)扇句(閒)卻(晚)春風景叶(最)苦是句(胡)蝶(盈)盈弄晚句一簾風靜叶

趙以夫「野塘晴碧」詞，換頭不叶短韻，後結四字一句、六字一句，微異，餘悉同。培按：此詞「杯泛」句，曾見一本無「凍」字，另列為一格，但湯係和徐幹臣韻，徐此句實六字，故注明不復另列。

又一體　一百字　呂渭老

西池舊約韻鷰語梯梢桃萼叶向紫陌豆秋千影下句同綰雙雙鳳索叶過了鶯花休則問句風共月豆一時閒却叶知誰去豆喚得秋陰句滿眼敗垣紅藥叶　飄泊叶江湖載酒句十年行樂叶甚近日豆傷高念遠句不覺風前淚落叶橘熟橙黄堪一醉句斷未負豆晚凉池閣叶只愁被豆撩撥春心句煩惱怎生安着叶

「紫陌」下與後「近日」下同。此校湯詞，前段第二句減一字，第三、四句減二字，後段第四、五句減二字，句讀參差，故不取參校。培按：此詞前後段第五句「則」字、「一」字，應是作平，填者勿用去聲。《詞律》前結脱「敗」、「垣」二字，悮，此據本集增入。

又一躰　一百三字　楊无咎

炎光欲謝句更幾日豆薰風吹雨韻共説是天公句亦嘉神貺句特作澄清海宇叶灌口擒龍句離堆平水句休問功超前古叶當中興豆護我邊陲句重使四方安堵叶　新府叶祠庭占得句山川佳

處叶看曉汲雙泉句晚除百病句奔走千門萬戶叶歲歲生朝句勤勤稱頌句可但民無災苦叶□願得豆地久天長句協佐皇都換平叶

此校湯詞，前段第六、七句，作四字兩句、六字一句；結作七字一句、六字一句；後結減二字，作七字一句折腰，四字一句換平叶，異。曹勛「半陰未雨」詞，同此可校，唯前起即叶，後結仍用仄韻為小異。「更幾日」，曹作「霽曉寒」，「寒」字平，各家無之，不必從。培按：此詞後段第十句，原稿只缺一仄殸字，汲古刻作缺三字，《詞律》從之，悮矣，有曹詞可證也。

迎新春　一百四字　柳永

《宋史·樂志》：「雙角調。」《樂章集》注大石調。

嶰管變青律句帝里陽和新布韻晴景回輕煦叶慶嘉節豆當三五叶列華燈豆千門萬戶叶偏九陌豆羅綺香風微度叶十里燃絳樹叶鰲山聳豆喧喧簫鼓叶

漸天如水句素月當午叶香徑裏豆絕纓擲果無數叶更闌燭影花陰下句少年人豆往往奇遇叶太平時豆朝野多懽民康阜句堪隨分良聚叶對此爭忍句獨醒歸去叶

孤調無可叅校。培按：「太平」句，宜點作七字，「民康阜」連下讀方妥，然無所攷證，姑仍舊貫。「慶嘉」，《詞律》作「慶喜」，誤。

藻蘭香　一百四字　吴文英

盤絲繫腕句巧篆垂簪句玉隱紺紗睡覺韻銀瓶露井句彩箑雲窓句往事少年依約叶為當時豆曾寫榴裙句傷心紅梢褪萼叶炊黍夢豆光陰漸老句汀州煙蒻叶　莫唱江南古調句怨抑難招句楚江沉魄叶薰風燕乳句暗雨梅黄句午鏡藻蘭簾幙叶念秦樓豆也擬人歸句應剪菖蒲自酌叶但悵望豆一縷新蟾句隨人天角叶

「銀絣」下與後「薰風」下同。此夢窗自度曲，無可校，平仄宜遵。「魄」字借叶。《詞律》脱「炊」字，此從夢牕元稿增入。

雙聲字　一百四字　柳　永

《樂章集》注林鐘商。

晚天消索句斷蓬蹤跡句乘興蘭棹東遊韻三吴風景句姑蘇臺榭句牢落暮靄初收叶歎夫差舊國

句香徑沒豆徒有荒坵叶繁華處句悄無睹句惟聞麋鹿呦呦叶　想當年句空運籌決戰句圖王取霸無休叶江山如畫句雲濤煙浪句翻輸范蠡扁舟叶驗前經舊史句嗟漫載豆當日風流叶斜陽暮草茫茫句盡成萬古遺愁叶

孤調無可叅校。培按：詞中如「蕭索」、「蹤跡」等字，句句雙聲，填者亦須用雙殸方始合律，否則句讀雖同，迥非此調矣。

惜餘歡　一百四字　黄庭堅

四時美景句正年少賞心句頻啟東閤韻芳酒載盈車句喜朋侶簪盍叶杯觴交飛句勸酬互獻句正酣飲豆醉主公陳榻叶坐來爭奈句玉山未頹句興尋巫峽叶　歆闌旋燒絳蠟叶况漏轉銅壺句煙斷香鴨叶猶整醉中花句借纖手重插叶相將扶上句金鞍腰褭句碾春焙豆願少延懽洽叶未須歸去句重尋艷歌句更留時霎叶

「年少」下與後「漏轉」下同。此涪翁自度曲，無可校，平仄宜守之。「互」字遵《琴趣》元本增入。

月中桂　一百四字　趙彥端

露醑無情句送長歌未終句已醉離別韻何如暮雨句釀一襟涼潤句來留佳客叶好山侵座碧叶勝昨夜豆踈星淡月叶君欲翩然去句人間底許句員嶠問帆席叶　詩情病非疇昔叶頼親朋對影句且慰良夕叶風流雨散句定幾回腸斷句能禁頭白叶為君煩素手句薦碧藕豆輕絲細雪叶去去江南路句猶應水雲秋共色叶

「已醉」至「然去」與後「且慰」至「南路」同。此調趙詞外，只有《鳴鶴餘音》無名氏詞可校，可平可仄悉參之。按：無名氏詞，前起云「日色西沉，上高臺，迥觀天地寥廓」，校趙小異。前段第七句及換頭句俱不叶，換頭句「長空萬里清風」，「風」字平殸，餘並同。

又一體　一百二字　月中仙　趙孟頫

培曾見子昂手書此詞，名《月中仙》，自注道宮。

春滿皇州韻見祥煙擁日句初照龍樓叶宮花苑柳句映仙仗雲移句金鼎香浮叶寶光生玉斧句聽鳴鳳豆簫韶樂奏換仄叶德與和氣遊叶平天生聖人句千載稀有叶仄　祥瑞電繞虹流叶平有雲成五色句芝生三秀叶仄四海泰平句致民物雍熙句朝野歌謳叶平千官齊拜舞句玉盃進豆長生春

酒叶仄願皇慶萬年句天子與天同壽叶仄

此調與仄韻詞句讀同，只前後结句，各減一字。此詞平仄互押，亦是本部三殽叶，然遵古韻，與元曲不同。培按：換頭句，徧考諸刻及本集皆作「流虹」，不叶，此培據文敏真蹟而改正者。

陽春　一百四字　或有「曲」字　楊无咎

蕙風輕句鶯語巧句應喜乍離幽谷韻飛過北窓前句迎清曉豆麗日明透翠幃縠叶篆臺芬馥叶初睡起豆橫斜簪玉叶曰甚自覺腰肢瘦句新來又寬裙幅叶　對清鏡無心豆忺梳裹句誰問着豆餘酲帶宿叶尋思前懽往事句似驚囬豆好夢難續叶花亭徧倚檻曲叶厭滿眼豆爭春凡木叶儘憔悴豆過了清明候句愁紅慘綠叶

史達祖「杏花煙」一首，同此，可校，只「曰甚」兩句云「還是寶絡雕鞍，被鶯聲喚來香陌」，上六下七，微異，餘悉仝，其平仄亦皆相合。「麗日明透」，史作「舊火銷處」，甚拗。紅友云「『日』字、『火』字恐是作平」，培謂非也，觀「曰甚」句可知，「甚」字去殽，不可作平也。

玉連環　一百四字　馮艾子

謫仙往矣句問當年豆飲中儔侶句於今誰在韻歎沉香醉夢句邊塵日月句流浪錦袍宮帶叶高吟三峽動句舞劍九州隘叶玉皇歸覲句半空遺下句詩囊酒佩叶　雲月抑挹清芬句攬虬髯豆尚友風流千載叶算晉宋頹波句羲皇淳俗句都付尊酒一慨叶待相將共躡句向龍肩鯨背叶蒼茫極目句海山何處句五雲靉靉叶

調見《雲月詞》，馮自度曲，與《一絡索》、《鮮連環》別名《玉連環》者不同。「沈香」下與後「晉宋」下仝，只「相將」兩句，皆上一下四句法，與「高吟」兩句微異。培按：「酒」字恐是作平，或是「酒尊」之訛。

綺羅香　一百四字　张翥

燕子梁深句秋千院冷句半濕垂楊煙縷韻怯試春衫句長恨踏青期阻叶梅子後豆餘潤留寒句藕花外豆嫩涼消暑叶漸驚他豆秋老梧桐句蕭蕭金井斷蛩暮叶　薰篝須待被暖句催雪新詞未穩句重尋笙譜叶水閣雲牕句揔是慣曾經處叶曾信有豆客裏關河句又怎禁豆夜深風雨叶一聲聲豆滴在踈篷句做成情味苦叶

「怯試」至「梧桐」與後「水閣」至「踈篷」同。換頭句，玉田叶。後段第二句，梅溪云「還被春潮急」，校減一字，《詞綜》于「潮」下增一「晚」字，然培按玉田此句，亦作「對薰爐象尺」，則是有此躰矣。「味苦」，去上，妙，或去入，或仄仄，但不可用平仄。

霜花腴　一百四字　吳文英

翠微路窄句醉晚風豆憑誰為整欹冠韻霜飽花腴句燭銷人瘦句秋光做也都難叶病懷強寬叶恨雁聲豆偏落歌前叶記年時豆舊宿淒涼句暮煙秋雨野橋寒叶　妝壓髩英爭艷句度清商一曲句暗墜金蟬叶芳節多陰句蘭情稀會句晴暉稱拂吟箋叶更移畫舩叶引佩環豆邀下嬋娟叶算明朝豆未了重陽句紫萸應耐看叶

「霜飽」至「淒涼」與後「芳節」至「重陽」同。此梦牕自度腔，無可校。

西湖月　一百四字　黃子行

鳳林書院元詞注商調。

(初)弦月挂林梢句又一度西園句探梅消息韻粉牆朱戶句苔枝露蕋句淡匀輕飾叶(玉)兒應有恨句

為帳望豆東昬相記憶叶便解佩豆飛入雲階句長伴此花傾國叶　還嗟瘦損幽人句記立馬攀條句倚闌橫笛叶少年風味句拈花弄蘂句愛相憐色叶揚州何遜在句試點染豆吟牋留醉墨叶漫贏得豆踈影寒牕句夜深孤寂叶

此調只有黃詞二首，故可平可仄，即条黃別首「湖光冷浸」詞。「漫贏得」句，黃別首作「消瘦沈約詩腰」，校此減一字，另格，或云是落去一字，未知孰是。

愛月夜眠遲慢　一百四字　無名氏

禁鼓初敲句覺六街夜悄句車馬人稀韻暮天澄淡句雲收霧卷句亭亭皎月如珪叶氷輪輾出遥空句照臨千里無私叶最堪憐句有清風句送得丹桂香微叶　唯願素魄長圓句把流霞對飲句滿泛觥巵叶醉憑闌處句賞玩不忍句孤負好景良時叶清歌妙舞連宵句踟躕嬾入羅幃叶任佳人句儘嗔我句愛月每夜眠遲叶

調見《高麗史・樂志》，只此一首，無可条校。換頭下，前後同。

綺寮怨　一百四字　周邦彦

上馬人扶殘醉句曉風吹未醒韻映水曲豆翠瓦朱簷句垂楊裏豆乍見津亭叶當時曾題敗

壁句蛛絲罩豆淡墨苔暈青叶念去來豆歲月如流句裵徊久豆嘆息愁思盈叶　去公倦尋路程叶江陵舊事句何曾再問楊瓊叶舊曲淒清叶斂愁黛豆與誰聽叶尊前故人如在句想念我豆冣關情叶何須渭城叶歌聲未盡處豆先淚零叶

此調有王學文「忽忽東風又老」詞，句字悉仝，可校。陳允平「滿架荼蘼開盡」詞，乃和周此詞韻者，而于「念去來」句云「對一尊別酒」，校少兩字，恐是脫落。後段第四句、第八句，陳亦不叶。鞠華翁「又見花陰如水」詞，亦與周同，唯後結云「何人正，隔屋睡殷」，校少一字，亦恐是脫落，不必從。

索酒　一百四字　曹勛

乍喜蕙風初到句上林紅翠句競開時候韻四吹苍香撲鼻句露裁煙染句天地如繡叶漸覺南薰句揔冰綃豆紗扇避煩晝叶共游涼亭消暑句細酌輕謳須酒叶　江楓裝錦岍橫秋句正皓月瑩空句翠闌侵斗叶況素商霜曉句對徑菊豆金玉芙蓉爭秀叶萬里同雲句散飛霙豆爐中焰紅獸叶更須點水傍邊句最宜着酉叶

調見《松隱集》，自注「四時景物須酒之意」，係自度曲，無可校。

送入我門來　一百四字　胡浩然

荼壘安扉句靈馗挂户句神儺烈竹轟雷韻動念流光句四序式週回叶須知今歲今宵盡句似頓覺明年明旦催叶向今夕是處句迎春送臘句羅綺筵開叶　今古偏同此夜句賢愚共添一歲句貴賤仍偕叶互祝遐齡句山海固難摧叶石崇富貴錢鏗壽句更潘岳儀容子建才叶仗東風盡力句一齊吹送句入此門來叶

「動念」下與後「互祝」下仝。此孤調無可參校，明人吴鼎芳有減去前後結各三句者，偏攷宋元詞，無此躰，故不編入。

永遇樂　一百四字　趙師俠

周密《天基節樂次》：「樂奏夾鐘宮，第五盞，觱篥起《永遇樂慢》。」仄韻者昉自北宋。《樂章集》注林鐘商。平韻者陳允平創為之，《古今詞譜》注歇指調，繆。

日麗風暄句暗催春去句春尚留戀韻香襯花梢句苔侵栁徑句密幄清陰展叶海棠零亂句梨花淡泞句初聽鬧空鶯燕叶有輕盈豆妍姿靚態句緩步閒風僊苑叶綠叢紅萼句芳鮮柔媚句約略試粧深淺叶細葉來禽句長梢戲蝶句簇簇枝頭見叶酡顏鬢髮句春

愁無力句困倚晝屏嬌軟叶只應怕豆風欺雨恨句落紅萬點叶

「香褪」至「靚態」與後「細葉」至「雨恨」同。張元幹「月印金盆」詞與此仝，唯後段第二句叶韻，第九句六字折腰，小異。後結「萬點」，去上，妙甚，名家悉同。此調前段第一句，如柳詞之「薰風解慍」，無名氏之「孤衾不暖」；第二句如柳詞之「晝景晴和」；第八句如柳詞之「華渚流虹」，「雲擁雙旌」；第十句如晁詞之「想沉江怨魄歸來」，柳詞之「擁朱幡喜氣歡殷」；後段第八句如柳詞之「槐府登賢」；第十句如晁詞之「筭何湏，楚澤雄風」，柳詞之「祝堯齡，北極齊尊」、「且乘閑，弘閣長開」，平仄與諸家不同，譜内概不為校注。

又一躰　一百四字　柳永

薰風解慍句晝景清和句新霽時候韻火德流光句蘿圖薦祉句累慶金枝秀叶璇樞繞電句華渚流虹句是日挺生元后叶纘唐虞垂拱句千載應期句萬靈敷佑叶　殊方異域句争貢琛賮句架巘航波奔湊叶三殿稱觴句九儀就列句韶濩鏘金奏叶藩侯瞻望彤庭句親攜僚吏句竟歌元首叶祝堯齡豆北極齊尊句南山共久叶

此校趙詞，唯前結作五字一句、四字兩句；後段第七句六字，第八、九句四字，異，其平仄亦頗不同。

又一體　一百四字　柳永

天闕英游句內朝密侍句當世榮遇韻漢守分麾句堯圖請瑞句方面憑心膂叶風馳千騎句雲擁雙旌句向曉洞開嚴署叶擁朱幡豆喜氣懽聲句處處競歌來暮叶　吳王舊國句今古江山秀異句人煙繁富叶甘雨車行句仁風扇動句雅稱安黎庶叶棠郊成政句槐府登賢句非久定須歸去叶且乘閒豆弘閣長開句融尊盛舉叶

此同趙詞，唯後段第二句六字，第三句四字，異。

又一躰　一百四字　無名氏

孤衾不暖句靜聞銀漏句欹枕難穩韻細想多情句多才多貌句揔是多愁本叶而今幽會難成句佳期頓阻句只恁縈方寸叶知他莫是今生句共伊此歡無分叶　尋思斷腸腸斷叶珠淚揾了句依前重揾叶終待臨岐句分明說與句我這厭厭悶叶得伊知後句教人成病句萬種斷也無恨叶只恐

他豆恁不分曉句漫勞瘦損叶

調見《古今詞話》。前段第七句下至後段第一、二、三句，句讀叅差，餘俱與趙詞同。

又一體 一百四字 陳允平

玉腕籠寒句翠欄憑曉句鶯調新簧韻暗水穿苔句游絲度栁句人靜芳晝長叶雲南歸雁句樓西飛燕句去來慣認炎涼叶王孫遠豆青青草色句幾回望斷柔腸叶　薔薇舊約句尊前一笑句等閒孤負年光叶鬬草庭空句拋梭架冷句簾外風絮香叶傷春情緒句惜花時候句日斜尚未成妝叶聞嬉笑豆誰家女伴句又還采桑叶

此見《日湖漁唱》，自注：「舊上聲，今移入平聲。」蓋是君衡創作，其平仄當遵之。雖用平韻，其字句仍與趙詞仝。

消息 一百四字 晁補之

自注：「自過腔，即越調《永遇樂》。」

紅日葵開句映墻遮栁句小齋端午韻杯展荷金句簪抽笋玉句幽事還堪數叶綠窓纖手句朱奩輕

縷叶争鬬綵幡艾虎叶想沉江豆怨魂歸來句空惆悵豆對禾黍叶　朱顔老去叶清風好在句未減佳辰歡趣叶臈酒深斟句菖蒲細糝句團坐從兒女叶還同子美句江村長夏句閒對燕飛鷗舞叶算何須豆楚澤雄風句方消畏暑叶

培按：此詞越調，《永遇樂》屬夾鐘宫，字句雖同，腔調寔異，故當另列，説見《湘月》下。

拜星月慢　一百四字　拜新月　或無「慢」字

吴文英

唐教坊曲名。《宋史·樂志》：「般涉調。」

絳雪生涼句碧霞籠夜句小立中庭蕪地韻昨夢西湖句老扁舟身世叶歎游蕩句暫賞豆吟花酌露尊俎句冷玉紅香罍洗叶眼眩意迷句古陶洲十里叶　翠叅差豆淡月平芳砌叶甎花滉豆小浪魚鱗起叶霧盎淺障青羅句洗湘娥春膩叶蕩蘭煙豆麝馥濃侵醉叶吹不散豆繡屋重門閉叶又怕便豆綠減西風句泣秋檠燭外叶

此調有周邦彦「夜色催更」詞全與此仝，可校。周密「膩葉陰清」詞與此同，唯前段第六、七、八句，作九字一句、四字兩句，云「想人在、絮幕香塵凝望，誤認幾許，煙檣風慢」，小異。陳允平「漏閣閑籤」詞，乃和邦彦韻者，而前段第七句，校減「似覺」兩字。

又前段第五句，泛作五言，不用上一下四句法，不必從。彭泰翁「霧滑觚稜」詞，前段第七句，亦少兩字，與陳同；後段第五句，又減一字，作七言詩句法；後結云「月明天似水」，不用上一下四句法，皆未合，恐是殘缺，今不錄，但附注于此。此詞用五字句者四，皆須上一下四句法，前段第七句八字，上二字例作一讀，第八句六字，與上六字對偶，如美成之「似覺瓊枝玉樹相倚，暖日明霞光爛」，最為合格。

宴瓊林　一百四字　黃　裳

紅紫趁春闌句獨萬簇瓊英句猶未開罷韻問誰(共)豆綠幄宴羣真句皓雪(肌)膚相亞叶華堂路句小橋邊句向晴陰一架叶為香清豆把作寒梅看句喜風來偏惹叶　莫笑囙緣句見影跨春空句榮稱亭榭叶助巧笑豆曉妝如畫叶有花鈿(堪)借叶新醅泛豆寒冰幾點句(拚)今日豆醉猶飛斝叶翠羅幃中句臥蟾光碎句何須待還舍叶

此調只黃詞二首，字句大同小異，可平可仄，即条下闋。

又一體　一百三字　黃　裳

霜月和銀鐙句乍送目樓臺句星漢高下韻愛東風豆已暖綺羅香句競走去來車馬叶紅蓮萬斛句

開盡處豆長安一夜叶少年郎豆兩兩桃花面句有餘光相借叶　因甚靈山在此句是何人豆能運神化叶對景便作神仙會句恐雲軿且駕叶思曾侍豆龍樓俛覽句笑聲遠豆洞天飛舉叶向來猶幸時如故句羣芳未開謝叶

此詞前段第六、七句，後段起結處，與前詞俱不同。

向湖邊　一百四字　江緯

退處鄉關句幽棲林藪句舍宇第須茅蓋韻翠巘清泉句啟軒窗遥對叶遇等閒豆鄰里過從句親朋臨顧句艸草便成歡會叶策杖攜壺句向湖邊柳外叶　旋買溪魚句便斫銀絲膾叶誰復欲痛飲句如長鯨吞海叶共惜醺酣句恐懽娱難再叶矧清風明月非錢買叶休追念豆金馬玉堂心膽碎叶且鬪尊前句有阿誰身在叶

此江緯自度腔，只有張南軒和詞一首可參校平仄。

春歸怨　一百四字　周彥良

自注越調。

問春為誰來句為誰去句匆匆太速韻流水落花句夕陽芳草句此恨年年相觸叶細履名園句閒看嘉樹句藹翠陰成簇叶争知也被韶華句換卻詩人鬢邊綠叶　小花深院靜句旋引清尊句自歌新曲叶燕子不歸來句風絮亂吹簾竹叶誤文君豆凝望久句心事想勞煩頻卜叶但門掩黄昏句數聲啼鴂句又喚起豆相思一掬叶

見《陽春白雪》，詞甚佳，惜無可校。

詞槩卷二十二終

詞榘卷二十三

歙西方成培仰松輯
同學胡賡善授轂校

瀟湘逢故人慢　一百四字　王安禮

薰風微動句方榴花(弄)色句(萱)草成窩韻翠帷敞輕羅叶試氷簟初展句幾尺湘波叶踈簷廣廈句稱瀟湘豆一枕南柯叶引多少豆夢魂歸緒句(洞)庭雨棹煙蓑叶　驚囬處句閒晝永句更時時豆燕雛鶯友相過叶正綠影婆娑叶況庭有幽花句池有新荷叶青梅煮酒句幸隨分豆贏取高歌叶功名事豆到頭(終)在句歲華忍負清和叶

調見《花庵詞選》，只有錢應金一首可校，故平仄即叅錢詞。《詞統》載女鬼王秋英仄韻一首，係明人小說，偏攷宋元詞，無仄韻躰，故不收列。

又一體　一百四字　錢應金

深秋村落句誇青菱香熟句素芋甜和韻擘紫蟹句蒸黃雀句知己團聚句笑語婆娑叶濃煙淡雪句剪湘湖豆幾尺漁蓑叶縱消受豆白蘋紅蓼句生平未免情多叶　空懷古句時悱惻句十年來豆可償文債詩魔叶歎吉路蹉跎叶恐心費絫熊句眉費松螺叶風期濶絕句喜今夕豆重話雲窩叶寒潭月豆皎然見底句問君不醉如何叶

此詞前段第四句，作三字兩句，不叶；第五句作四字一句，與王異。培曩謂王作，應讀「翠帷敞」一句，「輕羅試」一句，人多不信，今觀錢詞可證，但向來各譜，俱點五字一句，今兩存之，以備躰，填者宜從錢為是。

春徔天上來　一百四字　王惲

羅綺深宮韻記紫袖雙垂句當日昭容叶錦封香重句彤管春融叶帝座一點雲紅叶正臺門事簡句更捷奏豆清晝相同叶聽鈞天句侍瀛池內宴句長樂歌鐘叶　回頭五雲雙闕句恍天上繁華句玉殿珠櫳叶白髮歸來句昆明灰冷句十年一夢無踪叶寫杜娘哀怨句和淚點豆彈與孤鴻叶淡長空叶看五陵何似句無樹秋風叶

「帝座」下與後「十年」下同，只「空」字叶，而「天」字不叶，吳彥高作亦然。「聽鈞天」句，張翥「嫋嫋秋風」叶。

又一躰　一百六字　張炎

海上囬槎韻認舊時鷗鷺句猶戀蒹葭韻影散香消句水流雲在句踈樹十里寒沙叶難問錢唐蘇小句都不見豆擘竹分茶叶更堪嗟叶向荻花江上句　誰弄琵琶叶煙霞叶自延晚照句盡換了西泠句窈窕紋紗叶蝴蝶飛來句不知是夢句猶疑春在鄰家叶一掬幽懷難寫句春何處豆春已天涯叶減繁華叶是山中杜宇句不是楊花叶

此與王詞同，唯前後段第五句，皆不叶；第七句，俱添一字，作六字句；換頭藏一短韻，異。又「影散」兩句，平仄亦不同。

又一體　一百二字　周伯陽

浩蕩青冥韻正涼露如洗句萬里虛明叶鼓角悲健句秋入重城叶彷彿石上三生叶指蓬萊雲路句渺何許豆月冷風清叶倚南樓豆一聲長笛句幾點殘星叶　西風舊年有約句聽候恐語夜句客

裏心驚叶紅樹山深句翠苔門掩句想見露艸踈螢叶便乘風歸去句闌干外豆河漢西傾叶笑淹留句劃然孤嘯句雲白天青叶

此亦與王詞同，唯前後段第九句，俱不叶；第十句，各減一字，異。其前後段第二句，平仄亦與諸家不合。

花心動　一百四字　好心動　桂飄香　上昇花　　史達祖

金詞注小石調。元詞注雙調。

風約簾波句錦機寒豆難遮海棠煙雨韻夜酒未蘇句春枕猶欹句曾是誤成歌舞叶半褰薇帳雲頭散句奈愁味豆不隨香去叶儘沉靜句文園更渴句有人收否叶　嫩記溫柔舊處叶偏只怕豆臨風見他桃樹叶繡戶鎖塵句錦瑟空絃句無復畫眉心緒叶待拈銀管書春恨句被雙燕豆替人言語叶意不盡句垂楊幾千萬縷叶

此調始于周邦彦「簾卷青樓」詞，字句與此同，但周後段第六、第八句俱叶，為異。宋人照周填者甚少，故錄史詞為譜。劉燾「偏憶江梅」詞，前後段第二句，俱作五字一句、四字一句，不拘。「半褰」句，吳文英、張元幹皆押韻。趙長卿、吳真人前後段第八句俱叶。趙長卿「綠水平湖」詞，前結三句云「駐香駕，擁波心，媚容靚妝顔色」，三字兩句、六字一句，校史詞添一字，又不盡句叶，為異，餘同。「錦瑟空絃」，周美成作「娅姹雙眼」，「眼」字仄，諸家如此者甚少，疑是以上作平，故不注可仄。謝無逸「風裹楊花」一首，于「待拈」句作「猛期月滿會嫦娥」，「會」字仄，「娥」字平，與各家不同，培疑是「嫦娥會」之訛，亦不校注平仄。

又一體　一百字　曹勛

椒柏稱觴句撫寰瀛良辰句正臨端月韻瑞應屢臻句宮籞多祥句氣候暖回微洌叶聖母七旬壽句夐無前豆天心昭格叶溥慶處句坤珍郊祉句晏開清切叶　金殿簫韶備設叶鏘鈞奏留雲句舞容迴雪叶赭袍繡擁句褘翟同城句遞捧玉杯歡悅叶願將億萬喜句祝億萬豆從茲無缺叶太平主句永隆聖孝鳳闕叶

此校史詞，唯前後段第七句，各減二字，作五字句，異。此詞有曹別首可據，非脱落也，其平仄亦與諸家小異。培按：史詞「未蘇」、「鎖塵」，宜仄平、去平，各家皆同，觀此詞「屢臻」、「綉擁」字，可証。雖宋人亦有用平平者，不如用仄平之妙。此詞「擁」字，亦應是代平，如周詞之用「叟眼」字耳。

又一體　一百一字　無名氏

忽覩菱花句這一程豆減却風流顏色韻隣姬戲問句愧我為羞句無語低頭寥寂叶珠淚紛紛和粉垂句襟袂舊痕乾又濕叶但感起愁懷句堆堆積積叶　杜宇催春急叶煙籠花柳句粉蜨難尋覓叶紫燕喃喃句黃鶯恰恰句對景脂消香浥叶篆煙將盡愁未收句乍得御溝玻璨碧叶教紅葉往來句傳个消息叶

此亦史詞躰，唯前結減二字，換頭減一字，前段第七句、後段第八句，俱不折腰。其平仄亦與諸家異。

歸朝歡　一百四字　菖蒲綠　張先

《樂章集》注夾鐘商。

聲⃝轉轆⃝轤聞露井韻曉⃝引銀⃝瓶牽素綆叶西⃝園人⃝語夜來風句叢⃝英飄⃝墜紅成逕叶寶⃝猊⃝煙未⃝冷叶蓮⃝臺香⃝蠟殘痕凝叶等⃝身⃝金⃝句誰⃝能得⃝意句買⃝此好⃝光景叶　粉⃝落⃝輕⃝妝紅玉⃝

瑩叶月枕橫釵雲墜領叶有情無物不雙棲句文禽只合常交頸叶晝夜懽豈定叶爭如翻作春宵永叶日曈曨句嬌柔懶起句簾押捲花影叶

前後同。「嬌柔」句，王之道、嚴仁皆叶。

百宜嬌　一百四字　呂渭老

隙月垂篦句亂蛩催織句秋晚嫩涼庭戶韻燕拂簾旌句鼠窺牕網句寂寂飛螢來去叶金鋪鎮掩句漫記得豆花時南浦叶約重陽豆萸糝菊英句小樓遙夜歌舞叶　銀燭暗豆佳期細數叶簾幙漸西風句午牕秋雨叶葉底翻紅句水面皺碧句燈火裁縫砧杵叶登高望極句正霧鎖豆官槐歸路叶定須將豆寶馬鈿車句訪吹簫侶叶

「燕拂」至「菊英」與後「葉底」至「鈿車」同。孤調無可參校。《眉嫵》亦名《百宜嬌》，與此不同。

西吳曲　一百五字　劉過

說襄陽豆舊事重省韻記銅駝巷陌豆醉還醒叶笑鶯花別後句劉郎憔悴萍梗叶倦客天涯句還買

箇豆西風輕艇叶便欲訪豆騎馬山翁句問峴首豆那時風景叶　楚王城裏句知幾度經過句摩挲故宮柳癭叶慢弔景叶冷煙衰草淒迷句傷心興廢句賴有陽春古郢叶乾坤誰望句六百里路中原句空老盡英雄句腸斷劍鋒冷叶

此調僅見此詞，無可參校。

合歡帶　一百五字　柳永

《樂章集》注林鐘商。

身材兒豆早是妖嬈韻算舉措豆寔難描叶一箇肌膚渾似玉句更都來豆占了千嬌叶妍歌艷舞句鶯慚巧舌句柳妒纖腰叶自相逢豆便覺韓娥價減句飛燕聲銷叶　桃花零落句溪水潺湲句重尋僊徑非遙叶莫道千金酬一笑句便明珠豆萬斛須邀叶檀郎幸有句淩雲詞賦句擲果風標叶況當年豆便好相攜句鳳樓深處吹簫叶

此調只有柳詞及杜詞兩體，其平仄亦不甚異同，可參校。

又一體　一百五字　杜安世

樓臺高下玲瓏韻鬬芳樹豆綠陰濃叶芍藥孤棲香艷晚句見櫻桃豆萬顆初紅叶巢喧乳燕句珠簾

鏤曳句滿戶香風叶罩紗幃豆象床屏枕句晝眠纔似朦朧叶　起來無語更兼慵叶念分明豆往事成空叶被你厭厭牽繫我句怪纖腰豆綉帶寬鬆叶春來早是句分飛兩處句長恨西東叶到于今豆扇移明月句簟鋪寒浪與誰同叶

此校柳詞，前段起句減一字，結作七字一句、六字一句；後段第一、二句減一字，作七字一句，叶韻，第三句添一字，作七字句，結添一字，異。

憶瑤姬　一百五字　別瑤姬慢

蔡　伸

微雨初晴韻洗瑤空萬里句月挂冰輪叶廣寒宮闕迥句望素娥縹緲句丹桂亭亭叶金盤露冷句玉樹風輕句倍覺秋思清叶念去年豆曾共吹簫侶句同賞蓬瀛叶　奈此夜豆旅泊江城叶漫花光眩目句綠酒如澠叶幽懷終有恨句恨綺窗清影句虛照娉婷叶藍橋路杳句楚館雲深句擬憑歸夢輕叶彊就枕句無奈孤衾夢易驚叶

此調有万俟詠「可惜香紅」詞可校，但換頭云「又還是九十春光」，「光」字不叶，微異，餘悉仝。　汲古閣刻落「路」字，又多訛舛。《詞律》「玉樹」、「楚館」兩句注叶韻，亦悞，今遵蔡詞善本校正。

又一躰　一百八字　史達祖

嬌月籠煙句下楚領豆香分兩朶湘雲韻花房漸密句弄杏箋初會句歌裏慇懃叶沉沉夜久西牕句屢隔蘭燈幔影昏叶自綵鸞豆飛入芳巢句繡屏羅薦粉光新叶　十年未始輕分叶念此飛花句可憐柔脆銷春叶空餘雙淚眼句到舊家時節句浸染愁巾叶神仙說道凌虛句一夜相思玉樣人叶但起來豆梅蕋牕前句哽咽疑是君叶

此詞前後段第五、六句與蔡同，餘俱異。《詞律》于「漸密」下悮多一「時」字，又譌三字，今據梅溪元本校正。

又一躰　一百三字　別素質　曹組

雨細雲輕句花嬌玉軟句於中好箇情性韻爭奈無緣相見句有分孤另叶香箋細寫頻相問叶我一句句兒都聽叶到于今豆不得同歡句伏帷與他耐靜叶　此事憑誰執證叶有樓前明月句窓外花影叶拚了一生煩惱句為伊成病叶秪愁更把風流逞叶便叵循豆誤人無定叶恁時節豆若要眼儿斷覷句除非會聖叶

仄韻只此一首，無可校。

西河　一百五字　西湖　　周邦彦

《碧雞漫志》：「大石調《西河慢》，聲犯正平。」

長安道句瀟灑西風時起韻塵埃車馬晚游行句霸陵煙水叶亂鴉棲鳥夕陽中句參差霜樹相倚叶　到此際句愁如葦叶冷落關河千里叶追思唐漢昔繁華句斷碣殘記叶未央宮闕已成灰句終南依舊濃翠叶　對此景豆無限愁思叶繞天涯豆秋蟾如水叶轉使客情如醉叶想當時豆萬古雄名句盡是作豆往來人句淒涼事叶

前起，清真「佳麗地」詞，叶韻。中段換頭「際」字偶合，可不叶。「到此際」兩句，陳允平作「石頭城上試倚」，併為六字一句，與諸家異，餘同。稼軒「西江水」詞，全與此同，唯前段起句叶，又後結三句作九字一句、七字一句，云「過吾廬定有幽人相問，歲晚淵明歸來未」，異，不另列。

又一體　一百五字　　吳文英

春乍霽韻清漣畫舫融洩叶螺雲萬點暗凝秋句黛蛾照水叶慢將西子比西湖句溪邊人更多麗叶　步危逕句攀黝蘂叶掬霞到手紅碎叶青蚍細折小廻廊句去天半咫叶畫欄

(入)暮起東風句(棋)聲(吹)下人吉叶　海棠藉雨半繍地叶(殘)寒(褪)豆初(卸)羅綺叶(除)酒(消)春何計叶向沙頭豆更續斜陽一醉叶雙玉杯和流泉洗叶

此與周詞仝，唯第三段起句不折腰，後結同稼軒，作九字一句、七字一句，異。王彧「天下事」詞，亦與此同，唯後結第四句，校吴減一字，云「近新來又報烽煙起，絕域張騫歸來未」，小異。

又一體　一百十一字　劉一止

山驛晚句行人乍停征轡韻白沙翠竹鎖柴門句亂峰相倚叶一番急雨洗天囬句掃雲風定還起叶　斷岸森句愁無際叶念淒斷句誰與寄叶雙魚尺素難委叶遙知洞戶隔煙窓句簟橫秋水叶淡花明玉不勝寒句綠尊初試冰蟻叶　小歡細酌任欹醉叶撲流螢豆應卜心事叶誰記天涯憔悴叶對今宵豆皓月明河千里叶夢越空城疎煙裏叶

此與吴詞仝，唯前段起句不叶，又中段添三字兩句，異。

夢橫塘　一百五字　劉一止

浪痕經雨句鬢影吹寒句晚來無限蕭瑟韻野色分橋句剪不斷豆前溪風物叶船繫朱藤句路迷煙

寺句遠鷗浮沒叶聽踈鐘斷鼓句似近還遙句驚心事豆傷羈客叶　新醅旅壓鵞黃句拚清愁在眼句酒病縈骨叶繡閣嬌慵句爭觧說豆短書傳憶叶念誰伴豆塗妝綰髻句嚼蕊吹花弄秋色叶恨對南雲句此時悽斷句有何人知得叶

孤調無可叅校。

尉遲杯　一百五字　吳文英

仄韻者，《樂章集》注夾鐘商。

垂楊逕韻洞鑰啓豆時遺流鶯迎叶涓涓暗谷流紅句應有緗桃千傾叶臨池笑靨句春色滿豆桐華弄粧影叶記年時豆試酒湖陰句褪花曾采新杏叶　蛛窗繡網元經句纔石妍開奩句雨潤雲凝叶小小蓬萊香一掬句愁不到豆朱嬌翠靚叶清尊伴豆人間永日句斷琹和豆棋聲竹露冷叶笑從前豆醉臥紅塵句不知仙在人境叶

「臨池」下與後「人間」下同。

又一躰　一百五字　無名氏

歲云暮韻歎光陰豆冉冉能幾許叶江梅尚怯餘寒句長安音信猶阻叶東風無據叶憑欄久豆欲去

還凝竚叶憶溪邊豆月夜徘徊句暗香踈影庭戶叶　朝來凍鮮霜消句南枝上豆香英數點微露叶把酒看花句無言有淚句還是那時情緒叶花依舊豆晨妝何處叶漫贏得豆花前愁千縷叶儘高樓豆畫角頻吹句任教紛紛飛素叶

此校吳詞，前段第五句叶；後段第二、三句，併作九字一句；第四、五句，作四字兩句、六字一句，異。尹公遠「冰絃語」詞與此仝，可校。柳永「寵佳麗」詞亦與此同，唯換頭句叶，小異。万俟詠「碎雲薄」詞亦同，唯前段第五句云「雪魄未應若」，校添一字；換頭句叶，後段第七句不折腰，異。蔡松年「紫雲暖」詞，正與万俟同。

又一體　一百五字　賀鑄

勝遊地韻信東吳豆絕景饒佳麗叶平湖底句見層嵐句涼月下句聞清吹句人如穠李叶泛衿袂豆香潤蘋風起叶喜淩波豆素襪逢迎句領畧當歌深意叶　鄂君被叶雙鴛綺叶垂楊蔭豆夷猶畫舲相檥叶寶瑟絃調句明珠佩委叶囬首碧雲千里叶歸鴻後豆芳音誰寄叶念懷縈豆青髩今無幾叶枉分將豆鏡裏華年句付與樓前流水叶

此校無名氏詞，唯前段第三、四句及過變攤破句法，俱作三字兩句，換頭多押兩韻，異。

又一體　一百五字

周邦彦

隋隄路韻漸日晚豆暮靄生深樹叶陰陰淡月籠沙句還宿河橋深處叶無情畫舸句都不管豆煙波隔前浦叶等行人豆醉擁重衾句載將離恨歸去叶　因思舊客京華句長偎傍豆疎林小檻懽聚叶冶葉倡條俱相識句仍慣見豆珠歌翠舞叶如今向豆漁村水驛句夜如歲豆焚香獨自語叶有何人豆念我無聊句夢魂凝想鴛侶叶

此與無名氏詞同，唯前後段第五句，俱不叶；又後段第三、四、五句，破作七字兩句，異。夢窓「垂楊逕」詞畧與此詞同，只後段第二句作五字一句、四字一句，為異耳。陳允平「長亭路」詞，和周此首韻，其字句全與夢窓「垂楊逕」一首同，只後段第五句減一字，云「猶有楊花亂舞」，只六字，恐是脫字，附注不具錄。

又一體　一百六字

晁補之

去年時韻正愁絕豆過却紅杏飛叶沉吟杏子青時叶追悔負好花枝叶今年又春到句傍小欄豆日日數花期叶花有信豆人却無憑句故教芳意遲遲叶　及至待得融怡叶未攀條拈蘂句又歎春歸叶怎得春如天不老句更教花與月相隨叶都將命豆拚與酬花句似峴山豆落日客猶迷叶儘歸

路豆拍手攔街句笑人沉醉如泥叶

此押平韻，前段第五句五字，與万俟詞同；後段第四、五句七字，與周詞同。只此一首，無可叅校。

秋霽　一百五字　春霽　史達祖

江水蒼蒼句望倦柳愁荷句共感秋色韻廢閣先涼句古簾空暮句鴈程冣嫌風力叶故園信息叶愛渠入眼南山碧叶念上國叶誰是豆膾鱸江漢未歸客叶　還又歲晚句瘦骨臨風句夜聞秋聲句吹動岑寂叶露蛩悲豆清燈冷屋句繙書愁上鬢毛白叶年少俊游渾斷得叶但可憐處句無奈冉冉魂驚句采香南浦句剪梅煙驛叶

吴文英「一水盈盈」詞與此同，唯前結云「空際醉來，風露跨黄鵠」，四字一句、五字一句；又後段第五句叶，小異。陳允平「千傾琉璃」詞，前段第九句作「有素鷗」，「鷗」字平不叶，第十句四字，第十一句五字，與吴同。

又一體　一百三字　曾紆

木落山明句碧江碧豆樓倚太虛寥廓韻素手飛觴句釵頭取笑句金英滿浮桑落叶髻雲漫約叶酒

紅拂破香腮薄叶細細酌叶簾外任教句月轉畫欄角叶　當年快意登臨句異鄉節物句難禁離索叶故人遠豆淩波何在句惟有殘英共寂寞叶愁到斷腸無處著叶寄寒香與句憑渠問訊佳時句弄粉吹花句為誰梳掠叶

此校史詞，前段第二、三句，作九字折腰一句；又後段第一、二句減兩字，作六字一句，異。

清風八詠樓　一百五字　王行

按：沈約守東陽，建八咏樓，其地又有雙溪之勝，故云：「明月雙溪水，清風八詠樓。」調名取此。王行詞注林鐘商曲，寔南宋詞林所製。

遠興引遊踪句漫踏偏天涯句萋萋芳草韻偏愛雙溪好叶有隱侯舊跡句層樓雲表叶碧崕丹嶂句看縹緲豆憑闌吟嘯叶偶佳遇豆畱擣元霜句歲星旋又周了叶　歸期誰道無據句幾囬首興懷句故林猿鳥叶儗待春空杳叶與鴛儔鴻侶句共還池島叶川途迢遞句縱南翔豆仍訴幽抱叶莫輕負豆今日相看句但得翠尊同倒叶

「踏徧」下與後「囬首」下同。無可參校。

賞南枝　一百五字　曾鞏

暮冬天氣閉句正柔木凍折句瑞雪飄飛韻對景見南山句嶺梅露豆幾點清雅容姿叶丹染萼句玉綴枝叶又豈是豆一陽有私叶大抵化工獨許句使占却先時叶　霜威叶莫苦淩持叶此花根性句想羣卉爭知叶貴用在和羹句三春裏豆不管綠是紅非叶攀賞處句宜酒巵叶醉撚嗅豆幽香更奇叶倚闌仗何人去句囑羌管休吹叶

調見《梅苑》，曾子固自度曲，無可校。「對景」下與後「貴用」下同。

真珠髻　一百五字　無名氏

重重山外句苒苒流光句又是殘冬時節韻小園幽徑句池邊樓畔句翠木嫩條春別叶纖蘂輕苞句粉萼染豆猩猩紅血叶乍幾日豆好景和風句次第一番催發叶　天然幽艷殊絕叶比雙成皎皎句倍增芳潔叶去年曰遇句東歸驛使句贈遠憶曾攀折叶豈謂浮雲句終不放豆滿枝明月叶但歎息豆時飲金鍾句更繞蘤叢繁雪叶

《花草粹編》載此詞，頗有訛脫，此從《梅苑》校正。「小園」下與後「去年」下同。

曲玉管　一百五字　柳永

唐教坊曲名。《樂章集》注大石調。

隴首雲飛句江邊日晚句煙波滿目憑闌久韻一望關河蕭索句千里清秋換平叶忍凝眸叶平杳杳神京句盈盈仙子句別來錦字終難偶叶仄斷鴈無憑句冉冉飛下汀洲叶平思悠悠叶平　暗想當初句有多少豆幽歡佳會句豈知聚散難期句翻成雨恨雲愁叶平阻追游叶平悔登山臨水句惹起平生心事句一場消黯句永日無言句却下層樓叶平

秪此一首，無可叅校。培按：此詞前段，截然兩對，蓋即《瑞龍吟》所謂雙拽頭也，間叶兩仄韻，亦是用本部三聲叶，與元曲不同。《詞律》疑「思悠悠」三字是後段起句，非是。

泛清波摘徧　一百五字　晏幾道

培按：《宋史·樂志》有林鐘商《泛清波》，此摘其中一徧也。

催花雨小句着柳風柔句却是去年時候好韻露紅煙綠句儘有狂情鬬春早叶長安道叶秋千影裏句絲管聲中句誰放艷陽輕過了叶倦客登臨句暗惜光陰恨多少叶　楚天渺叶歸思正如亂雲句短夢未成芳草叶空點吳霜鬢華句自悲清曉叶帝城杳叶雙鳳舊約漸虛句孤鴻後期難到叶且

趁朝花夜月句翠樽頻倒叶

孤調無可校。一本作「空把吴霜點鬢華」，多一字，誤。

望明河　一百六字　劉一止

華旌耀日句報天上使星句初辭金闕韻許國精忠句試此日傳巖句濟川舟楫叶向來雞林外句況傳詠豆篇章誇雄絕叶問人地豆真是唐朝第一句未論勳業叶　鯨波霽雲千疊叶望仙馭縹緲句神山明滅叶萬里勤勞句也等是壯年句繡衣持節叶丈夫功名事句未肯向豆尊前傷輕別叶看飛棹豆歸侍宸游句宴賞太平風月叶

調見《苕溪集》，無可參校。按：「天上」至「雄絕」與後「仙馭」至「輕別」同。

楚宮春慢　一百六字　僧揮

輕盈絳雪韻乍團聚同心句千點珠結叶畫館繡幃句低舞盈盈香徹叶笑裏精神放縱句斷未許豆年華偷歇叶信任芳春句都不管豆漸漸南薰句別是一家風月叶　扁舟去後句回望處豆娃宮淒涼凝咽叶身似斷雲句零落深心難說叶不與雕欄寸地句忍覷着豆漂流離缺叶盡日厭厭句揔

無語豆不及高唐句夢裏相逢時節叶

調見《寶月詞》，有周密「香迎曉日」詞可校。周詞換頭云「猶想沉香亭北」，校添二字，「北」字叶，畧異，餘悉同。「畫館」下與後「身似」下同。

内家嬌　一百六字　柳　永

《樂章集》注林鐘商。

煦景朝升句煙光畫斂句踈雨夜來新霽韻垂楊艷杏句絲軟霞輕句繡出芳郊明媚叶處處踏青鬬草句人人偎紅倚翠叶奈少年豆自有新愁舊恨句消遣無計叶　帝里叶風光當此際叶正好恁攜佳麗叶阻歸程迢遞叶奈何好景難留句舊懽頻棄叶早是傷春情緒句那堪困人天氣叶但贏得豆獨立高原句斷腸一餉凝睇叶

無別作可校。

解連環　一百六字　玉聯環　杏梁燕　本名「望梅」　柳　永

此調始自柳永，以望梅而作，名《望梅》。後曰美成有「妙手能解連環」之句，更名《解連環》。張輯名《杏梁燕》。

小寒時節韻正同雲幕慘句勁風朝冽叶信早梅豆偏占陽和句向日處句凌晨數枝爭挨叶時有香來句望明艷豆遥知非雪叶展玲瓏嫩蘂句弄粉素英句旖旎清徹叶　仙姿更誰竝列叶有幽光照水句疎影籠月叶且大家豆留倚闌干句對緑醑飛觥句錦箋吟閲叶桃李繁華句料比此豆芬芳俱別叶等和羹大用句莫把翠條漫折叶

此調始于此詞，但宋元人多填周邦彦躰，故可平可仄，詳注蔣詞之下。張輯後結云「把千種舊愁，付與杏梁語燕」，正與柳同，但前段第五、六句「更細與品題，屢呵冰硯」，仍照周、蔣填，另格。

又一躰　一百六字　蔣捷

妒花風惡韻吹青陰漲却句亂紅池閣叶駐媚景豆別有僊葩句徧瓊甃小臺句翠油疎箔叶舊日天香句記曾繞豆玉奴絃索叶自長安路遠句膩紫肥黄句但譜東洛叶　天津霽虹似昨叶聽鵑聲度月句春又寥寞叶散艷魄豆飛入江南句轉湖渺山茫句夢境難托叶萬疊花愁句正困倚豆鉤闌斜角叶待攜尊豆醉歌醉舞句勸花自落叶

此照周邦彥體，唯後結作七字一句、四字一句，與柳異，宋元人皆照此填。楊无咎「素書難托」詞，本和周韻者，唯前結云「自無心強陪醉笑，負他滿庭花藥」，七字一句、六字一句，異，餘同。後結第二箇「醉」字及「勸」、「自」兩字，俱宜去聲，或仄聲，忌平。按：玉田詞，前段第十句「殘氈擁雪」，後段第九句「未羞他雙燕歸來」，平仄與各家異。又前段第四句「嘆貞元朝士無多」，「貞」字平。夢牕後段第二句「歎梧桐未秋」，「秋」字平；第五句「向別枕倦醒」，「倦」字仄。竹屋結句「浸愁千斛」，「千」字平聲。偏校宋詞，無如此者，故不與叅校平仄。培又按：黃水村詞前起云「鳳樓倚倦」，「倚」字以上代平。姜白石後段第八句「又見在曲屏近底」，「近」字讀平聲，故亦不注可仄。白石「鶯聲繞紅樓」詞，後結云「近前舞絲絲」，自注「『近』字平」，故知之。

夜飛鵲　一百六字

周邦彥

河橋送人處句良夜何其韻斜月遠墜餘輝叶銅盤燭淚已流盡句霏霏涼露沾衣叶相將散離會句探風前津鼓句樹杪參旗叶花驄會意句縱揚鞭豆亦自行遲叶　迢遞路迴清野句

人語漸無聞句空帶愁歸叶何意重經前地句遺鈿不見句斜逕都迷叶兔葵燕麥句向斜陽豆影與人齊叶但徘徊班草句欷歔酹酒句極望天西叶

此調有夢窗、蒲江、玉田等詞可校。趙以夫「凝雲拂斜月」詞，後結云「夢回時天淡星稀，間弄一曲瑤琴」，七字一句、六字一句，校此詞稍異，餘仝。「離會」下，坊本誤多一「處」字，謬，此從本集校正。

角招　一百七字　姜夔

白石自注黃鐘清角調。

為春瘦韻何堪更繞西湖句盡是垂柳叶自看煙外岫叶記得與君句湖上携手叶君歸未久叶早亂落豆香紅千畝叶一葉凌波縹緲句過三十六離宮句遺游人回首叶　猶有叶畫船障袖叶青樓倚扇句相映人爭秀叶翠翹光欲溜叶愛着宮黃句而今時候叶傷春似舊叶蕩一點豆春心如酒叶寫入吳絲自奏叶問誰識豆曲中心句花前後叶

此調有趙以夫「曉寒薄」詞可校，但前段第二、三句，趙作「苔枝上剪成萬點氷萼」，校減一字，作上三下六九字一句，微異，餘同。「君歸」句，趙作「清溪畧彴」，汲古刻脫「清」

字，悮，今為校正。

飛雪滿群山　一百七字　飛雪滿堆山　扁舟尋舊約　　蔡伸

冰結金壺句寒生羅幙句夜闌雪月侵門韻翠筠敲損句疎梅弄影句數聲雁過南雲叶酒醒欹粲枕句愴猶有豆殘粧淚痕叶繡衾孤擁句餘香未滅句猶是那時薰叶　長記得豆扁舟尋舊約句聽小牕風雨句燈火昏昏叶錦茵纔展句瓊籤報曙句寶釵又是輕分叶黯然攜手處句倚珠箔豆愁凝黛顰叶夢回雲散句山遙水遠空斷魂叶

此調有蔡別作及張榘詞可校。「殘妝淚痕」，蔡別作云「渾如夢裏」，「裏」字換仄叶，又一格也。

又一體　一百六字　　張榘

愛日烘晴句梅梢春動句曉窗客夢方還韻江天萬里句高低煙樹句四望猶擁螺鬟叶是誰邀滕六句釀薄暮豆同雲沍寒叶却元來是句鈴閣雲蒸句俄忽老青山叶　都盡道豆年來須更好句無緣農事句雨澀風慳叶鷲池夜半句銜枚飛渡句看尊俎豆折衝間叶儘青油談笑句瓊花露豆杯深

量寬叶功名做了句雲臺寫作圖畫看叶

此與蔡詞同，唯後段第二句減一字，前後段第七句俱作上一下四句法，「尊俎」句折腰，為異，然此句不必折腰。

詞榘卷二十三終

詞榘卷二十四

歙西方成培仰松輯
同學胡賡善授轂校

秦觀

望海潮　一百七字

《樂章集》注仙呂調。

秦峯蒼翠句耶溪瀟灑句千巖萬壑爭流韻鴛瓦雉城句譙門畫戟句蓬萊燕閣三休叶天際識歸舟叶汎五湖煙月句西子同遊叶茂草臺荒句苧蘿村冷起閒愁叶　何人覽古凝眸叶悵朱顏易失句翠被難留叶梅市舊書句蘭亭古墨句依稀風韻生秋叶狂客鑑湖頭叶有百年臺沼句終日夷猶叶最好金龜換酒句相與醉滄洲叶

此詞有柳永「東南形勝」一首可校，但前後第八句，柳作「怒濤卷霜雪」、「乘醉聽簫鼓」，俱作上二下三句法，小異，餘同。培按：紅友論柳詞「恐是『卷怒濤霜雪』之訛」，其說非是。蓋後段第八句，不可倒轉作「聽乘醉簫鼓」故也。此詞前結「茂艸臺荒」、「苧蘿村冷」，例作對偶，宋元人如此者甚多。

又一體　一百七字　秦觀

梅英踈淡句氷澌溶洩句東風暗換年華韻金谷俊游句銅駝巷陌句新晴細履平沙叶長記誤隨車叶正絮翻蝶舞句芳思交加叶柳下桃蹊句亂分春色到人家叶　西園夜飲鳴笳叶有華燈礙月句飛蓋妨花叶蘭苑未空句行人漸老句重來事事堪嗟叶煙暝酒旗斜叶但倚樓極目句時見棲鴉叶無奈歸心句暗隨流水到天涯叶

與前詞仝，唯後結作四字一句、七字一句，小異，有晁補之、呂渭老、劉一止、張翥等詞可校。換頭句「西園」二字，鄧千江叶韻。「絮翻」兩句，沈公述作「少年人，一一錦帶吳鈎」，句法微異，餘悉同。

落梅　一百七字　王詵

壽陽妝晚句慵匀素臉句經宵醉痕堪惜韻前村雪裏句幾枝初綻句正氷姿仙格叶忍被東風句亂飄滿地句殘英堆積叶可堪江上起離愁句憑誰說寄句腸斷未歸客叶　流恨聲傳羌笛叶感行

人豆水亭山驛叶越溪信阻句仙鄉路杳句但風流塵迹叶香濃艷時句未多吟賞句已成輕擲叶願身長健且憑闌句明年還放春消息叶

「前村」至「殘英」與後「越溪」至「已成」同。此與《梅苑》無名氏詞句讀不同，故未叅注平仄。

又一體　一百六字　梅香慢　無名氏

帶煙和雪句繁枝淡竚句誰將粉融酥滴韻踈枝冷蘂壓群芳句年年長占春色叶江路溪橋漫倒句裊裊風中無力叶暗香浮動氷姿句明月裡豆想無花比高格叶　爭奈光陰瞬息叶動幽怨豆潛生羌笛叶新花鬭巧句有天然閒態句倚闌堪惜叶零亂殘英片片句飛上舞筵歌席叶斷腸忍淚念前期句經歲還有芳容隔叶

此詞前起三句、後起二句、後結二句，與王詞仝，餘則攤破句法，自成一格矣。

望湘人　一百七字　賀鑄

厭鶯聲到枕句花氣動簾句醉魂愁夢相半韻被惜餘薰句帶驚賸眼句幾許傷春春晚叶淚竹痕鮮

句佩蘭香老句湘天濃暖叶記小江豆風月佳時句屢約非煙游伴叶　須信鸞絃易斷叶奈雲和再鼓句曲終人遠叶認羅襪無踪句舊處弄波清淺叶青翰棹豆檥白蘋洲畔叶儘目臨高飛觀叶不解寄豆一字相思句幸有歸來雙燕叶

秖有此詞，無可叅校。培按：前段第五句「眼」字，諸譜注叶，然以文勢味之，此句不必押韻。

折紅梅　一百八字　杜安世

喜輕澌初綻句微和漸入句郊原時節韻春消息豆夜來陡覺句紅梅數枝爭發叶玉溪珍館句不似箇豆尋常標格叶化工別與句一種風情句似匀點胭脂句染成香雪叶　重吟細閱叶比繁杏夭桃句品流終別叶只愁共豆彩雲易散句冷落謝池風月叶憑誰向說叶三弄處豆龍吟休咽叶大家留取句時倚闌干句聞有花堪折句勸君須折叶

「消息」下與後「愁共」下同。此杜自度曲，凡四首，句讀悉同，唯平仄稍異，可校。「玉溪」句，別作皆叶。後段第四句，《詞律》作「可惜彩雲易散」，校脫一字，譌二字，大誤，今從本集改正。

泛青苕　一百八字　感皇恩慢　　張先

綠淨無痕韻過曉霽青苕句鏡裏游人叶紅粧巧句綵船穩句當筵主豆秘館詞臣叶吴娃勸飲韓娥唱句競艷容豆左右皆春叶學為行雨句傍畫槳豆從教水濺羅裙叶　煙溪混月黃昏叶漸樓臺上下句火影星分叶飛檻倚句斗牛近句響簫鼓豆遠破重雲叶歸軒未至千家待句掩半粧豆翠箔朱門叶衣香拂面句醉歸卸豆簪花滿袖餘溫叶

「曉霽」下與後「樓臺」下同。子野泛舟吴興，自度此腔，無他作可校。《感皇恩慢》係別名，故不類列于《感皇恩》之後。

倚闌人　一百八字　　曹勛

清明池館句芳菲漸晚句晴香滿架籠永晝韻翠擁柔條句玉鋪繁蘂句裊裊舞低襟袖叶秀蓓凝皓露句疑挂六銖衣縐叶檀點芳心句體熏清馥句粉容宜撚春風手叶　肯與芝蘭同嗅叶洞戶花豆別是素芳依舊叶剪取長梢句青蛟噴雪句挽住曉雲爭秀叶樓上人未去句常空風欺雨瘦叶紅綃收取句舉觴猶喜句窨得醺醺酒叶

「翠擁」至「體熏」與後「剪取」至「舉觴」同。無可叅校。

一萼紅　一百八字　周密

步深幽韻正雲黃天淡句雪意未全休叶鑑曲寒沙句茂林煙草句俛仰今古悠悠叶歲華晚豆飄零漸遠句誰念我豆同載五湖舟叶磴古松斜句厓陰苔老句一片清愁叶　回首天涯歸夢句幾魂飛西浦句淚灑東州叶故國山川句故園心眼句還似王粲登樓叶最負他豆秦鬟妝鏡句好江山豆何事此時遊叶為喚狂吟老監句共賦銷憂叶

「鑑曲」至「湖舟」與後「故園」至「時游」同。劉天迪「擁孤衾」詞，「衾」字不起韻，後結云「夢破梅花，角殼又報更闌」，四字一句、六字一句，略異，然「角聲」二字，亦可屬上句讀。「好江山」句，李彭老詞云「數菖蒲老是來期」，校減一字，尹礀民亦有之，應另是一格。

又一體　一百八字　無名氏

斷雲漏日句青陽布豆漸入融和天氣韻糝綴夭桃句金裝垂柳句糚點亭臺佳致叶曉露風裁雨潤句是絕艷豆偏稱化工美叶向此際會句未教一萼句紅開鮮蘂叶　迤邐漸成春意叶放夭容秀色句天真難比叶香上蜂鬚句粉沾蝶翅句忍把芳心縈碎叶爭似便豆移歸深院句將綠蓋豆青幃

護風裏叶恁時節句占斷與豆偎紅倚翠叶

此用仄韻，見《雅詞拾遺》，係北宋人作，無可參校。

薄倖 一百八字 呂渭老

青樓春晚韻晝寂寂豆梳勻又懶叶乍聽得豆鴉啼鶯弄句惹起新愁無限叶記年時豆偷擲春心句花間隔霧遙相見叶便角枕題詩句寶釵貰酒句共醉青苔深院叶 怎忘得豆迴廊下句攜手處豆花明月滿叶如今但暮雨句蜂愁蝶恨句小牕閒對芭蕉展叶却誰拘管叶儘無言豆閑品秦箏句淚滿參差鴈叶腰支漸小句心與楊花共遠叶

「如今但暮雨」句，南澗作「任雞鳴起舞」，樵隱作「奈當時消息」，皆用上一下四句法，不拘。「蜂愁」句，沈端節叶。「儘無言」兩句，賀鑄作「正春濃酒暖，人閒晝永無聊賴」，五字一句、七字一句，小異。樵隱、南澗多如此。「攜手」句，韓元吉作「白髮星星如許」，校少一字，恐是脫落。

奪錦標 一百八字 清溪怨 張埜

涼月橫舟句銀漢浸練句萬里秋容如拭韻冉冉鸞驂鶴馭句橋倚高寒句鵲飛空碧叶問歡情

幾許句早收拾豆新愁重織叶恨人間豆會少離多句萬古千秋今夕叶　誰念文園病客叶夜色沉沉句獨抱一天岑寂叶忍記穿針亭榭句金鴨香寒句玉徽塵積叶憑新涼半枕句又依稀豆行雲消息叶聽窗前豆淚雨浪浪句夢裏簷聲猶滴叶

「萬里」下與後「獨抱」下同。滕應賓「老氣盤空」詞，前段第四句叶，後斷第三句云「衆星拱極」，校減二字，異。換頭句，白樸不叶。

一寸金　一百八字

柳　永

井絡天開句劍嶺橫雲控西夏韻地勝異豆錦里風光句蠶市繁華句簇簇歌臺舞榭叶雅俗多游賞句輕裘俊豆靚粧艷冶叶當春晝豆摸石池邊句浣花溪上景如畫叶　夢應三刀句橋名萬里句中和政多暇叶仗漢節豆攬轡澄清句高掩武侯勳業句文翁風化叶台鼎思賢久句方鎮靜豆又還命駕叶空遺愛豆西蜀山川句異日成佳話叶

此調昉於此詞，但宋人多照周邦彥詞體填，故以周詞作譜。按：此詞前結平仄與諸家不同，不叅校入譜。

又一躰　一百八字　周邦彥

州夾蒼崖句下枕江山是城郭叶望海霞接日句紅翻水面句晴風吹草句青搖山脚叶波暖鳧鷖作叶沙痕退豆夜潮正落叶踈林外豆一點炊煙句渡口參差正寥廓叶　自歎勞生句經年何事句京華信漂泊叶念渚蒲汀柳句空歸閒夢句風輪雨檝句終辜前約叶情景牽心眼句流連處豆利名易薄叶迴頭謝豆冶葉倡條句便入漁釣樂叶

「海霞」至「炊煙」與後「渚蒲」至「倡條」同，唯「作」字叶，「眼」字不叶，稍異。「鳧鷖作」，一本作「鳧鷖泳」，不叶。「情景」句，吳文英一首叶。李彌遠「仙李盤根」詞，校此唯前段第三句作「更溜雨霜皮」，後段第四句作「對壁月流光」，平仄與各家異。又「波暖」句、「情景」句，皆叶，後結「釣」字用平，餘悉與周仝，不具錄。

又一躰　一百八字　曹勛

霜落鴛鴦句繡隱芙蓉小春節叶應運看豆月魄分輝句坤順同符句文母徽音芳烈叶誕育乾坤主句均慈愛豆練裙豈別叶經沙塞豆涉履煙塵句瑞色怡然更英發叶　上聖中興句嚴恭問寢句宮庭正和悅叶看壽筵高啓句龍香低轉句聲入霓裳句檀槽新撥叶翠衮同行樂句鈞韶奏豆喜盈

絳闕叶傾心願豆億載慈寧句醉賞閒風月叶

此詞前段與柳同，後段與周同。培按：觀此詞後結「風」字及無名氏詞後結「陽」字，知周詞後結「鈞」字亦不妨用平也。

又一骵　一百五字　無名氏

堪歎羣迷句夢空花句幾人悟韻更假饒豆錦帳銅山句朱履玉簪句畢竟于身何故叶未若紅塵外句幽隱竹籬蓬戶叶青松下豆一曲高歌句笑傲年華換今古叶　紫府春光句清都雅會句時妙有真趣叶看自然天樂句星樓月殿句鸞飛鳳舞叶白雲深處叶壺內神仙景句誰肯少季回顧叶逍遙界豆獨我歸來句復入寥陽去叶

此詞見《鳴鶴餘音》。前段亦與柳同，唯第二句減一字，作三字兩句，又苐八句減一字，作六字句，異。後段亦與周仝，唯第九句減一字，作六字句，異。

擊梧桐　一百八字　柳　永

《樂章集》注中呂調。

香靨深深句姿姿媚媚句雅格奇容天與韻自識伊來句好好看承句會淂妖嬈心素叶臨岐再約同歡句定是都把句平生相許叶又恐恩情句易破難成句未免千般思慮叶 近日書來句寒暄而已句苦沒忉忉言語叶便認得豆聽人教當句擬把前言輕負叶見說蘭臺宋玉句多才多藝善詞賦叶試與問豆朝朝暮暮句行雲何處去叶

此詞有《梅苑》無名氏「雪葉紅彫」一首可校，但其前結十四字云「冣好山前水畔，幽閒自有，橫斜踈影」，作六字一句、四字兩句，稍異，餘悉同。 汲古本訛刻三字，今從本集校正。

又一體 一百十字 李珏

楓葉濃於染韻秋正老豆江上征衫寒淺叶又是秦鴻過句霽煙外豆寫出離愁幾點叶年來歲去句朝生暮落句人似吳潮展轉叶怕聽陽關曲句奈短笛喚起句天涯情遠叶 雙屐行春句扁舟嘯晚叶憶着鷗湖鷺苑叶小小梅花屋句雪月夜豆記把山扉牢掩叶惆悵明朝何處句故人相望句但碧雲半斂叶宆蘇堤豆重來時候句芳草如剪叶

此詞有《樂府雅詞》所載李甲「杳杳春江闊」一首正同，可叅校，與前調迥異。

大聖樂　一百八字　周密

《宋史・樂志》：「道調宮。」

嬌綠迷雲句倦紅顰曉句嫩晴芳樹韻漸午陰豆簾影移香句燕語夢囲句千點碧桃吹雨叶冷落錦衾人歸後句記前度豆蘭橈停翠浦叶憑欄久句漫凝佇鳳翹句慵聽金縷叶　留春問誰冣苦叶奈花自豆無言鶯自語叶對畫樓殘照句東風吹遠句天涯何許叶怕折露條愁輕別句更煙暝豆長亭啼杜宇叶垂楊晚句但羅袖豆晴沾飛絮叶

此詞只有張炎一首可校。「冷落」句，向來相傳秖六字，「人」字從《詞律》補入。

又一體　一百十字　張炎

市隱山林句傍家池館句頓成佳趣韻是幾番豆臨水看雲句就樹攬香句詩滿闌干橫處叶翠徑小車行花影句聽一片豆春聲人笑語叶深院宇叶對清晝漸長句閒教鸚鵡叶　芳情緩尋細數叶愛碧草豆平煙紅自雨叶任燕來鶯去句香凝翠煖句歌酒清時鐘鼓叶二十四簾冰壺裏句有誰在豆蕭臺猶醉舞叶吹笙侶叶倚高寒豆半天風露叶

此與周密詞同，唯前段第九句，後段第八句叶，又第五句多「歌酒」兩字為異。

又一體　一百十字　蔣捷

笙月涼邊句翠翹雙舞句壽仙曲破韻更聽得豆艷拍流星句慢唱壽詞初了句群唱蓮歌換平叶主翁樓中披鶴氅句展一笑豆微微紅透渦叶平襟懷好句縱炎官駐繖句長是春和叶平　千年鼻祖事業句記曾趁豆雷聲飛快梭平叶但也曾三逕句撫松采菊句隨分吟哦平叶富貴雲浮句榮華風過句淡處還他滋味多叶平休辭飲句有碧荷貯酒句深似金荷叶平

此平仄互押者，有蔣別作「千朵奇峯」詞可校。

無愁可解　一百九字　陳慥

東坡序之云：「花日新作越調《解愁》，洛陽劉几伯壽，聞而悅之，為做俚語詩，天下傳咏，以為幾于達者。龍邱子笑之，此雖免乎愁，猶有所解也者。夫游于自然，而托于不得已，人樂亦樂，人愁亦愁，彼且烏乎解哉？乃反其詞，作《無愁可解》。」

光景百年句看便一世韻生來不識愁味叶問愁何處來句更開解箇甚底叶萬事從來風過耳叶又何用豆着在心裏叶你喚做豆展却眉頭句便是達者句也則恐未叶　此理叶本不通言句何曾道豆歡游勝如名利叶道則渾是錯句不道如何即是叶這裏原無我與你叶甚喚做豆物

情之外叶若須待醉了句方開鮮時句問無酒豆怎生醉叶

此調有無名氏詞可校。培按：此詞實季常作，而坡公序之，時人又誤號東坡為龍邱者，後遂訛作蘇詞，見《黄山谷集》，今正之。

又一體　一百十二字　無名氏

返照人間句忙忙刼刼韻晝夜辛苦無歇叶大都能幾許句這百年豆又如春雪叶可惜天真逐愛慾句似傀儡豆被他牽拽叶暗悲嗟豆苦海浮生句改頭換面句看何時徹叶　聽說叶古往今來名利客句今秖有豆狐蹤兔穴叶六朝并五霸句盡輸他豆雲水英傑叶一味眞慵為伴侶句養浩然豆歲寒清節叶這些兒豆冷淡生涯句與誰共賞句有松牕月叶

此校陳詞，前後段第五句各添一字，俱不叶；後段第二、三句添一字，作七字兩句，第八、九、十句，作四字三句，異。

罥馬索　一百九字　無名氏

曉窓明句庭外寒梅向殘月韻吳溪庾嶺句一枝偷把陽和洩叶冰姿素豔句自然天賦句品格真香

殊常別叶奈北人豆不識南枝句喚作臘前杏先發叶　奇絕叶照溪臨水句素禽飛下句玉羽瓊芳鬬清潔叶懊恨春來何晚句傷心隣婦爭先折叶多情立馬句待得黃昏句踈影斜斜微酸結叶恨馬融豆一聲長笛起處句紛紛落如雪叶

孤調無可叅校。《花草粹編》載此詞，畧有脫悞，今從《梅苑》訂正。

杜韋娘　一百九字　杜安世

唐《教坊記》有杜韋娘曲，劉夢得詩「春風一曲杜韋娘」是也。宋人借舊曲名，另翻慢詞。

暮春天氣句鶯兒燕子忙如織韻間嫩葉豆枝亞青梅小句乍偏水豆新萍圓碧叶初牡丹謝了句秋千搭起句垂楊暗鎖深深陌叶暖風輕句盡日閒把句榆錢亂擲叶　恨寂寂叶芳容衰減句頓欹玳枕困無力叶為少年豆狂蕩恩情薄句尚未有豆歸來消息叶想當初豆鳳侶鴛儔句喚作平生句更不輕離拆叶倚朱扉句淚眼滴損句紅綃數尺叶

此調有無名氏「華堂深院」詞可校，汲古本凡譌四字，今校正。

又一體　一百九字　無名氏

華堂深院句霜籠月彩生寒暈韻度翠幄豆風觸梅香噴叶漸歲晚豆春光將近叶惹離恨萬種句多

情易感句歡難聚少愁成陣叶擁紅爐句鳳枕慵欹句銀燈挑盡叶　當此際句爭忍前期後約句慶歲無憑準叶對好景豆空積相思恨叶但自覺豆厭厭方寸叶擬蠻箋象管句丹青妙手句寫出寄與教伊信叶儘千工萬巧句惟有心期難問叶

此見《樂府雅詞》，校杜作前段第三句多押一韻，後段則互異矣。

過秦樓　一百九字　李甲

賣酒壚邊句尋芳原上句亂紅飛絮悠悠韻已蝶稀鶯散句便擬把長繩句繫日無由叶漫道草忘憂叶也徒將豆酒鮮閒愁叶正江南春盡句行人千里句蘋滿汀洲叶　有翠紅豆逕裹盈盈侶句簇芳茵禊飲句時笑時謳叶當暖風遲景句任相將永日句爛漫狂遊叶誰信盛狂中句有離情豆忽到心頭叶向尊前擬問句雙燕來時句曾過秦樓叶

此調僅見此詞，無別作可校。按：此詞取末句為名，與《選冠子》無涉。囙《片玉集》以周邦彥《選冠子》詞訛刻作《過秦樓》，各譜遂名周詞為《仄韻過秦樓》，誤甚。

八寶粧　一百十字　八犯玉交枝　八寶玉交枝　李甲

門掩黃昏句畫堂人寂句暮雨乍收殘暑韻簾卷踈星庭戶悄句隱隱嚴城鐘鼓叶空階煙暝句半開

斜月朦朧句銀河澄淡風淒楚叶還是鳳樓人遠句桃源無路叶　惆悵夜久星繁句碧雲望斷句玉簫聲在何處叶念誰伴豆茜裙翠袖句共攜手豆瑤臺歸去叶對修竹豆森森院宇叶曲屏香暖凝沉炷叶問對酒當歌句情懷記得劉郎否叶

此調秖有仇遠「滄島雲連」詞可校，唯前段第六句、後段第二句、第四句，俱叶，小異，餘悉同。《詞律》另收《八犯玉交枝》一調，非也。此與《新鴈過粧樓》別名《八寶妝》者不同。

踈影　一百十字　鮮佩環　綠意　　姜　夔

白石自注仙呂宮。

苔枝綴玉韻有翠禽小小句枝上同宿叶客裏相逢句籬角黃昏句無言自倚修竹叶昭君不慣胡沙遠句但暗憶豆江南江北叶想佩環豆月夜歸來句化作此花幽獨叶　猶記深宮舊事句那人正睡裏句飛近蛾綠叶莫似春風句不管盈盈句早與安排金屋叶還教一片隨波去句又却怨豆玉龍哀曲叶等恁時豆重覓幽香句已入小牕橫幅叶

陳允平一首，前起不叶。張炎一首，前起不叶，後起叶。張翥「山陰賦客」詞前結云「恨翠禽啼處，驚殘一夜，夢雲無迹」，破七字一句、六字一句為五字一句、四字兩句，異，餘並同，南曲黃鐘宮《踈影》調正照此填。彭元遜後起云「日晏山深聞笛」，「聞」字平，諸家無之，不必從。張炎前段第二句「碎陰滿地」，《詞綜》誤刻「滿地碎陰」，《詞律》遂注「『禽』字可仄，第二个『小』字可平」，誤甚矣。

暗香踈影　一百五字　張肎

張肎自度曲，采《暗香》調前段、《踈影》調後段合成，自注夾鐘宮。

冰肌瑩潔韻更暗香零亂句淡籠晴雪叶清瘦輕盈句悄悄嫩寒猶自怯叶一枕羅浮夢醒句閒縱步豆風搖瓊玦叶尚記得豆此際相逢句臨水半痕月叶　妖艷不同桃李句淩寒又不與句衆芳同歇叶古驛人遙句東閣吟殘句忍與何郎輕別叶粉痕輕點宮妝巧句怕葉底豆青圓時節叶問誰人豆黃鶴樓頭句玉笛莫教吹徹叶

按：堯章《暗香》、《踈影》二曲入仙呂宮，此詞入夾鐘宮，雖同屬宮調，而聲之清濁高下畢竟不同，故不校注平仄。

高山流水　一百十字　吳文英

夢牕自度曲，贈丁基仲妾作，妾善琴，故以《高山流水》為名。

素絃一一起秋風韻寫柔情豆多在春葱叶徽外斷腸聲句霜宵暗落驚鴻叶低顰處豆剪綠裁紅叶仙郎伴句新製還賡舊曲句映月簾櫳叶似名花竝蒂句日日醉春濃叶　吳中叶空傳有西子句應不鮮豆換徵移宮叶蘭蕙滿襟懷句唾碧總噴花茸叶後堂深豆想費春工叶客愁重句時聽蕉寒雨碎句淚濕瓊鍾叶恁風流也稱句金屋貯嬌慵叶

前後同，祇後起多間一短韻，微異。後結或點四字一句、六字一句，亦通。「唾碧」句，文義甚明，《詞律》云「是『碧窗唾噴花茸』之譌」，謬甚。

選冠子

一百十一字　選官子　惜餘春慢　蘇武慢　轉調選冠子　周邦彥

水浴清蟾句葉喧涼吹句巷陌雨聲初斷韻閒依露井句笑撲流螢句惹破畫羅輕扇叶人靜夜久憑欄句愁不歸眠句立殘更箭叶嘆年華一瞬句人今千里句夢沉書遠叶　空見說豆鬢怯瓊梳句容銷金鏡句漸嫩趁時勻染叶梅風地溽句虹雨苔滋句一架舞紅都變叶誰信無聊為伊句才減江淹句情傷荀倩叶但明河影下句遙看踈星幾點叶

此調以此詞為正格，方、楊、陳皆有和詞，其餘或句讀小異，或添字，或減字，皆變體也。

又一體　一百十一字　蔡伸

鴈落平沙句煙籠寒水句古壘鳴笳聲斷韻青山隱隱句敗葉蕭蕭句天際暝鴉零亂叶樓上黄昏句片帆千里歸程句年華將晚叶望碧雲空暮句佳人何處句夢魂俱遠叶　憶舊游豆邃館朱扉句小園香逕句尚想桃花人面叶書盈錦軸句恨滿金徽句難寫寸心幽怨叶兩地離愁句一尊芳酒淒涼句危闌倚偏叶儘遲留豆憑仗西風句吹乾淚眼叶

此校周詞，唯前後段第七句作四字，第八句作六字；又後結作七字一句、四字一句，異。夢窗「藻國淒迷」詞，正與此同，只後結五字一句、六字一句，仍照周填。曹勛「細柳排空」詞，亦與此同，唯前後段第八、九句云「浪痕清影，窗戶閑臨煙水」、「濫陪樞筦，一語折衝遐裔」，皆四字一句、六字一句，小異。

又一體　一百十三字　惜餘春　魯逸仲

弄月餘花句團風輕絮句露濕池塘春草韻鶯鶯戀友句燕燕將雛句惆悵睡殘清曉叶還是初相見時句攜手旗亭句酒香梅小叶向登臨長是句傷春滋味句淚彈多少叶　因甚却豆輕許風流句終非長久句又說分飛煩惱叶羅衣瘦損句繡被香消句那更亂紅如掃叶門外無窮路歧句天若有

情句和天須老叶念高唐歸夢句淒涼何處句水流雲遶叶

此同周詞，唯後結添二字，作四字兩句，為異。陳允平「穀雨收寒」詞，與此仝，只「門外」三句云「翠閣凝清，正宜瀹茗銀罌，熨香金斗」，四字一句、六字一句、四字一句，異。又「那更」句作「觴咏似、山陰否」，句法折腰，此是偶筆，不必學。

又一體 一百十三字 張景脩

嫩水挖藍句遙隄影翠句半雨半煙橋畔韻鳴禽弄舌句夢艸縈心句偏稱謝家池館叶紅粉墻頭句步搖金縷句纖柔舞腰低輭叶被和風豆搭在欄杆句終日晝簾高捲叶 春易老豆細葉舒眉句輕花吐絮句漸覺綠陰成幔叶章臺繫馬句灞水維舟句誰念鳳城人遠叶惆悵故國陽關句杯酒飄零句惹人腸斷叶恨青青客舍句江頭風笛句亂雲空晚叶

此與魯詞同，唯前段第七句四字，第九句六字，結作七字一句、六字一句，異。《梅苑》無名氏兩首仝此，唯後結云「傲氷霜雅態清香，花裏自稱三絕」，七字一句、六字一句，與前結同；「步搖」句作「弄玉飛瓊」，「惆悵」句作「休問庾嶺止渴」，平仄微異。按：虞集「歸去來兮」一首，正與《梅苑》同。

又一躰　一百十三字　陸游

澹靄空濛句輕陰清潤句綺陌細塵初靜韻平橋繫馬句畫閣移舟句湖水倒空如鏡叶掠岸飛花句傍簷新燕句都是學人無定叶歎連年戎帳句經春邊壘句暗凋顏鬢叶　空記憶豆杜曲池臺句新豐歌管句怎得故人音信叶羈懷易感句老伴無多句談麈久閒犀柄叶惟有翛然句筆床茶竈句自適筍輿煙艇叶待綠荷遮岸句紅渠浮水句更乘幽興叶

此與張詞仝，唯前後兩結，俱作五字一句、四字兩句，異。《鳴鶴餘音》馮尊師《蘇武慢》二十首皆如此填。陳允平「倦聽蛩砧」詞，全與陸同，獨「惟有翛然」三句，作「無奈離愁亂織，藉酒消磨，倩花排遣」，六字一句、四字兩句，又異。

又一躰　一百十四字　虞集

雲淡風輕句傍花隨柳句將謂少年行樂韻高閣林間句小車城裏句千古太平西洛叶瞻彼泱泱句言思君子句流水儼然如昨叶但清游豆天際輕陰句未便暮愁離索叶　長記得豆童冠相隨句浴沂歸去句吟詠鳶飛魚躍叶逝者如斯句吾衰盛矣句調理自存斟酌叶清廟朱絃句舊坐金石句隱几似聞更作叶農人告我句有事西疇句窈窕挂書牛角叶

此與「嫩水拖藍」詞同，唯後段第七句、第八句皆四字，第九句六字，第十句減一字，結句添兩字，異。此詞前後段第四、五句、第七、八句，平仄與諸家異，張雨兩首亦然。換頭句「長記得」，「得」字，張雨一首叶，大約是偶合，非另一格也。

又一體 一百七字 呂渭老

雨濕花房句風斜燕子句池閣晝長春晚韻檀盤戰象句寶局鋪棊句籌畫未分還懶叶誰念少年句齒怯梅酸句病疎霞盞叶正青錢遮路句綠絲明水句倦尋歌扇叶　空記得豆小閣題名句紅箋親製句燈火夜深裁剪叶明眸似水句妙語如絃句不覺曉霜雞喚叶聞道近來句箏譜慵看句金鋪長掩叶瘦一枝梅影句回首江南路遠叶

此與周詞同，唯前後段第七句，各減二字，異。後段第十句一字，以入作平，此字諸家罕用仄聲。

又一體 一百九字 張肎

嫋嫋芙蕖句平鋪斷港句路入錦雲處韻香浮綠水句浪卷晴舟句宛在翠紅香裏叶湘妃餘酣未醒

句擁蓋藏羞句含嬌欲語叶想淩波塵遠句遙鳴佩句風飄艷綺叶　望中宛似若邪溪句隔水只欠句小艇采蓮女叶最憐芳意句佳藕難尋句腸斷寸絲千縷叶葉老房空句漫嗟此際句一點春心更苦叶且休歌水調句恐驚起句文鴛雙侶叶

此調增減字句及平仄多與各家不同，譜內亦不校注。

又一體　一百十三字　轉調選冠子　曹勛

秀木撐空句凝雲藏岫句處處群山橫翠韻霜風冽面句酒力潛消句征轡蹔指天際叶紅葉黃花句水光山色句常愛曉雲晴霽叶念塵埃眯眼句年華易老句覺遠行非易叶　常自感豆羽可難尋句蓬萊難到句強作林泉活計叶魚依窖藻句雁過煙空句家信漸遙千里叶還是關河冷落句斜陽衰草句葦村山驛叶又鷄殼茅店句鴉啼露井重喚起叶

此見《松隱集》，別名《轉調選冠子》，采以俻體，不条校入譜。

詞榘卷二十四終

詞榘卷二十五

歙西方成培仰松輯
同懷弟成壎侶篪校

慢卷紬　一百十一字　柳　永

《樂章集》注夾鐘商。

閒牕燭暗句孤幃夜永句欹枕難成寐韻細屈指尋思句舊事前歡句都來未盡句平生深意叶到得如今句萬般追悔句空秖添憔悴叶對好景良宵句皺着眉兒句成甚滋味叶　紅茵翠被叶當時事豆一一堪垂淚叶怎生得依前句似恁偎香倚暖句抱着日高猶睡叶算得伊家句也應隨分句煩惱心兒裏叶又爭似從前句澹澹相看句免恁縈繫叶

此調有李甲詞可校。「當時」下，《詞律》脫「事」字，此從本集添入。

又一體　一百十字　李甲

絕羽沉鱗句埋香瘞玉句杳杳悲前事韻對一盞寒燈句數點流螢句悄悄畫屏句巫山十二叶蕣臉星眸句蘭情蕙性句一旦成流水叶縱有甘泉妙手句鴻都方士何濟叶　香閨寶砌叶臨粧處豆迤邐苔痕翠叶更不忍看伊句繡殘鴛侶句而今尚有句啼紅粉漬叶好夢不來句斷雲飛去句黯黯情無際叶漫飲盡香醪句奈向愁腸句消遣無計叶

此校柳詞，前結減一字作六字兩句，後段第四、五句破作四字三句，異。

五綵結同心　一百十一字　趙彥端

人間塵斷句雨外風佃句涼波自泛僊槎韻非郭還非野句閒鶯燕豆時傍笑語清佳叶銅壺花漏長如線句金鋪碎豆香暖簷牙叶誰知道豆東園五畝句種成國艷天葩叶　主人漢家龍種句正翩翩迴立句雪紵烏紗叶歌舞承平舊句圍紅袖豆詩興自寫春華叶未知三斗朝天去句定何似豆鴻寶丹砂叶且一醉豆朱顏相慶句共看玉井浮花叶

「非郭」下與後「歌舞」下同。平韻者只此一首，無可參校。

又一躰　一百十一字　無名氏

珠簾垂戶句金索懸窗句家接浣紗溪路韻相見桐陰下句一鈎月豆恰在鳳皇棲處叶素瓊碾就宮腰小句花枝裊豆盈盈嬌步叶新妝淺豆滿腮紅雪句綽約片雲欲度叶　塵寰豈能留住叶唯只愁化作句綵雲飛去叶蟬翼衫兒薄句氷肌瑩豆輕罩一團香霧叶彩箋巧綴相思苦叶脈脈動豆憐才心緒叶好作個豆秦樓活計句要待吹簫伴侶叶

調見《樂府雅詞》，押仄韻，亦無可校。培按：「彩箋」句，應是偶合，可不叶。

霜葉飛　一百十一字　鬬嬋娟　吳文英

斷煙離緒韻關心事豆斜陽紅隱霜樹叶半壺秋水薦黃花句香噀西風雨叶縱玉勒豆輕飛迅羽叶淒涼誰弔荒臺古叶記醉踏南屏句彩扇咽豆寒蟬倦夢句不知蠻素叶　聊對舊節傳盃句塵牋蠹管句斷闋經歲慵賦叶小蟾斜影轉東籬句夜冷殘蛩語叶早白髮豆緣愁萬縷叶驚飇從捲烏紗去叶漫細將豆茱萸看句但約明年句翠微高處叶

「香噀」句、夜冷句，美成皆作上一下四句法，亦有前後互異者，總不拘。「彩扇」下，方千里和清真云「自拂徧塵埃，玉鏡羞照」，校少二字，前起四字亦不叶，楊澤民亦有此躲，紅友謂是脫悮，非也。玉田集中有「閑嬋娟」一首，全與此仝，只「寒蟬」句押韻，微異，應是偶合，不必叶。因《片玉詞》有「素娥青女鬥嬋娟」之句，故更名耳。

又一體　一百十字　張炎

故園空杳韻霜風勁豆南塘吹斷瑤草叶已無清氣礙雲山句奈此時懷抱叶尚記得豆脩門賦曉叶杜陵花竹歸來早叶傍雅亭幽榭句慣欵語英游句好懷無限歡笑叶　不見換羽移商句杏梁塵遠句可憐都付殘照叶坐中泣下最誰多句歎賞音人少叶悵一夜豆梅花頓老叶今年冟甚無詩到叶待喚起清魂句說與淒涼句定應愁了叶

此校吳詞，唯前結作五字一句、六字一句，後段第八句減一字不折腰，為異。

又一體　一百十一字　沈唐

霜林凋晚句危樓迥豆登臨無限秋思韻望中閑想句洞庭波面句亂紅初墜叶更消索豆風吹渭水叶長安飛舞千門裏叶變景催芳樹句唯賸有豆蘭衰暮叢句菊殘餘蘂叶　回念花滿華堂句美人一去句鎮掩香閨經歲叶又覩珠露句碎點蒼苔句敗梧飄砌叶漫贏得豆相思眼淚叶東君早作

歸來計叶便莫惜豆丹青手句重與芳菲句萬紅千翠叶

此校吳詞，惟前起不叶，前後段第四、五句破作四字三句，為異。又「蘭衰」句，平仄亦與各家不同。

又一體　一百十一字　沈唐

故宮秋晚句餘芳盡豆輕陰閑澹池閣韻鳳泥銀暗句玳紋花卷句斷腸簾幙叶漸砌菊豆遺金謝却叶芙蓉纔共清霜約叶半弄蕊澄波句淺拂胭脂句翠瓊連竝堈萼叶　應是曾倚東君句縱艷姿輕盈句映損丹杏紅藥叶旋成深妬句判與西風句任從開落叶況衰晚豆淵明意薄叶重陽羞對花吟酌叶待說與江梅句早傅粉匀香句慰伊消索叶

此與「霜林凋晚」詞同，只後段第二句添一字，及兩結句讀小異。

又一體　一百十二字　黄裳

誰能留得年華住韻韶華今在何處叶萬林飛盡句但驚天籟句半空無數叶望消息豆霜催鴈過叶佳人愁起雲垂暮叶就綉幙豆紅爐去叶金鴉時飄異香句栁腰人舞叶　休道行且分飛句還共

樂一歲句見景長是歡聚叶大來芳意句既與名園句是花為主叶翠娥並豆尊前笑語叶來年管取人如故叶向寂寞豆中先喜句俄傾飛瓊句化成寰宇叶

此與「霜林凋晚」詞校，前起作七字一句，減去一韻，前結多押一韻，句讀亦小異。培按：「紅爐」句不必叶，應是偶合。「過」字係借叶，「喜」字或云亦是借叶，不必。

透碧霄　一百十二字　柳永

《樂章集》注南呂調。

月華邊韻萬年芳樹起祥煙叶帝居壯麗句皇家熙盛句寶運當千叶端門清晝句觚稜照日句雙闕中天叶太平時豆朝夜多歡叶徧錦街香陌句鈞天歌吹句閬苑神仙叶　昔觀光得意句狂游風景句再覩更精妍叶傍柳陰豆尋花徑句空恁嚲轡垂鞭叶樂游雅戲句平康艷質句應也依然叶仗何人豆多謝嬋娟叶道宦途蹤跡句歌酒情懷句不似當年叶

「端門」下與後「樂游」下同，只「歌酒」句平仄與前異。查荎「艤蘭舟」一首同此，只後段第五句「須采掇、倩纖柔」，句法折腰，小異，餘同。

又一體　一百十七字　曹勛

閬苑喜新晴韻正桂華豆飄下太清叶寶籞涼秋句夢祥明月句天開輔盈成叶宮闈女職遵慈訓句見海宇儀型叶奉東朝豆晨夕趨承叶化内外豆咸知柔順句已看彤管賦和平叶　宴坤寧叶香騰金猊句煙煖秘殿彩衣輕叶六樂絲竹句繞雲縈水句總按新聲叶天臨帝幄句親頒壽酒句恩意兼勤叶鴈行綴豆宰府殊榮叶願億萬斯年句南山並永句坤厚贊堯明叶

此較柳詞多五字，句讀畧異，無別首可參校。

八歸　一百十三字　高觀國

楚峰翠冷句吳波煙遠句吹袂萬里西風韻關河迥隔新愁外句遙憐倦客音塵句未見征鴻叶雨帽風巾歸夢杳句想吟思豆吹入飛蓬叶料恨滿豆幽苑離宮叶正愁黯文通叶　秋濃叶新霜初試句重陽催近句醉紅偷染江楓叶瘦筇相伴句舊游回首句吹帽知與誰同叶想庾囊酒盞句暫時冷落菊花叢叶兩凝竚豆壯懷無奈句立盡微雲斜照中叶

押平韻只此一首，無可參校。「宮」字，或云是偶合，可不叶。「壯懷」下，《詞律》脫「無奈」二字，謬，此從本集增入。

又一體　一百十五字　　姜夔

白石詞注夾鍾商。

芳蓮墜粉句踈桐吹綠句庭院暗雨(乍)歇韻無端抱影消魂處句還見篠墻螢暗句蘚(階)蛩切叶送客(重)尋西去路句問水面豆琵琶誰撥叶最可惜豆(一)片江山句總付與啼鴃叶　長恨相從未款句而今何事句又對西風離別叶渚寒煙淡句棹移人遠句縹緲行舟如葉叶想文君望久句倚竹愁生步羅襪叶歸來後豆翠尊雙飲句下了珠簾句玲瓏閒看月叶

此用仄韻，句讀與高詞仝，秖後結添兩字，作四字一句、五字一句，有梅溪「秋江帶雨」詞可校。「而今」句，史詞作「憑持酒」，乃是落去一「樽」字耳，填者亦從姜詞。

玉山枕　一百十三字　　柳永

《樂章集》注仙呂調。

驟雨新霽韻蕩原野句清如洗叶斷霞散彩句殘陽倒影句天外雲峯句數朵相倚叶露莎煙芰滿池塘句見次第豆幾番紅翠叶當是時豆河朔飛觴句避炎蒸豆想風流堪繼叶　晚來高樹清風起叶動簾幙句生秋氣叶畫樓晝寂句蘭堂夜靜句舞艷歌姝句漸任羅綺叶訟閒時泰足風情句便爭

奈豆雅歡都廢叶省教成豆幾闋新歌句盡新聲豆好尊前重理叶

「原野」下與後「簾幙」下同，無別首可校。

期夜月　一百十三字　劉濬

《花草粹編》原註云：「樂部中唯杖鼓鮮有能工之者，京師官妓楊素娥最工，劉濬酷愛之，作《期夜月》詞，素娥以此名動京師。」

金鈎花綬繫雙月韻腰肢軟低折叶揎皓腕句縈繡結叶輕盈宛轉句妙若鳳鸞飛越叶無別叶香檀急扣轉清切叶龝纖手飄瞥叶催畫鼓句追脆管句鏘洋雅奏句尚與衆音為節叶　當時妙選舞袖句慧性雅質句名為殊絕叶滿座傾心注目句不甚窺迴雪叶纖怯叶逡巡一曲霓裳徹叶汗透鮫綃濕叶教人與句傅香粉句媚容秀發叶宛降蘂珠宮闕叶

《花草粹編》載此詞，後段脫第六句及結句，又第八句作「汗透鮫綃香潤」，第九句、第十句作「教人傅香粉」一句，今從《詞緯》本。　培按：《詞緯》不云據何本改正，似出私意增删，以對前段者，未可深信，今雖遵《蕉雪堂譜》錄之，愚意填者當從《粹編》原本。

丹鳳吟　一百十四字　方千里

宛轉迴腸離緒句嬾倚危欄句愁登高閣韻相思何處句人在綉帷羅幙叶芳年艷齒句枉消虛過句會合絲輕句因緣蟬薄叶暗想飛雲驟雨句霧隔煙遮句相去還是天角叶　悵望不時夢到句素書漫說風浪惡叶縱有青青髮句漸吳霜粧點句容易凋鑠叶歡期何晚句忽忽自驚搖落叶顧影無言清淚濕句但絲絲盈握叶染斑客袖句歸日須問着叶

此詞有周邦彥、吳文英作可校。「風浪」，俗本刻「風波」，非。「暗想」三句，夢窗詞云「怕遺花蟲蠹粉，自采秋芸薰架，香泛纖碧」，六字兩句、四字一句，小異，餘並同，不錄。

又一體　一百字　張翥

蓬萊花鳥韻計竝宿苔枝句雙雙嬌小叶海上仙姝句喚起綠衣歌笑叶芳叢有時遺探句聽東風豆數聲啼曉叶月下人歸句淒涼夢醒句悵別多歡少叶　念故巢豆猶在瘴雲杪叶甚閉入雕籠句庭院深悄叶信斷羈棲遠句鎮怨情縈繞叶翠襟近來漸短句看梅花豆又還開了叶縱鮮收香寄與句奈羅浮春杳叶

此與方詞迥異，㠯調名同，類列於此。前段結及後段第五句，例作上一下四句法，填者辨之。

輪臺子　一百十四字　柳永

《樂章集》注中呂調。

一枕清宵好夢句可惜被豆隣鷄喚覺韻忽忽策馬登途句滿目淡煙衰草叶前驅風觸鳴珂句過霜林豆漸覺驚棲鳥叶冒征塵遠況句自古淒涼長安道叶　行行又歷孤村句楚天濶豆望中未曉叶念勞生豆惜芳年壯歲句離多歡少叶歎斷梗難停句暮雲漸杳叶但黯黯銷魂句寸腸憑誰表叶恁驅馳豆何時是了叶又爭似豆却返瑤京句重買千金笑叶

只此一首，平仄宜遵。

又一體　一百四十字　柳永

霧斂澄江句煙鎖嵐光碧韻彤霞襯遙天句掩映斷續句半空殘壁叶孤村望處人寂寞句聞釣叟豆甚處一聲長笛叶九疑山畔纔雨過句斑竹作豆血痕添色叶感行客叶翻思故鄉句恨囘循阻隔叶路久沉消息叶　正老松豆古柏青如織叶聞野猿啼句愁聽得叶見釣舟初出句芙蓉渡頭句鴛鴦灘側叶干名利祿終無益叶念歲歲間阻句迢迢紫陌叶翠娥嬌豔句從別經今句花開柳坼傷魂魄叶利名牽役叶又爭忍豆把光景抛擲叶

右見《花草粹編》，《樂章集》不載，與前詞迥異，亦無別首可校。

紫萸香慢 一百十四字 姚雲文

近重陽豆偏多風雨句絕憐此日暄明韻問秋香濃未句待携客豆出西城叶正是羈懷多感句怕荒臺高處句更不勝情叶向尊前又憶句漉酒插花人叶只坐上豆已無老兵叶 淒清叶淺醉還醒叶愁不肯豆與詩平叶記長楸走馬句琱弓笮柳句前事休評叶紫萸一枝傳賜句夢誰到豆漢家陵叶儘烏紗豆便隨風去句要天知道句華髮如此星星叶歌罷涕零叶

見鳳林書院元詞，自度腔，無可叅校。

沁園春 一百十四字 壽星明 張輯詞名「東仙」 陸游

金詞註般涉調。蔣氏《十三調》注中呂調。

孤鶴歸飛句再過遼天句換盡舊人韻念壘壘枯冢句茫茫夢境句王侯螻蟻句畢竟成塵叶載酒園林句尋花巷陌句當日何曾輕負春叶流年改句嘆圍腰帶剩句點鬢霜新叶 交親叶散落如雲叶又豈料豆于今餘此身叶幸眼明身健句茶甘飯輭句非惟

我老句更有人貧叶躲盡危機叶消殘壯志句短艇湖中閒采蓴叶吾何恨句有漁翁共醉句谿友為隣叶

此《沁園春》正格。「念壘壘」下與後「幸眼明」下同。「交親」句，可不叶短韻。白玉蟾「黄鶴樓前」詞，于前後段第十句各添一仄字領起，云「有明月清風知此音」、「自一去悠悠直至今」，小異，餘同。張先「心膂良臣」詞，前段第十句添一字，與白詞仝；後段第十句仍作七字句，又異。林正大「子陵先生」詞，前段第六句「看臣來億兆」，多一「看」字；後段第六句「又誰如光武」，多一「又」字；換頭不押短韻，異，林詞三首皆然。李劉「玉露迎寒」詞，換頭不叶短韻；前段第十二句、後段第十一句，各減去一字，云「英聲早著」、「龜齡難老」，又異。「又豈料」句，有間用七字者，勿從。前後段第十一句，例作平平仄，乃為合格。宋元人亦有作平平平，或平仄仄、仄平仄者，今皆不校注。

又一體　一百十五字　洞庭春色　秦觀

宿靄迷空句膩雲籠日句晝景漸長韻正蘭皐泥潤句誰家燕喜句密脾香少句觸處蜂忙叶盡日

無人簾幙挂句更風遞豆游絲時過墻叶微雨後句有桃愁杏怨句紅淚淋浪叶　風流寸心易感句但依依竚立句回盡柔腸叶念小奩瑤鑑句重勻絳蠟句玉籠金斗句時熨沉香叶柳下相將遊冶處句便迴首豆青樓成異鄉叶相憶事句縱蠻箋萬疊句難寫微茫叶

「盡日」句、「柳下」句俱七字，「風遞」句、「迴首」句俱八字，後起不叶，「依依」句五字，「囬盡」句四字，與前詞異。陸游「壯歲文章」詞，全與此同，只後段第二、三句減去兩字，作七字折腰一句，云「怎換得、玉膾絲蓴」，小異。《梅苑》無名氏、程垓、京鏜皆有此體。《詞律》另收《洞庭春色》一調，非也。

花發沁園春　一百五字　劉圻父

換譜伊涼句選歌燕趙句一番樂事重起韻花新笑靨句柳輭纖腰句齊楚衆芳園裏叶年年佳會叶長是傍豆清明天氣叶正魏紫豆衣染天香句蜀紅糨破春睡叶　一簇猩羅鳳翠叶偏東園西城句點檢芳字叶銓齋吏散句晝館人稀句幾闋管絃清脆叶人生適意叶流轉共句風光遊戲叶到遇景豆取次成歡句怎教良夜休醉叶

「花新」下與後「銓齋」下同。此調只黃昇一首可校，「東園西城」四字俱平，黃詞亦然。

又一體　一百五字　　王詵

帝里春歸句早先粧點句皇家池館園林韻雛鶯未遷句燕子乍歸句時節戲弄清陰叶瓊樓朱閣句恰正在豆柳曲花心叶翠袖艷豆依憑欄杆句慣聞絃管清音叶　此際相携宴賞句縱行樂隨處句芳樹遙岑叶桃腮杏臉句嫩英萬葉句千枝綠淺紅深叶輕風終日句泛暗香豆長滿衣襟叶洞戶醉豆歸訪笙歌句晚來雲海沉沉叶

此押平韻，只一首，無可叅校。此調與《沁園春》絕異，類附于此。

瑤臺月　一百十四字　　無名氏

嚴風凜冽句萬木凍豆園林蕭靜如洗韻寒梅占早句爭先暗吐香蘂叶逞素容豆探暖欺寒句偏妝點豆亭臺佳致叶通一氣句超羣卉叶值臘後句雪清麗叶開筵共賞句南枝宴會叶　好折贈豆東君驛使叶把隴頭豆信息遠寄叶遇詩朋酒侶句尊前吟綴叶且優游豆對景歡娛句更莫厭豆陶陶沉醉叶羌管怨句瓊花墜叶結子用句調鼎餌叶將軍止渴句思得此味叶

調見《梅苑》。「素容」下與後「優游」下仝。《鳴鶴餘音》無名氏「扁舟寓興」詞與此同，唯前起句即押韻，及「雪清」句、「調鼎」句下各添「誰聽」、「爭甚」兩短韻，為異，注明不另列。

又一躰　一百二十字　葛長庚

煙宵凝碧韻問紫府清都句今夕何夕叶桐陰下句幽興遠與秋無極叶念陳迹豆虎殿虬宫句記往事豆龍簫鳳笛叶露華泠句蟾光白叶雲影靜句天籟息叶知得叶是蓬萊不遠句身無羽翼叶廣寒宫豆舞徹霓裳句白玉臺豆謌罷瑤席叶爭不思下界句有人岑寂叶羨博望豆兩泛仙槎句與曼倩豆三偷桃實叶把丹鼎句暗融液叶乘雲氣句醉麾斥叶嗟惜叶但城南老樹句人誰我識叶

此校《梅苑》詞，前段第二、三句作五字、四字句；第四、五句作三字一句、七字一句；換頭不叶；兩結各添短韻；前段第十三句、後段第十二句各增一字，異。

宣清　一百十五字　柳　永

《樂章集》注林鐘商。

殘月朦朧句小宴闌珊句歸來輕寒凜凜韻背銀釭豆孤館乍眠句擁重衾豆醉魄猶噤叶永漏頻傳

句前歎已去句離愁一枕叶暗尋思句舊追游句神京風物如錦叶　會擲果朋儕句絕纓宴會句當時曾痛飲叶命舞燕翩翩句歌珠貫串句向玳筵前句盡是神仙流品叶至更闌豆踈狂轉甚叶更相將豆鳳幃鴛寢叶玉釵橫處句任散盡高陽句這歡娛豆甚時重恁叶

此孤調，無可參校。培按：汲古閣刻本譌脱極多，此闋「翩翩」下至落去二十四字。《詞律》曰之，列為九十二字躰，誤之甚矣。今據《花草粹編》增定，始見廬山真面目耳。

摸魚兒

一百十六字　摸魚子　陂塘柳　山鬼謠　雙蕖怨　安慶摸　買陂塘　張翥

培按：《摸魚兒》本唐教坊曲名，宋人蓋取舊調，另翻新聲，調㝡取幽咽可聽。

漲西湖豆半篙新雨句麴塵波外風軟韻蘭舟同上鴛鴦浦句天氣嫩寒輕暖叶簾半捲叶度一縷豆歌雲不礙桃花扇叶鶯嬌燕婉叶任狂客無腸句王孫有恨句莫放酒杯淺叶　垂楊岸叶何處紅亭翠館叶如今游興全懶叶山容水態依然好句惟有綺羅雲散叶君不見叶歌舞地豆青蕪滿目成秋苑叶斜陽又晚叶正落絮飛花句將春欲去句目斷水天遠叶

「麴塵」下與後「如今」下同。前起，稼軒「更能消」詞即押韻。玉田「愛吾盧」詞，前後起皆叶韻。「天氣」句，何夢桂云「折不盡、長亭柳」，句法折腰，小異。「度一縷」，「縷」字，及後段「歌舞地」，「地」字，白无咎、元好問皆叶韻，另格。換頭句，可不叶。「惟有」句，李彭老作「一葉又、秋風起」，句法折腰，小異。白石詞，前段第五、六句云「閒記者，又還是斜陽舊約今再整」，後段第六、七句云「雲路迥，漫說道年年野鵲曾竝影」，「再」字、「竝」字仄聲，與諸家異。培按：白石精于音律，可從。趙從橐詞，前段第六句、後段第七句，各減一字，云「此樣襟懷，頓淂乾坤住」、「此世平生，可向青天語」，與各家異。前起句叶，則與辛詞同。徐一初詞，前起叶，後段第十句減去二字，云「畢竟是、西風披拂，猶憶舊游侶」，「畢竟」句只三字，異，或有脫誤，亦未可知。李演詞，前第六、七句「鴻北去、渺岸芷汀芳，幾點斜陽雨」，後段第七、八句「鷗且住、怕月冷吟魂，婉冉空江暮」，「芳」字、「魂」字絕句，小異，然亦可照張詞讀。紅友云：「『簾半卷』之『半』字，『君不見』之『不』字，或有用平聲者，然不如用仄為佳。『燕婉』、『又晚』，去上妙。」培按：程垓用平仄，固可，但不若從其多者。何夢桂詞，前段第五句「試回首」，「試」字仄，「回」字平；後段起句云「還自笑」，「自」字仄；第三句「忘却兒童迎候」，「却」字仄，「童」字平；第五句「一曲啼紅滿袖」，「滿」字仄；第六句「眉休皺」，「休」字平。又李俊民詞，前起「這光景能消幾度」，「景」字、「幾」字仄，俱與各家不合，譜內不援注平仄。培按：玉田後起云「景如許」，「景」字應是以上代平，亦不援注可仄。

又一體　一百十七字　歐陽修

卷繡簾豆梧桐秋院落句一霎添新綠韻對小池豆閒理殘妝淺句向晚水紋如縠叶凝遠目叶恨人去寂寂句鳳枕孤難宿叶倚欄不足叶看燕拂風簷句蝶翻露草句兩兩長相逐叶　雙眉促叶可惜年華晼晚句西風初弄庭菊叶況伊家年少句多情未已難拘束叶那堪更豆趂涼景追尋句甚處垂楊曲叶佳期過盡句但不說歸來句多應忘了句雲屏去時囑叶

此詞句法多與前異。只此一首，無可叅校。

又一躰　一百十六字　無名氏

歲華向晚句遙天布同雲句霰雪輕飛韻前村昨夜漏春光句楚梅先放南枝叶歎東君句運巧思句裁璚鏤玉糚繁蘂換仄叶花中偏異叶仄鮮向嚴冬逞芳菲叶平免使游蜂粉蝶戲叶仄　梁臺上句漢宮裏仄叶殷勤仗高樓句羌管休吹叶平何妨留取憑闌干句大家吟玩歡醉叶仄待明年句念芳艸

王孫句萬里歸得未叶仄僊源應是叶仄又被花開向天涯叶平淚灑東風對桃李叶仄

詞見《梅苑》。此詞用本部三聲叶，句法多與本調不同，係北宋人作，可從也。

賀新郎

一百十六字　賀新涼　風敲竹　乳燕飛　金縷曲　金縷歌　貂裘換酒　　毛　幵

風雨連朝夕韻最驚心豆春光晼晚句又過寒食叶落盡一番新桃李句芳草南園似積叶但燕子豆歸來幽寂叶況是單棲饒惆悵句儘無聊豆有夢寒猶力叶春意遠句恨虛擲叶

東君自是人間客叶暫時來豆匆匆却去句為誰留得叶走馬插花當年事句池畹空餘舊跡叶奈老去豆流光堪惜叶杳隔天涯人千里句念無憑豆寄語長相憶叶回首處句暮雲碧叶

「驚心」下與後「時來」下同。稼軒「瑞氣籠清曉」詞，前後段第四句、第七句，並叶，餘與毛同，秖前段第二句「卷珠簾次第笙歌」，平仄異，應是「笙歌次第」之誤。蘆溪詞，前後第七句叶，餘同。李南金詞，前起三句「流落今如許，我無三生杜牧，為秋娘着句」，第二句六字，第三句五字，異，餘同。馬莊父詞，後段第二句減二字，云「只瓊花一種」；第五句添一字，云「又却待東風吹綻」，異，餘同。稼軒

「栁暗凌波路」詞，後段第五句「正江潤潮平穩渡」，添一襯字，異。按：韓淲詞「覽德巳而歌鳳去」，同此，然不折腰，又異。又按：稼軒此詞，前段第七句「艇子飛來生塵步」，「塵」字平，亦與各家不同。東坡「乳燕飛華屋」詞，後段第八句「花前對酒不忍觸」，減一字，異。按：韓淲詞「一身閒處誰能縛」，又一首「撒鹽起絮分才劣」，正與坡同，非脫一字也。《豹隱紀談》載平江妓「春色原無主」詞，前段第五句「又那更蝶欺蜂妒」，多一字，異。其前後第二句俱作仄平平仄仄平平，尤不合調，勿從。按：《賀新郎》前後兩結，王邁詞云「數賢者，一不肖」、「清獻後，又有趙」，又一首，後結「看卿等，上霄漢」；呂渭老詞前段第五句「桃花面皮似熱」，後段第四句「春山子規更切」，俱未協律。汪寂耕于前後第三句「又」字、「為」字作平，他家罕用，概不校注平仄。

又一體 一百十六字 高觀國

月冷霜袍擁韻見一枝豆年華又晚句粉愁香凍叶雲隔溪橋人不度句的皪春心未縱叶清影怕豆寒波搖動叶更沒纖毫塵俗態句倚高情豆預得春風寵叶沉凍蝶句挂么鳳叶 一杯正要

吳姬捧叶想見那豆柔酥弄白句暗香偷送叶囬首羅浮今在否句寂寞煙迷翠壠叶又爭奈豆桓伊三弄叶開偏西湖春意爛句算群花豆正作江山夢叶吟思怯句暮雲重叶

此與前調俱同，但兩段中七字四句，末三字用平仄仄，為異。按：此四句，或順或拗，隨意不拘。毛詞全拗，高詞全順，今兩列之，作者信手填之可耳。夢窓于「雲隔」下十三字云「紅日闌干，鴛鴦枕畔，枉羣腰褪了」，四字兩句、五字一句，異，餘同。

又一體　一百十六字　史達祖

綠障城南樹韻有高樓啣城句樓下芰荷無數叶客自倚闌魚亦避句恐是持竿伴侶叶對前浦豆扁舟容與叶楊柳影閒風不到句倩詩情豆飛過鴛鴦浦叶人正在句斷腸處叶　兩山帶着冥冥雨叶想低簾短額句誰見恨時眉嫵叶別為青尊眠錦瑟句怕被歌留愁住叶便欲趁豆采蓮歸去叶前度劉郎雖老矣句奈年來豆猶道多情句應笑煞句舊鷗鷺叶

此調前後段第二、三句俱作五字一句、六字一句，異。史詞四首、楊炎一首，皆如此。史「西子相思」詞，後段第二、三句，照此詞填；前段第二、三句，仍照毛、高詞體，李昂英四首亦然，注明不錄。

又一體　一百十三字　呂渭老

斜日封殘雪韻記別時豆檀槽按舞句霓裳初徹叶唱煞陽關留不住句桃花面皮似熱叶漸點點豆真珠承睫叶門外潮平風席正句指佳期豆共約花同折叶情未忍句帶雙結叶　釵金未斷腸先結叶下扁舟豆更有暮山千疊叶別後武陵無好夢句春山子規更切叶但孤坐豆一簾明月叶蠶共繭句花同蒂句甚人生豆見底多離別叶誰念我句淚如血叶

此亦毛詞躰，唯後段第二、三句減兩字，作九字一句，第八句減一字，作三字兩句，異。然或有落字，不必從之。

又一體　一百十五字　周紫芝

白首歸何晚韻笑一椽豆天教付與句楚江南岸叶門外春山晚無數句只有匡廬似染叶但想像豆紅粧不見叶誰念青山當日事句漫青衫豆淚濕人誰管叶歌舊曲句空悽怨叶　將軍未老身歸漢叶笄功名過了句惟有古祠塵滿叶誰似淵明拌得老句飽看雲山萬點叶況此老豆斜川不遠叶終待我他年句自剪黃花句一酹重陽盞叶君為我句休辭勸叶

此亦毛詞體，惟後段第二、三句破作五字一句、六字一句，第七、八句減一字破作五字一句、四字一句、五字一句，為異，餘同。

子夜歌　一百十七字　彭元遜

視春衫豆篋中半在句浥浥酒痕花露韻恨桃李豆隨風吹盡句夢裏故人如霧叶臨潁美人句秦川公子句晚共何人語叶對誰家豆花柳池臺句回首故園句咫尺未成歸去叶　昨宵聽豆危絃急管句酒醒不知何處叶漂泊情多句衰遲感易句無限堪憐許叶似尊前眼底句紅顏消幾寒暑叶年少風流句未諳春事句追與東風賦叶待他平豆君老巴山句共君聽雨叶

調見鳳林書院元詞，與《菩薩蠻》今別名《子夜歌》者不同。秖此一首，無可叅校。

弔嚴陵　一百十九字　暮雲碧　李甲

蕙蘭香泛句孤嶼潮平句驚鷗散雪韻迤邐點破句澄江秋色叶暝靄向斂句疎雨乍收句染出藍峰千尺叶漁舍孤煙鎖寒磧叶畫鷁翠帆旋鮮句輕檥晴霞岸側叶正念徃悲酸句懷鄉慘切句何處引羌笛叶　追惜叶當時富春佳地句嚴陵釣址空遺蹟叶華星沉後句扁舟泛去句瀟灑聞名圖藉叶離觴弔古寓目句意斷魂消淚滴叶漸洞天曉句回首暮雲千古碧叶

調見《樂府雅詞》，無他作可校。

金明池　一百二十字　昆明池

秦觀

瓊苑金池句青門紫陌句似雪楊花滿路韻雲日淡豆天低晝永句過三點豆兩點細雨叶好花枝豆半出牆頭句似悵望豆芳草王孫何處叶更水遶人家句橋當門巷句燕燕鶯鶯飛舞叶　怎得東君長為主叶把綠鬢朱顏句一時留住叶佳人唱豆金衣莫惜句才子倒豆玉山休訴叶況春來豆倍覺傷心句念故國情多句新年愁苦叶縱寶馬嘶風句紅塵拂面句也只尋芳歸去叶

此少游自度腔，有僧揮「天濶雲高」詞同此，可校。按：「似悵望」句，僧揮作「旋占得餘芳，已成幽恨」，五字一句，用上一下四句法，四字一句，小異，餘悉同。

送征衣　一百二十一字

柳永

《樂章集》注中呂宮。

過昭陽韻璿樞電繞句華渚虹流句運應千載會昌叶罄寰宇豆薦殊祥叶吾皇叶誕彌月句瑤圖纘

慶句玉葉騰芳叶竝景貺豆三靈眷祐句挺英哲豆掩前王叶遇年年豆嘉節清和句頒率土稱觴叶　無間要荒華夏句盡萬里豆走梯航叶彤庭舜張大樂句禹會羣方叶鵷行叶趨上國句山呼鼇抃句遥爇爐香叶競就日豆瞻雲獻壽句指南山豆等無彊叶願巍巍豆寶曆鴻基句齊天地遥長叶

祇此一首，無可參校。「吾皇」下與後段「鵷行」下同。

笛家　一百二十一字　笛家弄慢　柳永

《樂章集》注仙吕宫。

花發西園句草薰南陌句韶光明媚句乍晴輕暖清明後叶水嬉舟動句禊飲筵開句銀塘似染句金隄如繡叶是處王孫句幾多游妓句往往攜纖手叶遣離人句對嘉景句觸目盡成感舊叶　別久叶帝城當日句蘭堂夜燭句百萬呼盧句畫閣春風句十千沽酒叶未省豆宴處能忘絃管句醉裏不尋花柳叶豈知秦樓句玉簫聲斷句前事難重偶叶空遺恨句望僊鄉句一餉淚沾襟袖叶

此調有朱雍「環質仙姿」詞可校，唯結三句云「空餘恨，惹幽香不斷，尚沾襟袖」，句法小異，餘悉同。然培意「不斷」兩字，原可粘下句讀。朱詞前段第三句：「天然踈秀」，「秀」字叶，然是偶合，不必叶。

白苧　一百二十一字　　蔣　捷

培按：古樂府有《白紵曲》，宋詞蓋本於此。王灼《頤堂集》云：「《白苧》詞，傳者至少。其正宫一闋，世以為紫姑神作，方寫至『追惜』八句，或問出何書史。答曰：『天上文字，汝爭知得。』」今從《花草粹編》，定為柳永作，以其筆仗相近也。

正春晴句又春冷句雲低欲落韻璚苞未剖句早是東風作惡叶旋安排豆一雙銀蒜鎮羅幕叶幽壑叶水生漪句皺嫩綠豆潛鱗初躍叶愔愔(門)(巷)句桃樹紅纔約畧叶知甚時豆霽華烘破青青萼叶　(憶)昨叶引蜨花邊句近來重見句身學垂楊瘦削叶問小翠眉山句為誰攢却叶斜陽院宇句任蛛絲罥徧句玉箏絃索叶戶外唯聞句放剪刀聲句深在粧閣叶料想裁縫句白苧春衫薄叶

此調只有柳永一首可校。「正春晴」，或刻「春正晴」，誤。

又一體　一百二十五字　　柳　永

繡簾垂句畫堂悄句寒風淅瀝韻遙天萬里句黯淡同雲羃羃叶漸紛紛豆六花零亂散空碧叶姑射叶宴瑤池句把碎玉豆零珠拋擲叶林巒(望)(中)句高下瓊瑤一色叶嚴子陵豆釣臺歸路迷蹤跡叶　(追)惜叶燕然畫角句寶簥珊瑚句是時丞相句虛作銀城換得叶(當)此際偏宜句訪袁安宅

叶醺醺醉了句任金釵舞困句玉壺頻側叶又是東君句暗遣花神句先報南國叶昨夜江梅句漏洩春消息叶

此同蔣詞，唯换頭下多「燕然畫角」四字，異。連用「淅瀝」、「羃羃」、「一色」六入聲字，與蔣詞同，疑是音律所關，宜遵。培按：細玩此闋，蔣作换頭下，似脱四字，填者亦從柳詞。

秋思耗　一百二十三字　又名「畫屏秋色」　吴文英

堆枕香鬟側韻驟夜聲豆偏稱畫屏秋色叶風碎串珠句潤侵謌板句愁壓眉窄叶動羅箑清商句寸心低訴敘怨抑叶映夢窗豆零亂碧叶待漲綠春深句落花香汎句料有斷紅流處句暗題相憶叶　歡夕叶簷花細滴叶送故人豆粉黛重飾叶漏侵瓊瑟叶丁東敲斷句弄晴月白叶怕一曲豆霓裳未終句催去驂鳳翼叶嘆謝客豆猶未識叶漫瘦却東陽句燈前無夢到得叶路隔重雲鴈北叶

只此一首，無可条校。或謂「謝客」、「路隔」皆係押韻，亦通。

春雪間早梅　一百二十五字　無名氏

梅將雪共春韻彩艷灼灼不相因叶逐吹霏霏能爭密句排枝碎碎巧粧新叶誰令香生滿座句獨使

淨斂無塵叶芳意饒呈瑞句寒光助照人叶玲瓏次第開已偏句點綴坐來頻叶　那是俱懷疑似句須知造化句兩各逼天真叶熒煌清影初亂眼句浩蕩逸氣忽迷神叶未許瓊花比竝句將從玉樹相親叶先期迎獻歲句更同歌酒占玆辰叶六花蠟蒂相輝映句輕盈敢自珍叶

此隱括昌黎《春雪間早梅》詩也，調見《梅苑》，無別首可校。

春風嫋娜　一百二十五字　馮艾子

艾子自度腔，注黃鐘羽，即般涉調。

被梁間雙燕句話盡春愁韻朝粉謝句午花柔叶倚紅欄豆故與蝶圍蜂繞句柳綿無數句飛上搔頭叶鳳管聲圓句蠶房香煖句笑挽羅衫須少留叶隔院蘭馨趁風遠句鄰牆桃影伴煙收叶　些子風情未減句眉頭眼尾句萬千事豆欲說還休叶薔薇露句牡丹毬叶慇勤記省句前度綢繆叶夢裏飛紅句覺來無覓句望中新綠句別後空稠叶相思難偶句歎無情明月句今年已是句三度如鈎叶

無別首可校，當依其平仄。

翠羽吟　一百二十六字　蔣捷

蔣自序云：「王君本示余越調《小梅花引》，俾以飛仙步虛之意為其辭。余謂泛泛言仙，似乎寡味。越調之曲，與梅花宜，羅浮梅花，真仙事也，演以成章，名《翠羽吟》。」

紺露濃韻映素空叶樓觀峭玲瓏叶粉涷霽英句冷光搖蕩古青松叶半規黃昏淡月句梅氣山影溟濛叶有麗人豆步依脩竹句翩然態若游龍叶　綃袂微皺水溶溶叶仙莖清瀣句淨洗斜紅叶勸我浮香桂酒句環佩暗觧句聲飛芳靄中叶弄春弱柳垂絲句慢按翠舞嬌童叶醉不知何處句驚剪剪豆淒緊霜風叶夢醒尋痕訪蹤叶但畱殘月挂蒼穹叶梅花未老句翠羽雙吟句一片曉峰叶

孤調無可叅校。汲古本脫「月」字、「蒼」字，今從《詞緯》增入。

六州　一百二十九字　崇明祀　　無名氏

《文獻通考》：「本朝鼓吹，只有四曲，《十二時》、《導引》、《降仙臺》並《六州》為四。每大禮齋宿或行幸，遇夜每更三奏，名為『警場』。政和七年，詔《六州》改名《崇明祀》，然天下仍謂之《六州》，其稱已熟也。」《宋史・樂志》：「正宮。」

良夜永句玉漏正遲遲韻丹禁肅句周廬列句羽衛繞皇幃叶巖鼓動豆晝角聲齊叶金管飄雅韻句遠逐輕飈叶薦嘉玉豆躬祀神祇叶祈福為黔黎叶升中盛禮句增高益厚句登封檢玉句時邁合周詩叶　元文錫句慶雲五色相隨叶甘露降句醴泉湧句三秀發靈芝叶皇猷播豆

史冊光輝叶受鴻禧叶萬年永固丕基叶吾君德豆蕩蕩巍巍叶邁堯舜文思叶從今寰宇句休牛放馬句耕田鑿井句鼓腹樂昌期叶

見《宋史·樂志》，有四首皆同可校。「祈福」句，一首云「屬景運純禧」，作上一下四句法。「邁堯」句，一首作上二下三句法。「吾君」句，一首云「煙飛火舉畢嚴禋」，不折腰。

又一體　一百二十九字　無名氏

皇撫極句明德貫乾坤韻信星列句卿雲爛句輝亘紫薇垣叶思報貺豆明詔祠官叶練時蒐曠典句紫時觚壇叶昭孝德豆親御和鑾叶振鷺玉珊珊叶精純謁款句膋簫爌煬句黃流湛澹句百末布生蘭叶　扣天閽叶延飛駕句相彷彿句降雲端叶神光集句嘉響應句靄靄萬衣冠叶竣熙事豆清曉輕寒叶淡榮觀叶華衣霧縠般般叶乾坤竝貺慶君歡叶翹首聖恩寬叶遵皇極句沛天澤句靈心懌句龜鼎永尊安叶

此南宋所製，亦見《樂志》。過變下與前詞句讀異，有三首皆同，可校。「華衣」句，一首云「九霄瑞氣起祥煙」，多一字。

又一體　一百二十六字　無名氏

昭聖武句不戰屈人兵韻干戈戢句烽燧息句海宇清寧叶民豐業豆歌詠昇平叶願咸歸畝畎句力穡為甿叶經界正豆東作西成叶農務軫皇情叶躬親耒耜句相勸深耕叶人心感悅句繫壤沸歡聲叶　乘鸞輅句羽旂綵仗鮮明叶傳清蹕句行黃道句緹騎出重城叶仰瞻日表映朱紘叶環珮更鏘鳴叶百執公卿叶不辭染履意專精叶準擬奉粢盛叶田多稼豆風行遐邇句家家給足句胥慶三登叶

此亦南宋詞體，與北宋「良夜永」詞同，惟前段第五句暨後結句各減一字，後段第八句減兩字，第七句添兩字，第六句、第九句不折腰，為異。《宋史·樂志》：「《六州》，共十四闋。」今錄北宋「良夜永」一首為式，培為細校異同。此外有「商秋肅」六首，句字訛誤，句讀參差，並斥不錄。

合宮歌　一百三十一字　無名氏

聖明朝句曠典乘秋舉韻大饗本仁祖叶九室八牖四戶叶敕躬齋戒格堪輿換平叶盛牲實俎叶仄並侑總稽古叶仄玉露乍肅天宇叶仄冰輪下照金鋪叶平燎煙噓叶平鬱尊香句雲門舞叶仄彷彿翔坐

句靈心咸嘉娱叶平衆星俞美句光屬照熉珠叶平　清曉御叶仄丹鳳湛恩句徧洽率溥叶仄歡聲雷動句嶽鎮呼徐叶平命法駕豆萬騎花盈路叶仄萬姓齊祝句壽同天地句事超唐虞叶平看平燕雲句從此興文偃武叶仄待重會豆諸侯舊東都叶平

見《宋史·樂志》。景祐二年，大享明堂，用黄鍾宫，增《合宫歌》。蓋自天聖已來，凡郊祀藉田、宗廟之事，皆用正宫也。俗呼正宫，即黄鍾宫，而俗呼黄鍾宫，乃無射宫也。此調只此一曲，無可叅校，他譜亦不錄，培遵《潛采堂譜》、《導引》、《六州》之例采之。

十二時　一百三十字　或有「慢」字　柳永

《樂志》：「正宫，宋鼓吹四曲之一。」注見前。

晚晴初豆淡煙籠月句風透蟾光如洗韻覺翠帳豆涼生秋思叶漸入微寒天氣叶敗葉敲窗句西風滿院句睡不成還起叶更漏咽豆滴破憂心句萬感並生句都在離人愁耳叶　天怎知豆當時一句句做得十分縈繫叶夜永有時句分明枕上句覷着孜孜地叶燭暗時酒醒句元來又是夢裏叶　睡覺來豆披衣獨坐句萬種無憀情意叶怎得伊來句重諧連理叶再整餘香被叶祝告天發願句從今永無抛棄叶

此係三疊，後兩段同。葛長庚「素馨花」一首，與此同，唯「祝告天羨願」下云「一歲復一歲，此心終日繞香盤，在篆畦兒裏」，校柳末句減一字，下另增七字一句、五字一句，大異。其前起「淡煙」句、「西風」句，次段「當時」句，俱叶，亦與柳不同。培按：此詞後段第四句，《花草粹編》作「重諧雲雨」，「雨」字不叶。觀葛長庚詞，此句亦不押韻，且此句與中段「分明」句對，不叶可也。朱敦儒有《十二時》小令，即《憶少年》，故不列此調之前。

又一躰 九十一字 朱雍

粉痕輕豆謝池泛玉句波浸琉璃初暖韻靚靚芳豆塵冥春圃句水曲漣漪遙岸叶麝氣柔豆雲容影淡句正日邊寒淺叶閒院寂豆幽管殸中句萬感並生句心事曾陪瓊宴叶　春暗南枝依舊句但得當初繾綣叶晝永亂英繽紛句鮮佩映人輕盈面叶香暗酒醒處句年年共副良願叶

此校柳詞少一段，前段第六句七字，與柳詞異，後段只結處句法相似，餘皆不同，疑必有脫悮，姑仍原本存之，以俟識者。

又一體　一百二十五字　無名氏

聖明代句海縣澄清韻惠化洽寰瀛叶時康歲足句治定武成叶遐邇賀昇平叶嘉壇上豆昭事神靈叶薦明誠叶報本禪云亭叶俎豆列犧牲叶宸心蠲潔句明德薦惟馨叶紀鴻名叶千載播天聲叶　燔柴畢句雲馭囬仙仗句慶鑾輅還京叶八神扈蹕句四隩來庭叶嘉氣覆重城叶殊常禮豆曠古難行叶遇文明叶仁恩蘇品彙句沛澤被簪纓叶祥符錫胙句武庫永銷兵叶育羣生叶景運保千齡叶

調見《宋史·樂志》，兩段，平韻，與前兩調異。培按：《十二時》，宋《樂志》共十五首，有六闋同此，可校。「俎豆」句，一首作「布羽儀簪纓」，上一下四。「鑾輅」句，一首作「金石韻鏘洋」，上二下三，句法不拘。「日將旦」一首，後段第七、八句云「多少羣工同德，俊乂旁招」，六字一句、四字一句，小異，餘悉同。「炎圖鞏」一首，後段第十三句作「醇化無為」，校此添一字，亦襯字例也。

又一躰　一百二十五字　無名氏

庭有燎句疊鼓鳴鼉韻更問夜如何叶信星彪列句天象森羅叶虞旦閟宮句畢觴清廟句漿柘尊犧

叶繼猗那叶嘉頌可同科叶扈聖萬肩摩叶篣躬三宿句泰畤縟儀多叶坵澤合句嶽瀆從羲和叶　神光燭句雲車風馬句芝作蓋句玉為珂叶奉瑄成禮句燔柴竣事句休嘉砰隱句丹闕湛恩波叶共願乾坤隤祉句邊鄙投戈叶覆盂連瀚海句洗甲挽天河叶欣欣喜色句長遇六龍過叶奏雲和叶三春薦嘉禾叶

此南宋樂辭，校前調惟前段第六句減一字，作四字句，不叶韻；第七句添一字，作四字兩句；第十四句不叶韻；後段第二句減一字；第三句添一字，作三字兩句；第六句不叶韻，此下又添四字一句；第九句、第十句變七字折腰一句、三字一句，為六字一句、四字一句，餘同。有「宵景霽」一首同此，可校，但于後段第十一句及結句各減一字，稍異，注明不具錄。

蘭陵王　一百三十字　史達祖

《蘭陵王》，唐教坊曲名。《碧雞漫志》、《北齊史》及《隋唐嘉話》稱：「齊文襄長子長恭，封蘭陵王。與周師戰，嘗着假面對敵，擊周師金墉城下，勇冠三軍。武士共歌謠之，曰《蘭陵王入陣曲》。今越調《蘭陵王》，凡三段，二十四拍，或曰遺聲也。此曲聲犯正宮，管色用大凡字、大一字、勾字，故一名《大犯》。」培按：《樂府雜錄》屬「鼓架部」。

漢江側韻月弄仙人佩色叶含情久句搖曳楚衣句天水空濛染嬌碧叶文漪簟影織叶涼骨叶時將粉飾叶誰曾見句羅韈去時句點點波間冷雲積叶　相思舊飛鵠叶漫想像風裳句追恨瑤席叶涉江幾度和愁摘叶記雪映雙腕句刺縈絲縷句分開綠蓋素袂溼叶放新句吹入叶　寂寂叶意猶昔叶念淨社因緣句天許相覓叶飄蕭羽扇搖團白叶屢側臥尋夢句倚欄無力叶風標公子句欲下處句似認得叶

「涼骨」二字，諸家皆叶，亦間有不叶者。劉辰翁「送春去」詞，第二段起句云：「春去。最誰苦。」「去」字叶，然係偶合。「刺縈絲縷」句亦叶，小異。辛棄疾「一邱壑」詞，「涼骨」句不叶，「天許相覓」句亦不叶，後結云「進亦樂，退亦樂」，侶用疊韻，然亦係偶合。秦觀「雨初歇」詞，與此同，唯後段末二句添一字，作七字一句，云「夜亱襟袖染啼血」，小異，然南宋人無照此填者。

又一體　一百三十字　陳允平

古隄直韻隔水輕盈颺碧叶東風路句還是舞煙眠露句年年自春色叶紅塵徧京國叶留滯高陽醉

客叶斜陽外句千縷翠條句髣髴流鶯度金尺叶　長亭半陳迹叶記曾繫征鞍句頻護歌席叶匆匆江上又寒食叶回首處句應念舊曾攀折句依然離恨偏西驛叶倦游尚南北叶　惻惻叶怨懷積叶漸楚樹寒收句隋苑春寂叶顰眉不盡相思極叶想人在何處句倚欄橫笛叶閒情似絮句更那聽句夜雨滴叶

此和美成韻也，前段第四、五句，作六字一句、五字一句。楊澤民和詞「幾度嘯日迎風，怡怡釣秋色」，正與此同。又中段第五、六句，作三字一句、六字一句，亦與周詞小異。

奉禋歌　一百三十九字　李　照

《宋史・樂志》：「正宮。」

葭飛璇籥孕初陽韻雲絕清臺薦景祥叶風應律句日重光叶歲功順底金穰叶壽而康叶庭壺樂無疆叶皇展報句新禮樂句觚陛詠賔鄉叶珠幄熉黃叶登瑞纅句陳俎豆句澹嘉觴叶衮衣輝煥句寶珮琳琅叶奠椒漿叶　慶陰陰句神來下句鳳翥龍驤叶靈燕喜句錫符仍降嘏句鏞管琳琅懽亮句神之出祓蘭堂叶輦路天香叶輕煙半襲旂常叶祉滂洋叶受釐宣室句返馭

齋房叶思與風翔叶華封祝豆皇來有慶句八荒同壽句寶曆無疆叶

見《宋史·樂志》，有三首皆同，可校。培按：《宋志》：「景祐二年，李照等撰《警嚴曲》，請以《振容》為名。帝以其義無取，更名曰《奉禋》。」又有「吾皇端立」一首，句讀不同，因有誤字，不錄。

詞槩卷二十五終

詞榘卷二十六

歙西方成培仰松輯
同懷弟成堂仲紀校

破陣樂 一百三十三字 柳永

唐教坊曲名。《宋史・樂志》：「正宮。」《樂章集》注林鐘商。培按：《唐書》：「太宗為秦王，破劉武周，軍中相與作《秦王破陣樂》。及即位，宴會必奏之。」此蓋其遺殼也。

《樂府雜錄》云屬「龜茲部」。

露花倒影句煙蕪蘸碧句靈沼波暖韻金柳搖風樹樹句繫彩舫豆龍船遙岸叶千步虹橋句參差鴈齒句直趨水殿叶繞金堤豆曼衍魚龍戲句簇嬌春羅綺句喧天絲管叶霽色榮光句望中似覩句蓬萊清淺叶

時見叶鳳輦宸遊句鸞觴禊飲句臨翠水句開鎬宴叶兩兩輕舠飛畫檝句競奪錦標霞爛叶聲歡娛句歌魚藻句徘徊宛轉叶別有盈盈遊女句各委明珠句爭收翠羽句相將歸去句漸覺雲海沉沉句洞天日晚叶

此詞本集頗有脱悞。「殻歡娱」，「聲」字，或係「罄」字之譌。「明珠」上坊本落一字，從《詞緯》增入。培按：此調，有張先「四堂互映」詞可校，句讀平仄，悉與此同，只前段第十一句「管」字不叶，微異。《詞律》謂「『別有』以下，直至尾纔叶韻，必有訛脱，不可攷」，非也。

瑞龍吟 一百三十三字　張翥

按：此調始自清真。黄昇云：「前兩段雙拽頭，屬正平調，後一段犯大石調，尾十七字，仍屬正平調也，故近刻周詞，皆分三段。」

(鼇)溪路韻瀟灑翠壁丹崖句古藤(高)樹叶林間(猿)鳥(欣)然句故人隱在句溪山勝處叶　久延竚叶(渾)似種桃源裏句白雲(窗)戶叶燈前(素)瑟清樽句(開)懷(正)好句聯床夜語叶　應是山靈留客句雪飛(風)起句(長)松掀舞叶(誰)道倦(途)相逢句傾蓋如故叶陽(春)(一)曲句(總)是關心句叶何妨共豆磯頭(把)釣句梅邊(徐)步叶只恐匆匆去叶故園夢裏句長牽別緒叶(寂)寞閑鍼縷叶還念我豆飄零(江)湖煙雨叶(斷)腸歲晚句(客)衣(誰)絮叶

吴文英「大溪面」詞，于「誰道」兩句，作「殘日半開，一川花影零亂」，四字一句、六字一句，餘同。陳允平和清真詞，于「故國」兩句云「眩醉眼，盡游絲亂緒」，三字一句、五字一句，作上一下四句法，稍異，餘仝。「故園夢裏」句，清真作「探春盡是」，「探」字去聲，勿悞作平，此字宋人無用平者。翁處靜「清明近」詞，於「故園」兩句云「晝長病酒添新恨」，校減一字，作七字一句，曾見他譜另列為一躰，培疑是脫落，注明不錄。

大酺　一百三十三字　方千里

按：唐教坊曲有《大酺樂》。《羯鼓錄》亦有太簇商《大酺樂》。宋詞蓋借舊名，另翻新聲。

正夕陽閒句秋光淡句鴛瓦參差華屋韻高低簾幙迴句但風搖環佩句細聲頻觸叶瘦怯單衣句涼生兩袖句零亂庭梧窗竹叶相思誰能會句是歸程客夢句路諳心熟叶況時節黃昏句閒門人靜句憑闌身獨叶　歡情何太速叶歲華似豆飛馬馳輕轂叶漫自歎豆河陽青鬢句苒苒如霜句把菱花豆悵然凝目叶老去疎狂減句思墮策豆小坊幽曲叶趁游樂豆繁華國叶回首無緒句清淚紛於紅蔌叶話愁更堪剪燭叶

此調昉自美成，又有楊澤民、劉須溪諸作可校。培按：前結「閒門」句，「閒」字，上下掩映有情，故妙，《詞律》云「必是『閉』字之訛」，非是。

歌頭　一百三十六字　唐莊宗

《尊前集》注大石調。

賞芳春豆暖風飄箔韻鶯啼綠樹句輕煙籠晚閣叶杏桃紅句開繁蕚叶靈和殿豆禁柳千行句斜金絲絡叶夏雲多豆奇峯如削叶紈扇動微涼句輕綃薄叶梅雨霽句火雲爍叶臨水檻豆永日逃繁暑句泛觥酌叶　露華濃句冷高梧句彫萬葉叶一霎晚風句蟬聲新雨歇叶暗惜此光陰句如流水句東籬菊殘時句歎消索叶繁陰積句歲時暮句景難留句不覺朱顏失却叶好容光句旦旦須呼賓友句西園長宵句讌雲謠句歌皓齒句且行樂叶

此調無可參校。後段第三句「葉」字、第五句「歇」字，係借叶，須知。

多麗　一百三十九字　鴨頭綠　周格非名「隴頭泉」　張翥

培按：《教坊記》曲名有《綠頭鴨》，疑此道聲也。

晚山青韻一川雲樹冥冥叶正參差豆煙凝紫翠句斜陽畫出南屏叶館娃歸豆吳臺遊鹿句

銅僊去豆漢苑飛螢叶懷古情多句憑高望極句且將尊酒慰漂零叶自湖上豆愛梅仙遠句鶴夢幾時醒叶空留得豆六橋疎柳句孤嶼危亭叶　待蘇隄豆歌聲散盡句更須攜伎西泠叶藕花深豆雨涼翡翠句菰蒲軟豆風弄蜻蜓叶澄碧生秋句鬧紅駐景句采菱新唱冣堪聽叶見一片豆水天無際句漁火兩三星叶多情月豆為人留照句未過前汀叶

晁端禮詞首起云「晚霞收，淡天一片琉璃」，「收」字不起韻，餘同。張孝祥「景消疎」詞，于「藕花」兩句云「拄笏宵來多爽氣，秉燭夜永足清游」，不折腰，微異。李漳「好人人」詞，於「銅仙」句作「歎後會、慘啼痕」，減一字折腰，異。又「澄碧」句作「帳衾寒」，只三字，必有誤，勿從。

又一體　一百三十九字　晁補之

新秋近句晉公別館開筵韻喜清時豆銜盃樂聖句未饒綠野堂邊叶繡屏深豆麗人乍出句坐中雷雨起鵾絃叶花暖間關句冰凝幽咽句寶釵搖動墜金鈿叶未彈了豆昭君遺怨句四坐已淒然叶西風裏豆香街駐馬句嬉笑微傳叶　算從來豆司空見慣句斷腸初對雲鬟叶夜將闌豆井梧下葉句砌蛩收響悄林蟬叶賴得多愁句潯陽司馬句當時不在綺筵前叶競歎賞豆檀槽倚困句沉醉倒

觥船叶芳春調豆紅英翠萼句重變新妍叶

此校張詞，首起平仄異。「坐中」句、「砌蛩」句，不折腰，異，餘仝，查宋元人，少有如此填者。培按：前起，當是「近新秋」之譌。

又一體　一百三十九字　傅按察

靜中看韻循環興廢無端叶記昔日豆淮山隱隱句宛若虎踞龍盤叶下樊襄豆指揮湘漢句鞭雲騎豆圍繞江干叶勢不成三句時當混一句過唐之數不為難叶誰知道豆倉皇南渡句半壁幾何間叶陳橋驛豆孤兒寡婦句久假當還叶　挂征帆叶龍舟催發句紫宸初卷朝班叶禁庭空豆土花暈碧句輦路悄豆呼喝聲乾叶縱餘得豆西湖風景句花柳亦凋殘叶去國三年句遊仙一夢句依然天淡夕陽閒叶昨宵也豆一輪明月句還照臨安叶

前後起皆叶，後段第六、七、八、九、十句，句法亦異。培按：後起「帆」字，閉口韻，非叶，填者可不必押。

又一體　一百三十九字　葛立方

破波光如鏡句雙翼輕舟韻對雨餘豆重巘疊障句何妨影墮清流叶望芙蕖豆渺然如海句張雲錦

豆掩映汀洲叶出水奇姿句凌波艷態句眼看一葉弄新秋叶恍疑是豆金沙池内句玉井認峯頭叶花深處豆田田葉底句魚戲龜游叶　正微涼豆西風初度句一彎斜月如鈎叶想天津豆鵲橋將駕句看寶奩豆蛛綱初抽叶曬腹何堪句穿針無緒句不如溪上少淹留叶競笑語追尋句惟有沉醉可忘憂叶憑清唱豆一聲檀板句驚起沙鷗叶

此詞前起五字，第二句四字，後段第八句五字，第九句七字，與諸家異。

又一體　一百四十字　聶冠卿

想人生句美景良辰堪惜韻向其間豆賞心樂事句古來難是并得叶況東城豆鳳臺沁苑句泛清波淺照金碧叶露洗華桐句煙霏絲柳句綠陰搖曳句蕩春一色叶畫堂迴豆玉簪瓊佩句高會盡詞客叶清歌久豆重燃絳蠟句別就瑤席叶　有翩若豆驚鴻體態句暮為行雨標格叶逞朱唇豆緩歌妖麗句似聽流鶯亂花隔叶慢舞縈迴句嬌鬟低嚲句腰肢纖細困無力叶忍分散豆彩雲歸後句何處更尋覓叶休辭醉豆明月好花句莫慢輕擲叶

此用仄韻，與前諸調異。培按：「泛清波」句，照後段「流鶯」句讀，不作上三下四句法，然作折腰句亦可，觀後曹詞可證。紅友謂「『蕩春一色』，難解，『一』字乃誤多者」，「『明月好花』，必是『好花明月』之謅」，此兩説皆繆。

又一體　一百四十字　曹勛

喜雨薰泛景句翠雲低柳韻正涼生殿閣句梅潤曉天句暑風時候叶應乘乾豆彩虹流渚句驚電繞豆璇霄樞斗叶大業輝光句益建火德句梯航四海盡奔走叶六府煥脩句多方平定句寰宇歌元首叶凝九有叶三辰拱北句萬邦孚佑叶　對祥煙豆霽色清和句鳳韶九成儀晝叶聽山聲豆響傳呼舞句騰紫府豆香濃金獸叶禁籞昇平句慈闈燕適句褘衣共上玉觴酒叶齊上舜圖句南山同永句合殿脩奏叶祝聖壽叶聖壽無疆句兩儀竝久叶

此詞添押兩韻，句讀亦與聶不同，故不參校平仄。

玉女摇仙佩　一百三十九字　柳永

飛瓊伴侶句偶別珠宮句未返神仙行綴韻取次梳粧句尋常㊁言語句有得㊁幾多姝麗叶擬把名花比叶恐傍人笑我句㊁談何容易叶細思㊁算豆奇葩艷卉句唯是深紅句淺白而已叶爭如這多情句占得人間句千嬌百媚叶　須信畫堂繡閣句皓月清風句忍把光陰㊁輕棄叶自古㊁及今句佳人才

子句少㝵當年雙美叶且恁相偎倚叶未⃝消得憐⃝我句多才多藝叶但願取豆蘭心⃝蕙性句枕⃝前言⃝下句表余深意叶為盟誓叶從今斷不孤鴛被叶

「偶別」至「而已」與後「皓月」至「深意」同。此調有朱雍「灰飛嶰谷」詞可校，但朱詞前段第五句押韻，大約是偶合。「爭如」下云「誰知道、春歸院落，繽紛雪飛鴛甃」，七字折腰一句、六字一句，餘並同。

六醜　一百四十字　方千里

看流鶯度柳句似急響豆金梭飛擲韻護巢占泥⃝句翩翩飛燕翼叶昨夢前迹叶暗數歡娛處句艷⃝花幽⃝草句縱冶⃝遊南國叶芳心蕩漾如波澤叶繫馬青門句停車紫⃝陌叶年華轉頭堪惜叶奈離襟別袂句容⃝易踈隔叶

人間春⃝寂叶漫雲容暮碧叶遠水沉雙鯉句無信息叶天⃝涯漸老羈客叶歎良宵漏⃝斷句獨眠愁極叶吳霜皎句半⃝侵華幘叶誰復省豆十載匀香暈粉句髻傾鬟側叶相思意豆不⃝離潮汐叶想舊家⃝豆接酒巡歌計句今難再得叶

此調昉自清真，偏校諸家，其平仄異仝，不過數字，可見古人聲律之嚴。「接酒」句，周云「尚有相思字」，是五言詩句法，勿作上一下四。吳文英「漸新鵞映柳」詞，于「遠水」

兩句云「過眼年光，舊情盡別」，作四字兩句；于「誰復」兩句云「却曰甚、不把歡期，付與少年花月」，七字一句、六字一句，稍異。按：陳允平和詞，後段第十、第十一句云「驚回處，殘雨斷雲，倦倚畫闌干側」，正與吳同。

又一體　一百四十字　詹正

似東風老大句那復有豆當時風氣韻有情不定句江山身似寄叶浩蕩何世叶但憶臨官道句暫來不住句便出門千里叶癡心指望迴風墜叶扇底相逢句釵頭微綴叶他家萬條千縷叶鮮遮亭障日句不隔江水叶　瓜洲曾檥叶等行人歲歲叶日下長秋句城烏夜起叶帳廬好在春睡叶共飛歸湖上句草青無地叶愔愔雨句春心如膩叶欲待化豆豐樂樓前句帳飲青門都廢叶何人念豆流落無際叶幾點團作句雪綿鬆潤句為君裛淚叶

此與附注吳詞同，唯後段第十三、十四句，作四字三句，為異。

箇儂　一百五十九字　廖瑩中

調見廖瑩中詞，即用起句為名。

恨箇儂無賴句賣嬌眼豆春心偷擲韻沙軟芳隄句苔平蒼逕句却印下豆幾弓纖跡叶花不知名句香纔聞氣句似月下笠篌句蔣山傾國叶半解羅襟句蕙熏微度句鎮宿粉豆棲香雙蜨叶語態眠情句感多時豆輕罥細閱叶休問望宋墻高句窺韓路隔叶　尋尋覓覓叶又暮雨豆遙峯凝碧叶花徑橫煙句竹扉映月句儘一刻豆千金堪值叶卸袜薰籠句藏燈衣桁句任裊臂金斜句搔頭玉滑叶更怪檀郎句惡憐深惜叶幾顫裊豆周旋傾側叶碾玉香鈎句甚無端豆鳳珠微脱叶多少怕曉聽鐘句瓊釵暗擘叶

此調秖此前一詞，無可參校。培按：此詞，亦載《詞筌》。楊升庵填《六醜》，全採此詞，但稍加刪改耳。《詞律》不攷，與《六醜》合為一調，非是。今據《蕉雪堂譜》、廖詞、《詞筌》等書另列之。

玉抱肚　一百四十一字　楊无咎

培按：陸游《老學菴筆記》：「王荊公所賜玉帶，濶十四掐，號玉抱肚，真廟朝，趙德明所貢。」調名取此。元曲注商調，然與此不同。

同行同坐韻仝攜仝卧叶正朝朝暮暮同歡句怎知終有拋亸叶記江臯惜別句那堪被豆流水無情

送輕舸叶有愁萬種句恨未說破叶知重見豆甚時可叶　見也渾閒句堪嗟處句山遙水遠句音書也無箇叶這眉頭豆強展依前鎖叶這淚珠豆強拭依前墮叶我平生豆不識相思句為伊煩惱忒大叶你還知麼叶你知後豆我也甘心受摧挫叶又只恐你句背盟誓豆如風過叶共別人豆忘着我叶把揚瀾左蠡豆都捲盡句也殺不得句這心頭火叶

秖此一詞，無可叅校。培按：後段第十四句，汲古刻脫「揚」字、「蠡」字，遂不成句，此從潛采堂抄本訂正。潛采所據，姑俟再攷。

六州歌頭　一百四十三字　賀鑄

程大昌《演繁露》云：「《六州歌頭》，本鼓吹曲也。近世好事者，倚其聲為弔古詞，音調悲壯，又以古興亡事實文之，聞其歌，使人慷慨，良不與艷詞同科，誠可喜也。」培按：唐曲多以邊地名之。六州者，伊、涼、甘、石、渭、氐也。此調宜移于《六州》之後，以類相從也。

少年俠氣句交結五都雄韻肝膽洞叶仄毛髮聳叶仄立談中叶平死生同叶平一諾千斤重叶仄推翹勇叶仄矜豪縱叶仄輕蓋擁叶仄聯飛鞚叶仄斗城東叶平轟飲酒爐句春色浮寒甕叶仄汲海垂虹叶平

問呼鷹嗾犬句白羽摘雕弓叶平狡穴俄空叶平樂匆匆叶平　似黃粱夢叶仄辭丹鳳叶仄明月共叶仄漾孤篷叶平官冗從叶仄懷倥傯叶仄落塵籠叶平簿書叢叶平鶡弁如雲衆叶仄供鹿用叶仄忽奇功叶平笳鼓動叶仄漁陽弄叶仄思悲翁叶平不取長纓句繫取天驕種叶仄劍吼西風叶平恨登山臨水句手寄七絃桐叶平目送歸鴻叶平

此詞用本部三段叶，不雜他韻。賀北宋人，其用韻校諸家不同。當日倚聲，必有所本也。後唯汪元量一詞遵之，而觖又不同，故不校注平仄。

又一體　一百三十三字　汪元量

綠蕪城上句懷古恨依依韻淮山碎叶仄江波逝叶仄昔人非叶平今人悲叶平惆悵隋天子叶仄錦帆裏叶仄環珠履叶仄叢香綺叶仄展旌旗叶平蕩漣漪叶平擊鼓撾金句擁瓊璈玉吹叶仄恣意遊嬉叶平斜日暉暉叶平亂鶯啼叶平　銷魂此際叶仄君臣醉叶仄貔貅弊叶仄事如飛叶平山河墜叶仄煙塵起叶仄風淒淒叶平雨霏霏叶平草木皆垂淚叶仄家國棄叶仄竟忘歸叶平笙歌地叶仄歡娛地叶仄盡荒畦叶平惟有當時皓月句依然挂豆楊柳青枝叶平聽隄邊漁叟句一笛醉中吹叶平興廢誰知叶平

此亦三聲叶，與賀詞同，惟「遊嬉」句下，「斜日」句上，少五字兩句，後段第十五、十六兩句，句法亦與賀異。培按：此詞前段第十三、十四句，曾見一譜作「擊鼓撾金吹玉，擁瓊𨙸恣意游嬉」，然註中言前段與賀同，不應正文有異，必有譌誤，今據《詞綜》改正。

又按：「遊嬉」下，疑是脱去十字，填者宜從賀詞。

又一體 一百四十三字　韓元吉

東風着意句先上小桃枝韻紅粉膩換仄韻嬌如醉叶仄倚朱扉叶平記年時叶平隱映新妝面三換仄臨水岸叶三仄春將半叶三仄雲日暖叶三仄斜陽轉叶三仄夾城西叶平草軟沙平句驟馬垂楊渡句玉勒爭嘶叶平認蛾眉凝笑句脸薄拂胭脂叶平繡户曾窺叶平恨依依叶平　昔攜手處四換仄香如霧叶四仄紅隨步叶四仄怨春遲叶平消瘦損五換仄憑誰問叶五仄只花知叶平淚空垂叶平舊日堂前燕句和煙雨句又雙飛叶平人自老六換仄春長好叶六仄夢佳期叶平前度劉郎句幾許風流地句到也應悲叶平但茫茫暮靄句目斷武陵溪叶平往事難追叶平

此調用支、紙韻互叶，又間以他韻，九五換仄韻，自成一格。李冠「秦亡草昧」詞，與此同，但「臨水岸」句不叶，又「草軟」兩句云「兵散月明風急，旌旗亂，刁斗三更」，「前度」兩句云「江静水寒煙冷，波紋細，古木凋零」，小異，餘悉同。培按：《詞律》「應悲」句落

「到」字；又「蛾眉」，「眉」字注叶，皆誤，今改正。以上三體，皆平仄間叶者。

又一體 一百四十三字 劉褒

憑深負阻句蜂午肆奔騰韻龍江上句妖氛漲句鯨海外句白波驚叶羽檄交飛急句玉帳靜句金韜閟句恢馭遠句振長纓叶密分兵叶細草黃沙渺渺句西關路句風裊高旌叶聽飛霜令肅句堅壁夜無聲叶鼓角何神叶地中鳴叶 看追風騎句攢雲槊句殷雷轂句徹天鉦叶飛箭集句旄頭墜句長圍掩句郭東傾叶振旅觀旋凱句笳鼓競句繡旗明叶刀換犢句戈藏草句士休營叶黃色赤雲交映句論功何止蔡州平叶想環城蒼玉句深刻入青冥叶永詔來今叶

此調全押平韻者，句讀與間押者亦小異。盧摯「詩成雪嶺」詞，校此唯前段第七句云「喚醒高唐殘夢」，添一字；又前段第五句，作「滅坡陀」，「陀」字叶；第十句作「邀宋玉」，不叶；後段第七句作「付漁蓑」，「蓑」字叶，為異，餘並同。

又一體 一百四十三字 袁去華

柴桑高隱句邱壑歲寒姿韻北牕下句羲皇上句古人期叶俗人疑叶束帶真難事句賦歸去句吾盧

好句斜川路句携笻杖句看雲飛叶六翮冥冥高舉句青霄外句繒繳何施叶且流行坎止句人世任相違叶采菊東籬叶　正悠然句見南山處句無窮景句與心會句有誰知叶琴中趣句杯中味句醉中詩叶可忘飢叶一笑騎鯨去句向千載句賞音稀叶嗟倦翼句瞻遺像句是吾師叶門外空餘衰柳句搖踈翠句斜日暉暉叶遣行人到此句感歎不勝悲叶物是人非叶

此近劉詞體，唯後段第十六句破作三字一句、四字一句，異。又此調前結三字叶韻，此詞移作後段起句，不叶韻，與各家異。

又一體　一百四十三字

劉過

鎮長淮句一都會句古揚州韻昇平日句珠簾十里句春風小紅樓叶誰知艱難去句邊塵暗句胡馬擾句笙歌散句衣冠渡句使人愁叶屈指細思句血戰成何事句萬戶封侯叶但瓊花無恙句開落幾經秋叶故壘荒坵叶似含羞叶　悵望金陵宅句丹陽郡句山不斷綢繆叶興亡夢句榮枯淚句水東流叶甚時休叶野竈炊煙裏句依然是句宿貔貅叶嘆燈火句今消索句尚淹留叶莫上醉翁亭看句濛濛雨句楊栁絲柔叶笑書生無用句富貴拙身謀叶騎鶴來游叶

此詞前起作三字三句，第四、五、六句作三字一句、四字一句、五字一句，後起作五字一句、三字一句又五字一句，與諸詞異。

又一躰　一百四十一字　程珌

向來抵掌句未必總談空韻難徧舉句質三事句試從公叶記當年句賦得一坵一壑句天鳶濶句淵魚靜句莫擊磬句但酌酒句儘從容叶一水西來他日句會從公豆曳杖其中叶問前回歸去句笑白髮成蓬叶不識如今句幾西風叶　棠莊事句論豕蝨句推羊蟻句未辭終叶又驟說句魚得計句孰能通叶歎如雲網罟句龍伯啖句眇難窮叶凡三惑句誰使我句釋然融叶豈是匏瓜繫者句把行藏豆悉付鴻濛叶且從頭檢校句想見共迎公叶湖上千松叶

此亦劉詞躰，唯前段第七句添一字，後段第六句下減三字一句，異。以其押韻叅差，故不取叅校入譜。

又一體　一百四十三字　張孝祥

長淮望斷句關塞莽然平韻征塵暗句霜風勁句悄邊聲叶黯銷凝叶追想當年事句殆天數句非人力句洙泗上句絃歌地句亦羶腥叶隔水氈鄉句落日牛羊下句區脫縱橫叶看名王宵獵句

騎火一川明叶笳鼓悲鳴叶遣人驚叶　念腰間箭句匣中劍句空埃蠹句竟何成叶時易失句心徒壯句歲將零叶渺神京叶干羽方懷遠句靜烽燧句且休兵叶冠蓋使句紛馳騖句若為情叶聞道中原遺老句常南望豆翠葆霓旌叶使行人到此句忠憤氣塡膺叶有淚如傾叶

此較劉褒詞，唯前段第五句叶，第十一句不叶，第十三句、十四句作四字一句、五字一句，後段第七句叶，第十六句折腰，為異，餘悉同，此格填者最多。　以上五體，皆押平韻者。

夜半樂　一百四十四字　柳永

唐教坊曲名。《碧鷄漫志》：「《唐史》：『明皇自潞州還京師，夜半舉兵誅韋后，製《夜半樂》、《還京樂》二曲。』今黄鐘宮有《三臺》、《夜半樂》，中呂有慢，有近拍，有序。」培按：《樂章集》兩首皆注中呂調，則柳作正慢詞，而近、拍、序皆不傳矣。

凍雲黯淡天氣句扁舟一葉句乘興離江渚韻渡萬壑千巖句越溪深處叶怒濤漸息句樵風乍起句更聞商旅相呼句片帆高舉叶泛畫鷁豆翩翩過南浦叶　望中酒旆閃閃句一簇煙村句數行霜樹叶殘日下漁人句鳴榔歸去叶敗荷零落句衰楊掩映句岸邊兩兩三三句浣紗遊女叶含羞相笑語叶　到此囙念句繡閣輕拋句浪萍難駐叶歎後約豆丁寧竟何據叶慘離懷豆空恨歲晚歸期

阻叶凝淚眼豆杳杳神京路叶斷鴻聲遠長天暮叶

此詞三疊，首段「萬壑」下與中段「殘日」下同。此調只有柳詞二首，句讀大同小異，無別首宋詞可校。

又一體　一百四十五字　柳永

艷陽天氣句煙細風暖句芳草郊汀閒凝竚韻漸糚點亭臺句參差佳樹叶舞腰困力句垂楊綠映句淺桃穠李句小白嫩紅無數叶度綺燕豆流鶯鬪雙語叶　翠蛾南陌簇簇句躡影紅陰句緩移嬌步叶擡粉面豆韶容花光相妬叶絳綃袖舉句雲鬟風顫句半遮檀口含羞句背人偷顧叶競鬬草豆金釵笑爭賭叶　對此嘉景句頓覺銷凝句惹成愁緒叶念解佩豆輕盈在何處叶忍良時豆辜負少年等閑度叶空望極豆囬首斜陽暮叶歎浪萍豆風梗如何去叶

此詞前段起處四字兩句、七字一句，後段結處八字一句，皆與前躰異。培按：汲古本，此詞譌悮甚多，今從善本改正。

寶鼎現　一百五十七字　寶鼎兒　三叚子　康與之

夕陽西下句暮靄紅隘句香風羅綺韻乘麗景豆華燈爭放句濃燄燒空連錦砌叶覩皓月豆浸嚴

城如畫句花影寒籠絳蘂叶漸掩映豆芙蕖萬頃句迤邐齊開秋水叶　太守無限行歌意叶擁麾幢豆光動珠翠叶傾萬井豆歌臺舞榭句瞻望朱輪駢鼓吹叶控寶馬豆耀貔貅千騎叶銀燭交光數里叶似亂簇豆寒星萬點句擁入蓬壺影裏叶　來伴宴閣多才句環豔粉豆瑤簪珠履叶恐看看豆丹詔歸春句宸遊燕侍叶便趁早豆占通宵醉叶莫放笙歌起叶任畫角豆吹老寒梅句月落西樓十二叶

前段「麗景」下與中段「萬井」下同。李彌遠「層林煙霽」詞，校此唯前結兩句作「看壟外牛歸，横舟人去，平蕪鷗鷺」，五字一句、四字兩句，「嚴城」句、「貔貅」句並叶；後段第三句五字，第四句六字，異，餘悉同。陳合「虞絃清暑」詞，首句「暑」字起韻；「笙歌」句云「萬載皇基鞏固」，「寒梅」句云「俟鷄鳴起舞」，凡添兩字，餘同。陳允平「六龍初駕」詞，於「嚴城」句、「歌臺」句皆叶；又後結作「立馬金門待玉漏」，校諸家多一字，餘悉與康同。培謂「玉」字必係誤增者，不必從之。趙長卿「囂塵盡掃」詞，後起作「綺席成行」，只四字，疑是脱落，不必從。培按：伯可此詞，後段第三、四句，舊本作七字一句、四字一句，各家俱作上五下六句法，與此不同。汲古、《詞律》諸本，第四句作「催奉宸游燕侍」，未知所據，疑是後人妄改，以合諸家句法者。又後段起脱「來」、「伴」二字，今從善本正之。「靄」、「隘」二字俱仄，各家多同，只趙長卿于「隘」字作平。「騎」字偶合，可不叶。

又一躰　一百五十七字　無名氏

東君着意句化工恩被句灼灼妖艷韻裊嫩梢輕蓓句縈風惹露句偏早香英綻叶似向人豆故矜誇標致句倚欄全如顧盼叶尚困怯餘寒句柔情弱態句天真無限叶　斷橋壓柳時非淺叶先百花豆風光獨占叶當送臘初歸句迎春欲至句芳姿偏婉孌叶料碎翦就句繒紈輝麗句更把胭脂重染叶自賦得豆一般容冶句宛勝神僊粧臉叶　折送小閣幽牕句酷愛處豆今親几硯叶儘孜孜觀賞句不枉人稱妙選叶待窖付豆如膏雨澤句金玉仍粧點叶任擾擾豆百卉千花句掩迹一時羞見叶

調見《梅苑》，句讀與康詞多異。

又一體　一百五十八字　張元幹

山莊圖畫句錦囊吟詠句胸中邱壑韻年少日豆如虹豪氣句吐鳳詞華渾忘却叶便袖手豆向巘前

溪畔句種滿煙梢霧篺叶想別墅平泉句當時草木句風流如昨叶　瘦藤閒倚看鉏藥叶雙芒鞵豆雨後常着叶目送處豆飛鴻滅沒句誰問蓬蒿爭燕雀叶乍霽月豆望松雲南渡句短艇欹沙夜泊叶正萬里青冥句千林虛籟句從渠蹭蹬叶　攜幼尚有筠丁句誰會得豆人生行樂叶岸幘綸巾歸去句深戶香迷翠幙叶恐未免豆上凌煙閣叶好在秋天鶚叶念小山叢桂句今宵狂客句不勝盃勺叶

此詞三結，皆作五字一句、四字二句。又後段第三句添一字，作六字句，與諸家異。培按：此詞句法既與各家不同，「囊」、「藤」二字，《詞律》註云「宜仄」，太拘矣，不必。

又一體　一百五十八字　劉辰翁

紅粧春騎韻踏月呼影句千旗穿市叶望不見豆璚樓歌舞句習習香塵蓮步底叶簫聲斷豆約綵鸞歸去句未怕金吾呵醉叶甚輦路豆喧闐且止叶聽得念奴歌起叶　父老猶記宣和事叶抱銅僊豆清淚如水叶還轉盼豆沙河多麗叶滉漾明光連邸第叶簾影動豆散紅光成綺叶月浸蒲桃十里叶看往來豆神僊才子叶肯把菱花撲碎叶　腸斷竹馬兒童句空見說豆三千樂指叶䓁多時豆春不歸來句到春時欲睡叶又說向豆燈前擁髻叶暗滴鮫珠墜叶便當日豆親見霓裳句天上人間

夢裏叶

此詞後段第四句，作五字一句，又多押五韻，與康詞異。或云詞中「騎」、「止」、「麗」、「綺」、「子」五韻，屬偶合，可不叶。程珌「綠楊欲舞」詞同此，只「未怕」句云「問元功、誰燮理」，句法折腰；「月浸」句云「恬然如談笑耳」，「恬然」兩字平；「等多時」兩句，上五下六，與《梅苑》「東君着意」詞同。

穆護砂

一百六十九字　宋　聚

張祜有五絕一首，題曰《穆護砂》，調名取此。培按：唐《雜曲歌辭》有《穆護砂》，注云「犯角」。方以智《通雅》曰：「唐有大秦穆護祆僧二千餘人。今以名曲，蓋西方之音，如《伊州》、《梁州》類也。」《墨莊漫錄》云：「蘇陰和尚作《穆護歌》。黄魯直言黔南巴僰間賽神者，皆歌《穆護》。問之父老，云盖木瓠耳，曲木如瓠，擊之以節歌。」或謂之《木斛砂》，樂必有煞音，「煞」訛為「砂」也。此數說，《通雅》得之。楊慎云「隋朝曲，與《水調》、《河傳》，皆開汴河時作」，謬甚。

底事蘭心苦韻便淒然豆泣下如雨叶倚金臺獨立句揾香無主叶斷腸封家相妒叶亂撲簇豆驪珠

愁有許叶向午夜豆銅盤傾注叶便不是豆紅冰綴頰句也濕透豆儂人煙樹叶羅綺筵中句海棠花下句淫淫常怕鳳脂枯換平叶比雒陽季少句江州司馬句多少定誰似借叶仄　照破別離心緒叶仄學人生豆有情酸楚叶仄想洞房佳會句而今寥落句誰能暗收玉筯叶仄算只有豆金釵曾巧補叶仄輕拭了豆粉痕如故叶仄愁思減豆舞腰纖細句清血盡豆媚臉膚腴叶平又恐嬌羞句絳紗籠却句綠牕伴我撿詩書叶平更休教豆鄰壁偷窺句幽蘭嚦曉露叶仄

「金臺」至「脂枯」與後「洞房」至「詩書」同。前結「似」字，紅友云「係借韻」。培按：《詞綜》作「誰如」，用平叶，未知孰是，然「如」字佀校勝。

稍遍　二百三字　哨徧　　　　蘇軾

《東坡集》自注般涉調。

為米折腰句因酒棄家句口體交相累韻歸去來句誰不遣君歸換平叶覺從前豆皆非今是叶仄露未晞叶平征夫指予歸路句門前笑語喧童稺叶仄嗟舊菊都荒句新松暗老句吾年今已如此叶仄但小窗豆容膝閉柴扉叶平策杖看豆孤雲暮鴻飛叶平雲出無心句鳥倦知還句本非有意叶仄　噫叶平歸去來兮叶平我今忘我兼忘世叶仄親戚無浪語句琴

書中豆有眞味叶仄步翠麓崎嶇句泛溪窈窕句涓涓暗谷流春水叶仄觀草木欣榮句幽人自感句吾生行且休矣叶仄念寓形豆宇內復幾時叶平不自覺豆皇皇欲何之叶平委吾心豆去留誰計叶仄神仙知在何處句富貴非吾願句但知臨水登山嘯詠句自引壺觴自醉叶仄此生天命更何疑叶平且乘流豆遇坎還止叶仄

「琴書」句，可不折腰。曹冠「壬戌之秋」詞同此，只「神仙」句作「侶魚蝦，友麋鹿」三字兩句，「富貴」句叶，「但知臨水」句作「人生堪笑，蜉蝣一夢」四字兩句，微異。劉克莊「勝處可宮」詞，校此只「征夫」句叶，換頭第二句不叶，第三句平叶；「吾生」句作「采于山，釣于水」三字兩句，「不自覺」句作「大丈夫不遇時之所為」，添一字，餘並仝，然「時」字可羨。按：此詞，培家藏坡公手書石刻，正作：「汎溪窈窕，富貴非吾願。」紅友欲改作「清溪」，又謂「願」字必「志」字、「事」字之訛，皆屬臆說。此調長而多譌，又其體頗近散文，平仄往往不拘，今以諸詞龢格相近、句法相同者，參校入譜，其餘概不濫登，亦寧過於嚴之意也。

又一體　二百三字　蘇軾

睡起畫堂句銀蒜押簾句珠幕雲垂地韻初雨歇句洗出碧蘿天句正溶溶豆養花天氣叶一霎時豆

風迴芳草句榮光浮動句卷皺銀塘水叶方杏靨勻酥句花鬚吐繡句園林紅翠排比叶見乳燕豆捎蝶過繁枝換平叶忽一綫豆爐香惹游絲叶平晝永人閒句獨立斜陽句晚來情味叶仄　便携將佳麗叶仄乘興深入芳菲裏叶仄撥胡琴語句輕攏慢撚總伶俐叶仄看緊約羅裙句急趨檀板句霓裳入破驚鴻起叶仄正顰月臨眉句醉霞橫臉句歌聲悠揚雲際叶仄任滿頭豆紅雨落花飛叶平漸鳷鵲豆樓西玉蟾低叶平尚徘徊豆未盡懽意叶仄君看今古悠悠句浮幻人間世叶仄這些百歲光陰幾日句三萬六千而已叶仄醉鄉路穩不妨行句但人生豆要適情耳叶仄

此校前詞減三韻，前段第八、九、十句，後段第三、四句，句法亦異。「悠揚」，一作「悠颺」，「颺」字去聲，亦通。　培按：《詞律》引此詞，多沿汲古之譌，今據善本及《蕉雪堂譜》改正。

又一體　二百三字　王安中

世有達人句瀟洒出塵句招飲青霄際韻終始迨句遊覽老山棲換平叶藐千金豆輕脫如屣叶仄彼假容江皐句濫巾雲岳句攖情好爵欺松桂叶仄觀向釋談空句尋真講道句巢由何足相擬叶仄待詔書豆來起便驅馳叶平席次早豆焚裂芰荷衣叶平敲朴喧喧句牒訴匆匆句抗顏自喜叶仄　嗟明

月高霞句石逕幽絕誰回睇叶仄空悵猿驚處句淒涼孤鶴嘹唳叶仄任列壑爭譏句衆峯誚句林慚澗愧移星歲叶仄方浪枻神京句騰裝魏闕句徘徊經過留憩叶仄致草堂豆靈怒蔣侯麾叶平扃岫幌豆驅煙勒新移叶平忍丹崖豆碧嶺重滓叶仄嗚湍聲斷幽谷句逋客歸何計叶仄信知一逐浮榮句便喪所守句身成俗士叶仄伯鸞家有孟光妻叶平豈逡巡豆眷戀名利叶仄

此校蘇詞，減三韻，前段第六、七句，後段第十六、十七、十八句，句法亦異。

又一體　二百二字　辛棄疾

池上主人句人適忘魚句魚適還忘水韻洋洋乎句翠藻青萍裏叶相魚分豆無便於此叶嘗試思句莊周談兩事叶一明豕蝨一羊蟻叶說蟻慕于羶句於蟻棄知叶又說於羊棄意叶甚蝨焚豆于豕獨忘之換平叶却驟說豆于魚為得計叶仄千古遺文句我不知言句以我非子叶仄　噫叶平子固非魚句魚之為計子焉知叶平河水深且廣句風濤萬頃堪依叶平有網罟如雲句鵜鶘成陣句過而留泣計應非叶平其外海茫茫句下有龍伯句飢時一啖千里叶仄更任公豆五十犗為餌叶仄使海上豆人人厭腥味叶仄似鵾鵬豆變化有幾叶仄東游入海句此計宜以命為嬉叶平古來繆算狂圖句五鼎烹死叶仄柏為平地叶仄嗟魚欲事遠遊時叶平請三思豆而行可矣叶仄

此與「為米折腰」詞校，只第五句仄叶，第八句五字，第十一句叶，第十三句仄叶；後段第二句不叶，第三、第五、第八句，俱平叶，第十六句平叶，第十七、八句，作六字一句、四字兩句，異，餘仝。培按：「莊周」句，或是落一字。「五鼎」句偶合，可不叶韻。

又一體　二百三字

辛棄疾

一壑自專句五柳笑人句晚乃歸田里韻問誰知句幾者動之微換平叶望飛鴻豆冥冥天際叶仄論妙理叶仄濁醪正堪長醉叶仄從今自釀躬耕米叶仄嗟美惡難齊句盈虛如代句天耶何必人知叶平試回頭豆五十九年非叶平似夢裏豆歡娛覺來悲叶平夔乃憐蚿句穀亦亡羊句算來何異叶仄　嘻物諱窮時叶平豐狐文豹罪曰皮叶平富貴非吾願句惶惶乎欲何之叶平正萬籟都沉句月明中夜句心彌萬里清如水叶仄却自覺神遊句歸來坐對句依稀淮岸江涘叶仄看一時豆魚鳥忘情喜叶仄會我已豆忘機更忘己叶仄又何曾豆物我相視叶仄非魚濠上遺意叶仄要是吾非子叶仄但教河伯句休慙海若句大小均為水耳叶仄世間喜慍更何其叶平笑先生豆三仕三已叶仄

此校「為米折腰」詞，只第四、第八句俱仄叶，第十二句平叶，後段第三句、第十三、十四、十七句，並仄叶，異，餘悉同。按：辛「蝸角鬥爭」詞，句讀韻腳悉與此同。

又一䪥　二百字　汪莘

近臘清和句故山可過句足下聽余述韻便自往山中句䛖精藍句與僧飯訖叶北涉灞川句明月華映郭句夜登華子岡頭立叶嗟輞水淪漣句與月上下句寒山遠火朦朧換平韻聽林外豆犬類豹聲雄叶平更村落豆誰家鳴夜舂叶平踈鐘相間句獨坐此時句多思往日叶仄　噫句記與君同叶平清流仄逕玉琤琮叶平携手賦佳什叶仄往來蘿月松風叶平只待仲春天句春山可望句山中卉木垂蘿密叶仄見出水輕鯈句點溪白鷺句青皐零露方濕叶仄雉朝飛豆麥隴鳴儔匹叶仄念此去豆非遙莫相失叶仄儻能從我敢相必叶仄天機非子清者句此事非所亟叶仄是中有趣殊深句願子無忽叶仄不能一一叶仄偶因馱蘗附吾書句是山人豆王維摩詰叶仄

此詞平仄各韻，不用三叚叶，又校諸體少三字，存以備格，不条校入譜。

又一䪥　一百六十字　董解元

太皡司春句春工着意句和氣生暘谷韻十里芳菲句儘東風豆絲絲柳搓金縷叶漸次第豆桃紅杏淺句水綠山青句春漲生煙渚叶九十光陰能幾句早鳴鳩呼婦句乳燕攜雛換平叶亂紅滿地任風吹句飛絮濛空有誰主叶仄春色三分句半入池塘句半隨塵土叶仄　滿地榆錢句算來難買春

光住叶仄初夏永豆薰風池館句有藤床豆冰簟紗厨叶平日轉午叶仄脫巾散髮句沉李浮瓜句寶扇搖紈素叶仄着甚消磨永日句有掃愁竹葉句侍寢青奴叶平霎時微雨送新涼句些少金風退殘暑叶仄韶華早豆暗中歸去叶仄

培按：此詞句讀，與前牀大異。按：此詞見《花草粹編》，云無名氏作，用「谷」字起韻，係《中原音韻》，疑是元曲。以培攷之，乃金董解元《西廂記》中曲也，亦注般涉調。本擬刪去，但以宋詞初變為金曲，猶間有不變者存焉，如《記》中《點絳唇》等曲，全與宋詞無異，校元劇只用前半闋者不同。此詞聲響，猶近宋詞，況玉田集中，已用「碧」叶「氣」，知周德清《中原音韻》，宋金已開其先，非始于元人也，其源蓋出於古樂府，如《采蓮曲》，人謂后四句不用叶韻，不知以「北」叶「西」，正《中原音韻》之嚆矢耳。至於《三百篇》，尤多類此，無須覼縷。培愛其琢句清婉，遵《粹編》例錄之，覽者幸毋以詞曲混收為誚。

戚氏 二百十二字 柳永

《樂章集》注中呂調。

晚秋天韻一霎微雨灑庭軒叶檻菊蕭踈句井梧零亂句惹殘煙叶凄然叶望江關叶飛雲黯淡夕陽閒叶當時宋玉悲感句向此臨水與登山叶遠道迢遞句行人淒楚句倦聽隴水潺湲叶正蟬鳴敗葉句蛩響衰草句相應聲喧叶　孤館度日如年叶風露漸變句悄悄至更闌叶長天靜豆絳河清淺句皓月嬋娟叶思緜綿叶夜永對景句那堪屈指句暗想從前叶未名未祿句綺陌紅樓句往往經歲遷延叶　帝里風光好句當年少日句暮宴朝懽叶況有狂朋怪侶句遇當歌豆對酒競留連叶別來迅景如梭句舊游似夢句煙水程何限換仄叶念利名豆憔悴長縈絆叶仄追往事豆空慘愁顏叶平漏箭移豆稍覺輕寒叶平聽嗚咽豆畫角數聲殘叶平對閒牕畔句停燈向曉句抱影無眠叶平

此詞可平可仄，參下丘、蘇二詞。培按：「夜永」十二字，《詞律》點六字兩句，「堪」字注叶，非是。「堪」字閉口，非韻也。「對閑窓畔」，乃上一下三句法，各家皆然，此音律所關，勿誤。

又一體　二百十字　夢游仙　丘處機

夢遊僊韻分明曾過九重天叶浩氣清英句素雲縹緲句貫無邊叶森然叶似朝元叶金童玉女下傳

宣叶當時萬聖齊會句大光明罩紫金蓮叶羣僊謠唱句諸天歡樂句盡皆得意忘言叶流霞汎飲句蟠桃賜宴句次第留連叶　皆秉道德威權叶神通自在句刼刼未能遷叶沖虛妙豆昊天罔極句象帝之先叶透重元叶命駕恍惚神遊句擲火萬里回旋叶四維上下句八表縱横句鸞鶴不用揮鞭叶　應念隨時到句了無障礙句自有根源叶看盡清都絳闕句邁瀛洲豆紫府筆難傳叶瑤臺閬苑花前叶瑞雲掩映句百和香風散換仄叶四時不夜長春暖叶仄處處覺豆閒想曰緣叶平是一點豆程滿功圓叶平混太虛豆浩刼永緜綿叶平任閻浮地句山摧洞府句海變桑田叶平

此調前段第十三句減一字，中段第八、九句俱六字，後段第七句叶，第十句減一字，第十二句七字，與柳、蘇詞異。

又一體　二百十三字　　蘇軾

玉龜山韻東皇靈姥統羣仙叶絳闕岧嶤句翠房深迴句倚霏煙叶幽閒叶志蕭然叶金城千里鏁嬋娟叶當時穆滿巡狩句翠華曾到海西邊叶風露明霽句鯨波極目句勢浮輿蓋方圓叶正迢迢麗日句玄圃清寂句瓊草芊綿叶　爭鮮繡勒香韉叶鸞輅駐蹕句八馬戲芝田叶瑤池近豆畫樓隱隱句翠鳥翩翩叶肆華筵叶間作脃管鳴絃叶宛若帝所鈞天叶稚頭皓齒句綠髮方瞳句圓極恬淡高

妍叶　盡倒瓊壺酒句獻金鼎藥句固大椿年叶縹緲飛瓊妙舞句命雙成豆奏曲醉留連叶雲璈韻響瀉寒泉叶浩謌暢飲句斜月低河漢換仄叶漸綺霞豆天際紅深淺叶仄動歸思豆迴盼塵寰叶平爛漫遊豆玉輦東還叶平杏花風豆數里響鳴鞭叶平望長安路句依稀柳色句翠點春妍叶

此詞中段第七、八句俱六字；後段第六句叶韻，又多一字，校柳詞異。次段第七句，諸本脫「脃」字。

勝州令　二百十五字　鄭意娘

杏花正噴火韻濛濛微雨句曉來初過叶夢囬聽豆乳鶯調舌句紫燕競穿簾幙借叶垂楊影裡句粉墻影出秋千索借叶對媚景豆贏得雙眉鎖叶翠鬟信任嚲叶誰更忺梳掠借叶　追思向日句共箇人豆同攜手句畧無暫時拋躲叶到今似豆海角天涯句無由得見則箇叶番思往事上心句向他誰行訴借叶却會舊懽句淚滴真珠顆叶意中人未睹借叶覺鳳幃冷落借叶　都是俺嗏錯借叶被他閒言伏語啜做叶到此近豆四五千里句為水遠山遙濶借叶當初曾言句盡老更不重婚句却甚鎮日句共人同歡樂借叶傳粉在那裏句肎念人寂寞借叶　終待把豆雲箋細寫句把衷腸豆盡總說破叶問伊怎下得句憐新棄舊句頓乖盟約借叶可憐命掩黃泉句細尋思豆都為他一個叶你忒

殺虧我叶

調見《花草粹編》。此詞用韻太雜，無別首可校，姑存之以備體。

鶯啼序　二百四十字　豐樂樓　吳文英

殘寒正欺病酒句掩沉香繡戶韻燕來晚豆飛入西城句似說春事遲暮叶畫船載豆清明過却句晴煙冉冉吳宮樹叶念羈情遊蕩句隨風化為輕絮叶　十載西湖句傍柳繫馬句趁嬌塵軟霧叶遡紅漸豆招入仙溪句錦兒偷寄幽素叶倚銀屏豆春寬夢窄句斷紅濕豆歌紈金縷叶暝隄空豆輕把斜陽句總還鷗鷺叶　幽蘭旋老句杜若還生句水鄉尚寄旅叶別後訪豆六橋無信句事往花萎句瘞玉埋香句幾番風雨叶長波妒盼句遙山羞黛句漁燈分影春江宿句記當時豆短檝桃根渡叶青樓彷彿句臨分敗壁題詩句淚墨慘淡塵土叶　危亭望極句草色天涯句歎鬢侵半苧叶暗點檢豆離痕歡唾句尚染鮫綃句嚲鳳迷歸句破鸞慵舞叶殷勤待寫句書中長恨句藍霞遼海沉過鴈句漫相思豆彈入哀箏柱叶傷心千里江南句怨曲重招句斷魂在否叶

此調有吳別作及黃在軒、趙文、汪元量諸詞可校。《詞律》註釋太繁，不便觀覽。今另約畧諸家，附注於左。「念羈情」兩句，吳別作云「怕曰循、羅扇恩疎，又生秋意」，七字折腰一句、四字一句，不拘。「斷紅」句，黄獨作「瓊田湧出神仙界」，不折腰，與各家異。「水鄉」句，吳別作云「歎幾縈夢寐」，是上一下四句法，不拘。夢窓「横塘棹穿艷錦」詞，校此只「羈情遊蕩」句叶，「書中長恨」句叶，餘並同。黄公紹「銀雲卷晴縹緲」詞，「藍霞遼海」句叶，餘並仝。趙文「初荷一翻濯雨」詞，校此只「青樓」兩句云「看着破曉耕龍，跨海騎鯨」，六字一句、四字一句，異，餘悉同。培按：「傍柳繫馬」句，雖據汪、趙詞注可平平平仄，然名家多用四仄，宜從之。「歎鬢侵」句，各家同，只黄作「寄語休見猜」，吳別作「正午長漏遲」，似以平叶仄，疑有訛悮。高疎寮「半苧」句只四字。「暗點檢」至「慵舞」四句，高云：「度美曲、造新聲，樂莫樂兮此新知。思美人兮，有花同倚。」句法大異。餘同。録于此，不必從之。

又一體　二百三十六字　汪元量

金陵故都最好句有朱樓迢遞韻嗟倦客豆又此憑高句檻外已少佳致叶更落盡梨花句飛盡楊花句春也成憔悴叶問青山豆三國英雄句六朝奇偉叶　麥甸葵丘句荒臺敗壘叶鹿豖銜枯薺叶

正潮打孤城句寂寞斜陽影裏叶聽樓頭豆哀笳怨角句未把酒豆愁心先醉叶漸夜深豆月滿秦淮句煙籠寒水叶　淒淒慘慘句冷冷清清句燈火渡頭市叶慨商女豆不知興廢叶隔江猶唱庭花句餘音亹亹叶傷心千古句淚痕如洗叶烏衣巷口青蕪路句認依稀豆王謝舊鄰里叶臨春結綺叶可憐紅粉成灰句蕭索白楊風起叶　因思疇昔句鐵索千尋句漫沉江底叶揮羽扇句障西塵句便好角巾私第叶清談到底成何事叶回首新亭句風景今如此叶楚囚對泣何時已叶歎人間豆今古真兒戲叶東風歲歲還來句吹入鍾山句幾重蒼翠叶

此校吴詞減四字，句讀亦多與諸家不同，在此調最為變格。培按：詞中「敗壘」、「興廢」、「結綺」三句，校諸家可不叶，故自來舊譜不注叶韻，然句讀既異，用韻亦不必強同也。

詞榘卷二十六終

「十四五」國家重點圖書

詞譜要籍整理與彙編（第一輯）

朱惠國◎主編　劉尊明◎副主編

詞榘

上册

［清］方成培◎編著　王延鵬　鮑恒◎整理

華東師範大學出版社
·上海·

圖書在版編目（CIP）數據

詞榘/(清) 方成培編著;王延鵬,鮑恒整理. —上海:
華東師範大學出版社,2022
(詞譜要籍整理與彙編)
ISBN 978-7-5760-2933-8

Ⅰ.①詞… Ⅱ.①方… ②王… ③鮑… Ⅲ.①詞律-
研究-中國-清代 Ⅳ.①I207.23

中國版本圖書館 CIP 數據核字(2022)第 108653 號

上海市促進文化創意產業發展財政扶持資金資助出版

詞譜要籍整理與彙編
詞榘

編著者 ［清］方成培
整理者 王延鵬 鮑 恒
責任編輯 時潤民
責任校對 龐 堅
裝幀設計 盧曉紅

出版發行 華東師範大學出版社
社 址 上海市中山北路 3663 號 郵編 200062
網 址 www.ecnupress.com.cn
電 話 021-60821666 行政傳真 021-62572105
客服電話 021-62865537 門市(郵購)電話 021-62869887
地 址 上海市中山北路 3663 號華東師範大學校内先鋒路口
網 店 http://hdsdcbs.tmall.com

印 刷 上海盛隆印務有限公司
開 本 890×1240 32 開
印 張 26.25
插 頁 4
字 數 478 千字
版 次 2022 年 8 月第 1 版
印 次 2022 年 8 月第 1 次
書 號 ISBN 978-7-5760-2933-8
定 價 198.00 元(上、下册)

出版人 王 焰

(如發現本版圖書有印訂質量問題,請寄回本社客服中心調换或電話 021-62865537 聯繫)

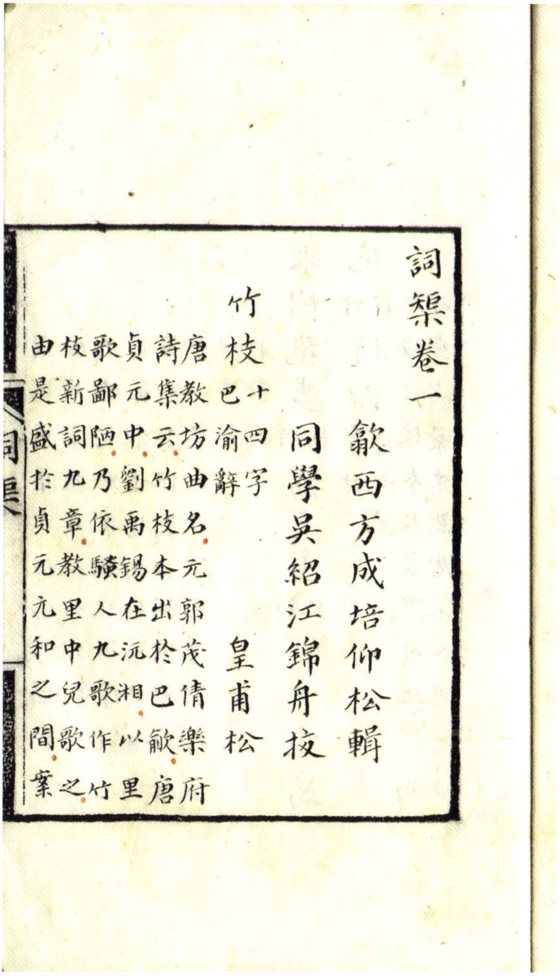
詞架卷一

歙西方成培仰松輯

同學吳紹江錦舟校

竹枝十四字巴渝辭 皇甫松

唐教坊曲名元郭茂倩樂府詩集云竹枝本出於巴歈唐貞元中劉禹錫在沅湘以里歌鄙陋乃依騷人九歌作竹枝新詞九章教里中兒歌之由是盛於貞元元和之間案

《詞架》程本書影

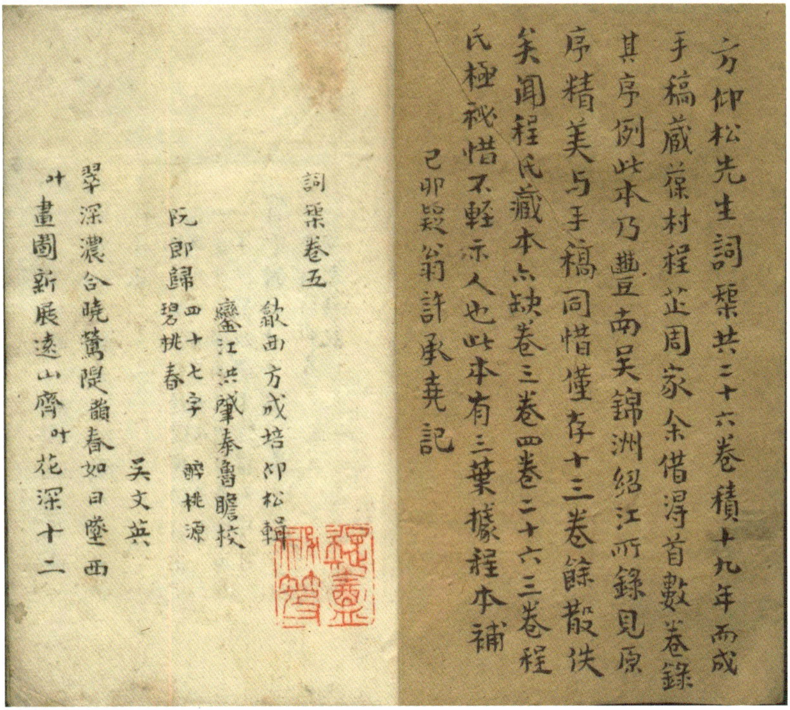

方仰松先生詞槩共二十六卷積十九年而成手稿藏蒨村程竝周家余借得首數卷錄其序例此本乃豐南吳錦洲紹江所錄見原序精美与手稿同惜僅存十三卷餘散佚矣聞程氏藏本亦缺卷三卷四卷二十六三卷程氏極秘惜不輕示人也此本有三葉據程本補
己卯疑翁許承堯記

詞槩卷五
歙西方成培仰松輯
鑾江洪黻肇泰魯瞻校
阮郎歸 四十七字 醉桃源
碧桃春
吴文英
翠深濃合曉鶯隄韻春如日墜西叶畫圖新展遠山齊叶花深十二

《詞槩》吳本卷五前許承堯補記

總序

詞譜，這裏主要指格律譜，産生於明中期，是詞樂失傳後，爲規範詞的創作而逐漸發展起來的一種專門性質的工具書。廣義的詞譜包括音樂譜和格律譜，但就明清詞譜而言，除極少數詞譜，如《自怡軒詞譜》、《碎金詞譜》是從《九宫大成》輯録而成，具有音樂性外，一般都是格律譜。

晚清以來，詞譜研究一直處於較少被關注的邊緣位置，相比詞史與詞論，詞譜研究的成果不多，且研究格局也比較狹窄，可以説，至今缺乏整體性、系統性的研究。晚清民初的詞譜研究大多集中在細部的考察和瑣碎的考訂上，對詞譜文獻尚未有全面的整理和系統的考察。民國時期，學者們多撰文專門探討四聲陰陽及詞人用調等問題，亦有一些學者熱心於增補詞調，至於詞譜的全面系統研究，則依然缺乏。一九四九年後，由於時代原因，詞譜以及與之關係密切的詞調與詞律研究長期受到冷落，直到進入新時期，相關研究才零星逐漸復甦，卻也呈現出十分不均衡的面貌：詞調研究成果相對多一些，但總體上缺乏規劃性；詞律、詞韻等方面的研究成果很少，且多見於語言學等外圍學科；詞譜文獻研究有一些進展，但主要是單個詞譜的研究，成果也比較零散；至於詞譜史的研究，不僅成果少，而且多是以史論方式介紹明清以至民國詞譜著作的編撰過程、詞律研究進程及相關學者的詞律思想主張，並没有觸及問題的實質。因此，明清詞譜的研究總體比較冷寂。

一

進入新世紀，尤其是二〇〇八年前後，明清詞譜研究開始受到重視，相關研究也逐步展開，並取得一些成績。在此過程中，有兩方面的研究推進速度較快，取得的成果也比較突出。

其一，重要詞譜的研究取得明顯進展。明清詞譜的研究起步較晚，但一些重要詞譜因爲影響較大，學術地位重要，吸引了一批學者投入較多精力進行研究，並已取得非常明顯的進展。這在《詩餘圖譜》、《欽定詞譜》、《詞繫》三部重要詞譜的研究方面表現得尤其充分。

《詩餘圖譜》是中國真正意義上的第一個詞譜，地位十分特殊，但以往專門的研究並不多。學術界雖然常常提及該譜，事實上對它的認識還比較模糊，其表現主要有兩方面：一是張冠李戴，將之和賴以邠等人的《填詞圖譜》相混淆，將後者的問題算在前者上；二是没有梳理《詩餘圖譜》版本，分不清初刻本和後續版本的區别，將後續版本中出現的問題誤以爲是張綖《詩餘圖譜》初刻本的。這兩種情況在以往的研究文章和著作中經常會遇到，直到張仲謀在臺灣發現《詩餘圖譜》初刻本，才徹底扭轉了局面。此後《詩餘圖譜》各種版本的發掘和梳理，進一步呈現了該詞譜的真實面貌和流傳過程。可以説，由於文獻資料的突破，《詩餘圖譜》的研究在最近十餘年快速推進，形成的成果也與之前有了質的變化。

《欽定詞譜》由於是「欽定」，在清代幾無討論的可能，更談不上去指謬糾誤，清以後，雖然「欽定」的禁忌不復存在，但由於該譜的「權威性」，也很少有人去留意、審視譜中的問題，部分學者也只是重視詞調補遺工作，而非對原譜本身作研究，因此《欽定詞譜》存在的問題也長期得不到糾正。但最近幾十年情況正在發生變化，陸續有學者關注此譜，將其納入研究範圍，而研究的核心内容，就是對其糾誤匡謬。大致而言，對《欽定詞譜》的研究可以分爲三個階段：第一個階段是一九九七年周玉魁發表《略論〈欽定詞譜〉的幾個問題》一文，開始對該譜進行整體性研究，並且研究的方向也十分明確，就是指出其存在的問題。這種思路事實上對《欽定詞譜》之後的研究路徑有明顯的導向作用。但作者發表此文後，再没見到其後續研究成果。第二階段是新世紀以後，主要是二〇一〇年前後，謝桃坊和蔡國强兩位發表了一系列論文，對《欽定詞譜》的問題作進一步討論，其研究思路與周文大致相近。其中謝桃坊偏重於《欽定詞譜》收録詞調標準的討論，也涉及譜中調名、分體、韻位等方面的具體問題，蔡國强則更偏重於調名、韻脚等具體問題的討論。蔡文的許多觀點之後被集中吸收到其考正著作中。第三階段是二〇一七年蔡國强的《欽定詞譜考正》出版，標誌着《欽定詞譜》的研究進入了一個新的階段。三個階段層層推進，進展較快。《詞繫》是最有價值的明清詞譜之一，但由於戰亂以及編撰者秦巘家道中落等原因，一直没有機會刊刻，外界所知甚少，因此相關的研究也就無從談起。直到上個世紀末，該書稿本被重新發現並整理出版後，學界才開始了對該書的研究。研究工作主要圍繞三個方面進行：首先是整體性介紹，由於該譜是第一次整理，這類介紹是必要的，以便於把握該譜的基本特點；其次是價值發現與詞譜史評價，這對於《詞繫》的深度認識以及詞譜史定位尤其重要；第三是文獻的發現與完善。北京師範大學出版社一九九六年出版了《詞繫》一書，是根據收藏在北京師範大學圖書館的未定稿本整理而成，其間唐圭璋、鄧魁英、劉永泰等先生做出重要貢獻。但是該稿本與夏承燾、龍榆生等先生描述的稿本不同，夏承燾等看到的是更加完善的謄清本，此事一度成爲迷案。此後有學者據《中國古籍善本書目》的著録，在北京大學圖書館發現了珍貴的謄清本，國家圖書館出版社於二〇一四年對其進行複製性出版，收入「中華再造善本續編」。至此，《詞繫》的最終面目得以被公諸於世，便於學者作進一步深入研究。《詞繫》的研究，從零到現在大致成熟，其推進速度也比較快。

其二，研究視野有所拓展，對冷僻的詞譜和海外的詞譜開始有所關注。明清詞譜研究之前主要集中在幾部比較著名的詞譜上，但最近十幾年一個明顯的變化，就是開始對冷僻的詞譜有了一定的關注，並取得初步進展。比較典型的例子是對鈔本《詞學筌蹄》、稿本《詞家玉律》、稿本《詞榘》、鈔本《詞海評林》等詞譜的關注與研究，及對稀見詞譜《牖日譜詞選》、《記紅集》、《三百詞譜》、《詩餘譜纂》、《詩餘協律》、《有真意齋詞譜》、《彈簫館詞譜》等的介紹與初步研究。其中對鈔本《詞學筌蹄》、稿本《詞槩》、稿本《詞家玉律》的研究代表了三種不同的類型。

《詞學筌蹄》以鈔本的形式存在，但在很長一段時間内被視爲一部詞選，較少受到關注。唐圭璋《全宋詞》「引用書目」將此書列爲第五類的「詞譜類」，是非常有識見的判斷，此後蔣哲倫、楊萬里編《唐宋詞書録》，也順着唐先生的思路，將其列爲「詞譜、詞韻類」。至此，該書詞譜的身份大體被確認。此書真正受到關注，進入詞譜研究的視野，是在張仲謀二〇〇五年發表《〈詞學筌蹄〉考論》一文之後。文章對該譜作了比較全面的介紹與討論，進一步論證其詞譜性質，以爲是中國現存最早的詞譜。但總體來看，作爲中國最早的詞譜，或者説詞譜的雛形，其産生的過程、背後的深層原因及詞譜學意義等問題，仍有待作進一步深入研究。

《詞槩》的編撰者方成培是有很高造詣的詞學家，其《香研居詞麈》一書向爲學界稱道，但同爲其重要詞學著作的《詞槩》卻未曾刊刻，也久未見著録，只在民國時期《歙縣志》等地方文獻上稍有提及。加上此書稿本長期保存在安徽省博物館，鮮爲人知。直到二〇〇七年鮑恒在《文學遺産》上發表文章介紹《詞槩》的兩個不同稿本，該書才進入學者的研究視野。作者在撰文的同時，還聯合王延鵬開始整理《詞槩》，在文獻比對、字迹辨識等基礎性工作上花費了大量心血。《詞槩》稿本的整理與出版，將對中國明清詞譜史的研究産生重要影響。

《詞家玉律》的情況則有所不同,編撰者王一元並非名家,書稿也只是保存在其家鄉的無錫圖書館,因此幾無人知。二〇一〇年,顔慶餘撰文介紹該稿本,這部詞譜才進入研究者的視野。但此稿的價值究竟如何,是否有整理的必要?仍需作進一步的考察與研究。總體來講,最近十來年,一些之前少有人關注的珍稀詞譜開始受到重視,並被不斷發掘與介紹,這對明清詞譜史的研究具有重要意義。就我們所知,此類詞譜有一定數量,該方面的研究工作將會持續一段時間。

最近十幾年,學者們對域外詞譜也開始加以關注。由於歷史原因,中國周邊的日本、朝鮮半島、越南三個地區在古代均採用漢字書寫系統,漢文詩詞創作十分普遍。詞譜作爲漢詞創作的工具書,也較早流傳到了這些國家。以往的詞譜研究對留存域外的明清詞譜關注不多,對域外國家本土編製的詞譜更是所知甚少。這種情況目前已有所改變,不少學者開始將目光投向域外,並嘗試將域外主要是日本的詞譜納入研究範圍。此方面的研究工作起步不久,大致可以分爲三個方面。第一,是研究流傳到域外的明清詞譜。如上所述,明清時期有不少詞譜流入域外,這些詞譜大部分都能在國内找到相同版本,但也有一些比較特殊的鈔本或批本,是國内所没有的,具有較高的文獻價值。對此已有一些學者開始關注並展開實際研究工作,如江合友《關於張綖〈詩餘圖譜〉的日藏抄本》,詳細介紹了《詩餘圖譜》的兩種日藏抄本;又如日本詞學家萩原正樹《關於〈欽定詞譜〉兩種内府刻本的異同》對日本京都大學一九八三年影印「京都大學漢籍善本」中的一種《欽定詞譜》底本作了介紹,並將其與中國書店一九七九年影印本作了詳細比對與析論。第二，是對域外國家本土編製詞譜的關注與研究。域外國家本土編製的詞譜一般是以中國傳過去的詞譜爲母本，在此基礎上作一些本土化改造。這些詞譜在彼處取得成功，有的甚至還返流回中國，受到中國詞人的喜愛，如日本田能村孝憲編的《填詞圖譜》。目前學界對這些詞譜也有所關注，如江合友《田能村孝憲〈填詞圖譜〉探析——兼及明清詞譜對日本填詞之影響》，朱惠國《古代詞樂、詞譜與域外詞的創作關聯》也涉及這一問題。其三是對域外詞譜學研究的關注，如日本學者萩原正樹近年研究森川竹磎的《詞律大成》，撰有《森川竹磎〈詞律大成〉原文與解題》，該書在整理《詞律大成》的同時，另附《森川竹磎略年譜》和《〈詞律大成〉解題》於書後，頗具資料價值。萩原正樹的著作代表了日本詞譜學的一些特點與最新進展，已引起國内詞學界的注意，有關的資料收集與評價也正在進行。從這三方面的研究看，明清詞譜研究的視野有了明顯的拓展，已進入了一個新的階段。

二

毫無疑問，近十幾年明清詞譜研究的進展是明顯的，但我們也清醒地看到，晚清以來，詞譜研究在詞學研究大格局中所占的比重偏小，積累不够，加上新時期成長起來的新一代學者普遍對詞調、詞律有陌生感，因此目前的明清詞譜研究總體上還存在基礎薄弱、人員短缺等問題。除此之外，研究工作本身也存在一些不足。這些不足主要有以下幾個方面。

一是基礎性、整體性的文獻研究缺乏。詞譜文獻學是目前明清詞譜研究中相對成熟的一部分，取得的成果也比較多，但問題是這些研究比較零散，不成系統。迄今爲止，學界對明清詞譜的整體情況還比較模糊，比如從明中葉《詞學筌蹄》產生以來，總共有過多少詞譜，其中存世的詞譜有多少，有哪些類型，收藏在什麽地方，保存情況如何？這些目前都是未知的，换句話説，時至今日，我們還未系統地摸過明清詞譜的家底。進一步看，這些詞譜各自有哪些編撰特點，作者的背景怎樣，當時是否被廣泛接受與普遍使用，實際評價又如何？對這些方面的研究工作雖然已有了一部分，但涉及的只是部分詞譜。因此説，詞譜文獻的基礎性研究還比較薄弱，很需要在調查研究的基礎上，編出一份相對齊全的明清詞譜收藏目録，如果在目録的基礎上，能撰寫系統性的明清詞譜敘録，或能反映明清詞譜總體情況的學術著作，就更好了。至於對明清詞譜的整理，目前主要集中在幾部著名的詞譜上，如《欽定詞譜》、《詞繫》、《碎金詞譜》等，一些在明清詞譜史上有重要地位的詞譜，如《填詞圖譜》、《嘯餘譜·詩餘譜》等，至今還没有被整理過，可見詞譜文獻研究雖然已取得一些進展，但依然缺乏大規模、集成性的研究成果。

二是大部分研究仍停留在淺層次的階段，没有深入到詞譜本身的内容中去。目前的明清詞譜研究雖然涉及到了詞譜的編製方式、文獻來源，以及與之關係密切的詞調、詞律、詞韻等多個方面，成果數量也已經有了一定的累積，但這些研究大部分停留在表面，缺少對實質性內容的深入思考。如大部分論著多集中在詞譜的作者、版本，以及編纂背景、標注符號、編排方法等外部要素上，而對於最能反映詞譜學本質的句式、律理、分體等問題的探討卻不是很多，即使有一些涉及明清詞譜修訂的論文觸及了詞律問題，也多是專攻一隅，未能系統而全面。換句話説，目前的研究大部分還是在外圍，並没有深入詞譜的實質。事實上，詞譜作爲一種專門工具書，是明清人在詞樂失傳後，爲規範並方便詞的創作而發明的，編譜者所依據的文獻以及對詞調的體認程度無疑會影響到詞譜質量的高下。我們現在能看到的文獻比明清人要全，因此在總結前人研究成果的基礎上，對主要的詞譜進行細致分析，討論其譜式的準確性和合理性，應該是明清詞譜研究的主要内容。此外，除了個别的早期詞譜，絕大多數明清詞譜都不是憑空產生的，編寫者或多或少地借鑒了前人的詞譜，既有繼承，也有發展，因此梳理這些詞譜之間的内在關係，看看後者在前者的基礎上解決了什麼問題，還留下什麼問題，由此分析明清詞譜發展演化的過程與規律，也應該是明清詞譜研究的一項重要内容。而從明清詞譜研究的現狀看，此類研究目前還比較少見，這無疑是一個比較明顯的缺憾。

三是對明清詞譜的學術價值和詞學史地位普遍認識不足。已有的明清詞譜研究大部分是從形式的角度入手，將詞譜視爲技術層面的工具，很少從詞學發展的層面深入探討其歷史地位，也很少從詞譜編製與創作互動的關係來考察其學術價值。對一些深層次問題，如明清詞譜產生的根本原因，詞譜發展的内在動因和規律，詞譜在清詞中興過程中的實際作用等，很少有專門的討論。比如我們在談到詞譜的產生時，較多關注到《詞學筌蹄》和《草堂詩餘》的關係，關注詞譜中標注符號的來源等，至於爲什麼會在這個時候形成這部製作粗糙卻又具有里程碑意義的詞譜，則目前還少有人去考量，而這個問題非常關鍵，是涉及到詞體能否生存、能否繼續發展的重大問題。又如我們現在討論清詞的中興，總結了很多因素，固然都有道理，而清詞的中興和詞譜的發達又有没有關係？這其中的綫索，也較少有人去作深入思考。可見在目前的詞譜研究中，理論的研究和思考還没有跟上去。這些都需要在今後的研究中加以改進，以對詞譜的學術價值有一個更加全面、深入的考量。

四是重要詞譜的校訂工作没有得到應有的重視。以《詞律》、《欽定詞譜》爲代表的明清詞譜從產生之日起，一直是詞創作的重要依據，將來無疑也會如此，因此詞譜的正確與完善對詞的創作至關重要。但如上所述，明清時期由於製譜者在文獻方面的不足和認識上的局限，導致這些詞譜在平仄、句式、韻律、分段等諸方面，都或多或少地存在一些瑕疵以及錯誤，即使明清詞譜中最著名、最權威、最流行的《欽定詞譜》和《詞律》，即通常所説的「譜」、「律」，也存在不少問題。《詞律》的問題在清代已經有學者指出過；《欽定詞譜》由於是「欽定」，在清代無法展開討論，近年雖有學者陸續指出其中存在的各式問題，但是這些工作總體來説比較分散，且没有從詞譜的系統性校訂、完善這一層面來展開，因此對普通的詞譜使用者而言，詞譜中的這些問題和錯誤一直存在，並在不斷地誤導詞的創作。問題的嚴重性還在於，幾乎極少有人想到詞譜有錯誤，更没有想到要去校訂明清詞譜，使之更加準確和完善。很少有一種工具書會像詞譜一樣，幾百年來一直不被加以校訂卻持續爲創作提供依據。即便是詞譜中由於文獻不足，僅依據殘詞製成之譜，如《欽定詞譜》中署名張孝祥的《錦園春》四十一字體，也至今依然被視爲創作的圭臬。因此對明清詞譜中影響最大，至今使用最廣泛的詞譜，如《詞律》、《欽定詞譜》等，在前人研究的基礎上，作一次系統、徹底的校訂，使之更加準確，是完全有必要，也有可能的一項工作，這不僅是明清詞譜研究的重大突破，也是一項功在當代，利在長遠的重大文化工程。

最後是明清詞譜研究缺少規劃，没有系統性。以上四方面問題之所以產生，非常重要的一個原因，就是現有的明清詞譜研究缺少總體規劃，没有系統性。如對明清詞譜基礎性文獻大規模的搜集與著録，對詞譜要籍如《詩餘圖譜》、《嘯餘譜・詩餘譜》、《填詞圖譜》、《詞榘》、《詞繫》等的大規模整理與研究，對重要詞譜如《詞律》、《欽定詞譜》的研究與校訂等，都需要有一定的規劃與統籌，調動相應的人力和資金支持。而現有的研究主要基於學者的個人興趣來展開，因此上述大規模的研究計劃就難以得到實施。

三

目前明清詞譜研究雖有許多工作要做，但其中最爲迫切的是基礎性文獻的整理與研究，只有掌握了明清詞譜的基礎文獻，才能對其基本特點、編製原理、演化軌跡、發展動因和詞學史地位、學術價值等作出準確、詳細、符合歷史事實的描述與闡釋。基礎性文獻的整理與研究主要包括兩個方面：一是對明清詞譜的存世情況進行全面排查與記録，二是在此基礎上選擇一些重要的明清詞譜進行有計劃的整理與研究。「詞譜要籍整理與彙編」叢書就是基於後一點而編撰的一套明清詞譜整理本。

本套叢書，我們計劃挑選二十部左右學術價值較高的明清詞譜進行整理與初步研究，挑選的原則主要考慮四個方面，即代表性、學術性、重要性和珍稀性。

所謂代表性，主要是指挑選的詞譜在譜式體例、時代分佈等方面均有一定代表性。詞譜的種類較多，從大的方面區分，可以分爲圖譜和文字譜，但同是圖譜，在標示符號和標示方式上也有不少差異，如黑白圈、方形框等，在圖和例詞的安排上，有的兩者分開，有的則合二爲一。至於文字譜，在譜式設計上也有不少差異，如有的與工尺合譜，有的則設計出獨特的文字表示不同的句式或體式。這些譜式不可能全部兼顧，但一些有代表性的譜式均在本叢書的考慮之内。時代的代表性，主要是兼顧不同時期編撰的詞譜。明清詞譜產生於明中葉，但在時段的分佈上並不均衡，有的時期如康熙、乾隆朝編撰的詞譜比較多，有的時期如雍正、嘉慶朝就少，除了詞譜本身發展原因外，與該時期的時間長短有關，但作爲一部叢書，還是要儘量兼顧各個歷史時期，以展示不同時期詞譜的特色。

學術性主要是關注詞譜本身的學術含量。詞譜是一種填詞專用工具書，同時也是詞調、詞律、詞韻研究成果的重要載體，體現出編譜者的學術水平和創新程度。作爲一套詞譜要籍整理叢書，詞譜的學術性是入選的一個重要標準。如張綖的《詩餘圖譜》是中國第一個真正意義上的詞譜，奠定了明清詞譜的編譜思路和基本體例，其學術性和創新性不容置疑；又如徐師曾《文體明辨·詩餘》「直以平仄作譜」，是第一個「去圖著譜」的詞譜，也是第一個明確有「分體」意識，調下以「各體別之」的詞譜。這些詞譜有較高的學術性，並在明清詞譜發展過程中具有重要作用，是我們重點予以整理與研究的。詞譜的重要性一般和其學術性相關，但也不能一概而論，有的詞譜儘管並不完美，卻由於各種原因，實際影響力比較大。比如程明善的《嘯餘譜·詩餘譜》，現在研究者普遍認爲是承襲了徐師曾《文體明辨·詩餘》，並非自己獨立創作，而且本身還存在多種問題，但該譜在明清之際非常流行，萬樹甚至以「通行天壤」來形容，實際影響非常之大。又如查繼超等《塡詞圖譜》，萬樹以爲「圖則葫蘆張本，譜則矇捧《嘯餘》，持議或偏，參稽太略」，但作爲《詞學全書》的一種，在清初也十分流行，同樣具有重要影響。這些詞譜也是我們重點關注與進行整理的。另外，稀缺性也是我們重點考慮的一個因素。歷史上不少詞譜由於種種原因没有刊刻，一直以稿本或鈔本的形態保存在圖書館或博物館，這些詞譜除了學術價值，還有比較高的文獻價值，如方成培《詞榘》、毛晉《詞海評林》等。對這些詞譜的整理和研究，一定程度上還具有保存文獻的意義。其他稀見詞譜，如李文林《詩餘協律》、呂德本《詞學辨體式》等，雖是刻本，但由於存世數量有限，流傳不廣，也有整理、研究的必要。

綜合上述四方面的考慮，我們初步擬定需整理的詞譜要籍如下：

明代詞譜六種：張綖《詩餘圖譜》（附毛晉輯《詩餘圖譜補略》）、萬惟檀《詩餘圖譜》、顧長發《詩餘圖譜》、徐師曾《文體明辨・詩餘》、程明善《嘯餘譜・詩餘譜》、毛晉《詞海評林》。

清代詞譜十五種：吴綺《選聲集》並吴綺等《記紅集》、賴以邠等《填詞圖譜》、葉申薌《天籟軒詞譜》、孫致彌《詞鵠》、鄭元慶《三百詞譜》、李文林《詩餘協律》、許寶善《自怡軒詞譜》、方成培《詞榘》、禮思鵬《詞調萃雅》、郭鞏《詩餘譜式》、呂德本《詞學辨體式》、朱燮《朱歈山千金譜・詩餘譜》、舒夢蘭《白香詞譜》、錢裕《有真意齋詞譜》。

至於萬樹《詞律》、王奕清等《欽定詞譜》、秦巘《詞繫》這三部大譜，因有專門的研究與考訂計劃，故不置於本套從書中。而《碎金詞譜》偏重音樂性，且已有劉崇德先生整理並譯成現代樂譜，故也不列入整理名單。此外，隨研究深入並根據需要，以上書目也可能調整。

每一種詞譜的整理一般包括兩個方面：文獻整理和基礎研究。文獻整理遵循古籍整理的一般方法，並根據詞譜的特點作相應調整，主要包括有：底本選擇、校勘、標點、附録等。基礎研究主要對編撰者的生平行實、詞學活動進行考證，及對詞譜的編撰過程、基本特點、使用情况、版本與流傳等方面進行闡述，最後用「前言」的形式體現出來。

本叢書以「詞譜要籍整理與彙編」的總名出版。二十餘種詞譜以統一的體例，按時代先後爲序，採用繁體直排的形式，各自成冊。原則上，每一種均包括書影、前言、凡例、正文、附録五個部分。附録主要收録詞譜編撰者的生平傳記資料以及該譜其他版本的序跋、題辭等資料，但不包括後人的研究文章。此項視每種詞譜的具體情況而定，不作强求。

由於本叢書是第一次具規模性地整理詞譜文獻，參與者缺少經驗，加之時間與精力問題，難免會存在各種問題，在此敬祈海内外方家、讀者不吝指正。

朱惠國

二〇二一年三月於上海

詞槩目次

詞榘卷二……四四

詞檕卷七 一四七

詞檕卷八 一八一

詞榘卷九

詞榘卷十……二四六

詞榘卷十二……三一一

詞槩卷十四

詞槩卷十六……四三五

詞榘卷十七……四六七

詞榘卷十九……五三〇

詞槩卷二十

詞綮卷二十一……五九四

詞槩卷二十三……六五五

詞榘卷二十四

詞綦卷二十五……七〇五

詞榘卷二十六……七四四

前言

一、作者之生平與學術

方成培（一七三一——一七八九），字仰松，號岫雲，徽州橫山（今安徽歙縣）人，為清代乾隆年間徽州著名學者和卓有成就的藝術家。方成培生於雍正九年（一七三一），幼年沉默穎慧，但因體弱多病，遂不仕舉業，閉戶讀書習醫，博覽諸子百家之言，修習道家養生之法。據汪启淑《方後巖傳》记載：「性沉默穎慧，髫齡即能文，體弱善病，日在藥間。父兄規其毋刻苦力學，遂閉戶習道家熊伸禽戲導引之術，越十餘年，疾始瘥。恥赴童子試，專肆情於詩古文，尤嗜長短句。」方成培終身不仕，以布衣終老，成年後曾遊歷杭州、揚州等地。方成培與同邑周暟為姻婭，最為親厚，並與徽歙名士程瑤田、曹文埴、汪啟淑等人關係密切，多有往還。在揚州期間，與客居維揚的歙縣徽商徐士業、江春等人亦有交往。晚年曾寓於漢皋（今湖北漢口），曾擬與周暟同刊其詞稿。然未及《布衣詞合稿》刊印，即於乾隆五十四年（一七八九）病逝，享年五十八歲。

方成培所學甚博，涉略頗廣，在詞曲、藝術、醫學等方面均有深入研究，多有建樹，著有《聽奕軒小稿》、《雷峰塔傳奇》、《雙泉記》、《香研居詞麈》及《詞榘》等多種，並曾與鄭梅澗、鄭樞扶父子一同編訂《重樓玉鑰》等醫書，但其著述多有散佚。目前其僅存著述中，在揚州期間創作之《雷峰塔傳奇》最為著名，影响亦最大，故學界多以戲劇家名之。然則其於詞曲之學更為關注，成就亦更高。特別是因其精通音樂，自可操琴，有着切身的音樂體驗，故能考證律呂，於詞曲聲律多有發現、發明。其所撰《香研居詞麈》因「考之經史以導其源，博覽百家之言以達其流」，而得到程瑤田等當世著名學者的推崇與讚許。在《香研居詞麈》中，方成培多論及詞曲宫調之理，並對沈璟、萬樹等詞曲名家不識音律有所批評。他指出：「宋詞、元曲，雖相承註有宫調，而自有明以來，尠有通其理者。朱子嘗曰：『今士大夫問以五音十二律，無能曉者。』又言：『「樂云樂云，鐘鼓云乎哉！」今人鐘鼓已自不識。』宋時且然，況乎近世乎？如萬紅友《詞律》，疑仙宫即道宫，九宫各譜總論引騷隱居士之説，不識有黄鐘宫，何以又有正宫、夾鐘、姑洗、無射、應鐘為羽，何以又有羽調。夷則為商，何以又有商調，其於旋宫之理茫然如此。沈詞隱最號精專，亦莫明其所以然也。」《香研居詞麈》一書中對詞曲樂理之「所以然」進行了較為詳細地闡釋，啟人深思，影響廣泛，已成為清代詞樂研究中不可或缺的重要組成部分。而作為方成培極為珍視的《詞榘》則因未曾刊刻，而知之者甚少，然其對清代詞學乃至整個詞學史上的貢獻尤不可被忽略。

二、《詞築》稿本之著録

方成培《詞築》雖成書於清代中葉，但只以稿鈔本傳世，故自清以降，各種書目及詞學著述中幾乎都未提及，殊多遺憾。

對《詞築》稿本最早予以著録的當推一九三七年刊行的《歙縣志》。《歙縣志》卷十四《人物志·文苑傳》記載：「（方成培）又匯諸家詞曲，考訂格律，為書二十六卷，名曰《詞築》，凡三易稿。……成培所撰《詞築》手寫本，今尚存其半。」據此記録，可知當時所見《詞築》僅存一半（即十三卷），但於具體内容未加詳述，也未交代僅存其半的稿本之來源與藏存之處。

其後，成書於一九四六年的《歙事閒譚》對《詞築》稿本情況作了較為具體的記敘，其卷二十七云：

> 方仰松（成培）於《詞麈》外，復著有《詞築》一書，頃於豐南得精寫袖珍本，卷五至卷八、卷十一至卷十六、卷二十三至卷二十五，共七冊，餘均缺失。每卷首書「古歙方成培仰松輯、同學吴紹江錦舟校」。援據甚博，核譜極精，時糾正萬紅友之誤，惜不得見其全矣。細玩此本似寫以待刊者，未知有刻本否？以余所藏仰松手書《詩箋》較之，筆致無二，乃可確定為仰松手書，尤可寶也。（黄山書社二〇〇一年版，第九六四頁）

其中首次交代了稿本的來源、版本情況、具體卷數以及基本内容，還有簡單的評價，可視為該書較為完整的書目提要。同時，我們也可借此知悉《詞榘》稿本已由《歙事閒譚》之作者所收藏。

值得注意的是，《歙縣志》與《歙事閒譚》的作者均為近代徽州學者許承堯，故其關於《詞榘》一書最早記載雖為兩處，其實則出一源。許承堯（一八七四—一九四六），曾單名芚，字際唐，一字芚公，號疑庵，安徽歙縣人，近代著名詩人、方志學家、書法家、文物鑒賞家。他於一九三三年主持重修《歙縣志》，約三年修編完成，於一九三七年出版。許承堯在主纂《歙縣志》之餘，還廣事搜討，延續十餘年，完成《歙事閒譚》一書。從某種意義上説，《歙事閒譚》可視為《歙縣志》的續篇。《歙縣志》修於前，所記《詞榘》一書較為簡單，《歙事閒譚》繼之後，所考則較為詳細，足見作者在完成《歙縣志》後對《詞榘》的稿本進行了專門的搜集和整理工作。不過《歙事閒譚》雖成書於一九四六年，但當時並未出版，只是稿本，直到二〇〇一年才由黄山書社出版。

一九六一年，安徽省圖書館編輯的《安徽文獻書目》由安徽人民出版社出版，其中對《詞榘》作了著録：「方仰松《詞榘》存十三卷稿本七册（安博）」（第八七頁）。其中所記卷數、册數與《歙事閒譚》同，更重要的是提供了稿本藏於安徽省博物館這一重要信息。因許承堯一九四六年去世後，其藏書部分存於安徽省博物館，故安徽省博物館所藏《詞榘》稿本其實正是許氏原藏書。

三、《詞榘》稿本之現狀

方仰松《詞榘》稿本現確藏於安徽省博物館，共有兩種稿鈔本，現分述如下。

一為吴本，索書號為八〇五二。此本長為一四五毫米，寬為一〇〇毫米，外封為咖啡色，然殘缺較多，僅存七本，其中卷五、卷六為一册，卷七、卷八為一册，卷十一、卷十二為一册，卷十三、卷十四為一册，卷十五、卷十六為一册，卷二十三、卷二十四為一册，卷二十五為一册，計有七册，共十三卷，卷五封内有許承堯手寫《詞榘》題記，云：「方仰松先生《詞榘》二十六卷，積十九年而成，手稿藏葆村程芷周家。余借得首數卷，録其序例。此本乃豐南吴錦洲紹江所録，見原序，精美與手稿同。惜僅存十三卷，餘散佚矣。聞程氏藏本亦缺卷三、卷四、卷二十六三卷。程氏極秘惜，不輕示人也。此本有三頁據程本補。己卯疑翁許承堯記。」

許承堯認為此本為吴錦舟（洲）謄抄本，故我們姑且稱之為吴本。據許氏題記所記時間為「己卯年」即一九三九年，故知此本當是許氏著《歙縣志》時所收集，其與《歙縣志》中記載《詞榘》稿本情況亦基本吻合。

值得注意的是，現存吴本又與《歙事閒譚》中所記《詞榘》稿本相同。從時間上看，許承堯《歙事閒譚》完稿於一九四六年，吴本記於一九三九年，可見《歙事閒譚》寫於後，而吴本得於前。那麼，許氏在《歙事閒譚》中曾考定為方成培手書之稿本與現存之吴本究竟為何種關係反倒成為一個難以破解的難題。如果説，兩本原爲一體，但現存吳本許承堯又於題記和夾條中明確指出爲吳錦舟謄抄本，並言「見原序，精美與手稿同」，又明確指出方氏手稿另藏葆村程家，那現存吳本則顯然不是方氏手稿。而《歙事閒譚》所記豐南袖珍精寫本，許承堯又考之爲方成培手稿本，且言之鑿鑿，不容置疑。若言兩本非爲一本，那麼，何以兩本所存册數、卷數以及序目完全一致。《歙事閒譚》許氏有「每卷首書『古歙方成培仰松輯，同學吳紹江錦舟校』」之語，而現存吳本除卷五爲「歙西方成培仰松輯，鑾江洪肇泰魯瞻校」、卷十一爲「歙西方成培仰松輯，同學潘應椿訪泉校」外，餘皆爲吳錦舟校，而卷五開篇和卷十一首兩頁原爲缺頁，是許承堯後據另本補抄而成，完全可能是許承堯改動的結果，其實與原本是一致的。如此矛盾之處，尚待進一步考證。根據許承堯記述方成培作《詞榘》「三易其稿」的情況，我們推測或許還有一個更原始的方氏手稿殘本存在。

二爲程本，索書號爲一四五〇一（原館藏號爲〇〇〇三六）。此本爲袖珍小楷手抄本，長爲一四五毫米，寬爲一〇〇毫米，大小同吳本，只是封皮顏色不同，爲深藍色，封面上亦未標卷目。此本現存十三册二十四卷，僅缺第二册三、四兩卷。前二十四卷，每兩卷爲一册，二十五、二十六兩卷分別各爲一册，共十四册二十六卷。此書間有夾條，其内容或爲補白，或爲調整目次，全書雖無序跋，亦無凡例，但抄録精細，書頁乾淨，根據書中補白常有「此調刻時增入」之語，可見此本顯然是方氏爲出版而親手抄録的最後定稿本。據許承堯吳本題記，知此本原藏歙縣葆村程芷周家，原缺第三、四和二十六這三卷，但目前所存之版本有第二十六卷，僅缺第三、四兩卷，是目前所見最為完整的稿本。因此本為程氏家藏本，姑稱之為程本。《安徽文獻書目》和《皖人書錄》均著錄安徽省博物館藏《詞渠》稿本為十三卷，可能僅據吳本著錄，而未知尚有程本之故。從其來源考之，安徽省博物館之吳本當出自許承堯藏書，而程本來源則未得知。我们推測，程本可能也是由許承堯收藏。據《歙縣志》和《歙事閒譚》所記，可知許氏先得吳本，並曾從程家借程本校訂吳本，其後收藏，也是自然。至於許承堯何以從程家收得程本，其時間與過程現已無從考訂。可以肯定的是，許氏在寫完《歙縣志》後，即對《詞渠》一書進行了專門的收集與整理，故《詞渠》一書今天仍得以幸存，實賴許氏之力。

現存《詞渠》程本與吳本因卷數殘缺難以作精細比較，就相同卷數而言，兩本大體無別，若細考之，略有不同，要者有二。

一為抄寫與校訂者不同。吳本為吳錦舟謄錄，其校訂者亦為吳錦舟一人。程本則為方成培親筆手書，而校訂者除卷一為吳錦舟外，餘卷校訂者尚有吳士岐、洪肇泰、汪宗澠、徐德達、石昌鎬、吳珏、汪啟淑、潘應椿、黄占泰、吳寧、鄭宏綱、汪懷略、胡庚善、方成塤、方成堂等人，這些校訂者多為方成培的同學、同里和親戚。從其版面來看，吳本中多有墨筆點校處，而程本中較少。總體看來，時間上，吳本在先，而程本應當是方成培最後之定稿本。

二則從具體内容上看，程本較吳本有所增刪。總的趨勢是增加，刪者甚少。就增加情況而言，主要有三個方面：

（一）詞調增加，程本詞調明顯多於吳本，如卷五吳本無《惜春郎》、《雙韻子》兩調，卷七程本較吳本又增《菊花新》、《恨來遲》、《夢仙郎》、《畫眉序》四調等。

（二）同調之異體增加，如卷五《賀聖朝》程本較吳本增黃庭堅詞為又一體，此類情況較為普遍。

（三）校語增加，又有兩種情況，一種吳本原無校語，程本新加，如卷五《賀聖朝》有杜安世又一體，吳本未出校語，程本則補「後結用四字三句，異」。一種吳本原有校語，程本則更為詳盡，還以卷五《賀聖朝》為例，吳本校語：「黃山谷一首，前結多一仄字領起，作五字句。後段第三句只四字。餘同，注明不錄。」程本則為：「此校馮詞，前段第三四句，減一字作七字一句，後段第四五句，減一字作七字一句。後結添一字作五字一句，異。」程本校語明顯比吳本具體。

除此尚有詞調目次順序調整等。

可見，程本是在吳本的基礎上做了進一步的補充與完善，這也恰好證明了程本是最後的定稿本。

四、《詞榘》稿本之特色

方成培《詞榘》雖為未刊之稿本，但該書特色鮮明，其中對於詞體音樂性的重視與闡揚最值得關注。方成培《詞榘》對詞體音樂性的關注與重視主要表現在以下三個方面。

（一）在詞調來源上，儘可能標注詞調所屬宫調。與一般詞譜只標註平仄韻叶不同，方成培《詞榘》一書在廣泛參考各種樂律資料基礎上，儘可能搜羅考辨每一詞調的所屬宫調。僅以程本第十三卷為例略加説明，第十三卷共有詞調三十六調，其中標註所屬宫調的共有十四調，約占近一半，兹録如下：

《隔簾聽》　唐教坊曲名。《樂章集》註林鐘宫調。

《瑞雲濃》　蔣氏《九宫譜》入黄鐘宫。

《婆羅門引》　按：唐《教坊記》有婆羅門小曲。《宋史·樂志》有婆羅門舞隊。《樂苑》曰：「婆羅門，商調曲也。開元中，西涼節度楊敬述進。」《理道要訣》云：「天寶十三載，改婆羅門為霓裳羽衣，屬黄鐘商。」宋詞調名，蓋出於此。

《婆羅門令》　《樂章集》注夾鐘商，與《婆羅門引》不同。

《御街行》　《樂章集》注夾鐘商。

《祝英臺近》　《高拭詞》注越調。

《金人捧露盤》　金詞注越調。

《夢還京》　《樂章集》注大石調。

《小鎮西》　《樂章集》注僊呂調。

《小鎮西犯》　《樂章集》注仙呂調。

《快活年近拍》　金詞注黄鐘宫。《太和正音譜》注屬雙調。

《紅林擒近》　蔣氏《十三調》注屬雙調。

《過澗歇》　《樂章集》注中吕調。

《安公子》　唐教坊曲名。《碧雞漫志》云：「據《理道要訣》，唐時，《安公子》在太簇角，今已不傳。其見於世，中吕調有《安公子近》，般涉調有《安公子慢》。」按：柳永「長川波瀲灩」詞，自注中吕調；「遠岍收殘雨」詞，自注般涉調。培按：蔣氏《十三調》譜收柳永「長川波瀲灩」詞，又注正宫，悮也。

在廣泛閲覽柳永《樂章集》、蔣孝《舊編南九宫譜》等文獻的基礎上，方成培儘可能地搜羅考辨各詞調所屬宫調。由於詞樂資料不易保存，所以上述文獻中的記載也未必均完美無誤，但至少説明方成培在可考釋詞調宫調上所作出的努力，也為我們了解詞調的音樂屬性提供了重要參考。

（二）在按語批注中，重視徵引音樂類的文獻資料。除了注重考釋詞調所屬宫調以外，方成培還廣泛徵引各類音樂文獻資料來對詞調之含義及與音樂之關係加以説明。如《法曲獻仙音》一調，方成培徵引陳暘《樂書》等資料説明該調名之由來：

陳暘《樂書》云：「法曲興於唐，其殽始出清商部，比正律差四律，有鐃鈸鐘磬之音，《獻仙音》

其一也。」又云：「聖朝法曲，樂器有琵琶、五絃箏、箜篌、笙笛、觱篥、方響、拍板。其曲所存，不過道調《望瀛》，小石《獻仙音》而已，其餘皆不復見矣。」

在這裡，方成培詳細地闡釋了《法曲獻仙音》產生的來源，指出法曲出於清商部，而目前所存之法曲僅有小石《獻仙音》而已，所以《法曲獻仙音》這一詞調名稱本身即說明其與音樂關係密切。而他在分析《惜奴嬌》一調時也注意徵引《高麗史·樂志》等資料來加以說明：

此已下三詞，皆見《高麗史·樂志》。宋賜大晟樂中，《惜奴嬌曲破》之一遍也。

方成培據《高麗史·樂志》認為目前流傳之《惜奴嬌》乃是「《惜奴嬌曲破》之一遍也」，從音樂流傳的角度說明了《惜奴嬌》一調的由來。

（三）在選擇例詞上，多選錄宋代熟悉樂理之詞人之詞。在《詞榘》一書的例詞選擇上，方成培也別具隻眼，多選擇張先、柳永、周邦彥、姜夔等宋代熟悉樂理之人的詞作以為例詞，突出示範作用，意在用具體的例詞來提醒填詞者詞與音樂之關係。如《法曲獻仙音》九十二字體和九十一字體分別選擇吳文英詞（「落葉霞翻」）和柳永詞（「追想秦樓心事」）為例，茲錄如下：

落葉霞翻句敗牕風咽句草色悽涼深院韻瘦不關秋句淚緣生別句情銷鬢霜千點叶恨翠冷豆釵頭燕叶那能語恩怨叶　紫簫遠叶記桃枝豆向隨春渡句愁未洗豆鉛水又將恨染叶粉縞澀離箱句忍重拈豆燈夜裁剪叶望極藍橋句綵雲飛豆羅扇歌斷叶料鸚籠玉鎖句夢裏隔花時見叶

大石調《獻僊音》詞，以此詞及白石兩首為正體。若李詞之句讀小異，乃變格也。白石「虛閣籠寒」詞，前段第七句不押韻，餘同。又「風竹吹香」詞，同此，唯後段第二句押韻，異，玉田亦有之。李彭老「雲木槎枒」詞，後段第三句，作「曾錦纜移舟，寶箏隨輦」，攤破作五字一句、四字一句，小異，餘悉同。

追想秦樓心事句當年便約句于飛比翼韻悔恨臨岐處句正攜手豆翻成雲雨離析叶念倚玉偎香句前事慣輕擲叶慣憐惜叶　饒心性句正厭厭多病句柳腰花態嬌無力叶早是乍清減句別後忍教愁寂叶記取盟言句少孜煎豆剩好將息叶遇佳景豆臨風對月句事須時恁相憶叶

小石調《獻仙音》詞，以此詞為正體。句讀與諸家迥別，若「青翼傳情」詞之減字，或名《法曲第二》，想亦小石調之變躰也。培按：此詞宮調各異，故句讀不同。紅友疑其有錯悮，非是，但其平仄無可叅校，故雖字少而次于後，以吳詞為譜。

方成培之所以選錄吳文英和柳永兩詞為例詞，正是基於音樂角度的考量，吳文英「落葉霞翻」詞屬於大石調的典型，而柳永「追想秦樓心事」詞則歸屬小石調。這樣的選擇不是簡單的比勘字數，而是基於詞的宮調屬性。《詞榘》中選錄熟悉樂律之人詞作的例子比比皆是，讀者自可一一辨識。這說明《詞榘》不僅在理論上重視詞與音樂關係的闡述，在實踐中已自覺加以運用，努力構建出一部獨具特色的詞譜。《詞榘》對於詞體音樂性的深入研究，是清代中期詞譜演變發展過程中特色鮮明的現象，尤為值得我們關注和重視。

五、《詞榘》稿本之價值

作為乾隆年間的稿鈔本詞譜，方成培《詞榘》雖未及刊行，流布不廣，但其價值和意義卻不容忽視。從文獻價值來說，方培成《詞榘》稿本的發現和整理將為清代詞譜研究和徽學研究提供豐富的文獻支撐。就文獻學而言，稀見史料整理本身就是昌明學術的重要途徑之一，方成培《詞榘》作為乾隆年間的稿鈔本詞譜，對其發掘整理將為清代詞譜研究乃至詞學研究提供新的第一手文獻資料，必將進一步豐富和拓展學界對清代詞譜形態和發展歷程的認知。而且，作為清代徽州重要的詞曲家，過去學界對於方成培的研究往往集中在其戲曲創作上，而對其詞學研究，尤其是詞譜研究的關注相對薄弱。《詞榘》的整理將為學界充分認識其詞學成就提供可能，並將有助於我們從整體上貫通理解方成培文學創作和研究的多樣性和豐富性，更有助於構建和豐富清代徽州文學圖景，對今後徽學研究尤其是徽州詞學研究產生新的積極促進作用。

從學術史來說，《詞榘》一書內容體例基本依據萬樹《詞律》，其具體討論也多以《詞律》作為比較和批評的對象。可以說《詞榘》是萬樹《詞律》出版後第一部對《詞律》進行全面研究與批評的重要著作，開清代《詞律》批評之先河，在詞學史上有其獨特的價值和意義。更為重要的是，隨着《詞律》和《欽定詞譜》的刊行，清代格律譜編纂達到高峰，如何在此基礎上續有開拓、續有增補是清代中後期製譜者共同面臨的理論問題。《詞榘》嘗試從詞體的音樂性這一新的路徑入手來編製詞譜，盡量保存詞調音樂來源資料，盡量從詞樂宮調上來說明同調異體之區別，開啟了清代中期詞譜編撰的新路徑。此後秦巘《詞繫》等書正是沿着這一道路不斷作深化和拓展。因此，《詞榘》的整理有助於我們更清晰地了解清代中葉詞譜發展的演變過程，對考察清代詞譜編撰中的承襲、演進、創新也有重要的參考價值。

整理說明

一、因安徽省博物館所存程芷周家藏之《詞槩》手稿本最為精良，且存稿最多，故本次整理以此本為底本，參照古籍整理規範出校勘記。校勘一般只校是非，不校異同。

二、為保存原貌，本書以繁體豎排方式整理，書內正文和按語分別用宋體和楷體加以區別，異體字、通假字等一般不做改動，並參照古籍整理規範加以新式標點。

三、該著屬清人詞譜著作，所選例詞尤關乎平仄聲韻，故例詞與所選錄著作之通行本文字不同者，一般不改動原文、不出校記。例詞中標示○處，原稿中實為紅圈，用以表示可平可仄。為方便排印，此次整理時均以黑圈替代，仍表示可平可仄之意。

四、原稿目次分列每卷卷首，且與正文偶有不相吻合處，今將卷內目次悉數整合列於書前。原稿目次與正文不合處，依正文校訂完善。

五、原稿中偶有未注句逗韻叶處，今據原稿體例，於未注之處加以標注，以注釋方式體現，便於區別。

六、書内原偶有夾批、眉批或增删之處，為便閲覽，遵照批注或增删時意圖，一律徑改，不作説明。

七、因原書為稿鈔本形態，加之多有增删改動，整理殊為不易。古人云：「校書如掃落葉，旋掃旋生。」儘管我們僶勉從事，然囿於精力與水平所限，疏漏在所難免，懇請方家賜正。

詞榘卷一

歙西方成培仰松輯
同學吴紹江錦舟校

竹枝　十四字　巴渝辭　　皇甫松

唐教坊曲名。元郭茂倩《樂府詩集》云：「《竹枝》本出於巴歈，唐貞元中劉禹錫在沅湘，以里歌鄙陋，乃依騷人《九歌》作《竹枝》新詞九章，教里中兒歌之，由是盛於貞元、元和之間。」案：《劉禹錫集》與白居易唱和《竹枝》甚多，其自敘云：「《竹枝》，巴歈也。巴兒聯歌，吹短笛擊鼓以赴節。歌者揚袂睢舞，其音協黄鐘羽。」但劉、白詞俱無和聲，今以皇甫松、孫光憲詞作譜，以其有和殸也。

木棉花盡（竹枝）荔支垂韻（女兒）千花萬花（竹枝）待郎歸叶（女兒）

培按：《竹枝》本七言四句，此獨兩句，與諸家異，然唐宋人更無效此體者。《詞律》謂：「每句第二字要平。」此就松詞六首論之耳，若以劉、白諸作推之，似可不拘。

又一體 十四字 皇甫松

山頭桃花(竹枝)谷底杏韻(女兒)兩花窈窕(竹枝)遥相映叶(女兒)

此用仄韻，更異。

又一體 二十八字 孫光憲

亂繩千結(竹枝)絆人深韻(女兒)越羅萬丈(竹枝)表長尋叶(女兒)楊柳在身(竹枝)垂意緒句(女兒)藕花落盡(竹枝)見蓮心叶(女兒)

培按：此體平仄失粘皆所不拘，然其音節腔調，自與七絶稍異。其故難言，但多取唐人《竹枝》諷詠之自見，又要俚不失雅，俗中見古，方爲佳作。

十六字令 十六字 蒼梧謡 蔡伸

天韻休使圓蟾照客眠叶人何在句桂影自嬋娟叶

培按：此調，諸譜誤作三字起句，《詞綜》、《詞律》論之詳矣，此不復辨。

閒中好　十八字　　段成式

閒中好句塵務不縈心韻坐對當牕木句看移三面陰叶

紅友云：「『看』字作去聲，張善繼作亦然。」培意不必拘。

又一體　十八字　　鄭　符

閒中好句盡日松爲侶韻此趣人不知句輕風度僧語叶

此用仄韻，與前異。

紇那曲　二十字　　劉禹錫

明胡震亨《唐音癸籤》云：「《紇那》不知其所出，考唐天寶中崔成甫翻《得体歌》，有『潯体紇那也，紇囊得体那』之句，豈其所本與？」按：唐人于舟中唱《得体歌》，有號頭（即和聲）。《紇那》者，或曲之和聲也。培按：得，丁紇反。体，都董反。有其殽而無其義，蓋古樂府妃、呼、豨之屬。

楊柳鬱青青韻竹枝無限情叶同郎一囬顧句聽唱紇那聲叶

此本五言絶句，而音調不同，故《尊前》收之。

羅嗊曲　二十字　望夫歌　劉采春

唐范攄《雲溪友議》云：「金陵有囉嗊樓，陳後主所建。《囉嗊曲》，劉采春所唱，皆當代才子所作五七言絶句，一名《望夫歌》。」元稹詩所謂：「更有惱人腸斷處，選詞能唱望夫歌」也。

借問東園柳句枯來得幾年韻自無枝葉分句莫怨太陽偏叶

亦五言絶句，首句可起韻。培按：觀《友議》所云，知七言絶句，亦可唱入此調也。唐人樂府多用五七言絶句，不可勝收，如李端《拜新月》、無名氏《一片子》等詞，皆是五言絶句，今不盡録。

梧桐影　二十字　呂巖

落日斜句秋風冷韻今夜故人來不來句教人立盡梧桐影叶

按：景德寺峨眉院壁所題「今夜故人」作「幽人今夜」，異。

醉粧詞　二十二字　蜀王衍

《北夢瑣言》云：「蜀主衍嘗裹小巾，其尖如錐。宮女多衣道服，簪蓮花冠，施胭脂夾臉，號醉妝，作此詞。」

者邊走韻那邊走疊只是尋花梛叶那邊走疊者邊走疊莫厭金杯酒叶

紅友云：「『者邊』，即俗語『這邊』」也。」「這」，禪書多作「者」字。

南歌子　二十三字　南柯子　春宵曲　水晶簾　溫庭筠

唐教坊曲名。

手裏金鸚鵡句胷前繡鳳凰韻偷眼暗形相叶不如從嫁與句作鴛鴦叶

又一體　二十六字　張泌

梛色遮樓暗句桐花落砌香韻畫堂開處晚風涼叶高捲水精簾額句襯斜陽叶

第三句作七字，第四句作六字，與前異。

又一體 五十二字 望秦川 風蝶令 歐陽修

鳳髻金泥帶句龍紋玉掌梳韻去來牕下笑相扶叶愛道畫眉深淺句入時無叶 弄筆偎人久句描花試手初叶等閒妨了繡工夫叶笑問雙鴛鴦字句怎生書叶

此比唐詞加後一疊。兩結語氣，可上六下三，亦可上四下五。培按：《花草粹編》無名氏作，前結上四下五，後結云「怎向人心頭横着個人人」，多一字。周邦彦兩結云：「指點庭花低映，雲母屏風」；「何事不教雲雨，畧下巫峯」。各多一字，注明不具録。

又一體 五十二字 石孝友

春淺梅紅小句山寒嵐氣薄韻斜風吹雨入簾幙叶夢覺西樓嗚咽句數聲角叶 歌酒工夫懶句別離情緒惡叶舞衫寬盡不堪著叶若比那回相見句更消削叶

此與前詞字句俱同，而用入聲爲叶者。

荷葉杯 二十三字 温庭筠

唐教坊曲名。

一點露珠凝冷韻波影叶滿池塘換平綠莖紅艷兩相亂三換仄腸斷叶三仄水風涼叶平

平仄九三換韻，對字必用仄聲。

又一體　二十六字　顧夐

曲砌蝶飛煙暖韻春半叶花發柳垂條換平花如雙臉柳如腰叶平嬌摩嬌叶平嬌摩嬌疊句

平仄凡兩換韻，末疊一句。顧九首皆作「摩」，不必改作「麽」字。培按：「烟暖」，顧一首作「怨咽」、「春半」，一首作「枕膩」，皆去仄，故知可仄。

又一體　五十字　韋莊

記得那年花下韻深夜叶初識謝娘時換平水堂西面畫簾垂叶平攜手暗相期平叶　惆悵曉鶯殘月三換仄相別叶三仄從此隔音塵四換平如今俱是異鄉人叶四平相見更無因叶四平

結用五字，比前加一疊，凡四換韻。

塞姑　二十四字　無名氏

昨日盧梅塞口韻整見諸人鎮守叶都護三年不歸句折盡江邊楊柳叶

此係唐人樂府，只此一首，更無作者。

迴波詞　二十四字　李景伯

《樂府詩集》：「《回波詞》，商調曲，唐中宗時造，蓋出於曲水引流汎觴也。後亦爲舞曲，《教坊記》謂之軟舞。」

回波爾時酒巵韻微臣職在箴規叶侍宴既過三爵句諠譁竊恐非儀叶

平仄不拘，皆用「回波爾時」四字起。

又一體　二十四字　裴談

囬波爾時栲栳韻怕婦也是大好叶外邊秖有裴談句內裏無過李老叶

此用仄韻。

舞馬詞　二十四字　張說

培按：《明皇雜録》：「教舞馬四百蹄，各有名稱。曰《某家驕》，其曲曰《傾杯樂》，每樂作，奮首鼓尾應節。」又按：《宋書·謝莊傳》：「河南獻舞馬，詔莊作舞馬歌，令樂府歌之。」舞馬之樂，由來久矣。張説詞共六首，其和聲，前二曲云《聖代昇平樂》，後四曲云《四海和平樂》。

綵旄八佾成行韻時龍五色因方叶屈膝銜杯赴節句傾心獻壽無彊叶

培按：此第三首，餘五首第一句皆不起韻，平仄不拘。

三臺 二十四字 開元樂 翠華引 三臺令 韋應物

唐教坊曲名。《唐音統籤》云：「唐曲有《三臺》、《急三臺》、《宫中三臺》、《上皇三臺》、《怨陵三臺》、《突厥三臺》。」《三臺》爲大曲，馮鑑《續事始》曰：「漢蔡邕三日之間，周歷三臺。樂府以邕曉音律，爲製此曲。」劉禹錫《嘉話録》曰：「鄴中有曹公銅雀、金虎、氷井三臺，北齊高洋毁之，更築金鳳、聖應、崇光三臺，宫人拍手呼上臺送酒，因名其曲爲三臺。」宋李濟翁《資暇録》曰：「三臺，今之啐酒三十拍促曲。啐，馳，送酒聲，音碎，今謁平聲。」或作催酒，非。宋張表臣《珊瑚鉤詩話》：「樂部中有促拍催酒，謂之《三臺》。」沈括：「詞名《開元樂》，又名《翠華引》」。朱彝尊曰：「《宋史·樂志》：『帝賜羣臣酒，皆就坐。宰相飲奏《傾杯樂》，百官飲奏《三臺》。《三臺》有十二調，此諸曲所以不同也。」培按：《樂苑》：「《三臺》，唐天寶中屬羽調。」而《宋史・樂志》正宮、南呂宮、道調宮、越調、南呂調、中呂、黃鐘宮、雙調、林鐘商、歇指調、仙呂調、中呂調俱有《三臺》。故《三臺》爲大曲，但不知万俟詠所撰慢詞屬何調。

冰泮寒塘水綠句雨餘百草皆生韻朝來衡門無事句晚下高齋有情叶

平仄不拘，首句亦可起韻。所賦不論何事，詠宮闈者，即曰《宮中三臺》；詠江南者，即曰《江南三臺》。

又一體　一百七十一字　万俟詠

見梨花初帶夜月句海棠半含朝雨韻內苑春豆不禁過青門句御溝漲豆潛通南浦叶東風靜豆細柳垂金縷叶望鳳闕豆非煙非霧叶好時代豆朝野多歡句偏九陌豆太平簫鼓叶　乍鶯兒百囀斷續句燕子飛來飛去叶近綠水豆臺榭映秋千句鬬草聚豆雙雙遊女叶餳香更豆酒冷踏青路叶會暗識豆夭桃朱戶叶向晚驟豆寶馬雕鞍句醉襟惹豆亂花飛絮叶　正輕寒輕暖漏永句半陰半晴雲暮叶禁火天豆已是試新粧句歲華到豆三分佳處叶清明看豆漢蠟傳宮炬叶散翠煙豆飛

入槐府叶歛兵衛豆閶闔門開句住傳宣豆又還休務叶

只此一首，無可參校。培按：此調，舊刻皆作兩疊，于「雙雙遊女」分段，獨萬紅友《詞律》斷作三段，端正相對，確不可易，今從之。但詞中如「不」、「闕」、「陌」、「百」、「踏」、「識」、「入」等字，概謂以入作平；「九」、「子」、「水」、「草」、「晚」、「寶」、「惹」、「已」等字，是以上作平，此是紅友穿鑿處，不必太拘。

伊州三臺　四十八字　趙師俠

桂花移自雲巖韻更被靈砂染丹叶清露濕酡顏叶醉乘風豆下臨世間叶素娥襟韻蕭閒叶不與羣芳並看叶蔌蔌絳綃單叶覺身輕豆夢回廣寒叶

只此一首，平仄宜遵之。

一點春　二十四字　侯夫人

砌雪消無日句捲簾時自顰韻庭梅對我有憐意句先露枝頭一點春叶

培按：此本隋詩，後人編入《樂府》，取末語爲調名，有兩首可校。

拓枝引 二十四字 無名氏

唐教坊曲名。《樂府雜録》：「健舞曲。」《樂苑》：「羽調曲。按：此舞曰曲爲名，用二女童，帽施金鈴，抃轉有聲，其來也。藏二蓮花中，花坼而後見。對舞相占，寔舞中雅妙者也。」培按：《宋史·樂志》：「小兒隊有柘枝隊，凡用小兒七十二人，衣五色繡羅寬袍，戴胡帽，繫銀帶而舞，與唐時不同。」沈括《筆談》云：「《柘枝》，舊曲，遍數極多，今已不傳，存此以誌其槩。」

將軍奉命即須行韻塞外領強兵叶聞道烽煙動句腰間寶劍匣中鳴叶

晴偏好 二十四字 李霜崖

明陳耀文《花草粹編》：「西湖雖有山泉，而大旱亦嘗龜坼。嘉熙、庚子，水涸，茂草生焉。李霜崖作《晴偏好》詞紀之，取詞中結語爲名。」

平湖千頃生芳草韻芙蓉不照紅顛倒叶東坡道叶波光瀲灎晴偏好叶

培按：此實一時戲筆，本無足採，曰向來舊譜曾收，故録之。

踏陽春　二十四字　無名氏

踏陽春韻人間二月雨和塵叶陽春踏盡秋風起句腸斷人間鶴髮人叶

右見《異聞録》。培按：此與《桂殿秋》同，只少起句三字耳，遵《全唐詩選》、《歷代詩餘》，采之以備體。

摘得新　二十六字　皇甫松

唐教坊曲名，見崔令欽《教坊記》。

酌一巵韻須教玉笛吹叶錦筵紅蠟燭句莫來遲叶繁華㊀夜經風雨句是空枝叶

花非花　二十六字　白居易

花非花句霧非霧韻夜半來句天明去叶㊋如㊍夢不分明句㊏似朝雲無覓處叶

春曉曲　二十七字　朱敦儒

西樓月落鷄聲急韻夜浸踈香淅瀝叶玉人㊓渴咽春冰句曉色入簾横寶瑟叶

又一體　二十七字　張元幹

瑤軒綺檻春風度韻柳垂煙句花帶露叶半閒鴛被怯餘寒句燕子時來窺繡戶叶

此詞與前作校，唯破第二句爲三字儷語，異。

漁歌子　二十七字　漁父　張志和

本唐教坊曲名，單調始於張志和，雙調昉自《花間》。若東坡單調詞，則又自雙調脱化耳。

西塞山前白鷺飛韻桃花流水鱖魚肥叶青箬笠句綠簑衣叶斜風細雨不須歸叶

培按：李後主一首，「飛」字仄，不起韻，第三句和凝作「釣車子」，「釣」字仄，皆不必從。

又一體　十八字　漁父引　顧況

新婦磯邊月明韻女兒浦口潮平叶沙頭鷺宿魚驚叶

右見《樂府雅詞》註。培按：此詞字多雙聲，塡者詳之。

又一體　五十字　孫光憲

泛流螢句明又滅韻夜涼水冷東灣闊叶風浩浩句笛寥寥句萬頃金波重疊叶杜若洲句香郁烈叶一聲宿鴈霜時節叶經霅水句過松江句盡屬儂家風月叶

前後仝。「風浩浩」二句，顧夐作「畫簾垂，翠屏曲」，後段作「酒盃深，花影促」，「曲」、「促」多押二韻，餘悉同。

又一體　二十五字　蘇　軾

漁父飲句誰家去韻魚蟹一時分付叶酒無多少醉爲期句彼此不論錢數叶

此與顧夐、孫光憲雙疊詞中一段畧同。

又一體　十八字　戴復古

漁父飲句不須錢韻柳條斜貫錦鱗鮮叶換酒卻歸船叶

此調培采自《石屏集》。《歷代詩餘》又有「漁父醉」一首可校。

憶江南　二十七字　江南好　夢江南　謝秋娘　歸塞北　夢遊仙　夢江口　望江南　望江梅　春去也　夢江口

皇甫松

宋王灼《碧雞漫志》：「此曲自唐至今皆南呂宮，字句悉同。只是今曲兩段，蓋近世曲子無單徧者。」按：唐段安節《樂府雜録》：「此詞始自李德裕鎮淛日爲亡伎謝秋娘所撰，本名《謝秋娘》，囙白居易詞更名《憶江南》。」《太平樂府》注大石調。

蘭㶿落句屛上暗紅蕉韻閒夢江南梅熟日句夜船吹笛雨瀟瀟叶人語驛邊橋叶

又一體　五十四字

吳文英

三月暮句花落更情濃韻人去鞦韆閒掛月句馬停楊柳倦嘶風叶堤畔畫舡空叶　厭厭醉句長日小簾櫳叶宿燕夜歸銀燭外句啼鶯聲在綠陰中叶無處覓殘紅叶

又一體　五十九字

馮延巳

今日相逢花未發韻正是去年句別離時節叶東風次第有花開換平恁時須約卻重來叶平　重來不怕花堪折叶仄秪怕明年句花發人離別叶仄別離若向百花時三換平東風彈淚有誰知叶三平

凡三換韻，句法與前調全異。培按：馮又有「去歲迎春樓上月」一首，換頭另換仄韻，不叶前起，凡四用韻，餘皆同，可校。

搗練子　二十七字　深院月　李後主

深院靜句小庭空韻斷續寒砧斷續風叶無奈夜長人不寐句數聲和月到簾櫳叶

又一躰　三十八字　無名氏

林下路句水邊亭韻涼吹水曲散餘酲叶小藤牀句隨意橫叶　猶記得句舊時經叶翠荷鬧雨做秋聲叶恁時節句不堪聽叶

見《天機餘錦》。前後同，與前調大異。

胡搗練　四十八字　望仙樓　晏殊

小桃花與早梅花句盡是芳妍品格韻未上東風先坼叶分付春消息叶　佳人釵上玉樽前句朵朵穠香堪惜叶誰把綵毫描得叶免恁輕拋擲叶

前後仝。晏又一首，過變作「素衣染盡天香」，只六字，小異。培按：《梅苑》作「素衣染盡九天香」，仍是七字，然此句本對下「玉酒添成國色」，則從本集作六字，亦是。此與《桃源憶故人》相同，只前後起不用韻，異。《詞律》另出《望仙樓》一調，悮。今正之。

又一體 五十字 杜安卋

數枝半歛半開時句洞閣曉豆寶粧新注韻香格艷姿天賦叶甘被羣芳妬叶 狂風横雨且相饒句又恐有豆彩雲迎去叶牽破少年心緒叶無計長爲主叶

此與晏詞同，唯前後第三句各添一字，作折腰句，異。此詞汲古刻頗有訛悮，今采《詞緯》訂正。

赤棗子 二十七字 歐陽炯

唐教坊曲名，見《教坊記》。

夜悄悄句燭熒熒韻金爐香燼酒初醒叶春睡起來囬雪面句含羞不語倚雲屏叶

紅友曰：「此詞與《搗練子》、《桂殿秋》句法俱同，但第三句，《搗練》用仄仄平平仄仄平，《赤棗》反是，《桂殿》則兩者不拘。後二句，《搗練》、《赤棗》用平仄平平平仄仄，平平仄仄仄平平，《桂殿》反是。」

桂殿秋　二十七字　李白

吴虎臣《能改齊漫録》：「《桂殿秋》兩首，太白詞也，有得于石刻而無其腔，劉無言倚其聲歌之，音極清雅。」培按：邵博《聞見後録》云：「此李太尉文饒《迎神》、《送神》二曲。余遊秦時，尚有宛轉度之者，或並爲一曲，謂是李太白作，非也。」此説近是，以其詞語不類太白故也。

仙女下句董雙成韻漢殿夜涼吹玉笙叶曲終卻從仙官去句萬戶千門惟月明叶

解紅　二十七字　和凝

培按：《宋史·樂志·隊舞九》曰：「兒童解紅隊，衣紫緋繡襦，繫銀帶，冠花砌鳳冠，綬帶。」其曲無攷，此和凝作，見陳暘《樂書》，乃唐詞也。若《鳴鶴餘音》有《解紅兒慢》，係元人所製，與此不同。

百戲罷句五音清韻解紅一曲新教成叶兩箇瑤池小僊子句此時奪卻柘枝名叶

亦似前三調，而第三句平仄稍拗，音節自異。

解紅慢　一百六十字　解紅兒慢　無名氏

杖藜徐步韻過小橋句逍遙遊南浦叶韶華暗改句俄然又豆翠窖紅踈換平叶東郊雨霽句何處綿蠻黃鸝語叶見雲山掩映句煙溪外句斜陽暮叶晚凉趁句竹風清句荷香度叶者閒裏豆光陰向誰訴叶塵寰百歲能幾許叶似浮漚出沒句迷者難悟叶　歸去來句恐田園荒蕪叶平東籬畔句坦蕩笑傲琴書叶平青松影裏句茅簷下句保養殘軀叶平一任世間句物態翻騰催今古叶爭如我豆嬾散生涯句貧與素叶興時歌句困時眠句狂時舞叶把萬事豆紛紛揔不數叶從他人笑真愚魯叶伴清風皓月句幽隱蓬壺叶平

此元詞也，用本部三聲叶，與《中原音韻》北曲不同，無可參校。

瀟湘神　二十七字　瀟湘曲　劉禹錫

斑竹枝韻斑竹枝疊句淚痕點點寄相思叶楚客欲聽瑤瑟怨句瀟湘深夜月明時叶

此調與《赤棗子》同，只首句疊三字爲異。

章臺柳 二十七字 韓翃

章臺柳韻章臺柳疊昔日青青今在否叶縱使長條似舊垂句也應攀折他人手叶

又一體 二十七字 楊柳枝 柳氏

楊柳枝句芳菲節韻可恨年年贈離別叶一葉隨風忽報秋句縱使君來豈堪折叶

此與前同，只首句微異。此詞不入《楊柳枝》內，說見紅友《詞律》。

南鄉子 二十七字 歐陽炯

岸遠沙平韻日斜歸路晚霞明叶孔雀自憐金翠尾換仄臨水叶仄認得行人驚不起叶仄

馮延巳一首，起句云：「細雨濕秋風」，多一字，餘同。「臨水」句，炯一首作：「收紅豆」，多一字，餘悉同，不具録。

又一體　三十字　李珣

煙漠漠句雨淒淒韻岸花零落鷓鴣啼叶遠客扁舟臨野渡換仄思鄉處叶仄潮退水平春色暮叶仄

起用三字兩句，異，餘仝。「遠客」句，李又兩首平仄甚拗，想不拘。

又一體　五十六字　陸游

歸夢倚吳檣韻水驛江城去路長叶想見芳洲初繫纜句斜陽叶煙樹參差認武昌叶　愁鬢點新霜叶曾是朝衣染御香叶重到故鄉交舊少句淒涼叶卻恐他鄉勝故鄉叶

雙疊，句法亦異。歐公三首，前後皆四字起，餘同。

又一體　五十六字　王之道

天際彩虹垂韻風起癡雲快一吹叶原隰昀昀句春水更瀰瀰叶布穀聲從野鳥知叶　初霽捲簾時叶巷陌泥融燕子飛叶午醉醒來句紅日欲平西叶一椀新茶乳面肥叶

前後第三四句，破七二爲四五，異，餘同。

又一體　五十六字

黄　機

簾幙閉深沉韻燈暗香消夜正深叶花落晝屏句簷鳴細雨句涔涔叶滴破相思萬里心叶　曉色未平分叶翠被寒生不自禁叶待得夢成句翻多惡況句堪顰叶飛雁新來也誤人叶

前後第三句增一字，作四字兩句，餘同。

又一體　五十八字

趙長卿

楚楚窄衣裳韻腰身占卻句多少風光叶共説春來春去事句淒涼叶懶對菱花暈晚粧叶　閒立近紅芳叶遊蜂戲蝀句悮採真香叶何事不歸巫峽去句思量叶故到人間惱客腸叶

第二句前後添一字，破作四字兩句，又異。

樂遊曲　二十七字

籠舟搖曳東復東韻采蓮湖上紅更紅叶波澹澹句水溶溶叶奴隔荷花路不通叶

紅友云：「此與《漁歌子》（松江蟹舍）一首相近，想其腔自異也。」又一首云：「西湖南湖鬥彩舟，青蒲紫蓼滿中洲。」平仄不拘。

小秦王　二十八字　陽關曲　蘇　軾

唐教坊曲名。培按：坡公自注：「《小秦王》入腔即《陽關曲》也。」

暮雲收盡溢輕寒韻銀漢無聲轉玉盤叶此生此夜不長好句明月明年何處看叶

即七言絶句，平仄失粘不論。

採蓮子　二十八字　皇甫松

培按：《采蓮曲》見《古今樂録》，此則唐教坊曲也。《宋史·樂志》：「女弟子隊，其六曰採蓮隊。衣紅羅生色綽子，繫暈裙，戴雲鬟髻，乗綵船，執蓮花。」

菡萏香連十頃陂韻（舉棹）小姑貪戲采蓮遲叶（年少）晚來弄水船頭濕句（舉棹）更脱紅裠裹鴨兒叶（年少）

即七言絶句，平仄不拘。「舉棹」、「年少」，猶《竹枝》之和聲也。

楊柳枝　二十八字　溫庭筠

唐教坊曲名。本於古樂府《折楊柳》，白居易云：「洛中新聲也。」

館娃宮外鄴城西韻遠映征帆近拂堤叶繫得王孫歸思切句不關春草綠萋萋叶

平仄失粘不拘，皆詠楊柳，不比《竹枝》汎用。

又一躰　四十字　顧夐

㊙夜香閨思寂寥韻漏迢迢叶鴛幃羅幌麝烟消叶燭光搖叶　㊣憶玉郎遊蕩去換仄無尋處叶仄更聞簾外雨瀟瀟叶平滴芭蕉叶平

又一體　四十四字　朱敦儒

江南岸句柳枝韻江北岸句柳枝疊折送行人無盡時叶恨分離叶柳枝疊　酒一盃叶柳枝疊淚雙垂叶柳枝疊君到長安百事違叶幾時歸叶柳枝疊

培按：此詞無他作可校。「柳枝」二字，紅友云：「如『竹枝』、『女兒』之類」，非。

十樣花　二十八字　李彌遠

培按：此調，李有十闋，分詠十樣花，故名。

陌上風光濃處韻第⃝一寒⃝梅先吐叶待得春⃝來也⃝句香消減⃝句態凝竚叶百花休漫妒叶

「香消」句，一首叶。

浪淘沙　二十八字　皇甫松

本唐教坊曲，見《教坊記》。

蠻歌豆蔻北人愁韻浦雨杉風野艇秋叶浪起鵁鶄眠不得句寒沙細細入江流叶

平仄不拘。紅友曰：「觀劉、白諸作，皆切本調名，非汎用也。」

又一體　五十四字　賣花聲　李後主

簾⃝外雨潺潺韻春⃝意闌珊叶羅⃝衾不耐五更寒叶夢⃝裏不⃝知身是客句一⃝餉貪歡叶　獨⃝自莫憑欄叶無⃝限關山叶別⃝時容⃝易見時難叶流⃝水落⃝花春去也句天⃝上人間叶

石孝友一首，前後用四「兒」字爲叶，乃獨木橋體，非另格也。

又一體　五十二字　或加「令」字　柳永

有箇人人韻飛燕精神叶急鏘環珮上華裀叶促拍盡隨紅袖舉句風柳腰身叶　簌簌輕裠叶妙

盡尖新叶曲終獨立斂香塵叶應是四肢嬌困也句眉黛雙顰叶

此即前調，唯前後起各減一字，小異。

又一體 五十四字 宋 祁

少年不管韻流光如箭叶囙循不覺韶華換叶到如今豆始惜月滿花滿酒滿叶 扁舟欲解垂楊岸叶尚同歡宴叶日斜歌闋將分散叶倚蘭橈豆望水遠天遠人遠叶

此用仄韻，句讀亦異，無可校。培按：詞體有兩段整齊者，亦有起結過變參差者。紅友謂：「『望』字下落一字，填者應照前段。」非也。又謂：「『滿』、『遠』二韻，恐有作平處，不可用去聲。」此說可從。

浪淘沙慢 一百三十三字 周邦彥

《樂章集》注歇指調。

曉陰重豆霜凋岸草句霧隱城堞韻南陌脂車待發叶東門(帳)飲乍闋叶(正)拂面豆垂楊堪攬結叶(掩)紅淚豆玉(手)親折叶念漢(浦)豆離鴻去何許句經時信音絕叶 (情)切叶望中地遠天闊叶向

露冷風清句無人處豆耿耿寒漏咽叶嗟萬事難忘句唯是輕別叶翠樽未竭叶憑斷雲留取句西樓殘月叶羅帶光銷紋衾疊叶連環解豆舊香頓歇叶怨歌永豆瓊壺敲盡缺叶恨春去豆不與人期句弄夜色句空餘滿地梨花雪叶

陳允平和詞，「正拂面」句作「恨入迴腸千萬結」，校減一字，或是脱落。「念漢浦」二句作「望日下長安近，莫遣鱗鴻成間絶」，六字一句、七字一句，小異，餘同。此首方、楊、吴、陳皆有和詞，故以此爲譜。

又一體　一百三十字　周邦彦

萬葉戰豆秋聲露結句鴈度砂磧韻細草和煙尚緑句遥山向晚更碧叶見隱隱豆雲邊新月白叶映落照豆千家簾幙句聽數聲豆何處倚樓笛叶裝點盡秋色叶　脈脈叶旅情暗自消釋叶念宋玉豆臨水猶悲感句何況天涯客叶憶少年歌酒句當時蹤跡叶歲華易老句衣帶寬句懊惱心腸終窄叶飛散後豆風流人阻句藍橋約豆悵恨路隔叶馬蹄過豆猶嘶舊巷陌叶歎往事豆一一堪傷句曠望極叶凝思又把欄杆拍叶

按：此首校前作押韻、句讀稍有參差，其寔一調也。方、楊、吴、陳皆無和詞，今取前作參校之。

又一體　一百三十三字　柳　永

夢覺透豆窻風一線句寒燈吹息韻那堪酒醒句又聞空階句夜雨頻滴叶嗟因循豆久作天涯客叶負佳人豆幾許盟言句更忍把豆從前歡會句陡頓翻成憂戚叶　　愁極叶再三追思句洞房深處句幾度飲散歌闋叶香暖鴛鴦被句豈暫時踈散句費伊心力叶殢雨尤雲句有萬般千種句相憐相惜叶到于今豆天長漏永句無端自家踈隔叶知何時豆卻擁秦雲態句願低幃昵枕句輕輕細說與句江鄉夜亱句數寒更思憶叶

培按：此校周詞增減字句多有不同，然寔音響不遠，雖無別首可校平仄，塡者不妨取前兩首叅之。後段第九句，汲古本作「相憐惜」，少一字，此據《花草粹編》增入，叅攷周作，此句當添一字。

八拍蠻　二十八字　閻　選

唐教坊曲名，見《教坊記》。

雲鎖嫩黃煙柳細句（風）吹（紅）蒂雪梅殘韻（光）影（不）勝閨閣恨句（行）行（坐）坐黛眉攢叶

平仄失粘，閻兩首、孫光憲一首，皆然。孫首句「孔雀尾施金線長」，用平韻起，與此微異。

阿那曲　二十八字　鷄叫子　楊貴妃

培按：《宋史·樂志》：「伶官蔚茂多侍大宴，聞鷄唱。崔翰問曰：『此可被管絃乎？』茂多即法其聲制曲，名《雞叫子》。」《教坊記》言：「高宗曉音律，晨坐聞鶯殸，命樂工白明達寫之爲《春鶯囀曲》，亦此類也。」明閔度曰：「盈天地之閒皆樂也，故鳥鳴雞唱，皆可被於管絃。」

羅袖動香香不已韻紅蕖裊裊烌煙裏叶輕雲嶺上乍搖風句嫩柳池塘初拂水叶

即仄韻七言絶句，平仄不拘。

欸乃曲　二十八字　清江欸乃　元結

培按：《元次山集·自序》云：「漫叟以軍事詣都，使還州，行不進，作《欸乃》五首，舟子唱之，蓋欲取適于道路耳。」《漁隱叢話》曰：「《次山集》注音『襖靄』，棹船之聲。《洪駒父詩話》謂音『靄襖』，遂反其音，是不看《次山集》，妄爲之說。」

千里楓林煙雨深韻無朝無暮有猿吟叶停橈靜聽曲中意句好似雲山韶濩音叶

即七言絶句，失粘平仄不拘。

清平調　二十八字　李白

培按：《唐書・禮樂志》：「平調、清調，周房中樂遺聲。」《古今樂録》：「王僧虔《技録》有平調七曲、清調六曲。」

雲想衣裳花想容韻春風拂曉露華濃叶若非羣玉山頭見句會向瑤臺月下逢叶

七言絕句，平仄不拘。

清平樂　四十六字　憶蘿月　李白

《宋史・樂志》：「屬越調，又入大石調。」

禁闈清夜韻月探金牕鏬叶玉帳鴛鴦噴蘭麝叶時落銀燈香灺叶　女伴莫話孤眠換平六宮羅綺三千叶平一笑皆生百媚句宸游教在誰邊叶平

前結可作折腰句法，趙長卿、柳耆卿皆有此骵。

又一體　四十六字　李白

畫堂晨起韻來報雪花墜叶高捲簾櫳看佳瑞叶皓色遠迷庭砌叶　盛氣光引爐煙句素影寒生

玉珮叶應是天僊狂醉叶亂把白雲揉碎叶

全用仄韻，見《全唐詩集》。培按：詞語凡近，決非太白所作。

又一體 二十二字 施岳

水遙花暝韻隔岸炊煙冷叶十里垂楊搖嫩影叶宿酒和愁都醒叶

見《絶妙詞選》。培按：此疑是不全之調，曰是草牕所集，故録之。

甘州曲 二十八字 蜀王衍

《十國春秋》：「衍幸青城，至成都山上清宫，隨駕宫人皆衣畫雲霞道服，衍自制此曲。」

畫羅裙韻能解束句稱腰身叶柳眉桃臉不勝春叶薄媚足精神叶可惜淪落在風塵叶

培按：《花草粹編》載此詞作「可惜許」，多一字，未知孰是。

甘州子 三十三字 顧敻

培按：《教坊記》：「曲名，有《甘州子》，又有《甘州》，皆羽調曲。」

紅爐深夜醉調笙韻敲拍處句玉纖輕叶小屏古畫岓低平叶煙月滿閒庭叶山枕上句燈背臉波横叶

此與前調略同，只首尾稍異。

甘州遍 六十三字 毛文錫

按：唐教坊大曲有《甘州》，凡大曲多徧，此《甘州曲》之一遍也。

春光好句公子愛閒遊韻足風流叶金鞍白馬句雕弓寶劍句紅纓錦襜出長楸叶花蔽膝句玉銜頭叶尋芳逐勝懽宴句絲竹不曾休叶美人唱句揭調是甘州叶醉紅樓叶堯年舜日句樂聖永無憂叶

甘州令 七十八字 柳永

《碧鷄漫志》：仙呂調有《甘州令》。《樂章集》亦自注仙呂調，與《甘州子》、《甘州徧》、《八聲甘州》不同。

凍雲深句淑氣淺句寒欺綠野韻輕雪伴豆早梅飄謝叶艷陽天句正明媚句卻成瀟灑叶玉人歌句畫

樓酒句對此早豆驟增高價叶　賣花巷陌句放燈臺榭叶好時代豆怎生輕捨叶賴和風句蕩霽靄句廓清良夜叶玉塵鋪句桂華滿句素光裏豆更堪遊冶叶

「寒欺」下，前後仝，只前起與換頭小異。

八聲甘州　九十七字　瀟瀟雨　讌瑤池　柳永

《碧雞漫志》：「《甘州》仙呂調，有曲破、有八殸、有慢、有令。」按：此調前後段八韻，故名「八聲」，乃慢詞，與《甘州徧》之曲破，《甘州子》之令詞不同。

對瀟瀟暮雨灑江天句一番洗清秋韻漸霜風淒緊句關河冷落句殘照當樓叶是處紅衰綠減句苒苒物華休叶惟有長江水句無語東流叶

不忍登高臨遠句望故鄉渺邈句歸思難收叶歎年來蹤跡句何事苦淹留叶想佳人豆粧樓長望句悞幾回豆天際識歸舟叶爭知我豆倚闌干處句正恁凝愁叶

前起張炎叶韻。「想佳人」句，折腰，宋人皆同，惟程垓作「縱有梁園賦猶在」，句法異，不足法。「誤幾回」句，鄭子玉作「相伴連水復連雲」，減一字，作七字拗句，異。此調第二句「番」字可仄，然宋人多用平聲。「倚闌干」句，内「闌干」二字相連，雖不拘，然名作多如此。

又一體　九十五字　劉過

問紫巖去後漢公卿句不知幾貂蟬韻誰能借留侯筯句着祖生鞭叶依舊塵沙萬里句河洛染腥羶叶誰識道山客句衣鉢曾傳叶　共記玉堂對策句欲先明大義句次第籌邊叶況重湖八桂句袖手已多年叶望中原豆驅馳去也句擁十州豆牙纛正翩翩叶春風早句看東南王氣句飛繞星躔叶

此與柳詞同，唯前段第三、四句，減三字，作六字一句。後段第八句增一字，作八字句，異。玉田「見梅花斜倚竹籬邊」詞，正與此同。只第三四句云「翠袖情隨眼盼，愁接眉彎」，句法不折腰。又後結云：「挽櫻評柳，卻是香山。」「挽櫻」句減一字，微異，不録。

又一躰　九十五字　湯恢

摘青梅薦酒句甚殘寒豆猶怯苧羅衣韻正柳腴花瘦句綠雲冉冉句紅雪霏霏叶隔屋秦箏依約句誰品春詞叶囬首繁榮夢句流水斜暉句　寄隱孤山山下句但一瓢飲水句深掩苔扉叶羨青山有思句白鶴忘機叶悵年華豆不禁搔首句又天涯豆彈淚送春歸叶消魂遠句千山啼鴂句十里荼蘼叶

與柳詞同，唯前段第一句五字、第二句八字、第七句減一字；後段第五句亦減一字，爲異，餘同。

又一體 九十五字 蕭列

可憐生豆飄零到荼蘼句依然舊銷魂韻殘春幾許句風風雨雨句客裏又黄昏叶無奈一江煙霧句腥浪捲河豚叶身世忽如葉句那自清渾叶　莫厭悲歌笑語句奈天涯有夢句白髮無根叶怕相思別後句無字寫迴文叶更月明洲渚句杜鵑聲裏句立向臨分叶三生石句情緣千里句風月柴門叶

此亦同柳詞，唯前段第三句減一字，第五句增一字，後段第六、七句減二字，作五字一句、四字兩句，爲異。

又一體 九十八字 姚雲文

卷絲絲雨織半晴天韻棹歌發清舷叶甚蒼虬怒躍句靈鼉急吼句雲湧平川叶樓外榴裙幾點句描破緑楊煙叶把畫羅遙指句助嘯爭先叶　憔悴潘郎句曾記得豆青龍千舸句采石磯邊叶歎內

家帖子句閒卻縷金箋叶覺素標豆揷頭如許句儘風情豆終不似豆鬬贏船叶人聲斷句雲齋半掩句月印枯禪叶

此亦同柳詞，唯前起叶韻，後起四字，第二句七字，第七句九字，爲異。

字字雙 二十八字 宛轉曲 王麗真

牀頭錦衾斑復斑韻架上朱衣殷復殷叶空庭明月閒復閒叶夜長路遠山復山叶

見《才鬼録》，七言四句，俱用韻。

醉吟商 二十九字 醉吟商小品 姜夔

白石自序曰：「石湖老人謂予云：『琵琶有四曲，今不傳矣。曰《濩索梁州》、《轉關緑腰》、《醉吟商湖渭州》、《歷絃薄媚》也。』予每念之。辛亥之夏，余謁楊廷秀丈，於金陵邸中遇琵琶工，解作《醉吟商湖渭州》。因求得品絃法，譯成此譜，實雙聲耳。」培按：《宋史·樂志》：「《胡渭州》屬小石調，又入林鐘商。」

又是春歸句細柳暗黄千縷韻暮鴉啼處叶夢逐金鞍去叶一點芳心休訴叶琵琶解語叶

培從本集采入，塡者亦須雙聲，始合音調。

九張機　二十九字　無名氏

春衣韻素絲染就已堪悲叶塵昏汗污無顔色句應同秋扇句從茲永棄句無復奉君時叶

又一躰　三十字　無名氏

五張機韻橫紋織就沈郎詩叶中心一句無人會句不言愁恨句不言憔悴句只恁寄相思叶

此用三字起韻，與前闋小異。培按：《九張機》詞，自一至九，故名。後又有「輕絲」、「春衣」兩闋，共十一首，乃是套數大曲，《花草粹編》全録之，最是。今爲欲就省約，只録兩首爲式，塡者如欲作套數，但從一至九塡之，即是大曲。

法駕導引　三十字　陳與義

東風起句東風起疊海上百花搖韻十八風鬟雲半動句飛花和雨著輕綃叶歸路碧迢迢叶

此調全似《望江南》，但首多一疊句耳。

導引　五十字　無名氏

宋鼓吹曲。培按：《宋史・樂志》：「屬正宮，又入黃鐘宮、仙呂調。率曰事隨時定所屬宮調，以律和之。」

(明)明我后句(至)德合高穹韻祇翼勵精衷叶(上)眞紫殿田颷馭句(示)聖冑延鴻叶(躬)承(寶)訓表欽崇叶(慶)澤布寰中叶(告)虔脩物朝清廟句(荷)景福來同叶

見《宋史・樂志》，共有十五首，句讀皆同，可校。

又一體　五十二字　無名氏

秋月冷句(秋)鶴無聲韻清(禁)曉豆動皇情叶玉笙忽斷今何在句(不)知(誰)報玉樓成叶(七)星授轡驂鸞種句人不見豆恨難平叶(何)以返霓旌叶(一)天風露苦淒清叶

句讀與前異，有五首皆同，可校。「不知」句，有兩首折腰，不拘。

又一體　一百字　無名氏

(氣)和玉燭句睿化著鴻明韻緹管(一)陽生叶郊禋(盛)禮燔柴畢句(旋)軫鳳凰城叶(森)羅(儀)衛振華

纓叶載路溢歡聲叶皇圖大業超前古句垂象泰階平叶　歲時豐衍句九土樂昇平叶覩寰海澄清叶道高堯舜垂衣治句日月並文明叶嘉禾甘露登歌薦句雲物煥祥經叶兢兢惕惕持謙德句未許禪雲亭叶

即首調加一疊，有五首可校。「緹管」句，一首云：「慶海宴河清」，用上一下四句法。「森羅」句，一作「九天寶命垂丕貺」，不叶韻。「寰海」句，一作「盛禮慶重行」，用上二下三句法，小異，不拘。培按：《文獻通考》云：「本朝鼓吹，只有四曲，《十二時》、《導引》、《降僊臺》、《六州》也。」又按：《宋史・樂志》：「景祐二年郊祀，減《導引》第二曲，增《奉禋歌》、《大亨明堂》，增《合宮歌》。」《潛采堂譜》已采《十二時》、《六州》兩調，仍有四闋未收入。今遵潛采諸譜之例，悉補録之。

拋毬樂　三十字　莫思歸　劉禹錫

培按：《宋史・樂志》：「女弟子舞隊，三曰拋球樂隊，衣四色繡羅寬衫，繫銀帶，奉繡毬，蓋舞曲也。注林鐘商，又入雙調。」

五色繡團圓韻登君玳瑁筵叶最宜紅燭下句偏稱落花前叶上客如先起句應須贈一船叶

五言六句，中二句對偶，各家皆同。首句可用仄，皇甫松「金甕花毬小」一首是也。松又一首，于次一句下疊三字云：「真珠繡帶垂，繡帶垂。」又一格也。

又一體　四十字　馮延巳

霜積秋山萬樹紅韻倚巖樓上挂朱櫳叶白雲天遠重重恨句黃葉煙深漸漸風叶髣髴梁州曲句吹在誰家玉笛中叶

第五句五字，餘皆七字，與前異。中二句亦要對偶。

又一體　一百八十七字　柳永

曉來天氣濃淡句微雨輕灑韻近清明豆風絮巷陌句煙草池塘句盡堪圖畫叶豔杏暖豆粧臉勻開句弱柳困豆宮腰低亞叶是處麗質盈盈句巧笑嬉嬉句爭簇秋千架叶戲綵毬羅綬句金雞介羽句少年馳騁句芳郊綠野叶占斷五陵遊句奏脆管豆繁絃聲和雅叶向名園深處句爭泥畫輪句競羈寶馬叶　取次羅列杯盤句就芳樹豆綠影紅陰下叶舞婆娑句歌宛轉句髣髴鶯嬌燕姹叶寸珠片玉句爭似濃歡無價叶任他美酒句十千一斗句飲竭仍解金貂貰叶恣幕天席地句陶陶盡醉太

平句且樂唐虞景化叶須信艷陽天句看未足豆已覺鶯花謝叶對緑蟻翠蛾句怎生輕捨叶

孤調無可叅校。「美酒」下六句，點句從《蕉雪堂譜》，與《詞律》稍異。

六么令　三十字　　呂巖

東與西韻眼與眉叶偃月爐中運坎離叶靈砂且上飛叶最幽微叶是天機叶你休癡叶你不知叶

此調諸譜不載，培從《全唐詩》中采入。

六么　九十四字　緑腰　樂世　　李琳

唐教坊曲名。《碧雞漫志》云：「《六么》，一名《緑腰》，一名《樂世》，一名《錄要》。或曰此曲拍無過六字者，故名《六么》。今《六么》行於世者，曰黃鐘羽，即俗呼般涉調；曰夾鐘羽，即俗呼中呂調；曰林鐘羽，即俗呼高平調；曰夷則羽，即俗呼仙呂調，皆羽調也。」按：今《樂章集》柳永九十四字詞，自注仙呂調，即《碧鷄漫志》所云羽調之一。培按：唐《教坊記》、《宋史・樂志》俱名《緑腰》，則《緑腰》之名最古矣。

淡煙踈雨句香逕渺啼鴂韻新晴畫簾開卷句燕外寒尤力叶依約天涯芳草句染得春風

碧叶人間陳跡叶斜陽今古句幾縷遊絲趁飛蜨叶　誰向樽前起舞句又覺春如客叶翠袖折取嫣紅句笑與簪華髮叶回首青山一點句簷外寒雲疊叶梨花着雨句柳花飛絮句夢繞欄杆滿園雪叶

「燕外」下與後「笑與」下同，只「梨花」句不叶，異，然此句各皆叶。賀鑄「暮雲消散」詞，前後段第五句及换頭句，俱押韻，小異，餘悉同。「翠袖」句，陳允平作：「羞破帽、把茱萸」，句法折腰，異。培按：此乃慢詞，諸譜槩名《六么令》，誤，今正之。

詞槩卷一終

詞榘卷二

歙西方成培仰松輯
同學吴士岐鳳山校

江南春　三十字　寇準

波渺渺句柳依依韻孤邨芳草遠句斜日杏花飛叶江南春盡離腸斷句蘋滿汀洲人未歸叶

培按：此調他無作者，《詞律》謂太白「秋風清」一首，即此闋濫觴，然音節平仄自是不同。

江南春慢　一百九字　吴文英

夢窓自度曲，注小石調。

風響牙籤句雲寒古硯句芳銘猶在堂笏韻秋牀聽雨句妙謝庭豆春草吟筆叶城市喧鳴轍叶清溪上豆小山秀潔叶便向此豆搜松訪石句葺屋營花句紅塵遠避風月叶　瞿塘路句隨漢節叶記

羽扇綸巾句氣凌諸葛叶青天萬里句料漫憶豆蓴絲鱸雪叶車馬從休歇叶榮華夢豆醉歌耳熱叶真箇是豆天與此翁句芳芷嘉名句紉蘭佩兮瓊玦叶

「秋床」下與後「青天」下仝，無別作可校。

踏歌詞　三十字　崔液

培按：《西京雜記》：「歌者蹋地爲節，此踏歌之始也。」唐《輦下記》：「先天初，上御安福門觀燈，令朝士能文者爲踏歌。」故張說、謝偃皆有此詞。但張是七言絶句，謝乃五律，故不録。

㊣際花微落句樓前漢已横韻金壺催夜盡句㊣袖拂寒輕叶㊣笑暢歡情叶未半著天明叶

培按：此與《拋毬樂》相近，中二句亦要對偶，唯第五句叶，異。崔有兩首可校。《詞律》讀結語作七字一句、三字一句，大誤，今正之。

踏歌　八十三字　朱敦儒

宴闋韻散津亭豆鼓吹扁舟發叶㊣愁㊣豆隱隱陽關徹叶更風愁雨細添淒切叶恨結叶歎

良朋豆雅聚輕離缺叶一年幾豆把酒對花月叶便山遙水遠分吳越叶　書倩燕句夢借蝶叶重相見豆再把歸期說叶只愁到他時句彼此萍踪別叶總難如豆再會時節叶

右見《太平樵唱》，亦見《梅苑》，與唐人小令《踏歌》不同。《梅苑》無名氏一首，全與此仝，唯于第三段起二句，添一字，作七字一句云「最瀟洒處處冣奇絕」，微異，可平可仄，即条《梅苑》詞。

憶王孫　三十一字　豆葉黄　欄杆萬里心　李重元

萋萋芳草憶王孫韻柳外樓高空斷䰟叶杜宇聲聲不忍聞叶欲黄昏叶雨打梨花深閉門叶

又一躰　三十一字　呂　巖

二月江南山水路韻李花零落春無主叶一個魚兒無覓處叶風和雨叶玉龍生甲歸天去叶

用仄韻，與前異。此調諸譜失收，培從《全唐詩集》采入。

又一體　五十四字　周紫芝

梅子生時春漸老韻紅滿地豆落花誰掃叶舊年池館不歸來句又綠盡豆今年草叶　思量

千里鄉關道叶山共水豆幾時得到叶杜鵑只解怨殘春句也不管豆人煩惱叶

前後字句同，與前調大異。

一葉落　三十一字　唐莊宗

一葉落韻搴朱箔叶此時景物正蕭索叶畫樓月影寒句西風吹羅幕叶吹羅幕疊三字往事思量着叶

孤調無可校。

蕃女怨　三十一字　溫庭筠

萬枝香雪開已遍韻細雨雙燕叶鈿蟬箏句金雀扇叶畫梁相見叶雁門消息不歸來換平又飛迴叶平

飛卿有兩首可校。「已」字、「雨」字要仄。

調笑令　三十二字　轉應曲　宮中調笑　三臺令　馮延巳

培按：《全唐詩集》屬商調曲。

明月韻明月疊照得離人愁絕叶更深影入空牀換平不道幃屛夜長叶平長夜三換仄長夜

疊夢到庭花陰下叶三仄

起句疊。「長夜」二字，即上句尾兩字顛倒疊之，凡三換韻。

又一體　三十八字　毛　滂

隼旟珮馬閶門西韻泰娘紺幰爲追隨叶河橋春風弄鬢影句桃花髻暖黃蜂飛叶繡裀錦薦承迴雪換仄水犀梳斜抱明月叶銅駝夢斷江水長句雲中月墮寒香歇叶

香歇韻袂紅皺叶記立河橋花自折叶隼旟紺幰城西闕叶教妾驚鴻迴雪叶銅駝春夢空愁絕叶雲破碧江流月叶

詞前用七言古詩八句，四平四仄，即以詩尾二字爲詞之首句，餘俱叶之。詩則誦而詞則歌也，亦有止用詞而不用詩者。

遐方怨　三十二字　溫庭筠

唐教坊曲名，見《教坊記》。

憑繡檻句解羅幃韻未得君書句斷腸瀟湘春鴈飛叶不知征馬幾時歸叶海棠花謝也句雨霏霏叶

「湘」字可仄，「斷腸」必用仄平，有溫次首可校。

又一體　六十字　顧敻

簾影細句簟紋平韻象紗籠玉指句縷金羅扇輕叶嫩紅雙臉似花明叶兩條眉黛遠山橫叶　鳳簫歇句鏡塵生叶遼塞音書絕句夢魂長暗驚叶玉郎經歲負娉婷叶教人怎不恨無情叶

前段第五句，孫光憲作「此時更役心腸」，少一字，疑是脫誤。

思帝鄉　三十三字　韋莊

唐教坊曲名，見《教坊記》。

雲髻墜句鳳釵垂韻髻墜釵垂無力句枕函欹叶翡翠屏深月落句漏依依叶說盡人間天上句兩心知叶

又一體　三十四字　韋莊

春日遊韻杏花吹滿頭叶陌上誰家年少句足風流叶妾擬將身嫁與句一生休叶縱被無情棄句不能羞叶

又一體　三十六字　溫庭筠

花花韻滿枝紅似霞叶羅袖畫簾腸斷句卓金車叶迴面共人閒語句戰篦金鳳斜叶惟有阮郎春盡句不還家叶

「花花」句，不必疊，孫光憲作「如何」，可證。

如夢令　三十三字　憶仙姿　比梅　宴桃源　唐莊宗

曾宴桃源深洞韻一曲舞鸞歌鳳叶長記別伊時句和淚出門相送叶如夢叶如夢疊殘月落花煙重叶

培按：《如夢令》疊句，《梅苑》作「苞嫩」、「蘂淺」，叶而不疊；又作「煙淡」、「霜淡」，則疊韻而不疊句。《鳴鶴餘音》作「長生活計」，則竟作一句矣，皆變格也。趙長卿作，第四句云「目斷行雲凝竚」，下即用「凝竚」、「凝竚」，此是弄巧偶筆，非另一體。

又一體　三十三字　吳文英

鞦韆爭鬧粉牆韻閒看燕紫鶯黃叶啼到綠陰處句喚回浪子閒忙叶春光叶春光疊正是拾

翠尋芳叶

此用平韻，與前異。

又一體　六十六字　魏泰

炎暑尚餘八日韻火老金柔時節叶聞道間生賢句儲秀降神崧極叶無敵叶無敵疊當代人倫準的叶　射策當爲第一叶高躍龍門三級叶榮看綠袍新句帝渥必加寵錫叶良弼叶良弼疊真箇國家柱石叶

即前體加一疊，有李、劉詞可校。

西溪子　三十字　牛嶠

唐教坊曲名，見《教坊記》。

捍撥雙盤金鳳韻蟬鬢玉釵搖動叶畫堂前句人不語二換仄絃解語叶二仄彈到昭君怨處叶二仄翠蛾愁三換平不擡頭叶三平

第二「语」字，可用他字叶，不必重上韻。「翠蛾」句，毛文錫作「不覺到斜暉」，多兩字，又一格也，餘仝不錄。

訴衷情　三十三字　一絲風　溫庭筠

唐教坊曲名，見《教坊記》。

鶯語韻花舞叶春晝午叶雨霏微換平金帶枕三換平宮錦叶三仄鳳凰帷叶二平柳弱燕交飛叶二平依依叶二平遼陽音信稀叶二平夢中歸叶二平

又一體　三十三字　韋莊

碧沼紅芳煙雨靜句倚蘭橈韻垂玉珮換仄交帶叶仄裊纖腰叶平鴛夢隔星橋叶平迢迢叶平越羅香暗消叶平墜花翹叶平

前調起七字，三用韻，此減去兩韻併作七字一句，異。「倚蘭橈」下，與溫詞同。

又一體　三十七字　顧敻

永夜拋人何處去句絕來音韻香閣掩換仄眉斂叶仄月將沉叶平爭忍不相尋叶平怨孤衾叶平換我

心豆為你心叶平始知相憶深叶平

「孤衾」句三字，「換我」句六字，「始知」句五字，又異，餘與韋同。

又一體　四十一字　桃花水　　魏承班

春情滿眼臉紅消韻嬌妒索人饒叶星靨小句玉璫搖叶幾共醉春朝叶　別後憶纖腰叶夢魂勞叶如今楓葉又蕭蕭叶恨迢迢叶

「如今」句，魏別首作「臨行執手重重囑」，不叶韻，小異。《詞律》云：「有于『夢魂勞』三字作『重重囑』不叶者。」此紅友誤也。

又一體　四十四字　　王益

柳永《樂章集》注林鍾商，即歇指調。

燒殘絳蠟淚成痕韻街鼓報黃昏叶碧雲又阻來信句廊上月侵門叶　愁永夜句拂香裀叶待誰溫叶夢蘭憔悴句擲果淒涼句兩處消魂叶

宋人多用此體。「碧雲」句，耆卿作「不堪更倚木蘭」，疑訛，勿從。

又一體　四十五字　歐陽修

清晨簾幙卷輕霜韻呵手試梅粧叶都緣自有離恨句故畫作豆遠山長叶　思往事句惜流光叶易成傷叶擬歌先斂句欲笑還顰句最斷人腸叶

前結用六字，異。趙長卿前結云「臂間皓齒留香」，不折腰，餘同。

又一體　四十五字　漁父家風　張元幹

八年不見荔枝紅韻腸斷故園東叶風枝露葉誰新採句悵望冷香濃叶　冰透骨句玉開容叶想筠籠叶今宵歸夢句滿頰天漿句更御冷風叶

培按：此詞，張題曰《漁父家風》，《詞律》謂即是《訴衷情》，而各坊譜另列爲一調。今按黄山谷「一波纔動萬波隨」詞，第三句只六字，題云「在戎州登臨勝景，未嘗不歌《漁父家風》」，則本是一調也。紅友合之是已，但謂「新」字衍，則非。荔枝采下七日色香味俱失，此句之妙正在「新」字，觀嚴仁此句作「無情江水東流去」，亦七字，可證。

訴衷情近　七十五字　柳　永

《樂章集》亦注林鍾商。

雨晴氣爽句竚立江樓望處句澄明遠水生光句重疊暮山聳翠韻遙想斷橋幽徑句隱隱漁邨句向晚孤煙起叶　殘陽裏叶脉脉朱欄靜倚叶黯然情緒句未飲先如醉叶愁無際叶暮雲過了句秋風老盡句故人千里叶竟日空凝睇叶

又一體　七十五字　晁補之

小園過午句便覺涼生翠柏句戎葵間出墻紅句萱草靜依逕綠韻還是去年句浮瓜沉李句追涼故遶池邊竹叶　小筵促叶忽憶楊梅正熟叶下山南畔句晝舸笙歌逐叶愁凝目叶使君彩筆句佳人錦字句斷絃怎續叶盡日欄杆曲叶

前段第五、六句俱四字，第七句七字，異。「戎葵」一聯，例用對偶。

天仙子　三十四字　萬年斯曲　皇甫松

唐教坊曲名，見《教坊記》。

躑躅花開紅照水韻鷓鴣飛遶青山嘴叶行人經歲始歸來句千萬里叶錯相倚叶懊惱天仙應有以叶

第四、五句，和凝作「懶燒金，慵篆玉」，「金」字平聲，不叶，另格。

又一體　三十四字　韋莊

夢覺雲屏依舊空韻杜鵑聲咽隔簾櫳叶玉郎薄倖去無蹤叶一日日句恨重重叶淚界蓮腮兩線紅叶

此用平韻，「日」字不叶。

又一體　三十四字　韋莊

深夜歸來長酩酊韻扶入流蘇猶未醒叶醺醺酒氣麝蘭和換平驚睡覺句笑呵呵叶平長道人生能幾何叶平

此則前二句用仄，後三句用平，異。

又一體　六十八字　沈會宗

景物因人成勝槩韻滿目更無塵可礙叶等閒簾幙小闌干句衣未解叶心先快叶明月清

風如有待叶　誰信門前車馬隘叶別是人間閒世界叶座中無物不清涼句山一帶叶水一派叶流水白雲長自在叶

此比唐詞加一疊。第二句第二字必用仄聲，此宋詞例也。

風流子　三十四字　孫光憲

唐教坊曲名，見《教坊記》。

樓倚長衢欲暮韻瞥見神仙伴侶叶微傅粉句攏梳頭句隱約畫簾開處叶無語叶無緒叶慢曳羅裙歸去叶

又一體　一百十一字　内家嬌　張耒

亭皋木葉下句重陽近豆又是搗衣秋韻奈愁入庾腸句老侵潘鬢句漫簪黃菊句花也應羞叶楚天晚句白蘋煙盡處句紅蓼水邊頭叶芳草有情句夕陽無語句雁橫南浦句人倚西樓叶　玉容知安否句香箋共錦字句兩處悠悠叶空恨碧雲離合句青鳥沉浮叶向風前懊惱句芳心一點句寸眉兩葉句禁甚閒愁叶情到不堪言處句分付東流叶

調中多用儷語，定格。首句，美成「新綠小池塘」詞，用平字起韻，異。吳彥高前後俱用平字起韻。「芳草」句上，王之道多一仄字領起。「香箋」兩句語氣，或上三下六，或上五下四，不拘。審齋作：「塵埃盡，留白雪、長黃芽。」三字三句，不宜效之。「離合」之「合」、「言處」之「處」，美成、友古俱作平聲，則語氣當於「碧雲」、「不堪」下讀斷。「楚天晚」三句，夢窗作：「窈窕繡幰人睡起，臨砌脉無言。」校各家減一字，兩首皆如此，疑是脫落，或另一格。

歸國謠　三十四字　歸自謠　歸國謠　思佳客令　　歐陽修

唐教坊曲名，見《教坊記》。

何處笛韻深夜夢回情脉脉叶竹風簾雨寒窗隔叶　離人幾歲無消息叶今頭白叶不眠特地重相憶叶

「離人」句，歐別作「香閨寂寂門半掩」，句法拗，不拘。趙彥端換頭云「歷歷黃花矜酒美」，平仄異。歐公別首，此句亦不拘。

又一體　四十二字　　溫庭筠

雙臉韻小鳳戰篦金颭艷叶舞衣無力風斂叶藕絲秋色染叶　錦帳繡幃斜掩叶露珠清曉簟叶粉心黃蘂花靨叶黛眉山兩點叶

韋莊「春欲晚」一首與此同，惟前起多一字，微異，不另列。

又一體　四十二字　　顏奎

春風拂拂韻簷花雙燕入叶少年湖上風日叶問天何處覓叶　湖山畫屏晴碧叶夢華知夙昔叶東風忘了前迹叶上青蕪半壁叶

首起四字，次五字，異。後結作上一下四句法，平仄亦微不同。

飲馬歌　三十四字　　曹勛

培按：《松隱集》自注：「此腔傳自金中，飲牛馬即橫笛吹，不鼓不拍，其音淒斷，聞兀朮每對陣吹此，則鏖戰無還期。」據曹注，則此曲亦鐃歌鼓吹之遺音也。

邊城春未到韻雪滿交河道叶暮沙明殘照叶塞烽雲間小叶斷鴻悲句隴月低句淚濕征衣悄叶歲

華老叶

培按：「悲」、「低」兩字，疑是間押平韻，然無可叅校。

定西番 三十五字 孫光憲

唐教坊曲名，見《教坊記》。

帝⃝子枕⃝前秋⃝夜句霜幄冷句月華明韻正三更叶 何⃝處戍⃝樓寒⃝笛句夢⃝殘聞⃝一聲叶遥⃝想漢⃝闕萬⃝里句淚縱橫叶

「秋夜」、「寒笛」、「萬里」，此三句可間叶仄韻。温飛卿一首，于「夜」、「笛」二句間叶仄韻，而「里」字不叶，韋莊一首于「笛」、「里」二句間以仄韻，而「夜」字不叶，不拘，注明不録。

又一體 四十一字 張先

桿撥紫檀金襯句雙秀萼句兩回鸞韻齊學漢宮粧樣句競嬋娟叶 三十⃝六絃蟬鬧句小絃蜂作團叶聽盡昭君幽怨句莫重彈叶

第三句下，多六字一句，餘仝。子野有三首皆同，可校。

連理枝　三十五字　李白

培按：《尊前集》注黃鐘宮，《宋史・樂志》：「琵琶曲，蕤賓調。」

雪蓋宮樓閉韻羅幕昏金翠叶鬪鴨欄杆句香心淡薄句梅梢輕倚叶噴寶猊香燼豆麝煙濃句馥紅消翠被叶

培按：此調，太白又有「淺畫雲垂帔」一首，句讀同，可校。曾見有譜云：「本是一首，後人誤分爲二。」培意唐詞罕雙疊者，故仍據《尊前集》分之。

又一體　七十字　小桃紅　灼灼花　紅娘子　程垓

不恨殘花嚲韻不恨殘春破叶只恨流光句一年一度句又催新火叶縱青天白日豆繫長繩句也留春得麽叶　花院從教鎖叶春事從教過叶燒筍園林句嘗梅臺榭句有何不可叶已安排珍簟豆小胡牀句待日長閒坐叶

即前詞加一疊，宋人體多如此。

又一體　七十二字　邵叔齊

淡泊踈烟隔韻寂寞官橋側叶綠萼青枝風塵外句別是一般姿質叶念天涯憔悴豆各飄零句記初曾相識叶　雪裏清寒逼叶月下幽香襲叶不似薄情無憑準句一去音書難得叶看年年時候豆不踰期句報陽和消息叶

調見《梅苑》，與程詞同，惟前後段第三、四句，攤破作七字一句、六字一句，異。宋人中無別首可校。

江城子　三十五字　江神子　水晶簾　牛嶠

鵁⃝鶄⃝飛⃝起⃝郡⃝城⃝東韻碧江空叶半⃝灘⃝風叶越⃝王⃝宮⃝殿⃝句蘋葉藕花中叶簾⃝捲水⃝樓魚⃝浪起句千⃝片⃝雪句雨濛濛叶

培按：首句，和凝五首皆仄仄起，不拘。「越王」兩句，亦可上六下三。

又一體　三十七字　張泌

浣花溪上見卿卿韻臉波秋水明叶黛眉輕叶綠雲高綰句金簇小蜻蜓叶好是問他來得麽句和笑

道句莫多情叶

第二句五字，異，餘同。牛嶠起句「極浦煙清水鳥飛」，平仄異，不拘。尹鶚一首，起云「裙拖碧，步飄香」，作三字兩句，又一格也，餘同，不另列。

又一體 三十六字 歐陽炯

晚日金陵岸草平韻落霞明叶水無情叶六代繁華句暗逐逝波聲叶空有姑蘇臺上月句如西子鏡句照江城叶

第七句多一字，異。培按：「如」字，分明是襯，《詞律》雖力闢襯字之說，然宋人實有之，不可謂無，但不知音律者，自不應亂下襯字耳。如今之南北曲，有可襯，有不可襯處，必能度曲，唱之而後見。

又一體 七十字 謝逸

杏花村館酒旗風韻水溶溶叶颺殘紅叶野渡舟橫句楊柳綠陰濃叶望斷江南山色遠句人不見句草連空叶 夕陽樓外曉煙籠叶粉香融叶淡眉峯叶記得年時句相見畫屏中叶只有關山今夜

月句千里外句素光同叶

比牛詞加後疊。「人不見」、「千里外」，間有用仄平仄者，不必從。

又一體　七十字　黃庭堅

新來又被眼奚搐韻不甘伏叶怎拘束叶似夢還真句煩亂損心曲叶見面暫時還不見句看不足句惜不足叶　不成歡笑不成哭叶戲人目叶遠山蹙叶有分看伊句無分共伊宿叶一貫一文饒十貫句千不足句萬不足叶

培按：此全押仄韻，《詞律》云「是以入声韻代平聲」，然無可校。

江城梅花引　八十七字　江梅引　攤破江城子　程垓

娟娟霜月冷侵門韻怕黃昏叶又黃昏疊手撚一枝句獨自對芳樽叶酒又不禁花又惱句漏聲遠句一更更句總斷魂叶　斷魂疊斷魂疊不堪聞叶被半溫叶香半薰叶睡也睡也句睡不穩豆誰與溫存叶惟有牀前句銀燭照啼痕叶一夜爲花憔悴損句人瘦也句比梅花句瘦幾分叶

此調過變藏兩短韻，即疊前段結句韻脚，《樂府指迷》所謂：「句中韻是也，不可截然分作三句，填者辨之。」譜内可平可仄，悉条所採全押平韻諸詞，惟後段第四句「睡也睡也」，第五句「睡不穩」，連用疊字仄聲，此係體例所關，不得混注可平。蔣捷「白鷗問我泊孤舟」詞，同此，只過變多一字，云：「憶舊游、舊游今在不。」譜或另列爲一格。培按：蔣詞前結云：「冷清清憶舊游。」故後起接云：「舊游舊游今在不。」詞意甚明，添一「憶」字，反成蛇足，必悞多一字無疑也，故削去不收此體。

又一體　八十七字　趙汝芜

對花時節不曾歡韻見花殘叶任花殘疊小約簾櫳句一面受春寒叶啼破玉櫛雙喜鵲句香爐冷句繞雲屏句渾是山叶　待眠疊未眠疊事萬千叶也問天叶也恨天疊髻兒半偏叶繡裙兒豆寬了還寬叶自取紅氈句重坐暖金船叶惟有月知君去處句今夜月句照秦樓句第幾間叶

此與程詞同，惟後段起句不疊前結韻脚，第三句疊韻，第四句多押一韻，爲異。

又一體　八十七字　吴文英

江頭何處帶春歸韻玉川迷叶路東西叶一雁不飛句雪壓凍雲低叶十里黄昏成曉色句竹根籬叶

分流水句過翠微叶　帶書傍月自鋤畦叶苦吟詩叶生鬢絲叶半黃細雨句翠禽語豆似說相思叶惆悵孤山句花盡草離離叶半幅寒香家住遠句小簾垂叶玉人誤句聽馬嘶叶

此校程詞，換頭減去短韻，「竹根」、「小簾」句叶，「流水」、「玉人」句平仄異。姜夔「人間離別」詞，于「苦吟」句不叶，餘同。兩結或作六字句，誤。

又一體　八十七字　四笑江梅引　洪　皓

天涯除館憶江梅韻幾枝開叶使南來叶還帶餘杭句春信到燕臺叶準擬寒英聊慰遠句隔山水句應消落句赴愬誰叶　空恁遐想笑摘蘂換仄叶斷回腸句思故里叶仄漫彈綠綺叶仄引三弄豆不覺魂飛叶平更聽胡笳句哀怨淚沾衣叶平亂插繁花須異日句待孤諷句怕東風句一夜吹叶平

此洪在北庭和王觀韻者，三首皆同，一首失其稿，每首有一「笑」字，北人謂之《四笑江梅引》。有一譜云：「王觀詞，換頭作『怨極恨極嗅玉蘂』，連下七仄聲字，內兩『極』字一『玉』字，乃以入作平，填者勿用去聲。」培按：以諸家詞較之，此說極是，但洪作第二首云：「曾動詩興笑冷蘂。」第三首云：「貪爲結子藏暗蘂。」「興」、「暗」二字皆去聲，則似可不拘。又按：洪第三首，「回腸」句、「胡笳」句，皆叶，此是偶合。周密「瑤妃鸞影逗仙雲」詞，全與此同，惟換頭云「酒醒夢醒惹新恨」，仍疊用二字；「綠綺」句作「翠禽夜舞」，「舞」字不叶，微異，不另列。

又一體 八十五字 李獻能

漢宮嬌額倦塗黃韻試新粧叶立昭陽叶萼綠仙姿句高髻碧羅裳叶翠袖捲紗閒倚竹句暝雲合句瓊枝薦暮涼叶 壁月浮香搖玉浪換仄叶拂春簾句縈綺牕叶平冰肌夜冷句滑無粟豆影轉斜廊叶平冉冉孤鴻句烟水渺三湘叶平青鳥不來天地老句斷魂夢句清霜靜楚江叶平

此較洪詞，惟後段第三句叶平韻，第四句不叶，兩結減一字，異。

又一體 八十五字 白樸

一溪流水隔天台韻小桃栽叶爲誰開叶應念劉郎句早晚得重來叶翠袖天寒憔悴損句倚脩竹句殘紅墮綠苔叶 怨極恨極愁更哀叶甚連環句無計觧換仄叶伯勞分背叶仄燕飛去豆雲樹蒼崖叶平千里相思句何處託幽懷叶平　㴩嶠風流還自許句後期杳句塵生玉鏡臺叶平

此校李詞，惟换頭叶平韻，第三句叶仄韻，第四句叶，稍異，餘悉同。此詞培從《天籟集》采入。

明月引　八十七字　周　密

自注和趙白雲自度曲。

雁霜苔雪冷飄蕭韻斷魂潮叶送春橈叶翠袖珠樓句清語夢瓊簫叶江北江南雲自碧句人不見句淚花寒句向雨飄叶　愁多病多腰素消叶倚青琹句調大招叶江空歲晚句淒涼句豆遠意難描叶月影花陰句心事負春宵叶幾度問春春不語句春又去句到西湖句第幾橋叶

培按：此調與前吳作同，惟後段第二句、第九句不叶，及两結句第三字仍用平聲，小異。然係趙白雲自度曲，音響宫調必不同，理應另列。换頭周又一首云「酒醒未醒香旋消」，與此闋疊用二「多」字同，張翥詞亦然。此是定格，填者辨之。

又一體　八十六字　西湖明月引　陳允平

雨餘芳草碧蕭蕭韻暗春潮叶蕩雙橈叶紫鳳青鸞句舊夢帶文簫叶綽約珮環風不定句雲欲墮句

六銖香句天外飄叶　相思爲誰蘭恨銷叶瀟湘魂句無處招叶素紈猶在句真眞意豆還倩誰描叶舞鏡空懸句羞對月明宵叶鏡裏心句心裏月句君去矣句舊東風句新畫橋叶

此亦是和趙白雲韻，惟换頭不用疊字。「鏡裏心」兩句，减一字，與周詞小異。過變「爲」字、「恨」字去聲，周密、張翥竝同，定格。

江城子慢　一百九字　江神子慢　呂渭老

(新)枝媚斜日韻花逕霽豆(晚)(碧)(泛)紅滴叶近寒食叶蜂(蜨)亂豆點檢(一)城春色叶倦游客叶(門)外昏鴉啼夢破句(春)心似豆游絲飛遠碧叶燕(子)又語斜簷句(行)雲自沒消息叶　當時烏絲夜語句約桃花(時)候句同醉瑤瑟叶甚端的叶看看是豆(榆)莢楊花飛擲叶怎忘得叶(斜)倚紅樓囬淚眼句天如水豆沉沉連翠壁叶想伊豆(不)整啼粧簾影側叶

此調只有蔡松年詞可校。换頭句可叶。「甚端的」句，蔡作「種種陳迹」，多一字，應是「總陳跡」之譌，填者宜從呂詞。

望江怨　三十五字　牛嶠

東風急韻惜別花時手頻執叶羅帷愁獨入叶　馬嘶殘雨春蕪濕叶倚門立叶寄語薄情郎句粉

香和淚泣叶

只此一首，無可参校。

相見歡　三十六字　烏夜啼　上西樓　月上瓜洲　憶真妃　西樓子　秋夜月　李後主

無⃝言獨⃝上西樓韻月如鉤叶寂⃝寞梧⃝桐深⃝院句鎖清秋叶　剪⃝不⃝斷換仄理⃝還⃝亂叶仄是離愁叶平別⃝是一⃝般滋⃝味句在心頭叶平

「斷」、「亂」兩字，蔡伸、張輯皆不用韻，另格。吴文英換頭云：「一顆顆，一星星，是秋情。」「星」字叶平，異，餘同。張鎡換頭作「相竝渾如私語」，合三字兩句為六字一句，更異，然不足法矣。

何滿子　三十六字　河滿子　和凝

唐教坊曲名。崔令欽《教坊記》：「開元中，滄州歌者，臨刑，進此曲以贖死，竟不免，而世傳其曲。」白居易詩：「世傳何滿是人名，臨就刑時曲始成。」培按：《唐詩紀事》：「文宗時，宫人沈翹翹善舞此曲，歌『浮雲蔽白日』之句，則本是舞曲，檃括古詩入歌調，今人亦能之。」《詞律》謂「世遠聲湮，不可訂」，非是。

寫得魚箋無限句其如花鎖春暉韻目斷巫山雲雨句空教殘夢依依叶却愛薰香小鴨句羨他長在屏幃叶

孫光憲一首，第三句「歌袖半遮眉慘」，減一字，另格。

又一體　七十四字　毛熙震

萬樹云：「《碧雞漫志》屬雙調，兩段各六句，內五句各六字，一句七字。」白樂天詩：「一曲四詞歌八疊，從頭俱是斷腸聲。」是本屬雙調，而前之單調者，止得其半也。

無語殘粧淡薄句含羞嚲袂輕盈韻幾度香閨眠過曉句綺窗踈日微明叶雲母帳中偷惜句水精枕上初驚叶　笑靨嫩疑花坼句愁眉翠斂山橫叶相望秪教添悵恨句整鬟時見纖瓊叶獨倚朱欄閒立句誰知別有深情叶

尹鶚一首，前段第三句六字，後段第三句七字，另格。杜安世前後第三句，俱用平平平仄平平仄，與此相反，諸家無之。

又一體 七十四字 毛滂

急雨初收珠點韻雲峰巉絕天半叶轆轤金井卷甘冽句簾外翠陰遮徧叶波翻水精重箔句秋在流璃雙簟叶 漏永流花緩緩叶未放崦嵫晼晚叶紅荷綠芰暮天好句小宴水亭風館叶雲亂香噴寶鴨句月冷釵橫玉燕叶

用仄韻，宋人中只此一首，平仄雖拗，宜遵之。

長相思 三十六字 雙紅豆 山漸青 憶多嬌 白居易

汴水流韻泗水流叶流到瓜洲古渡頭叶吳山點點愁叶 思悠悠叶恨悠悠叶恨到歸時方始休叶月明人倚樓叶

後起可不叶。前後段第二句，可不必疊韻。

又一體 三十六字 劉光祖

玉樽涼韻玉人涼叶若聽離歌須斷腸叶休教成鬢霜叶畫橋西句畫橋東換韻有淚分明清漲同叶二平如何留醉翁叶二平

前後兩韻，異。

長相思慢　一百三字　或無「慢」字　柳永

《樂章集》注林鐘商。

畫鼓喧街句蘭燈滿市句皎月初照嚴城韻清都絳闕夜景句風傳銀箭句露暖金莖叶巷陌縱橫叶過平康緩轡句欵聽歌聲叶鳳燭熒熒叶那人家豆未掩香屏叶　向羅綺叢中句認得依稀舊日句雅態輕盈叶嬌波艷冶句巧笑依然句有意相迎叶墻頭馬上句漫遲留豆難寫深誠叶又豈知豆名宦拘檢句年來減盡風情叶

又一體　一百三字　周邦彥

夜色澄明句天街如水句風力微冷簾旌韻幽期再偶句坐久相看句纔喜欲歎還驚叶醉眼重醒叶映雕欄脩竹句共數流螢叶細語輕輕叶儘銀臺豆挂蠟潛聽叶　自初識伊家句便惜妖嬈豔質句美盼柔情叶桃溪換世句鸞馭淩空句有願須成叶遊絲蕩絮句任輕狂豆相逐牽縈叶但連環不解句流水長東句難負深盟叶

此與柳詞校，前段第四、五、六句，作四字兩句、六字一句；後段第九、第十句、結句，作五字一句、四字兩句，異。

又一體 一百四字 楊无咎

急雨囬風句淡雲障日句乘閒攜客登樓韻金桃帶葉句玉李含朱句一樽同醉青州叶福善橋頭叶記檀淒絕句春笋纖柔叶牕外月西流叶似潯陽豆商婦隣舟叶　況得意情懷句倦粧模樣句尋思可奈離愁叶何妨乘逸興句任征帆豆直抵蘆洲叶月缺花羞叶重相見豆歡情更稠叶問何時豆佳期卜夜句綢繆莫負清秋叶

此較柳詞，前段第十句多一字，後段全異。此詞及秦觀「鐵甕城高」一首，舊刻于後結俱脫去四字，謬甚。今從《花草粹編》增定。

又一體 一百四字 袁去華

葉舞殷紅句水搖瘦碧句隱約天際帆歸韻寒鴉影裏句斷鴈聲中句依然殘照輝輝叶立馬看梅叶試尋香嚼蘂句醉折繁枝叶山翠埽脩眉叶記人人豆蹙黛愁時叶　歎客裡豆光陰易失句霜侵

短髩句塵染征衣叶陽臺雲歸後句到如今豆重見無期叶流怨清商句空細寫豆琹心向誰叶更難將豆愁隨夢去句相思惟有天知叶

此較楊詞，後段第一句七字，第二、三句皆四字，第六句不叶，異。

風光好　三十六字　陶　穀

好姻緣韻惡姻緣叶秖得郵亭一夜眠叶會神仙叶　琵琶撥盡相思調換仄知音少叶仄安得鸞膠續斷絃叶平是何年叶平

《天機餘錦》所載「柳陰陰」一首，乃歐良作，正與此同。

誤桃源　三十六字　無名氏

培按：宋張耒《明道雜志》：「掌禹錫差考試監生，題爲《砥柱勒銘賦》，本唐太宗銘禹功，而掌悞謂太宗自銘其功。宋渙中第一，爲韓玉汝所劾，有無名子作此詞嘲之。」

砥柱勒銘賦句本贊禹功勳韻試官親處分叶贊唐文叶　秀才冥子裏句鑾駕幸并汾叶恰似鄭州去句出曹門叶

無別首可校。

望梅花　三十八字　和凝

春草全無消息韻臘雪猶餘踪跡叶越嶺寒枝香自坼叶冷艷奇芳堪惜叶何事壽陽無處覓叶吹入誰家橫笛叶

全用仄韻，只此一首。

又一體　三十八字　孫光憲

數枝開與短墻平韻見雪萼豆紅跗相映換仄叶引起誰人邊塞情叶平　簾外欲三更叶平吹斷離愁月正明叶平空聽隔江聲叶平

用平仄互叶，亦無可校。培按：「映」字換仄叶，諸譜失注，誤。

又一體　七十字　蒲宗孟

(寒)梅堪羨韻(堪)羨(輕)苞初展叶被天人豆製巧粧素艷叶羣芳皆賤叶(碎)剪月華千萬片叶綴向瓊

枝欲偏叶　小庭幽院叶雪月交輝無辨叶影玲瓏豆何處臨溪見叶謝家新宴叶別有清香風際轉叶縹緲着人頭面叶

調見《梅苑》，前後同，與唐詞迥異。

又一體　七十二字　蒲宗孟

一陽初起韻暖力未勝寒氣叶堪賞素華長獨秀句不並開紅抽紫叶青帝秖應憐潔白句不使雷同衆卉叶　淡然難比叶粉蝶豈知芳蘂叶夜半捲簾如乍失句只在銀蟾影裏叶殘雪枝頭君認取句自有清香旖旎叶

前後第三、五句，俱不叶，句法亦小異。

又一體　八十二字　張雨

何處仙家方丈韻渾連水豆隔他塵軼叶放鶴天空句看雲窓小句萬幅丹青圖障叶憑高望叶笑掣金鰲句人道是豆蓬萊頂上叶　時問葛陂龍杖叶更準備豆雪中鶴氅叶脩月吳剛句收書東老句消得百壺春釀叶無盡藏叶莫傲清閒句怕詔起豆山中宰相叶

前後皆與蒲作異。《鳴鶴餘音》一首，前後第二句俱作六字，餘悉同，另格。培按：《詞律》謂此調實咏梅花，未可作他用，觀張詞足證其説之固矣。

上行盃　三十八字　鹿虔扆

唐教坊曲名，見《教坊記》。

草草離亭鞍馬句從遠道豆此地分襟韻燕宋秦吳千萬里換仄　無辭一醉叶仄野棠開句江草濕三換仄竚立叶三仄沾泣叶三仄征騎駸駸叶平

凡三換韻。培按：此小令，可不分段。

又一體　三十九字　鹿虔扆

離棹逡巡欲動韻臨極浦豆故人相送叶去住心情知不共叶　金船滿捧叶綺羅愁句絲管咽換仄迴別叶仄帆影滅叶仄江浪如雪叶仄

兩換仄韻，與前詞異。

又一體　四十一字

韋莊

芳草灞陵春岸韻柳煙深豆滿樓絃管叶一曲離歌腸寸斷叶　今日送君千萬叶紅縷玉盤金鏤盞叶須勸叶珍重意句莫辭滿叶

通篇一韻，句法亦異。「金鏤盞」，韋又作「勸和淚」，「勸」字仄。

詞榘卷二終

詞榘卷五

歙西方成培仰松輯
鑾江洪肇泰魯瞻校

阮郎歸　四十七字　醉桃源　碧桃春　吳文英

翠深濃合曉鶯隄韻春如日墜西叶畫圖新展遠山齊叶花深十二梯叶　風絮晚句醉魂迷叶隔城聞馬嘶叶落紅微沁繡鴛泥叶秋千教放低叶

此調作者最多，過變獨歐、蘇用仄平仄，然不若平仄仄之善。山谷于「西」、「梯」、「嘶」、「低」四句，重押四「山」字，此戲効獨木橋體，不另列。

賀聖朝　四十七字　馮延己

唐教坊曲名，見《教坊記》。

金絲帳暖牙牀穩韻懷香方寸叶輕顰輕笑句汗珠微透句柳沾花潤叶　雲鬟斜墜句春應

未已句不勝嬌困叶半欹犀枕句亂纏珠被句轉羞人問叶

此調昉於此詞，後來杜、黄、葉、趙諸詞，皆由此添字，或攤破句法。

又一體　四十七字　杜安世

牡丹盛坼春將暮韻群芳羞妒叶幾時流落在人間句半開仙露叶　馨香艷冶句吟看醉賞句歎誰能留住叶莫辭持燭夜深深句怨等閒風雨叶

此校馮詞，前段第三、四句，減一字作七字一句；後段第四、五句，減一字作七字一句；後結添一字作五字一句，異。

又一體　四十七字　杜安世

東君造物無凝滯韻芳容相替叶杏花桃萼一時開句就中明媚叶　緑叢金朶句枝長葉細叶稱花王相待叶萬般堪愛句暫時見了句斷腸無計叶

後結用四字三句，異。

又一體　四十七字　黃庭堅

脫霜披茜初登第韻名高得意叶櫻桃榮宴玉墀遊句領羣仙行綴叶　佳人何事輕相戲叶道得之何濟叶君家聲譽古無雙句且均平居二叶

此校杜詞，前結多一字，過變七字一句，異。趙彥端一首同，可校。

又一體　四十八字　葉清臣

滿斟綠醑留君住韻莫匆匆歸去叶三分春色句二分愁悶句一分風雨叶　花開花謝花無語叶且高歌休訴叶知他來歲句牡丹時候句相逢何處叶

過變同黃詞，前後同馮詞，多兩字。培按：《花菴詞選》載葉此詞，作：「三分春色二分愁，更一分風雨。花開花謝，都來幾許。且高歌休訴。知他來歲牡丹時，再相逢何處。」全首與趙師俠詞同，茲録別本以備體。趙彥端「一江風月」詞同此，但後結云「但歸來，有溫柔佳處」，合四字兩句，作上三下五折腰一句，異。然培意作四字兩句讀，亦通。

又一體　四十九字　趙師俠

千林脫落羣芳息韻有一枝先白叶孤標踈影壓花叢句更清香堪惜叶　吟情無盡句賞音未已句早紛紛藉藉叶想貪結子去調羹句任叫雲橫笛叶

此首過變同杜詞，前後同黃詞，惟前段第二句比黃多一字。

轉調賀聖朝　四十九字　無名氏

漸覺一日句濃如一日句不比尋常韻若知人豆爲伊瘦損句成病又何妨叶　相思到了句不成模樣句收淚千行叶把從前豆淚來做水句流也流到伊行叶

右見楊湜《古今詞話》，與《賀聖朝》迥異，今類列之于此。

又一體　五十字　無名氏

野僧歸後句漁舟纔纜句綠檜生煙韻對寒汀豆瀟灑枕書眠叶聽石漱流泉叶　丹鑪火滅句琴房人靜句風自調絃叶待孤峯豆頂上月明時句正一夢游仙叶

右見《鳴鶴餘音》。前後整齊，與前調異。「眠」字疑偶合，似可不叶。

又一體　五十字　無名氏

草堂初寐句青衣扃戶句丹頂歸巢韻抱瑤琴高枕句夢游仙島句物外逍遙叶　中宵睡覺句聲如鳴珮句竹被風敧叶隔踈林斜望句斷雲飛去句月上松梢叶

此亦見《鳴鶴餘音》，前後同，與前詞異。

賀熙朝　六十一字　賀明朝　歐陽炯

憶昔花間初識面韻紅袖半遮句粧臉輕轉叶石榴裙帶句故將纖纖句玉指偷撚叶雙鳳金線叶　碧梧桐鎖深深院叶誰料得兩情句何日教繾綣叶羨春來雙燕叶飛到玉樓句朝暮相見叶

歐次首「憶昔花間相見後」詞，同此可校，惟「紅袖句」，作「只憑纖手」，「手」字叶，小異。

培按：此調，《花間集》原名《賀熙朝》，《全唐詩集》作《賀明朝》，《詞律》不攷，混入《賀聖朝》之中，繆矣，今為改正，類列於此。

錦堂春　四十七字　烏夜啼《六一詞》名「聖無憂」　歐陽修

唐教坊曲名。培按：《唐書・音樂志》云：「《烏夜啼》者，宋臨川王義慶所作也。元嘉十七年，以彭城王義康事，徵還宅，大懼。伎妾聞烏夜啼聲，扣齋閤云，明日應有赦，其年更為南兗州刺史，因作此歌。調名本此。」《聖無憂》之名，亦本《教坊記》。

此路風波險句　十年一別須臾韻　人生聚散長如此句　相見且歡娛叶　好酒能消光景句　春風不染髭鬚叶　為公一醉花前倒句　紅袖莫來扶叶

培按：歐公此首，全照李後主「昨夜風兼雨」詞填者，猶是唐詞體，為《錦堂春》正格。趙、程兩詞皆從此添字，故列于後。

又一體　四十八字　趙令時

樓上縈簾弱絮句　牆頭礙月低花韻　年年春事關心事句　腸斷欲棲鴉叶　舞鏡鸞衾翠減句　啼珠鳳蠟紅斜叶　重門不鎖相思夢句　隨意遶天涯叶

前起比歐詞添一字，作駢語，異。詞中平仄，有《東坡詞》可校。

又一體　五十字　程　垓

牆外雨肥梅子句　階前水遶荷花韻　陰陰庭戶薰風灑句　冰紋簟豆　怯菱芽叶　春盡難憑燕語句

日長惟有蜂衙叶沉香火冷珠簾暮句箇人在豆碧牕紗叶

校前詞惟兩結各添一字，作折腰句，異。培按：書舟此詞，汲古閣誤刻《西江月》，謬甚，此据《詞緯》改定。

又一骵　九十八字　王聖與

桂嫩傳香句榆高送影句輕羅小扇涼生韻正鴛機梭靜句鳳渚橋成叶穿線人來月底句曝衣花入風庭叶看星殘灩碎句露滴珠融句笑掩雲扃叶　綵盤凝望仙子句但三星隱隱句一水盈盈叶暗想憑肩私語句鬢亂釵横叶蛛網飄絲罥恨句玉籤傳點催明叶筭人間待巧句似恁匆匆句有甚心情叶

前段第四句、第八句、後段第八句各減一字，異。王又一首「憑肩」句云「早是宫鞋鴛小」，添一字；後結三句，減一字，作兩句，云「看姮娥此際，多情又是無情」，餘同不録。

錦堂春慢　一百一字　司馬光

㊣紅日遲遲句虚廊轉影句㊣槐陰㊣迤邐西斜韻㊣彩筆工夫㊣難狀句晚景煙霞叶㊣蝶尚不知㊣春去句

漫繞幽砌尋花叶奈猛風過後句縱有殘紅句飛向誰家叶　始知青春無價句歎飄零官路句荏苒年華叶今日笙歌叢裏句特地咨嗟叶席上青衫濕透句算感舊豆何止琵琶叶怎不教人易老句多少離愁句散在天涯叶

右見《青箱雜記》。培按：《梅苑》無名氏「臘雪初晴」詞同此，惟前段第七句添一字云「滿階前霜葉聲乾」，後段第八句減一字云「一枝贈春色」，校溫公詞為整齊，可遵。但温公所作在前，相傳已久，故首列之，而附注《梅苑》詞于此。

又一體　一百一字　　黃裳

天女多情句梨花剪碎句人間贈與多才韻漸覺瑤池瀲灩句粉翅徘徊叶囬旋不禁風力句背人飛去還來叶最是清虛好處句遙度幽香句不掩寒梅叶　歲華多幸呈瑞句泛寒光一樣句仙子樓臺叶雖喜朱顏可照句時更相催叶細認沙汀鷺下句靜看煙渚潮回叶爲遣青娥趁拍句闘獻輕盈句且更傳杯叶

此校温公詞，前段第八句添一字，後段第七句減一字，最整齊。

又一體 九十九字 葛立方

氣應三陽句氛澄六幕句翔鳥初上雲端韻問朝來何事句喜動門闌叶田父占來好歲句星家說道宜官叶擬更憑高望遠句春在煙波句春在晴巒叶 歌管雕堂燕喜句任重簾不捲句交護春寒叶況金釵整整句玉树團團叶柏葉輕浮重醑句梅枝巧綴新幡叶共祝年年如願句壽過松椿句壽過彭聃叶

此與黃詞同，惟前後段第四句各減一字，異。 王夢應「浅幘分秋」詞，正與葛同，惟于「憑高」句作「更烟樓鳳舉」，于「年年」句作「早羣仙醉去」，各減一字，作上一下四句法，另格。

雙鸂鶒 四十八字 朱敦儒

拂破秋江烟碧韻一對雙飛鸂鶒叶應是遠來無力叶稍下相偎沙磧叶 小管誰吹橫笛叶驚起不知消息叶悔不當時描得叶如今何處尋覓叶

六言八句皆叶韻，前後同，無別首可校。

人月圓 四十八字 青衫濕 吴 激

南朝千古傷心事句還唱後庭花韻舊時王謝句堂前燕子句飛入誰家叶 恍然一夢句仙肌勝雪句宮鬟堆鴉叶江州司馬句青衫淚濕句同是天涯叶

又一體 四十八字 楊无咎

風和日薄餘煙嫩句惻惻透鮫綃韻相逢且喜句人圓玳席句月滿丹霄叶 爛遊勝賞句高低燈火句鼎沸笙簫叶 一年三百六十日句願長似今宵叶

後结與前調異。《詞律》于「十」字注作平，甚是，「六」字作平則不必。

又一體 四十八字 楊无咎

月華燈影光相射韻還是元宵也叶綺羅如畫句笙歌遞響句無限風雅叶 鬧蛾斜插句輕衫乍試句閒趁尖耍叶百年三萬六千夜叶願長如今夜叶

用仄韻，異。「千夜」之「夜」係偶合，似不必叶。

喜團圓　四十八字　與團圓　　晏幾道

危樓靜鎖句窗中遙岫句門外垂楊韻珠簾不禁春風度句解偷送餘香叶　眠思夢想句不如雙燕句得到蘭房叶別來只是句憑高淚眼句感舊離腸叶

《花草粹編》載無名氏詞，前段第四、五句云：「孜孜覷着，算前生、只結得，眼姻緣。」攤破句法，與晏詞異。因餘同，且詞俚不具録。

又一體　四十八字　　無名氏

輕攢碎玉句玲瓏竹外句脫去繁華韻尤滯東君句最先點破句壓倒羣花叶　瘦影生香句黃昏月館句深淺溪沙叶仙標淡竚句偏宜么鳳句肯帶棲鴉叶

前段第四、五句，攤破作四字三句，異。《花草粹編》載此詞，作：「滯東君，先點破，壓群花。」脫去三字，誤甚。今從《梅苑》改正。

鬲溪梅令　四十八字　　姜夔

自註仙呂調。

好花不與殢香人韻浪粼粼叶又恐春風歸去豆綠成陰叶玉鈿何處尋叶　木蘭雙槳夢中雲叶水橫陳叶謾向孤山山下豆覓盈盈叶翠禽啼一春叶

前後同，無可參校。「鬲」、「隔」古字通用，《詞律》謂當作「隔」，非是。

朝中措　四十八字　照江梅　歐陽修

《宋史·樂志》：「屬黃鐘宮。」

平⃝山欄⃝檻倚晴空韻山⃝色有無中叶手⃝種堂⃝前楊⃝柳句別⃝來幾⃝度春風叶　文⃝章太⃝守句揮⃝毫萬⃝字句一⃝飲千鍾叶行⃝樂直⃝須年⃝少句樽⃝前看⃝取衰翁叶

「文章」句，蔡伸作「庭前花謝了」，多一字。「了」字疑是羨文，勿從。

又一體　四十八字　趙長卿

荷錢浮翠點前溪韻梅雨日長時叶恰是清和天氣句雕鞍又作分攜叶　別來幾日愁心折句鍼線小蠻衣叶羞對綠陰庭院句銜泥燕燕于飛叶

過變兩句，七字、五字，與前調異。「別來」句，稼軒叶韻，餘同。

山外雲　四十八字　茅山逢故人　張　雨

此調始于貞居，取詞中次句為名，因贈句曲道士而作，故又名《茅山逢故人》。

山下寒林平楚韻山外雲帆煙渚叶不飲如何句吾生如夢句髩毛如許叶　能消幾度相逢句遮莫而今歸去叶壯士黃金句昔人黃鶴句美人黃土叶

此調後段全似《玉團兒》，只此一首，無可參校。

雙頭蓮令　四十八字　趙師俠

太平和氣兆嘉祥韻草木總成雙叶紅苞翠蓋出橫塘叶兩兩鬬芬芳叶　幹搖碧玉竝青房叶僊髻擁新粧叶連枝不解引鸞凰叶留取映鴛鴦叶

前後四段，一七一五字，俱各整齊，無可校。

雙頭蓮　一百三字　周邦彥

一抹殘霞句幾行新鴈句天染斷紅句雲迷陣影句隱約望中句點破遙空澄碧韻助秋色叶門掩西風句橋橫斜照句青翼未來句濃塵自起句咫尺鳳幃句合有人相識叶　歎乖隔叶知甚時恣與

句同攜歡適叶度曲傳觴句並韉飛轡句綺陌畫堂連夕叶樓頭千里句帳底三更句盡堪淚滴叶怎生向句總無聊句但只聽消息叶

宋人以韻少者為慢曲子，韻多者為急曲子，此闋雖無和詞可校，然詞氣甚完，決無譌脫。《詞律》疑其前段韻少有誤，非也。

又一體 一百字　陸游

華鬢星星句驚壯志成虛句此身如寄韻蕭條病驥叶向暗裏豆銷盡當年豪氣叶夢斷故國山川句隔重重煙水叶身萬里叶舊社凋零句青門俊遊誰記叶　盡道錦里繁華句歎官閒晝永句柴荊添睡叶清愁自醉叶念此際豆付與何人心事叶縱有楚柁吳檣句知何時東逝叶空悵望句鱠美菰香句秋風又起叶

句讀與周詞迥異，有放翁別首及《梅苑》詞可較。「驚壯志」兩句，可作上三下六一句。前後段第五句，可于「消盡」、「付與」絕句。「空悵望」句，陸一首叶韻。《梅苑》無名氏「觸目庭臺」詞，全與此同，惟于前後段第四句，前段第九句，後段第八句，皆不叶，異。

海棠春　四十八字　海棠花　秦觀

流鶯窗外啼聲巧韻睡未足豆把人驚覺叶翠被曉寒輕句寶篆沉煙裊叶　宿醒未解宮娥報叶道別院豆笙歌會早叶試問海棠花句昨夜開多少叶

前後同。培按：《詞律》謂「于『鮮』字、『道』字斷句者差」，觀吳潛詞，其說未確矣。然馬詞過變實作七字一句，故兩存其說。

又一體　四十八字　吳潛

天涯芳草迷征路韻還又是豆匆匆春去叶烏兔裏光陰句鶯燕邊情緒叶　雲稍霧末句溪橋野渡叶盡是春愁落處叶把酒勸斜陽句小向花間駐叶

此與秦詞同，惟換頭攤破句法異。

又一體　四十六字　馬莊父

柳腰暗怯花風弱韻紅映秋千院落叶歸逐鴈兒飛句斜撼珍珠箔叶　滿林翠葉胭脂萼叶不忍頻頻覷著叶護取一庭春句莫彈花間鵲叶

此即秦詞體，惟于前後段第二句各減去一字，異。

慶春時　四十八字　晏幾道

倚天樓殿句昇平風月句彩仗春移韻鸞絲鳳竹句長生調裏句迎得翠輿歸叶　雕鞍游罷句何處還有心期叶濃薰繡被句深停幽燭句人約月西時叶

《小山詞》又有「梅稍已有」一首，同此可較。「濃薰」下，前後同。

武陵春　四十八字　毛滂

風過冰簷環佩響句宿霧在華茵韻賸落瑤花襯月明叶嫌怕有纖塵叶　鳳口銜燈金炫轉句人醉覺寒輕叶但得清光解照人叶不負五更春叶

前後同，《東堂詞》共有六首，皆同可校。李易安後結云「載不動、許多愁」，添一字作折腰句法，餘悉同。趙坦菴亦有此格。

洞天春　四十八字　歐陽修

鶯啼綠樹聲早韻檻外殘紅未掃叶露點真珠徧芳草叶正簾幃清曉叶　鞦韆宅院悄悄叶又是

清明過了叶燕蝶輕狂句柳絲撩亂句春心多少叶

只此一首，無可参校。

秋蕊香 四十八字 晏殊

梅蕊雪殘香瘦韻羅幙輕寒微透叶多情只似春楊柳叶占斷可憐時候叶蕭娘勸我盃中酒叶翻紅袖叶金烏玉兔長飛走叶爭得朱顏依舊叶

詞中「春」字、「長」字，用仄為勝，清真、夢窗、方千里、陳允平皆用仄。

秋蕊香引 六十字 柳永

《樂章集》注小石調。

留不得韻光陰催促句有芳蘭歇句好花謝句唯頃刻叶彩雲易散琉璃脆句驗前事端的叶風月夜句幾處前蹤舊跡叶忍思憶叶這回望斷句永作蓬山隔叶向僊島句歸雲路句兩無消息叶

此調只屯田一首，無可参校。

秋蕖香慢　九十七字　或無「慢」字　趙以夫

一夜金風句吹成萬粟句枝頭點點明黄韻扶踈月殿影句雅淡道家粧叶阿誰倩豆天女散濃香叶十分薰透霓裳叶徘徊處句玉繩低轉句人靜天涼叶　底事小山幽詠句渾未識清妍句空自神傷叶憶佳人豆執手訴離湘叶招蟾魄豆和淚吸秋光叶碧雲日暮何妨叶惆悵久句瑶琴微弄句一曲清商叶

見《虚齋樂府》，無他作可校。

桃源憶故人　四十八字　虞美人影　王之道

逢人借問春歸處韻遥指蕪城煙樹叶滴盡柳稍殘雨叶月闖西南戶叶　遊絲不解留伊住叶漫惹閒愁無數叶燕子為誰來去叶似說江南路叶

「漫惹」句，王庭珪作「明月夜、扁舟何處」，多一字折腰，然諸家無之。

三字令　四十八字　歐陽炯

春欲盡句日遲遲韻牡丹時叶羅幌卷句翠簾垂叶彩箋書句紅粉淚句兩心知叶　人不在句燕

空歸叶負佳期叶香燼落句枕函欹叶月分明句花淡薄句惹相思叶

每句三字，前後同，平仄即校向詞。

又一體　五十四字　向子諲

春盡日句雨餘時韻紅簌簌句綠漪漪叶花滿地句水平池叶煙光裡句雲影上句畫船移叶　文鴛並句白鷗飛叶歌韻響句酒行遲叶將我意句入新詩叶春欲去句留且住句莫教歸叶

校歐詞前後各多第三句，其平仄即參歐詞。

眼兒媚　四十八字　秋波媚　王雱

楊柳絲絲弄輕柔韻煙縷織成愁叶海棠未雨句梨花先雪句一半春休叶　而今往事難重省句歸夢遶秦樓叶相思只在句丁香枝上句豆蔻稍頭叶

起句拗，阮閎作「樓上黄昏杏花寒」，正與此同，諸家皆用「霏霏踈雨轉征鴻」句法，注明不另列。「而今」句，趙長卿叶韻。

慶金枝　四十八字　或有「令」字　無名氏

莫惜縷金衣韻勸君惜豆少年時叶花開堪折直須折句莫待折空枝叶　一朝杜宇纔鳴後句便從此豆歇芳菲叶有花有酒且開眉叶莫待滿頭絲叶

見《高麗史·樂志》。「勸君」下，前後同，但第三句，後段叶，前段不叶。

又一體　五十字　張先

青螺添遠山韻兩嬌靨豆笑時圓叶抱雲勾雪近燈看叶算何處豆不堪憐叶　今生但願無離別句花月下豆繡屏前叶雙蠶成繭共纏緜叶更重結豆後生緣叶

前後第三句皆叶，兩結六字折腰，異。《梅苑》一首，後起叶，餘同。

撼庭秋　四十八字　感庭秋　晏殊

唐教坊曲名，見《教坊記》。

別來音信千里韻恨此情難寄叶碧紗秋月句梧桐夜雨句幾回無寐叶　樓高目斷句天遙雲黯句只堪顛頷叶念蘭堂紅燭句心長焰短句向人垂淚叶

只此一首，無他作可校。

沙塞子 四十九字 葛立方

天生玉骨冰肌韻瘦⃝損⃝也豆知⃝他爲誰叶寒⃝澗底豆傲⃝霜凌雪句不教春知叶 高⃝樓橫笛試輕吹叶要⃝一⃝片豆花飛酒卮叶拚⃝沉醉豆帽⃝簷斜插句折取南枝叶

汲古閣本脱「澗」字，《詞律》因之，此從《詞緯》增入。

又一體 四十九字 趙彥端

春水綠波南浦韻漸理棹豆行人欲去叶黯消魂豆柳際輕煙句花梢微雨叶 長亭放盞無計住叶但芳草豆迷人去路叶忍回頭豆斷雲殘日句長安何處叶

字句同葛詞，惟押仄韻，爲異。

又一體 五十字 周紫芝

秋雲微淡月微羞韻雲黯黯豆月彩難留叶只應是豆嫦娥心裏句也似人愁叶 幾時囬步玉移

鈎叶人共月豆同上南樓叶却重聽豆畫欄西角句月下輕謳叶

校葛詞，首句添一字，小異。周有兩首皆同。

又一體　四十二字　朱敦儒

萬里飄零南越句山引淚句酒催愁韻不見鳳樓龍闕句又經秋叶　九日江亭閒望句蠻樹遠句瘴煙浮叶腸斷紅蕉花晚句水西流叶

此從前調減字，係變格，故列於後。朱有兩首，皆同可校。《花草粹編》刻此詞落「遠」字，誤，此從《樵歌》校正。

品令　四十九字　顏博文

夜蕭索韻側耳聽豆清海樓頭吹角叶停歸棹句不覺重門閉句恨暮潮落叶　偷想紅啼綠怨句道我真箇情薄叶紗窗外句厭厭新月上句應也睡不着叶

培按：《詞律》云：「『恨』字上下必有落字。」此說非是。

又一體 四十九字 石孝友

困無力韻幾度隈人句翠顰紅濕叶低低問豆幾時麽句道不遠豆三五日叶 你也自家寧耐句我也自家將息叶驀然地豆煩惱一箇病句教一箇豆怎知得叶

首句下，與前詞異，後段同。

又一體 五十一字 秦觀

幸自得韻一分索彊句教人難喫叶好好地豆惡了十來日叶恰而今豆較些不叶 須管啜持教笑句又也何須肐織叶衠倚賴豆臉兒得人惜叶放軟頑豆道不得叶

此校石詞，「惡了」句添兩字，「臉兒」句叶，小異，餘同。

又一體 五十二字 秦觀

棹又耀韻天然箇豆品格于中壓一叶簾兒下豆時把鞵兒踢叶語低低豆笑咭咭叶 每每秦樓相見句見了無限憐惜叶人前強豆不欲相沾識叶把不定豆臉兒赤叶

「天然」句，校前異，餘同。 辛稼軒一首，于「鞵兒」、「相沾」兩句，不叶韻，餘悉同。「沾識」，諸刻作「沾濕」，培據《淮海集》改定。

又一體　五十五字　周邦彥

夜闌人靜韻月痕寄豆梅梢疎影叶簾外曲角欄杆近叶舊携手處句花霧寒成陣叶　應是不禁愁與恨叶縱相逢難問叶黛眉曾把春衫印叶後期無定叶腸斷香消盡叶

與前調迥異，有方千里和作可校，其平仄字字皆同。

又一體　六十四字　呂渭老

繡衣未整韻傍牕格豆臨清鏡叶新霜薄霧句這下幾日句陰晴不定叶欲揷黃花句心事又還記省叶　去年香徑叶共粉蝶豆閒相趁叶寶香玉珮句暗解付與句多情荀令叶何日西樓重見句暮帆煙艇叶

前後同，與前調迥異。

又一體　六十四字　周紫芝

霜蓬零亂韻笑緑鬢豆光陰晚叶紫萸時節句小樓長醉句一川平遠叶休說龍山佳會句此情不

淺叶　黃花香满叶記白苧豆吳歌軟叶如今却向句亂山叢裹句一枝重看叶對着西風搔首句為誰腸斷叶

與呂詞同，只兩結微異。周有兩首皆同，然亦可照呂詞讀。

又一體　六十五字　黃庭堅

鳳舞團團餅韻恨分破豆教孤另叶金渠體淨句隻輪慢碾句玉塵光瑩叶湯響松風句早減二分酒病叶　味濃香永叶醉鄉路豆成佳境叶恰如燈下句故人萬里句歸來對影叶口不能言句心下快活自省叶

首句五字，異。「金渠」三句，山谷别首云「栽成桃李未開，便解銀章歸早」，作六字兩句，不拘。

陽臺夢　四十九字　唐莊宗

薄羅衫子金泥縫韻困纖腰豆怯銖衣重叶笑迎移步小蘭叢句嚲金翹玉鳳叶　嬌多情脉脉句羞把同心撚弄叶楚天雲雨却相和句又入陽臺夢叶

只此一首，別無作者可校。

極相思　四十九字　呂渭老

拂牆花影飄紅韻微月辨簾櫳叶香風滿袖句金蓮印步句狹逕迎逢叶　笑靨乍開還斂翠句正花時豆却恁西東叶別房初睡句斜門未鎖句且更從容叶

末三句，前後同，有呂次作暨放翁等詞可校。

月宮春　四十九字　毛文錫

《宋史·樂志》：「屬小石調。」

水晶宮裏桂花開韻神仙探幾囬叶紅芳金蕊繡重臺叶低傾瑪瑙盃叶　玉兔銀蟾爭守護句姮娥姹女戲相偎叶遙聽鈞天九奏句玉皇親看來叶

此調無別作可校。培按：近刻《詩餘》謂此即《月中行》之又一體，然後段過變下，字句不同，音響亦異，且《宋史·樂志》載有宮調，未可混而一之也。

鳳孤飛　四十九字　晏幾道

一曲畫樓鐘動句宛轉歌聲緩韻綺席飛塵座滿叶更小待豆金蕉暖叶　細雨輕寒今夜短叶依前是豆粉牆別館叶端的歡期應未晚叶奈歸雲難管叶

只此一首，無可校證。

柳梢青　四十九字　秦觀

岸草平沙韻吳王故苑句柳裊烟斜叶雨後寒輕句風前香細句春在梨花叶　行人一棹天涯叶酒醒處豆殘陽亂鴉叶門外秋千句牆頭紅粉句深院誰家叶

首句有用仄，不起韻者，不另録。

又一體　四十九字　張元幹

海山浮碧韻細風絲雨句新愁如織叶慵試春衫句不禁宿酒句天涯寒食叶　歸期莫數芳晨句誤幾度豆回廊夜色叶入戶飛花句隔簾雙燕句有誰知得叶

此用仄韻，異。此調首句，有用平聲不起韻者。次句可仄仄平平，「愁」、「涯」二字，亦可用仄。後起可叶韻，皆另格，因字句同不備錄。《詞律》言：「此調『殘陽亂鴉』句，宜用平平去平，乃為起調，觀張詞用『夜』字可證。」培徧考宋元諸名作，此論誠然，不可易也。《詞潔》詆紅友以四聲論詞為愚妄，謂曲有清濁陰陽，非可以四聲盡。不知音律之精微，固不離乎四聲粗淺之中也。玉田論柳詞「肯把金玉珍珠博」，云「金」字當用去聲。石帚論周詞「無心撲」句，歌者將「心」字融入去聲，方諧音律。宋賢何嘗不以四聲論詞耶。

太常引 四十九字　辛棄疾

仙機似欲織纖羅韻彷彿度金梭叶無奈玉纖何叶却彈作豆清商恨多叶　珠簾影裏句如花半面句絕勝隔簾歌叶世路苦風波叶且痛飲豆公無渡河叶

兩結平平去平，定板之格，此是音律緊要處。

又一體 五十字　高觀國

玉肌輕襯碧霞衣韻似爭駕豆翠鸞飛叶羞問武陵溪叶笑女伴豆東風醉時叶　不飄紅雨句不

貪青子句冷淡却相宜叶春晚湧金池叶問一片豆將愁寄誰叶

前段第二句，多一字折腰，稼軒亦有此體。

歸去來　四十九字　柳永

《樂章集》「初過元宵詞」注平調，「一夜狂風詞」注中呂調。

初過元宵三五韻慵困春情緒叶燈月闌珊嬉游處叶遊人盡豆厭歡聚叶　全仗如花女叶持杯謝豆酒朋詩侶叶餘醒更不禁香醑叶歌筵舞豆且歸去叶

此調他無作者，其平仄即參柳後詞。

又一體　五十二字　柳永

一夜狂風雨韻花英墜豆碎紅無數叶垂楊謾結黃金縷叶儘春殘豆縈不住叶　蝶稀蜂散知何處叶殢尊酒豆轉添愁緒叶多情不慣相思苦叶休惆悵豆好歸去叶

首句校前詞減一字，次句過變各添兩字，餘同。此詞各譜與《詞律》皆失收，培從本集採入。

河瀆神　四十九字　温庭筠

銅鼓賽神來韻滿庭幡蓋裴回叶水村江浦過風雷叶楚山如畫烟開叶　離別櫂聲空消索換仄玉容惆悵妝薄叶仄青麥燕飛落落叶仄卷簾愁對珠閣叶仄

唐人此調多用以詠鬼神祠廟。

又一體　四十九字　張泌

古木噪寒鴉韻滿庭楓葉蘆花叶晝燈當午隔輕紗叶畫閣珠簾影斜叶　門外往來祈賽客句翩翩帆落天涯叶回首隔江煙火句渡頭三兩人家叶

後段不換仄韻，異。

燕歸梁　四十九字　杜安世

《樂章集》「織錦裁篇」詞注平調，「輕躡羅鞋」詞注中呂調。

風擺紅綃卷畫簾韻寶鑑慵拈叶日高梳洗幾時忺叶金盆水句弄纖纖叶　鬢雲鬆嚲衣斜褪句和嬌懶句瘦巖巖叶離愁更豆宿酲兼叶空贏得句病厭厭叶

「離愁」句，各家皆七字，此疑脱一「與」字。

又一體 五十字 柳永

織錦裁篇寫意深韻字值千金叶一回披玩一愁吟叶腸成結句淚盈襟叶　幽歡已散前期遠句無憀賴句是而今叶密憑歸燕寄芳音叶恐冷落句舊時心叶

「密憑」句七字。

又一體 五十字 石孝友

樓外春風桃李陰韻記一笑千金叶翠眉山斂眼波侵叶情滴滴句怨深深叶　當初見了句而今別後句算此恨難禁叶與其向後兩關心叶又何似而今叶

第二句五字，異。後段更異。後結，《詞律》云「恐落一字」，殆不其然。

又一體 五十一字 史達祖

獨臥秋窗桂未香韻怕雨點飄涼叶玉人只在楚雲旁叶也着淚句過昏黃叶　西風今夜梧桐冷

句斷無夢句到鴛鴦叶秋鉦二十五聲長叶請各自句耐思量叶

此與「柳織錦裁」篇詞全同，只「雨點」句添一字，異。

又一體　五十一字　晏殊

雙燕歸飛繞畫堂韻似留戀虹梁叶清風明月好時光叶更何況句綺筵張叶　雲衫侍女句頻傾壽酒句加意動笙簧叶人人心在玉鑪香叶慶佳會句祝延長叶

校石詞惟後結多一字，異。「留戀」句，謝逸作「香燼冷金猊」，不拘。

又一體　五十二字　柳永

輕躡羅鞋掩絳綃韻傳音耗句苦相招叶語聲猶顫不成嬌叶乍得見句兩魂消叶　匆匆草草難留戀句還歸去句又無聊叶若諧雨夕與雲朝叶得似箇句有囂囂叶

前後整齊，與各家小異。

醉鄉春　四十九字　秦觀

喚起一聲人悄韻衾冷夢寒牕曉叶瘴雨過句海棠開句春色又添多少叶　社甕釀成微笑叶半

破椰瓢共舀叶覺健倒句急投牀句醉鄉廣大人間小叶

無可叅校。培按：「倒」字，《圖譜》注叶，亦是。蓋兩結本自叅差，此句不必照前段也，故附存其說。

越江吟　四十九字　蘇易簡

非煙非霧瑤池宴韻片片碧桃句冷落黃金殿叶蝦鬚半捲叶天香散叶　青雲和豆孤竹清婉叶入霄漢叶紅顏醉態句爛漫金輿轉叶霓旌影斷叶簫聲遠叶

無可參校。

應天長　四十九字　顧敻

瑟瑟羅裙金線縷韻輕透鵝黃香畫袴叶垂交帶句盤鸚鵡叶裊裊翠翹移玉步叶　背人勻檀注叶慢轉嬌波偷覷叶斂黛春情暗許叶倚屏慵不語叶

歐公「一灣初月」詞，「交帶」句叶，餘同。首句，諸家多用平平起。

又一體　五十字　韋莊

綠槐陰裏黃鸝語韻深院無人春晝午叶畫簾垂句金鳳舞叶寂寞繡屏香一炷叶碧天雲句無定處叶空有夢魂來去叶夜夜綠窗風雨叶斷腸君信否叶

過變三字兩句，異。

又一體　五十字　牛嶠

玉樓春望晴煙滅韻舞衫斜捲金條脫叶黃鸝嬌囀聲初歇叶杏花飄盡龍山雪叶　鳳釵低赴節叶筵上王孫愁絕叶鴛鴦對銜羅結叶兩情深夜月叶

前段四句皆七字，叶。平仄亦俱同，後段與顧詞同。毛文錫「平江波暖鴛鴦語」詞，前段第二句、第四句，及後段結句，平仄皆與此詞相反，想不拘。因字句悉同，故不復另列。

又一體　九十四字　柳永

《樂章集》注林鍾商，即歇指調。

殘蟬聲漸絕韻傍碧砌修梧句敗葉微脫叶風露淒清句正是登高時節叶東籬霜乍結叶綻金蘂豆嫩香堪折叶聚宴處句落帽風流句未饒前哲叶　把酒與君說叶恁好景良辰句怎忍虛設叶休效牛山句空對江天凝咽叶塵勞無暫歇叶遇良會豆剩偷歡說叶歌未闋叶杯興方濃句莫便中輟叶

前後同，只第七句，前叶後不叶，微異。葉夢得「松陵秋已老」詞，「老」字不起韻。又「東籬」句、「塵勞」句、「歌未闋」，皆不叶韻，餘同不録。

又一體　九十八字　周邦彦

條風布暖句霏霧弄晴句池塘徧滿春色韻正是夜堂無月句沉沉暗寒食叶梁間燕句前社客叶似笑我豆閉門愁寂叶亂花過豆隔院芸香句滿地狼籍叶　長記那回時句邂逅相逢句郊外駐油壁叶又見漢宮傳燭句飛煙五侯宅叶青青草句迷路陌叶強載酒豆細尋前跡叶市橋遠豆柳下人家句猶自相識叶

此詞有方千里、蔣竹山和韻及吳文英、康與之等詞可校。蔣于「正是」句作「轉翠籠池閣」；「又見」句作「漫有戲龍盤」，各少一字。吳于「梁間」兩句，作「芙蓉詞賦客」，亦減一字，疑皆有脱落。康詞于「正是」、「又見」兩句，作上四下七，語氣一貫，不拘。

惜春郎 四十九字 柳 永

玉肌瓊艷新妝飾韻好壯觀歌席叶潘妃寶釧句阿嬌金屋句應也消得叶 屬和新詞多俊格叶敢共我勍敵叶恨少年豆枉費疎狂句不早與伊相識叶

此詞柳集不載，培采自《歷代詩餘》，然詞氣不類屯田，疑有譌悮。

雙韻子 四十九字 張 先

嗚鞘電過句曉闈靜斂句龍池風定韻鳳樓遠出霏煙句聞笑語豆中天迥叶 清光近叶歡聲競叶鴛鴦集豆仙花鬬影叶更聞度曲瑤山句升瑞日豆春宮永叶

此詞培亦采之《歷代詩餘》，諸譜失載。

憶漢月 五十字 望漢月 柳 永

唐教坊曲名。《樂章集》注平調。

明月明月明月韻何事乍圓還缺叶恰如年少洞房人句懽會依前離別叶　小樓凭檻處句正是去年時節叶千里清光又依舊句奈永夜豆厭厭愁絕叶

首句弄巧，非定格，第二个「月」字是作平用。

又一體　五十字　　歐陽修

紅豔幾枝輕裊韻早被東風開了叶倚煙啼露為誰嬌句故惹蝶憐蜂惱叶　多情游賞處句留戀向豆綠叢千繞叶酒闌歡罷不成歸句腸斷月斜人老叶

後段第二句七字折腰，後結六字不折腰，與柳詞異。

又一體　五十字　　晏殊

千縷萬條堪結韻占斷好風良月叶謝娘春晚先多愁句更撩亂豆絮如雪叶　短亭相送處句長憶得豆醉中攀折叶年年歲歲好時節叶怎奈有豆人離別叶

「年年」句多押一韻，兩結句折腰，異。《詞律》云「『節』字以入作平」，非。此句明明是韻，何必強與歐同。

少年遊　五十字　　毛滂

《樂章集》注林鐘商。

遙山雪氣入踈簾韻羅幙曉寒添叶愛日騰波句朝霞入戶句一線過冰簷叶　綠樽向嫩蒲萄暖句滿酌破冬嚴叶庭下早梅句已含芳意句春近瘦枝南叶

前後第三句，張先用平平仄仄，不拘，然各家詞多從毛詞體。

又一體　五十字　　向子諲

去年同醉荼蘼下句儘筆賦新詞韻今年君去句荼蘼欲破句誰與醉為期叶　舊曲重歌傾別酒句風露泣花枝叶章水能長湘水遠句流不盡豆兩相思叶

首句仄不起韻，後起句平仄反，「章水」句七字不叶，後結六字，異。

又一體　五十字　　梅堯臣

欄杆十二獨凭春韻晴碧遠連雲叶千里萬里句二月三月句行色苦愁人叶　謝家池上江淹浦句吟魄與離魂叶那堪踈雨滴黃昏叶更特地豆憶王孫叶

「那堪」句叶，小異。《詞律》云：「『千里』，『里』字以上作平；『二月』，『月』字以入作平。」培按：《詞綜》作「江淹浦畔」，多一字，今從《蕉雪堂譜》。張耒一首後起亦作七字，全與此同，可證《詞綜》之誤。「只那堪」句，張作「相見時稀隔別多」，平仄不同，不拘。

又一體　五十一字　　柳永

淡黃衫子鬱金裙韻長憶箇人人叶文譚閒雅句歌喉清麗句舉措好精神叶　當初為倚深深寵句無箇事豆愛嬌嗔叶想得別來句舊家模樣句只恁翠蛾顰叶

後段次句六字折腰，柳集中《少年游》凡十闋，七首皆同此格。

又一體　五十一字　　柳永

一生贏得淒涼韻追往事豆暗心傷叶好天良夜句深屏香被句爭忍便相忘叶　王孫動是經年去句貪迷戀豆有何長叶萬種千般句把伊情分句顛倒盡猜量叶

首句六字，前後第二句皆六字，又異。

又一體 五十一字　晏幾道

西樓別後句風高露冷句無奈月分明句飛鴻影裏句搗衣砧外句總是玉關情叶　王孫此際句山重水遠句何處賦西征叶金閨魂夢枉丁寧叶尋盡短長亭叶

前後起皆四字兩句，後結一七一五，異。

又一體 五十一字　蘇軾

去年相送句餘杭門外句飛雪似楊花韻今年春盡句楊花似雪句猶不見還家叶　對酒捲簾邀明月句風露透窗紗叶恰似姮娥憐雙燕句分明照豆畫梁斜叶

前段同晏詞，後段同向詞，換頭句、「恰似」句拗，想不拘。

又一體 五十二字　姜夔

雙螺未合句雙蛾先斂句家在碧雲西韻別母情懷句隨郎滋味句桃葉渡江時叶　扁舟載了句匆匆歸去句今夜泊前溪叶楊柳津頭句梨花墻外句心事兩人知叶

前後整齊，高觀國「春風吹碧」詞，正與此同。培按：此詞，各刻皆作「匆匆去」，無「歸」

字，今據《白石道人歌曲》增定，與高詞合為一調。

又一體　四十九字　晁補之

當年攜手句是處成雙句無人不羨韻自間阻五年句也一夢擁句嬌嬌粉面叶　柳眉輕掃句杳腮微拂句依前雙靨叶甚睡裡豆起來尋覓句却眼前不見叶

用仄韻，無可叅校。

少年游慢　八十四字　張先

春城三二月韻禁柳飄綿未歇叶仙籞生香句輕雲凝紫句臨層闕叶歌掌明珠滑叶酒臉紅霞發叶華省名窩句少年得意時節叶　畫刻三題徹(一)叶梯漢同登蟾窟叶玉殿初宣句銀袍齊脫叶生僊骨叶花探都門曉叶馬躍芳衢潤叶宴罷東風句鞭梢一行飛雪叶

調見張先詞，前後同，無可校。「歌掌」句、「銀袍」句，應是偶合。

(一)「畫」底本作「晝」，誤，改。

城頭月 五十字　　李公昂

工夫作用中宵晝韻點化無中有叶真氣常存句童顔不改句底用呵摩皺叶一身二五之精媾叶積得嬰兒就叶試問霞翁句三田熟未句還解沖霄否叶

句讀全同《少年遊》，但押仄韻為異，疑本屬一調，惜無可校。

詞槩卷五終

詞槩卷六

歙西方成培仰松輯
同學汪宗沚飲安校

鶯聲繞紅樓 五十字 姜夔

十畝梅花作雪飛韻冷香下豆攜手多時叶兩年不到斷橋西叶長笛為余吹叶　人妬垂楊綠句春風為染作仙衣叶垂楊卻又妒腰肢叶近前舞絲絲叶

此石帚自度曲，無可校，其平仄當遵之。「近」字，自注平聲。

珍珠令 五十字 張炎

桃花扇底歌聲杳韻愁多少叶便覺道豆花陰閒了叶因甚不歸來句甚歸來不早叶　滿院飛花休要掃叶待留與豆薄情知道叶怕一似飛花句和春都老叶

見《山中白雲詞》，無可校。別本疊「知道」二字，此從陶南邨抄本。

梁州令　五十字　涼州令　　晏幾道

《樂章集》注中呂調。

莫唱陽關曲句淚濕當年金縷韻離歌自古最消魂句于今更有消魂處叶南橋楊柳多情緒叶不繫行人住叶人情却似飛絮叶悠揚便逐春風去叶

《詞律》云：「『曲』字音『去』，以北音叶。」培按：此說穿鑿，殊為不必。唐宋詩餘以入叶去者，間亦有之。然同一調，而首句或起韻，或不起韻者多矣，何必強為畫一。

又一體　五十一字　晁補之

二月春猶淺韻去年櫻桃開遍叶今年春色怪遲遲句紅梅常早句未露臙脂臉叶東君遣春來緩叶似會人深願叶蟠桃新鏤雙盞叶相期似此春長遠叶

「紅梅」下，比前詞多兩字；後起只六字，異。或「東君」下脫一「故」字也。

又一體　五十五字　柳永

夢覺紗牕曉韻殘燈黯然空照叶因思人事苦縈牽句離愁別恨句無限何時了叶憐深定是心

腸小叶徃徃成煩惱叶一生惆悵情多感句月不長圓句春色易為老叶

後結三句，與晁詞異。或云：「『感』當作『憾』，屬下句讀。」未知孰是。

梁州令疊韻 一百五字 歐陽修

翠樹芳條颭韻的的裙腰初染叶佳人攜手弄芳菲句綠陰紅影句共展雙紋簟叶揷花照影窺鸞鑑叶只恐芳容減叶不堪零落春晚叶青苔雨後深紅點叶 一去門閒掩叶重來卻尋朱檻叶離離秋實弄輕霜句嬌紅脈脈句似見胭脂臉叶人非事往眉空斂叶誰把佳期賺叶芳心只願長依舊句春風更放明年艷叶

前後段同，只「芳心」句多一字。晁補之「田野閒來慣」詞，全與此同，可校。曰晁前段第八句落四字不全，故以歐詞作譜。「晚」字，《詞律》云非韻，然晁詞此句叶。「芳心」句，晁作六字，然歐詞此句「長」字決非誤多者，大抵是襯一字耳，填者或六或七，似可不拘。

西江月 五十字 步虛詞 歐陽炯

唐教坊曲名，見《教坊記》。《樂章集》注中呂宮。

水上鴛鴦比翼句巧將繡作羅衣韻鏡中重畫遠山眉叶春睡起來無力換仄叶　細雀穩簪雲髻句含羞時想佳期叶平臉邊紅豔對花枝叶平猶占鳳樓春色叶仄

平仄兩叶。培按：此調兩結，自來填者皆用上、去二聲，獨炯此首以入叶平，余故録之，以見周德清《中原音韻》之濫觴也。炯又一首，以「葦」、「起」叶「河」、「多」，疑有訛錯。後起作「扁舟倒影寒潭」，平仄亦與諸家異，不足取法。

又一體　五十字　吳文英

枝裊一痕雪在句葉藏幾豆春濃韻玉奴最晚嫁東風叶來結梨花幽夢換仄叶　香力添薰羅被句瘦肌猶怯冰綃換仄叶綠陰青子老溪橋叶二平羞見東隣嬌小叶二仄

後段另換一韻，異。黃山谷「斷送一生惟有」詞，同此可校。

又一體　五十六字　趙以仁

夜半沙痕依約句雨餘天氣溟濛韻起行微月遍池東叶水影浮花句花影動簾櫳叶　量減難追醉白句恨長莫盡題紅叶雁聲能到畫樓中叶也要玉人句知道有秋風叶

兩結俱一四一五，不换仄叶，無他作可校。

西江月慢　一百三字　吕渭老

春風淡淡句清晝永豆落英千尺韻桃杏散平郊句晴蜂來往句妙香飄擲叶傍畫橋豆煮酒青帘句緑楊風外句數聲長笛叶記去年豆紫陌朱門句花下舊相識叶　向寶帕豆裁書憑燕翼叶望翠閣豆煙林似織叶聞道春衣猶未整句過禁煙寒食叶但記取豆角枕題情句東牕休誤句這些端的叶更莫待豆青子緑陰春事寂叶

此調吕詞外，只有無名氏詞，因其句讀互異，故不取条校。

又一體　一百六字　無名氏

煙籠細柳句暎粉墻豆垂絲輕裊韻正歲首豆暖律風和句裝點後苑池沼叶見乍開豆桃若胭脂染句便須信豆江南春早叶又數枝豆零亂殘花句飄滿地句未曾掃叶　幸到此豆芳菲時漸好叶恨間阻豆佳期尚杳叶聽幾聲豆雲裏悲鴻句感動怨愁多少叶謾目送豆層閣天涯遠句甚無人豆音書來到叶又只恐豆别有深情句盟言忘了叶

見《高麗史・樂志》，北宋詞也，惟兩結同呂詞，餘並異。「粉墻」至「殘花」，與後段「間阻」至「深情」同。

江月晃重山　五十四字　陸游

《詞律》云：「用《西江月》、《小重山》串合，故名。此後世曲中用犯之嚆矢也。」培按：姜堯章論十二宮所住字各不同，不容相犯。十二宮特可犯，商、角、羽耳。今考《西江月》屬中呂宮，即夾鍾宮；《小重山》屬雙調，即夾鐘商，所謂宮犯商為旁犯也。後人不明此理，而隨意割裂湊泊，即名為犯調，可乎。

芳草洲前道路句夕陽樓上欄杆韻碧雲何處望歸鞍叶從軍客句耽樂不思還叶　洞裏仙人種玉句江邊楚客滋蘭叶鴛鴦沙暖鵓鴣寒叶菱花晚句不奈鬢毛斑叶

四犯令　五十字　侯寘

月破輕雲天淡注韻夜悄花無語叶莫聽陽關牽離緒叶拚酩酊豆花深處叶　明日江郊芳草路叶春逐行人去叶不似荼蘼開獨步叶能着意豆留春住叶

前後同，無別首可校。

滿宮花　五十字　尹鶚

(月)(沉)沉句人悄悄韻(一)炷(後)庭香裊叶(風)流(帝)子不歸來句(滿)地(禁)花慵掃叶　(離)(恨)多句相見少叶(何)處(醉)迷三島叶(漏)清(宮)樹子規啼句(愁)鎖(碧)牕春曉叶

前後同，平仄即校後詞。

又一體　五十一字　魏承班

雪霏霏句風凜凜韻玉郎何處狂飲叶醉時想得縱風流句羅帳香幃鴛寢叶　春朝秋夜思君甚叶愁見繡屏孤枕叶少年何事負初心句淚滴縷金雙衽叶

過變七字，異。按：魏次首，張泌一首，皆同，惟「玉郎」句、「春朝」句，平仄全異，想不拘，不另列。

留春令　五十字　高觀國

粉綃輕試句綠裙(微)褪句(吳)姬嬌小韻一點清香着芳(兗)句便添起豆春懷抱叶　(玉)臉窺人舒

淺笑叶寄此情天渺叶酒醒羅浮角聲寒句正月挂豆南枝曉叶

此詞有晏幾道三首，史達祖一首皆同可校。「鼂」字，晏一首用仄。

又一體　五十字　李之儀

夢斷難尋句酒醒猶困句那堪春暮韻香閣深沉句紅窗翠暗句莫羨顛狂絮叶　綠滿當時攜手路叶懶見同歡處叶何時卻得句低幃昵枕句盡訴情千縷叶

起句用平，前後結俱兩四一五，與前詞異。

又一體　五十四字　黃庭堅

江南一雁橫秋水韻歎咫尺豆斷行千里叶迴文機上字縱橫句欲寄遠豆憑誰是叶　謝客池塘春都未叶微微動豆短牆桃李叶半陰纔暖卻清寒句是瘦損豆人天氣叶

前後同，俱七字起，又異。後結，《詞律》云「不可于三字讀」，非是。

月中行　五十字　周邦彥

蜀絲趁日染乾紅韻微暖口脂融叶博山細篆靄房櫳叶靜看打窗蟲叶　愁多膽怯疑虛

幙句聲不斷豆暮景踈鐘叶團圍四壁小屏風叶淚盡夢啼中叶

此調有陳允平和韻，及韓淲「柳嬌花妬」詞可校。「不斷」句，陳作「纖纖自引金鐘」，少一字。「屏風」句，韓作「憶得年時鳳枕」，減一字，不叶韻，疑俱有誤，不另列。

鹽角兒　五十字　晁補之

開時似雪韻謝時似雪叶花中奇絕叶香非在蘂句香非在蕚句骨中香徹叶　占溪風句留溪月叶堪羞損豆山桃如血叶直饒更豆踈踈淡淡句終有一般情別叶

前段似《柳梢青》，後則全異，無可校。

惜春令　五十字　杜安世

春夢無憑猶懶起韻銀燭盡豆畫簾低垂換平叶小庭楊柳黃金翠叶仄桃臉兩三枝叶平　粧閣慵梳洗叶仄悶無緒豆玉簫抛擲叶仄絮飄紛紛人踈遠句空對日遲遲叶平

此調宋人只《壽域詞》二首，無他作可校。「擲」字三聲通叶，說見《西江月》下。

又一體 五十字 杜安世

今夕重陽秋意深韻籬邊散豆嫩菊開金叶萬里霜天林葉墜句蕭索動離心叶 臂上茱萸新叶似舊年豆堪賞光陰叶百盞香醪且酬身叶牛山會難尋叶

此首句讀雖同，而叶韻大異。

又一躰 五十二字 高漢臣

暑往寒來韻早霜凝露冷句菊老梅開叶翡翠簾垂不捲句畫堂幽雅句繡閣安排叶 風透戶句冷侵階叶又還是豆小春節屆換仄叶且開懷叶平喜逢時遇景句夫婦和諧叶平

此元詞也，與杜作異。前後各三韻，「屆」字似可不叶。

惜分飛 五十字 陳允平

釧閣桃腮香玉溜韻困倚銀牀倦繡叶雙燕歸來後叶相思葉底尋紅豆叶 唾碧春衫還在否叶重理弓彎舞袖叶錦籍芙蓉縐叶翠腰羞對垂楊瘦叶

前後同。「來」，聖求作「窈」；「彎」，東堂作「箇」，皆拗，諸家無之，不取叅校。

又一體　五十一字　毛滂

恰則心頭托托地韻放下了豆日多縈繫叶別恨還容易叶袖痕猶有年時淚叶　滿滿頻斟乞求醉叶且要時間忘記叶明日劉郎起叶馬蹄去便三千里叶

前段第二句多一字折腰，異。

惜雙雙令　五十二字　劉弇

風外橘花香暗度韻飛絮綰豆殘春歸去叶醞造黃梅雨叶冷煙曉占橫塘路叶　翠屏人在天低處叶驚夢斷豆行雲無據叶此恨憑誰訴叶恁時卻倩危絃語叶

前後同。培按：此詞，校前毛作只多一字，故《詞律》謂「鑿然即是《惜分飛》」。然過變平仄不同，則宮調即異，謂出于《惜分飛》則可，謂即是一調則非也，故仍次之于此而備論之。

憶故人　五十字　王詵

《能改齋漫録》：「此詞乃晉卿駙馬自度曲，因憶故人作也。徽宗喜其詞意，但以不豐容宛轉，命周美成增益而取其首句為名。」

燭影搖紅句向夜闌句乍酒醒豆心情嬾韻樽前誰為唱陽關句離恨天涯遠叶　無奈雲沉雨散叶凭欄杆豆東風淚眼叶海棠開後句燕子來時句黃昏庭院叶

燭影搖紅　四十八字　毛滂

老景蕭條句送君歸去添淒斷韻贈君明月滿前谿句直到西湖畔叶　門掩綠苔應徧叶為黃花豆頻開醉眼叶橘奴無恙句蜨子相迎句寒窻日短叶

此周邦彥增定令慢，前段第二句七字，宋元塡者皆從此體。培按：《燭影搖紅》之名最著，故次此詞為譜，而仍存王作《憶故人》之名，不沒其實，且見此調之所自出。

又一體　九十六字　吳文英

秋入燈花句夜深簷影琵琶語韻越娥青鏡洗紅埃句山鬭秦眉嫵叶相間金茸翠畝叶認城陰豆春耕舊處叶晚春相應句新稻炊香句疏煙林莽叶　清磬風前句海沉宿裊芙蓉炷叶阿香秋夢起嬌啼句玉女傳幽素叶人駕海查未渡叶試梧桐豆聊分宴俎叶采

菱別調句留取蓬萊句雯時雲住叶

將前調加一疊，南宋後多用此格。《詞律》謂：「『翠』、『舊』、『未』、『宴』四字，必要去聲。」穿鑿之甚，培徧考兩宋名家之作，殊不然也。

滴滴金 五十字 李遵勗

帝城五夜宴遊歇韻殘燈外句看殘月叶都來猶在醉鄉中句聽更漏初徹叶 行樂已成閑話說叶如春夢句覺時節叶大家同約探春行句問甚花先發叶

前後同，只換頭平仄異。其平仄即校後數詞。

又一體 五十字 晏殊

梅花漏洩春消息韻柳絲長句草芽碧叶不覺星霜鬢邊白叶念時光堪惜叶 蘭堂把酒留嘉客叶對離筵句駐行色叶千里音塵便疏隔叶合有人相憶叶

前後第四句叶韻，異。

又一體　五十字

楊无咎

相逢未盡論心素韻早容易句背人去叶憶得歌翻腸斷句叶更惺惺言語叶　萋萋芳草迷南浦叶正風吹句打牕雨叶靜聽愁聲夜無眠句到水郵深處叶

「憶得」句叶，「靜聽」句拗，不叶，異。陳同父、趙介菴作，前後俱用「靜聽」句句法，則與「帝城五夜」一首同，但句拗為異，不具錄。

又一體　五十一字

孫夫人

月光流入林前屋韻風策策句度庭竹叶夜半江城擊柝聲句動寒梢棲宿叶　等閒老去年華促叶秪有江梅伴幽獨叶夢繞夷門舊家山句恨驚回難續叶

前後第四句皆用平，不叶，「秪有」句七字，異。

桂華明　五十字

闕　注

《墨莊漫綠》：「宣和二年，闕注子東，夢一髯翁，使女子歌《太平樂》，醒而記之。後復夢翁問記否，子東歌之。翁以笛復作一弄，是重頭小令。後又夢月姊為歌前兩曲，姊喜，亦歌一調，似《昆明池》，醒不復憶，惟髯翁笛聲尚在，因倚其聲爲調，名曰《桂華明》。」

縹緲神仙開洞府韻遇廣寒宫女叶問我雙鬟梁溪舞叶還記得豆當時否叶　碧玉詞章教仙女叶爲按歌宫羽叶皓月滿牕人何處叶聲永斷豆瑶臺路叶

前後同，無可条校。「溪」字，《詞律》誤刻「漢」，培按《墨莊漫録》改正，時注「避亂攜家無錫」，故云。

歸田樂　五十字　蔡伸

風生蘋末蓮香細韻新浴晚涼天氣叶猶自倚朱闌句波面雙雙彩鴛戲叶　鸞釵委墜雲堆髻叶誰會此時情意叶冰簟玉琴横句還是明月人千里叶

前後同，只後結平仄微異。後結用謝莊《月賦》，或疑平仄誤，非。

又一體　五十字　晁補之

春又去句似别佳人幽恨積韻閒庭院句翠陰滿豆添晝寂叶一枝梅最好句至今憶叶　正夢斷豆爐煙裊句參差踈簾隔叶爲何事豆年年春恨句問花應會得叶

句讀與前調迥別。

又一體 六十八字 晏幾道

試把花期數韻便早有豆感春情緒叶看即梅花吐叶願花更不謝句春且長住叶秖恐去叶　春去花開還不語叶此意年年春會否叶絳唇青鬢句漸少花前語叶對花又記得句舊曾遊處叶門外垂楊未飄絮叶

校前又異，前結恐有落字，觀《山谷詞》可見。

又一體 七十三字 歸田樂引 黄庭堅

對景還消受韻被箇人豆把人調戲句我也心兒有叶憶我又喚我句見我嗔我句天甚教人怎生受叶　看承幸則勾叶又是樽前眉峯皺叶是人驚怪句寃我忒撋就叶拚了又捨了句一定是豆這回休了句及至相逢又依舊叶

培按：山谷又有「暮雨濛階砌」詞，同此可校。二詞竝列集中，《詞律》不取校勘，反援晏詞，謂「一定是」三字恐是誤多，殊不可解。此詞《山谷集》本作《歸田樂引》，因《小山詞》無「引」字，故不另列。《山谷集》又一首，止四十四字，殘缺不能句，不錄。

怨三三 五十字 李之儀

清溪一派瀉柔藍韻岸草毵毵叶記得黃鸝語畫簷叶喚狂裏豆醉重三叶 春風不動重簾叶似三五豆初圓素蟾叶鎮淚眼廉纖叶何時歌舞句再和池南叶

此調似始於此詞，取前結及「素蟾」句名之耳。無他作可校。

竹香子 五十字 劉過

一項牕兒明快韻料想那人不在叶薰籠脫下舊衣裳句件件香難賽叶 匆匆去得忒曒叶這鏡兒豆也不曾蓋叶千朝百日不曾來句沒這些兒箇采叶

孤調無可參校。

思越人 五十一字 孫光憲

古臺平句芳草遠句館⃝娃宮⃝外春深韻翠⃝黛空⃝留千載恨句教⃝人何⃝處相尋叶 綺⃝羅無⃝復

當時事換仄露花點滴香淚叶仄惆悵遙天橫淥水叶仄鴛鴦對對飛起叶仄

前平韻，後仄韻，張泌、鹿虔扆皆同。或謂「平」字是起韻，非也。

又一體　五十一字　趙長卿

情難托韻離愁重句悄愁沒處安着叶那堪更豆一葉知秋句天色兒豆漸冷落叶　馬上征衫頻揾淚句一半斑斑污却叶別來為憶丁寧話句空贏得豆瘦如削叶

通首用仄韻，句法亦小異。

又一體　四十四字　馮延己

酒醒情懷惡韻金縷褪豆玉肌如削叶寒食過卻叶海棠零落叶　乍倚遍豆欄杆煙淡薄叶翠幙簾櫳畫閣叶春睡着叶覺來失豆鞦韆期約叶

培按：此詞，諸譜失收，然無他作者，不比孫詞多可校，故次於後。

又一躰　五十字　趙長卿

好事客韻宮商内句吟得風清月白叶主人幸有豪家意句後堂煞有春色叶　花壓金翹俏相

映句酒滿玉纖無力叶你若待我些兒酒句儘喫得得得叶

「主人」兩句不折腰，後結只五字，異，疑有誤。

思遠人 五十一字 晏幾道

紅葉黃花秋意晚句千里念行客韻飛雲過盡句歸鴻無信句何處寄書得叶 淚彈不盡臨窓滴叶就硯旋研墨叶漸寫到別來句此情深處句紅箋為無色叶

無別首可校。

探春令 五十一字 宋徽宗

㊟簾旌微動句悄寒天氣句龍池冰泮韻杏花笑吐香紅淺叶又還是豆春將半叶 ㊟清歌㊟妙舞從頭按叶等芳時開宴叶記去年對着句東風㊟曾許句不負鶯花願叶

此前起四字者。

又一體 五十一字 蔣 捷

玉窓蠅字記春寒句滿茸絲紅處韻畫翠鴛豆雙展金蝴翅叶未㊟抵我豆愁紅膩叶 ㊟芳心㊟一點

天涯去叶絮濛濛遮住叶對花彈阮纖瓊指叶為粉蠹豆空彈淚叶

此前起七字，兩結相同者。

又一體　五十二字　趙長卿

數聲田雁句幾番踈雨句東風回暖韻甚今年豆立得春來晚叶過人日豆方相見叶縷金幡勝教先辦叶着工夫裁剪叶到那時賭當句須教滴惜句稱得梅粧面叶

此同徽宗詞，惟前段第四句多一字，小異。各家多如此。

又一體　五十二字　晏幾道

綠楊枝上曉鶯啼句報融和天氣韻被數聲豆吹入紗窗裏叶又驚起豆嬌娥睡叶綠雲斜嚲金釵墜叶惹芳心如醉叶為少年濕了句鮫綃帕上句都是相思淚叶

前段與蔣詞同，後段與徽宗同。

又一體　五十二字　楊无咎

梅英粉淡句柳梢金軟句蘭芽依舊韻見萬家豆燈火明如晝叶正人月豆圓時候叶挨香傍玉

偷攜手叶儘輕衫寒透叶聽一聲豆畫角催殘漏叶惜歸去豆頻囬首叶

前半同趙詞，後半同蔣詞，只第三句多一字。楊又一首，「畫」、「漏」兩字不叶韻，餘同，不另列。

又一體　五十二字　楊无咎

東風初到句小梅枝上句又驚春近韻料天台不比句人間日月句桃萼紅英暈叶　劉郎浪跡憑誰問叶莫因詩瘦損叶怕桑田變海句儷源重返句老大無人認叶

與各調又異。「天台」下、「桑田」下九字，可作三六，亦可作四五。

又一體　五十二字　趙長卿

笙歌間錯華筵啟韻喜新春新歲叶菜傳纖手句青絲輕細叶和氣入豆東風裏叶　幡兒勝兒都姑嫜叶戴得更忔戲叶願新春已後句吉吉利利叶百事都如意叶

首句七字起韻，第二、三句俱四字，異。趙又一首，前起云：「新元纔過，漸融和氣，先到簾幃。」「幃」字平聲起韻，以下句讀與此首同。以「裏」、「未」、「棄」、「淚」等仄殸叶之，平仄兩叶，諸家所無。

探春　一百三字　或加慢字　張炎

銀浦流雲句綠房迎曉句一抹牆腰月淡韻暖玉生煙句懸冰解凍句碎滴瑤階如霰叶纔放此晴意句早瘦了豆梅花一半叶也知不作花看句東風何事吹散叶　搖落似成秋苑叶甚釀得春來句怕教春見叶野渡舟回句前村門掩句應是不勝清怨叶次第尋芳去句灞橋外豆蕙香波暖叶猶妬簷聲句看燈人在深院叶

後起姜夔不叶。「纔放」句、「次第」句，可平仄仄平平。陳允平後結云「畫欄閑立東風，舊紅誰掃」，上六下四，微異。

又一體　九十四字　吳文英

苔逕曲深深句不見故人句輕敲幽戶韻細草回春句目斷流光一羽叶重雲冷句哀雁斷句翠微空句愁蜨舞叶遈鳴鞭豆遊蓬小夢句枕殘鶯寤叶　還識西湖醉路叶向柳下竝鞍句銀袍吹絮叶事影難追句那負燈床聽雨叶冰谿憑誰照影句有明月句乘興去叶暗相思豆梅孤鶴瘦句共

江亭暮叶

「輕敲」下、「銀袍」下，前後同，只「冰谿」句與前小異。此校張詞不同，無別首可證。培按：《詞律》脫「鶴」字，今從《潛采堂譜》。

秋夜雨　五十一字　蔣捷

黃雲水驛秋笳噎韻吹人雙鬢如雪叶愁多無奈處句漫碎把豆寒花輕撚叶　紅雲轉入香心裏句夜漸深豆人語初歇叶此際愁更別叶鴈落影豆西窗殘月叶

無別首可參校。

迎春樂　五十一字　柳永

《樂章集》注林鐘商。

近來憔悴人驚怪韻為別相思瞰叶我前生豆負你愁煩債叶便苦恁豆難開解叶　良夜永豆牽情無奈叶錦被裏豆餘香猶在叶怎得依前燈下句恣意憐嬌態叶

平仄即參後秦、晁諸詞。

又一體 五十一字　　秦觀

菖蒲葉葉知多少韻惟有箇豆蜂兒妙叶雨晴紅粉齊開了叶露一點豆嬌黃小叶　早是被豆曉風力暴叶更春共豆斜陽俱老叶怎得花香深處句作箇蜂兒抱叶

前段第二句六字，第三句七字，與柳異，後段同。

又一體 五十一字　　楊无咎

新來特特更門地韻都收拾豆山和水叶看明年豆事事如意叶迎福祿豆俱來至叶　莫管明朝添一歲叶儘同向豆樽前沉醉叶且共唱豆迎春樂句祝母千秋歲叶

此校秦詞，惟前後第三句俱折腰，後起不折腰，為異。

又一躰 五十二字　　方千里

紅深綠暗春無跡韻芳心動豆冶遊客叶記搖鞭豆跋馬銅駝陌叶凝睇認豆珠簾隔叶　絮滿愁城風捲白叶遥多少豆相思消息叶何處約歡期句芳草外豆高樓北叶

「何處」句五字，兩結皆六字，異。此首有美成詞可校，「外」字周用平。

又一體　五十三字　　晏殊

長安紫陌春歸早韻　嚲垂楊豆　染芳草叶　被啼鶯豆　語燕催清曉叶　正好夢豆　頻驚覺叶　當此際豆　青樓臨大道叶　幽會處豆　兩情多少叶　莫惜明珠百琲句　占取長年少叶

此校秦詞，唯前段第三句及後起句各多一字，餘同。

瑤池燕　五十一字　　蘇軾

坡公自序云：「琴曲有《瑤池燕》，其詞不協，而聲亦怨咽。」變其辭作閨怨，寄陳季常：「此曲奇妙，勿妄與人。」

飛花成陣韻　春心困叶　寸寸叶　別腸多少愁悶叶　無人問叶　偷啼自揾叶　殘粧粉叶　抱瑤琴豆　尋出新韻叶　㊤纖趁叶　南風未解幽慍叶　低雲鬢叶　眉峯斂暈叶　嬌和恨叶

培按：此闋，只有賀鑄「瓊鉤褰幔」詞可校，平仄悉同，只「玉」字用平，「寸寸」句仍用疊字，作「漫漫」，餘同。

詞榘卷六終

詞槩卷七

歙西方成培仰松輯
同里徐德達有山校

河傳　五十五字　溫庭筠

《樂章集》注仙呂調。舊記《河傳》為煬帝開汴河所製勞歌，其聲犯角，《柳塘詩話》謂「本秦皇南幸之曲」，皆臆說無稽。

湖上韻閒望叶雨蕭蕭換平烟浦花橋路遙叶平謝娘翠蛾愁不銷叶平終朝叶平夢魂迷晚潮叶平

蕩子天涯歸棹遠三換仄春已晚叶三仄鶯語空腸斷叶三仄若耶溪四換平溪水西叶四平柳隄叶四平不聞郎馬嘶叶四平

前後四換韻。此調體制最繁，諸譜棼然莫晰，殊不便覽觀，今遵采《御定譜》，細爲區別于後。

又一體　五十四字　孫光憲

花落韻煙薄叶謝家池閣叶寂寞春深換平翠蛾輕斂意沉吟叶平沾襟叶平無人知此心叶平　玉爐香斷霜灰冷三換仄簾鋪影叶三仄梁燕歸紅杏叶三仄晚來天四換平空悄然叶四平孤眠叶四平枕檀雲鬢偏叶四平

右與庭筠「湖上閒望」詞同，唯第三句四字仍押仄韻，第四句四字始起平韻，為異。

又一體　五十四字　顧敻

棹舉韻舟去叶波光淼淼句不知何處叶岸花汀草共依依換平雨微叶平鷓鴣相逐飛叶平　天涯離恨江聲咽三換仄啼猿切叶三仄此意向誰說叶三仄艤蘭橈四換平獨無憀叶四平魂銷叶四平小爐香欲焦叶四平

此亦與溫詞同，惟前段第三句四字不用韻，第四句四字仍押仄韻，異。辛稼軒「春水千里」詞正與此同，惟前段第三句亦用仄韻，校此小異。

又一體　五十一字　張泌

紅杏韻紅杏疊交枝相映叶密密濛濛換平一庭穠豔倚東風叶平香融叶平透簾櫳叶平　斜陽似

共春光語三換仄蜨爭舞叶三仄更引流鶯妒叶三仄冤消千片玉尊前四換平神僊叶四平瑤池醉暮天叶四平

亦與溫詞仝，唯前段第二句，即疊上句，第三句四字，用仄韻，第四句四字用平韻，結句三字，後段第四、五句作七字一句，異。《詞緯》云：「坊刻起句脫『紅杏』兩疊字。」培按：以各體校之，于理可信，今從之。此詞亦四換韻，但前段結句三字，後段結句五字，與下闋選詞，又自為一類。

又一體　五十三字

閻選

秋雨韻秋雨疊叶無晝無夜句滴滴霏霏換平暗燈涼簟怨分離叶平妖姬叶平不勝悲叶平　西風稍急喧窗竹三換仄停又續叶三仄膩臉懸雙玉叶三仄幾回邀約鴈來時叶平違期叶平鴈歸人不歸叶平

此與張泌「紅杏」。紅杏」詞同，惟前段第三句不用仄韻，後段平韻，即用前段元韻為異。

按：《河傳》詞躰，凡兩結平韻者，其兩起必皆仄韻，如此詞正與「湖上」。閒望」同，《詞律》于「雨」字不注仄韻，誤矣。「鴈歸」之「歸」，非叶，觀前「紅杏」一首可證。

又一體　五十三字　韋莊

錦浦韻春女叶繡衣金縷叶霧薄雲輕換平花深柳暗句時節正是清明叶平雨初晴叶平玉鞭魂斷煙霞路叶仄鶯鸎語叶仄一望巫山雨叶仄香塵隱映句遥見翠檻紅樓三換平黛眉愁叶三仄

此即温詞體，但前段第五、六句，後段第四、五句，俱四字六字，兩結句皆三字，另開宋詞一派。張先、陸游、張元幹、李清照、黄昇等詞，皆出于此。此詞後段仄韻，即押前段仄韻，與温作小異。張先一首，全與此同，但首句云：「海宇，稱慶。復生元聖。」首句「宇」字獨不起韻，為小異，注明不錄。「花深」下十字，或作上六下四。

又一體　五十三字　李清照

培按：因此詞結語，故又名《月照梨花》。

帝里句春晚韻重門深院叶草綠階前換平暮天鴈斷叶仄樓上音信誰傳叶平恨緜綿叶平　多情自是多沾惹三換仄難拚捨叶三仄又是寒食也叶三仄秋千巷陌句人靜皎月初斜四換平浸梨花叶四平

此與張先「海宇，稱慶」詞仝，只前段第五句，仍押仄韻為異。

又一體 五十三字 怨王孫 張元幹

小院句㊃畫韻晴牕霞透叶着雨胭脂句倚風翠袖叶芳意惱亂人多換平煖金荷叶平 多情不分羣葩後叶仄傷㊃瘦叶仄淺黛眉尖秀叶仄紅潮醉臉句半掩花底重門三換平怨黄昏叶三平

此與李清照「帝里，春晚」詞同，唯前段第四句不押平韻。按：《蘆川集》张詞二首皆然，其後段仄韻，即用前段元韻，又與辛詞一例。陸放翁一首，起句作「悶已縈損」，四字一句，後段第二句作「漸彫綠鬢」，四字一句，與此小異，餘悉同，又一體也。

又一體 五十四字 陸游

霽景句風軟句煙江春漲韻小閣無人句繡簾半上叶花外姊妹相呼換平約摴蒲叶平 脩蛾忘了章臺樣叶仄細思一餉叶仄感事添惆悵叶仄胷酥臂玉銷減句擬覓雙魚叶平倩誰書叶平

此与張元幹詞同，唯前段第二句不用韻，後段第四、五句，作六字一句、四字一句，為異。培按：陸詞二首，後段仄韻平韻，皆用前段元韻，與諸家異。

又一體　五十四字　月照梨花　黄昇

晝景韻方永叶重簾花影叶好夢猶酣句鶯聲喚醒叶門外風絮交飛換平送春歸叶平　修蛾畫了無人問叶仄幾多別恨叶仄淚洗殘粧粉叶仄不知郎馬何處句煙草萋迷叶平鷓鴣啼叶平

此與陸游「霽景，風軟」一首同，惟前段起二句俱用韻，異。「何處」下，坊本誤多一「嘶」字，今據《花菴詞選》改定，且此句無用韻之例，觀各家之룎可知。

又一體　五十五字　李珣

春暮韻微雨叶送君南浦叶愁斂雙蛾換平落花深處叶仄啼鳥似逐離歌叶平粉檀珠淚和叶平　臨流更把同心結三換仄情哽咽叶三仄後會何時節叶三仄不堪迴首相望句已隔汀洲四換平艣聲幽叶四平

此與黄昇「晝景，方永」詞同，唯前段第四句即起平韻，前結五字，後段第二句三字，為異，其餘竝同。

又一룎　五十五字　李珣

去去韻何處叶迢迢巴楚叶山水相連換平朝雲暮雨叶仄依舊十二峯前叶平猿聲到客船叶平

愁腸豈異丁香結三換仄曰離別叶三仄故國音書斷絶叶三仄想佳人花下句對明月春風四換平恨應同叶四平

此與「春暮微雨」一首同，惟後段第四、五句俱五字，異。按：以上詞十二首，又附録三首，悉四換韻者。温詞以下四首，皆前結五字，後結五字。張泌以下二首，皆前結三字，後結五字。韋詞以下七首，皆前結三字，後結三字。李詞二首，皆前結五字，後結三字。各以類列，不宜挨字編次。

又一體　五十五字　孫光憲

颭颭韻波斂叶團荷閃閃叶珠傾露點叶木蘭舟上句何處吳娃越艷叶藕花紅照臉叶大隄狂殺襄陽客換仄煙波隔叶二仄渺渺湖光白叶二仄身已歸三換平心不歸叶三平斜暉叶三平遠汀鸂鶒飛叶三平

此詞前段全用仄韻，與諸家異。若後段上仄下平，則猶然温詞躰也。其平仄叅後四詞，無宋詞可校。

又一體　五十三字　顧敻

曲檻韻春晚叶碧流紋細句綠楊絲軟叶露華鮮句杏枝繁句鶯囀叶仄野蕪平似翦叶仄　直是人間到天上換仄堪遊賞叶二仄醉眼疑屏幛叶二仄對池塘三換平惜韶光叶三平斷腸叶三平為花須盡狂叶三平

此與孫光憲「風颭，波斂」詞同，唯前段第三句不用韻，第五、六句，作三字兩句、兩字一句，異。「露華鮮」兩句，非叶，《詞律》注悞，有顧詞別首可證。

又一體　五十四字　顧敻

燕颺句晴景韻小窗屏暖句鴛鴦交頸叶菱花掩却翠鬟欹句慵整叶海棠簾外影叶　繡幃香斷金鸂鶒換仄無消息叶二仄心事空相憶叶二仄倚東風三換平春正濃叶三平愁紅叶三平淚痕衣上重叶三平

此與「曲檻，春晚」詞同，唯前起不用韻，第五、六句，作七字一句，異。

又一躰　五十四字　孫光憲

太平天子韻等閒遊戲叶疏河千里叶柳如絲句隈倚叶綠波春水叶長淮風不起叶　如花殿脚三

千女換仄爭雲雨叶二仄何處留人住叶二仄錦帆風三換平煙際紅叶三平燒空叶三平魂迷大業中叶三平

此亦「風颭，波斂」詞躰，唯前段起句四字，第四句三字，第五句六字，為異。

又一體　五十三字　孫光憲

柳拖金縷韻著煙籠霧叶濛濛落絮叶鳳凰舟上楚女叶妙舞叶雷喧波上鼓叶　龍爭虎戰分中土叶人無主叶桃葉江南渡叶襞花牋換平艷思牽叶平成篇叶平宮娥相與傳叶平

此與「太平天子」詞仝，惟前段第四、五句，作六字一句、二字一句。又第四句多押一韻，換頭仍押前段仄韻，異。以上詞五首，皆前段仄韻，後段仄韻平韻者，在唐詞中，又另自成一體。

又一體　五十一字　張泌

渺莽句雲水韻惆悵暮帆句去程迢遞叶夕陽芳草句千里萬里叶鴈聲無限起叶　夢魂悄斷煙波裏叶心如醉叶相見何處是叶錦屏香冷無睡叶被頭多少淚叶

此詞前後段全押仄韻者，宋柳永、徐昌圖、秦觀、黃庭堅、呂渭老、《梅苑》無名氏諸詞，皆原於此。至換頭三句，猶然温詞躰也，但前後兩結俱五字，與柳永二詞一類。若徐昌圖詞，前後段兩結俱六字，又與吕渭老、黄庭堅、《梅苑》無名氏詞，自為一類。

又一體　五十七字　柳永

淮岍韻漸晚叶圓荷向背句芙蓉深淺叶僊娥畫舸句露影紅芳交亂叶難分花與面叶

採多漸覺輕舸滿叶呼歸伴叶急桨煙波遠叶隱隱棹歌句漸被蒹葭遮斷叶曲終人不見叶

此照张泌詞塡，唯前段第五六句、後段第四五句，俱作四字一句、六字一句，校為整齊。

又一體　五十七字　柳永

坐中醉客風流慣叶樽前見叶特地驚狂眼叶不似少年時節句千金爭選叶相逢何太晚叶

翠深紅淺韻愁蛾黛蹙句嬌波刀翦叶奇容妙伎句互逞舞裀歌扇叶粧光生粉面叶

此與「淮岸。漸晚」詞仝，惟前段起句四字，後段第四句六字，第五句四字，為異。

又一躰　六十字　徐昌圖

採蓮秋光滿目韻風清露白句蓮紅水綠叶何處夢回句弄珠拾翠盈盈句倚蘭橈豆眉黛蹙叶

調穩聲相續叶吴兒伴侣句倚棹吴江曲叶驚起暮天句幾雙交頸鴛鴦句入蘆花豆深處宿叶

按：昌圖宋太祖時人。柳永「淮岸。漸晚」詞，前段第五、六句，後段第四、五句，句法即本此詞塡也。至前段第四、五句俱不押韻，黄庭堅詞、《梅苑》詞皆宗之。但兩句俱不押為正躰，或前押後不押，或後押前不押，則為變體耳。按：《尊前集》刻此詞，微有脱誤，今從《花草粹編》改正。

又一體 六十一字 呂渭老

斜紅照水韻似晴空萬里叶明霞相倚叶逐伴笑歌句小立緑槐陰裏叶悄没些豆春氣味叶紛紛覷着閒桃李叶淺淺深深句不滿遊人意叶幽艷一枝句向晚重簾深閉叶是青君豆愛惜底叶

此與徐昌圖「秋光滿目」詞同，只前段第二句，添一「似」字領起，又押韻；前後第五句仍叶韻，異。按：少游「恨眉醉眼」詞，正與此同。因其語太俚，故録此為式。

又一躰 六十一字 黄庭堅

心情老嬾韻對歌對舞句猶似當時眼叶巧笑靚糚句近我衰容華鬢句侶扶着豆賣卜算叶思

量好箇當年見叶催酒催耍句只怕歸期短叶飲散燈稀句背鎖落花庭院叶好殺人豆天不管叶

此和少游「恨眉醉眼」詞也，只前段第二句四字，第三句五字，第五句不押韻，为異。

又一體 五十九字 無名氏

香苞素質韻天賦與豆傾城標格叶應是曉來句暗傳東君消息叶把孤芳豆回暖律叶 壽陽粉面曾妝飾叶說與高樓句休耍吹羌笛叶花下醉賞句留取時倚欄杆句鬬清香豆添酒力叶

右見《梅苑》。此與黄詞仝，唯前段第二、第三句，減去兩字，作七字折腰一句，異。黄詞前段第五句不叶，此詞後段第五句不叶，均是仄韻《河傳》之變體也。

又一體 五十八字 無名氏

雙花對植韻似黄封和了句龍香難敵叶悶抱琵琶句試把么絃輕轣叶算行家豆纔認得叶 朱窩戲捻骰兒擲叶唯有燒盆句頁采偏難覓叶常把那豆目字横書句謝三娘豆全不識叶

見《花草粹編》。此與吕渭老「斜紅照水」詞同，唯後段第四、五句，減去三字，作七字折腰一句，異。培按：此詞，曾見他譜疑其有脱悮，不録，然玩味文理，似無訛舛，故仍收之以備一體。「目字横書」，謂四字也，葢指四紅也。「謝三娘不識」四字，宋時諺語。以上詞八首，皆前後段全用仄韻者，張詞以下三首，兩結句俱五字；徐詞以下五首，兩結句俱六字。按：《河傳》詞，共二十五首，又附録三首，約分三體，有兩平兩仄四换韻者，有前仄後仄平者，有前後皆仄韻者，每體類列注明，州次部居，一目了然，此調之源流正變，盡於此矣。

鳳來朝 五十一字 史達祖

暈粉就粧鏡韻掩金閨豆綵絲未整叶趁無人豆學指鴛鴦頸叶恨誰踏豆蘚花徑叶 一夢蒲香葵冷叶墮銀瓶豆脆繩挂井叶扇底并豆團圓影叶只此是豆沈郎病叶

「扇底」句，《片玉詞》作「待起難捨折」，只五字，疑誤。

鬪鷄回 五十一字 杜龍沙

自注夾鐘商。

鶯啼人起句花露真珠灑韻白苧衫句青驄馬叶繡陌相將句鬪鷄寒食下叶 迴廊暝色愔愔句

應是待歸來也叶月漸高句門猶亞叶悶剔銀釭句漏聲初入夜叶

培採自《陽春白雪》，無可校。

雨中花　五十一字　晏殊

（剪）翠粧紅（欲）就韻（折）得（清）香（滿）袖叶一對鴛鴦眠未足句葉下長相守叶　（莫）傍（細）條尋嫩藕叶怕（綠）刺豆（罥）衣傷手叶可惜許豆月明風露好句恰在人歸後叶

又一體　五十二字　歐陽修

千古都門行路韻能使離歌聲苦叶（送）盡行人句（花）殘（春）晚句（又）到東君去叶　醉藉落花吹暖絮叶多少曲隄芳樹叶且（攜）手留連句（良）辰（美）景句（留）作相思處叶

前後第三句以下，與前詞異。「送盡」句，前四後五，《詞律》疑其有悞，培意未必然也。

又一體　五十四字　楊无咎

早已是豆花魁柳冠韻更絕唱豆不容同伴叶畫鼓低敲句紅牙隨應句着個人勾喚叶　漫引鶯

唉千樣囀叶聽過處豆幾多嬌怨叶換羽移宮句偷聲減字句不怕人腸斷叶

起句七字折腰，與諸家異，楊三首皆如此。

又一體　五十四字　程垓

聞說海棠開盡了韻怎生得豆夜來一笑叶顰綠枝頭句落紅點裏句問有愁多少叶　小院閉門春悄悄叶禁不得豆瘦腰如嫋叶豆蔻濃時句荼蘼香處句試把菱花照叶

前起七字不折腰，前後最為整齊。

又一體　五十六字　王觀

百尺清泉聲陸續韻映瀟洒豆碧梧翠竹叶面千步迴廊句重重簾幙句小枕欹寒玉叶　試展鮫綃看畫軸叶是一片豆瀟湘凝綠叶待玉漏穿花句銀河垂地句月上欄杆曲叶

前後第三句俱五字，整齊。

雨中花慢　九十八字　蘇軾

《雨中花慢》有平仄兩躰，平韻者始自坡公，仄韻者始于少游。柳永平韻詞，《樂章集》

注林鐘商。

今歲花時深院句盡日東風句蕩颺茶煙韻但有綠苔芳草句柳絮榆錢叶聞道城西句長廊古寺句甲第名園叶有國豔帶酒句天香染袂句為我留連叶　清明過了句殘紅無處句對此淚灑樽前叶秋向晚豆一枝何事句向我依然叶高會聊追短景句清商不暇餘妍叶不如留取句十分春態句付與明年叶

此詞前段第六、七句，作四字三句，與各家小異。宋人仄韻詞，亦有如此填者。若平韻詞，則只此一體耳。培按：《梅苑》「夢破江南春信」詞，句豆平仄悉與此同，惟換作入殸韻，又一格也。

又一體　九十七字　辛棄疾

舊雨常來句新雨不來句佳人偃蹇誰留韻幸山中芋栗句今歲全收叶貧賤交情落落句古今吾道悠悠叶怪新來却見句文友離騷句詩發秦州叶　功名只道句無之不樂句那知更有堪憂叶怎奈向豆兒曹抵死句喚不回頭叶石卧山前認虎句蟻喧床下聞牛叶為誰西望句憑欄一餉句却下層樓叶

「幸山中芋栗」句，張于湖作「認得江皐玉佩」，校多一字，蔣竹山亦有之，可從。劉褒「縹蔕緗枝」詞，于「芋栗」句，作七字折腰句云「正雨後蜂粘落絮」，最為整齊。然宋人中，再無如此填者。「芋栗」兩句，竹屋作「緩帶輕裘，爭看盛卋衣冠」，四字一句、六字一句，又異。葛立方于「芋栗」兩句，作「又見楚宮，行雨洗芳塵」，句法更異。

又一體　一百字　柳永

墜髻慵梳句愁蛾懶畫句心緒是事闌珊韻覺新來憔悴句金縷衣寬叶認得這豆疎狂意下句向人誚豆譬如閒叶把芳容陡頓句恁地輕孤句爭忍心安叶　依前過了舊約句甚當初賺我句偷翦香鬟叶幾時得歸來句香閣深關叶待伊要豆尤雲殢雨句纏鴛衾豆不與同歡叶儘更深欵欵句問伊今後句更敢無端叶

換頭三句，前後段第六、七句，與各家異。雖有宮調，無別首可校，故不注可平仄。培按：「向人」句，本與後「鴛衾」句對，今校後少一字，疑是脫落。

又一體　九十六字　京鏜

玉局祠前句銅壺閣畔句錦城藥市爭奇韻正紫萸綴席句黃菊浮卮叶巷陌聯鑣共轡句

樓臺吹竹弾絲叶登高望遠句一年好景句九日佳期叶　自憐行容句猶對嘉賓句留連豈是貪癡叶誰會得豆心馳北闕句興寄東籬叶惜別未催鷁首句追歡且醉蛾眉叶明年此會句他鄉今日句捴是相思叶

此體塡者最多，故以此作譜。培按：《玉照新志》無名氏「事往人離」詞，與此並同，唯前段第二、三句云「還似暮峽歸雲，隴上流泉」，小異。「登高」句，吴禮之作「便如何忘得」，多一仄字領起，餘同。

又一體　九十八字　秦觀

指點虛無征路句醉乘斑虬句遠訪西極韻見天風吹落句滿空寒白叶玉女明星迎笑句何苦自淹塵域叶正火輪飛上句霧捲煙開句洞觀金碧叶　重重觀閣句横枕鼇峯句水面倒銜蒼石叶隨處有豆奇香異火句杳然難測叶好是蟠桃熟後句阿環偷報消息叶在青天碧海句一枝難遇句占取春色叶

句讀與京詞畧同，但用仄韻為異。

又一躰　九十七字　黃庭堅

正樂中和句夷夏宴喜句官梅乍傳消息韻待新年歡計句斷送春色叶桃李成陰句甘棠少訟句又移旌戟叶念畫樓朱閣句風流高會句頓冷談席叶　西川縱有句舞裙歌板句誰共茗邀棋敵叶歸來未豆占霑離袖句管絃催滴叶樂事賞心易散句良辰美景難得叶會須醉倒句玉山扶起句更傾春碧叶

此與東坡平韻躰同，惟前段起句，句豆小異，第四句又減一字。

又一體　九十七字　無名氏

宴闋倚闌郊外句乍別芳姿句醉登長陌韻漸覺聯緜離緒句淡泊秋色叶寶馬頻嘶句寒蟬噪晚句正傷行客叶念少年蹤跡叶風流聲價句淚珠偷滴叶　從前與豆酒朋花侶句鎮賞畫樓瑤席叶今夜裏豆清風明月句水邨山驛叶往事悠悠似夢句新愁冉冉如織叶斷腸望極叶重逢何處句暮雲凝碧叶

此亦與坡公平韻躰同，惟換頭作七字一句、六字一句，前段第九句、後段第八句，多押兩韻，為異。

夜行船　五十六字　明月棹孤舟　歐陽修

《太平樂府》、《中原音韻》、高拭詞俱注雙調。

憶昔西都懽縱韻自別後豆有誰能共叶伊川山水洛川花句細尋思豆舊遊如夢叶　記今日豆相逢愈重叶愁聞唱豆畫樓鐘動叶白髮天涯逢此景句倒金尊豆殢誰相送叶

《夜行舡》以此詞為正體。毛滂「寒滿一衾誰共」詞，換頭作：「忽明日煙江暝曚」，是七字折腰句，校歐詞減一字，餘悉同。培按：《夜行船》屬雙調，黃公紹改名《明月棹孤舟》，本與《雨中花》不同，秪曰汲古本有誤刻者，紅友遂欲合為一調，愈悞矣。

又一體　五十六字　史達祖

不剪春衫愁意態韻過收燈豆有些寒在叶小雨空簾句無人深巷句早已杏花先賣叶白髮潘郎寬沈帶叶怕看山豆憶他眉黛叶草色拖裙句煙光惹鬢句常記故園挑菜叶

校歐詞異。楊无咎前起，作「怪彼東風相悞」，只六字，餘同。周密換頭作上三下四句法，餘同。白石一首，前結云「算惟有春知處」，後結云「花休道輕分付」。「煙光」句叶，另格。楊无咎只後結折腰，又異。王嵎後段第四句云：「不覺小窓人靜」，多兩襯字，然必是悮多者，不可從。趙長卿後段第四句，叶韻。

又一體　五十五字　孫浩然

何處采菱歸暮韻隔宵烟豆菱歌輕舉叶白蘋風起月華寒句影朦朧豆半和梅雨叶　脈脈相逢心似許叶扶蘭棹豆黯然凝竚叶遥指前村句依依煙樹叶含情背人歸去叶

前段同歐詞，後段仝史詞。

又一體　五十六字　楊无咎

夾岸綺羅歡聚韻看喧喧豆彩舟來去叶晴放湖光句雨添山色句誰識揔相宜處叶　輸與騷人句却知勝趣叶醉臨風豆戲評坡句叶若把西湖比西子句這東湖豆似東鄰女叶

前段同史詞，後段句讀則全異。

望江東　五十二字　黄庭堅

江水西頭隔煙樹韻望不見豆江東路叶思量只有夢來去叶更不怕豆江攔住叶　燈前寫了書

無數叶算没個豆人傳與叶宜饒尋得鴈分付叶又還是豆秋將暮叶

前後同，只後起平仄異。此涪翁自度腔，無可校。

醉花陰　五十二字　李清照

薄霧濃雲愁永晝韻瑞腦噴金獸叶佳節又重陽句寶枕紗厨句半夜秋初透叶　東籬把酒黄昏後叶有暗香盈袖叶莫道不消魂句簾捲西風句人比黄花瘦叶

換頭平仄，與前起異，毛滂亦然，諸家前後俱用「東籬」句法。「暗香」句，上一下四，諸家皆用「瑞腦」句句法。

入塞　五十二字　程垓

好思量韻正秋風豆半夜長叶奈銀釭一點句耿耿背西窗叶衾又凉叶枕又凉叠叶　露華凄凄月半牀叶照得人豆真箇斷腸叶窗前誰浸木犀黄叶花也香叶夢也香叠叶

青门引　五十二字　張先

乍暖還輕冷韻風雨晚來方定叶庭軒寂寞近清明句殘花中酒句又是去年病叶　樓頭畫角風

吹醒叶入夜重門靜叶那堪更被明月句隔牆送過秋千影叶

又一體　一百七字　秦觀

風起雲間句鴈橫天末句嚴城畫角句梅花三奏韻塞草西風句凍雲籠月句牕外曉寒輕透叶人去香猶在句孤衾擁豆長閒餘繡叶恨與宵長句一夜薰爐句添盡香獸叶　前事空勞回首叶雖夢斷春歸句相思依舊叶湘瑟聲沉句庾梅信斷句誰念畫眉人瘦叶一句難忘處句怎忍辜豆耳邊輕咒叶任人攀折句可憐又學句章臺楊柳叶

「塞草」下，與後「湘瑟」下同，此調有黃裳詞可校。

又一躰　一百五字　曹組

山靜煙沉句岸空潮去韻晴天萬里句飛鴻南度叶冉冉黃花句翠翹金鈿句還是倚風凝露叶歲歲青門飲句盡龍山豆高陽儔侶叶舊賞成空句回首舊游句人在何處叶　此際誰憐萍泛句空自感光陰句暗傷羈旅叶醉裏悲歌句夜深驚夢句無奈覺來情緒叶孤館昏還曉句厭時聞豆南樓鐘鼓叶淚眼臨風句腸斷望中歸路叶

此與秦詞仝，只前段第二句叶，換頭不叶，後結減二字，作四字一句、六字一句，為異。

又一體　一百六字　無名氏

邊馬嘶風句漢旗飜雪句彤雲又吐句一竿殘照韻古木連空句亂山無數句行盡暮沙衰草叶星斗橫幽館句夜無眠豆燈花空老叶霧濃香鴨句氷凝淚燭句霜天難曉叶　長記小粧纔了叶一盃未盡句離懷多少叶醉裡秋波句夢中朝雨句都是醒時煩惱叶料有牽情處句忍思量豆耳邊曾道叶甚時躍馬歸來句認得迎門輕笑叶

此校秦詞，唯後段第二句減一字，結作六字兩句，異。培按：後結仍作四字三句讀，亦可。第二句或是落去一字。

鋸解令　五十二字　楊无咎

送人歸後酒醒時句睡不穩豆衾翻翠縷韻應將別淚洒西風句盡化作豆斷腸夜雨叶　卸帆浦溆叶一種悽惶兩處叶尋思卻是我無情句便不鮮豆寄將夢去叶

木蘭花　五十二字　或有令字　毛熙震

《太和正音譜》注高平調。

掩朱扉句鈎翠箔韻滿院鶯聲春寂寞叶匀粉淚句恨檀郎句一去不歸花又落叶　對斜暉句臨小閣叶前事豈堪重想着叶金帶冷句畫屏幽句寶帳慵熏蘭麝薄叶

培按：《花間集》，七字八句為《玉樓春》。此毛、魏、韋詞共三體，為《木蘭花》。本屬兩調，自《尊前集》誤合為一，後來率相沿混塡，今謹遵《花間》、《宆譜》分列，以正其誤。

又一體　五十四字　魏承班

小芙蓉句香旖旎韻碧玉堂深情似水叶閉寶匣句掩金鋪句倚屏拖袖愁如醉叶　遲遲好景煙花媚叶曲渚鴛鴦眠錦翅叶凝然愁望靜相思句一雙咲靨嚬香蕊叶

前段與毛詞仝，只「倚屏」句平仄異，後段則大異。

又一躰　五十五字　韋莊

獨上小樓春欲暮韻愁望玉關芳草路叶消息斷句不逢人句却斂細眉歸繡戶叶　坐看落

花空嘆息換仄羅袂濕斑紅泪滴叶二仄千山萬水不曾行句魂夢欲教何處覓叶二仄

前後兩韻，只第三、四句三字，餘皆七字，後段校魏詞平仄小異。

減字木蘭花　四十四字　又名「減蘭」　呂渭老

雨簾高捲韻芳樹陰陰連別館叶涼氣侵樓換平蕉葉荷枝各自秋叶平　前溪夜舞三換仄化作驚鴻留不住叶三仄愁損腰肢四換平一桁香消舊舞衣叶四平

偷聲木蘭花　五十字　張先

雲籠瓊苑梅花瘦韻外院重扉聯寶獸叶海月新生換平上得高樓沒奈情叶平　簾波不動銀釭小三換仄今夜夜長爭得曉叶三仄欲夢荒唐四換平秖恐覺來添斷腸叶四平

木蘭花慢　一百一字　柳永

《樂章集》注高平調。

坼桐花爛漫句乍踈雨豆洗清明韻正豔杏燒林句緗桃繡野句芳景如屏叶傾城叶盡尋勝賞

句驟雕鞍豆紺幰出郊坰叶風暖繁弦脆管句萬家競奏新聲叶　盈盈叶鬬草踏青叶人艷冶豆遞逢迎叶向路旁往往句遺簪墜珥句珠翠縱橫叶歡情叶對佳麗地句任金罍豆罄竭玉山傾叶拚着明朝永日句畫堂一枕春酲叶

此調中押短韻者，以柳此詞為正格。此詞前段第六句，後段第一句、第七句，皆押短韻。张炎「采芳洲薜荔」詞同此，惟前段第八句「怕依然，認得米家船」，後段第九句「好林泉，都在卧遊邊」，又藏「然」、「泉」兩韻于句中，微異。然是偶筆，非另格也。柳永「倚危樓佇立」詞，同此，惟後起云「皇都，暗想歡遊」，「遊」字不叶。「路旁」句，作「念對酒當歌」，平仄反。培按：此必「暗想歡娛」、「當歌對酒」之譌，不録。

又一體　一百一字　　蔣捷

傍池闌倚偏句問山影豆是誰偷韻但鷺斂璚絲句鴛藏繡羽句礙浴妨浮叶寒流叶暗衝片響句似犀椎豆帶月靜敲秋叶曰念凉荷院宇句粉丸曾泛金甌叶　粧樓叶曉澀翠罌油叶倦鬟理還休叶更有何意緒句憐他半夜句缾破梅愁叶紅稠叶淚乾萬點句待穿來豆寄與薄情收叶只恐東

風末轉句悞人日望歸舟叶

此與柳詞同，只後段第二、三句，俱作五字句，稍異。曹勛一首，前結攤破六字兩句，作四字三句，云「三月韶華，轉頭易失，窖蔭勻齊」，餘並與蔣同，不録。

又一體　一百一字　程垓

倩嬌鶯姹燕句說不盡豆此時情韻正小院春闌句芳園晝鎖句人去花零叶憑高試囬望眼句奈遙山豆遠水隔重雲叶誰遣風狂雨橫句便教無計留春叶　情知雁杳與鴻冥叶自難寄丁寧叶縱竹院鞾深句桃門笑在句知屬何人叶衣篝幾囬忘了句奈殘香豆猶有舊時熏叶空使風頭捲絮句為他飄蕩花城叶

此調不押短韻者，以此詞為體。曾覿一首，前段第七句，作四字兩句云「繁華清勝，兩兩無窮」，異，餘並同。李芸子一首與此同，只換頭句仍押短韻，異。嚴仁一首與此同，只前後第六句，句法皆折腰，異。劉應雄後段第二句云「快燈市、客相邀」，作六字折腰句法，小異，餘並同。呂渭老「石榴花謝了」詞，與此同，惟換頭云：「依依。望斷水窮雲起處，是天涯。」換頭仍押短韻，七字一句、三字一句，與各家異，恐不可從。

又一體　一百一字　　黃　機

正征塵滿野句問誰與豆作堅城韻有老子行年句平頭六十句無限聲名叶向來試陳大畧句便羣兒豆啁哳耳邊鳴叶爭識規模先定句破羌終屬營平叶　吾心惟有忠誠叶羞嫵媚豆做逢迎叶謂干戈鋒鏑句動關民命句此不宜輕叶聽渠自分勇怯句奈何他豆天理若持衡叶只把從前不殺句也應換得長生叶

此亦程詞躰，只後起六字一句，第二句六字折腰，異。盧祖皋「汀蓮彫晚艷」詞，與此同，惟後段第二句云「涼宴幾時仝」，校此減一字，疑是脫悞。培按：《木蘭花慢》以上四躰，前起皆用上一下四句法，間有用五言詩句法者，如稼軒「老來情味減」，又變格也。

又一躰　一百三字　　無名氏

飽經霜古樹句怕春寒豆趁臘引青枝韻逗一點陽和句隔年信息句遠報佳期叶淒葩未容易吐句

但凝酥豆半面點胭脂叶山路相逢駐馬句暗香微染征衣叶　風前裊裊含情句雖不語豆引長思叶侶怨感芳姿叶山高水遠句折贈何遲叶分明為傳驛使句寄一枝豆春色寫新詞叶寄語市橋官栁句此先占了芳菲叶

右見《梅苑》。此亦黄詞躰，唯前段第二句添兩襯字，換頭句不叶。「芳姿」句叶，「山高」句上減一字，異。培按：「山高」句，或是落一字。

玉樓春　五十六字　牛嶠

春入橫塘搖淺浪韻花落小園空惆悵叶此情誰信為狂夫句恨翠愁紅流枕上叶　小玉窓前瞋燕語換仄紅淚滴穿金線縷叶二仄鴈歸不見報郎歸句織成綿字封過與叶二仄

培按：此詞，前後兩韻，只有《瑯嬛記》所載宋人方喬一首可校。

又一體　五十六字　惜春容　春曉曲　葉夢得

花殘卻侶春留戀韻幾日餘吹酒面叶濕煙不隔栁條青句小雨池塘初有燕叶　波光縱使明如練叶可奈落紅粉似霰叶解將心事訴東風句秖有啼鶯千種囀叶

培按：此詞，首句第二字用平，逐句失粘，此宋詞定格，㝡為整齊。若顧敻、魏承班，只于前後第三句第二字用平，餘六句第二字皆仄，而魏詞後起叶，顧兩首皆仄住不叶，則唐腔也，注明不録。

尋芳草　五十二字　王孫信　辛棄疾

有得許多淚韻更閒却豆許多鴛被叶枕頭兒豆放處都不是叶舊家時豆怎生睡叶　更也沒書來句那堪被豆鴈兒調戲叶道無書豆却有書中意叶排幾箇豆人人字叶

前後同，只換頭平仄不叶，小異。「不」字，紅友云作平，然無可校。

醉紅粧　五十二字　張　先

瓊林玉樹不相饒韻薄雲衣句細柳腰叶一般粧樣百般嬌叶眉兒秀句揔如描叶　東風搖草雜花飄叶恨無計句上青條叶更起雙歌郎且飲句郎未醉句有金貂叶

前後同，只「更起」句用仄不叶，小異。

雙鴈兒　五十二字　楊无咎

窮陰急景暗推遷韻減綠鬢句損朱顏叶利名牽役幾時閒叶又還驚句一歲圓叶　勸君今夕不須眠叶且滿滿句泛觥船叶大家沉醉對芳筵叶願新年句勝舊年叶

此與《醉紅粧》句法相同，只「芳筵」句押韻，小異，疑本是一調，惜無可攷證，故仍舊分載。

玉團兒　五十二字　周邦彦

鉛華淡濘新粧束韻好㊀風韻豆天然異俗叶彼此知名句㊀雖然初見句情分先熟叶　㊀鑪烟淡淡雲屏曲叶睡㊀半醒豆生香透肉叶賴得相逢句㊀若還虛度句生世㊀不足叶

前後同，有盧炳和韻可校。「不」字，《詞律》云作平，甚是。

菊花新　五十二字　張　先

《樂章集》注中呂調。

墮髻慵粧㊀來㊀日暮韻㊀家在㊀柳橋㊀隄下住叶衣㊀緩絳綃垂句瓊㊀樹裊豆一㊀枝香霧叶　㊀院深地

靜花相妬叶粉牆低豆樂聲時度叶長恐舞筵空句輕化作豆彩雲飛去叶

此調有柳永、杜安世詞可校。「絳綃」句，杜叶韻，小異。汲古閣刻安世詞，後段第二句作「風雨催催苐閑開了」，多一「催」字，誤甚。

恨來遲　五十二字　恨歡遲　無名氏

柳暗汀洲句最春深處句小宴初開韻似泛宅浮家句水平風軟句咫尺蓬萊叶　更勸君豆吸盡紫霞盃叶醉看鸞鳳裴徊叶正洞裏桃花句盈盈一笑句依舊憐才叶

此調有無名氏「淡泊情懷」詞可校，只「醉看」句，作「也不許霜雪相欺」，多一字折腰，小異。因餘悉同，故不另録。

夢仙郎　五十二字　張先

江東蘇小韻夭斜窈窕叶都不勝豆綵鸞嬌妙叶春艷上新粧換平風過着人香叶平　佳樹陰陰池院三換仄華燈繡幔叶三仄花月好豆豈能長見叶三仄離聚此生緣四換平何計問高天叶四平

此調培從《子野詞》、《歷代詩餘》採入，無可校。

畫眉序　四十九字

米友仁

無處覓梅花韻紗帽籠頭掃煎茶叶坐幃爐靜聽句若蟹行沙叶　梵王宫豆玉殿珠樓句滕王閣豆冰磚銀瓦換仄叶霎時萬里同一色句丹青手豆果然難畫叶

右見《元暉墨跡》，其詳載余所撰《詞麈》，無可叅校。

詞榘卷七終

詞槩卷八

歙西方成培仰松輯
石川弟昌鎬綮豐校

傾杯令　五十二字　呂渭老

楓⃝葉飄紅句蓮房肥⃝露句枕席嫩涼先到韻簾外蟾⃝華如掃叶枝上啼⃝鴉催曉叶　秋風又⃝送潘郎老叶小牕明豆踈螢淺⃝照叶登高送遠惆悵句白髮至⃝今未了叶

「掃」字叶，「悵」字不叶，有呂別作可校。

傾盃近　八十四字　袁去華

邃館金鋪半掩句簾幙參差影韻睡起槐陰轉午句鳥啼人寂靜叶殘粧褪粉句鬆髻欹雲慵不整叶儘無言豆手挼裙帶遶花徑叶　酒醒時句夢回處句舊事何堪省叶共載尋春句竝坐調箏何時更叶心情盡日句一似楊花飛無定叶未黃昏豆又先愁夜永叶

按：此調句讀腔板，有與《傾盃樂》相近處，故名，但無別首可校。

傾盃樂　一百四字　柳永

唐教坊曲名。《樂府雜録》云：「《傾杯樂》，宣宗喜吹蘆管，自製此曲。」見《宋史・樂志》者二十七宮調，《樂章集》注「宮調七」。一名《古傾杯》，亦名《傾盃》。培按：《唐書》：「太宗因内宴，詔長孫無忌製《傾杯曲》。」則云宣宗自製者非也。又云：「元宗嘗以馬百匹，盛飾分左右，施三重榻，舞《傾盃》數十曲，壯士舉榻，馬不動。樂工少年姿秀者十數人，衣黄衫，文玉帶，立左右，每千秋節，舞于勤政樓下。」按：此言以玆之，則《傾杯》蓋舞曲也。此「樓鎖輕煙」一首，《樂章集》自注林鍾商，又注水調。按：《碧鷄漫志》：「南呂商，時號水調，俗呼中管林鍾商。中管者，南呂宮與林鍾宮同字譜，故以南呂爲中管也。」

樓鎖輕煙句水横斜照句遥山半隱愁碧韻片帆岸遠句行客路杳句簇一天寒色叶楚梅映雪數枝艷句報青春消息叶年華夢促句音信斷句聲遠飛鴻南北叶

筭伊別來無緒句翠消紅減句雙帶長抛擲叶但淚眼沉迷句看朱成碧叶惹閒愁堆積叶雨意雲心句酒情花態句辜負高陽客叶恨難極叶和夢也豆多時間隔叶

培按：《傾杯》，《樂章集》中凡七首，自一百四字至一百十六字，各注宫調，然亦有同一宫調而句讀參差者。舊譜失傳，不能强為論定也。此詞可平可仄，悉參「木落霜洲」詞。

又一體 一百四字 柳　永

此詞《樂章集》亦注林鍾商，又注散水調。按《冊府元龜》：「唐改南呂商為散水調，即水調，俗名中管林鍾商也。」

木落霜洲句鴈横煙渚句分明畫出秋色韻暮雨乍歇句小檝夜泊句宿葦村山驛叶何人月下臨風處句起一聲羌笛叶離愁萬緒句聞岸草句切切蛩吟如織叶　為憶叶芳容别後句水遥山遠句何計憑鱗翼叶想繡閣深沉句爭知憔悴句損天涯行客叶楚峽雲歸句高陽人散句寂寞狂踪跡叶望京國叶空目斷豆遠峯凝碧叶

此調與「樓鎖輕煙」詞同，宫調亦同，惟换頭藏一短韻，為小異。

又一體 一百六字 楊无咎

《樂章集》注仙呂宫。

瑞日凝暉句東風解凍句峭寒猶淺韻正池館豆梅英粉淡句柳枝金軟句蘭芽香暖叶滕城誰種芙渠滿叶浸銀蟾影句一夜萬花開偏叶翠樓朱戶句是處重簾競捲叶　羅綺簇豆歡聲一片叶看五馬行春豆旌旆遠叶擁襦袴豆千里歌謠句都入太平絃管叶且莫厭豆瑤觴屢勸叶聞鳳詔豆催歸非晚叶願歲歲豆今宣裏句端門侍宴叶

按：柳永「禁漏花深」詞，正與此同。程珌、曾覿，亦仝此格。只曾詞于「翠樓」句多一字仄聲領起，少異。然或是悮多者，曰餘同不録。「翠樓」句，程珌叶，此是偶合，不必從。「浸銀蟾影」，是上一下三句法。柳、楊、曾皆同，唯程作「迤邐笙歌」，不可從。程後結云「來歲却笑羣仙，月寒空冷」，上六字平仄小異，想不拘。

又一體　一百八字　柳永

《樂章集》注林鐘商。

離讌殷勤句蘭舟凝滯句看看送行南浦韻情知道世上句難使皓月長圓句彩雲鎮聚叶算人生豆悲莫悲於輕別句最苦正歡娛句便分鴛侶叶淚流瓊臉句梨花一枝春帶雨叶　慘黛蛾豆盈盈無緒叶共黯然銷魂句重攜纖手句話別臨行句再三問道君須去叶頻耳畔低語叶知多少豆他日

深盟句平生丹素叶從今盡託憑鱗羽叶

無他作可校。按：柳永「樓鎖輕煙」詞，後結汲古本脫十字，此首中間脫十六字，悮七字，《詞律》皆踵其繆，今從宋刻之本改正。

又一躰　一百八字　古傾盃　柳　永

《樂章集》亦注林鐘商。

凍水消痕句曉風生暖句春滿東郊道韻遲遲淑景句煙和露潤句偏染長隄芳草叶斷鴻隱隱歸飛句江天杳杳叶遙山變色句粧眉淡掃叶目極千里句閑倚危檣迥眺叶　動幾許豆傷春懷抱叶念何處豆韶陽偏早叶想帝里看看句名園芳榭句爛漫鶯花好叶追思往昔年少叶繼日恁豆把酒聽歌句量金買笑叶別後暗負句光陰多少叶

此詞與前「離讌殷勤」一首，宮調仝而句讀異。《詞律》落「潤」字。

又一體　一百八字　傾盃　柳　永

《樂章集》注黄鐘調。

水鄉天氣句灑蒹葭豆露結寒生早韻客舘更堪秋杪叶空階下豆木葉飄零句颯颯殸乾句狂風亂掃叶黯無緒豆人靜酒初醒句天上征鴻句知送誰家歸信句穿雲悲叫叶　蛩响幽窗句風窺寒硯句一點銀釭閒照叶夢枕頻驚句愁衾半擁句萬里歸心悄悄叶往事追思多少叶贏得空使方寸撓叶斷不成眠句此夜厭厭句就中難曉叶

又一體　一百八字　柳　永

《樂章集》注大石調。

金風淡蕩句漸秋光老句清宵永韻小院新晴天氣句輕煙乍斂句皓月當軒練淨叶對千里寒光句念幽期阻豆當殘景叶早是多愁多病叶那堪細把句舊約前歡重省叶　最苦碧雲信斷句仙鄉路杳句歸鴻難倩叶每高歌豆強遣離懷句奈慘咽豆翻成心耿耿叶漏殘露冷叶空贏得豆悄悄無言句愁緒終難整叶又是立盡句梧桐清影叶

又一體　一百十六字　柳　永

《樂章集》亦注大石調。

皓月初圓句暮雲飄散句分明夜色如晴晝韻漸消盡豆醺醺殘酒叶危樓迥豆涼生襟袖叶追舊事豆一餉凭欄久叶如何媚容艶態句底死孤歡偶叶朝思暮想句自家空恁添清瘦叶　算到頭豆誰與伸剖叶向道我別來句為伊牽繫句度歲經年句偷眼覷豆也不忍覷花柳叶可惜恁豆好景良宵句未曾豆略展雙眉暫開口叶問甚時與你句深憐痛惜還依舊叶

又一體　一百七字　張　先

飛雲過盡句明河淺豆天無畔韻艸色栖螢句霜華侵暑句㊣輕飔弄袂句澄瀾拍岸叶宴㊣玉麈談賓句倚瓊枝豆秀挹雕觴滿叶㊣午夜中秋句十分圓月句香槽撥鳳句朱絃軋鴈叶　正是欲醒還醉句臨空悵遠句壺更疊換叶對東西豆數里迴塘句㊣恨㊣零落芙蓉豆春不管叶籠燈待散叶誰知道豆座有離人句目斷雙歌伴叶煙江艇子歸來晚叶

此詞亦名《傾盃》，句韻與柳詞不同。張先集中凡二首，其一首前段苐九句「凭欄坐久飛雲遠」，作七字句，此必是「凭」字下脫一「雕」字，故不編入。此詞旦不注宮調，故次于末。

引駕行　五十二字　晁補之

梅梢瓊綻句東君次第開桃李韻痛年年豆好風景句無事對花垂淚叶　園裏叶舊賞處句幽葩柔條句一一動芳意叶恨心事豆春來間阻句憶年時豆把羅袂叶雅戲叶

此詞必有訛脱，姑存之以備攷。

又一體　一百字　柳永

虹收殘雨句蟬嘶敗柳長隄暮韻背都門豆動銷黯句西風片帆輕舉叶愁覩叶泛畫鷁翩翩句靈鼉隱隱下前浦叶忍回首豆佳人漸遠句想高城豆隔煙樹叶幾許叶　秦樓永晝句謝閣連宵奇遇叶算贈笑千金句酬歌百琲句盡成輕負叶南顧叶念吳邦越國句風煙蕭索在何處叶獨自箇豆千山萬水句指天涯去叶

前段與晁全篇同，則知晁詞決非全璧。此闋用仄韻，雖無可校，然玩其詞氣，似無訛脱，可從也。

又一躰　一百二十五字　柳永

紅塵紫陌句斜陽暮草長安道句是誰人豆斷魂處句迢迢匹馬西征韻新晴叶韶光明媚句輕煙淡

薄句和氣暖望花村叶路隱映句搖鞭時過長亭叶愁生叶傷鳳城仙子句別來千里重行行叶又記得臨岐句淚眼濕豆蓮臉盈盈叶銷凝叶　花朝月夕句冣苦冷落銀屏叶想媚容豆耿耿無限句屈指已算回程叶相縈叶空萬般思憶句爭如歸去覩傾城叶向繡帷深處句竝枕說豆如此牽情叶

此詞用平韻，亦無可參校。自首直至「征」字起韻，疑所謂慢曲子者，非有差訛也。

天下樂　五十三字　楊无咎

雪後雨兒雨後雪韻鎮日價豆長不歇叶今番爲寒忒太切叶和天地豆也來廝鼈叶　睡不着豆身心自暗攧叶況味憑誰說叶枕衾冷得渾侶鐵叶秖心頭豆些箇熱叶

孤調，無別作可以參校。

望遠行　五十三字　李珣

《望遠行》，令詞始于韋莊，《中原音韻》、《太和正音譜》俱注商調。慢詞始自柳永，「繡幃睡起」詞注中呂調，「長空降瑞」詞注仙呂宮。

露滴幽庭落葉時韻愁聚蕭娘柳眉叶玉郎一去負佳期叶水雲迢遞鴈書遲叶　屏半掩句枕

斜欹叶蠟淚無言對垂叶吟蛩斷續漏頻移叶入窓明月鑒空帷叶

又一躰　五十五字　李後主

碧砌芞光照眼明韻朱扉長日鎮長扃叶餘香欲去夢難成叶爐香煙冷自亭亭叶　遼陽月句秣陵砧叶不傳消息但傳情叶黄金臺下忽然驚叶征人歸日二毛生叶

此與李珣詞同，唯前段第二句、後段第三句各多一字，異。《花草粹編》前段第二句作「朱扉鎮日長扃」，換頭作「殘月秣陵砧」，各少一字，此從《二主詞》原本校正。

又一體　六十字　韋莊

欲別無言倚畫屏韻含恨暗傷情叶謝家庭樹錦鷄鳴叶殘月落邊城叶　人欲別句馬頻嘶換平綠槐千里長堤叶二平出門芳草路萋萋叶二平雲雨別來易東西叶二平不忍別君後句却入舊香閨叶二平

前後兩用平韻，「雲雨」句拗，然無別首可校。

又一躰　七十六字　黄庭堅

自見來句虗過卻豆好時好日韻這訑尿粘膩句得處煞是律叶據眼前言定句也有十分七八叶冤我無心除告佛叶　管人閒底句且放我豆快活㖂叶便索些豆別茶祇待句又怎不遇句偎花映月叶且與一斑半點句只怕你没丁香核叶

俳體，無可叅校。「丁香核」，荔枝名，見山谷自注。培按：涪翁此等體製，比之石孝友《金谷遺音》，俚俗猥瑣尤甚，實倚聲之下流，而風雅之蟊賊，宜其為秀道人所呵也。

又一體　七十八字　無名氏

當時雲雨夢句不負楚王期韻翠峯中豆高樓十二掩瑤扉叶儘人間歡會句只有兩心知叶漸玉困花柔香汗揮叶　歌聲翻別怨句雲馭欲迴時叶這無情紅日句何似且休西叶但涓涓珠淚句滴濕仙郎羽衣叶怎忍見雙鴛相背飛叶

右見《樂府雅詞》。「紅日」兩句，照前作上三下七一句，則兩段相同。只「仙郎」句多一字耳。「漸怎」二字，明明是襯，可証《詞律》無襯字之説之固。

又一體　一百六字　柳永

長空降瑞句寒風剪豆淅淅瑤華初下韻亂飄僧舍句密灑歌樓句迤邐漸迷鴛瓦叶好是漁人句披得一簑歸去句江上晚來堪畫叶滿長安豆高却旗亭酒價叶　幽雅叶乘興冣宜訪戴句泛小棹豆越溪瀟灑叶皓鶴奪鮮句白鷳失素句千里廣鋪寒野叶須信幽蘭歌斷句同雲收盡句別有瑤臺瓊榭叶放一輪明月句交光清夜叶

培按：《梅苑》無名氏「重陰未解」詞，與此畧同，今次于後，可平可仄，即以此兩詞互相条校。

又一體　一百六字　無名氏

重陰未解句又早是豆年時梅花爭綻韻暗香浮動句踈影橫斜句月淡水清庭院叶好是前村句雪裏一枝開處句昨夜東風布暖叶動行人豆多少離愁腸斷叶　凝戀叶天賦自然雅態句似壽陽豆初匀粉面叶故人折贈句欣逢驛使句只恐隴頭春晚叶寄語高樓句休學龍吟三弄句留取瓊花爛漫叶正有人豆同倚闌干爭看叶

此與「長空降瑞」詞仝，唯後七、八句小異，然冣整齊可法。

又一體　一百七字　柳　永

㊣繡幃睡起句殘妝淺豆無緒勻紅鋪翠韻藻井凝塵句金堦鋪蘚句寂寞鳳樓十二叶風絮紛紛句煙蕪苒苒句永日畫欄句沉吟獨倚叶望遠行豆南陌春殘悄歸騎叶　凝睇叶消遣離愁無計叶但暗擲豆金釵買醉叶對此好景句空飲香醪句爭奈轉添珠淚叶待伊遊冶歸來句故故鮮放句翠羽輕裙重繫叶見纖腰圍小句信人憔悴叶

汲古本脫去三字，《詞律》因之，繆甚。今從《花草粹編》改正。

紅窗睡　五十三字　紅牕聽　柳　永

如削肌膚紅玉瑩韻舉動有豆許多端正叶二年三歲同鴛寢叶表溫柔心性　別後無非良夜永叶如何向豆名牽利役句歸期未定叶算伊心裏句卻冤人薄倖叶

無别作可校。

東坡引　五十三字　趙師俠

相看情未足韻離觴已催促叶停歌欲語眉先蹙叶歸期何太速叶　如今去也句無計追逐

叶怎(忍)聽豆陽關曲叶(扁)舟(後)夜灘頭宿叶愁隨煙樹簇叶愁隨煙樹簇疊句

此調前結不用疊句。前段第二句「已」字，諸家亦有用平者，然不若仄聲起調。

又一體　五十八字　趙長卿

(茅)齋無客至韻冰(硯)(凍)寒澌叶(南)枝(喜)入新詩裏叶(惱)人頻嚼蕋叶(惱)人頻嚼蕊疊句　因思去臘句江(頭)醉倚叶動(客)興豆傷春意叶(經)年(自)嘆人如寄叶光陰如撚指叶光陰如撚指疊句

前後結俱疊，異。換頭，稼軒一首作「夜深拜半月」，校增一字，另格。「客興」句，稼軒一作「起來香腮褪紅玉」，校此添一字，作七字拗句，又一躰也，注明不列。

於中好　五十四字　楊无咎

濺濺不住溪流素韻憶曾(記)豆碧桃紅露叶(別)來(寂)寞朝朝暮叶恨(遮)斷豆當時路叶　仙家豈鮮空相誤叶(嗟)塵(古)豆自難知處叶(而)今(重)與春為主叶儘(浪)蘂豆浮花妒叶

此調楊有兩闋，可叅校。

端正好　五十四字　杜安世

檻菊愁煙霑秋露韻天微冷豆雙燕辭去叶月明空照別離苦叶透素光豆穿朱戶叶　夜來西風凋寒樹叶凭欄望豆迢遙長路叶花牋寫就此情緒叶特傳寄豆知何處叶

壽域此調四首，俱名《端正好》。《詞律》謂即《於中好》。培按：其聲響頗不同，疑是兩調，如首句「煙」字平，《於中好》無此音調也，故另列此，以備參攷。

紅羅襖　五十四字　周邦彥

畫燭尋歡去句羸馬載愁歸韻念取酒東壚句尊罍難近句採花南圃句蜂蝶須知叶　自分袂豆天濶鴻稀叶空懷乖夢約心期叶楚客憶江蘺叶算宋玉豆未必爲秋悲叶

「懷乖」二字疑有誤，惜無別作可校。

戀繡衾　五十四字　吳文英

頻摩書眼怯細文韻小窗陰豆天氣似昏叶獸爐暖豆慵添困句帶茶煙豆微潤寶薰叶　少年驕馬西風冷句舊春衫豆猶涴酒痕叶夢不到豆梨花路句斷長橋豆無限暮雲叶

首句拗，定格，諸名家皆同，獨放翁作「不惜貂裘換釣篷」，疑本是「貂裘不惜」，悞倒轉耳。萬紅友云：「此調殼响，每句俱于叶韻上一字用仄殼。前後第二、第四句末四字，用平仄仄平，乃是定格。如此詞後結，『暮』字不可不仄，則『無』字不可不平。此歌殼頓挫處，至理存焉。」培按：此說甚精確，蓋非同穿鑿，故采其語附于此。「獸爐」句，稼軒一首作七字。「夢不」句，竹山一首作五字，疑悞，勿從。

又一體(一)　五十六字　趙汝茪

柳絲空有千萬條韻繫不住豆溪頭畫橈叶想今宵豆也對新月句過輕寒豆何處小橋叶玉簫臺榭春多少句溜啼紅豆臉霞未消叶怪別來豆胭脂慵傳句被東風豆偷在杏梢叶

右見《陽春白雪》，前後第三句，各添一字，異。

臨江僊　五十四字　和凝

海棠香老春江晚句小樓霧縠空濛韻翠鬟初出繡簾中叶麝煙鸞佩惹蘋風叶碾玉

(一) 此處底本原重複標為「戀繡衾」，按體例改。

釵搖鸂鶒戰句雪肌雲鬟將融叶含情遙指碧波東叶越王臺殿蓼花紅叶

前後仝，只兩起句平仄異，兩結皆用七字，此唐調也。

又一體　五十六字　趙長卿

夜久笙簫吹徹句更深星斗還稀韻醉拈裙帶寫新詩叶瑣窗風露句燭灺月明時叶　水調悠揚聲美句幽情彼此心知叶古香煙斷綵雲歸叶滿傾蕉葉句齊唱轉花枝叶

前後起，俱六字相對，而兩結皆一四字、一五字。

又一體　五十八字　尹鶚

深秋寒夜銀河靜句月明深夜中庭韻西窗幽夢等閑成叶逡巡覺後句特地恨難平叶　紅燭半條殘焰短句依稀暗背銀屏叶枕前何事最傷情叶梧桐葉上句點點露珠零叶

前後起皆一七一六，結皆一四一五。此詞前用平平起，後起相反，與和凝詞同。

又一體　五十八字　鹿虔扆

金鏁重門荒苑靜句綺窗愁對秋空韻翠華一去寂無蹤叶玉樓歌吹句聲斷已隨風叶　煙月不

知人事改句夜闌還照深宮叶藕花相向野塘中叶暗傷亾國句清露泣香紅叶

此與尹詞同，唯兩起俱用平仄平平平仄仄，為異。宋人亦有兩起俱用平平仄仄平平仄者，如柳永「鳴珂碎撼都門曉」一首是也，此又一格，曰餘仝，故注明不録。

又一體　五十八字　牛希濟

柳帶搖風漢水濵韻平蕪兩岸爭匀叶鴛鴦對浴浪痕新叶弄珠游女句微笑自含春叶　輕步暗移蟬鬢動句羅裙風惹輕塵叶水精宮殿豈無因叶空勞纖手句鮮佩贈情人叶

此與鹿詞同，但首句即起韻為異。前起可用仄平平仄仄平平，如閣選「雨停荷芰逗濃香」是也，曰餘同，不録。

又一躰　五十八字　馮延巳

冷紅飄起桃花片句青春意緒闌珊韻高樓簾幙捲輕寒叶酒餘人散句獨自倚欄杆叶　夕陽千里連芳草句風光愁殺王孫換平徘徊飛盡碧天雲叶二平鳳城何處句明月照黃昏叶二平

後段換韻，異。或云：「删、寒、文、元，古韻通用，非換韻也。」未知孰是。

又一體　五十八字　徐昌圖

飲散離亭西去句浮生常恨飄蓬韻囬頭煙柳漸重重叶淡雲孤鴈遠句寒日暮天紅叶　今夜畫船何處句潮平淮月朦朧叶酒醒人靜奈愁濃叶殘燈孤枕夢句輕浪五更風叶

右詞前後起俱六字兩句，前後結俱五字兩句。

又一體　六十字　秦　觀

千里瀟湘㊟接㊟藍浦句蘭橈昔日曾經韻月高風定露華清叶微波澄不動句冷浸一天星叶　獨倚危樓情悄悄句遥聞妃瑟泠泠叶新殸含盡古今情叶曲終人不見句江上數峯青叶

兩起俱七字，兩結五字二句。少游又一首，全與此同，只「曲終」句四字，恐係訛脱，附注于此以備攷，不收入譜。

又一體　六十字　顧　敻

碧染長空池似鏡句倚樓閒望凝情韻滿衣紅藕細香清叶象牀珍簟句山障掩句玉琴横叶　暗想昔時歡笑事句如今羸得愁生叶博山爐暖淡煙輕叶蟬吟人靜句殘日傍句小牕明叶

兩結各三字兩句，異。

又一體 六十二字 晏幾道

東野亡來無麗句句于君去後少交親韻追思往事好沾巾叶白頭王建在句猶見咏詩人叶 學道深山空自老句留名千載不干身叶酒筵歌席莫辭頻叶爭如南陌上句占取一年春叶

前後起處皆七字兩句，與諸家又異。

臨江仙引 七十四字 柳永

《樂章集》注南呂調，與《臨江仙令》、《臨江僊慢》不同。

渡口句向晚句乘㊀瘦馬句陟崇岡韻西郊又送秋光叶對暮山橫翠句襯殘葉飄黃叶㊀憑高㊀念遠句素景楚㊀天句無處不淒涼叶 ㊀香㊀閨㊀別來無信息句雲愁雨恨難忘叶指帝城歸路句但煙水茫茫叶凝情望斷淚眼句盡㊀日獨立斜陽叶

此調有柳別首可校。《詞律》于前結作六字一句、七字一句，非。柳別作，前起云：「上國。去客。」是押入兩仄韻，校此小異，又一躰也。

臨江仙慢　九十三字　柳永

夢覺小庭院句冷風淅淅句疎雨瀟瀟韻綺牕外豆秋聲敗葉狂飄叶心搖叶奈寒漏永句孤幃悄豆泪燭空燒叶無端處句是繡衾鴛枕句閒過清宵叶　蕭條叶牽情繫恨句爭向年少偏饒叶覺新來豆憔悴舊日風標叶魂銷叶念歡娛事句煙波阻豆後約方遙叶還經歲句問怎生禁得句如許無聊叶

前段「綺窓外」與後段「覺新來」下同。《詞律》云「『魂消』下前後同」，非。

鬢邊華　五十三字　無名氏

小梅香細豔淺韻過楚岸豆尊前偶見叶愛閑淡豆天與精神句青鬢開人醉眼叶　如今抛擲經春句恨不見豆芳枝寄遠叶向心上豆誰解相思句賴長對豆妝樓粉面叶

右見《梅苑》，無可叅校。

金錯刀　五十四字　醉瑤瑟　馮延巳

《漢書·食貨志》：「契刀其環如大錢，身形如刀，長二寸，文曰契刀五百。錯刀以黃金錯其文，曰一刀直五千，與五銖錢竝行。」張衡《四愁詩》：「美人贈我金錯刀，何以報之英瓊瑤。」調名取此。

(雙)(玉)斗句百瓊壺韻佳人歡飲(笑)喧呼叶(麒)麟欲畫時難偶句鷗鷺何猜興不孤叶　歌宛轉句醉模糊叶高燒(銀)燭(臥)流蘇叶(只)消(幾)覺瞢騰睡句(身)外功名任有無叶

馮又有「日融融」詞同此，可校。此詞各譜失收，培從《全唐詩集》採入。

茶瓶兒　五十四字　石孝友

(相)對(盈)盈(一)水韻(多)(聲)價豆(問)名(得)字叶(剗)能(見)也還拋棄叶(孤)負了豆萬紅千翠叶　(留)無計豆來(無)計叶悶厭厭豆(幾)何況味叶而今(若)沒些兒事叶卻枉了豆做人一世叶

《花草粹編》：「有梁意娘詞相同，今以之校正。汲古刻落四字，悞。」趙彥端「澹月華燈」詞，全與此同，只後起云「悅親戚之情話」，作六字一句，不折腰。前後整齊，與石詞小異。因欲正汲古刻落字之訛，故録石詞爲譜。

又一體　五十六字　李元膺

(去)年相逢深院宇韻(海)(棠)下豆(曾)歌金縷叶歌罷花如雨叶翠羅衫上句(點)點紅無數叶　(今)

歲重尋携手處叶空物是豆人非春暮叶回首青門路叶亂英飛絮叶相逐東風去

前後同，兩起校石詞多兩字，中間句法亦異。

玉樓人 五十五字　　晏殊

去年尋處曾持酒韻又還是豆向南枝見後叶宜霜宜雪精神句沒些兒豆風味減舊叶　先春似與羣芳鬪叶度暗香豆不待頻嗅叶有人笑折歸來句玉纖長豆儘路羅袖叶

培按：此首《珠玉詞》不載，今遵《梅苑》暨《歷代詩餘》録之。

柳搖金 五十六字　　沈會宗

相將初下蘂珠殿韻似醉粉豆生香未徧叶愛惜嬌心春不管叶被東風豆賺開一半叶　中黃宮裏賜仙依句鬪淺深豆粧成笑面叶放出妖嬈難繫綰叶笑東風豆自家腸斷叶

調見《梅苑》，無別首可校。按：此調句法近《思歸樂》，惟兩起句平仄不同，且換頭不押韻，故與《思歸樂》不同。

杏花天　五十四字　張炎

湘羅幾剪粘新巧韻似過雨豆胭脂全少叶不教枝上春痕鬧叶都被海棠分了叶　帶柳色豆愁眉暗惱叶慢遙指豆孤村自好叶深巷明朝休起早叶空等賣花人到叶

又一體　五十五字　侯寘

寶釵整髻雙鸞鬬韻睡未醒豆薰風襟袖叶綵絲皓腕宜清晝叶更艾虎豆衫兒新就叶　玉杯共飲菖蒲酒叶願耐夏豆宜春廝守叶榴花故意紅添皺叶映得人來越瘦叶

此校前調，前結多一字，換頭句不折腰，小異。

又一體　五十六字　盧炳

鏤冰剪玉工夫費韻做六出豆飛花亂墜叶舞風情態誰相似叶算只有豆江梅可比叶　極目處豆瓊瑤萬里叶海天濶豆清寒似水叶從教高捲珠簾□叶□□□豆□□□叶

此則前後兩結俱七字折腰者，後八字缺，然即與前段同也。

杏花天影　五十八字　　姜　夔

綠絲低拂鴛鴦浦韻想桃葉豆當時喚渡叶又將愁眼與春風句待去叶倚蘭橈豆更少駐叶　金陵路叶鶯吟燕儛叶筭潮水豆知人最苦叶滿汀芳艸不成歸句日暮叶更移舟豆向甚處叶

此白石自度曲，培從本集採入，無別作可校，其平仄宜遵之。

杏苍天慢　一百三字　　曹　勛

桃蘂初謝句雙燕來後句枝上嫩苞時節韻絳萼滋浩露句照曉景豆裁剪冰綃標格叶煙傳艷質叶似淡拂豆粉成香頰叶看煖日豆催吐繁英句占斷上林風月叶　壇邊曾見數枝句筭應是真仙句故留春色叶頓覺偏造化句且任他豆桃李成蹊誰說叶晴霽易雪叶待等飲豆清賞無歇叶更愛惜豆留引鷳禽句未須再折叶

「絳萼」下，與後「頓覺」下同，只前結校多兩字。調見《松隱集》，無他作可叅校。

玉欄杆　五十六字　　杜安世

珠簾怕捲春殘景韻小雨牡丹零欲盡叶庭軒悄悄燕高空句風飄絮豆綠苔侵徑叶　欲將幽恨

傳愁信叶想後期豆無箇憑定叶幾回獨睡不思量句還悠悠豆夢裏尋趁叶

《詞律》脱三字，悮兩字，繆，今依《花草粹編》校正。

摘紅英　五十四字　擷芳詞　張　翥

《太平樂府》云：「政和中，有老姥入内教歌，傳得禁中《擷芳詞》，唐人作也，張尚書帥成都日，人競歌之。」

鶯聲寂韻鳩㱿急叶柳煙一片梨雲濕叶驚人困換仄教人恨叶二仄待到平明句海棠應盡叶二仄青無力叶首仄紅無跡叶首仄㊀殘香賸粉那禁得叶首仄天難準叶二仄晴難穩叶二仄晚風㊀又起句㊀倚欄爭忍叶二仄

培按：此調本唐人所度，宋人于前後結增三疊字，名《釵頭鳳》，則此調乃《釵頭鳳》所從出也。

釵頭鳳　六十字　折紅英　玉瓏璁　陸　游

紅酥手韻黃藤酒叶滿城春色宮墻柳叶東風惡換仄歡情薄叶二仄一懷愁緒句幾年離索叶二仄錯叶

二仄錯疊錯疊　春如舊叶首仄人空瘦叶首仄淚痕紅浥鮫綃透叶首仄桃花落叶二仄閒池閣叶二仄
山盟雖在句錦書難託叶二仄莫叶二仄莫疊莫疊

此即《擷芳詞》，前後結加三疊字。前後第六句，梅溪、書舟、曾覿，俱用仄仄平平，又一格也。《能改齋漫録》載無名氏「玉瓏璁」一首，于「金尊側」兩句云：「新相識。舊相識。」後段云：「心相憶。空相憶。」復用上韻為句，此弄巧，非定格。

培按：此調，兩起宜用上去韻，兩結疊字宜用入殸韻，方抑揚合調也。宋詞皆如是，不可不知。

又一體　六十字　　唐氏

世情薄韻人情惡叶雨送黃昏花易落叶曉風乾換平淚痕殘叶平欲箋心事句獨語雕欄叶平難叶平難疊難疊　人成各叶首仄今非昨叶首仄病魂常似秋千索叶首仄角聲寒叶平夜闌珊叶平怕人尋問句咽淚妝歡叶平瞞叶平瞞疊瞞疊

培按：此校陸詞，疊字用平，異，而與《惜分釵》亦復不同，恐是後人偽作，姑録以備體。

惜分釵 五十八字 呂渭老

春將半韻鶯聲亂叶栁絲拂馬花迎面叶小堂風換平暮樓鐘叶平草色連雲句暝色連空叶平重叶平重疊 秋千畔叶仄何人見叶仄寶釵斜照春粧淺叶仄酒霞紅叶平與誰同叶平試問別來句近日情悰叶平忡叶平忡疊

四段仄平間用，以二疊字結之，前後同。其格調畧近《釵頭鳳》。

金蓮繞鳳樓 五十五字 宋徽宗

絳燭朱籠相隨映韻馳繍轂豆塵清香襯叶萬金光射龍軒瑩叶繞端門豆瑞雷輕振叶 元宵為開勝景叶嚴黼座豆觀燈錫慶叶帝家華宴乘春興叶褰珠簾豆望堯瞻舜叶

前後仝，只換頭校減一字。此徽宗觀燈詞也，無可校。

睿恩新 五十五字 晏殊

芙蓉一朵(霜)秋色韻迎曉露豆(依)依先坼叶似佳人豆獨立傾城句(傍)(朱)檻豆暗傳消息叶 靜對西風(脉)脈叶(金)蘂綻豆粉紅如滴叶向蘭堂豆莫厭重新句免(清)夜豆微寒漸逼叶

此調與《金蓮繞鳳樓》相近，唯前後第三句折腰，平殸不叶，為異。培疑本是一調，然無可攷，故仍分列於此。

鷓鴣天　五十五字　思佳客　　秦觀

枕上流鶯和淚聞韻新啼痕間舊啼痕叶一春魚鳥無消息句千里關山勞夢魂叶無一語句對芳樽叶安排腸斷到黃昏叶甫能炙得燈兒了句雨打梨花深閉門叶

宋人塡此調者，字句悉同，唯趙長卿前起作：「新晴水暎藕花紅」，平仄獨異，此是誤筆，不可為法。

瑞鷓鴣　五十六字　　侯寘

《宋史·樂志》：「中呂調。」高拭詞注仙呂調。

遙天拍水共空明韻玉鏡開奩特地晴叶極目秌容無限好句舉頭醉眼暫須醒叶白眉公子催行急句碧落僊人著句清叶後夜蕭蕭葭葦岍句一尊獨酌見離情叶

即七律分前後段，但首句第二字要平殸起，勿悞。培按：馮延巳「纔罷嚴粧怨曉風」一首，通首平仄與此相反。然宋人首句第二字多用平聲，宜從。

又一躰 六十四字 晏殊

江南殘臘欲歸時韻有梅紅亞雪中枝叶一夜前邨句間破瑶英坼句端的千花冷未知叶丹青改様勻朱粉句雕梁欲畫猶疑叶何妨與向冬深句密種秦人路句夾仙溪叶不待夭桃客自迷叶

《梅苑》一首與此同，唯後段第三、四句，作：「好將心事、都分付與，時暫到、小庭來。」四字兩句、六字折腰一句，與此小異，又一躰也。「何妨」句，柳永作「最好簇簇寒村」，《詞律》誤作「寒竹」，云「以入作平」，非。

又一體 八十八字 柳永

《樂章集》自注屬般涉調。

寶髻瑶簪韻嚴粧巧豆天然綠媚紅深叶綺羅叢裡句獨逞謳唫叶一曲陽春定價句何啻值千金叶傾聽處句王孫帝子句鶴蓋成陰叶 凝態掩霞襟叶動象板聲殼句怨思難任叶嘹亮處句

回壓絃管低沉叶㊟時恁迴眸斂黛句空役五陵心叶須信㊟道句緣情寄意句㊟別有知音叶

又一躰　八十六字　　柳　永

吳會風流韻人煙好豆高下水際山頭叶瑤臺絳闕句依約蓬邱叶萬井千閭富庶句雄壓十三州叶觸處青蛾畫舫句紅粉朱樓叶　方面委元矦叶致訟簡時豐句繼日歡游叶襦溫袴暎句已扇民謳叶旦暮鋒車命駕句重整濟川舟叶當恁時句沙隄路穩句歸去難留叶

此詞《樂章集》不載，見《花草粹編》，與「寶髻瑤簪」一首仝，唯前段苐八句減一字，作六字句；後段第四、五句減一字，作四字兩句，異。

金鳳鉤　五十四字　　晁補之

雪晴閒步花畔韻試屈指豆早春將半叶櫻桃枝上最先到句却恨小梅芳淺叶　忽驚拂水雙來燕叶暗自憶豆故人猶遠叶一分風雨占春愁句一來又對花腸斷叶

按：此調近似《夜行船》毛滂詞躰，然前段結句六字，寔不同也。

又一體　五十五字　晁補之

春辭我句向何處韻怪草艸豆夜來風雨叶一簪華髮句少歡饒恨句無計殢春且住叶　春回常恨尋無路叶試向我豆小園徐步叶一欄紅藥句倚風含露叶春自未曾歸去叶

此詞與前調異，微近《夜行舡》史達祖詞，然前段起句，作三字兩句，實不同史詞也。

步蟾宮　五十九字　黃庭堅

蟲兒真箇㊂靈利韻惱㊂得豆道人眠起叶醉歸來豆㊂似出桃源句但目斷豆㊂花流水叶　㊂如隨我歸雲際叶共㊂箇豆住山活計叶照清溪句匀粉面句插山花句算㊂勝豆風塵滋味叶

此調昉自山谷，宜列于首，但宋元詞俱從蔣體，唯韓淲集中一首照此填，可校。

又一體　五十八字　楊无咎

桂花馥郁清無寐韻覺身在豆廣寒宮裏叶憶吾家豆妃子舊遊時句瑞龍腦豆暗藏葉底叶　不堪午夜西風起叶更颭颭豆萬絲斜墜叶向曉來豆却似給孤園句乍驚見豆黃金布地叶

此調後段第三句，校山谷減一字，最為整齊，但宋元人無依此填者。前段第三句，汲古本脱「時」字，今據《花草粹編》增入。

又一體 五十六字 蔣捷

玉㦬掣鎖香雲漲韻喚綠袖豆低敲方響叶流蘇拂處字微訛句但斜倚豆紅梅一餉叶濛濛月在簾上叶做池館豆春陰模樣叶春陰模樣不如晴句這催雪豆曲兒休唱叶

此體塡者最多，故以此詞作譜。《全芳備祖》咏山礬一首，全與蔣仝，唯後結云「誰知道、是水仙兄弟」，校多一襯字，作八字折腰句，稍異，注明不錄。

又一體 五十五字 汪存

玉京此去春猶淺韻正雪絮豆馬頭零亂叶姮娥剪就綠雲裳句待來步豆蟾宮與換叶明年二月桃花岸叶雙槳浪平煙暖叶揚州十里小紅樓句盡捲上豆珠簾一半叶

後段第二句，校蔣減一字，或云是脱落，然無可攷。

詞架卷八終

詞槩卷九

歙西方成培仰松輯
同邑吳　珏西玉校

芳草渡　五十字　歐陽修

梧桐落句蓼花秋韻煙初冷句雨纔收叶蕭條風物正堪愁叶人去後句多少恨句在心頭叶　燕鴻遠換仄羌笛怨叶仄渺渺澄波一片叶仄山如黛句月如鈎叶平笙歌散叶仄魂夢斷叶仄倚高樓叶平

培按：此詞亦刻《陽春集》，換頭作「燕鴻羗笛怨」，脱一字，坊本作「遠山如黛月如鈎」，多一字，竝誤，今從《六一詞》校正。

又一體　五十七字　張　先

(主)人宴客玉樓西韻風(飄)忽句雪雰霏叶唐昌(花)蘂漸平枝叶浮(光)裏句(寒)(聲)聚句墜禽棲叶　驚(曉)日句喜春遲叶野橋時伴梅飛叶(山)明(日)遠霽雲披叶(溪)(上)月句(堂)(下)水句併春暉叶

此即歐詞躰，唯前起二句，作七字一句，後段不間入仄韻，第四、五句，作七字一句，異。張又一首，于「野橋時伴梅飛」，作三字兩句，又稍異。

又一體　八十九字　周邦彥

(昨)夜裏句又(再)宿桃源句(醉)邀(僊)侶韻聽碧窗風快句疎簾半捲愁雨叶(多)少離恨苦叶方留連啼訴叶鳳帳曉句又自匆匆句獨自歸去叶　愁顧叶滿懷淚粉句瘦馬衝泥尋去路叶漫回首豆煙迷望眼句依稀見朱戶叶似痴侶醉句暗惱損豆(凭)欄情緒叶澹暮色句看盡栖鴉亂舞叶

此調有陳允平和韻可校。培按：陳「芳草渡。漸迤邐分飛」一首，即和周此詞也，句讀韻脚皆同，只換頭減去短韻一句，竟從四字一句、七字一句起，異，故別譜列為又一躰。然既和周韻，斷無減去兩字一句之理，必係脫落無疑，故削去，不收入譜。

徵招調中腔　五十五字　王安中

《樂府襍錄》云：「徵音有其殷而無其辭，宋大晟樂府，始補徵招調。凡曲有歌頭，有中腔，此徵招之中腔也。」

紅雲蒨霧籠天闕韻聖運叶豆星虹佳節叶紫禁曉風馥天香句奏九韶豆帝心悅叶　瑤堦萬歲蟠桃結叶睿算永豆壺天風月叶日歡幾時六龍來句金鏤玉牒告功業叶

前後同，只後結多一字。「鏤」字去聲。

徵招　九十五字　姜夔

《宋史・樂志》：「政和間，詔以大晟雅樂施於燕饗，御殿按試，補徵、角二調，播之教坊，調名昉此。」培按：堯章自序云：「徵招、角招者，政和間，大晟府嘗製數十曲，音節駁矣。余嘗攷唐田畸《聲律要訣》云：『徵與二變之調，咸非流美，故自古少徵調曲也。』徵為去母調，如黃鐘之徵，以黃鐘為母，不用黃鐘乃諧。故隋唐舊譜，不用母聲，琴家無媒調、商調之類，皆徵也，亦皆具母弦而不用，其說詳於余所作《琴書》。然黃鐘以林鐘為徵，住殺於林鐘，若不用黃鐘聲，便自成林鐘宮矣，故大晟府徵調兼母殺，一句似黃鐘均，一句佀林鐘均，所以當時有落韻之語。余嘗使人吹而聽之，寄君聲于臣民事物之中，清者高而亢，濁者下而遺，萬寶常所謂宮離而不附者是已。因再三推尋唐譜并琹弦法，而得其意。黃鐘徵雖不用母殺，亦不可多用變徵、蕤賓、變宮、應鐘聲，若不用黃鐘而用蕤賓、應鐘，即是林鐘宮矣。餘十一均徵調倣此，其法可謂善矣。然無清聲，只可施之琴瑟，難入燕樂，故燕樂闕徵調，不必補可也。此一曲乃余昔所製，因舊曲正宮《齊天樂慢》，前兩拍是徵調，故足成之。雖兼用母殷，較大晟曲為無病矣。此曲依《晉史》，名曰黃鐘下徵調，《角招》曰黃鐘清角調。」培嘗謂音律之學，今已失傳。美成、雅言諸君，又無遺書昭示後世，誠為憾事。然如白石斯序，其論說不已詳乎。元音不絕于天地之間，後有識者，玩索而推尋之，必有恍然而悟其微者，故愚於此等皆全錄之，不厭煩多，以俟知音者隅反焉。

(潮)田(却)過西陵浦句(扁)舟僅容居士韻(去)得幾何時句黍(離)離如此叶(客)途今倦矣叶漫(贏)得豆(一)襟詩思叶記憶江南句落帆沙際句此行還是叶

(迤)邐叶剡中山句(重)相見豆依依故人情味叶(似)怨不來遊句擁(愁)鬟(十)二叶(一)邱聊復爾叶(也)(孤)負豆(幼)輿高致叶(水)葓晚豆(漠)漠搖煙句奈未成歸計叶

前段第五句，周密作「登臨嗟老矣」，「矣」字不叶。張炎「可憐張緒門前柳」詞，于前後第五句，皆不叶。換頭「迤邐」，「邐」字諸家皆不叶，然白石此闋，明是藏一短韻也。「似怨不來游」句，趙以夫作「更剪剪梅花」，是上一下四句法，校各家異。

又一體　九十五字　彭元遜

人間無欠秋風處句偏到霜痕月杪韻細雨舡篷句日夜風波未了叶忽潮生海立句又天濶豆江清欲曉叶孤迥幽深句激揚悲壯句浮沉浩渺叶　行路古來難句貂裘敝豆匹馬關山人老叶錦字未成句寒到君邊書到叶料倚門廻首句更兒女豆燈前歡笑叶早斟酌豆萬里封侯句怕鏡霜催照叶

此即姜詞體，唯前後段第三句俱四字，第四句俱六字，小異。

鼓笛令　五十五字　黃庭堅

寶犀未解心先透韻惱殺人豆遠山微皺叶意淡言疎情冣厚叶枉教作豆着行官栁叶　小雨勒花時候叶抱琵琶豆為誰清瘦叶翡翠金籠思珎偶叶忽拚與豆山雞儔[illegible]叶

後起比前起少一字，餘同。

又一體　五十五字　黃庭堅

見來便覺情于我韻廝守着豆新來好過叶人道他家有婆婆換平叶與一口豆管教[illegible]磨叶仄　副

靖傳語木大叶仄鼓兒裏豆且打一和叶仄更有些兒得處囉叶平燒沙糖豆香藥添和叶仄

此即前詞躰，唯前段第三句，後段第三、四句，換叶平，異。「㞘」字，書不經見，必有訛誤。

又一體 五十五字 黃庭堅

酒闌命友閒為戲韻打揭兒豆非常愜意叶各自輸贏只賭是叶賞罰采豆分明須記叶小五出來無事叶却跋翻和九底叶若要十一花下死叶那管十三句不知十二叶

後段第二句六字，後結作四字兩句，異。

又一體 五十六字 黃庭堅

見來兩兩寧寧地韻眼廝打豆過如拳踢叶恰得嘗些香甜底叶苦殺人豆遭難調戲叶臘月望州坡上地叶凍着你豆影[身差]村鬼叶你但郍些一處睡叶燒沙糖豆管好滋味叶

此與「寶犀未解」一首同，唯過變多一字，前後整齊，可從。「踢」字本入聲，此是借叶，「[身差]」字字書不載，疑即「趖」字之譌，但俳躰難解。

鼓笛慢 一百六字 秦觀

亂花叢裏曾攜手句窮豔景句迷歡賞韻到于今誰把句雕鞍鎖定句阻游人來往叶好夢隨春遠句從前事豆不堪思想叶念香閨正杳句佳懽未偶句難留戀豆空惆悵叶 永夜嬋娟未滿句嘆玉樓豆幾時重上叶那堪萬里句却尋歸路句指陽關孤唱叶苦恨東流水句桃源路豆欲囬雙槳叶仗何人細與句丁寧問呵句我如今怎向叶

「到于今」下，與後段「那堪萬里」下同，秖「于今」句多一「到」字，後結減一字耳。培按：紅友謂：「『阻游人』以下前後兩段，平上去入，無一字不合者。」校之信然，足知古人格律之嚴。

思歸樂 五十六字 柳永

《樂章集》注林鐘商。

天幕清和堪宴聚韻相得盡豆高陽儔侶叶皓齒善歌長袖舞叶漸引入豆醉鄉深處叶 晚歲光陰能幾許叶這巧宦豆不須多取叶共君把酒聽杜宇叶解再三豆勸人歸去叶

前後同，惟「共君」句稍拗，想不拘。《詞律》落「解」字，今照《花草粹編》增定。培按：

此調微近《杏花天》盧炳躰，唯平仄稍有不同爾。

翻香令　五十六字　蘇　軾

(金)爐猶暖麝煤殘韻惜香更把寶釵翻叶重勻處句餘薰在句這一般豆(氣)味勝從前叶　背人偷蓋小重山叶(更)拈沉水與同燃叶且圖得句氤氳久句為情深豆嫌怕斷頭煙叶

前後同。《詞律》凡譌五字，今從《樂府雅詞》訂正。

市橋柳　五十六字　蜀中妓

欲寄意豆渾無所有韻折盡市橋官柳叶看君着上春衫句又相將豆放船楚江口叶　後會不知何日又叶是男兒句須要鎮長相守叶苟富貴句無相忘句若相忘豆有如此酒叶

此調始於此詞，無別作可叅校。

鳳銜盃　五十六字　晏　殊

青蘋昨夜秋風起韻無限箇豆露蓮相倚叶獨憑朱欄豆愁放晴天際叶空目斷豆遙山翠叶　彩

箋長句錦書細叶誰信道豆兩情難寄叶可惜豆良辰好景懽娛地叶只恁空憔悴叶

後結校前減一字。此調前段第三句、後段第四句，其語氣俱蟬聯不斷，即平韻躰亦然，塡者宜遵之。

又一體　五十七字　晏殊

留花不住怨花飛韻向南園豆情緒依依叶可惜豆倒紅斜白一枝枝叶經宿雨豆又離披叶　凭朱檻句把金巵叶對芳叢豆惆悵多時叶何況豆舊歡新寵阻心期叶空滿眼豆是相思叶

用平韻，校前異。晏又一首，後結作「到處覺尖新」，減一字，小異。

又一體　六十三字　柳永

追悔當初辜深願韻經年價豆兩成幽怨叶任越水吳山句似屏如障堪游玩叶奈獨自豆慵擡眼叶　常煙茗句聽弦管叶圓歡娛豆轉加腸斷叶待時展丹青句強拈書信頻頻看叶又爭似豆親相見叶

前後第三句，校前調各多三字，宋人填者，多從此體。

錦帳春　六十字　程珌

最是元來句苦無風雨韻但只恁豆匆匆歸去叶看游絲句都不恨句恨秦淮新漲句向人東注叶　醉裏仙人句惜春曾賦叶却不解豆留春且住叶問何人句留得住句怕小山要有句碧蕪春句叶

前後同。培按：此詞，《詞律》脱去「但」字，收入《錦堂春》，大謬，今正之。辛稼軒「春色難留」詞，于「新漲」句、「更有」句，並叶，餘同。

又一體　五十八字　戴復古

處處逢花句家家插柳韻正寒食豆清明時候叶奉板輿行樂句是使星隨後叶人間稀有叶　出郭尋仙句繡衣春晝叶馬上列豆兩行紅袖叶對韶華一笑句勸國夫人酒叶百千長壽叶

此與辛詞同，唯前後第四、五句，各減一字，作五字一句，異。

又一體　五十六字　丘崈

翠竹如屏句淺山如畫韻小池面豆危橋一跨叶着櫻亭臨水句宛然郊野叶竹離茅舍叶　好是天寒句倍添幽雅叶正雪意豆垂垂欲下叶更朦朧月影句弄晴初夜叶梅花動也叶

此亦與辛詞仝，唯前後第四、五句減去一字，第六句又各減去一字，為異。戴、丘兩詞，皆屬變格，故雖字少而次於後。

鵲橋仙　五十六字　秦觀

此調五十六字者，始自歐公，因詞中有「鵲橋迎路接天津」之句，故名，高拭詞注仙呂調。八十八字者，始自柳永，《樂章集》自注歇指調。

纖雲弄巧句飛星傳恨句銀漢迢迢暗度韻金風玉露一相逢句便勝却豆人間無數叶　柔情似水句佳期如夢句忍顧鵲橋歸路叶兩情若是久長時句又豈在豆朝朝暮暮叶

前後仝。稼軒一首，前後段第一、第二句，皆押韻，又一格也，亦有前後段第二句叶者，宋元人多有之。前起，《酒邊詞》作「合巹風流」，平仄異。前結，曾覿作「滿座賓朋俄側弁」，不折腰，皆不可從。

又一體　五十八字　　辛棄疾

少年風月句少年歌舞句老去方知堪羨韻歎折腰豆五斗賦歸來句走下了豆羊腸幾徧叶　高車駟馬句金章紫綬句傳語渠儂穩便叶問東湖豆帶得幾多春句且看取豆淩雲筆健叶

前後段第四句，各添一字，異。趙坦菴只前段增一字，折腰。後段第四句，仍照秦詞填，又一格也。黄山谷前段第三句作「望銀漢溶溶漾漾」，多一字。方岳一首，前後第三句，各多一字，作七字折腰句，皆變格也。曰大畧相同，不具錄。

又一體　八十八字　　柳　永

屆征途句携書劍句迢迢匹馬東歸去韻慘離懷句嗟少年豆易分難聚叶佳人方恁繾綣句便忍分鴛侶叶當媚景句算密意幽懽句盡成辜負叶　此際寸腸萬緒叶慘愁顔豆斷魂無語叶和淚眼豆片時幾番囬顧叶傷心脉脉誰訴叶但黯然凝竚叶暮煙寒雨叶望秦樓何處叶

汲古閣刻《樂章集》於此詞前段第三句，脱去「歸」字，《詞律》曰而不改，繆甚，今遵原刻善本增入。秖此一闋，歷孜宋元諸詞，更無別首可叅校。

卓牌子　五十六字　卓牌兒　楊无咎

西樓天將晚韻流素月豆寒光正滿叶樓上笑揖姮娥句似看羅襪塵生句鬢雲風亂叶　珠簾終夕捲叶拚不寐豆闌干凭暖叶好在影落清樽句冷侵香幄句歡餘未教人散叶

紅友云：「『似看』下十字，『冷侵』下十字，本是相同，但語氣前則上六下四，後則上四下六，揔之平仄無異，氣可貫下也。」培按：此說近是，然只此一首，無別作可校。

卓牌子近　七十一字　袁去華

曲沼朱欄句繚墻翠竹晴晝韻金萬縷豆搖搖風柳叶還是燕子歸時句花信來後叶看淡淨豆洗粧態句梅樣瘦叶春初透叶　盡日明窗相守叶閑共我焚香句伴伊刺繡叶睡眼瞢騰句今朝早是病酒叶那堪更豆困人時候叶

宋人塡詞，有犯、有近、有促拍、有近拍。近者，其腔調微近也。此調見《袁宣卿集》，他無作者，塡者宜遵其句豆平仄。

卓牌子慢　九十七字　或無「慢」字　　万俟詠

東風綠楊天句如畫出豆清明院宇韻玉艷淡泊句梨花帶月句胭脂零落句海棠經雨叶單衣怯黃昏句人正在豆珠簾笑語叶相竝戲蹴秋千句共携手豆同倚闌干句暗香時度叶　翠窓綉戶叶路繚繞豆潛通幽處叶斷魂凝竚叶嗟不似飛絮叶閒悶閒愁難消遣句此日秊年意緒叶無據叶奈酒醒春去叶

此詞有《樂府雅詞》中無名氏「當年早梅芳」一首可校。《詞律》疑後段字少有悞，非也。

汲古本脫「年年」兩字，今從本集校正。

又一躰　九十三字　　無名氏

當年早梅芳句曾邂逅豆飛瓊侶韻肌雪瑩玉句顏開嫩桃句腰支輕裊句未勝金縷叶佯羞整雲鬟句頻向人豆嬌波寄語叶湘佩笑觧句韓香暗傳句幽歡後期誰訴叶　夢魂頻阻叶似一枕豆高唐雲雨叶蘭心蕙態句知何計重遇叶試問春蠶絲多少句未抵離愁半縷叶凝竚叶望鳳樓何處叶

此校万俟詠詞，前段第二句減一字，前結減三字，句讀亦異。後段則全同万俟，唯第三句少押一韻爾，餘同。

虞美人　五十六字　蔣捷

《碧鷄漫志》云：「《虞美人》舊曲有三，其一屬中呂調，其一屬中呂宮，近世又轉入黃鍾宮。」元高拭詞，又自注南呂調。

絲絲楊柳絲絲雨韻春在溟濛處叶樓兒忒小不藏愁換平幾度和雲飛去豆覓歸舟叶平天憐客子鄉關遠三換仄借與花消遣叶三仄海棠紅近綠闌杆四換平纔捲珠簾卻又豆晚風寒叶四平

前後同。張炎一首，後段平韻，即叶前段平韻；馮延巳一首，後段仄韻，即叶前段仄韻，皆變格也，不具錄。

又一體　五十八字　閻選

粉融紅膩蓮房綻韻臉動雙波慢叶小魚銜玉鬢釵橫換平石榴裙染象紗輕叶平轉娉婷叶平偷期銀漢荷深處三換仄一夢雲兼雨叶三仄臂留檀印齒痕香四換平深秋不寐漏初長叶四平儘思量叶四平

前後第四句，各多一字，又押韻，為小異。

又一䣪 五十八字 顾 敻

觸簾風送景陽鐘韻鴛被繡花重叶曉幃初捲冷煙濃叶翠匀粉黛好儀容叶思嬌慵叶 起來無語理朝粧換平寶匣鏡凝光叶二平綠荷相倚滿池塘叶二平露清枕簟藕花香叶二平恨悠揚叶二平

句讀與閣詞同，惟前後段全押平韻，異。培按：《花間集》亦僅見此首，無別作可校。

又一䣪 五十八字 顧 敻

少年艷質勝瓊英韻早晚到三清叶蓮冠穩篸細篦橫叶飄飄羅袖碧雲輕叶畫難成叶 遲遲少轉腰身裊換仄翠靨眉心小叶仄醮壇風急杏花香三換平此時恨不駕鸞凰叶三平訪劉郎叶三平

此詞字句，亦與閣詞同，惟前段全押平韻，異。「篸」字去聲。

樓上曲 五十六字 張元幹

樓⃝上夕⃝陽明遠水韻樓⃝中人⃝倚東風裏叶何事有⃝情怨別離換平低鬟背⃝立君應知叶平 東⃝望雲⃝山君去路三換仄腸⃝斷⃝迢迢⃝盡⃝愁處叶三仄明⃝朝不⃝忍見雲山四換平從今休⃝傍曲闌干叶四平

兩句一韻，凡四換韻，此調張有兩首，可參校。

清江曲　五十六字　蘇庠

屬玉雙飛水滿塘韻菰蒲深處浴鴛鴦叶白蘋滿棹歸來晚句秋着蘆花一岸霜叶　扁舟繫岍依林樾換仄蕭蕭兩鬢吹華髮叶仄萬事不理醉復醒句長占煙波弄明月叶仄

此蘇庠泛舟清江所作，躰近古詩。曰《花草粹編》采之，故錄於此。

廳前柳　五十六字　趙師俠

金詞注越調。

景清佳韻正倦客句凝秋思句浩無涯叶遞十里豆香芬馥句桂初華叶向碧葉句露芳葩叶　為粟粒豆鵞兒情淡泊句倩西風豆染就丹砂叶不比黃金蘂句燦餘霞叶送幽夢豆到仙家叶

此調趙有兩首，字句皆仝，可校。

又一躰　五十五字　亭前柳　朱雍

拜月南樓上句面嬋娟豆恰對新粧韻誰凭闌干處句笛殸長叶追往事句偏凄凉叶　看素質

豆臨風消瘦盡句粉痕輕豆依舊真香叶瀟灑無塵境句過橫塘叶度清影豆在迴廊叶

此詞本集題曰《亭前柳》，其寔即同趙詞，唯前起五字，第二、三、四句作七字一句，第五句減一字，少異。雍又一首，過變云「嘗憶驛亭人別後」，校少一字，餘悉同。前起「上」字，或謂是仄韻起，下以平聲叶之。此說蓋不然，有朱別作可校。

又一躰　五十八字　石孝友

有件偷遮句笄好事豆大家都知韻被新寃家句矍索後句沒別底換仄似別底豆也難為叶平　識盡千千并萬萬句那淂恁豆海底猴兒叶平這百十錢句一個潑性命句不分付句待分付與誰叶平

俳躰無可校，姑句讀之如此。

二色宮桃　五十六字　無名氏

鏤玉香葩酥點萼韻正萬木豆園林消索叶惟有一枝雪裡開句江南信豆更憑誰託叶　前年記賞登高閣叶嘆年來豆舊懽如昨叶聽取樂天一句云句花開處豆且須行樂叶

調見《梅苑》，前後同。此調與《玉闌干》相近，只前起平仄全異，及第二句折腰，句法不同。

夜遊宮　五十七字　新念別　周邦彦

金詞注般涉調。

葉下斜陽照水韻捲輕浪豆沉沉千里叶橋上酸風射眸子叶立多時句看黃昏句燈火市叶　古屋寒牕底叶聽幾片豆井桐飛墜叶不戀單衾再三起叶有誰知句為蕭娘句書一紙叶

換頭句，校前起減一字，以下兩段同。前段第二句，賀鑄作「揚州夢斷燈明滅」，不折腰，小異。美成「客去車塵」一首，第二句云「空階暗雨苔千點」，正與賀同。

一斛珠　五十七字　醉落魄　張先詞名「怨春風」，《宋史・樂志》名「一斛夜明珠」　李後主

《梅妃傳》：「妃遷上陽，明皇念之，會夷使貢珠，命封一斛賜妃。妃以詩謝，不受。上悵然，命以新聲度之，名《一斛珠》。」《宋史・樂志》屬中呂調。《尊前集》注商調。金詞注仙呂調。蔣氏《九宮譜》入仙呂引子。《蕉雪堂譜》云：「《尊前集》於李後主詞注商調，乃夷則之商聲。金元曲子照『寒侵逕葉』一首塡者，注仙呂調，乃夷則之羽聲，則知兩換頭平仄，確係音律所關也。」

曉粧初過韻沉檀輕注些兒箇叶向人微露丁香顆叶一曲清歌句暫引櫻桃破叶　羅袖裛殘殷色可叶杯深旋被香醪涴叶繡牀斜凭嬌無那叶爛嚼紅茸句笑向檀郎唾叶

又一體　五十七字　周密

寒侵徑葉韻雁風擊醉珊瑚屑叶硯涼閒試霜晴帖叶頌菊騷蘭句秋事正奇絕叶　故人又作江西別叶書樓虛度中秋節叶碧欄倚徧誰人說叶愁是新愁句月是舊時月叶

後起平仄與前調異，宋人多塡此躰。「正」字、「舊」字，多有用平者，不如仄之善，去殽更妙。「鴈風」句，史達祖作「空分付、有情眉睫」，是折腰句法，餘悉同。周密一首，前起用「憶憶憶憶」，此是巧筆，以入作平，不必學。

又一體　五十七字　楊无咎

水寒江靜韻浸一抹豆青山倒影叶樓外指點漁村近叶笛殸誰噴叶驚起賓鴻陣叶　往事揔歸眉際恨叶這相思豆情味誰問叶淚痕空把羅襟印叶淚啼應盡叶爭奈情無盡叶

前後第二句，皆用上三下四句法。第四句，俱用仄平平仄，叶韻。

遍地花　五十六字　遍地錦　毛　滂

白玉欄邊自凝佇韻滿枝頭豆彩雲雕霧叶甚芳菲豆繡得成團句砌合出豆韶華好處叶　暖風前豆一笑盈盈句吐檀心豆向誰分付叶莫與他豆西子精神句不枉了豆東君雨露叶

前段第二句，汲古本悞多一「新」字，換頭《詞律》注「吐」字叶韻，亦誤。

梅花引　五十七字　貧也樂　王特起

《中原音韻》注越調。

山之麓韻水之曲叶一灣秀色盤虛谷叶水溶溶換平雨濛濛叶平有人行李句蕭蕭落葉中叶平　人家籬落炊煙濕三換仄天外雲峰迷淡碧叶三仄野雲昏四換平失前村叶四平溪橋路滑句平砂沒舊痕叶四平

凡四換韻，此調不拘平仄，多用古詩句法為之。

又一躰　五十七字　万俟詠

曉風酸韻曉霜乾叶一鴈南飛人度關叶客衣單叶客衣單疊句千里斷魂句空歌行路難叶　寒

梅驚破前村雪換仄寒鷄啼落西樓月叶仄酒腸寬叶酒腸寬疊句家在日邊句不堪頻倚欄叶平

此與王詞仝，唯前段起三句，用平韻，異，宋元詞無塡此躰者。

又一體　一百十四字　小梅花

向子諲

花如頰韻梅如葉叶小時笑弄堦前月叶㝡盈盈換平最惺惺叶平閒愁未識句無計說深情叶平一年空省春風面三換仄花落花開不相見叶三仄要相逢四換平得相逢叶四平須信靈犀句中自有心通叶四平　同杯杓五換仄同斟酌叶五仄千愁一醉都忘却叶五仄花陰邊六換平栁陰邊叶六平幾回擬待句偷憐不成憐叶六平傷春玉瘦慵梳掠七換仄抛擲琵琶閒處着叶七仄莫猜疑八換平莫嫌遲叶八平鴛鴦翡翠句終自一雙飛叶八平

此即王詞體，復加一疊，其前後平仄，宋元人徃徃不拘。

又一體　一百十四字

無名氏

園林靜韻消索景叶寒梅洩漏東君信叶探春回換平探春回疊句四時却被句伊家苦相催叶平江村畔三換仄開爛漫叶三仄看看又近年光晚叶三仄綻芬芳四換仄噴清香叶四平壽陽宮裏句愛學靚梳

粧叶四平　夭桃紅杏誇顏色五換仄爭似情懷雪中折叶五仄冒嚴寒六換平冒嚴寒疊句游蜂戲蝶句莫作等閒看叶六平故人到後知何處七換仄春色嶺頭逢驛使叶七仄贈新詩八換平折高枝叶八平樓上一聲句羌管不須吹叶八平

此亦王詞躰，但前後各加一疊，與「花如頰」復加一疊者不同。

踏莎行　五十八字　柳長春　踏雪行　喜朝天　吳文英

金詞注中呂宮。

潤玉籠綃句檀櫻倚扇韻綉圈猶帶脂香淺叶榴心空疊舞裙紅句艾枝應壓愁鬟亂叶午夢千山句牕陰一箭叶香瘢新褪紅絲腕叶隔江人在雨聲中句晚風菰葉生秋苑叶

前後同。楊炎第三句方起韻，譌悮勿從。周密後結云「莫聽酒邊供奉曲」，平仄獨異，亦勿從。

轉調踏莎行　六十六字　曾覿

翠幄成陰句誰家簾幙韻綺羅香擁處豆觥籌錯叶清和將近句奈春寒更薄叶高歌看簇簇豆梁

塵落叶　好景良辰句人生行樂叶金杯無奈是豆苦相虐叶殘紅飛盡句裊垂楊輕弱叶
來歲斷不負豆鶯花約叶

前後同。前段第五句，《詞律》脱「奈」字，今補正。

又一躰　六十四字　陳　亮

洛浦塵生句巫山夢斷韻旗亭芳草裏豆春深淺叶梨花落盡句荼蘼又綻叶天氣也似句尋常庭院叶　向晚情濃句十分惱亂叶水邊佳麗地豆近前看叶娉婷咲語句流觴美滿叶意思不到句夕陽孤館叶

見《龍川集》，校曾詞，唯前後段第五句，各減一字，異。

荷葉鋪水面　五十七字　康與之

春光豔冶句遊人踏綠苔韻千紅萬紫競香開叶暖風指鼻籟句驀地暗香透滿懷叶　荼蘼似錦裁叶嬌紅間綠白句只怕迅速春囬叶悮落在塵埃叶折向髻雲間句金鳳釵叶

見《花草粹編》，無可校。

家山好　五十七字　無名氏

挂冠歸去舊煙蘿韻閒身健豆養天和叶功名富貴非由我句莫貪他叶者岐路豆足風波叶　水精宮裏家山好句物外勝游多叶晴溪短棹句時時醉唱哩梭羅叶天公奈我何叶

見《湘山野錄》，「我」字或云是換仄叶，然無可校。

步虛子令　五十七字　無名氏

碧雲籠曉海波閑韻江上數峯寒叶佩環聲裡句異香飄落人間叶弭絳節句五雲端叶　宛然共指嘉禾瑞句開一笑句破朱顏叶九重曉闕句望中三祝高天叶萬萬載句對南山叶

見《高麗史・樂志》。此宋賜高麗樂中《五羊仙》舞隊曲也，采之以備躰，其平仄無可校。

宜男草　五十八字　范成大

(舍)北煙霏舍南浪韻雨傾盆豆(灘)流微漲叶(問)(小)(橋)豆別後誰過句惟有豆(迷)鳥覊雌來往叶　(重)尋山水問無恙叶掃紫荊豆土花塵網叶留小(桃)豆先試光風句從此豆(芝)草琅玕自長叶

調見《石湖詞》。兩起例作拗句，兩結用上二下六句法，有范別作及陳聘三和韻可證。范又一首，于「小橋」句，作「天為誰，展盡湖光渺渺」；于「小桃」句，作「追舊游，不減商山杳杳」，前後各添兩字，又一躰也，注明不另列。

紅窗迥　五十八字　虹窗影　周邦彦

幾日來豆真箇醉韻不知道牕外句亂紅已深半指叶花影被豆風搖碎叶　擁春醒乍起叶有箇人人句生得濟楚句來向耳畔句問道今朝醒未叶性情兒豆慢騰騰地叶惱得人又醉叶

紅友云「此詞當于『乍起』分段」，然無可攷证，仍之。

小重山　五十八字　蔣　捷

晴浦溶溶明斷霞韻樓臺搖影處豆是誰家叶銀紅裙襇皺宮紗叶風前坐句閒鬬鬱金芽叶　人散樹啼鴉叶粉團粘不住豆舊繁華叶雙龍尾上月痕斜叶而今照句冷淡白菱花叶

「風前坐」，毛滂作「玉堂人」，不必從。《梅苑》于前段第二句，作「化工應道也難摹」，校減一字，又一格也。《梅苑》三首，元劉景翔一首，皆如此，非脱悮也。

又一體 五十八字 黃子行

一點斜陽紅欲滴韻白鷗飛不盡豆楚天碧叶漁歌𣪠斷晚風急叶攬蘆花句飛雪滿林濕叶　孤館百憂集叶家山千里遠豆夢難覓叶江湖風月好收拾叶故溪雲句深處着簑笠叶

此調例用平韻，此全押入𣪠者，即《樂府指迷》所謂入可代平也。

添字小重山 六十字 張　先

廊廟當時共代工韻睢陵千里約豆遠相從叶欲知賔主與誰同叶宗枝内句黃閣舊句有三公叶　廣樂起雲中叶湖山看畫軸豆兩仙翁叶武陵佳話幾時窮叶元豐際句徳星聚句照江東叶

此即《小重山》，唯兩結各添一字，作三字兩句，異。趙長卿「一夜中庭拂翠條」詞，與此仝，可校。《詞律》悮刻《感皇恩》，大繆，今改正。

惜瓊花 六十字 張　先

汀蘋白韻苕水碧叶每逢花駐樂句隨處歡席叶別時携手看春色叶螢火而今句飛破秋夕叶

汴河流句如帶窄叶任身輕似葉句何計歸得叶斷雲孤鶩青山極叶樓上徘徊句無盡相憶叶

前後同，此張為吳興守時所賦，坊本落「汴」字、「身」字，今從本集校正。紅友云：「此詞用『處』、『破』、『計』、『盡』四去殸字，正是發調處。」甚是。

花上月令　五十八字

吳文英

文園消渴愛江清韻酒腸怯句怕深觥叶玉舟曾洗芙蓉水句瀉清冰叶秋夢淺句醉雲輕叶　庭竹不收簾影去句人睡起句月空明叶瓦瓶汲井和秋葉句薦吟醒叶夜深重句怨遙更叶

此夢牕自度曲，別無他作可校。

倚西樓　五十八字

韋彥溫

禁鼓初傳時下打韻虛過清風明月夜叶眼如魚目幾曾乾句心似酒旗終日挂叶　銀漢低垂星斗斜句院宇空寥銀燭卸叶西樓蕭瑟有誰知句教我豆獨自上來獨自下叶

調見《苕溪詩話》，近《玉樓春》，只後結多兩字為異。培按：一本無「教我」二字，云即是《玉樓春》，然其音節平仄頗不同，故遵《蕉雪堂譜》另列為一調。「斜」字疑是以平叶仄，然無可攷。

掃地舞　五十八字　掃市舞　無名氏

酥點蕚韻玉碾蕚疊點時碾時香雪薄叶才折得句春力弱叶半掩朱扉垂繡幕叶怕吹落叶　撚一餉換仄嗅一餉疊撚時嗅時宿酒忘叶二仄春笋上句不忍放叶二仄待對菱花斜插向叶二仄寶釵上叶二仄

調見《梅苑》，無可校。前後第四句，坊刻各譜注叶，培意不然。

七娘子　六十字　向子諲

蔣氏《九宮譜目》入正宮引子。

（山）圍（水）繞高唐路韻恨（密）雲豆不下陽臺雨叶（霧）閣雲（窗）句（風）亭（月）戶叶（分）明（携）手（同）行處叶　（而）今（不）見生塵步叶但（長）江豆（無）語東流去叶（滿）（地）（落）（花）句（漫）天（飛）絮叶（誰）知（總）是離愁做叶

前後同。此調以此詞為正體。按：《梅苑》一首，前起以平叶仄，餘並與向詞仝，此又一格也。

又一躰　五十八字　蔡伸

天涯觴目傷離緒韻登臨況值秋光暮叶手撚黃花句憑誰分付叶雝雝落鴈蒹葭浦叶　憑高目斷桃溪路叶屏山樓外青無數叶綠水紅橋句瑣窗朱戶叶于今揔是消魂處叶

此校向作，每段次句，各減一字，異。按：元人正宮曲，即宗此體。

繫裙腰　五十八字　芳草渡　魏夫人

燈花耿耿漏遲遲韻人別後句夜涼時叶西風瀟灑夢初回叶誰念我句就單枕句皺雙眉叶　錦屏繡幌與秋期叶腸欲斷句淚偷垂叶月明還到小窗西叶我恨你句我憶你句你爭知叶

又一體　五十九字　劉仙倫

山兒矗矗水兒清韻舡兒似句葉兒輕叶風兒更沒人情叶月兒明叶厮合造句送人行叶　眼兒簌簌淚兒傾叶燈兒更句冷青青叶遭逢着豆雁兒又沒前程叶一聲殼叶怎生得句夢兒成叶

校前調「風兒」句減一字，「雁兒」句多兩字，又多押兩韻，餘並同。

又一躰　六十一字　張先

濃霜蟾照夜雲天韻朦朧影句畫勾欄叶人情縱似長情月句算一年年叶又能得句幾番圓叶　欲寄西江題葉字句流不到句五亭前叶東池始有荷新綠句尚小如錢叶問何日藕句幾時蓮叶

此校魏夫人詞，前後第四句、換頭句，俱不叶。「年」、「錢」二字叶，並增三襯字，異。後起，宋人有用仄平仄仄仄平平者，「字」字，有不叶者，有叶者。《詞律》謂「『問』字羡」，甚非是，此蓋拘于前後相同之説。

朝玉階　五十九字　杜安世

春色欺人拂眼清韻柳條絲綠軟豆雪花輕叶黃金屈戌掩銀屏叶陰沉深院靜豆語嬌鶯叶　美人春困寶釵橫叶惜花芳態淚盈盈叶風流何處冣多情叶千金一笑句須信傾城叶

此詞疑有脱悮。「屈戌」，舊刻「纔鉞」，今改正。

又一躰　六十字　杜安世

簾捲春寒小雨天韻牡丹苍落盡豆悄庭軒叶高空雙燕舞翩翩叶無風輕絮墜豆暗苔錢叶　擬

將幽怨寫香箋叶中心多少事豆語難傳叶思量眞箇惡姻緣叶那堪長夢見豆在伊邊叶

前後整齊，只過變平仄小異。

冉冉雲　五十九字　弄花雨　　盧　炳

雨洗千紅又春晚韻留牡丹豆倚欄初綻叶嬌婭奼豆偏賦精神君看叶算費盡豆工夫點染叶　帶露天香最清遠叶太眞妃豆曉妝體段叶拚對花豆滿把流霞頻勸叶怕逐東風零亂叶

前後仝，唯後結少前一字。此調有韓淲一首可校。韓集題曰《弄花雨》，其寔即此調也，但「偏賦」句，韓不叶，小異，餘悉同。《詞律》謂後結悮落一字，非。紅友拘于兩段相對之說，最足悮人。宋人詞兩段相同者少，条差不對者多也。

詞槩卷九終

詞槩卷十

歙西方成培仰松輯
同學汪啟淑秀峯校

一剪梅 六十字 玉簟秋 周邦彥

元高拭詞注南呂宮。

一剪梅花萬樣嬌韻斜插疏枝句略點苔梢叶輕盈微笑舞低徊句何事尊前句拍手誤招叶 夜漸寒深酒漸消叶袖裏時聞句玉釧輕敲叶城頭誰恁促殘更句銀漏如何句且慢明朝叶

此調以周、吳詞為正體。盧、張、蔣之添韻，曹、李之減字，皆是變格。

又一體 六十字 吳文英

遠目傷心樓上山韻愁裏長眉句別後蛾鬟叶暮雲低壓小欄杆叶教問孤鴻句囙甚先還叶 瘦

倚溪橋梅夜寒叶雪欲消時句淚不禁彈叶剪成釵勝待歸看叶春在西牕句燈火更闌叶

此校周詞，唯前後第四句押韻，異。友古一首同此，但後段第四句不叶，又異。汪元量一首全同，只兩起平仄與此相反，諸家無之，故不取參校。

又一體　六十字　盧炳

燈火樓臺萬斛蓮韻千門喜笑句素月嬋娟叶幾多急管與繁絃叶巷陌喧闐叶畢獻芳筵叶 樂與民偕五馬賢叶綺羅叢裡句一簇神仙叶傳柑雅宴約明年叶盡夕留連叶滿泛金船叶

此詞前後段第五句，俱叶韻，宋元諸作中，僅此一首。

又一體　六十字　張炎

剩蘂驚寒減艷痕韻蜂也消魂叶蝶也消魂疊醉歸無月傍黃昏叶知是前村叶知是花村疊 留得閒枝葉半存叶好似桃根叶不似桃根疊小樓昨夜雨殻渾叶春到三分叶秋到三分疊

此詞前後段第二、三句，第五、六句，俱疊韻，有程垓、方岳、虞集諸作可校。劉克莊一首同此，只換頭句「階閒免得管兵農」，平仄全異，不足從。又宋人無名氏，于前後第

二、三句，第五、六句，俱用「量」字韻者，係獨木橋躰，曰詞俚，故注明不錄。

又一躰 六十字　蔣　捷

一片春愁帶酒澆韻江上舟搖叶樓上帘招叶秋娘容與泰娘嬌叶風又飄飄叶雨又瀟瀟叶　何日雲帆卸浦橋叶銀字箏調叶心字香燒叶流光容易把人拋叶紅了櫻桃叶綠了芭蕉叶

此體通篇用韻，四字八句，皆近排偶。後村後起，作「酒酣耳熱說文章」，平仄與此相反。諸家無之，不可從。

又一體 五十九字　李清照

紅藕香殘玉簟秋韻輕解羅裳句獨上蘭舟叶雲中誰寄錦書來句鴈字來時月滿樓叶　花自飄零水自流叶一種相思句兩處閑愁叶此情無計可消除句纔下眉頭句卻上心頭叶

此與周詞仝，唯前結減一字，作七字一句，異。趙長卿「霽靄迷空曉未收」一首，正與此同，可校。坊刻于「樓」上添一「西」字，非也。

又一體　五十八字　曹　勛

不占前邨占瑤階韻芳影橫斜積漸開叶水邊竹外冷搖春句一帶銜寒句香滿襟懷叶管領東風要有才叶頻移歌酒上春臺叶直須日日坐花前句金殿仙人句同徃同來叶

此調前後第二、三句，作七字一句，與諸家大異，見《松隱集》，無別首宋詞可校。

恨春遲　五十九字　張　先

好夢纔成成又斷句曰晚起豆雲朶梳鬟韻秀臉拂輕紅句滴入嬌眉眼句薄衣減春寒叶紅柱溪橋波平岸句畫閣外豆落日西山叶不忿閒花並蒂句秋藕連根句何時重得雙連叶

坊刻首兩句，落一「成」字、一「曰」字，今從本集訂正。培按：此詞「斷」、「眼」、「岸」三字，恐是以仄叶平，「根」字亦是叶韻，但無可校。

尋梅　六十字　沈會宗

今年早覺㊟花信蹉韻想㊟芳㊟心豆未應誤我叶一㊟月㊟花徑㊟幾囬過叶始朝來尋見句雪痕微破叶㊟眼前大抵情無那叶好㊟景色豆㊟只消些箇叶春風爛漫都㊟且可叶是而今校上句三朶兩朶叶

調見《樂府雅詞》及《梅苑》，有沈次作可校。按：《音韻集成・五歌部》：「蹉，蹉跎失時也，又去聲。」

又一躰　六十字　　沈會宗

幽香淺淺濕未透韻認雪底豆思來始有叶剪裁尚覺瓊瑤皺叶苦寒中句越恁骨清肌瘦叶　東風氣象園林舊叶又今年豆而今時候叶急宜小摘當尊酒叶選一枝句且付玉人纖手叶

此與前躰仝，唯兩結句法小異。

接賢賔　五十九字　　毛文錫

香韉鏤襜五花驄韻值春景初融叶流珠噴沫躞蹀句汗血流紅叶　少年公子能乘馭句金鑣玉轡瓏璁叶為惜珊瑚鞭不下句驕生百步千蹤叶信穿花句從拂柳句向九陌追風叶

「五花」，諸刻作「五色」，悮，今從《花間集》改正。

又一體　一百十七字　集賢賔　　柳　永

《樂章集》注林鐘商。

小樓深巷狂游徧句羅綺成叢韻就中堪人屬意句㝡是蟲蟲叶有畫難描雅態句無花可比芳容叶　幾回飲散良宵永句鴛衾暖豆鳳枕香濃叶算得人間天上句惟有兩心同叶　近來雲雨每西東叶誚惱損情悰叶縱然偷期暗會句長是匆匆叶爭似和鳴諧老句免教斂翠啼紅叶眼前時暫疎歡宴句盟言在豆更莫忡忡叶待作眞箇宅院句方信有初終叶

此即毛詞躰再加一疊，惟前段起句不用韻，第二句少一字，前後第五句各減一字，第八句各添一字，結處句法異，本集名《集賢賓》，其寔即毛體也。培按：前段第二句，應是落一字。

散天花　六十字　舒亶

雲淡長空落葉秋韻寒江煙浪盡豆月隨舟叶西風偏解送離愁叶聲聲南去鴈豆下汀洲叶　無奈多情去復留叶驪歌齊唱罷豆淚爭流叶悠悠別恨幾時休叶不堪殘酒醒豆憑高樓叶

此調與《朝玉階》同，只後起平仄同前段小異，疑是一調，惜無可攷證，仍兩列之。

少年心　六十字　黄庭堅

對景惹起愁悶韻染相思豆病成方寸叶是阿誰先有意句阿誰薄倖叶斗頓恁豆少喜多嗔換平

叶

合下休傳音問叶仄你有我豆我無伱分叶仄似合歡桃核句眞堪人恨叶仄心兒裏豆有兩箇人人叶平

「合懽」句，比前少一字。「人人」句，此前多一字。

又一體 六十六字 黃庭堅

心裏人人句暫不見豆霎時難過韻天生你豆要憔悴我叶把心頭豆從前鬼句着手婆娑換叶平抖擻了豆百病消磨叶平　見說那厮句脾鼈熱大叶仄不成我豆便與拆破叶仄待來時豆鬲上與句厮噷則箇叶仄溫存着豆且教推磨叶仄

句讀叶韻，校前詞又異。只此兩首，別無可校。

後庭宴 六十字 無名氏

《庚溪詩話》云：「宋宣和中，掘地得石刻詞，名《後庭宴》，定為唐人之作。」

千里故鄉句十年華屋韻亂魂飛過屏山簇叶眼重眉褪不勝春句菱花知我消香玉叶　雙雙燕子歸來句應解笑人幽獨叶斷歌零舞句遺恨清江曲叶萬樹綠低迷句一庭紅撲簇叶

前段同《踏莎行》，後則全異，只此一首，無可參校。

撥棹子　六十一字　尹鶚

風切切韻深秋月叶十朵芙蓉繁豔歇叶憑小檻豆細腰無力叶空贏得句目斷魂飛何處說叶　寸心恰似丁香結叶看看瘦盡胸前雪叶偏挂恨豆少年抛擲叶羞睹見句綉被堆紅閒不徹叶

前段第四句，汲古本落「憑」字，今從《花間集》改正。

又一躰　六十二字　無名氏

煙姿媚句冰容薄韻芳蕖嫩句隱映新萍池閣叶自擷英人去後句清香微綻句透眞珠簾幙叶似無語豆含情垂彩佩叶戲芳蔭句漸許纖鱗相託叶西風直須愛惜句看看穠艷句伴秋光零落叶

見《花草粹編》，其源亦出於尹詞，特攤破句法，自成新殼耳。按：《古今通韻》十藥通十一隊，故此詞「佩」字可押「薄」字。

又一體　六十一字　黃庭堅

歸去來韻歸去來疊攜手舊山歸去來疊有人共豆對月尊罍叶橫一琴句甚處逍遙不自在換仄叶　閑世界叶仄無利害叶仄何必向豆古間甘幻愛叶仄與君釣豆晚煙寒瀨叶仄蒸白魚句稻飯溪童供筍菜叶仄

此躰句豆畧與尹合，但平仄互叶，為異。後結或于「飯」字豆斷，亦可，然「魚」字絕句為勝。

蝶戀花　六十字　一籮金　黃金縷　鵲踏枝　鳳棲梧　明月生南浦　捲珠簾　魚水同歡　張泌

《樂章集》注小石調，趙令時詞注商調，《太平樂府》注雙調。

(六)曲(欄)杆偎碧樹韻(楊)柳風輕句(展)盡黃金縷叶(誰)把(鈿)箏移玉柱叶(穿)簾(燕)子雙飛去叶　(滿)眼(游)絲兼落絮叶(紅)杏開時句(一)霎清明雨叶(濃)睡(覺)來鶯亂語叶(驚)殘(好)夢無尋處叶

李石前起作「武陵春色濃如酒」，平仄全反，不可從，宋元人無如此填者。杜安世前起作「新月羞花影庭樹」，此偶筆，亦不必從。

又一骵　六十字　石孝友

別來相思無限期韻欲説相思句要見終無計換仄叶擬寫相思持送伊叶如何盡得相思意叶仄　眼底相思心裡事叶仄從把相思句寫盡憑誰寄叶仄多少相思都做淚叶仄一齊濕損相思字叶仄

字句與張詞同，但平仄互叶，為異。

轉調蝶戀花　六十字　沈會宗

(漸)近朱門香夾道韻(一)片笙歌句(依)約樓臺杪叶(野)色和煙滿芳草叶(溪)光(曲)曲山迴抱叶(物)華(不)逐人間老叶(日)日春風句在處花枝好叶(莫)恨(雲)深(路)難到叶(劉)郎(可)惜歸來早叶

此亦與張詞同，唯前後段第四句及換頭句平仄異。《樂府雅詞》名《轉調蝶戀花》，轉調者，換羽移宮，轉入別調也。字句雖仝，音律大異，故當另列為一體。此詞有賀鑄、杜安世、張元幹、魏夫人及沈別作諸詞，可參校。

壽山曲　六十字　單調　馮延巳

銅壺滴漏初盡句高閣鷄鳴半空韻催起五門金鎖句猶垂三殿簾櫳叶階前御柳搖綠句杖下宮花

散紅叶鴛瓦數行曉白句鸞旗百尺春風叶侍臣舞蹈重拜句聖壽南山永同叶

右見趙德麟《侯鯖錄》及《花草粹編》。《陽春集》不載，亦無可校。

唐多令　六十字　糖多令　南樓令　箜篌曲　　張炎

《太和正音譜》：「越調，亦入高平調。」

風雨怯殊鄉韻梧桐又小牕叶甚秋聲豆今夜偏長叶憶着舊時歌舞地句誰得似豆牧之狂叶　茉莉擁釵梁叶雲窗一枕香叶醉瞢騰豆多少思量叶明月半牀人睡覺句聽說道豆夜深涼叶

又一體　六十二字　　周密

絲雨織鶯梭韻浮錢點翠荷叶燕風輕豆庭宇正清和叶苔面唾絨堆繡徑句春去也豆奈春何叶　宮柳老青蛾叶題紅隔綠波叶扇鸞孤豆塵暗合懽羅叶門外綠陰深似海句應未比豆舊愁多叶

此與張詞仝，唯前後第三句，各增一字，異。吳文英一首，前段第三句云「縱芭蕉、不雨也颼颼」，但後段第三句，仍用七字折腰句，又一格也。紅友謂「也」字悞多，非是。蓋除去「也」字，不成句矣。

鞓紅　六十字　無名氏

粉香尤嫩句霜寒可慣韻怎奈向豆春心已轉叶玉容別是句一般閑婉叶悄不管豆桃紅杏淺叶　月影玲瓏句金堤波面叶漸細細豆香風滿院叶一枝折寄句故人雖遠叶莫輒使豆江南信斷叶

右見《梅苑》，前後仝，只過變用平，異。前後近《鵲橋仙》，中間不同。

感皇恩　六十七字　疊羅花　周邦彥

唐教坊曲名。陳暘《樂書》云：「祥符中，諸工請增龜茲部如教坊，其曲有雙調《感皇恩》。」金詞注大石調，《中原音韻》注南呂調。

小閣倚晴空句數殸鐘定韻斗柄垂寒暮天靜叶朝來殘酒句又被春風吹醒叶眼前猶認得句當時景叶　往事舊懽句不堪重省叶自歎多愁更多病叶綺窗依舊句敲遍闌干誰應叶

斷腸明月下句梅搖影叶

此調以此詞為正體，若晁、賀之偷殺，周紫芝之添字，趙、汪之減字，皆變格也。汪莘于前起，作：「年少尋芳」，減一字，餘同此詞。党懷英亦有之。清眞「露柳好風標」詞，與此同，唯後起「舊歡」，「歡」字作仄；「斷腸明月」句添一字；「怎奈何、言不盡」，折腰句法，為異。按：此調前後段第三句，宋人例作拗句，惟程大昌作「老幼懽迎僮婢喜」，文字流傳曾貴紙」，平仄順，不足法也。至前後第六句，陸敦信、劉鎮俱于「猶」字、「明」字用仄殺。前段第二句，毛滂作「飲少徹醉」，「飲」、「少」字仄殺，應是偶筆，勿從可也。

又一躰　六十七字　晁沖之

胡蜨滿西園句啼鶯無數韻水濶橋南路叶凝竚叶兩行煙柳句吹落一池風絮叶秋千斜挂起句人何處叶　把酒勸君句閒愁莫訴叶留取笙歌住叶休去叶幾多春色句怎禁許多風雨叶海棠花謝也句君知否叶

此與周詞同，唯前後第三句，各藏短韻，異。此《樂府指迷》所謂句中韻，歌時按拍，不可不押者也。賀鑄「蘭芷滿汀洲」詞，正與此同，唯「秋千」、「海棠」兩句，皆叶為異，注明不錄。

又一躰　六十八字　周紫芝

無事小神仙句世人誰會韻着甚來由自縈繫叶人生須是句做些閑中活計叶百年能幾許句無多子叶　近日謝天句與片閒田地叶作箇茅堂待打睡叶酒兒熟也句贏取山中一醉叶人間如意事句只此是叶

此與周詞同，唯後段第二句添一字，異。「些」字、「打」字，仄殽，亦各家所無，故另列之。

又一體　六十五字　趙長卿

碧水浸芙蓉句秋風楚岈韻三歲光陰轉頭換叶且留都騎句未許匆匆分散叶更持杯酒殷勤勸叶　休作等閒句別離人看叶且對笙謌醉須判叶如君才調句掌淂玉堂詞翰叶之應不久勞州縣叶

校各家前後兩結俱減兩字，作七字句，為異。

荷華媚　六十字　蘇軾

霞苞露荷碧韻天然地豆別是風流標格叶重重青蓋下句千嬌照水句好紅紅白白叶　每悵望豆明月清風夜句甚低迷不語句天邪無力叶終須放豆舡兒去句清香深處句任看伊顏色叶

「露」，汲古刻訛作「霓」字；「任」，訛作「住」字，《詞律》曰連上句讀，繆甚，今並從本集改正。此詞無別首可以叅校。

玉堂春　六十一字　晏殊

斗城池館韻(二)月(風)和煙暖叶繡戶珠簾句日影初長換平玉轡金鞍句繚繞沙隄路句幾處行人映綠楊叶平　小檻(朱)欄回倚句千花濃露香叶平脆管清絃句欲奏新翻曲句依約林間坐夕陽叶平

「玉轡」下，與後「脆管」下同，此調晏有三首可校。

破陣子　六十二字　十拍子　晏殊

元高栻詞注正宮。

燕子來時新社句梨花落後清明韻池上碧苔三四點句葉底黃鸝一兩聲叶日長飛絮輕叶　巧笑東鄰女伴句采桑徑裏逢迎叶疑怪昨宵春夢好句元是今朝鬭草贏叶笑從雙臉生叶

前後同。

贊成功　六十二字　毛文錫

海棠未坼句萬點深紅韻香苞緘結一重重叶似含羞態句邀勒春風叶蜂來蝶去句任遶芳叢叶　昨夜微雨句飄洒庭中叶忽聞聲滴井邊桐叶美人驚起句坐聽晨鐘叶快教折取句戴玉瓏璁叶

前後同，兩結是上一下三句法，無別作可校。

漁家傲　六十二字　周邦彥

此調始自晏殊，因詞有「神仙一曲漁家傲」句，取以為名。蔣氏《九宮譜目》入中呂引子。

灰輭香融銷永晝韻蒲萄架上春藤秀叶曲角闌干群雀鬬叶清明後叶風梳萬縷亭前

柳叶　日照釵梁光欲溜叶循階竹粉沾衣袖叶拂拂面紅新着酒叶沉吟久叶昨宵正是來時候叶

前後同。周紫芝于前後第四句，即疊上三字云「兒輩雌黄堪一笑，堪一笑」云云。此偶然弄巧之筆，注明不必另列。

又一體　六十二字　　杜安世

踈雨纔收淡淨天韻微雲綻處月嬋娟叶寒鴈一聲人正遠換叶仄添幽怨叶仄那堪往事思量徧叶仄　誰道綢繆兩意堅叶平水萍風絮不相緣叶平舞鑑鸞腸虛寸斷叶仄芳容變叶仄好將憔悴教伊見叶仄

此調用平仄通叶為異。按：杜詞又一首，前起作「每到春來長如病」，第五句「奈向後期全無定」，後第三句「天賦多情翻成恨」，俱拗，兹注明不錄，塡者只遵此一首可也。

添字漁家傲　六十六字　　蔡伸

煙鏁池塘秋欲暮韻細細荷香句直到雙棲處叶竝枕東窓聽夜雨叶偎金縷叶雲深不見來時

路叶　曉色朦朧人去住叶香覆重簾句寂寂聞私語叶目斷征帆歸別浦叶空凝竚叶苔痕綠映金蓮步叶

此見《友古集》。前後段第二句，各添兩字，攤破作兩句，故名。其調近《蝶戀花》，特前後第五句多三字，為不同爾。

定風波　六十二字　定風波令　歐陽炯

暖日閒窗映碧紗韻小池春水浸晴霞叶數樹海棠紅欲盡換仄爭忍叶仄玉閨深掩過年華叶平　獨凭繡牀方寸亂三換仄腸斷叶三仄淚珠穿破臉邊花叶平鄰舍女郎相借問四換仄音信叶四仄教人羞道未還家叶平

平一韻，仄三韻，此調正格，以後蔡、蘇、李、京諸作，皆變體也。孫光憲一首，後結作「向花枝、誇說月中枝」，添一字，作八字折腰句，又一躰也。李珣後段第四句作「更飲一盃紅霞酒」，「霞」字平殸，宋元人無如此填者，但附注以備參攷。

又一體　六十二字　蘇軾

好睡慵開莫厭遲韻自憐冰臉不時宜叶偶作小紅桃杏色句閒雅句尚餘孤瘦雪霜姿叶　休把

閒心隨物態句何事句酒生微暈沁瑤肌叶詩老不知梅格在句吟詠句更看綠葉與青枝叶

仄句俱不換韻，宋詞中只此一首。

又一體　六十二字　蔡伸

一曲離歌酒一鍾韻可憐分袂太匆匆叶百計留君留不住換仄君去叶仄滿川煙暝滿帆風叶平　目斷魂消人不見三換仄但見叶三仄青山隱隱水浮空叶平擬把一襟相憶淚句試向雲牋句密寫付飛鴻叶平

此亦歐詞躰，唯後結攤破句法，不押仄殼短為異，有李珣一首可校。「試向」句，李珣作「不知淚痕」，可平可仄據此。

又一體　六十字　李泳

點點行人趁落暉韻搖搖煙艇出漁磯叶一路水香流不斷換仄零亂叶仄春潮綠浸野薔薇叶平　南去北來愁幾許句登臨懷古欲沾衣叶平試問越王歌舞地三換仄佳麗叶三仄只今唯有鷓鴣飛叶平

此亦歐詞躰，但換頭下減去仄聲短韻兩字，異。曹冠一首同此，但前起云「萬个琊玕篩日影」，「影」字仄，不起韻，又異。

又一體 六十二字　京鏜

何必穿針上綵樓韻剖瓜插竹訴閒愁叶聞道天孫相會處句銀漢無津句不待泛蘭舟叶　動是隔年尋素約句何似豆每逢清景且嬉遊叶但得舉杯開口笑句對月臨風句總勝鵲橋秋叶

此詞不間入仄韻，前後結各攤破，作四字一句、五字一句，異。「何似」二字，即連下句如襯字法，亦一格也。按：京又一首同此，唯「何似」句作「騎氣乘風，也作等閑游」，又小異，不拘。陳允平「慵拂粧臺嬾畫眉」詞，正與此同，但後段第二句，減去「何似」二字，正作七字一句，又一躰也，注明不另列。

定風波慢 一百字　或無慢字　柳永

《樂章集》注林鐘商。

自春來豆㊀慘綠愁紅句㊀芳心是事㊀可可韻日上花梢句鶯穿柳帶句㊀猶壓香衾臥叶暖酥銷句㊀膩

(雲)鬟叶(終)日厭厭倦梳裹叶無那叶恨(薄)(情)(一)去句音書(無)箇叶　早知恁般麼叶悔當初豆不把雕鞍鎖叶向鷄窓豆只與蠻牋象管句拘束教吟和叶鎮相隨句(莫)(抛)躲叶(針)線閒拈伴(伊)坐叶和我叶免(使)(少)(年)句光陰虛過叶

「香衾」下，與後「拘束」下同，只「免使」句，比前少一「恨」字。「吟和」一作「吟詠」，悮。

此詞可平可仄，即從張翥、《梅苑》詞叅校。

又一體　九十九字　張翥

自注商角調。

恨行雲豆特地高寒句牢籠好夢不定韻婉娩年華句淒涼客況句泥酒渾成病叶畫闌深句碧牕靜叶一樹瑤花可憐影叶低映叶怕明月照見句青禽相竝叶　素衾正冷叶又寒香豆枕上薰愁醒叶甚銀牀霜凍句山童未起句誰汲墻陰井叶玉笙殘句錦書迥叶應是多情道薄倖叶爭肯叶等閒孤負句西湖春興叶

此與柳詞仝，唯換頭句減一字，第三句五字，第四句四字，異。

又一體　一百一字　無名氏

漏新春豆消息前村句數枝楚梅輕綻韻正雪艷精神句氷膚淡竚句姑射依稀見叶冷香凝句金蕊淺叶青女饒伊妬無限叶堪羨叶似壽陽妝閣句初勻粉面叶　纖條綠染叶異群葩豆不侶和風扇叶向深冬豆免使游蜂舞蝶句撩撥春心亂叶水亭邊句山驛畔叶立馬行人暗腸斷叶吟戀叶又忍隨羌管句飄零千片叶

此亦柳詞躰，唯前段第三句、後段第十句，各添一襯字，換頭句亦減一字，異。

又一體　一百五字　柳　永

《樂章集》注夾鐘商。

竚立長隄句淡蕩晚風起韻驟雨歇豆極目蕭踈句塞柳萬株句掩映箭波千里叶走舟車向此句人人奔名競利叶念蕩子豆終日驅馳句爭覺鄉關轉迢遞叶　何意叶綉閣輕抛句錦字難逢句等閒度歲叶奈泛泛旅迹句厭厭病緒叶近來諳盡句宦游滋味叶此情懷豆總寫香牋句憑誰與寄叶筭孟光豆爭得知我句斷日添顦顇叶

此詞不押短韻，與「自春來」詞句豆不同，宮調各異，故不參校。前段第六句「此」字應是偶合。後段第六句「緒」字是借叶。前段第四句，《詞律》脫「塞」字，今從本集增定。

蘇幕遮　六十二字　鬌雲鬆令　　周邦彥

培按：《蘇幕遮》，本唐教坊曲名。張說有《蘇摩遮》五首，云：「摩遮本出海西胡，琉璃寶服紫髯鬍。聞道皇恩遍宇宙，來將歌舞助歡娛。」「绣裝帕額寶花冠，夷歌騎舞借人看。自能激水成陰氣，不慮今年寒不寒。」餘大畧相同。由此觀之，則《蘇幕遮》益舞曲也。又按：唐呂元濟上書，言「比見坊邑，相率為渾脫隊，駿馬胡服，名曰《蘇幕遮》。」宋詞蓋取舊曲，另翻新聲爾。金詞注般涉調。

鬌雲鬆句眉葉聚韻(一)闋離歌句(不)為行人駐叶(檀)板(停)時君看取叶(數)尺鮫綃句(半)是梨花雨叶　鷺飛遙句天尺五叶(鳳)閣鸞坡句(看)即飛騰去叶(今)夜(長)亭臨別處叶(斷)梗(飛)雲句盡是傷情緒叶

前後同。

明月逐人來　六十二字　　李持正

《能改齋漫錄》云：「李持正自撰譜。曰詞有『皓月隨人近遠』句，故名。」

星河明澹韻春來深淺叶紅蓮正豆滿城開徧叶禁街行樂句暗塵香拂面叶皓月隨人近遠叶　天半鼇山句光動鳳樓西觀叶東風靜豆珠簾不捲叶玉輦待歸句雲外聞絃管叶認得宮花影轉叶

「紅蓮」下，與後「東風」下同。此詞有張元幹一首可參校。

別怨　六十三字　趙長卿

驕馬頻嘶韻曉霜濃豆寒色侵衣叶鳳帷私語處句翻成離怨不勝悲叶更與丁寧囑後期叶　素約諧心事句重來了豆比看相思叶如何見得句明年春事濃時叶穩乘金騕褭句來爛醉豆玉東西叶

紅友云：「『別怨』二字，恐係詞題，非調名。然他無作者，莫可攷證。」培按：意此調始于此詞，蓋即以詞題為曲牌名也。

殢人嬌　六十八字　蘇軾

滿院桃花句盡是劉郎未見韻於中更豆一枝纖軟叶仙家日月句笑人間春晚叶濃

睡起豆驚飛亂紅千片叶　密意難窺句羞容易見叶平白地豆為伊腸斷叶問君終日句怎安排心眼叶須信道豆司空自來見慣叶

按：楊无咎「露下天高」詞，全與此同，唯前結云「念八景園中，畫誰能盡」；後結云「卻待約重圓，後期難問」，俱作五字一句、四字一句，小異，可不拘。王庭珪「小院桃苍」詞，換頭云「花若有情應不薄」，校此減一字，作七字一句，異，餘同。張智宗「多少胭脂」詞，於前段第二句減去二字，但作四字句云「勻成點就」，餘同，皆變格也。

又一體　六十四字　毛滂

雲做屏風句花為行帳韻屏帳裏豆見春模樣叶小晴未了句輕陰一餉叶酒到處豆恰如把春拈上叶　官柳黃輕句河堤綠漲叶花多處豆少停蘭槳叶雪邊花際句平蕪疊嶂叶這一段豆淒涼為誰悵望叶

此與蘇詞同，唯前段苐二句減二字，前後段第五句各減一字，異。有向子諲、李清詞可校。

黃鐘樂 六十四字 魏承班

唐教坊曲名。

池塘煙煖草萋萋韻惆悵閒宵含恨句愁坐思堪迷叶遙想玉人情事遠句音容渾似隔桃溪叶偏記同懽秋月低叶簾外論心花畔句和醉暗相携叶何事春來君不見句夢魂長在錦江西叶

前後同，只後起平仄異。此調宋元人無塡者，無可參校。

輥繡毬 六十五字 趙長卿

流水奏鳴琴句風月淨豆天無星斗韻翠嵐堆裏句蒼巘深處句滿林霜膩句暗香凍了句那禁頻嗅叶 馬上再三回首叶因記省豆去年時候叶十分全似句那人風韻句柔腰弄影句冰腮退粉句做成消瘦叶

換頭多一字，叶，異。「風月」下，前後同。《詞律》脫「粉」字，從《詞緯》增入。

待香金童 六十四字 無名氏

按《天寶遺事》：「王元寶常于牀前，雕矮童二人，捧七寶博山爐，自暝焚香徹曉，調名取此。」金詞注黄鐘宮，又注黄鐘調。

寶臺蒙繡句瑞獸高三尺韻玉殿無風煙自直叶迤邐傍懷盈綺席叶苒苒菲菲句斷處凝碧叶　是龍涎鳳髓句惱人情意極叶想韓壽豆風流應暗識叶去似彩雲無處覓叶惟有多情句袖中留得叶

右見《樂府雅詞》。培按：金詞注黄鐘宮者，正與此同，惟換頭仍作四字一句、五字一句，為小異。

又一體　六十四字　蔡伸

寶馬行春句緩轡隨油壁韻念一瞬豆韶光堪重惜叶還是去年同醉日叶客裏情懷句倍添悽惻叶　記南城錦徑句名園曾徧歷叶更柳下豆人家如織叶此際憑欄愁脉脉叶滿目江山句暮雲空碧叶

此較「寶薹蒙繡」詞，前段第三句添一字，後段第三句減一字，異。

又一體　六十四字　無名氏

喜葉葉地句手把懷兒摸韻甚恰限豆出題廝撞着叶內臣過得不住脚叶忙裏只是句看來斑

剝叶　這一身冷汗句都如雲霧薄叶比此年時勢頭惡叶待撿又還猛相度叶只恐根柢句有人掃着叶

培按：宋呂滎義《上庠録》云：「政和元年，尚書蔡嶷為知舉，尤嚴挾書之禁。是時有街市詞曰《侍香金童》，方盛行。舉人臼其詞只改十五字，作《懷挾詞》云云。」此詞與蔡作同，唯前起平仄不同，「忙裹」句、「只恐」句，平仄亦異，「比此年時」句，不折腰，採以備體。

又一體　六十五字　趙長卿

一種春光句占斷東君惜韻算穠李豆昭華爭並得叶粉膩酥融嬌欲滴叶端的尊前句舊曾相識叶　向夜闌酒醒句霜濃寒又力叶但只與豆氷姿添夜色叶繡幙銀屏人寂寂叶秖許劉郎句暗傳消息叶

此詞前後第三句皆八字，異。培按：金詞注黃鐘調者，照此填，唯換頭仍作四字一句、五字一句，為異。

握金釵　六十四字　戞金釵　　呂渭老

(風)日困花枝句晴蜂自相趁韻晚來紅淺香盡叶(整)頓腰肢暈殘粉叶絃上語句夢中人句天外信叶　(青)杏已成雙句新樽薦櫻筝叶為誰(一)和銷損叶(數)着歸期又(不)穩叶春去也句怎當他句清晝永叶

前後仝，有呂別作可校。《詞律》謂：「詞中所用四箇仄平仄處，俱是去平上，聖求他作俱同，不可擅改。」培按：「自相趁」三字，便是去平去，安浔謂去平上乎？紅友此等處，幾于高叟之為詩矣。填者但于「自」、「暈」、「薦」、「和」四字，用去聲可也。

又一體　六十四字　　無名氏

梅蘂破春寒句春來何太早韻輕傳粉豆向人先笑叶比並年時較些少叶愁底事句十分清瘦了叶　影靜野塘空句香寒霜月曉叶風韻減豆酒醒花老叶可煞多情要人道叶踈竹外句一枝斜更好叶

此校呂詞，唯前後段第三句，各添一字，作七字折腰句法。第六、七句，俱減一字，作五字一句，異。其平仄不取叅校。

醉春風　六十四字　　趙德仁

《太平樂府》、《中原音韻》俱入中呂類。《太和正音譜》注中呂宮，亦入正宮，又入雙調。

蔣氏《十三調》注中呂調。

陌上清明近韻行人難借問叶風流何處不歸來句悶叶悶疊悶疊囬鴈峰前句戲魚波上句試尋芳信叶　夜永蘭膏燼叶春睡何曾穩叶枕邊珠淚幾時乾句恨叶恨疊恨疊惟有窓前句過來明月句照人方寸叶

「悶」、「恨」二字，三疊，前後同。此詞只有趙鼎一首可校。若王實甫、馬東籬輩，於前後段第三句，俱叶平韻，畢竟是曲，故不附錄。

緱山月　六十四字　　梁寅

蔣氏《九宮譜目》入正宮引子。

急雨響嵓阿韻陰晴暗薜蘿叶山中春去更寒多叶縱柴門不閉句花滿徑句蒼苔潤句少人過叶　蘭舟曾記蘭汀宿句牽恨是煙波叶而今林下和樵歌叶看風風雨雨句從造物句時時變句揔心和叶

前後同，只換頭多二字。按：《九宮譜》所載元人詞，前後段第三句，校此詞各多一字；第五、六、七句，作四字兩句；換頭作六字句，句豆小異。但宋人無塡此者，故不取參校。

獻衷心 六十四字 歐陽炯

見好⃝花顔⃝色句爭笑東風韻雙臉上句晚粧同叶閉小樓深閣句春景重重叶三五⃝夜句偏有恨句月明中叶 情未已句信曾通叶滿衣猶自染檀紅叶恨不⃝如雙燕句飛舞簾櫳叶春欲⃝暮句殘絮盡句柳條空叶

「閉小樓」下，前後同。可平可仄，即叅後顧詞。

又一體 六十九字 顧敻

繡鴛鴦枕暖句畫孔雀屏低韻人悄悄句月明時叶想昔年懽笑句恨今日分離叶銀釭背句銅漏永句阻佳期叶 小爐煙細句虛閣簾垂叶幾多心事句暗地思惟叶被嬌娥牽役句魂夢如凝叶金閨裏句山枕上句始應知叶

前段次句、第四句，各五字。後起四句皆四字，與前詞異。培按：此調兩首内，凡五字句，例作上一下四句法，勿混填。

麥秀兩岐　六十四字

和　凝

唐教坊曲名。《碧鷄漫志》云：「屬黄鐘宫」。

涼簟鋪斑竹韻鴛枕並紅玉叶臉蓮紅句眉柳綠叶胷雪宜新浴叶淡黄衫子裁春縠叶異香芬馥叶　羞道交回燭叶未慣雙雙宿叶樹連枝句魚比目叶掌上腰如束叶嬌饒不禁人拳跼叶黛眉微蹙叶

前後仝。「不禁」，坊刻悮作「不争」，今從《花間》定本改正。

喝火令　六十五字

黄庭堅

見晚情如舊句交踈分已深韻舞時歌處動人心叶煙水數年魂夢句無處可追尋叶　昨夜燈前見句重題漢上襟叶便愁雲雨也難禁叶曉也星稀句曉也月西沉叶曉也鴈行低度句不會寄芳音叶

後段若準前段，則第四句應作「星月雁行低度」，今疊用三「曉也」字，攤作三句，當是躰例宜然，填者須遵之。「魂夢」，或刻「夢魂」，誤。

芭蕉雨　六十五字　程垓

雨過涼生藕葉韻晚庭消盡暑豆渾無熱叶枕簟不勝香滑叶爭奈寶帳情生句金尊意愜叶　玉人何處夢蜨叶思一見氷雪叶須寫個帖兒豆丁寧說叶試問道豆肯來麼句今夜小院無人句重樓有月叶

只此一首，無可參校。

淡黃柳　六十五字　姜夔

石帚自度曲，注正平調近。

㊀城曉角句吹入垂楊陌韻馬上單衣寒惻惻叶看盡鵞黃㊀綠句都是江南舊相識叶　正岑寂叶明朝又寒食叶㊀㊀酒豆小喬宅叶怕梨花豆落盡成秋色叶燕燕飛來句問春何在句惟有池塘自碧叶

張炎「楚腰一捻」詞，全與此同，唯前段第四句叶韻，微異。張詞後段第四句「奈如今已入東風睫」，第五句「望斷章臺」，本與姜詞同，坊刻落去「奈」字，訛「睫」為「眼」，「望」字上增一「空」字，遂至參差，且少一韻，列為又一體。培據陶南邨本正其譌，削去之。王沂孫一首，「梨花」句不叶韻，亦係訛誤。「小喬」之「喬」，諸本作「橋」，非是。培按：白石客合肥賦此詞，皖城漢屬合肥，今潛山猶有喬公故宅，後人因二喬建秀英亭。詞蓋借懷古以致其室家之思，故涵畜有味。今惟陶南村手書本子作「喬」字，俗刻之譌，一字天淵。

詞絜卷十終

詞棨卷十一

歙西方成培仰松輯
同學潘應椿訪泉校

行香子　六十六字　晁補之

《中原音韻》、《太平樂府》俱注雙調，蔣氏《九宮譜目》入中呂引子。

前歲栽桃句今歲成蹊韻更黃鸝豆久住相知叶微行清露句細履斜暉叶對林中侶句閒中我句醉中誰叶

何妨到老句常閒常醉句任功名豆生事俱非叶衰顏難强句拙語多遲叶但醉同行句月同坐句影同歸叶

此調以晁、蘇、蔣、韓為正體，而韓躰填者頗少。按：此五首，字句悉同，所異者在前後段起二句，或押韻，或不押韻耳。若杜之添字、減字，趙詞之減字，李詞之添字，皆變格也。蘇軾「攜手江村」詞，悉與晁此詞同，只前段第一句「村」字即起韻，為小異。培按：王銑一首同此，惟前段第三句作「幾田驚覺日初長」，不折腰，小異。

又一體　六十六字　　黃　昇

寒意方濃韻暖信纔通叶是晴陽豆暗拆花封叶冰霜作骨句玉雪為容叶看體清癯句香淡濘句影朦朧叶　孤城小驛句斷角殘鐘叶又無邊豆散與春風叶芳心一點句幽恨千重叶任雪霏霏句雲漠漠句月溶溶叶

此與晁詞同，唯前段第一句、後段第二句，俱押韵，異。

又一體　六十六字　　蔣　捷

紅了櫻桃韻綠了芭蕉叶送春歸豆客尚蓬飄叶昨宵穀水句今夜蘭皋叶奈雲溶溶句風淡淡句雨瀟瀟叶　銀字笙調叶心字香燒叶料芳踪豆乍整還凋叶待將春恨句都付春潮叶過窈娘隄句秋娘渡句泰娘橋叶

此較晁詞，唯前段第一句，後段第一、二句，俱押韻，為小異。宋元作者，多宗此體也。

又一躰　六十六字　　韓　玉

一剪梅花句一見銷魂韻況溪橋豆雪裏前村叶香傳細蘂句春透靈根叶更水清泠句雲黯淡句月

黃昏叶　幽過溪蘭叶清勝山礬叶對東風豆獨立無言叶霜寒塞壘句風靜譙門叶聽角聲愁句笛聲怨句恨難論叶

此校晁詞，唯後段第一、二句押韻，異。

又一躰　六十八字　杜安世

黃金葉細句碧玉枝纖韻初暖日豆當乍晴天叶向武昌溪畔句於彭澤門前叶陶潛影句張緒態句兩相牽叶　數株隄面句幾樹橋邊叶嫩垂條豆絮蕩輕綿叶繫長江舴艋句拂深院秋千叶寒食下句半和雨句半和煙叶

此亦晁詞躰，唯前後段第四、五句，各添一字；第六句，各減一字。句中平仄，亦與諸家小異。

又一體　六十四字　趙長卿

驕馬花驄韻柳陌經從叶小春天豆十里和風叶箇人家住句曲巷墻東叶好軒牕句好體面句好儀容叶　燭灺歌慵叶斜月朦朧叶夜新寒豆斗帳香濃叶夢囬畫角句雲雨匆匆叶

恨相逢句恨分散句恨情鍾叶

此與蔣詞同，惟前後段第六句，各減一字，異。

又一體　六十九字　李易安

草際鳴蛩韻驚落梧桐叶正人間豆天上愁濃叶雲階月地句關鎖千重叶縱浮槎來句浮槎去句不相逢叶　星橋鵲駕句經年纔見句想離情豆別恨難窮叶牽牛織女句莫是離中叶甚一霎兒晴句一霎兒雨句一霎兒風叶

此與蘇詞同，唯後結三句，各增一字，異，亦襯字法也。

行香子慢　九十六字　無名氏

瑞景光融韻煥中天霽煙句佳氣葱葱叶皇居崇壯麗句金碧輝空叶彤霄外豆瑤殿深處句簾捲花影重重叶迎步輦豆幾簇真仙句賀慶壽新宮叶　方逢叶聖主飛龍叶正休盛大寧句朝野歡同叶何妨宴賞句奉宸意慈容叶韶音按豆霞觴將進句蕙爐飄馥香濃叶長願承顏句千秋萬歲句明月清風叶

見《高麗史・樂志》，無別首可校。

解佩令　六十六字　晏幾道

玉階秋感句年華暗去韻掩深宮豆團扇無緒叶記得當時句自剪下豆機中輕素叶點丹青豆畫成秦女叶　涼襟猶在句朱絃未改句忍霜紈豆飄零何處叶自古悲涼句是情事豆輕如雲雨叶倚么絃豆恨長難訴叶

前後同。「團扇」句，汲古本悞多一「情」字，今據《花草粹編》訂正。

又一躰　六十六字　史達祖

人行花塢韻衣沾香霧叶有新詞豆逢春分付叶屢欲傳情句奈燕子豆不曾飛去叶倚珠簾豆詠郎秀句叶　相思一度叶濃愁一度叶最難忘豆遮燈私語叶澹月梨花句借夢來豆花邊廊廡叶指春衫豆淚曾濺處叶

此與晏詞同，唯前段第一句，後段第一、二句，俱押韻，異。王庭珪一首，前起句不叶，餘同。許沖元一首，前後起皆不叶，餘同。蔣捷「春晴也好」詞正與此同，唯前段第五句作「繡出花枝紅裊」，校減一字，又一體也，或云是落一字，注明不另列。

垂絲釣　六十六字　　吳文英

《中原音韻》注商角調，《太平樂府》注商調。

聽風聽雨句春殘花落門掩韻乍倚玉欄句旋剪天艷叶攜醉靨叶放遡溪游纜叶波光掩叶映燭花黯澹叶　碎霞澄水句吳宮初試菱鑑叶舊情頓減叶孤負深杯灩叶衣露天香染叶通夜飲句問漏移幾點叶

首句周邦彥即起韻。按：陳允平和清真韻，前段第三、四句作「凭欄看花柳，蜂粘絮」，五字一句、三字一句。第六句「寶箏閒玉柱」，結句「武陵溪上路」，後段結句「舊夢還記否」，俱不作上一下四句法。楊无咎「燕將鶵侶」詞，前段第三句五字，第四句三字，與陳同，又一體也。「夜飲」句，當叶，諸家皆押韵，此疑是悮。或點第四句「旋剪天艷」四字為兩韻，引周邦彥詞「看舞風絮」，趙彥端詞「夜粉堪認」為證，但攷方、陳和詞，皆不押韻，似不必另作一體。

又一體　六十七字　袁去華

江楓秋老韻曉來紅葉如掃叶暮雨生寒句正北風低草叶賓鴻早叶亂半川殘照叶傷懷抱叶記西園飲處句微雲弄月句梅花人面爭好叶路長信杳叶度日房櫳悄叶還是黃昏到叶歸夢少叶夢歸易覺叶

此亦吳詞體，唯前段第四句多一字，及分段為異。後段起句，照吳詞應作前段結句，因不用韵，故不照吳詞分段。

錦纏道　六十六字　錦纏頭　宋祁

江衍詞注黃鐘宮。

燕子呢喃句景色乍長春晝韻覩園林豆萬花如繡叶海棠經雨胭脂透叶柳展宮眉句翠拂行人首叶　向郊原踏青句恣歌攜手叶醉醺醺豆尚尋芳酒叶問牧童豆遙指孤村道句杏花深處句那裏人家有叶

《全芳備祖》無名氏詞，正與此同，可校，只「花深」句作「是那人口裏」，校多一仄字領起，亦襯字例也。

又一體　六十六字　錦纏絆　　　江　衍

屈曲新隄句占斷滿林佳氣韻畫簷兩行邊雲際叶亂山疊翠水廻環句岍邊樓閣句金碧遙相倚叶　栁陰低映句穠艷花光洵美叶好昇平豆為誰初起叶大都風物不由人句舊時荒壘句今日香煙地叶

此詞前段第三句不折腰，第四句不叶，換頭處照前段作四字一句、六字一句，第四句減一字，作七字一句，異。

獻金盃　六十六字　獻金杯　　　賀　鑄

風輭香遲句花深漏短韻可憐宵豆畫堂春半叶碧紗牕影句卷帳蠟燈紅句鴛枕畔叶宻寫乌絲一段叶　拾翠沙空句采蘋溪晚叶儘愁倚豆夢雲飛觀叶木蘭艇子句幾日渡江來句心目斷叶桃葉青山隔岸叶

前後同，無他作可較。

玉梅令　六十六字　　　姜　夔

白石自序云：「石湖家自製此聲，未有語實之，命余作，屬高平調。」

踈踈雪片韻散入溪南苑叶春寒鎖豆舊家亭館叶有玉梅幾樹句背立怨東風句高花未吐句暗香已遠叶　公來領客句梅花能勸叶花長好豆願公更健叶便揉春為酒句剪雪作新詩句拚一日豆繞花千轉叶

秖此一首，無可叅校。《詞緯》云：「坊本誤多『高』字。後段第二句『梅下花能勸』悮落『下』字。」培按：陶南邨手鈔白石全藁有「高」字，無「下」字，旁註有譜，決無譌繆。蓋前後起結，參差不齊，所謂過變也。以此知《詞緯》所增改，畧無攷證，多出臆斷，往往不足信矣。「更」字，《詞律》云「當作『長』字」，更為拘繆。

謝池春　六十六字　賣花聲　風中柳　玉蓮花

陸游

賀監湖邊句初繫放翁歸棹韻小園林豆時時醉倒叶春眠驚起句聽啼鶯催曉叶歎功名豆悮人堪笑叶　朱橋翠徑句不許京塵飛到叶挂朝衣豆東歸欠早叶連宵風雨句捲殘紅如掃叶恨尊前豆送春人老叶

前後同，只後起平仄異。換頭平平仄仄，各家同，惟孫夫人作「利鎖名韁」，平仄反，不可從。孫夫人「銷減芳容」詞，正與此同。《詞律》另列《風中柳》一調，非是。

又一躰　六十四字　　劉　𡊮

我本漁樵句不是白駒空谷韻對西山豆悠然自足叶北窓踈竹叶南牕蘜菊叶愛村居豆數間茅屋叶　風煙草屨句滿意一川平緑叶問前溪豆今朝酒熟叶幽泉歌曲叶清泉琴筑叶欲歸來豆故人留宿叶

此與陸詞仝，唯前後段第四句俱叶，第五句各減一字，為異。

又一躰　六十四字　　無名氏

愛髩雲長句惜眉山翠韻昨相見豆一時眠起叶為伊尚未欲句將言相戲叶早尊前豆會人深意叶　霎時間阻句眼兒早豆巴巴地叶便也鮮豆封題相寄叶怎生是欵曲句終成連理叶管勝如豆舊來識底叶

見《高麗史·樂志》，句讀校陸詞異。

謝池春慢　九十字　　張　先

《古今詞話》云：「張先玉仙觀道中逢謝媚卿作，蓋慢詞也，與六十六字《謝池春令》詞不同。」

繚⃝牆重院句時聞有豆流鶯到韻繡⃝被掩餘寒句畫⃝閣明新曉叶朱⃝檻連空濶句飛⃝絮無多少叶逕莎平句池水渺叶日長風靜句花影閑相照叶　塵香拂馬句逢謝女豆城南道叶秀豔過⃝施粉⃝句多⃝媚生輕笑叶鬬色鮮衣薄句碾⃝玉雙蟬小叶懽難⃝偶句春過了叶琵⃝琶流⃝怨句都入相思調叶

前後同，有李之儀詞可校。《詞綜》刻此詞「流鶯」句只五字，誤。

青玉案　六十七字　西湖路　賀鑄

《中原音韻》注雙調，《太和正音譜》注高平調，蔣氏《九宮譜目》入中呂引子。

凌⃝波不⃝過橫塘路韻但目⃝送豆芳塵去叶錦⃝瑟年⃝華誰與度叶月⃝樓花⃝院句綺⃝窗朱⃝戶叶唯⃝有春知處叶　碧⃝雲冉⃝冉蘅皐暮叶彩⃝筆空題斷腸句叶試⃝問閑⃝愁知幾許叶一⃝川煙⃝草句滿⃝城風⃝絮叶梅⃝子黃時雨叶

此調以此詞為正格。「斷腸」句拗，定格。「知幾許」，楊无咎、石孝友作平平仄，不必從。

又一體 六十七字 吳文英

東風客鴈溪邊道韻帶春去豆隨春到叶認得踏青香徑小叶傷高懷遠句亂雲深處句目斷湖山杳叶　梅花似惜行人老叶不忍輕飛送殘照叶一曲秦娥春態少叶幽香誰採句舊寒猶在句歸夢啼鶯曉叶

此與賀詞同，唯前後第五句不押韻，異。此格作者最多。前段第二句，李清照作「莫便匆匆歸去」，不折腰，諸家無之，不可從。

又一躰 六十七字 張榘

西風亂葉溪橋樹韻秋在黃花羞澀處叶滿袖塵埃推不去叶馬蹄濃露句雞聲淡月句寂歷荒村路叶　身名多被儒冠誤叶十載重來慢如許叶且盡尊公莫舞叶六朝舊事句一江流水句萬感天涯暮叶

此前段第二句用七字者，有惜香、片玉、金谷、惠洪諸詞可校。

又一體 六十八字 曹組

碧山錦樹明秋霽韻路轉陡豆疑無地叶忽有人家臨曲水叶竹籬茅舍句酒旗沙岸句一簇漁樵

市叶　凄涼只恐鄉心起叶鳳樓遠豆囬頭慢凝睇叶何處今宵孤館裏叶一殸征鴈句半窗明月句揔是離人淚叶

此後段第二句用八字者，有陳瓘、李彌遠、曹勛諸詞可校。李詞與此同，唯「酒旗」句作「雨濕孤村」，「半窗」句作「分付眉尖」，平仄小異，想不拘。曹詞兩首，亦與此同，唯前後第三句「趁得梅花先春到」、「正怕和風都開了」，俱作拗句為異。

又一躰　六十六字　史達祖

蕙花老盡離騷句韻綠染遍豆江頭樹叶日午酒消聽驟雨叶青榆錢小句碧苔錢古叶難買東君住叶　官荷不礙遺鞭路叶被芳草豆將愁去叶多定紅樓簾影暮叶蘭燈初上句夜香初駐叶猶自聽鸚鵡叶

此與賀詞仝，唯後段第二句減一字，作六字折腰句，為異。沈端節「使君標韻如徐庾」詞，與此同，唯前後第五句不押韻，又一躰也。元顧阿瑛一首，正與沈同，只換頭句作「紅入桃腮青入萼」，不可從。

又一體　六十六字

張　炎

萬紅梅裏幽深處韻甚杖屨豆來何暮叶艸帶湘香穿水樹叶塵留不住叶雲留却住叶壺内藏今古叶　獨清懶入終南去叶有忙事豆脩花譜叶騎省不湏重作賦叶園中成趣叶琴中得趣叶酒醒聽風雨叶

此亦史詞體，唯後段第四句皆叶韻，為異。「住」、「趣」二字疊押，此係偶筆，非定格也，填者不必太拘。

又一體　六十六字

趙長卿

恍如遼鶴歸華表韻閲盡人間巧叶天乞一堂山對遶叶微波不動句岸巾時照叶照見星星好叶　舞風荷盖從欹倒叶碧樹生涼自天杪叶誰識元龍胸次浩叶騎鯨欲去句引杯獨嘯叶醉眼青天小叶

此與賀詞同，唯前段第二句用五字，異。培按：「閲盡」句五字，他家無之，恐或是脱落，雖列於此，不必從也。

又一體　六十九字　胡銓

宜霜開盡秋光老韻感動節物愁多少叶塵世難逢開口笑叶滿林風雨句一江煙水句颭爽驚吹帽叶　玉堂金馬何須到叶且鬬取豆尊前玉山倒叶燕寢香清官事了叶紫萸黄菊句皂羅紅袂句花與人俱好叶

此與曹詞同，唯前段第二句添一字，作七字句，異。

又一體　六十八字　毛滂

今宵月好來同看韻月未落豆人還散叶把手留連簾兒畔叶含羞和恨轉嬌盼叶任花映豆春風面叶　相思不用寬金釧叶也不用豆多情似玉燕叶問取嬋娟學長遠叶不必清光夜夜見叶但莫負豆團圓願叶

此詞句讀，與諸家異，有毛別作可校。

又一體　六十八字　趙長卿

梅黄又見纖纖雨韻客裏情懷兩眉聚叶何處煙村啼杜宇叶勸人歸去早思家句轉聽得豆殷聲

苦叶　利名縈絆何時住叶惱亂愁腸成萬縷叶滿眼興亡知幾許叶不如尋箇句老松石畔句作個柴門戶叶

此詞句讀參差，校毛詞又異，亦變調也，采之以備一體。

聲聲令　六十字　勝勝令　俞克成

簾移碎影句香褪衣襟韻舊家庭院嫩苔侵叶東風過盡句暮雲鎖句綠窗深叶怕對人豆閑枕剩衾叶　樓底輕陰叶春信斷豆怯登臨叶斷腸䰟夢兩沉沉叶花飛水遠句便從今豆莫追尋叶又怎禁豆驀地上心叶

「舊家」下，與後「斷腸」下同。此調有曹勛詞一首可校，換頭句曹不叶，微異。「今」字偶合，曹亦不叶。《詞律》云「『枕地』二字，必用去聲」，是讀「枕」作職任切，以首據物也。若「衾枕」之「枕」，係上聲，大抵以去聲為善。此詞與曹作皆用閉口韻，疑音律所寓，惜無可考。

聲聲慢　九十九字　勝勝慢　周密

瓊壺敲月句白髮簪花句十年一夢揚州韻恨入琵琶句小憐重見灣頭叶尊前漫題

金縷句奈芳情豆已逐東流叶還送遠句甚長安亂葉句都是閒愁叶　次第重陽近也句看黃花綠酒句只合遲留叶脆柳無情句不堪重繫行舟叶百年正消幾別句對西風豆休賦登樓叶怎去得句怕悽涼時節句團扇悲秋叶

晁補之「朱門深掩」詞，與此同，唯前後第四、五句，于「憐」字、「堪」字點斷，作六字一句、四字一句，小異。「看黃花」句，《琹趣》作「別後縱青青」，是上二下三句法，與各家異，恐是「縱別後青青」之訛。

又一躰　九十七字　賀鑄

園林幙翠句燕寢凝香韻華池繚繞飛廊叶坐按吳娃清麗句楚調圓長叶歌闌橫流美盼句乍疑生豆綺席輝光叶文園屬意句玉巵交勸句寶瑟高張叶　南薰難消幽恨句金徽上豆殷勤綵鳳求凰叶便許卷收行雨句不戀高唐叶東山勝遊在眼句待紉蘭豆擷菊相將叶雙棲安穩句五雲溪句是故鄉叶

此與周詞同，唯前結作四字三句，後結作四字一句、三字兩句，異。曹組「重檐飛峻」詞正與此同，可叅校。

又一躰　九十七字　曹勛

素商吹景句西真賦巧句桂子秋借蟾光韻層層翠葆句深隱幽艷清香叶占得秀巘分種句天教薇露染嬌黃叶珎庭曉句透肌破鼻句細細芬芳叶　應是月中倒影句喜餘葉婆娑句灝色迎涼叶移根上苑句雅稱曲檻迴廊叶趂取蘂珠宻綴句與收花霧著宮裳叶簾櫳靜句好圍四坐句對賞瑤觴叶

此亦周詞躰，唯前後段第七句不折腰，第八句减一字，異。

又一體　九十七字　吳文英

雲深山隖句煙冷江皋句人生未易相逢韻一笑燈前句釵行兩兩芙蓉叶清芳夜爭真態句引生香豆撩亂東風叶探花手句與安排金屋句懊惱司空叶　憔悴欹翹委佩句恨玉奴銷瘦句飛趁輕鴻叶試問知心句尊前誰最情濃叶連呼紫雲伴醉句小丁香豆纔吐微紅叶還解語句待攜歸豆行雨夢中叶

此詞只後結校周詞異。換頭句，草窗「粧額黃輕」詞，作「三十六宮秋色好」，校此多一字，餘並同，又一躰也。然培疑「好」字是羡文。過變第二、第三句，夢窗詞云「掩庭花長是，鶯落秦謳」，五字一句、四字一句，本與此詞同，乃或者于「花」字讀斷，將「長是」連下讀，另列為一格，不必。後結，王沂孫作「如鴈歸欸」，「歸」字平，不必從。

又一體 九十六字 石孝友

花前月下句好景良辰句厮守日許多時韻正美之間句何事便有輕離叶無端珠淚暗蔌句染征衫豆點點紅滋叶最苦是句殷勤密約句做就相思叶　咿啞櫓聲離岍句魂斷處豆高城隱隱天涯叶萬水千山句一去定失花期叶東君鬬來無賴句散春紅豆點破梅枝叶病成也句到而今豆着箇甚醫叶

此與夢窓「雲深山隝」詞同，唯前段第八句減一字，小異。元好問「林間鷄犬」一首同此，可校，唯「魂斷」句，作「被朝吟暮醉，慣得蹉跎」，仍照吴詞作五字一句、四字一句，小異。

又一體 九十七字 高觀國

壺天不⃝夜句寶⃝炬生香句光⃝風蕩⃝搖⃝金⃝碧韻月⃝灎水⃝痕句花⃝外峭⃝寒無力叶歌⃝傳翠簾盡⃝捲

句悞驚田豆瑤臺仙跡叶禁漏促句拚千金一刻句未酬佳夕叶　捲地香塵不斷句寂得意豆輸他五陵狂客叶楚柳吳梅句無限眼邊春色叶鮫綃暗中寄與句待重尋豆行雲消息叶乍醉醒句怕南樓豆吹斷曉笛叶

此用仄韻，其句讀則與吳詞同。換頭句，陳藏一叶韻。張翥「西風墜綠」詞，前後起皆叶。李易安「尋尋覓覓」詞，亦前後起叶韻，唯前結「正傷心，卻是舊時相識」，作三字一句、九字一句，又異，餘並同，不另列。

又一體　九十九字

趙長卿

金風玉露句綠橘黃橙句商秋爽氣飄逸韻南斗騰光句應是間生賢出叶照人紫芝眉宇句更仙風豆誰能儔匹叶細屈指句到小春時候句恰則三日叶　莫論早年富貴句也休問文章句有如椽筆叶堯舜逢君句啟沃宆知多術叶而今且張錦幄句麝煤泛豆暖香欝欝叶華堂裏句聽瑤琴輕弄句水傳新律叶

此與高詞同，唯後結添兩字，與前結同，為異。

又一躰 九十五字 何夢桂

人間六月韻好是王母瑤池句吹下氷雪叶一片清涼句仙界蘂珠宮闕叶金猊水沉未冷句看瑤階豆九開蓂莢叶尚記得句那年時豆手種蟠桃千葉 庭下阿兄癡絕叶爭戲舞豆綠袍環玦叶笑捧金巵句滿砌蘭芽初茁叶七十古來稀有句且高歌豆萬事休説叶天未老句尚看他豆兒輩事業叶

此詞前段第二句六字，第三句四字，後段苐二、三句減二字，異。培按：《聲殼慢》以平韻為正躰，觀張玉田集中凡十一闋，皆用平韵，可知也。其押仄韻者，宋元人多用入聲韻，葢入可代平，罕有用去、上二韵者，填者不可不知也。

酷想思 六十六字 程垓

月挂霜林寒欲墜韻正門外豆催人起叶奈離別豆如今真箇是叶欲往也豆留無計叶欲去也豆來無計叶 馬上離情衣上淚叶各自箇豆供憔悴叶問江路豆梅花開也未叶春到也豆須頻寄叶人到也豆須頻寄叶

前後仝，兩結疊韻，只此一首，無可校。

慶春澤　六十六字　張先

飛閣危橋相倚韻人獨立東風句滿衣輕絮叶還記憶江南句如今天氣叶正白蘋花句遶堤漲流水叶　寒梅落盡誰寄叶方(春)意無窮句(青)空千里叶愁艸樹依依句關城初閉叶對月黃(昏)句(角)聲傍煙起叶

此詞有張別首可校。「正」、「漲」、「對」、「傍」四字，皆用去聲，次作亦然。「對月黃昏」，乃上一下三句法，勿悮。「愁草樹」兩句，張別首作「殷宛轉，疑隨煙香悠颺」，三字一句、六字一句，畧異，曰餘同，故不録。

又一體　九十八字　無名氏

曉風嚴句正蕭然兔園句薄霧微罩韻梅漸弄白句聳危苞勻小叶胭脂半點瓊瑰勝句望江南豆信息何杳叶縱壽陽妍姿句學就新粧句暗香須少叶　香艷滿寒梢句更遊蜂舞蝶句渾無飛繞叶天賦品格句借東皇施巧叶孤根占得春前俊句笑雪霜豆漫欺容貌叶況此花高強句終待和羹句肯饒芳草叶

調見《梅苑》，亦名《慶春澤》，葢慢詞也。「正蕭然」下，前後同，但無可較。

鳳凰閣　六十八字　數花風　　張　炎

(好)游人老句(秋)鬢蘆花共色韻(征)衣(猶)戀(去)年客叶(古)道依然(黃)葉叶(誰)(家)蕭瑟叶自(笑)我豆如何是得叶　(酒)樓仍在句(流)落天涯醉白叶(孤)城寒樹(美)人隔叶煙水此(程)應遠句(須)尋梅驛叶又(漸)數豆花風第一叶

前後同。培按：詞中「共」、「醉」、「是」、「第」四字，俱用去殸，各家皆仝，宜整嚴可法，填者宜遵之。

又一體　六十七字　　葉清臣

遍園林綠暗句渾如翠幄韻下無一片是花萼叶可恨狂風橫雨句忒煞情薄叶盡底把豆韶華送却叶　楊花無奈句是處穿簾透幙叶豈知人意正消索叶春去也豆這般愁句沒處安着叶怎奈向豆黃昏院落叶

此校張詞，唯前段起句添一字領起，第二句減二字，後段第四句作六字折腰句法，為異。

又一體　六十七字　　趙師俠

正薰風初扇句黃梅暑溽韻竝搖雙槳去程速叶那更黃流浩淼句白浪如屋叶動歸思豆離愁萬

斛叶　平生奇觀句頗快江山寓目叶日斜雲定晚風熟叶白鷺飛來句點破一川明綠叶展十幅豆瀟湘畫軸叶

此與葉詞同，唯後段第四句四字，第五句六字，異。培按：「白鷺」句作六字，「一川」句作四字，於義亦通妥。

夢行雲　六十七字　六么花十八　吴文英

夢窗自注：「一名《六么花十八》。」按：《碧雞漫志》云：「六么曲内一疊，名花十八，前後一十八拍。」

簟波皺纖縠韻朝炊熟叶眠未足叶青奴細膩句未拚真珠斛叶素蓮幽怨風前影句搔頭斜墜玉叶　畫欄枕水句垂楊梳雨句青絲亂句如乍沐叶嬌笙微韻句晚蟬亂秋曲叶翠陰明月勝花夜句那愁春去速叶

「朝炊」下，與後「青絲」下同，只「熟」字叶，小異。若照後「亂」字，則是偶合，不必押韻。然只此一首，無他作可證。

看花回　六十八字　柳　永

按：琴曲有《看花回》，取以為名。《樂章集》注大石調，《中原音韻》注越調。

玉戚金階舞舜干韻朝野多歡叶九衢三市風光麗句正萬家豆急管繁絃叶鳳樓臨綺陌句佳氣非煙叶　雅俗熙熙物態妍叶忍負芳年叶笑筵歌席連昏晝句在旗亭豆斗酒十千叶賞心何處好句惟有樽前叶

此詞有柳別首可校。「旗亭」句，別首作「難忘酒琖花枝」，必是落一字，故不另列。前段第四句，汲古本脫「正」字，悞。

又一體　一百一字　黃庭堅

夜永蘭堂句醺飲半倚頹玉韻爛漫墜鈿墮履句是醉時風景句花暗殘燭叶歡意未闌句舞燕歌珠成斷續叶催茗飲豆旋煮寒泉句露井瓶竇響飛瀑叶　纖指緩豆連環動觸叶漸泛起豆滿甌銀粟叶香引春風在手句似閩嶺越溪句初採盈掬叶暗想當時句探春連雲尋篁竹叶怎歸得豆鬢將老句付與杯中綠叶

此詞有周邦彥、蔡伸、趙彥端諸作可校。宋人填此調者，唯前段第一、二句，前後段第

六、七句，句讀畧異，餘並同。

又一躰　一百一字　周邦彦

蕙風初散輕暖句霽景澄潔韻秀蕋乍開乍斂句帶雨態煙痕句春思紆結叶危絃弄響句來去驚人鶯語滑叶無賴處句麗日樓臺句亂絲岐路摠奇絕叶　何計觧豆黏花繫月叶歎冷落豆頓辜佳節叶猶有當時氣味句挂一縷相思句不斷如髪叶雲飛帝國句人在雲邊心暗折叶語東風豆共流轉句漫作匆匆別叶

此與黄詞仝，唯前叚起句六字，第二句四字，異。此調唯周、蔡二詞，句讀整齊，音韻諧婉，可以為法。若黄詞之平仄獨異，趙詞之添字，皆變格也。前起周又作「秀色芳容明眸」，句拗，疑有誤。

又一體　一百一字　蔡伸

夜久凉生庭院句漏聲頻促韻念昔勝遊舊地句對畫閣層巒句雨餘煙簇韻新詩暗藏小字句霜刀刊翠竹叶攜素手句細繞迴塘句芰荷香裏彩鴛宿叶　別後想豆香消膩玉叶帶

圍減豆削寬金粟叶雖有鱗鴻錦素句奈事與心違句佳期難卜叶擬鮮愁腸萬結句惟憑尊酒綠叶望天涯豆斷魂處句醉拍欄杆曲叶

此與周詞同，唯前後段第六句六字，第七句五字，異。

又一體　一百三字　趙彥端

愛日韻報踈梅動意句春前呼得叶畫棟曉開壽域叶度百和溫馨句霜華無力叶斑衣翠袖人面句年秊照酒色叶環四座豆璧月瓊枝句恍然江縣疑鄉國叶　聞道拊豆東巖舊迹叶又殊勝豆謝家清逸叶知與桃花笑了句乏何似青鳥句層城消息叶他年妙高峯上句優曇會當折叶擁輕軒豆未妨游戲句看取朱輪十叶

此詞前後段第六、七句，與蔡詞仝，唯前起添一字，破作兩句，又藏一短韻，第三句又多押一韻，後段第八句又添一字，為異。

又一躰　一百四字　趙彥端

注目韻正江湖浩蕩句煙雲離屬叶美人衣蘭佩玉叶澹秋水凝神句陽春翻曲叶烹鮮坐嘯句清淨

五千言自足叶橫劍氣豆南斗光中句浩氣一醉引雙鹿叶　田鴈未歸書未續叶夢草處豆舊芳重綠叶誰想瀟湘歲晚句為喚起長風句吹飛黃鵠叶功名異時句圯上家傳謝寵辱叶待封留豆拜公堂下句願授我豆長生籙叶

此與「愛日」一首仝，唯前後段第六、七句，仍照周詞填，又換頭不折腰，後結添一字作折腰句法，異。後結「願」字，據《花草粹編》增入。

又一體　一百四字

趙彥端

端有恨豆留春無計句花飛何速韻檻外青青翠竹叶鎮高節凌雲句清陰常足叶春寒風袂句帶雨穿牕如利鏃叶催處處豆燕巧鶯慵句幾殼鉤輈叫雲木叶　看波面豆垂楊蘸綠叶寂好是豆風流煙沐叶陰重重簾未捲句正泛乳新芽句香飄清馥叶新詩惠我句開卷醒然欣再讀叶歎詞章豆過人華麗句擲地勝如金玉叶

此與「注目」詞同，唯前段第一句添一字，不起韻，第二句四字，換頭句折腰，後結不折腰，為異。「輈」字平，「我」字仄，亦異。　紅友云：「此調『何速』用平仄，『翠竹』用去仄，『常足』用平仄，『利鏃』用去仄，『雲木』用平仄，『蘸綠』用去仄，『煙沐』用平仄，『未捲』

用去仄，『清馥』用平仄，『再讀』用去仄，『金玉』用平仄，相間用之，此是詞眼，不可不知。宋人諸作，無不皆然。」培嘗謂《詞律》廓清之功，比于武事，如此等辨論處，不得不服其心細如髮也。夫《水龍吟》么前三字宜用仄，發于白仁甫。《滿江紅》「無心撲」，「心」字當用去，詳于姜堯章。入可代平，亦見于《樂府指迷》，非紅友臆說也。乃《詞潔》極詆其論，謂近人有以四聲論詞，適見其淺陋，則吾不知其說矣。

三奠子 六十七字 王惲

按：崔令欽《教坊記》有《奠壁子》小曲，此或因奠酒、奠聲、奠壁為三奠，取以名詞也。

悵神光奕奕(句)天上良宵(韻)花露濕(句)翠釵翹(叶)風回鸞扇影(句)愁滿紫雲軺(叶)恨相望(句)雖一水(句)隔三橋(叶)

朱絃寂寂(句)心思迢迢(叶)人未老(句)鬢先凋(叶)翻騰驚世故(句)機巧到鮫綃(叶)涼夜永(句)簫聲咽(句)篆煙飄(叶)

前起校換頭多一字，餘同。調見元好問《錦機集》，可校。

兩同心 六十八字 柳永

《樂章集》注大石調。

竚立東風句斷魂南國韻花光媚豆春醉瓊樓句蟾彩迥豆夜遊香陌叶憶當時句酒戀花迷句役損詞客叶　別有眼長腰搦叶痛憐深惜叶鴛衾冷豆夕雨淒淒句錦書斷豆暮雲凝碧叶想別來句好景良時句也應相憶叶

換頭比前多兩字，押韻，餘同。按：楊无咎「秋水明眸」詞，同此，唯「憶當時」句作「芳心發」，「想別來」句作「相思切」，皆押韻，為異。楊又一首，與「秋水明眸」詞同，唯前起云「行看不足，坐看不足」，起句用韻，第二句疊，此是偶筆，非另格也。楊「涼生秋早」詞，前段起句即用韻，特前後第五句不叶，與柳詞同，又一格也。

又一體　六十八字　晏幾道

楚鄉春晚句似入仙源韻拾翠處豆閑尋流水句踏青路豆暗惹香塵叶心心在句柳外青簾句花下朱門叶　對景且醉芳尊叶莫話消魂叶好意思豆曾同明月句惡滋味寂豆寂是黃昏叶相思處句一紙紅箋句無限啼痕叶

句讀與柳詞仝，秖用平韻為異。黃山谷「一笑千金」詞，前段第一句起韻，又一躰也，曰餘同，不錄。

又一體 七十二字 杜安世

巍巍劍外句寒霜覆林枝韻望衰栭豆尚色依依叶暮天靜豆雁陣高飛叶入碧雲際句江山秋色句遣客心悲叶　蜀道崤嶮行遲叶瞻京都迢遞換仄叶聽巴峽豆數殸猿啼叶平惟獨自豆未有歸計叶仄慢空悵望句每每無言句獨對斜暉叶

此校晏詞，前後第二句、第五句，各多一字，第三句各多押一韻。「遞」字、「計」字，又以仄叶平，為異。此又一平仄兩叶之躰也，只此一首，無他詞可校。

詞架卷十一終

詞槩卷十二

歙西方成培仰松輯
同學潘應椿訪泉校

鈿帶長中腔　六十七字　万俟詠

鈿帶長韻簇真香叶似風前豆拆麝囊叶嫩紫輕紅句間鬭異芳叶風流富貴句自覺蘭蕙荒叶獨占藥珠春光　繡結流蘇密緻句寬夢悠揚叶氣融液豆散滿洞房叶朝寒料峭句殢嬌不易當叶着意要待韓郎叶

《花草粹編》載此詞，刪去起句「鈿帶長」三字，大繆，今從本集校正之，無他別作可校平仄。

拾翠羽　六十八字　張孝祥

春入園林句花信總隨遲速韻聽鳴禽豆稍遷喬木叶夭桃弄色句海棠芬馥叶風雨霽句芳徑艸心

頻綠叶　褉事纔過句相次禁煙追逐叶想千年豆楚人遺俗叶青旗沽酒句各家炊熟叶良夜遊句明月勝燒花燭叶

調見《于湖集》，前後同，無他作可校。

且坐令　七十字　韓玉

閒院落韻悞了清明約叶杏花雨過胭脂綽叶緊了秋千索叶鬭草人歸句朱門悄掩句梨花寂寞叶　書萬紙豆恨憑誰託叶纔封了豆又揉卻叶寃家何處貪歡樂叶引得我豆心兒惡叶怎生全不思量着叶那人人情薄叶

秖此一首，無可叅校。

月上海棠　七十字　玉関遥　陸游

金詞注雙調。

蘭房繡戶厭厭病韻歎春醒豆和悶甚時醒叶燕子空歸句幾曾傳豆玉關音信叶傷心處句獨展團窠瑞錦叶　薰籠消歇沉煙冷叶淚痕深豆展轉看花影叶漫擁餘香句怎禁

他豆峭寒孤枕叶西窗曉句幾聲銀缾玉井叶

前後同。「甚」字、「看」字，去聲，各家同。段克己「小樓舞徹」詞同此，唯前後第三句，各添一字，「燕子」句作「舉首望江南」，「漫擁」句作「纖手折黃花」，為異。金詞俱照此首填。

又一體　七十字　段成巳

酒杯何似浮名好韻一入枯腸太山小叶喚醒夢中身句趨鳩數殼春曉叶昂頭處句幾點青山屋杪叶　人生得計魚游沼叶視過眼豆光陰向來少叶須卜一枝安句笑月底豆驚烏三繞叶無窮事句畢竟何時是了叶

前後第三句，校前詞各多一字，「枯腸」句減一字，異。培按：「枯腸」句或有脫字，亦未可知。

月上海棠慢　九十一字　或無「慢」字　姜夔

自注夾鐘商。

紅粧艷色句照浣花溪影句絕代殊麗韻弄輕風搖蕩句滿林羅綺叶自然富貴天姿句都不比豆等閒桃李叶簾櫳靜句悄悄月上句正貪春睡叶　長記叶初開日句逞妖艷豆如與人面爭媚叶遇韶光一瞬句便成流水叶對此自歎浮華句惜芳菲豆易成憔悴叶留無計叶惟有花邊盡醉叶

此白石自度腔，無別首可校。培按：此詞本集不載，筆意凡近，殆非堯章之作也。

又一躰　九十一字　陳允平

遊絲弄晚句卷簾⃝開看句燕重來⃝時候韻正秋⃝千⃝亭榭句錦窠春透叶夢回褪浴華清句凝溫泉豆絳綃微皺叶芳陰底句人立⃝東風句露華如晝叶　宜酒叶啼香淚薄句醉⃝玉⃝痕深⃝句與⃝春⃝同瘦叶想當年金⃝谷句步帷初繡叶彩雲影裏⃝徘徊句嬌無語⃝豆夜寒歸後叶鶯窗曉句花間得攜素手叶

此亦姜詞躰，唯前段第二句四字，第三句五字，後段第二、三句皆四字，第九句押韻，為異，有曹勛詞可校。

惜黃花　七十字　史達祖

金詞注仙呂調。

涵秋寒渚韻染霜丹樹叶尚依稀句是來時豆夢中行路叶時節正思家句遠道仍懷古叶更對着豆滿城風雨叶　黃花無數叶碧雲欲暮叶美人兮句美人兮豆未知何處叶獨自捲簾櫳句誰為開尊俎叶恨不得豆御風歸去句

前後仝，有許沖元詞可校。《詞律》載或說，謂「稀」、「時」、「兮」是換韻，非是。

又一體　七十字　許沖元

鴈聲晚斷韻寒宵雲卷叶正一枝開句風前看句月下見叶花占千苍上句香笑千香淺叶化工與豆最先裁剪叶　誰把瑤林句閒抛江岸叶恁素英濃句芳心細句意何恨叶不恨宮妝色句不怨吹羌管叶恨天遠豆恨春來晚叶

此校史詞，唯過變不叶，前後段第三句四字，第五句三字，異。後起，《花草粹編》作「誰把瑤林秀」，多一「秀」字，悮，今據《梅苑》刪去之。

惜黃花慢　一百八字　楊无咎

霽空如水韻襯落木墜紅句遥山堆翠叶獨立閑階句數聲蟬度風前句幾點鴈橫雲際叶已涼天

氣未寒時句問好處豆一年誰記叶笑聲裏叶摘得半釵句金蕋來至叶　横斜為挿烏紗句更揉碎泛入句金樽瓊蟻叶滿酌霞觴句願教人壽百年句可奈此時情味叶牛山何必獨沾衣句對佳節豆唯應歡醉叶看睡起叶曉婕也愁花悴叶

只換頭多二字，後結少二字，餘同。趙以夫一首，前段第二句「堪愛處、老圃寒花幽野」，後段第二句「記往昔、獨自徘徊籬下」，皆作九字一句，上三下六句法；「獨立閑階」句作「照眼如畫」，「滿酌霞觴」句作「采采盈把」，皆押韻，又一格也。已餘同，故不錄。

又一體　一百八字　吳文英

送客吳皐韻正試霜夜冷句楓落長橋叶望天不盡句背城漸杳句離亭黯黯句恨水迢迢叶翠香零落紅衣老句暮愁鏁豆殘柳眉梢叶念瘦腰叶沈郎舊日句曾繫蘭橈叶　仙人鳳咽瓊簫叶悵斷魂送遠句九辨難招叶醉鬟留盼句小窗剪燭句歌雲載恨句飛上銀霄叶素秋不解隨塵去句敗紅趁豆一葉寒濤叶夢翠翹叶怨紅料過南譙叶

用平韻，中間句讀亦小異，此詞夢窗有兩首可校。

佳人醉　七十一字　柳　永

《樂章集》注雙調。

暮景蕭蕭雨霽韻雲淡天高風細叶正月華如水叶金波銀漢句瀲灎無際叶冷浸書帷句夢斷卻豆披衣重起叶　臨軒砌叶素光遥指叶因念素娥句杳隔音塵何處句相望同千里叶儘凝睇叶厭厭無寐叶漸曉雕欄獨倚叶

汲古本落「杳」、「隔」二字，從《花艸粹編》增入，無别首可校。

千秋歲　七十一字　千秋節　謝　逸

《宋史・樂志》：「歇指調。」金詞注中吕調。

㊀楝花㊀飄砌韻㊀簌簌清香細叶㊀梅㊀雨過句蘋風起叶㊀情隨湘水遠句㊀夢繞吴峯翠叶琴㊀書倦句㊀鷓鴣㊀喚起南窗睡叶　㊀密意無人寄叶㊀幽恨憑誰洗叶㊀修㊀竹畔句疎簾裏叶㊀歌餘塵拂扇句㊀舞罷風掀袂叶人㊀散後句㊀一鉤㊀淡月天如水叶

只换頭比前多一字，餘同。「琹書」句、「人散」句，周紫芝叶。石孝友于「梅雨」句、「脩竹」句，皆叶。葉夢得「雨殺蕭瑟」詞，與周仝，只前段第一句不起韻，又異。姑溪一首與周同，兩起俱不叶。

又一體　七十二字　李之儀

柔腸寸折韻鮮袂留清血叶藍橋動是經年別叶掩門春絮亂句欹枕秋蛩咽叶檀篆滅叶鴛衾半擁空牀月叶　粧鏡分來缺叶塵污菱花潔叶嘶騎遠句鳴機歇叶密封書錦字句巧綰香囊結叶芳信絕叶東風半落梅梢雪叶

前段第三句七字，異。此調大畧前兩起，有前叶後不叶者，《梅苑》是也；有前後段第六句俱叶者，此首是也；有前第六句叶，而後第六句不叶者；有後第六句叶，而前第六句不叶者，隨意可耳。

千秋歲引　八十二字　千秋歲令　千秌萬歲　王安石

別館寒砧句孤城畫角韻一派秋聲入寥廓叶東歸燕從海上去句南來鴈向沙頭落叶楚臺風句庾樓月句宛如昨叶　無奈被些名利縛叶無奈被他情擔擱叶可惜風流揔閑卻叶當初漫留華表語句而今悞我秦樓約叶夢闌時句酒醒後句思量着叶

此即《千秋歲》詞，減字添字，攤破句法，自成一躰。校《千秋歲》前段第一、二句，各減一字，後段第一、二句各添二字，第三句添一字，前段第四、五句各添兩字，結句各減一字，攤破作三字兩句。句讀雖不同，其源寔出于《千秋歲》也。

又一體　八十四字　　李　冠

杏花好句子細君須辨韻比早梅深豆夭桃淺叶把鮫綃豆淡拂鮮紅色句蠟融紫萼重重現叶煙外悄句風中笑句香滿院叶　欲綻全開俱可羨叶粹美妖嬈無處選叶除卿卿是尋常見叶倚天香豆艷治輕朱粉句分明洗出臙脂面叶追往事句遶芳榭句千千遍叶

此即王詞躰，唯前起三字，第二句五字，第三句折腰，前後段第四句，各添一襯字，作八字折腰句，異。

又一體　八十五字　　無名氏

想風流態句種種般般媚韻恨別離時太容易叶香箋欲寫相思意叶相思淚滴香牋字叶畫堂深句銀燭暗句重門閉叶　似當日豆歡娛何日遂叶願早早豆相逢重設誓叶美景良辰莫輕棄叶鴛

鴦帳裏鴛鴦被叶鴛鴦枕上鴛鴦睡叶似恁地叶長恁地叶千秋歲叶

見《高麗史・樂志》。此校王詞，前段第二句添一字，後段第一、二句，各添一襯字，作折腰句，前後段第四句，各多押一韻，後段第六、七句，多押一韻，疊韻，為異。

又一體　八十七字　無名氏

詞賦偉人句當代一英傑韻信獨步儒林豆蟾宮客叶名登雁塔正青春句更不歷豆郡縣徒勞力叶即趨朝句典文衡句居花掖叶得儁詞科推第一叶便掌絲綸天上尺叶見說慶生辰豆當此日叶翠蓂三四葉方新句況朱明豆正屬清和節叶行作个句黑頭公句專調燮叶

右見《翰墨全書》。此校王詞，唯前段第二句添一字，前後段第三句、第五句各多一襯字，為異。

西施　七十一字　柳永

《樂章集》注仙呂調。

柳街燈市好花多韻盡讓美瓊娥叶萬嬌千媚句的的在層波叶取次梳粧句自有天然態句愛淺

畫雙蛾叶　斷腸冣是金閨客句空憐愛韻奈伊何叶洞房咫尺句無計枉朝珂叶有意憐才句每遇行雲處句幸時恁相過叶

換頭兩句，與前段異。「愛」、字「幸」字，皆讀斷。

又一體　七十三字　柳永

苧羅妖豔世難儕韻善媚悅君懷叶後庭恃愛寵句盡使絕嫌猜叶正恁朝歡暮宴句情未足句早江上兵來叶　捧心調態軍前死句羅綺旋豆變塵埃叶至今想怨魄句無主尚徘徊叶夜亱姑蘇城外句當時月句但空照荒臺叶

與前詞仝，唯前後段第三句，各添一字，第五句各六字，第六句俱三字，為小異。

惜奴嬌　七十一字　晁補之

高拭詞注雙調。

詞閬瓊筵句暗失金貂侶韻說衷腸豆丁寧囑付叶棹舉帆開句黯行色豆烋將暮叶欲去叶待卻回豆高城已暮叶　漁火煙村句但觸目豆傷離緒叶此情向豆阿誰分訴叶那裏思量句爭

知我豆思量苦叶最苦叶睡不着豆西風夜雨叶

前後同，只後段第二句多一字，異。

又一躰　七十二字　史達祖

香剝酥痕句自昨夜豆春愁醒韻高情寄豆冰橋雪嶺叶試約黃昏句便不悞豆黃昏信叶人靜叶倩嬌娥豆留連秀影叶　吟鬢簪香句已斷了豆多情病叶年年待豆將春管領叶鏤月描雲句不枉了豆閒心性叶慢聽叶誰敢把豆紅顏比竝叶

此即晁詞躰，唯前段第二句六字，異。紅友曰此詞疑晁作有落字，非也，觀後無名氏「莫如勝槩」一首，則自有此躰可知。

又一躰　七十二字　石孝友

我已多情句更撞着豆多情底你韻把一心豆十分向你叶儘他們句劣心腸豆偏有你叶共你叶撇了人豆只為箇你叶　宿世寃家句百忙裡豆方知你叶沒前程豆阿誰似你叶壞却才名句到如今豆都因你叶是你叶我也沒豆星兒恨你叶

前段第二句七字，折腰，第四句比後段少一字，或是脱落。

又一體　七十三字

石孝友

合下相逢句算鬼話豆須沾惹韻閒深裏豆做場話霸叶負我看承句枉駝我豆許多時價叶冤家換平叶你教我豆如何割捨叶仄　苦苦孜孜句獨自個豆空嗟呀叶仄硬心腸豆捉他不下叶仄你試思量句諒徯前豆説風話叶仄冤家叶平休宜待豆教人咒罵叶仄

前段第五句多一字，「冤家」二字，換平叶，異。

又一體　七十一字

無名氏

莫如勝槩句景壓天街際韻彩鰲舉豆百仞聳倚叶鳳舞龍驤句滿目紅光寶翠叶動霽色句餘霞映豆散成綺叶　漸灼蘭膏句覆滿青煙罩地叶簇宮商豆擱蕩紛委叶萬姓瞻仰句苒苒雲龍香細叶共稽首句同樂與豆眾方紀叶

此已下三詞，皆見《高麗史·樂志》。宋賜大晟樂中，《惜奴嬌曲破》之一遍也，其源亦出于晁詞，唯前段第五句，後段第二句、第五句不折腰，兩結句攤破不押短韻，餘皆同。

又一體 八十字 無名氏

景雲披靡韻露挹輕寒若水叶盡是游人才美叶陌塵潤豆寶沉遞叶笑指揚鞭句多少高門勝會叶況是叶只有今夕誓無寐叶　盛時凝理叶簫韶可繼叶閬苑金門齊啓叶燭連宵豆寧妨避叶暗塵隨馬句明月逐人無際叶調戲叶相歌穠李未闌已叶

此首音節猶近晁躰，但前後段第二句以下，各添六字一句，後段第二句減二字，前後第三句又各減一字，為異。

又一體 一百二字 無名氏

春早皇都冰泮韻宮沼東風布輕暖叶梅粉飄香句柳帶弄色句瑞靄祥煙凝淺叶正值元宵句行樂同民摠無間叶肆情懷豆何惜相邀句是處裏容欵叶　無算叶仗委東君徧叶有風光豆占五陵閑散叶從把千金句五夜繼賞句並徹春宵遊玩叶借問花燈句金鎖瓊瑰果曾罕叶洞天裏豆一掠蓬瀛句第恐今宵短叶

此詞句讀與晁詞迥別。

三登樂　七十一字　　范成大

按：《漢書·食貨志》：「三考黜陟，餘三年食，進業曰登；再登曰平，餘六年食；三登曰泰平，二十七歲，遺九年食。然後王德流洽，禮樂成焉。」調名取此。

一碧鱗鱗句橫萬里豆天垂吳楚韻四無人豆櫓殸自語叶向浮雲豆西下處句水村煙樹叶何處繫船句暮濤漲浦叶　正江南搖落後句好山無數叶儘乘流豆興來便去叶對青燈豆獨自歎句一生羈旅叶欹枕夢寒句又還夜雨叶

只換頭異，「天垂」下，前後同。調見《石湖詞》，有別作三首可校。「西下處」，「處」字偶合，不必叶。

又一躰　七十二字　　羅子衍

過了元宵句見七葉蓂又飛韻恰今朝豆昂宿降瑞換仄叶初度果生賢句盡道丰姿絕異叶仄翰林人物句雲霄富貴叶仄　自棲鸞展驥叶仄迤邐黄堂句每登要路無留滯叶仄暫歸來豆訪松竹句趣裝行用濟叶仄增崇福祿句壽延千百歲叶仄

見《翰墨全書》。亦名《三登樂》，與范詞迥異，錄以備躰，無別作可校。

簷前鐵　七十一字　無名氏

悄無人句宿雨厭厭句空庭乍歇韻聽簷前豆鐵馬戛叮噹句敲破夢魂殘結叶丁年事句天涯恨句又早在豆心頭咽叶　誰憐我豆綺簾前句鎮日鞖兒雙跌叶今番也豆石人應下千行血叶擬展青天句寫作斷腸文句難盡說叶

見宋楊湜《古今詞話》，無别首可叅校。

甘露歌　七十二字　古祝英臺近　王安石

折得一枝香在手韻人間應未有叶疑是經春雪未消換平今日是何朝叶平　盡日含毫難比興三換仄都無色可竝叶三仄萬里晴天何處來四換平真是屑瓊瑰叶四平　天寒日暮山谷裏五換仄的礫愁成水叶五仄地上漸多枝上稀六換平唯有故人知叶六平

三段同，只末段第一、第二句，平仄微異。《花草粹編》悞分此詞為三首，今從《樂府雅詞》訂正。

玉壺春　七十二字　武漢臣

香嬌淡雅天然格韻蓝嫩幽奇能艶白叶看四季豆永馨香句遠蓬蓽豆豈隣野陌叶唯待客叶不許

游人閒摘叶　玲瓏瑩輭無瑕色叶玉潔氷清有潤澤叶玉壺內豆揷蘭花句壓梅瓣豆壽陽點額叶休撴捽叶莫伴群芳亂折叶

前後同。「華」字偶合，不必押韻。右見《玉壺春》院本，元人詞也，培採之以備骵。

憶帝京　七十二字　黃庭堅

《樂章集》注南呂調。

鳴鳩乳燕春閒暇韻化作綠陰槐夏叶壽竽舞紅裳句睡鴨飄香麝叶醉此洛陽人句佐郡深儒雅叶　況座上豆玉麟金馬叶更莫問豆鶯老花謝叶萬里相依句千金為壽句未厭玉燭傳清夜叶不醉欲言歸句笑殺高陽社叶

「老」字各家俱用平殸，「未厭」句拗，乏格，諸家皆仝。

又一體　七十六字　黃山谷

銀燭生花如紅豆韻占好事豆如今有叶人醉曲屏深句借寶瑟豆輕招手叶一陣白蘋風句故滅燭豆教相就叶　花帶雨豆氷肌香透叶恨啼鳥豆轆轤聲曉叶柳岸微涼吹殘酒叶斷腸人句依舊

鏡中消瘦叶恐那人知後叶鎮把你豆來僝僽叶

前段第二句六字，折腰，第四句及結句各添一字，折腰。後段第三、四、五句，攤破作七字一句、三字一句、六字一句，第六句叶。後結亦添一字，折腰，異。至「曉」字與「透」字叶，蓋遵古韻也。

粉蝶兒　七十二字　毛滂

金詞注中呂調。《太和正音譜》注中呂宮。

雪⃝偏梅花句素⃝光⃝都⃝共⃝奇⃝絕韻到牕前豆認君時節叶下重幃句香⃝篆冷句蘭⃝膏明滅叶夢悠揚句空遶⃝斷雲殘月叶　沈⃝郎⃝帶⃝寬⃝句同⃝心⃝放開⃝重結叶褪羅衣豆楚腰一⃝捻叶正春風句新着摸句花⃝花葉⃝葉叶粉蝶⃝兒句這⃝回⃝共花同活叶

前後仝。蔣捷「啼鳩殼中」詞，後段第五句落一字，非有此躰也。

又一躰　七十二字　曹冠

繞舍清陰句還是暮春天氣韻遍蒼苔豆亂紅堆砌叶問留春不住句春怎知人意叶最關情句雲杪

杜鵑聲碎叶　休怨春歸句四時有花堪醉叶漸紅蓮豆艷粧依水叶次芙蓉巖桂句與菊英梅蕋叶稱開樽句日日殢香偎翠叶

此與毛詞仝，唯前後段第四、五、六句，攤破作五字兩句，異。培按：此詞前後五字兩句，皆作上一下四句法，填者辨之。

粉蝶兒慢　九十七字　周邦彥

宿霧藏春句餘寒帶雨句占得群芳開晚韻艷姿初弄秀句倚東風嬌嬾叶隔葉黃鸝傳好音句喚入深藪中探叶數枝新句比昨朝豆又早紅稀香淺叶　眷戀叶重來倚檻叶當韶華豆未可輕辜雙眼叶賞心隨分樂句有清尊檀板叶每歲嬉游能幾日句莫使一聲歌欠叶忍囙循句一片花飛句又成春減叶

「占得」至「枝新」與後「未可」至「囙循」同。諸本落「姿」字、「一」字，今從本集增定。此詞陳、方、楊諸人，皆無和章，故平仄無可參校。

遶池游　七十二字　無名氏

蔣氏《九宮譜》注雙調曲。

漸春工巧句玉漏花深寒淺韻韶景變句融晴蕙風暖叶都門十二句三五銀蟾光滿叶瑞煙葱蒨叶禁城閬苑叶　棚山雉扇叶絳螭交輝星漢叶神仙藉句梨園奏絃管叶都人游翫叶萬井山呼歡忭叶歲歲天仗句願瞻鳳輦叶

調見《樂府雅詞》。前後同，只後起叶、「都人」句叶，小異。無他作可校。

遶池遊慢　一百四字　韓淲

荷花好處句是紅酣落照句翠靄餘涼韻繞郭從前無此樂句空浮動豆山影林篁叶幾度薰風晚句留望眼豆立盡濠梁叶誰知好事句初移畫舫句特地相將叶　驚起雙飛屬玉句縈小檝衝岈句猶帶生香叶莫問西湖西畔路句但九里豆松下侯王叶且舉觴寄興句看閒人豆來伴吟章叶寸折柄枝句蓬分蓮寔句徒繫柔腸叶

調見《澗泉詞》。「紅酣」下與後「小檝」下同。寔自度腔，無別首可校。

于飛樂　七十二字　鴛鴦怨曲　晏幾道

金詞注高平調，元詞注南呂調。

曉日當簾句睡痕猶占香腮韻輕盈笑倚鸞臺叶暈殘紅句匀宿翠句滿鏡花開叶嬌蟬鬢畔句插一枝豆淡蕊疎梅叶　每到春深句多愁饒恨句粧成懶下香階叶意中人句從別後句縈繫情懷叶良辰好景句相思字豆喚不歸來叶

「輕盈」下與後「粧成」下同，此調有梅溪作可校。

又一體　七十三字　張先

寶奩開句菱鑑淨句一掬清蟾韻新粧臉豆旋學花添叶蜀紅衫句雙繡蝶句裙縷鶼鶼叶尋思前事句小屏風豆仍畫江南叶　怎空教豆草解宜男叶柔桑暗豆又過春蠶叶正陰晴句天氣更句暝色相兼叶幽期消息句曲房西句碎月篩簾叶

前起三句、換頭兩句，校前詞異，餘同。平仄即參晏、毛兩詞。

又一體　七十六字　毛滂

水邊山句雲畔水句新出煙林韻送秋來豆雙檜寒陰叶檜堂寒句香霧碧句簾箔清深叶放衙隱几句誰知共豆雲水無心叶　望西園句飛蓋夜句月到清尊叶為詩翁豆露冷風清叶退

紅裙句去碧袖句花草爭春叶勸翁強飲句莫辜負豆風月留人叶

此校張詞，唯換頭作三字兩句、四字一句，異。培按：金詞注高平調者，正照此填，前後㝡為整齊也。

撼庭竹　七十二字　黃庭堅

嗚咽南樓吹落梅韻聞鴉樹驚飛叶夢中相見不多時叶隔城今夜也應知叶坐久水空碧句山月影沉西叶　買箇宅兒住着伊叶剗不肯相隨叶于今卻被天嗔你換仄叶永落雞羣受鷄欺叶平空恁悪憐惜句風日損花枝叶平

前後同。此詞只有王詵仄韻詞一首，可叅校。後段第五句，汲古悞刻「悪憐伊」，《詞律》曰注「伊」字叶，繆，且並注前段第五句「碧」字作平叶，益繆之繆矣。

又一體　七十二字　王詵

綽略青梅弄春色韻眞豔態堪惜叶經年費盡東君力叶有情先到探春客叶無語泣寒香句時暗度瑤席叶　月下風前空悵望句思攜手同摘叶畫欄倚遍無消息叶佳辰樂事再難

得叶還是夕陽天句空暮雲凝碧叶

此詞用入聲韻，句讀與黄詞同，唯兩結用上一下四句法，為小異。可平可仄，即參黄詞以入可代平故也。

風入松　七十二字　遠山横　趙彥端

《宋史・樂志》注林鐘商。高拭詞注仙呂調，又雙調。蔣氏《十三調》亦注雙調。

傳聞天上有星榆韻歷歷誰居叶淡煙暮擁紅雲暖句春寒乍有還無叶作態似深仍淺句多情要密還疎叶　移尊環坐足相娛叶醉影憑扶叶江南歸到雖憐晚句猶勝不見踟躕叶儘判綠陰青子句憑肩携手如初叶

前後仝。「判」字去聲讀。

又一體　七十四字　周紫芝

禁煙過後落花天韻無奈春寒叶東風不管春歸去句共殘紅豆飛上秋千叶看盡天涯芳草句春愁堆在闌干叶　楚江横斷夕陽邊叶無限青煙叶舊時雲去今何處句山無數豆柳漲平川叶

與問風前回雁句甚時吹過江南叶

前後第四句，七字折腰，異。康與之前段第四句「與誰同撚花枝」，校少一字，應是「誰」字下落一「人」字也。

又一躰 七十六字 吳文英

畫船簾密不藏香韻飛作楚雲狂叶傍懷半捲金爐燼句怕暖消豆春日朝陽叶清馥晴薰殘醉句斷煙無限思量叶 憑闌心事隔垂楊叶樓燕鎖幽粧叶梅花偏惱多情月句慰溪橋豆流水昏黃叶哀曲霜鴻悽斷句夢魂寒蝶悠揚叶

前段第二句五字，異，作者多宗此躰。「孏窟」一首，五字句，前作「曾格外踈狂」，後作「空煙水微茫」，皆用上一下四句法，餘同，又一格也。培按：夢窓「春風吳柳」詞、「一番踈雨」詞，第四句，前段皆六字，後段皆七字。《詞律》謂是脫落，不收此躰，然宋詞往往有襯入一字，而致前後叅差者，則夢牕此兩詞，其為落字，為別格，皆未可知。但在後人，自當從其多而前後整齊者，故注明於此，以資叅校，不別録也。

又一體　七十八字

舒　頔

紗厨過雨晚凉生韻枕簟不勝情叶冰肌玉骨原無汗句香風迥豆深院語流鶯叶翠幌光摇絳蠟句畫堂暖瀉銀瓶叶　玉箏牙板按新聲叶雲髻寶釵横叶銀絲膾細江瑶脆句揚州月豆照我醉吹笙叶舊事十年猶記句壯懷此日堪驚叶

調見《華陽貞素先生集》。前後第四句添一字，作八字折腰句，異。培按：此詞已載《詞綜》，而諸譜皆失收，今采之以備一體。

師師令　七十三字

張　先

香鈿寶珥韻拂菱花如水叶學粧皆道稱時宜句粉色有豆天然春意叶蜀綵衣長勝未起叶縱亂霞垂地叶　都城池苑誇桃李叶問東風何似叶不須迴扇障清歌句唇一點豆小於朱蘂叶正值殘英和月墜叶寄此情千里叶

按：子野為李師師製此曲，故以為調名。

後起換頭，餘同，内五字句，皆用上一下四句法，無别首可校。

郭郎兒近拍　七十三字　柳永

按：《樂府雜錄》：「傀儡子戲，其引歌舞，有郭郎者，善優笑，閭里呼為郭郎，凡戲場必在俳兒之首，調名取此。」《樂章集》注仙呂調。

帝里韻閒居小曲深坊句庭院沈沉朱戶閉叶新霽叶畏景天氣叶薰風簾幙無人句永晝厭厭如度歲叶　愁痒叶枕簟微涼句睡久輾轉慵起叶硯席塵生句新詩小闋句等閒都盡廢叶這些兒豆寂寞情懷句何事新來常恁地叶

《詞律》前起作四字一句，誤，此從各家善譜改正，觀下文「新霽」、「愁痒」皆用二字成句，而知「里」字起韻為長也。無別首可參校。

隔浦蓮近拍　七十三字　隔浦蓮　或只有「近」字　周邦彥

美成為溧水令，即景自度此詞。白香山有《隔浦蓮曲》，取以為名。《樂府解題》云：「屬大石調。」

新篁搖動翠葆韻曲逕通深窈叶夏果收新脆句金丸落句驚飛鳥叶濃靄迷岸草叶蛙聲鬧叶驟雨鳴池沼叶　水亭小叶浮萍破處句簷花簾影顛倒叶綸巾羽扇句困臥北牕清曉叶

屏裏吳山夢自到叶驚覺叶依然身在江表叶

此調作者最多。「金丸」六字，有作三字兩句者，史達祖詞「西風靜，不放冷」，趙聞禮「楊花撲，春雲暖」之類是也；有作六字一句者，陸放翁之「金籠鸚鵡飛起」，趙彥端之「辰參踈影相照」是也。《海野》、《逃禪》，皆有此骵，又一格也。《詞律》謂不可作三字兩句，緣未徧攷宋元諸詞故爾。「鳴蟬鬧」句，可不叶，放翁、夢窗俱有之。彭元遜一首，于「夏果」句叶，「驚覺」句不押韻，又一格，諸家所無。

碧牡丹　七十四字　晏幾道

金詞注中呂調。

翠袖踈紈扇韻涼葉催歸燕叶一夜西風句幾處傷高懷遠叶細菊枝頭句開嫩香還徧叶月痕依舊庭院叶　事何限叶悵望秋意晚叶離人鬢華將換叶靜憶天涯句路比此情還短叶試約鸞箋句傳素期良願叶南雲應有新鴈叶

「一夜」下與後「靜憶」下同，可平可仄，即叅後程詞。

又一體　七十五字　程垓

睡起情無着韻曉雨盡豆春寒弱叶酒琖飄零句幾日頓疎行樂叶試數花枝句問此情何若叶為誰開句為誰落叶　正愁卻叶不是花情薄叶花原笑人消索叶舊觀千紅句至今冷夢難託叶燕麥春句更幾人驚覺叶對花羞句為花悪叶

此與晏詞仝，唯前段次句添一字折腰，兩結各攤破，作三字兩句，異。此詞有張子野、晁无咎作可校。「問此情」、「更幾人」兩句，上一下四，无咎用「紅浪隨鴛履」、「眼亂尊中翠」如五言詩，又一格。

傳言玉女　七十四字　晁沖之

按：《漢武内傳》：「帝閒居承華殿，忽見一女子曰：『我墉宮玉女王子登也，至七月七日，王母暫來。』言訖不知所在，卋所謂傳言玉女也。」調名取此。高拭詞注黃鐘宮。

一夜東風句不見柳梢殘雪韻御樓煙暖句對鼇山綵結叶簫鼓向晚句鳳輦初囬宮闕叶千門燈火句九逵風月叶　繡閣人人句乍嬉游豆困又歇叶豔粧初試句把珠簾半揭叶嬌羞向人句手撚玉梅低說叶相逢長是句上元時節叶

「御樓」下與後「艷粧」下同。「對鰲山」、「把珠簾」兩句，上一下四，句法各家皆同，獨黄機于「鰲山」句作「磔磔敲春晝」，悞，不可從。「乍嬉游」句，曾覿詞「不是少年懷抱」，不作折腰句法，汪元量亦有之，又一躰也。餘並同，不別列。《樂府雅詞》載袁裪一首，于「乍嬉游」句作「御風跨皓鶴」，少一字，培疑必有脱字，不必從之。

枕屏兒　七十四字　　無名氏

江國春來句留得素英肯住韻月籠香句風弄粉句詩人盡許叶酥蕊嫩句檀心小句不禁風雨叶須東君豆與他做主叶　繁杏夭桃句顏色淺深難駐叶奈芳容句全不稱句冰姿伴侶叶水亭邊句山驛畔句一枝風措叶十分似豆那人淡竚叶

調見《梅苑》，前後同，無別首可校。

百媚娘　七十四字　　張　先

旦詞中有「百媚等應天乞與」之句，取為曲名。

珠閣五雲仙子韻未省有誰能似叶百媚等應天乞與句淨飾艷粧俱美叶取次芳華皆可意叶何處

無桃李叶　蜀被錦文鋪水叶不放彩鴛雙戲叶樂事也知存後會句爭奈眼前心裏叶綠皺小池紅疊砌叶花外東風起叶

此子野自度曲，前後仝。「會」字非叶，無可校。按：此調十二句，每句第二字，多用去聲，取其殸之激越也，唯前段第一句「閣」字、第四句「飾」字，入殸；第二句「省」字，上聲耳；至兩結句第二字，尤為緊要，不可悮用，此婁君敬思之言也。培謂惟其每句第二字多用去聲，故於韻脚多押上殸字，此正抑揚之妙，不可不知。此詞十韻中，僅「意」、「戲」、「砌」三字是去殸韻耳。

剔銀燈　七十四字　杜安世

《樂章集》及金詞皆注仙呂調。高拭詞注中呂宮。蔣氏《九宮譜》屬中呂調，名《剔銀燈引》云。

昨夜一場風雨韻催促牡丹歸去叶孫武宮中句石崇樓下句多情怎生為主叶真疑洛浦叶雲水暮豆杳無重數叶　獨倚欄杆凝竚叶香片亂沾塵土叶爭似當初句不曾相見句免恁惱人腸肚叶綠叢無語叶空留得豆寶刀剪處叶

前後同。前段第五句「情」字，宜用仄聲，諸家無用平者，不必從之。

又一體　七十五字　無名氏

小院煙深雨細韻正好厭厭春睡叶驀被金枝句連推繡枕句報道皇都書至叶良人得意叶集英殿豆首扳僊桂叶　斗帳重衾驚起叶斜倚屏山偷喜叶寶髻慵梳句香箋折破句果見中豆高高名第叶秦樓十二叶知他向豆誰家沉醉叶

右見《祈縣舊志》，校杜詞，唯後段第五句添一襯字，作七字折腰句，小異。培按：此詞後有邑人閻繩芳記云：「嘉靖癸丑秋九月，于書院圃中掘一骷髏，藉一瑠枕，枕上書前詞，詞尾題宣和次歲豜寅月吉旦，子東仲美書，更寫匼字花押。為移瘞城東，仍以枕殉。」今玩其風致婉秀，情事如畫，真北宋人佳作也。人多罕閱志書，培惜其淹沒不傳，故詳誌之如此，又見《西江詩話》。

又一體　七十五字　毛滂

簾下風光自足韻春忽到豆席間屏曲叶瑤甕酥融句羽觴蟻鬭句花映酃湖寒綠叶汨羅

愁獨叶又何似豆紅圍翠簇叶　聚散悲歡箭速叶不易一杯相屬叶頻剔銀燈句別聽牙板句尚有龍膏堪續叶羅薰繡馥叶錦瑟畔豆低迷醉玉叶

前段第二句七字折腰，異。柳永、杜安世皆有此體。

又一躰　七十六字　杜安世

好事爭如不遇韻可惜許豆多情相誤叶月下風前句偷期竊會句共把衷腸分付叶尤雲殢雨叶正繾綣豆朝朝暮暮叶　無奈別離情緒叶酒和病豆雙眉長聚叶徃事凄涼句佳音迢遞句似此姻緣誰做叶洞雲深處叶暗回首豆落花飛絮叶

此前後段第二句俱七字者。《中吴紀聞》載范文正公「昨夜囙看蜀志」詞，與此仝，唯前後段第六句，各添一字，作五字句，云「屈指細尋思」，又云「一品與千金」，小異。囙餘同不録，亦無宋詞可校。

又一體　七十八字　衷長吉

古來五子伊誰有韻唐室五王稱首叶竇氏五龍句柳家五馬句東晉室豆陶家五柳叶英名不朽叶

更東漢豆馬良竝秀叶　君今也五男還又叶應是五星孕就叶腹笥五經句身膺五福句指日繼豆五房之後叶箇般非偶叶好與醉叶劉伶五斗叶

此校杜安世「昨夜一場風雨」詞，唯前後段起句及第五句，各添一字，作七字句，為異。

詞榘卷十二終

詞榘卷十三

歙西方成培仰松輯
同學黄占泰魯峰校

隔簾聽　七十五字　柳永

唐教坊曲名。《樂章集》注林鐘商調。

咫尺鳳衾鴛帳句欲去無因到韻蝦鬚窣地重門悄叶認繡履頻移句洞房杳杳叶强語笑叶逞如簧豆再三輕巧叶　梳粧早叶琵琶閒抱叶愛品相思調叶聲聲似把相思告叶但隔簾贏得句斷腸多少叶恁煩惱叶除非是豆共伊知道叶

「欲去」下與後「愛品」下同。《詞律》脱「但」、「是」二字，今從《樂章》原本增入，但無别首可參校。

越溪春　七十五字　歐陽修

三月十三寒食日句春色遍天涯韻越溪閬苑繁華地句傍禁垣豆珠翠煙霞叶紅粉墻頭句秋千影裏句臨水人家叶　歸來晚駐香車叶銀箭透牕紗叶有時三點兩點雨霽句朱門柳細風斜叶沉麝不燒金鴨冷句籠月照梨花叶

此歐公自度腔，無別首可校。後結《詞綜》改「玲瓏月照梨花」，於義為長，但無所攷據，終屬臆斷，故仍從舊本。

長生樂　七十五字　晏殊

閬苑神仙平地見句碧海駕蓬瀛韻洞門相向句倚金鋪微明叶處處天花撩亂句飄散歌聲叶裝真延壽句賜與流霞滿瑤觥叶　紅鸞翠節句紫鳳銀笙叶玉女雙來近彩雲叶隨步朝夕拜三清叶為傳王母金籙句祝千歲長生叶

培按：後段第三句，「近」字當是換仄叶，「彩雲隨步」作一句，「朝夕拜三清」作一句，為勝，然無所攷，姑仍之。

又一體　七十五字　晏殊

玉露金風月正圓韻臺榭早涼天叶畫堂佳會句組繡列芳筵叶洞府星辰龜鶴句福壽來添叶歡聲喜色句同入金爐泛濃煙叶　清歌妙舞句急管繁絃叶榴花滿酌觥舡叶人盡祝豆富貴又長年叶莫教紅日西晚句留着醉神仙叶

「榴花」两句，校前詞異，可平可仄，即以前詞參校。

千年調　七十五字　辛棄疾

卮酒向人時句和氣先傾倒韻最要然然可可句萬事稱好叶滑稽座上句更對鴟夷笑叶寒與熱句揔隨人句甘國老叶　少年使酒句出口人嫌拗叶此箇和合道理句近日方曉叶學人言語句未會十分巧叶看他們句得人憐句秦吉了叶

只後起校前減一字，餘同。此調有辛別首及曹組詞可參校。

又一體　七十七字　相思會　曹組

人無百年人句剛作千年調韻待把門關鐵鑄句鬼見失笑叶多愁早老句惹盡閒煩惱叶我惺也句

枉勞心句慢計較叶　粗衣淡飯句贏取暖和飽叶住箇宅兒句只要不大不小叶常教潔淨句不種閒花草叶據現在句樂平生句便是神仙了叶

右見《樂府雅詞》，即辛詞所從出也。後段第三句四字，第四句六字，與辛詞異。後結又多兩襯字，參差不齊整，故以辛詞為譜。

蘂珠閒　七十五字　趙彥端

浦雲融句梅風斷句碧水無情輕度韻有嬌黃豆上柳梢句向春欲舞叶綠煙迷晝句淺寒欺暮叶不勝小樓凝竚　倦游處叶故人相見易阻叶花事從今堪數叶片帆無恙句好在一篙新雨叶醉袍宮錦句畫羅金縷叶莫教恨傳幽句叶

孤調無可參校。「柳梢」舊作「林梢」，培改，以下文「欲舞」、「綠煙」兩句觀之，葢可無疑。

解蹀躞　七十五字　玉蹀躞　周邦彥

㊀候館丹楓吹盡句㊀回旋隨風舞韻夜寒霜月豆飛來伴孤旅叶㊀還是㊀獨擁秋衾句夢餘㊀酒困都醒

句滿懷離苦叶　甚情緒叶深念凌波微步叶幽房暗相遇叶淚珠都作豆秋宵枕前雨叶此恨音驛難通句待憑征雁歸時句寄將愁去叶

楊澤民首句起韻。方千里前結云「恨添客髩，終日子規殷苦」，稍異。曹勛前後結皆四字一句、六字一句，又異。楊无咎一首與曹同，但兩結云「猶記在、平陽宿」、「明日看、梅梢玉」，又折腰，異。

又一體　七十五字

吳文英

醉雲又兼醒雨句楚夢時來往韻倦蜂剗着梨花豆惹游蕩叶還做一段相思句冷波葉舞愁紅句送人雙槳叶　暗凝想叶情共天涯秋黯句朱橋鎖深巷叶會稀投得輕分豆頓惆悵叶此去幽曲誰來句可憐殘照西風句半粧樓上叶

此與周詞同，唯後段第二句不叶，前後段第三句作上六下三句法，異。按：陳允平「記得芙蓉江上」詞，正與此同。又按：周詞前起，例作仄仄平平平仄，此獨用仄平仄平仄仄，文英精于審音，必中律品，采入以備一體。

瑞雲濃　七十五字　楊无咎

蔣氏《九宮譜》入黄鐘宫。

睽離謾久句年華誰信曾換韻依舊當時似花面叶幽懽小會句記永夜豆杯行無算叶醉裡屢忘歸句任虚月轉叶　能變新聲句隨語意豆悲歡感怨叶可更餘音寄羌管叶倦游江潮句問似伊豆阿誰曾見叶度已無腸句為伊可斷叶

「依舊」三句前後同，無別作可較。

瑞雲濃慢　一百四字　陳　亮

蔗漿酪粉句玉壺冰醑句朝罷更聞宣賜韻去天咫尺句下拜再三句幸今有母可遺叶年年此日句共道是豆月入懷中最貴叶向暑天句正風雲會遇句有德嘉瑞叶　鶴沖霄句魚得水叶一超便豆直入神仙地叶植根江表句開拓兩河句做得黑頭公未叶騎鯨赤手句問何如豆長鞭尺箠叶筭向來句數王謝風流句只今管是叶

坊本脱「是」、「筭」、「數」三字，今從本集增入。汲古名《瑞雪濃慢》，悮甚。此詞葢取前結「風雲」、「會遇」兩句而名之也。

番槍子　七十五字　春草碧　韓　玉

莫把團扇雙鸞隔韻要看玉溪頭豆春風客叶妙處風骨蕭閒句翠羅金縷瘦宜窄叶轉面兩眉攢句青山色叶　到此月想精神句花似秀質叶待與不清狂豆如何得叶奈何難駐朝雲句易成春夢恨又積叶送上七香車句春草碧叶

「要看」下與後「待與」下同。此調惟金元人填之，有完顔璹、李獻能、錢抱素、錢應庚詞可校。李獻能「紫簫吹破黃昏月」詞，正與此同。曰此詞末句改名「春草碧」，《詞律》不知，誤列為一調，今改正。

下水船　七十五字　黃庭堅

唐教坊曲名。按：唐王保定《摭言》：「裴廷裕，乾寧中在內廷文書敏捷，號下水舡，調名取此。」

總領神仙侶韻齊到青雲岐路叶丹禁風微句咫尺諦聞天語叶盡榮遇叶看即如龍變化句一擲靈梭風雨叶　真遊處叶上苑尋春去叶芳草芊芊迎步叶幾曲笙歌句櫻桃艷裏歡聚叶瑤觴舉叶回祝堯齡萬萬句端的君恩難負叶

换頭多三字，餘同。前段第六句，賀鑄叶，可不必從。

又一體 七十五字 晁補之

百紫千紅翠韻惟有瓊花特異叶便是當年句唐昌觀中玉蘂叶尚記得句月裏仙人來賞句明日喧傳都市叶 甚時又句分與揚州本句一朶氷姿難比叶曾向無雙亭邊句半酣獨倚叶似夢覺句曉出瑤臺十里叶猶憶飛瓊標致叶

前段第五句、後段第一、二句、第六句俱不叶，第四句六字，第五句四字，第七句叶，小異。

又一躰 七十六字 晁補之

上客驪駒繫韻驚喚銀缾睡起叶困倚粧臺句盈盈正鮮羅髻叶鳳釵墜叶繚繞金盤玉指叶巫山一叚雲委叶 半窺鏡句向我撗秋水叶斜領花枝交鏡裏叶淡拂鉛華句匆匆自整羅綺叶斂眉翠叶雖有愔愔密意叶空作江邊鮮佩叶

此詞本集不載，從《能改齋漫録》采入。「斜領」句七字，「指」字、「意」字俱押韻，校前詞小異。

撲胡蝶　七十五字　或加「近」字　趙彥端

按：《癸辛襍志》云：「吳有小妓善舞《撲胡蝶》，疑是舞曲。」

清和時候句薰風來小院韻琅玕脫籜句方塘荷翠颭叶柳絲輕度流鶯句畫棟低飛乳燕叶園林綠陰初遍叶　景何限叶輕紗細葛句綸巾和羽扇叶披襟散髮句心清塵不染叶一杯洗滌無餘句萬事消磨去遠叶浮名簿利休羨叶

過變多三字，餘同。「畫棟」句、「萬事」句，曹組不叶，另格。

又一體　七十七字　呂渭老

分釵綰髻句洞府難分手韻離觴短闋句啼痕冰舞袖叶馬嘶霜滑橋橫句路轉人依古柳叶曉色漸分星斗叶　怎分剖叶心兒一似句傾入離愁萬千斗叶垂鞭佇立句傷心還病酒叶十年夢裡嬋娟句二月花中豆蔻叶春風為誰依舊叶

「傾入」句七字，校前詞異。「洞府」句平仄亦異。丘崈一詞同此，唯「分釵」句、「離觴」句皆叶，又一體也。兩「斗」字，有星斗、升斗之不同，故不妨重押，《詞律》謂其悮押，非也。

婆羅門引　七十六字　或無「引」字　望月婆羅門引　　曹組

按：唐《教坊記》有婆羅門小曲。《宋史·樂志》有婆羅門舞隊。《樂苑》曰：「《婆羅門》，商調曲也。開元中，西涼節度楊敬述進。」《理道要訣》云：「天寶十三載，改《婆羅門》為《霓裳羽衣》，屬黃鐘商。」宋詞調名，蓋出於此。

漲雲暮捲句漏聲不到小簾櫳韻銀河淡掃澄空叶皓月當軒高挂句秋入廣寒宮叶正金波不動句桂影朦朧叶　佳人未逢叶歎此夕豆與誰同叶望遠傷懷對影句霜滿秋紅叶南樓何處句想人在豆長笛一聲中叶疑淚眼豆立盡西風叶

李俊民換頭作「大家露頂」，不叶，小異。吳文英一首，七陽韻，于換頭作「雙成夜笙」，平仄同，亦不叶，且于「南樓」句作「分蓮調郎」，多押一韻，別一躰也。培按：過變「未」字，諸家多用去殺，不可不知。

又一體　七十六字　　無名氏

江南地暖句數枝先得嶺頭春韻分付似豆剪玉裁冰叶素質偏憐勻淡句羞殺壽陽人叶算多情留意句偏在東君叶　暗香旋生叶對淡月豆與黃昏叶寂寞誰家院宇句斜掩重門叶墻頭半開句

卻望雕鞍無故人叶斷腸處豆容易飄零叶

右見《梅苑》。校曹詞，唯前段第三句添一字，後段第六句減一字，「墻頭半開」，「開」字平，小異，餘仝。

婆羅門令　八十六字　柳永

《樂章集》注夾鐘商，與《婆羅門引》不同。

昨宵裏豆恁和衣睡韻今宵裡豆又恁和衣睡叶小飲歸來句初更過豆醺醺醉叶中夜後句何事還驚起叶　霜天冷句風細細叶觸疎窗豆閃閃燈搖曳叶空床展轉重追想句雲雨夢豆任欹枕難繼叶寸心萬緒句咫尺千里叶好景涼天句彼此空有相憐意叶未有相憐計叶

《花艸粹編》于「搖曳」句分段，然前後終不整齊，今從本集為妥。

御街行　七十六字　孤雁兒　柳永

《樂章集》注夾鐘商。

燔柴煙斷星河曙韻寶輦囬天步叶端門羽衛簇雕欄句六樂舜韶先舉叶鶴書飛下句雞

竿高聳句恩露均寰寓叶　赤霜袍爛飄香霧叶喜色成春煦叶九儀三事仰天顏句八采旋生眉宇叶椿齡無盡句蘿圖有慶句常作乾坤主叶

前後同。「寶輦」句，張先作「來夜半、天明去」，添一字，折腰，異，餘同。韓師厚一首與柳同，唯後段第二句作「料只在、舡兒上」，添一字折腰，又異，注明不另録。

又一躰　七十六字　　柳　永

前時小飲春庭院韻悔放笙歌散叶歸來中夜酒醺醺句惹起舊愁無限叶雖看墜樓換馬句爭奈不是鴛幃伴叶　朦朧暗想如花面叶欲夢還驚斷叶和衣擁被不成眠句一枕萬回千轉叶惟有畫梁句新來雙燕句徹曙聞長歎叶

前段第五句六字，第六句七字，與各家異。蓋拘於用事，故句讀參差，采以備體，不足法也。

又一體　七十八字　孤鴈兒　　范仲淹

紛紛墜葉飄香砌韻夜寂靜豆寒聲碎叶真珠簾捲玉樓空句天淡銀河垂地叶年年今夜句月

華如練句長是人千里叶　愁腸已斷無由醉叶酒㊟未到豆先成淚叶殘燈明滅枕頭歌句諳盡孤眠滋味叶都來㊟此事句㊟眉間心上句無計相廻避叶

前後第二句皆六字折腰，異。《古今詞話》載無名氏「霜風漸緊寒侵袂」詞，後結云「那裏有、人人無寐」，校此詞添兩字，作七字折腰句，小異，餘悉同，又一格也。

又一躰　八十一字　高觀國

香波半窣深深院韻正日上豆花陰淺叶青絲不動玉鉤閒句看翠額豆輕籠葱蒨叶鶯聲似隔句篆煙微度句愛横影豆糸差滿叶　那回低掛朱欄畔叶念悶損豆無人捲叶窺春偷倚不勝情句仿佛見豆如花嬌面叶纖柔緩揭句瞥然飛去句不似春風燕叶

此即范詞躰，唯前後段第四句各增一字，作七字折腰句；前結增一字，作六字折腰句，異。友古一首，前結五字，後結六字折腰，餘同，此又一格也。培按：高又有詠轎一首，正與此同，可校。《詞律》拘于對偶，謂後結悮落一字，非也。

韻令　七十六字　程大昌

按：唐《教坊記》，有上韻、中韻、下韻三小曲。韻令之名，疑出於此。張世南《游宦紀聞》云：「宣和間，市井競唱《韻令》云。」

是男是女句都有官稱韻兒孫仕也登叶時新衣着句不待經營叶寒時火櫃句春裹花亭叶星辰上

履句我只喚卿卿叶　　壽開八袠句兩髩全青叶紅顔步武輕叶定知前面句大有年齡叶芝蘭玉

樹句更願充庭叶為詢王母句桃顆幾時頳叶

調見本集附詞，無他作可校。培按：句中多用雙聲字眼，此《韻令》之所由名也，填者宜遵之。

春聲碎　七十六字　　譚用之

津馆貯輕寒句脉脉離情如水韻東風不管句垂楊無力句揔雨嚬煙膩叶闌干外叶怕春燕掠天句

踈鼓疊豆春聲碎叶　　劉郎易憔悴叶況是厭厭病起叶花箋漫展句便寫就新詞豆倩誰寄叶當

此際叶渾似夢峽啼湘句攬一寸豆相思意叶

見《翰墨全書》，無可較。

離亭宴　七十七字　離亭燕　　張先

捧黄封詔卷韻隨處是豆離亭別宴叶紅翠成輪歌未徧叶早已恨豆野橋風便叶此去濟南非久句

唯有鳳池鸞殿叶　三月花飛幾片叶又減卻豆芳菲過半叶千里恩深雲海淺叶民愛比豆春流不斷叶更上玉樓西望句雁與征帆俱遠叶

此調昉於此詞，黃、晁詞則出于此。坊本「西」字下脫「望」字，今從《蕉雪堂詞譜》校定。

又一體　七十二字　黃庭堅

十載樽前談笑韻天祿故人年少叶可是陸沉英俊地句看即瑣牕批詔叶此處忽相逢句潦倒禿翁同調叶　西顧郎官湖渺叶事看庾樓人小叶短艇絕江空帳望句寄得詩來高妙叶夢去倚君旁句胡蝶歸來清曉叶

此校張詞，共減去五字，前後整齊，作者多從此體。晁補之「憶向吳興假守」詞，與此同，唯于「天祿」、「英俊」、「潦倒」、「事看」、「胡蝶」十字，皆用平平，小異，填者可不拘也。

側犯　七十七字　周邦彥

陳暘《樂書》云：「唐自天后末年，《劍器》入渾脫，始為犯聲。明皇時，樂人孫處秀，善吹笛，好作犯殿，時人以為新意而效之，曰有犯調。」姜夔詞自注云：「唐人《樂書》，以宮犯羽為側犯。此調創自清真，調名應本於此。」

暮霞霽雨句小蓮出水紅粧靚韻風宆叶看步韈江妃豆照明鏡叶飛螢度暗草句秉燭遊花徑叶人靜叶攜艷質句追涼就槐影叶　金環皓腕句雪藕清泉瑩叶誰念省叶滿身香句猶是舊荀令叶見說胡姬句酒壚深迴叶煙鎖漠漠句藻池苔井叶

姜堯章「恨春易去」詞，正同此，唯前起多押一韻，後段第三句作「誰念我」，「我」字不叶，小異。培按：方千里「四山翠合」詞，乃和周韻者，句讀韻脚，悉與周同，唯後結云「愁聽葉落，轆轤金井」，本是四字兩句，諸譜皆作兩字一句、六字一句。「聽」字多押一短韻，列為又一體，愚意不然。方詞既次周韻，斷無橫添短韻之理，況有姜、陳兩詞可證乎，故注明於此，不復另列。

又一體　七十六字　陳允平

晚涼倦浴句素粧薄試鉛華靚韻凝定叶似一朵芙蓉豆泛明鏡叶輕紈笑自拈句撲蜨鴛鴦徑叶嬌嬾金鳳彈句斜欹翠蟬影叶　冰肌玉骨句襯體紅綃瑩叶還暗省叶青青雙鬟舊潘令叶夢想鸞

箏句後堂深迥叶何日西風句碧梧金井叶

此校周詞，唯前結不押短韻，作五字兩句；後段第四句減一字，作七字句，為異。培按：此詞疑亦有誤，宋詞雖有減韻之例，但既和周韻，則不應減耳，「青青」下或落一字，亦未可知。填者但遵周、姜二詞足矣，此姑録以備考。

四園竹　七十七字　西園竹　周邦彦

浮雲護月句未放滿朱扉韻鼠搖暗壁句螢度破窓句偷入書幃叶秋意濃句閑竚立豆庭柯影裏換仄叶好風襟袖先知叶平　夜何其叶平江南路遶重山句心知謾與前期叶平奈向燈前墮淚句腸斷蕭娘豆舊日書辭叶平猶在紙換仄叶鴈信絕句清宵夢又稀叶平

此調有方千里和韻可校。「秋意」兩句，楊澤民作「羅袖匆匆敘別，凄涼客裡」，六字一句、四字一句，異。陳允平「昏昏瞑色」詞，亦與楊同，但于後段「舊日書辭」句，作「粉淚盈先滿帟」，又少押一韻，作七字一句，更異。

祝英臺近　七十七字　月底修簫譜　或無「近」字　吳文英

高拭詞注越調。

剪紅情句裁綠意句花信上釵股韻殘日東風句不放歲華去叶有人添燭西窗句不眠侵曉句笑聲轉豆新年鶯語叶　舊尊俎叶玉纖曾擘黃柑句柔香繫幽素叶歸夢湖邊句還迷鏡中路叶可憐千點吳霜句寒銷不盡句又相對豆落花如雨叶

「綠意」句，梅溪、龍洲叶。「不眠」句，玉田、東坡叶。「寒銷」句，韓滮、高觀國、王嵎、李彭老皆叶。培按：玉田、張榘有于前後段第七句俱叶者。稼軒「寶釵分」詞是前段第二句、後段第七句，皆叶者。岳珂「淡煙橫」詞是前段第二句，前後段第七句，俱叶者。

又一體　七十七字　陳允平

待春來句春又到句花底自徘徊韻春淺花遲句攜手為花催叶可堪碧小紅微句黃輕紫艷句東風外豆敉點池臺叶　且銜盃叶無奈年少心情句看花能幾囬叶春自季季句花自為春開叶是他春為苍愁句花曰春瘦句花殘後豆人未歸來叶

調見《日湖漁唱》，諸家皆用仄韻，此詞獨押平殸為異。

鳳樓春　七十七字　歐陽炯

唐教坊曲名。

鳳髻綠雲叢韻深掩房櫳叶錦書通叶夢中相見覺來慵叶匀面淚句臉珠融叶曰想玉郎何處去句對淑景誰同叶　小樓中叶春思無窮叶倚欄凝望句闇牽愁緒句栁花飛起東風叶斜日照簾句羅幌香冷粉屏空叶海棠零落句鶯語殘紅叶

紅友云：「『照簾』，一作『照簾櫳』。」《詞綜》曰之，但前用「房櫳」，此處不宜複叶。培按：此兩句，必有訛脫，但無別作可校，所當闕疑。

一業花　七十八字　秦觀

年來今夜見師師韻雙頰酒紅滋叶踈簾半捲微燈外句露華上豆煙裊涼颸叶簪髻亂抛句偎人不起句彈淚唱新詞叶　佳期誰料久參差叶愁緒暗縈絲叶相應妙舞清歌夜句又還對豆秋色嗟咨叶惟有畫樓句當時皓月句兩處照相思叶

前後同。「亂」字、「畫」字可平，然子野、東坡諸名家，俱用去聲也。

陽關引　七十六字　古陽關　寇準

按：此調始於萊公，本隱括王維《陽関曲》而作，故名《陽關引》。

塞草煙光濶韻渭水波聲咽叶春朝雨霽句輕塵斂句征鞍發叶指青青楊⃝柳句又是輕攀折叶動黯然豆知有⃝後會甚時節叶　更⃝盡一⃝杯酒句謌一闋叶歎人生裏句難懽聚句易離別叶且莫辭沉⃝醉句聽取陽關徹叶念故人豆千里⃝自此共明月叶

此調有晁補之「艸州蛩吟噎」詞可較。「楊柳」句、「沉醉」句，皆上一下四，「歎人生」句，上一下三，勿悮。

金人捧露盤　七十九字　西平曲　上西平　「金」或作「銅」　程　垓

金詞注越調。

愛春歸句憂⃝春⃝去句為春忙韻旋點⃝撿⃝豆雨⃝障雲妨叶遮⃝紅護⃝綠句翠⃝幃羅⃝幙任高張叶海⃝棠明⃝月句杏花天⃝豆更⃝惜穠芳叶　喚⃝鶯吟⃝句招⃝蝶拍句迎⃝柳舞句倩桃粧叶盡⃝呼起豆萬⃝籟笙簧叶一⃝觴一⃝詠句儘⃝教陶⃝寫繍心腸叶笑⃝他人⃝世句漫嬉⃝遊⃝豆擁⃝翠偎香叶

高觀國「念瑤姬」詞首句即起韻，宋人冣多此格。「海棠」句，例四字，稼軒作「自憐是，海山頭種玉人家」，獨少一字，查本集及《花草粹編》皆如是，采以備體。前結例作七字折腰句，稼軒獨作「春歸似欲留人」，減一字，作六字句，此則必是脫落。

又一體　八十一字　賀鑄

控滄江韻排清嶂句燕臺涼叶駐綵仗豆樂未渠央叶崖花磴蔓句妒千門豆珠翠倚新糚叶舞閑歌悄句恨流風豆不管餘香叶　繁華夢句驚俄頃句佳麗地句指蒼茫叶寄一笑豆何與興亡叶量船載酒句賴使君豆相對兩胡床叶緩調清管句更為儂豆三弄斜陽叶

此調前段第六句、後段第七句，各家俱七字，此皆作八字句，異。

憶黃梅　七十九字　王觀

枝上葉兒未展韻已有墜紅千片叶春意怎生防句怎不怨叶被我安排句矮牙床斗帳句和嬌艷叶移在花叢裡面叶　請君看叶惹清香句偎媚暖叶愛香愛暖金杯滿叶問春怎管叶大家便豆拌做東風句揔吹教零亂叶猶兀自豆輸我鴛鴦一半叶

調見《梅苑》，無別作可校。

望雲涯引　七十九字　李甲

秋空江上句岸花老句蘋洲白韻露濕蒹葭句浦嶼漸增寒色叶閙漁唱晚句鷺鴈驚飛處句映遠磧

叶數點輕帆句送天際歸客叶　鳳臺人散句謾回首句沉消息叶素鯉無憑句樓上暮雲凝碧叶時向西風下句認遠笛叶宋玉悲懷句未信金尊消得叶

培按：《樂府雅詞》、《花草粹編》載此詞皆如此。《詞律》謂後段比前段少「閒漁唱晚」四字，必是不全。《詞緯》于「暮云凝碧」下添「危樓靜倚」四字，而後來各譜從之。然愚謂《詞緯》所增，無所攷據，《樂府雅詞》以宋人選宋詞，不應有悮，故仍其舊，以俟識者，蓋其慎也。

夢還京　七十九字　柳永

《樂章集》注大石調。

夜來匆匆飲散句攲枕背燈睡韻酒力全輕句醉魘易醒句風揭簾櫳句夢斷披衣重起叶悄無寐叶　追悔當初句繡閣話別太容易叶日許時豆猶阻歸計叶甚況味叶旅館虛度殘歲叶想嬌媚叶那裏獨守鴛幃靜句永漏迢迢句也應暗同此意叶

培按：此詞《詞緯》自「悄無寐」下、「甚況味」下，共分為三段，細尋味之，終未確然，今從本集。

山亭柳　七十九字　晏　殊

家住西秦韻賭博藝隨身叶花柳上句鬭尖新叶偶學念奴聲調句有時高遏行雲叶蜀錦纏頭無數句不負辛勤叶　數年來往咸京道句殘杯冷炙謾銷魂叶衷腸事句託何人叶若有知音見採叶不辭徧唱陽春叶一曲當筵落淚句重掩羅巾叶

「花枊」下與後「衷腸」下同。此詞秖有杜安世仄韻一首可較。

又一體　七十九字　杜安世

曉來風雨句萬花飄落韻歎韶光句虛過卻叶芳草萋萋句映樓臺豆淡煙漠漠叶紛紛絮飛院宇句燕子過朱閣叶　玉容淡妝添寂寞叶檀郎孤願太情薄叶數歸期句絕信約叶暗恨春宵句向平康豆恣迷歡樂叶時時悶飲綠醑句甚轉轉豆思量着叶

用入聲韻，首句不起韻，次句四字，前結五字，後結六字，「芳草」下、「暗添」下皆四字一句、七字一句，折腰，與晏詞異。

鎮西　七十九字　蔡　伸

自注仙呂調。

秋風吹雨句覺重衾寒透韻傷心聽豆曉鐘殘漏叶凝情久叶記紅牕(窗)薫雪句促膝圍爐句交杯勸酒叶如今頓孤懽偶叶　念別後叶菱花清鏡裏句眉峯暗鬬叶想標容豆怎禁消瘦叶忍囬首叶但雲箋墨妙句鴛錦啼粧句依然似舊叶臨風淚霑襟袖叶

「傷心」下與後「標格」下同。

小鎮西　七十九字　柳　永

《樂章集》注僊呂調。

意中有箇人句芳顏二八韻天然俏豆自來奸黠叶㝡奇絕叶是笑時豆媚靨深深句百態千嬌句再三偎着句再三香滑叶　久離缺叶夜來魂夢裏句尤花殢雪叶分明似豆舊家時節叶正歡悅叶被雞聲喚起句一場寂寞句無眠向曉句空有半床殘月叶

培按：此即前蔡詞體，而句讀小異，本集題曰《小鎮西》，故分列之以存其名，然宫調相同，其寔一調也。

小鎮西犯　七十二字　柳　永

《樂章集》注仙呂調。

水鄉初禁火句青春未老韻芳華滿豆栁汀煙島叶波際紅幃縹緲叶盡盃盤小叶歌祓禊句聲殷諧楚調叶　路遼遶叶野橋新市裏句花穠伎好叶引游人豆競來歡笑叶酩酊誰家年少叶信玉山倒叶家何處句落日眠芳草叶

前後同，只換頭多三字。「杯盤」句、「玉山」句，皆上一下三，勿悮。前結《詞律》脫「楚」字，誤，今據本集增入。

快活年近拍　七十九字　万俟詠

金詞注黃鐘宮。《太和正音譜》注屬雙調。

千秋萬歲君句五帝三王世韻觀風重令節句與民樂盛際叶蘂闕長春句洞天不老句花艷蟾輝句十里照春珠翠叶　鬧羅綺叶遙望太極光句一簇通明裏叶鈞臺奏壽曲句蓬山呈妙戲叶天上人來句五雲樓近句風送歌聲句依約睿思新製叶

此調無別首可校，唯金元套數樂府中有之。金詞無換頭三字，元詞與此同，只前段第六句第四字、後段第七句第四字，俱用平殺，與此小異，但万俟詞當時被之絃管，其審音必精。又金元樂府所注宮調各不同，故不条校平仄。

紅林檎近　七十九字　方千里

蔣氏《十三調》注屬雙調。

曉起山光慘句晚來花意寒韻映月衣纖縞句回風佩瑯玕叶三弄江梅聽徹句幾點岍柳飄殘叶宛然舞曲初翻叶簾影捲波瀾叶　把酒同喚醉句促膝小留歡叶清狂痛飲句能消多少杯盤叶況人生如寄句相逢半老句歲華休作容易看叶

前起四句、換頭兩句，似五言古詩，甚拗，後結亦拗，俱是定格，有周邦彥兩作可校。

過澗歇　八十字　柳永

《樂章集》注中呂調。

淮楚韻曠望極句千里火雲燒空句盡日西郊無雨叶厭行旅叶數幅輕帆旋落句艤棹蒹葭浦叶避畏景句兩兩舟人夜深語叶　此際爭可句便恁奔名競利去叶九衢塵裏句衣冠冒炎暑叶回首江鄉句月觀風亭句水邊石上句幸有散髮披襟處叶

此調以此詞為正格，若晁詞換頭之句讀小異，柳詞別首前段之攤破句法，後段之多押一韻，皆變躰也。《嘯餘譜》落去「名競」兩字，今從本集校正。

又一躰　八十字　晁補之

歸去韻奈故人句尚作青眼相期句未許明時歸去叶放懷處叶買得東皋數畝句靜愛園林趣叶任過客句剝啄相呼晝扃戶叶　堪笑兒童事業句華顛向誰語叶艸堂人悄句圓荷過微雨叶都付邯鄲句一枕清風句好夢初覺句砌下槐影方停午叶

此與《淮楚詞》同，唯「明時」句，即疊首句韻，後段第一句六字，第二句五字，小異。培按：詞内疊韻，係偶筆，不必拘。

又一體　八十字　柳永

酒醒韻夢纔覺句小閣香灰成燼叶洞戶銀蟾移影叶人寂靜叶夜永清寒句翠瓦霜凝句踈簾風動句漏聲隱隱叶飄來轉愁聽叶　怎向心緒句近日厭厭長似病叶鳳樓咫尺句佳期杳難定叶展轉無眠句粲枕冰冷叶香虬煙斷句是誰與把重衾整叶

調見《花草粹編》，本集不載。其躰亦與《淮楚詞》同，唯前段第六、七句添一字，作四字三句，第八、九句減一字，作四字一句、五字一句，前段第三句、後段第六句，皆多押一韻，為異。

安公子　八十字　　柳永

唐教坊曲名。《碧雞漫志》云：「據《理道要訣》，唐時《安公子》在太簇角，今已不傳。其見于世，中吕調有《安公子近》，般涉調有《安公子慢》。」按：柳永「長川波瀲灧」詞自注中吕調，「遠岸收殘雨」詞自注般涉調。培按：蔣氏《十三調》譜收柳永「長川波瀲灧」詞，又注正宫，悮也。

長川波瀲灧韻楚鄉淮岍迢遞句一霎煙汀雨過句芳草青如染叶驅驅攜書劍叶當此好天好景句自覺多愁多病句行役心情厭叶　望處曠野沉沈句暮雲黯黯叶行侵夜色句又是急槳投村店叶認去程將近句舟子相呼句遥指漁燈一點叶

紅友云：「此調當作三疊，『長川』至『如染』，『驅驅』至『情厭』，字句相同，宜分作兩段，所謂雙拽頭也。」培按：此説近是，惜無別作可校。

又一體　一百六字　　柳永

遠岸收殘雨韻雨殘稍覺江天暮叶拾翠汀洲人寂靜句立雙雙鷗鷺叶望幾點豆漁燈掩映蒹葭浦叶停畫橈豆兩兩舟人語叶道去程今夜句遥指前村煙樹叶　游宦成羈旅叶短

檣吟倚閑凝竚叶萬水千山迷遠近句想鄉關何處叶自別後豆風亭月榭孤歡聚叶剗斷腸豆惹得離情苦叶聽杜宇聲殷句勸人不如歸去叶

前後同。袁去華「弱柳絲千縷」詞，正與此同，可校，唯前後段第五句，作五字兩句，云「問燕子來時，綠水橋邊路」、「念永晝春閑，人倦如何度」，小異。培按：袁詞「問」字、「念」字，皆領起下句，勿誤。

又一躰　一百四字　晁補之

柳老荷花盡韻夜來霜落平湖淨叶征鴈橫天鷗舞亂句魚游清鏡叶又還是豆當年我向江南興叶移畫舡豆深渚蒹葭映叶對半篙碧水句滿眼青山冤凝叶　一番傷華髩叶放歌狂飲猶堪逞叶水驛孤帆明宦事句此歡重省叶夢回處豆詩塘春草愁難整叶宦情與豆歸思終朝競叶記他年相訪句認取斜川三逕叶

此與「遠岸收殘雨」詞同，唯前後第四句，各減一字，異。

又一體　一百六字　杜安世

又是春將半韻杏花零落閒庭院叶天氣有時陰淡淡句綠楊輕軟叶連畫閣豆繡簾半捲叶招新燕

叶殘黛斂豆獨倚闌干遍叶暗思前事句月下風流句狂蹤無限叶　惜恐鶯花晚叶更堪容易相抛遠叶離恨結成心上病句幾時消散叶空際有豆斷雲片片叶遥峯暖叶聞杜宇豆終日哀啼怨叶暮煙芳草句寫望迢迢句甚時重見叶

此亦「遠岸收殘雨」詞躰，唯前後段第四句，各減一字，作四字句；第五句作七字一句、三字一句，多押一韻；兩結各添一字，作四字三句，為異。

又一躰　一百二字　陸游

風雨初經社韻子規聲裏春光謝叶最是無情句零落盡豆薔薇一架叶況我今年句憔悴幽窓下叶人盡怪豆詩酒消殼價叶向藥爐經卷句忘却鶯牕柳榭叶　萬事收心也叶粉痕猶在香羅帕叶恨月愁花句爭信道豆如今都罷叶空憶前身句便面章臺馬叶因自來豆禁淂心腸怕叶縱遇歌逢酒句但說京都舊話叶

此亦與柳詞仝，唯前後段第三、四句，減一字，俱作四字一句、七字折腰一句；第五、六句，減一字，俱作四字一句、五字一句，異。

應景樂　八十字　蕭回

金陵故國韻極目長江句浩淼千里隔叶山無際句臨壖怒濤磧叶俛春城葦寂叶芳晝迤邐句一簇煙村將晚句嚴光舊灘側叶　何處倦遊客叶對此景豆惹起離懷句頓覺舊日意句魂黯愁積叶幽雅恨緜綿句何計消得叶囬首洛城東句千里暮雲碧叶

《花草粹編》載此詞，疑有脱悮，此從蕉雪堂鈔本，然揔無可較。

詞榘卷十三終